KNAUR

Im Knaur Taschenbuch Verlag sind bereits folgende Bücher der Autorin erschienen:
Das Jungfrauenspiel
Die Kurtisane des Teufels
Sündenhof
Die Winterprinzessin

Über die Autorin:
Sandra Lessmann wurde 1969 geboren. Nach der Fachhochschulreife lebte sie fünf Jahre lang in London, wo ihre Liebe zu England erwachte. Zurück in Deutschland studierte sie Geschichte, Anglistik, Kunstgeschichte und Erziehungswissenschaften in Düsseldorf. Ihr besonderes Interesse galt der englischen Geschichte. Nach dem Studium arbeitete sie am Institut für Geschichte der Medizin, doch ihre wahre Leidenschaft ist seit der Kindheit das Schreiben.

SANDRA LESSMANN

DAS LIED DER SEHERIN

HISTORISCHER ROMAN

KNAUR

Besuchen Sie uns im Internet:
www.knaur.de

FSC
www.fsc.org
MIX
Papier aus verantwortungsvollen Quellen
FSC® C083411

Originalausgabe August 2017
Knaur Taschenbuch

Redaktion: Ilse Wagner
Covergestaltung: ZERO Werbeagentur, München
Coverabbildung: Arcangel Images / Mark Owen;
FinePic, München / Shutterstock
Satz: Wilhelm Vornehm, München
Druck und Bindung: CPI books GmbH, Leck
ISBN 978-3-426-51957-8

2 4 5 3 1

Die irischen (gälischen) Namen und ihre englische Entsprechung

Gälische Schreibweise	Englische Schreibweise
Ó Riordáin	O'Riordan
Muiredach Ó Donnabháin	Murdoch O'Donovan
Ó Dálaigh	O'Daly
Ó Néill	O'Neill
Lonán Ó Ceallaigh	Lonan O'Kelly
Áengus Ó Seanacháin	Angus O'Shanahan
Laoghaire Ó Seanacháin	Leary O'Shanahan
Clíodhna Uí Mhanacháin	Cleena O'Monaghan
Séamus Ó Leannáin	James O'Lennon
Ruairí Ó Leannáin	Rory O'Lennon
Seán Ó Duibhir	John O'Dwyer
Tadg Ó Duibhir	Taig O'Dwyer
Ó Meadhra	O'Mara
Ó Cathail	O'Cahill
Ó Spealáin	O'Spillane
Uí Cheallacháin	O'Callaghan
Clan Chaomhánach	Kavanagh
Mac Coisdealbhaigh	Costello

Prolog

Juni 1670

Der Klageschrei hallte durch das grüne Tal. Er war so durchdringend, dass das Herz des Barden erzitterte.

»Die *bean sí* … der Ruf des Feenweibs.«

Er wusste, dass sie seinen Tod ankündigte. In Gestalt einer Nebelkrähe segelte sie anmutig über die Burgruine am Wegesrand und entschwand über der dicht bewaldeten Hügelflanke.

Cormac Bán Ó Riordáins Atem ging stoßweise. Die Erkenntnis, dass sein Hochmut ihn das Leben kosten würde, lähmte seine Glieder, fesselte seine Beine an den steinigen Pfad, den er kurz zuvor, noch trunken vom Erfolg seines Wagnisses, entlanggewandert war.

In seinem Rücken vernahm er den Hufschlag eines Pferdes, das einzige Geräusch in dem nun schweigenden irischen Tal, über das sich der Schatten grauer Regenwolken breitete.

Mit dem Gefühl grimmiger Befriedigung war Ó Riordáin am Morgen vom Landsitz der englischen Siedler aufgebrochen. Trotz der Gastfreundschaft, die man ihm erwiesen hatte, nagte die Demütigung seines Abstiegs an ihm. Als *file,* Poet, Historiker, Chronist der alten Adelsfamilien, als Vertreter der aristokratischen Kaste gälischer Gelehrter, der einst hundert Silbermark als Lohn für ein Gedicht erhalten hatte, war er nun nach dem Zerfall der alten irischen Gesellschaftsordnung dazu verdammt, sein Brot als Barde zu verdienen, als *geócach*, als niederer Possenreißer, der beim Gelage seiner Gastgeber die Harfe spielte und Volkslieder sang.

Der Schrei der Banshee hatte Cormac Bán Ó Riordáin aus seinen schwermütigen Gedanken gerissen. Als der schnelle Hufschlag in sein Bewusstsein drang, wirbelte er herum, überzeugt, den dämonischen *dúlachan* hinter sich zu sehen, vor dem ihn seine Mutter als Kind stets gewarnt hatte. Doch es war nicht der Kopflose auf seinem Rappen, der auf ihn zugaloppierte, sondern ein Mann. Für einen Augenblick atmete der Barde erleichtert auf, bevor er den Reiter erkannte. Unschlüssig blickte er ihm entgegen. Als ihm das Wehklagen der Todesfee wieder in den Sinn kam, legte sich eine eisige Faust um Ó Riordáins Herz. Ohne einen weiteren Moment zu zögern, sprang er mit einem Satz, der seine alten Knochen erschütterte, zwischen den Ginster am Wegesrand. Doch wohin sollte er sich wenden, wo Schutz suchen? Sein Blick glitt zu der Ruine des viereckigen Turmhauses. Eine Seite des massiven Gemäuers war vor zwanzig Jahren unter der Gewalt der Cromwellschen Kanonen eingestürzt. Dennoch war es die einzige erreichbare Zuflucht. Zwischen ihm und dem Dorf, durch das er gekommen war, stand sein Verfolger.

Ó Riordáin richtete sich ein wenig auf, um den Weg zu überblicken, der zur Burg führte. Im nächsten Moment erkannte er seinen Fehler. Das scharfe Knallen eines Pistolenschusses zerriss die Stille. Geistesgegenwärtig warf sich der Barde zu Boden. Zu spät! Die Kugel, die ihn in den Rücken treffen sollte, grub sich in seine linke Schulter. Er schrie auf, als der Schmerz wie eine Feuerwalze durch seinen Körper raste und ihn nach Luft ringen ließ. Augenblicklich verlor er jegliches Gefühl in seinem Arm. Der Aufprall des Bleis musste das Schulterblatt zerschmettert haben. In Panik raffte er sich auf, ließ die Harfe, die er auf dem Rücken getragen hatte, zu Boden fallen und rannte in geduckter Haltung auf die düstere Festung zu. Da öffnete der Himmel seine Schleusen, und die schwarzen Wolken ergossen ihre nasse Last über das Tal.

Getrieben von Todesangst, stolperte Ó Riordáin durch Gestrüpp und kniehohes Gras. Jeden Moment erwartete er, einen zweiten Schuss zu hören, glaubte er, einen brutalen Stoß gegen den Körper zu verspüren, der sein Leben auslöschen würde. Doch nichts geschah. Ó Riordáin schöpfte neue Hoffnung. Hatte sein Verfolger aufgegeben?

Mit letzter Kraft erreichte der Barde das Eingangsportal des Turmhauses. Hastig warf er einen Blick zurück auf den Reiter, konnte ihn aber hinter dem dichten Vorhang niederströmenden Regens nicht ausmachen. Der Schmerz pochte in seiner Schulter, und er hatte viel Blut verloren. Erschöpfung überkam ihn. Doch Ó Riordáin war entschlossen, seine Haut so teuer wie möglich zu verkaufen.

Die schwere Holztür war geschlossen und hing schief in den Angeln. Mit der rechten Hand zog er an dem Eisenring über dem Schloss und musste zu seinem Entsetzen feststellen, dass sie sich kaum bewegen ließ. Sie war jedoch der einzige Weg hinein. Der Barde wusste, dass sich an der eingestürzten Seite der Burg der Schutt bis in die oberen Stockwerke türmte und kein Durchkommen bot. Entschlossen biss er die Zähne zusammen, stemmte die Füße in den Boden und zerrte mit seinem ganzen Gewicht an der mächtigen Tür. Mit einem lauten Knarren gab sie schließlich ein wenig nach. Doch der Spalt war noch zu schmal, als dass Ó Riordáin hindurchschlüpfen konnte. Mit der Kraft der Verzweiflung zog er erneut an dem Ring. Die untere Kante des Portals schabte ein kleines Stück über den Boden. Nun musste es reichen! Rasch zwängte sich der Barde durch die Lücke. Als seine verletzte

Schulter gegen den Rand der Tür rieb, stieß er einen Schrei aus, in dem sich Schmerz und Wut verbanden.

Im Innern des Turms hielt Ó Riordáin kurz inne, um zu lauschen. Zwischen dem Rauschen des Regengusses meinte er, Hufschlag zu vernehmen. Hastig zog er sich vom Eingang zurück, stolperte in den unteren Saal, in dem einst Diener und Soldaten gespeist und geschlafen hatten. Fahles Licht fiel durch die schmalen Schießscharten herein, vermochte das Halbdunkel unter dem gemauerten Gewölbe jedoch kaum zu durchdringen. Aufmerksam blickte sich der Barde um. Zwei lange Tafeln, bestehend aus aufgebockten, massiven Eichenholzplatten, und mehrere Sitzbänke lauerten bedrohlich im Zwielicht des Saales. Die Südseite, wo damals Offiziere und höhergestellte Diener Platz genommen hatten, war nur noch eine Trümmerwand. Zwischen zerbrochenen Steingutbechern und Flaschen erhob sich ein Holzgerüst, das die Decke stützte.

Vorsichtig bewegte sich Ó Riordáin durch das Chaos, stieß jedoch immer wieder mit dem Fuß an Scherben und anderen Schutt. In seinem Rücken hörte er ein Pferd schnauben. Sein Verfolger war ihm weiterhin auf den Fersen. In wenigen Augenblicken würde er den Saal erreichen und seine Tat zu Ende bringen. Angestrengt kniff der Barde die Augen zusammen, um die Schatten um ihn herum besser zu durchdringen. Er brauchte eine Waffe! In seiner Panik stolperte er über einen langen Holzstab, der auf dem Boden ein metallisches Klirren von sich gab. Mit neu erwachter Hoffnung beugte sich Ó Riordáin hinab und umfasste den Schaft. Es war eine rostige alte Hellebarde, die vermutlich zur Ausschmückung des Saals an der Wand befestigt gewesen war.

Er konnte sein Glück kaum fassen. Nun war er zumindest nicht mehr völlig wehrlos. Die Helmbarte war schwer. Ó Riordáin spannte die Muskeln seines rechten Arms an und hob sie hoch. Das Gewicht brachte ihn zum Taumeln. Noch einmal raffte er alle Kraft zusammen und versuchte, sich die Waffe unter die Achsel zu klemmen. Die Bewegung riss an seiner zertrümmerten linken Schulter, ein frischer Blutstrom rann aus der Wunde seinen Rücken hinab, sickerte warm und klebrig in den Stoff des Hemdes, das an seiner Haut klebte. Seine Finger gehorchten ihm nicht mehr, konnten den Schaft nicht halten. Polternd fiel die Hellebarde auf den Holzboden. Der Knall hallte wie ein Glockenschlag unter dem Gewölbe wider. Ein Schluchzen der Hilflosigkeit brach aus ihm heraus. Er war verloren. Die *bean sí* irrte nicht.

Die Stille, die seinem verzweifelten Wimmern folgte, wurde von festen, entschlossenen Schritten durchbrochen. Der Verfolger des Barden machte sich nicht die Mühe, seine Anwesenheit zu verbergen. Ó Riordáin wich in den Schutz einer Ecke zurück, wo er die Wendeltreppe ins Obergeschoss vermutete. Er wusste, dass er auf diesem Wege nicht entkommen konnte, doch ein wilder Selbsterhaltungstrieb zwang ihn trotzdem vorwärts. Mit der ausgestreckten Rechten suchte er nach der Tür, hinter der die Treppe lag. In seinem Rücken hörte er seinen Mörder mit der Stiefelspitze gegen eine Flasche stoßen, die über den Boden rollte. Fieberhaft griff Ó Riordáin nach dem Riegel, schob ihn hoch und zerrte an der Tür. Doch sie ließ sich nicht öffnen. Irgendetwas blockierte sie. Am ganzen Körper zitternd, beugte sich der Barde vor und tastete nach dem Hindernis. Seine Finger berührten poliertes Holz, eine umgestürzte Sitzbank lag quer vor dem Durchgang. Schluchzend zog Ó Riordáin das Möbelstück zur Seite. Tränen rannen über sein Gesicht, denn er wusste, dass es zu spät für ihn war. Hinter sich spürte er den Tod nahen.

Das angestrengte Atmen seines Verfolgers drang an seine Ohren. Der leichte Luftstrom, als er die Hellebarde schwang, strich sanft über Ó Riordáins Nacken. Dann traf ihn der schwere Stoß, als die Klinge der Waffe in seinen Rücken eindrang, Wirbel und Rippen durchschlug und unter dem Brustbein wieder heraustrat. Die Gewalt des Angriffs warf den Barden nach vorn, und die Spitze der Helmbarte bohrte sich in die Tür zur Wendeltreppe. Ó Riordáin stieß nur ein dumpfes Stöhnen aus. Der Schock war so stark, dass er sofort jegliche Gewalt über seine Glieder verlor. Blut aus seinem durchbohrten Magen stieg ihm in den Mund und erstickte jeden weiteren Laut. Überwältigt von grausamen Schmerzen, nahm er kaum wahr, wie die mörderische Klinge aus seinem Rücken gezogen wurde, wie er einem Sack Mehl gleich zu Boden stürzte und das Leben pulsierend im Rhythmus seines immer kraftloser schlagenden Herzens aus der Wunde strömte. Jemand packte ihn an den Knöcheln, schleifte ihn wie ein geschlachtetes Wild über den Boden. Ein Fußtritt rollte seinen erschlafften Körper in ein dunkles Loch. Das Letzte, was seine erlöschenden Augen sahen, waren die Holzbohlen, die sich über ihm schlossen wie der Deckel eines Sarges. Dann versank alles in undurchdringlicher Finsternis.

Kapitel 1

September 1670

Über dem Land lag ein magisches Licht. Vor den Reitern erstreckte sich ein weites Tal, das von dicht bewaldeten Hügeln eingefasst war. Ergriffen zügelte Amoret Ceara, um den Anblick in sich aufzunehmen. Ihr Gemahl Breandán Mac Mathúna, Baron Shanrahan, brachte seinen Rappen neben ihr zum Stehen.

Seit ihrer Ankunft in Cork vor gut einer Woche waren sie und ihre Begleiter durch die vielfältigen Landschaften der Smaragdinsel gereist, durch üppig grüne Täler, einsame Hochmoore und dichte Eichenwälder. Unermüdlich waren sie über steinige schmale Wege und von tiefem Schlamm bedeckte Pfade geritten, hatten Bäche und Flüsse durchquert und sich zwischen hohen Bäumen hindurchgeschlängelt. In Irland erlaubten die schlechten Straßen fern der Städte weder den Gebrauch von Kutschen noch von Karren. Waren transportierte man auf Packpferden oder zu Wasser. Die Nächte hatten sie in Herbergen verbracht, die aus einfachen Hütten bestanden und nur über ein oder zwei Betten verfügten. Zum Glück hatte Amoret einige Rollbetten und andere Möbelstücke einpacken lassen.

Schon die Überfahrt nach Cork hatte bei der jungen Frau, die bisher nur einige Male mit dem Paketboot von England nach Frankreich gereist war, faszinierende und ein wenig erschreckende Eindrücke hinterlassen. Zwar begegnete man auch im Ärmelkanal nicht selten stürmischer See, doch an der Südküste Irlands war bereits die wilde Unberechenbarkeit des atlantischen Ozeans spürbar gewesen. Im Westen hatten sich gewaltige dunkle Gewitterwolken aufgetürmt und waren wie eine vernichtende Walze auf das kleine Schiff zugerollt. Die starken Windböen, die sie mit sich brachten, hatten an den Segeln gerissen und den Rumpf auf den tosenden Wellen hin- und hergeworfen. Wie hypnotisiert hatte Amoret die breiten Schleppen grauer Regenschauer beobachtet, die das Wolkenmeer hinter sich herzog und hinter denen der Horizont verschwand, als hätte ein nachlässiger Maler mit feuchten Pinselstrichen den Übergang von Himmel und See verwischt. Die Sonne erlosch hinter dem wüsten Ansturm geballter Nässe, und das Meer wurde tintenschwarz. Doch ebenso schnell, wie sich das Unwetter aufgebaut hatte, verzog es sich wieder. Als das Schiff in den Hafen von Cork einlief, brachen bereits die ersten Sonnenstrahlen durch die zerfasernden Wolken, und ein riesiger leuchtender Regenbogen spannte sich über das Land.

Da selbst die Hafenstädte über wenige Unterbringungsmöglichkeiten für Reisende verfügten, waren der Baron Shanrahan und sein Gefolge auf dem Landsitz eines Adeligen untergekommen, den Amoret vom Hof her kannte. Von dort waren Breandán und sie schließlich zwei Tage später mit ihrem Beichtvater Pater Blackshaw und einigen Dienern aufgebrochen, um den Besitz, den Charles II. dem Iren für seine treuen Dienste übertragen hatte, in Augenschein zu nehmen. Insgeheim war die junge Frau froh, dass das Land nicht in unmittelbarer Nähe zu dem Anwesen der Countess of Castlemaine lag, Charles' erster Mätresse und Amorets ehemaliger Rivalin bei Hofe, auch wenn diese vermutlich noch nie einen Fuß dorthin gesetzt hatte.

Von Cork aus ging es ins Landesinnere. Als sie am siebten Tag die Knockmealdown-Berge hinter sich gebracht hatten, wand sich der Pfad durch einen dichten Wald mächtiger Traubeneichen. Die Nässe eines kurzen, aber heftigen Regenschauers glitzerte auf den gelappten Blättern der noch in sattem Grün prangenden Baumkronen. Wie Breandán seiner Frau erzählte, war dies einer der letzten größeren Eichenwälder der irischen Insel, die noch nicht der Axt der Einwanderer zum Opfer gefallen waren. Einst hatten sie den Rebellen gegen die Armeen Königin Elizabeth' Schutz und Unterschlupf geboten. Auch aus diesem Grund hatten die Engländer ihre Zerstörung vorangetrieben. Doch nun, da Irland unterjocht und befriedet war, wurden die letzten Eichen- und Erlenwälder entlang der Flüsse gerodet und die Stämme zu Holzkohle verarbeitet. Mit düsterer Miene war Breandán an den Eisenhütten des Earls of Cork, für die die Holzkohle gebraucht wurde, vorbeigeritten. Für ihn war die Vernichtung der irischen Wälder ein Sinnbild der Unterdrückung seines Volkes.

Seit fast zwei Stunden führte der Weg zwischen den knorrigen Eichen dahin. Ein stetiger Wind brachte die Blätter zum Rauschen. Dann öffnete sich plötzlich der Wald vor der kleinen Reisegruppe und gab den Blick auf das zwischen Hügeln eingebettete Tal frei. Die tiefstehende Sonne übergoss das Land mit einem unwirklichen Licht und tauchte es in ein Farbenspiel aus Gold, leuchtendem Smaragdgrün und sattem Rotbraun. Weder Zäune noch Hecken unterbrachen die unendliche Weite der Wiesen, Felder und Hochmoore. Wie ein Diamant funkelte in der Mitte des Geschmeides die ruhige, glatte Wasserfläche eines kleinen Sees, der von einem von Felsen durchzogenen, schmalen Bach gespeist wurde. Tiefhängende Wolken trieben von Westen heran und umhüllten die Hügelkappen mit grauem Gespinst. Der Wind frischte auf und trug den unerwarteten Geruch des Meeres mit sich, den Salzhauch des offenen Atlantiks, der von Stürmen aufgewirbelten See, die überall in Irland, der Insel im tosenden Ozean, fühlbar blieb.

»Nun ist es nicht mehr weit bis Seanraithean«, sagte Breandán, der seinen Hengst Leipreachán neben Amoret gezügelt hatte. Angesichts der Weite vor ihm wurde der Rappe unruhig. Trotz der strapaziösen Reise der letzten Tage drängte ihn der Anblick zu einem wilden, ungestümen Galopp, und sein Reiter hatte alle Mühe, das Tier zurückzuhalten.

»Da unten nahe des Sees muss es sein«, fügte der Ire hinzu, als er den Hengst wieder in der Gewalt hatte.

Zweifelnd betrachtete Amoret die heranziehenden Wolken, deren Farbe von Perlgrau zu dunklem Anthrazit wechselte.

»Glaubst du, wir werden die Burg vor Einsetzen des Regens erreichen?«

Ein amüsiertes Lächeln huschte über Breandáns wohlgeformte Lippen. »Du bist noch nicht lange in Irland, Liebste.«

»Du meinst, sonst würde ich es besser wissen und gar nicht erst die Hoffnung hegen, unser Ziel trockenen Fußes zu erreichen?«

Ergeben rückte sie ihren Hut zurecht und stieß ein Seufzen aus, als die ersten Regentropfen auf die breite Krempe klatschten. Vorsichtig setzten die Pferde ihre Hufe auf den feuchten Untergrund und schüttelten ihre langen Mähnen, als sie aus dem Schutz des Waldes traten. Von Westen rollten weitere Wolkenberge heran, so dass ein schnelles Ende des Schauers kaum zu erwarten war. Bald peitschte den Reitern der Regen seitlich ins Gesicht, und obgleich sie sich unter ihren Umhängen aus wasserabweisender Wolle zusammenkauerten, fühlten sie, wie die Nässe unter ihre Kleider kroch.

Der schmale Bach, an dem sie entlangritten, toste über sein felsiges Bett. Die Zweige der vereinzelten Bäume, der gelb blühende Ginster und die breiten Fächer der Farne bogen sich unter dem Regen, der auf sie niederprasselte. Auf einem halb abgeernteten Weizenfeld senkten die noch stehenden Ähren wie im Gebet die Köpfe. Keine Menschenseele begegnete ihnen. Offenbar hatten die Bauern vor dem Wolkenbruch Schutz gesucht.

Amoret, die trotz der Unbilden des Wetters von einem Fieber der Erwartung erfasst worden war, blickte sich neugierig um. Doch ihre Vorfreude verflog schlagartig, als sie die düstere Ruine gewahrte, die wie ein unheimliches Mahnmal vor ihnen auftauchte. Die aus grauem Stein gebaute Burg mit ihren vier Ecktürmen musste einst beeindruckend gewesen sein und uneinnehmbar gewirkt haben. Doch irgendwann war ein Teil der Südseite eingestürzt, und die oberen Räume waren nun der Zerstörungswut der Elemente ausgesetzt.

Ungläubig zügelte Breandán sein Pferd vor der verfallenen Festung und wandte sich mit betroffener Miene zu seiner Frau um.

»Ist es das?«, fragte sie. »Bist du sicher?«

Er nickte wortlos. Der Regen rann in Bahnen von der Krempe seines Hutes auf seine Schultern hinab. Die Feder, die ihn zierte, war nur noch ein dünnes Band, das an seinem Rand klebte.

»Ich glaube nicht, dass der König wusste, in welchem Zustand sich das Turmhaus befindet, als er es dir übertrug«, sagte Amoret beschwichtigend, doch insgeheim hegte auch sie Zweifel.

Der Jesuit Jeremy Blackshaw überwand als Erster die allgemeine Enttäuschung und bemerkte philosophisch: »Lasst uns nachsehen, ob wenigstens die unteren Räume bewohnbar sind, damit wir uns trocknen können.«

»Ihr habt recht, Pater«, stimmte Breandán zu.

Er sprang aus dem Sattel und half seiner Frau beim Absteigen. Jeremy und Amorets Diener William schlossen sich ihnen an. Vor dem Portal, das schief in den Angeln hing, hielten sie inne. Gemeinsam zogen Breandán und William an der Tür, die nur einen Spaltbreit offen stand, bis sie sie ganz geöffnet hatten. In der kleinen Vorhalle war es stockdunkel.

»Wir brauchen Licht«, sagte Jeremy. »Wer weiß, was uns drinnen erwartet.«

Wie aufs Stichwort tauchte auf einmal ein tanzender leuchtender Punkt zwischen den Regenschleiern auf und näherte sich ihnen zielstrebig. Kurz darauf blieb ein Mann in einem weiten Umhang vor ihnen stehen, der eine Lampe trug.

»Gott sei mit Euch, Gentlemen, Madam«, grüßte er sie auf Englisch. Ein starker irischer Akzent färbte seine Worte. Seine dunklen Augen, die scharf wie die eines Vogels waren, musterten sie misstrauisch. Amoret meinte, aus seiner Haltung sogar eine gewisse Ablehnung, wenn nicht gar Feindseligkeit zu lesen.

»Seid Ihr der Dorfvorsteher, Sir?«, fragte Breandán.

»Ich bin Eamonn Prendergast, der Verwalter dieses Anwesens. Seid Ihr auf der Durchreise?«

»Ich bin der Baron Shanrahan«, erklärte Breandán. Seine natürliche Bescheidenheit ließ ihn zögern, die Tatsache auszusprechen, dass der Besitz nun ihm gehörte, aber das brauchte er auch nicht.

»Ihr seid also der neue Herr«, stellte Prendergast fest. Obwohl sich der Mann bemühte, seine Gefühle nicht offen erkennen zu lassen, spürte jeder der Anwesenden sein Missfallen. »Dort drinnen werdet Ihr Euch nur die Beine brechen, Mylord«, fuhr der Verwalter fort. »Die englischen Soldaten haben alles geplündert und dabei die Böden aufgerissen. Die Burg muss erst wieder instand gesetzt werden, wenn Ihr dort wohnen wollt. Bitte nehmt meine Gastfreundschaft an, bis sich eine andere Lösung findet. Hier entlang.«

Amoret bemerkte, dass ihr Gatte bei der herrschaftlichen Anrede leicht errötete. Obwohl es seit seiner Erhebung zum Baron nicht das erste Mal war, dass er auf diese Weise angesprochen wurde, war es ihm noch immer unangenehm. Als Sohn eines Bauern und ehemaliger Landsknecht sah er sich weiterhin auf derselben Stufe wie die Menschen, über die er nun gebieten sollte. Die kommenden Monate würden nicht einfach für ihn werden.

Sie durchquerten das Dorf, das zum Teil aus einfachen Lehmhütten bestand. Ihr unwilliger Gastgeber blieb schließlich vor dem größten Gebäude stehen, einem rechteckigen Steinhaus mit weiß getünchten Wänden und einem Dach aus Weizenstroh. Beim Eintreten fiel Amoret ein Gesicht hinter dem Guckloch einer Zwischenwand auf, die den Kamin vor Zugluft schützte. Auch durch die offen stehenden Türen der Hütten hatten sich argwöhnische Blicke auf die Ankömmlinge gerichtet. Ein leichter Schauer überlief Amoret. Es war offensichtlich, dass man sie in Shanrahan nicht willkommen hieß.

Zwei Hühner, die im Haus Schutz vor dem Regenguss gesucht hatten, machten den Menschen gackernd Platz. Im Innern war es recht düster. Der eindringliche Geruch des Torffeuers, das im Kamin glühte, traf Amorets Nase und verdrängte die Farmgerüche, die sie draußen umgeben hatten. Als sich ihre Augen an das Halbdunkel gewöhnt hatten, bemerkte sie die Frau, die hinter dem Guckloch saß. Auf dem Windschutz, in den es eingelassen war, ruhte ein breites Überdach aus getünchtem Flechtwerk, das sich von einer Seite des Hauses zur anderen zog und den Rauchfang des Kamins stützte.

»Meine Gemahlin Moira«, stellte Prendergast die Frau vor, die Amoret auf Mitte vierzig schätzte.

Sie war gut gekleidet, wenn auch entsprechend der Farmarbeit, die sie verrichtete. Eine Schürze aus Leinen schützte ihren langen Wollrock vor Schmutz.

»Das ist der Baron Shanrahan, meine Liebe«, erklärte Prendergast. »Ich habe Seiner Lordschaft und seinem Gefolge unsere Gastfreundschaft angeboten.«

Die Augen der Frau verengten sich, und sie lächelte gezwungen, bevor sie einen kurzen Knicks vollführte.

»Es ist uns eine Ehre, Mylord.«

Um über seine Verlegenheit hinwegzutäuschen, stellte Breandán seine Gemahlin und ihren Beichtvater vor.

Über die Gesichter der Prendergasts huschte ein Ausdruck der Überraschung. Offensichtlich hatten sie nicht damit gerechnet, dass der neue Herr katholisch sein könnte. Die meisten Engländer, die große Teile der Besitzungen in Irland übernommen hatten, waren Protestanten.

»Willkommen, Pater«, sagte Eamonn Prendergast. Sein Ton klang mit einem Mal weniger abweisend. »Ich werde Eure Pferde in den Stall bringen. Áed, der Stallbursche, wird sich um sie kümmern.«

Mit diesen Worten verschwand der Verwalter. Breandán und die Diener William, Gerald und Thomas folgten dem Hausherrn in den Stall, um bei der Versorgung der Pferde zu helfen. Leipreachán ließ sich nicht gern von Fremden anfassen. Den Rest ihres Gefolges hatten sie in Cork zurückgelassen. Amoret war froh, dass sie darauf verzichtet hatte, ihren Sohn Daimhín und dessen Kindermädchen mitzubringen. Sie konnte nur hoffen, dass sich die Burg rasch herrichten ließ, damit sie den armen Leuten nicht länger als nötig zur Last fallen mussten.

Ein junges Mädchen, offenbar eine Magd, die Amoret bisher nicht aufgefallen war, trat aus dem Zwielicht einer Ecke der großen Wohnküche, nahm den Gästen die nassen Umhänge ab und legte sie zum Trocknen auf die Überdachung des Kamins. Amoret entdeckte noch andere Gegenstände, die dort aufbewahrt wurden, um sie vor Feuchtigkeit zu schützen, darunter ein aus Stroh geflochtenes Pferdekummet. In einem Alkoven auf der gegenüberliegenden Seite der Küche schlief eine Greisin. Eine Wolfshündin säugte auf einer Decke ihre vier Welpen. Amoret, ihre Zofe Mary und Jeremy nahmen auf den Bänken zu beiden Seiten des Kamins Platz.

»Sorcha, mach etwas Milch warm und schenke unseren Gästen ein«, sagte Moira auf Gälisch zu der Magd.

Zum Glück waren Amoret und Jeremy des Irischen mächtig. Breandán hatte ihnen die schwierige Sprache über die Jahre beigebracht. Für ihre Dienerschaft, die nur Englisch verstand, würde der Aufenthalt in Shanrahan jedoch mit gewissen Schwierigkeiten verbunden sein. Mary, die an Amorets Seite saß, machte bereits seit Tagen ein unzufriedenes Gesicht und hob immer wieder leidend den Blick zum Himmel, wenn sie sich unbeobachtet fühlte. Zum ersten Mal seit Armandes Hochzeit mit Alan Ridgeway vermisste Amoret ihre langjährige Gefährtin von ganzem Herzen.

Während die Magd frische Milch aus einem Krug in einen kleinen Topf goss, der über dem Torffeuer hing, wandte sich Moira an Breandán, der aus dem Stall zurückgekehrt war:

»Nach Eurer langen Reise müsst Ihr hungrig sein, Mylord. Leider ist vom Mittagsmahl kein Haferkuchen mehr übrig. Mit Eurer Erlaubnis werde ich schnell welchen backen.«

»Ich danke Euch, *a bhean uasal*«, antwortete Breandán auf Gälisch, um sie wissen zu lassen, dass er die Sprache verstand.

Die Hausherrin nahm die überraschende Tatsache mit hochgezogenen Brauen zur Kenntnis, ging aber nicht darauf ein. Nur Sorcha musterte die Ankömmlinge mit offenem Interesse. Der neue Herr war ausgesprochen gutaussehend, mit ebenmäßigen Zügen, großen blauen Augen und dichtem schwarzbraunem Haar, das ihm bis auf die Schultern fiel. Er war schlank und geschmeidig wie eine Katze. Die Magd konnte den Blick nicht von ihm abwenden.

»Sorcha! Träum nicht«, mahnte die Hausherrin.

Während die Magd die warme Milch in Holzbecher goss und verteilte, beobachtete Amoret fasziniert Moira Prendergast, die ein Büschel frisch geernteten, noch ungedroschenen Hafer vom Überdach nahm und sich vor die Feuerstelle hockte. Sie hielt das Korn bei den Stengeln über die Flammen, bis es sich entzündete. Dann nahm sie einen Stock, schlug die Körner aus den verbrannten Hülsen und mahlte sie zu Mehl.

Breandán, der die Verwunderung seiner Frau bemerkte, erklärte: »Graddan-Brot wird aus Korn gebacken, das man auf diese Weise getrocknet hat. Es ist eine alte irische Tradition. Das Brot wird für seinen süßen Geschmack geschätzt.« Seine Mundwinkel zogen sich verächtlich nach unten, als er hinzufügte: »Die Engländer haben 1635 sogar ein Gesetz erlassen, das diesen ›barbarischen‹ Brauch verbot. Sie mischen sich in Dinge ein, die sie nichts angehen.«

Inzwischen hatte die Hausherrin einen Holztrog von der Wand genommen und das Mehl zu Teig verarbeitet. In runde Fladen ausgerollt und mit einem Kreuz versehen, wurden die Haferkuchen auf einem flachen, glatten Stein gebacken, der im Torffeuer warm gehalten wurde. Dann musste das dünne Brot noch gegen einen dreibeinigen Brotstock gelehnt aushärten, bevor Moira Prendergast es in vier Stücke brach, dick mit Butter bestrich und ihren Gästen reichte.

Amoret hatte noch nie eine Vorliebe für heiße Milch gehabt, auch wenn sie den Körper angenehm von innen wärmte, doch als sie zum ersten Mal Haferkuchen probierte, hatte sie den Eindruck, nie zuvor etwas Köstlicheres gegessen zu haben, nicht einmal bei Hofe.

»Der Haferkuchen ist wirklich sehr gut, *a bhean uasal*«, sagte sie auf Gälisch, was der Hausherrin einen noch erstaunteren Blick entlockte, denn Amorets Akzent verriet eindeutig ihre englische Herkunft.

»Danke, Mylady«, antwortete die Frau des Verwalters auf Englisch.

Amoret wurde klar, dass Moira den Neuankömmlingen nicht erlauben würde, sie so leicht für sich einzunehmen.

Zum Abschluss des Mahls verteilte der aus den Ställen zurückgekehrte Hausherr Holzbecher mit einer hochprozentigen Flüssigkeit, an der Amoret nur vorsichtig nippte. William, der den Trunk in einem Schluck hinunterstürzte, quollen die Augen aus den Höhlen, und er musste husten, als ihm der Alkohol die Kehle verbrannte.

»Was ist das für ein Teufelszeug?«, krächzte er, als er die Stimme wiederfand.

»*Uisce beatha*«, erklärte Eamonn Prendergast. »Wasser des Lebens. Wärmt das Blut und verscheucht jede Krankheit.«

»Whiskey«, übersetzte Breandán.

Unter dem abschätzenden Blick des Verwalters begann der junge Lord sich zunehmend unwohl zu fühlen. Er wusste, was Prendergast in diesem Moment durch den Kopf ging. Sicher fragte er sich, was der neue Baron Shanrahan getan hatte, dass der König von England ihm einen Landsitz in Irland überschrieben hatte, noch dazu, da er offensichtlich Ire und darüber hinaus Katholik war. Das Misstrauen des Mannes war Breandán daher mehr als verständlich. Um sich abzulenken, warf er einen Blick durch die offen stehende Tür.

»Es hat aufgehört zu regnen«, verkündete er. In seiner Stimme schwang eine Erleichterung, die er nicht ganz verbergen konnte.

»Wenn Ihr wollt, führe ich Euch herum, Mylord«, erbot sich Eamonn.

»Danke.«

Amoret schloss sich ihnen an.

Draußen brach die Sonne rotgolden durch die abziehenden Wolken und tauchte die Landschaft in ein warmes, heiteres Licht. Die bewaldeten Hügel, die das Tal einschlossen, verloren sich in der Ferne. An ihrem Fuß erstreckte sich das Hochmoor, das bis an die bestellten Felder heranreichte. Amoret identifizierte Hafer-, Gerste- und Weizenfelder, aber auch einige Pflanzen, die ihr unbekannt waren.

»Was wird dort drüben angebaut?«, fragte sie.

»Kartoffeln«, erklärte Eamonn. »An den Geschmack muss man sich gewöhnen, aber sie sind sehr gehaltvoll, und man erntet sie erst, wenn man sie braucht.«

»Verstehe. Wie ich sehe, baut Ihr auch Kohl, Erbsen und Bohnen an«, bemerkte Amoret mit einem Blick auf den Küchengarten hinter dem Haus.

Sie entdeckte zudem einen Brotofen. Gegenüber der Haustür befand sich der Misthaufen. Offenbar hatten die Iren die Quelle der Fruchtbarkeit ihres Hofes gern im Blick.

»Die Bauern hier sind brave Leute, die hart arbeiten, Mylord«, sagte Eamonn nicht ohne Stolz.

»Daran zweifle ich nicht«, erwiderte Breandán.

Es lag ihm daran, dem Verwalter zu versichern, dass er nicht vorhatte, alteingesessene Pächter um ihr Land zu bringen. Als Kind hatte er miterlebt, wie seine Familie während des Krieges den kleinen Hof verlassen musste, der ihnen ein bescheidenes, aber sicheres Auskommen garantiert hatte. Diese Erfahrung wollte er keinem anderen zumuten.

Kapitel 2

Als der Abend hereinbrach, bot Eamonn Prendergast seinen Gästen das kleine Gemach hinter dem Kamin an, den wärmsten Raum im Haus. Das Ehepaar verbrachte die Nacht in der Kammer auf der anderen Seite des Gebäudes, in der gewöhnlich die beiden Söhne schliefen. Diese waren zurzeit mit dem Vieh auf den entfernt gelegenen Weiden. Die Greisin im Alkoven hatte Eamonn als seine Mutter Nora vorgestellt. Die Alte war bettlägerig, aber geistig wach. Nach kurzer Musterung begrüßte sie den neuen Lord mit größerer Freundlichkeit, als ihr Sohn es getan hatte. Jeremy bemerkte erstaunt, dass sie ihm zuzwinkerte, als sie hörte, dass er Priester war, und nahm sich vor, die alte Nora bei nächster Gelegenheit in ein Gespräch zu verwickeln. Bridget, die Tochter der Prendergasts, schlief in ihrem Bett auf dem Hängeboden, den man auf der östlichen Giebelseite des Hauses eingezogen hatte und der mit einer Leiter erreichbar war.

Amoret fiel es zuerst schwer, in den Schlaf zu finden. Sie hatte sich gerade wieder an das Leben in London gewöhnt, wo auch nachts nie vollkommene Ruhe einkehrte. Immerzu ratterten Wagen durch die Gassen, Betrunkene grölten auf dem Heimweg von der Schenke, der Nachtwächter sang zu jeder vollen Stunde sein Lied. Doch auf das kleine Dorf in Irland sank nach Sonnenuntergang eine mystische Stille herab, die fast hörbar war. Nicht einmal das Plätschern des nicht allzu weit entfernten Baches drang an Amorets Ohren. Die Tiere in den Ställen schliefen ebenso ruhig wie die Menschen. Sie war dankbar für die tiefen Atemzüge ihres Gemahls neben ihr und das leise Schnarchen des Priesters auf dem Rollbett. Die Rückseite des Kamins strahlte eine angenehme Wärme aus, und das Bett war bequem. Die Burgruine bot sicherlich weniger Annehmlichkeiten. Am Morgen würden sie sich das alte Gemäuer näher ansehen und entscheiden, ob es bewohnbar war oder ob sie unverrichteter Dinge nach Cork zurückkehren mussten.

Ein leises Seufzen durchbrach die unheimliche Stille der Nacht. Amoret erriet, dass es von der Wolfshündin stammte, die mit ihren Welpen auf der Decke vor dem Kamin schlief. Dieses Geräusch tiefer Zufriedenheit und Entspannung ließ schließlich auch Amoret einschlafen.

Als sie erwachte, fiel ein rosiger Schimmer durch das kleine Fenster, das mit Schafshaut bespannt war. In Entdeckerlaune verließ Amoret das Bett und schlüpfte in ihr Reisekleid. Ihr Gemahl und der Jesuit schliefen noch. In dem Bemühen, sie nicht zu stören, verließ sie die Kammer und trat um den Kamin und die Querwand herum, die den Wind abhielt, der durch die offen stehende Halbtür hereinblies. Die Hausherrin hockte vor der Feuerstelle und war damit beschäftigt, aus der Glut, die sie am Abend unter der Asche begraben hatte, neue Flammen anzufachen. Amoret grüßte sie freundlich und erhielt eine höfliche, wenn auch wenig herzliche Antwort.

»Kann ich Euch helfen?«, erbot sich Amoret und erntete einen ungläubigen Blick für ihre Worte. Eine englische Lady machte sich im Haushalt gewöhnlich nicht die Finger schmutzig, doch Amorets Erziehung im Kloster hatte sie Demut gelehrt. Wenn es sein musste, konnte sie auch ein annehmbares Mahl zubereiten.

»Nein danke, Madam«, antwortete die Irin. »Setzt Euch doch auf die Bank beim Kamin. Ich bringe Euch warme Milch.«

Inzwischen fanden sich nacheinander die anderen Familienmitglieder und die verbliebenen Gäste ein. Sorcha erschien mit einem Eimer frischer Milch aus dem Kuhstall und begann, Porridge für alle anzurichten.

Nachdem Breandán bei den Pferden nach dem Rechten gesehen hatte, machten er, Amoret, Jeremy und William sich auf den Weg zur Burgruine. Zunächst betrachteten sie sich den Schaden auf der Südseite von außen. Offenbar war diese Wand während des Krieges mit Kanonen beschossen worden. Die oberen zwei Drittel der Ecktürme waren eingestürzt, in den unteren Bereichen standen nur noch die steinernen Wendeltreppen, die ins Leere führten. Die Trümmer der Türme und der beschädigten Seitenwand lagen so dicht beieinander, dass man im Erdgeschoss nicht ins Innere sehen konnte. Im Saal des darübergelegenen Stockwerkes klaffte jedoch ein großes Loch, durch das man die geborstenen Balken der eingebrochenen Holzdecke erkennen konnte. Eamonn hatte ihnen zwei Laternen mitgegeben. Mit vereinten Kräften zogen die Männer die schwere Eingangspforte auf. Die Flammen warfen ein unruhig flackerndes Licht auf die kahlen Steinwände der kleinen Vorhalle. Von dort gelangte man in einen großen Saal, der von einem gemauerten Gewölbe überspannt wurde. Die weiß getünchten Wände waren an den Stellen, wo die Beleuchtung gestanden hatte, rußgeschwärzt. Hier und da lag ein eiserner Kandelaber auf dem Boden inmitten eines wilden Durcheinanders aus Geschirr, zerbrochenen Möbeln und rostigen alten Waffen. Im hinteren Bereich des Saales türmten sich Schutt und Trümmer. Ein Teil der massiven Wand stand jedoch noch. Ein Holzgerüst verhinderte, dass die Decke an dieser Seite einstürzte. Es schien vor langer Zeit, vermutlich kurz nach dem Krieg, errichtet worden zu sein und war das einzige Anzeichen von Reparaturarbeiten. Wie Eamonn gesagt hatte, waren einige der Holzbohlen aus dem Fußboden gerissen worden. Offensichtlich hatten die englischen Soldaten auf der Suche nach Wertsachen nichts dem Zufall überlassen.

Amoret, die an der Seite ihres Gatten geblieben war, blickte sich aufmerksam um.

»Was mag wohl aus den Bewohnern der Burg geworden sein?«, fragte sie.

»Die Soldaten wurden wahrscheinlich erschossen«, spekulierte Breandán. »Der Zustand des Wehrturms lässt vermuten, dass sie Cromwells Truppen Widerstand leisteten. Daher glaube ich nicht, dass man ihnen Pardon gab. Der Inhaber der Burg ging vielleicht ins Exil. Die Dorfbewohner werden Näheres wissen.«

»Es erfordert harte Arbeit, das Chaos zu beseitigen, doch zumindest scheint ein Großteil der Decke unbeschädigt zu sein«, bemerkte Jeremy, der nach Zeichen von eindringender Feuchtigkeit gesucht hatte. »Wenn wir hier, wo das Gerüst steht, eine Zwischenwand einziehen, ist der Saal benutzbar. Der Kamin ist offenbar auch in Ordnung.«

»Da stimme ich Euch zu, Pater«, erwiderte Breandán. »Lasst uns sehen, wie es in den oberen Stockwerken ausschaut.«

Mit der Laterne in der Hand wandte sich William dem nordwestlichen Eckturm zu. Die anderen folgten ihm über verstreute Steingutscherben hinweg.

»Vorsicht. Hier liegt eine Hellebarde«, warnte der Diener seine Begleiter.

»Die Klinge ist noch schwarz von Blut«, bemerkte Amoret erschaudernd.

»Da ist überall Blut auf dem Boden«, ergänzte Jeremy und ließ die Lichtquelle kreisen.

»Welch schreckliche Szenen müssen sich hier abgespielt haben«, murmelte Amoret betroffen. »Kein Wunder, dass die Dorfbewohner uns nicht willkommen heißen. Für sie sind alle Engländer gleich.«

William und Breandán hoben die Holzbank auf, die neben der Tür zur Wendeltreppe auf dem Boden gelegen hatte, und stellten sie an die Wand.

»Sogar an der Tür ist getrocknetes Blut«, sagte der Jesuit, die Stirn gerunzelt. »Jemand ist genau an dieser Stelle verwundet worden. Da, seht ihr das Loch in der Holzbohle? Wie es scheint, hat sich eine scharfe Klinge in die Tür gebohrt.«

Wieder überfiel die junge Frau ein Schaudern. »Glaubt Ihr, er wurde aufgespießt?«

»Durchaus möglich.« Zweifelnd sah Jeremy sie an. »Ich würde es verstehen, wenn Ihr es angesichts der blutigen Ereignisse, die sich hier abgespielt haben, vorziehen würdet, nicht in der Burg zu wohnen, Mylady.«

Fragende Blicke richteten sich auf Amoret. Diese zuckte mit den Schultern.

»In jedem alten Haus gibt es Gespenster der Vergangenheit«, erwiderte sie. »Gehen wir weiter.«

Breandán schenkte ihr ein Lächeln, bevor er sich umwandte und die Tür aufzog. Die in die dicke Mauer des Eckturms eingelassene Wendeltreppe war unbeschädigt. Durch schmale Schießscharten fiel ein wenig Tageslicht herein. An den Innenwänden waren Halterungen für Lampen angebracht. Sie gelangten in einen kleinen Raum, der mit einem schmucklosen Baldachinbett ausgestattet war.

»Da dieser Raum unmittelbar an den Saal anschließt, in dem die Truppen der Burg und die Dienerschaft untergebracht waren, handelt es sich hier wahrscheinlich um die Unterkunft des befehlshabenden Offiziers«, mutmaßte Breandán.

Ein Stockwerk höher befand sich eine kleine Küche, die fast unversehrt schien. Auf gleicher Höhe führte eine Tür in den Großen Festsaal der Burg, der über dem Gewölbesaal lag. Hier musste der einstige Schlossherr Gäste empfangen und Gericht gehalten haben. Die einst prachtvolle Holzdecke war zum Teil eingestürzt, so dass sie den Saal nur von einem Ende aus betrachten konnten.

»Ein Jammer«, meinte Jeremy.

Nachdem sie sich kurz umgesehen hatten, kehrten sie in den Eckturm zurück und stiegen die Wendeltreppe weiter hinauf. Über der Küche befand sich das Schlafgemach des Burgherrn, wie die reiche Ausstattung verriet. Man hatte die Bettvorhänge und die Wandvertäfelung heruntergerissen, sie schienen jedoch noch so weit erhalten, dass man sie mit ein wenig Geschick wieder herrichten konnte. Wie durch ein Wunder waren die Glasfenster unversehrt geblieben. Von der danebenliegenden Wohnstube, in der ein großer Eichentisch und einige Stühle standen, führte eine schmale Tür zur Wendeltreppe im nordöstlichen Eckturm, über die man in die Kapelle und das Schlafgemach des Kaplans gelangte. Allerdings waren die Möbel dort völlig zerstört und die Wandbehänge zerfetzt.

»Allein werden wir es nicht schaffen, einigermaßen Ordnung hereinzubringen«, prophezeite Jeremy.

»Nein«, stimmte Breandán zu, »wir müssen die restlichen Diener aus Cork nachkommen lassen. Das heißt, falls du nichts dagegen hast, dass wir bleiben.« Der Baron wandte sich an seine Gemahlin, die ihm zulächelte.

»Ich sehe das Ganze als Abenteuer. Bleiben wir!«, sagte Amoret.

Sie wusste, wie lange Breandán sich danach gesehnt hatte, in seine Heimat zurückzukehren. Um ihn glücklich zu sehen, war sie auch bereit, Unannehmlichkeiten in Kauf zu nehmen.

»Dann lasst uns das Gepäck holen«, erwiderte Breandán befriedigt. »Die Kammer des Offiziers scheint weitgehend unbeschädigt. Dort können wir uns einquartieren.«

Auf dem Weg nach unten begutachteten sie das Baldachinbett im Gemach des Hauptmanns. Die Vorhänge waren zerschlissen und mussten ersetzt werden. Die alte Matratze wurde vorsorglich entfernt und durch einen mit frischem Stroh gefüllten Sack ersetzt. Bettzeug und Decken führten sie mit sich.

Breandán kehrte zum Haus der Prendergasts zurück, um ihre Gastgeber von ihrer Entscheidung in Kenntnis zu setzen, dass sie im Turmhaus wohnen würden. Als er in die Küche trat, tapste ihm einer der Wolfshundwelpen zwischen die Beine und brachte ihn beinahe zu Fall. Der Hausherr konnte sich ein Schmunzeln nicht verkneifen.

»Sie ist die Vorwitzigste des Wurfs«, sagte er. »Sicher wird sie einmal eine vorzügliche Wolfsjägerin.«

Lächelnd sank Breandán in die Hocke und streichelte die junge Hündin, die ihm sofort ausgiebig die Hand leckte.

»Als Bub hatte ich auch so einen Hund. Damals in Clare«, murmelte er, als die Erinnerung an glückliche Zeiten zurückkehrte. Die kurze Bemerkung rührte etwas in Eamonns Innerem. Um Gelassenheit bemüht, sagte er: »Sie mag Euch, Mylord. Wenn Ihr wollt, könnt Ihr sie haben. Ein wachsamer Wolfshund kann sehr nützlich sein.«

Obwohl Breandán nie daran gedacht hatte, wieder einen Hund zu halten, empfand er das Angebot als starke Versuchung. Irische Wolfshunde wurden überall für ihre Furchtlosigkeit geschätzt und daher in großer Zahl ins Ausland verkauft.

»Das ist sehr großzügig von Euch«, erwiderte der Baron dankbar.

»Ihr könnt sie gleich mitnehmen. Es ist ohnehin Zeit, sie zu entwöhnen.«

Und so sah Amoret, die mit Jeremy in den unteren Saal hinabgestiegen war, ihren Gemahl mit einem quirligen kleinen Hund auf dem Arm aus dem Dorf zurückkehren.

»Ein fürstliches Geschenk«, kommentierte Breandán die Geste des Verwalters. »Auf dem Kontinent erzielen diese Hunde einen hohen Preis.«

Die Diener hatten inzwischen Besen und andere Putzutensilien aufgetrieben und machten sich ans Aufräumen. Im Keller gab es einen tiefen Brunnen, der genießbares Wasser führte. Draußen hoben die Lakaien eine Grube aus, in die sie die Abfälle warfen. Das Mittagsmahl nahmen Breandán und Amoret erneut als Gäste der Prendergasts ein. Während William und die anderen Diener unter Jeremys Aufsicht den Gewölbesaal ausputzten, führte der Verwalter die neue Herrschaft durch das Dorf. Die Häuser waren mehr oder weniger entlang einer Straße aus festgestampfter Erde angelegt, was dafür sprach, dass das Dorf unter englischem Einfluss geplant worden war. Die Wände waren aus aufeinandergeschichteten Grassoden und Tonerde errichtet und weiß getüncht. Die Dächer bestanden aus Stroh oder Reet und dampften in der morgendlichen Frische der Luft wie riesige Misthaufen. Da die Häuser keine Schornsteine besaßen, entwich der Rauch der Feuerstelle überall durch das Stroh. Breandán erriet, dass die Behausungen allesamt nach den Kriegszügen Cromwells entstanden waren. Ihre Vorgänger hatten die Soldaten mit

Sicherheit niedergebrannt. In Irland war es nicht üblich, dass der Gutsherr die Hütten der Pächter erbaute. Dies überließ man den Bauern. Und da die Pachten gewöhnlich nur über zwanzig Jahre liefen, lohnte es sich für die Menschen nicht, dauerhaftere Gebäude zu errichten.

»Gibt es hier eine Kirche?«, fragte Amoret den Verwalter.

»Wenn Ihr dort hinüberseht, Mylady«, antwortete Eamonn und deutete in Richtung Osten, »könnt Ihr die Überreste erkennen. Das Gebäude ist seit über hundert Jahren eine Ruine. Es befindet sich im Besitz der Staatskirche.« Er blickte Amoret unter seinen dichten dunklen Brauen hervor an. »Unser Priester liest sonntags und an Feiertagen die Messe in meinem Haus.«

»Ich wundere mich, dass man sie nicht wieder aufgebaut hat«, sagte Amoret.

»Die protestantische Staatskirche hat kein Interesse an einer Massenbekehrung der katholischen Iren«, konstatierte Eamonn steif.

Breandán bemerkte den überraschten Gesichtsausdruck seiner Frau und erklärte: »Damit würden die Eroberer einen Vorwand verlieren, die Iren von ihrem Land zu vertreiben.«

Amoret errötete leicht. »Natürlich. Wie naiv von mir.« Als sie sich wieder gefasst hatte, fragte sie: »Also duldet die Obrigkeit die Arbeit der katholischen Priester?«

»Solange sie nicht zu sehr auffallen«, entgegnete Eamonn.

Sie waren vor einem Gebäude aus Stein etwas außerhalb des Dorfes stehen geblieben. Der dunkle Kohlenrauch, der dem Schornstein entwich, und das metallische Hämmern, das durch die geöffnete Tür drang, verriet, dass es sich um die Werkstatt des Schmieds handelte.

»Ruairí Ó Leannáin schmiedet alles«, sagte der Verwalter. »Von Pflugscharen, Spaten, Forken, Sensen, Hufeisen, Steigbügeln, Messerklingen bis hin zu Scheren, Riegeln oder Bratspießen, was immer Ihr braucht.«

»Gut zu wissen«, erwiderte Breandán und beobachtete den Schmied eine Weile bei der Arbeit.

»Wir haben auch einen Schreiner, Fintan Ó Meadhra, der sehr geschickt mit Holz umgehen kann. Und dort hinten am Bach ist die Kornmühle, die von Laoghaire Ó Seanacháin betrieben wird.«

»Was ist das da für ein Gebäude? An der Weggabelung?«, erkundigte sich Amoret.

»Das ist eine kleine Herberge, die von Muiredach Ard Ó Donnabháin geführt wird. Dort können Reisende einkehren und übernachten«, erklärte Eamonn. »Es kommen nicht viele Leute hier durch. Händler auf dem Weg nach Cork und Tinker, die Gegenstände des täglichen Bedarfs verkaufen.«

Der »riesige« Muiredach Ó Donnabháin, dachte Amoret amüsiert. Die Iren hatten eine Vorliebe für Spitznamen. Sie war neugierig darauf, den Herbergswirt kennenzulernen.

»Was könnt Ihr mir über die anderen Grundherren in der Umgebung sagen?«, fragte Breandán schließlich.

Eamonn zögerte, bevor er weitersprach. Seine buschigen Augenbrauen rückten näher zusammen, was seinen Blick verdüsterte.

»Euer nächster Nachbar ist ein Engländer namens Ralph Luscombe. Er verdankt sein Land Oliver Cromwell, unter dem er gedient hat.«

»Lebt er auf seinem Gut?«, erkundigte sich Amoret neugierig.

»Überraschenderweise, ja. Offenbar hat er seit der Thronbesteigung von Charles II. in England nichts zu erwarten, obwohl er selbst kein fanatischer Puritaner zu sein scheint.

Aber seine Gemahlin ist die Tochter von John Inglewhite, einem treuen Weggenossen Cromwells.«

»Nun, wir werden diesem Luscombe wohl einen Besuch abstatten müssen«, erklärte Breandán. Seine angespannte Miene verriet wenig Begeisterung. Amoret lächelte ihm aufmunternd zu.

»Befindet sich nicht in der Nähe der Besitz eines Verwandten von James Butler, Duke of Ormonde?«, fragte Amoret.

Eamonn nickte. »Kilcash, das Gut seines Bruders. Soviel ich weiß, hat Seine Gnaden sich dafür eingesetzt, dass Lieutenant-General Richard Butler seine unter dem Commonwealth konfiszierten Ländereien zurückerstattet wurden. Die Butlers sind die einflussreichsten Grundherren hier in Tipperary.«

Auf dem Weg zurück zur Burgruine schmiedeten Breandán und Amoret Pläne.

»Sobald wir uns eingerichtet haben, statten wir den Nachbarn Besuche ab«, beschloss der Baron. »Doch zuerst reisen wir nach Cork und holen den Rest unseres Gefolges.«

Amoret nahm mit Erleichterung zur Kenntnis, dass er von »unserem« Gefolge sprach, obgleich es sich eigentlich um ihre Dienerschaft von ihrem Landsitz Melverley Court in England handelte. Vielleicht begann ihr Gemahl sich doch allmählich an seine neue gesellschaftliche Stellung zu gewöhnen.

Die zimtfarbene Hündin lief unermüdlich auf ihren viel zu großen Pfoten voraus und beschnupperte begeistert jeden Stein und jedes Gestrüpp.

»Wie wirst du sie nennen?«, fragte Amoret, die den Welpen amüsiert beobachtete.

»Bran, nach der Jagdhündin von Fionn Mac Cumhaill, dem mythischen Helden einer alten Gedichtsammlung.«

»Na, hoffentlich erwartest du keine Heldentaten von der Kleinen«, scherzte Amoret.

Der zottelige Welpe war stehen geblieben und schnüffelte geräuschvoll unter einem Ginsterbusch am Wegesrand. Ein paar Mal nieste die Hündin, um die Nase von ablenkenden Gerüchen freizubekommen, dann begann sie leise zu winseln.

»Siehst du, sie macht ihrem Namen bereits Ehre«, meinte Breandán. »Sie muss etwas Interessantes gefunden haben.«

Neugierig beugte er sich über Bran und zog einen Gegenstand unter dem Strauch hervor. Entgeistert starrte Amoret ihn an.

»Eine Harfe?«

Vorsichtig berührte Breandán die Saiten des Instruments. »Sie sind morsch, und das Holz ist vom Regen völlig durchweicht. Die Harfe muss schon eine ganze Weile hier gelegen haben.«

»Aber sicherlich nicht seit der Belagerung der Burg«, erwiderte Amoret zweifelnd. »Dazu ist sie in einem zu guten Zustand.«

»Mag sein. Aber ein paar Monate liegt sie bestimmt schon hier. Ich werde Prendergast fragen, ob es im Dorf einen Barden gibt, der sie verloren haben könnte.«

Lobend tätschelte er der Hündin den schmalen Kopf.

»Gut gemacht, Bran.« An seine Frau gewandt, erklärte er: »Eigentlich jagen irische Wolfshunde auf Sicht. Ihre Nase reicht an die von Bluthunden nicht heran. Aber die Kleine scheint vielfältige Talente zu haben.«

Im Wohnturm ging die Arbeit gut voran. In der Abfallgrube häuften sich Scherben und anderer Unrat. William war gerade dabei, sie mit Erde zuzuschütten. Der unbeschädigte Teil des Gewölbesaals war nicht wiederzuerkennen. Der Boden war gefegt und frisch gewischt. Nur an manchen Stellen fehlten die Holzbohlen und mussten ersetzt werden.

»Ich werde gleich den Schreiner aufsuchen und ihn beauftragen, die Reparaturen durchzuführen«, entschied Breandán kurzerhand. »Komm, Bran«, rief er der Hündin zu. Diese war schnurstracks in eine Ecke des Saales gelaufen und beschnüffelte die frisch geputzten Dielen.

»Na, komm schon, Kleine«, befahl der junge Lord erneut, obwohl er nicht wirklich damit rechnete, dass Bran so rasch lernen würde, ihm zu gehorchen. Schließlich durchquerte Breandán den Saal und packte die Hündin im Genick, um sie von der Stelle fortzuziehen, an der sie schnüffelte. Zu seiner Überraschung wehrte sie sich und begann herzzerreißend zu winseln.

»Denselben Laut hat sie von sich gegeben, als sie die Harfe aufgespürt hat«, sagte Amoret und trat näher.

Jeremy folgte ihr. Vorsichtig setzte er den Fuß auf eine der Bohlen und wippte auf und ab. Das Holz knarrte unter seinem Gewicht.

»Mir ist eben schon aufgefallen, dass die Dielen an dieser Stelle locker sind.«

»Glaubt Ihr, darunter könnte etwas verborgen sein?«, fragte Breandán.

»Eure Hündin scheint davon überzeugt.«

Kaum hatte der Baron Bran losgelassen, als diese entschlossen mit den Krallen an den Bohlen kratzte und dabei laut winselte.

»Habt Ihr ein Werkzeug?«, fragte Breandán in die Runde.

William eilte mit der Hellebarde herbei, die er beim Saubermachen in eine Ecke gestellt hatte, und setzte die Spitze in einer der Fugen zwischen zwei Holzbohlen an. Zu seiner Überraschung ließ sich die Diele leicht anheben. Sie hatte nur locker aufgelegen. Ein muffiger Verwesungsgeruch schlug ihnen entgegen.

»Heilige Jungfrau!«, entfuhr es Amoret. Entsetzt wich sie zurück.

Der Jesuit schlug vor Schreck die Hand vor den Mund.

Mit zusammengepressten Lippen beugte sich Breandán über den Leichnam, der unter den Holzbohlen zum Vorschein kam. Mit energischer Hand hinderte er Bran daran, sich zu nähern, woraufhin die Hündin ein schauriges Jaulen ausstieß. Die Haut des Toten war mumifiziert und spannte sich wie brüchiges gelbes Pergament über das Skelett. Ein Rest der Weichteile am Unterleib und an den Schenkeln war noch erhalten und mit puderigem weißem Schimmel überzogen. Im Bauch der Leiche klaffte ein riesiges Loch.

»Dieser Mann ist keines natürlichen Todes gestorben«, konstatierte Jeremy.

»Glaubt Ihr, er ist bei der Erstürmung der Burg ums Leben gekommen?«, fragte Amoret, deren Hände sich kalt anfühlten. Unbewusst rieb sie die Finger aneinander, um sie zu wärmen.

»Die englischen Soldaten hätten sich bestimmt nicht die Mühe gemacht, ihn unter dem Fußboden zu verstecken«, gab der Priester zu bedenken.

»Nun, das Wichtigste ist, den armen Mann zu bergen«, beschloss Breandán. »Ich unterrichte Prendergast von unserem Fund und beauftrage den Schreiner, einen Sarg zu zimmern.« An William gewandt, fügte er hinzu: »Hängt eine der Türen aus, bettet den Leichnam darauf und tragt ihn nach draußen. Vielleicht erkennt ihn einer der Dorfbewohner.«

Kapitel 3

Mit ernsten, beunruhigten Mienen zogen die Dorfbewohner in langer Reihe an dem auf die Tür gebetteten Leichnam vorbei. Einige bekreuzigten sich. Breandán hatte die Harfe an seine Seite gelegt, denn es bestand die Möglichkeit, dass sie dem Unbekannten gehört hatte. Während sich der Baron mit dem Schreiner Ó Meadhra besprach, beobachtete Jeremy aufmerksam die Gesichter der Anwesenden. Ihre Züge verrieten Misstrauen. Sie mochten sich fragen, ob die Neuankömmlinge einen Verantwortlichen für den Tod des Mannes suchten. Doch als die Blicke der Leute auf den Leichnam und die Harfe fielen, wandelte sich der Ausdruck auf ihren Gesichtern zu Erstaunen und Betroffenheit.

Sie kannten ihn! Davon war der Jesuit überzeugt. Keiner sprach jedoch ein Wort.

Schließlich trat ein großer, breitschultriger Mann in den Fünfzigern mit an den Schläfen ergrautem dunkelbraunem Haar und kantigen Zügen heran. Er blieb vor dem mumifizierten Toten stehen und schüttelte traurig den Kopf. Eine Weile betrachtete er das von Verwesung und Ameisenfraß verwüstete Gesicht mit den über die Zähne zurückgezogenen lederartigen Lippen. Der Schopf weißer, nur leicht vergilbter Haare bewegte sich im sanften Wind. Der Hüne beugte sich vor und hob die Harfe auf.

»Erkennt Ihr sie?«, fragte Jeremy auf Gälisch.

Leuchtend blaue Augen, die Intelligenz und Schalk ausdrückten, richteten sich auf den Priester.

»Ja«, bestätigte der hochgewachsene Mann mit einem Blick auf die Harfe. »Sie gehörte Cormac Bán Ó Riordáin.«

Bán, der Weißhaarige, dachte Jeremy. Wie passend.

»Könnte es sich bei dem Toten um Ó Riordáin handeln?«

»Obwohl seine Züge nicht mehr zu erkennen sind, denke ich, dass er es ist.«

»Er war Barde?«, fragte der Jesuit.

Der breitschultrige Mann nickte. »Soweit ich weiß, stammte Ó Riordáin aus der Grafschaft Cork. Hin und wieder kam er auf seiner Wanderschaft hier durch und trug in den Herrenhäusern Gedichte vor.«

»Verstehe«, entgegnete Jeremy. »Verzeihung, ich sollte mich wohl vorstellen. Mein Name ist Fauconer.« Der Jesuit hatte sich entschieden, den Decknamen, den er als Priester in England trug, um seine Familie vor Repressalien zu schützen, auch in Irland beizubehalten.

»Muiredach Ard Ó Donnabháin, zu Euren Diensten, Pater.«

»Ihr führt die kleine Herberge am Rande des Dorfes.«

»So ist es. Und ich unterrichte die Kinder.«

Anerkennung blitzte in den grauen Augen des Jesuiten auf. »Ist das nicht Aufgabe des Priesters?«

»Pater Ó Néill ist nicht in dieser Pfarre ansässig. Er reitet von Dorf zu Dorf und hat daher nicht die Zeit, sich um die Bildung der Kleinen zu kümmern.« In der Stimme des Wirts schwang ein leicht abfälliger Ton mit.

Jeremy fragte sich, was sich der Priester wohl hatte zuschulden kommen lassen.

In diesem Augenblick trat Breandán, der sein Gespräch mit dem Schreiner beendet hatte, zu der Leiche.

»Wir wissen nun, um wen es sich bei dem Toten handelt«, erklärte der Jesuit. »Die Harfe gehörte einem gewissen Cormac Bán Ó Riordáin, einem Barden.«

Breandán musterte den Herbergswirt interessiert.

»Ihr kanntet ihn gut?«, fragte er.

»Wir verkehrten seit vielen Jahren miteinander«, berichtigte Muiredach Ard Ó Donnabháin. »Aber ich könnte nicht behaupten, dass ich ihn gut *kannte.*«

Ein Philosoph, dachte Jeremy. Und jemand, der um Aufrichtigkeit bemüht ist. Der Hüne faszinierte ihn zunehmend. Bei Gelegenheit würde er sich einmal in Ruhe mit ihm unterhalten.

»Habt Ihr eine Ahnung, wann Ó Riordáin hier im Dorf war?«, erkundigte sich Breandán.

»Das ist über ein Jahr her«, antwortete der Wirt.

»Hm, ich glaube nicht, dass er schon so lange tot ist«, widersprach Jeremy und strich sich mit der Hand über das Kinn. »Die Mumifizierung spricht zwar dafür, aber am Oberkörper und an den Schenkeln hat sich noch genug Fleisch erhalten, dass sein Ableben nicht länger als ein paar Monate zurückliegen kann.«

»Wenn er im Laufe des Sommers hier durchkam, so hat er nicht in meiner Herberge haltgemacht«, entgegnete Muiredach Ard.

»Dann habt Ihr wohl auch keinen Verdacht, wer den Barden ermordet haben könnte und weshalb man seinen Leichnam in der Burg versteckte?«

Dass er unter dem Fußboden im Gewölbesaal verborgen wurde, könnte auf einen der Dorfbewohner als Mörder hinweisen, fügte Jeremy in Gedanken hinzu, sprach seine Überlegung aber nicht aus.

»Überhaupt keinen«, erwiderte der Hüne. »Ihr müsst wissen, dass die Barden arme Leute sind, die wie die Fahrenden alles bei sich tragen, was sie besitzen, und das ist gewöhnlich nicht mehr als die Kleider, die sie am Leibe haben, und eine Harfe, mit der sie ihren Lebensunterhalt bestreiten. Jeder Ire weiß, dass es sich nicht lohnt, sie zu berauben.«

»Aber er müsste doch zumindest einen Beutel für das Geld, das er sich mit seinen Liedern verdient hat, bei sich haben. Wir fanden aber keinen.«

»Ihr habt recht. Das ist merkwürdig. Aber wer bringt jemanden für ein paar Münzen um und versteckt dann die Leiche?«

»Eine gute Frage ...« Jeremy spürte, wie ihm der Blick des Wirts unter die Haut drang.

»Wie es scheint, interessiert Euch die Antwort tatsächlich.« In Ó Donnabháins Stimme schwang unverhohlene Neugier.

»Ein ungelöstes Rätsel lässt mich nicht ruhen«, antwortete der Priester. »Das war schon immer so.«

»Dann habt Ihr wohl schon einige gelöst.«

»Ja, einige ...«

»Hoffen wir, dass Ihr auch in diesem Fall Erfolg habt«, meinte der Herbergswirt. Sein Blick kehrte zu der Leiche zurück. »Wie ist er gestorben?«

»Man hat ihn mit einer breiten Klinge durchbohrt, vermutlich einer Hellebarde«, erläuterte Jeremy, der den Toten einer genauen Untersuchung unterzogen hatte. »Außerdem hatte er eine Bleikugel in der Schulter. Jemand hat von hinten auf ihn geschossen.«

Das Entsetzen, das über die kantigen Züge glitt, schien aufrichtig. »Welch ein schrecklicher Tod«, murmelte Muiredach Ard betroffen.

»Wisst Ihr, ob es hier einen Leichenbeschauer gibt, dem der Mord gemeldet werden muss?«, fragte Breandán.

Der Wirt schüttelte den Kopf. »Der Leichenbeschauer ist kürzlich verstorben. Ich habe keine Ahnung, ob bereits ein neuer gewählt wurde. Am besten wendet Ihr Euch an den Friedensrichter des Bezirks.«

»Und wer bekleidet dieses Amt?«

»Euer Nachbar Captain Luscombe.«

Am Abend saß Amoret fröstelnd vor dem Kamin in der Offizierskammer. Der Schornstein zog nicht gut, und der in den Raum dringende Rauch reizte sie zum Husten. Breandán löschte das Feuer mit einem Schwall Wasser und schmiegte sich an seine Frau, um sie zu wärmen.

»Wir werden uns unter den Decken zusammenkuscheln müssen«, sagte er. Dann fügte er zerknirscht hinzu: »Es tut mir leid. Ich habe mir unser Leben hier anders vorgestellt.«

Amoret antwortete nicht. Ihr war nicht nur die klamme Kälte innerhalb der nackten Steinmauern unter die Haut gekrochen. Sie dachte an den ermordeten Barden, der in der Kapelle im Eckturm nebenan auf einem Tisch lag, bis der Schreiner einen Sarg gezimmert hatte. Erst als sie die Muße fand, über seinen Tod nachzudenken, wurde ihr klar, dass vielleicht in ihrer unmittelbaren Nähe ein Mörder lebte. Was würde geschehen, wenn sie Nachforschungen über Ó Riordáins Tod anstellten? Wie gefährlich der Unbekannte war, bewies die grausame Wunde im Körper des Barden. Machten sie sich nicht zur Zielscheibe, wenn sie den Mord aufzuklären versuchten? Es lag nicht in ihrer Verantwortung, dem Opfer dieses furchtbaren Verbrechens Gerechtigkeit zu verschaffen. Sie mussten nur seinen Tod melden und könnten den Rest den Verwandten des Ermordeten überlassen, sofern es welche gab. Aber konnte man einen Mörder in ihrer Mitte einfach so unbehelligt lassen? War es nicht wahrscheinlich, dass er wieder töten würde, vielleicht aus einem nichtigen Anlass?

Amoret erbebte.

»Du fröstelst«, stellte Breandán fest. »Trink einen Schluck Whiskey, und dann gehen wir zu Bett. Morgen müssen wir unseren Nachbarn aufsuchen.«

Eamonn Prendergast hatte ihnen eine Flasche zukommen lassen. Breandán goss einige Schlucke in einen aus Leder gefertigten Becher und ließ seine Frau trinken, bevor er das Gefäß an den Jesuiten und die Zofe weiterreichte. Der Alkohol wärmte von innen. Dennoch hielten Amorets Gedanken sie noch lange wach, als die anderen längst eingeschlafen waren.

Am nächsten Tag machten sich Breandán und Amoret, begleitet von William und Gerald, zu Pferd auf nach Kilcommon, dem Wohnsitz von Ralph Luscombe. Den Weg hatten sie sich von Eamonn beschreiben lassen.

Es war ein frischer, trockener Septembermorgen. Die Sonne ließ das dunkelgrüne Laub der Bäume auf den Kuppen der umliegenden Berge smaragdfarben aufleuchten, und ihre Strahlen glitzerten auf der unruhigen Wasseroberfläche des kleinen Flüsschens, an dem sie entlangritten. Geblendet betrachtete Amoret die üppige Szenerie. Sie verliebte sich immer mehr in dieses einzigartige, mysteriöse Land. Würde sie es eines Tages als ihre Heimat bezeichnen können? Noch fühlte sie sich fremd, wie eine Außenseiterin, abgelehnt von den Menschen und dem unsichtbaren Volk, den Elfen, die angeblich jeden Baum, jeden Strom, jeden Flecken Erde bewohnten.

In der Ferne kamen bald Häuser in Sicht. Die Reiter durchquerten ein Dorf, an dessen Rand sich eine kleine Herberge befand. Auch hier verfolgten die Bewohner die Fremden mit misstrauischen und zum Teil feindseligen Blicken. Getreidefelder wogten goldgelb im leichten Wind: Weizen, Roggen und Hafer, wie Amoret bemerkte. Die Ernte war in vollem Gange. Man musste sich sputen, bevor der nächste Regen einsetzte.

Kurz darauf tauchte der Landsitz des englischen Captain vor ihnen auf. Er bestand aus einem aus Stein gebauten viereckigen Turm und einem neueren Gebäude nebenan, das kaum älter als zehn Jahre zu sein schien. Offenbar hatte Luscombe das Turmhaus als zu unbequem für seine Familie empfunden. Der Neubau war zweistöckig und der Mode entsprechend mit hohen Fenstern ausgestattet, die viel Licht in die Räume ließen.

Als Breandán, Amoret und ihre Diener vor dem Wohnhaus anhielten, eilten sogleich Stallknechte heran, die sich ihrer Pferde annahmen. Der Baron Shanrahan führte seinen Rappen jedoch selbst in den Stall. Ein Mann in Livree trat aus dem Hauseingang. Der junge Lord stellte sich vor und bat, den Captain zu sprechen. Daraufhin verbeugte sich der Lakai und ging ihnen voraus. Die Diener blieben draußen zurück.

Die Eingangshalle war düster. Einige alte Eichenmöbel und Waffen zierten sie. Zur Rechten führte eine Tür in den Salon. Dieser war mit leichteren Möbeln aus Walnussholz eingerichtet, die unzweifelhaft aus England stammten. An den Wänden hingen Familienporträts und mehrere Stiche. Einer davon stellte Oliver Cromwell dar. Die Morgensonne fiel durch die großen Fenster herein und erhellte den ganzen Raum. Vermutlich verbrachte die Familie hier die Vormittage, um das Licht auszunutzen.

Die Besucher hatten kaum Zeit, sich umzuschauen, als der Hausherr erschien. Er war ein mittelgroßer, kräftiger Mann in den Vierzigern mit schulterlangem hellbraunem Haar. Sein Wams und die Kniehosen entsprachen nicht der neuesten

Mode, hinkten dieser jedoch nur etwa fünf Jahre hinterher. Vermutlich hatte Captain Luscombe zu jener Zeit das letzte Mal Dublin oder London aufgesucht, um sich einzukleiden. Alles in allem entsprach er ganz und gar nicht dem Bild eines sittenstrengen Puritaners.

»Sehr erfreut, Mylord Shanrahan«, sagte er jovial, als er den Salon betrat. »Was verschafft mir die Ehre Eures Besuchs?«

Ralph Luscombes Blick fiel auf Amoret und musterte sie eingehend, obwohl er sich bemühte, sie nicht zu auffällig anzustarren. Für die junge Frau war es nicht schwierig, ihm seine Gedanken vom Gesicht abzulesen: Bewunderung, Einschätzung, Begehren ... Er erkannte vermutlich sofort an ihrer Haltung, dass sie bei Hofe verkehrt war.

»Mylady«, begrüßte er sie mit einer vollendeten Verbeugung.

Breandán, der Luscombes Blicke ebenfalls bemerkt hatte, sagte etwas steif: »Seine Majestät König Charles hat mir die Burg Shanrahan und die dazugehörenden Ländereien übertragen. Wir sind erst vor ein paar Tagen angereist, um den Besitz zu begutachten.«

»Verstehe«, erwiderte der Captain. »Dann sind wir also von nun an Nachbarn. Habt Ihr denn vor, in Irland zu bleiben, Mylord?«

»Das wird sich noch entscheiden«, antwortete Breandán mit einem Seitenblick auf Amoret.

Sie lächelte ihm zu. Offenbar war er sich immer noch nicht sicher, ob es seiner Gemahlin in seinem Heimatland gefiel.

»Auf jeden Fall würde es mich freuen, Euch in Zukunft des Öfteren als Gäste in meinem Haus begrüßen zu dürfen.«

Mit einem kurzen Nicken nahm Breandán die Einladung zur Kenntnis. »Leider führt uns heute eine sehr unerfreuliche

Angelegenheit zu Euch. Ihr seid der Friedensrichter dieser Gegend, wenn ich richtig verstehe?«

»So ist es«, bestätigte Luscombe. Er sah den Baron fragend an. »Seine Majestät hat Euch also nicht mit diesem Amt betraut?« Dann ging ihm ein Licht auf. »Ihr seid katholisch. Nun ja …« Er zögerte einen Moment und fügte dann gezwungen hinzu: »Womit kann ich Euch dienen, Mylord?«

Breandán versuchte, sich nicht anmerken zu lassen, dass ihm die Veränderung im Benehmen seines Gegenübers aufgefallen war.

»Auf meinem Besitz wurde ein Leichnam gefunden. Gibt es in diesem Bezirk einen Leichenbeschauer, der von dem Fund in Kenntnis gesetzt werden muss?«

Luscombe runzelte erstaunt die Stirn. »Nun, dem Gesetz nach schon. Leider ist der zuständige Leichenbeschauer in Clonmel vor zwei Monaten gestorben, und bisher wurde kein Nachfolger gewählt.« Während er sprach, taute der Captain wieder ein wenig auf. Offenbar plauderte er gern, fand aber auf dem abgeschiedenen Gut dafür nicht genügend Gelegenheit. »Ich glaube auch nicht, dass sich an diesem bedauernswerten Zustand so bald etwas ändern wird. Die Mühlen der Verwaltung in diesem Land mahlen ausgesprochen langsam.« Nachdenklich strich sich der Engländer über das Kinn. »Wo habt Ihr die Leiche denn gefunden, Mylord?«

»In der Burg. Versteckt unter dem Holzfußboden des unteren Saals.«

»Und in welchem Zustand befindet sie sich?«

»Der Körper ist weitgehend mumifiziert. Er weist nur noch wenig verwesendes Fleisch auf. Dennoch …«

»Ich verstehe sehr gut, Mylord. Es wäre eine Zumutung für Euch, einen verrottenden Leichnam monatelang aufgebahrt auf Eurem Besitz zu verwahren, bis ein neuer Leichenbeschauer ernannt wird.« Luscombe warf Amoret einen mitfühlenden Blick zu. »Daher schlage ich vor, dass ich mir als Friedensrichter den Toten ansehe, damit Ihr ihn guten Gewissens begraben könnt. Ich könnte heute Nachmittag zu Euch hinüberreiten, so dass wir die Formalitäten rasch erledigen. Ist Euch das recht?«

»Dafür wären wir Euch sehr dankbar, Sir«, sagte Breandán erleichtert, der sich bereits erheblichen bürokratischen Unannehmlichkeiten gegenübergesehen hatte.

In diesem Moment betrat eine Frau den Salon. Sie mochte einige Jahre jünger sein als Luscombe, wirkte aber älter, denn sie trug ihr Haar in einem streng zurückgebundenen Knoten, und ihre eisblauen Augen blickten ernst. Ihr ungeschminktes Gesicht mit der hellen Haut verlieh ihr ein geradezu farbloses Aussehen.

»Meine Gemahlin Susanna«, stellte der Captain sie vor. »Meine Liebe, dies sind unsere neuen Nachbarn Lord und Lady Shanrahan.«

Mistress Luscombe machte zur Begrüßung eine steife Verbeugung. Ihr Blick glitt abfällig über Amorets einfaches, doch modisch geschnittenes Reitkleid, ihr säuberlich frisiertes schwarzes Haar, dessen Locken unter ihrem mit Straußenfedern geschmückten Hut hervorquollen. Als Puritanerin mochte sie die Frau ihres Nachbarn als Inbegriff der Sünde einstufen. Amoret ahnte, dass sie keine guten Freundinnen werden würden.

»Seid willkommen, Mylady … Mylord«, sagte Susanna Luscombe mit gezwungener Höflichkeit, was Amoret unwillkürlich an die Begrüßung durch Mistress Prendergast erinnerte. Es war für Außenstehende nicht leicht, die Sympathie der Bewohner Irlands zu erlangen. Dazu saßen die Konflikte zu tief.

»Ich danke Euch, Mistress Luscombe«, erwiderte die junge Lady herzlich. »Sobald wir uns auf der Burg Shanrahan eingerichtet haben, wird es uns eine Ehre sein, Euch als Gäste dort begrüßen zu dürfen.«

Von den Eheleuten erntete sie für die Einladung einen zweifelnden Blick. Vermutlich waren sie über den Zustand der Ruine im Bilde.

»Ich muss später noch hinüberreiten«, informierte Ralph Luscombe seine Gemahlin. »Man hat in der Burg eine Leiche gefunden. Und da das Amt des Coroners seit Sir Richards Tod unbesetzt ist …«

»Haben diese Wilden sich wieder gegenseitig die Köpfe eingeschlagen!«, entfuhr es Susanna in verächtlichem Ton, der Breandán zusammenzucken ließ.

»Ich weiß es nicht, meine Liebe«, beeilte sich ihr Gatte zu sagen, bevor sie noch mehr Schmähungen ausstoßen konnte. »Die Leiche scheint bereits längere Zeit dort gelegen zu haben. Vielleicht stammt sie noch aus Kriegszeiten.«

»Das glaube ich kaum, Sir«, belehrte Breandán den Friedensrichter. »Sie wird wohl nicht älter als ein paar Monate sein. Übrigens kennen wir den Namen des armen Teufels. Einer meiner Pächter hat ihn erkannt. Es ist ein Barde namens Cormac Bán Ó Riordáin.«

»O'Riordan? Der Balladensänger?«, rief Susanna erstaunt. »Aber er war erst vor wenigen Monaten Gast bei uns.«

Erschüttert ließ sich der Friedensrichter auf einen hochlehnigen Stuhl sinken. »Das kann doch nicht sein.«

»Ó Riordáin hat für Euch gesungen?«, fragte Breandán verwundert.

Er hatte schon gehört, dass viele Engländer, die sich in Irland angesiedelt hatten, Gefallen an den volkstümlichen Sitten der Bevölkerung fanden und die Feste der alten Clanoberhäupter nachahmten, doch angesichts von Susanna Luscombes strenger puritanischer Gesinnung hätte er den Friedensrichter nicht dazugezählt.

»Zu gewissen Anlässen ist ein wenig Musik ganz unterhaltsam«, spielte Ralph Luscombe die Angelegenheit herunter. »Mein Sohn ist an der Universität von Cambridge immatrikuliert und war zu Besuch. Da wollte ich ihm etwas Kurzweil bieten.«

Der verkniffene Ausdruck auf dem Gesicht seiner Gemahlin verriet, dass sie anders darüber dachte, was gut für ihren Sohn war. Doch sie sagte nichts.

»Wann fand dieses Fest denn statt, Sir?«, mischte sich nun Amoret ein.

»Am zehnten Juni«, antwortete Luscombe. »O'Riordan verließ uns am folgenden Morgen und zog weiter.«

»Reiste er zu Fuß, oder besaß er ein Pferd?«

»Zu Fuß. Diese Barden sind bettelarm.«

»Wisst Ihr, woher er kam? Wohnte er in der Nähe?«

»Nein, soviel ich weiß, hatte er keinen festen Wohnsitz. Er zog von Grafschaft zu Grafschaft und sprach in den Häusern der Gutsbesitzer vor, um für sie zu singen. Ich glaube, er sagte, er sei von Kilcash Castle gekommen, dem Besitz von Richard Butler.«

In diesem Moment wurde sich Luscombe bewusst, dass seine Gäste das Verhör führten, das vorzunehmen eigentlich seine Pflicht als Friedensrichter gewesen wäre. Er räusperte sich und erklärte: »Nun müsst Ihr mich entschuldigen, Mylady. Ich habe noch dringende Verwaltungsangelegenheiten zu erledigen. Wir sehen uns dann heute Nachmittag in Shanrahan.«

Kapitel 4

Wie versprochen traf der Friedensrichter nach dem Mittagsmahl auf der Burg seiner Nachbarn ein. Zwei bewaffnete Diener begleiteten ihn.

»Man kann nicht vorsichtig genug sein«, sagte er. »Hier treiben sich überall Tories herum.«

Auf Amorets fragenden Blick erklärte er: »Ehemalige Pächter, die nun als Banditen und Wegelagerer die Straßen unsicher machen. Es sind auch einige irische Adelige darunter.«

Und wer trägt die Schuld daran?, dachte Amoret, sprach den Vorwurf aber nicht aus, um keinen Streit vom Zaun zu brechen.

Als Breandán den Besucher in die Kapelle führte, in der die Leiche aufgebahrt war, blickte dieser sich neugierig in der Ruine um.

»Das Turmhaus ist tatsächlich in sehr schlechtem Zustand«, bemerkte er. »Habt Ihr wirklich vor, hier zu wohnen?«

»Im unteren Saal werden wir das Holzgerüst verstärken und eine Zwischenwand gegen Zugluft einziehen«, erklärte Breandán eigensinnig. »Die Wohnräume werde ich instand setzen lassen.«

»Gemütlich wird es trotzdem nicht werden, glaubt mir«, meinte Luscombe spöttisch. »Aus diesem Grund habe ich mir ein Wohnhaus bauen lassen, das viel einfacher zu beheizen ist. Auch wenn die Winter in Irland nicht streng sind, durchdringt die Feuchtigkeit alles, wenn man nicht ständig ein hübsches Feuerchen im Kamin brennen hat.«

Breandán hob erstaunt die Brauen. Er hätte den Engländer nicht für so empfindlich gehalten. Offenbar gab er viel auf seine Bequemlichkeit.

William, der die beiden Männer begleitete, schlug das Tuch zurück, das den Toten bedeckte. Nicht im Geringsten abgestoßen, sondern eher interessiert beugte sich der Friedensrichter über den mumifizierten Leichnam.

»Ja, das könnte O'Riordan sein. Ich erkenne die weißen Haare.«

»Er wurde angeschossen und mit einer breiten Klinge durchbohrt«, erläuterte Breandán.

»Hat jemand einen Schuss gehört?«

»Ich habe die Pächter befragt, aber sie schweigen.«

»Wo, sagtet Ihr, hat er gelegen?«

»Unter einigen lockeren Holzbohlen im Gewölbesaal. Sein Mörder hat ihn dort versteckt.«

»Weshalb wohl?«

»Nun, ich vermute, dass er in dieser Gegend wohnt«, spekulierte Breandán. »Ein Durchreisender hätte es nicht nötig gehabt, den Toten zu verbergen.«

»Da habt Ihr recht«, stimmte Luscombe zu. »Glaubt Ihr, es war einer Eurer Pächter?«

»Ich weiß es nicht, aber ich hoffe, dass es nicht so ist.«

»Das verstehe ich gut. Ihr wollt keinen Mörder in Eurer Nachbarschaft haben. Natürlich werde ich Euch bei der Aufklärung der Untat behilflich sein. Ich hatte sowieso vor, die Leute zu befragen.«

Als die beiden Männer in den Saal zurückkehrten, in dem sich die Diener mit Feldbetten und einer der auf Böcken plazierten Tafeln eingerichtet hatten, stieß Amoret zu ihnen. Pater Blackshaw hatte sich für die Dauer von Luscombes Besuch in das Gemach des Offiziers zurückgezogen, um eine Begegnung mit dem Friedensrichter zu vermeiden, auch wenn er neugierig war, was dieser zu dem Mord zu sagen hatte.

»Weist Euren Verwalter an, dass er die Dorfbewohner zusammenrufen soll«, verfügte Captain Luscombe. »Ich werde sie befragen, ob sie etwas über den Mord an dem Barden wissen.«

Nur ungern erfüllte Breandán die unangenehme Pflicht, doch er wusste, dass ihm nichts anderes übrigblieb. In seiner Heimat galt nun das Recht der Engländer. Niemandem war damit geholfen, wenn er deren Autorität in Zweifel zog.

Eamonn zeigte sich wenig begeistert von dem Auftrag, gehorchte aber ohne Protest. Bald scharten sich die Pächter um das Haus des Verwalters. Im Innern hatte sich Ralph Luscombe an einem kleinen Tisch niedergelassen, den man vor den Kamin gestellt hatte. Eamonn führte das Protokoll.

»In meiner Eigenschaft als Friedensrichter dieses Bezirks übernehme ich die Aufgabe des Leichenbeschauers, da das Amt desselben zurzeit unbesetzt ist«, begann der Captain in fließendem, wenn auch von einem starken englischen Akzent geprägten Gälisch.

Amoret war überrascht, den einstigen Anhänger Cromwells die Landessprache sprechen zu hören. Doch dann wurde ihr klar, dass einem Gutsbesitzer in Irland, der seine Ländereien selbst verwaltete, nichts anderes übrigblieb, wollte er sich mit seinen Pächtern, die kaum Englisch beherrschten, verständigen.

»Wie Ihr alle wisst, wurde in der Burg der Leichnam von Cormac Bán Ó Riordáin gefunden«, fuhr Luscombe fort. »Ihr habt den Toten mit eigenen Augen gesehen. Der Zustand der Leiche spricht dafür, dass Ó Riordáin vor mehreren Monaten gestorben ist. Es scheint kaum denkbar, dass er bereits tot hierhergeschafft wurde, also müssen wir davon ausgehen, dass er in der Nähe des Turmhauses oder darin ermordet wurde. Am zehnten Juni hielt sich der Barde auf meinem Besitz Kilcommon auf und verließ ihn am folgenden Morgen. Es ist gut möglich, dass er um diese Zeit den Tod fand. In diesem Fall hätte er zuvor das Dorf durchquert. Hat ihn jemand an jenem Datum oder während der vergangenen Monate hier gesehen?«

Verbissenes Schweigen antwortete ihm. Nicht alle fanden in der Küche des Verwalters Platz, doch niemand gab die Worte des Friedensrichters an die vor der Tür Verbliebenen weiter. Amoret gewann den Eindruck, als fürchteten sich die Leute, den Mund aufzumachen. War der Hass auf den englischen Eindringling so stark, dass sie den Mord an einem der ihren ungesühnt lassen würden, nur um nicht mit ihm zusammenarbeiten zu müssen? Doch dann schalt sich Amoret eine Närrin. Vielleicht hatten die Leute gar nichts bemerkt und schwiegen deshalb.

Auf einmal durchbrach eine leise, aber dennoch klare Stimme die lähmende Stille: »Ich habe den *file* zu Sankt Barnabas gesehen.«

Aller Augen wandten sich der weißhaarigen alten Frau zu, die in ihrem Alkoven an einem Berg Kissen lehnte und das Geschehen mit wachem Blick beobachtet hatte. Amoret meinte sogar, einen Anflug von Spott um Nora Prendergasts Lippen spielen zu sehen, und fragte sich, wem dieser Ausdruck galt.

Nach kurzem Zögern wandte sich Luscombe an die Greisin, als wüsste er nicht, ob er ihre Bemerkung ernst nehmen sollte.

»Seid Ihr sicher, *a bhean uasal*, dass es Ó Riordáin war?«

»Ganz sicher. Damals war ich noch nicht ans Bett gefesselt. An jenem Morgen stand ich an der Tür, um zu sehen, ob es bald regnen würde. Da ging Ó Riordáin beschwingten Schrittes die Straße entlang. Er war so sehr in seine Gedanken vertieft, dass er mich nicht bemerkte und mir einen Gruß schuldig blieb.«

»Ihr wechseltet also kein Wort mit ihm?«, hakte der Friedensrichter nach.

»Nein. Wie ich schon sagte, nahm er nicht einmal Notiz von mir.«

Luscombes Blick ließ den der Alten nicht los. »Und habt Ihr zufällig beobachtet, ob jemand den Barden ansprach?«, fragte er eindringlich.

»Leider nicht«, erwiderte die Greisin bedauernd. »Ich ging wieder ins Haus. Ich war ein wenig gekränkt, weil Ó Riordáin mich nicht beachtet hatte, wie ich gestehen muss. Möge der Herr mir meine Engherzigkeit verzeihen.«

»Ihr wisst also nicht, ob jemand aus dem Dorf den Barden angriff oder ihn verfolgte?«, bohrte der Captain weiter. »Habt Ihr vielleicht einen Schuss gehört?«

»Ich hörte einen lauten Knall, als ich wieder im Haus war.«

»Und Ihr habt nicht nachgesehen?«

Verwundert über Luscombes Hartnäckigkeit musterte Amoret die Anwesenden, die dem Gespräch wie gebannt lauschten. Sie hatte das Gefühl, als würden sie auf etwas warten. Hatte die alte Dame den Mörder gesehen?

Doch Nora schüttelte den Kopf und richtete den Blick auf ihre knotigen Hände, als wollte sie vermeiden, dass man in ihren Augen las. Die Spannung wich wie ein flüchtendes Gespenst aus dem Raum. Amoret war es nicht ganz klar, ob sich Enttäuschung oder Erleichterung unter den Zuhörern ausbreitete. Sie spürte, wie eine Gänsehaut über ihren Körper kroch. Unwillkürlich wünschte sie, Pater Blackshaw wäre da. Sie hätte ihn gefragt, ob er denselben Eindruck gewonnen hatte wie sie. Bei diesem kurzen Wortwechsel war etwas Entscheidendes unausgesprochen geblieben.

Da die Dorfbewohner nichts zum Tod des Barden vorzubringen hatten, hob Luscombe die Versammlung auf und entschied, dass Cormac Bán Ó Riordáin von einer oder mehreren unbekannten Personen getötet worden war. Weil es keine Verdächtigen gab, konnte der Friedensrichter den Fall nicht weiter verfolgen und erteilte dem Baron Shanrahan die Genehmigung, den Leichnam zu bestatten. Damit verabschiedete sich Captain Luscombe von seinen neuen Nachbarn.

Am Nachmittag lieferte Fintan Ó Meadhra den grob zusammengezimmerten Sarg. Das ganze Dorf wohnte der Bestattung auf dem Friedhof der verfallenen Kirche bei. Jeremy las die Totenmesse. Während der Zeremonie fühlte sich Amoret nicht mehr gar so sehr wie ein Eindringling in diese durch Familienbande und eine jahrhundertealte Tradition zusammengeschweißte Gemeinschaft, die in ihr als Engländerin und ihrem Gefolge den Feind sah, dem man nicht trauen durfte. Für kurze Zeit umgab alle Anwesenden die Verbundenheit durch die katholische Religion und das Mysterium des Priesters, der die heilige Messe zelebrierte. Das beruhigende Gefühl verflog jedoch sogleich wieder, als der Sarg unter der Erde verschwunden war und sich die Versammlung auflöste. Amoret wurde sich erneut der lauernden, argwöhnischen Blicke bewusst, mit denen einige der Dorfbewohner sie verstohlen musterten. Seufzend wandte sie sich ab und kehrte zum Turmhaus zurück.

Am nächsten Tag brachen Breandán und Amoret in Begleitung der Diener Gerald und Thomas nach Cork auf, um ihr restliches Gefolge und ihren kleinen Sohn Daimhín sowie dessen Kindermädchen nach Shanrahan zu holen. Jeremy blieb mit William und der Zofe Mary auf der Burg.

Am folgenden Sonntag zelebrierte der Jesuit die heilige Messe in der Kapelle. Es hätte Jeremy gefreut, wenn einige der Dorfbewohner am Gottesdienst teilgenommen hätten, doch trotz seiner Enttäuschung sah er ein, dass das Misstrauen noch zu tief saß und es Zeit brauchen würde, es zu überwinden.

Aufgrund des Berichts, den Amoret ihm über die Leichenschau geliefert hatte, entschied sich der Priester, ein Gespräch mit der alten Nora Prendergast zu führen. Die junge Hündin, die ihren neuen Herrn bereits schmerzlich vermisste, nahm er mit.

»Komm, Bran, wir besuchen deine Familie«, sagte er auffordernd, und nach kurzem Zögern folgte ihm der zottelige Welpe.

In der Küche des Verwalters gab es ein begeistertes Wiedersehen der Hunde mit wildem Geschnüffel und freudigem Japsen. Moira Prendergast und die Alte waren allein. Jeremy trug sein Anliegen vor und wurde von der Hausherrin an die Schwiegermutter verwiesen.

»Nehmt Euch so viel Zeit, wie Ihr wünscht, Pater«, sagte sie und wandte sich wieder ihrer Arbeit zu.

»Wie schön, dass Ihr mich besucht, Hochwürden«, begrüßte die alte Nora den Priester.

Jeremy half ihr, sich aufzusetzen, und rückte ihr die Federkissen zurecht.

»Seid so gut und gießt uns zwei Becher Met aus dem Krug dort ein«, bat die Greisin. »Der Honigwein ist immer noch besser als das Bier, das meine Schwiegertochter braut«, fügte sie, unbeeindruckt von dem strafenden Blick der Hausherrin, hinzu.

Der Jesuit tat wie geheißen und setzte sich auf einen Schemel neben das Bett.

»Erzählt mir von Euch, Pater«, forderte Nora ihn auf. »Ich nehme an, Ihr wart Missionar in England, bevor Ihr hierherkamt.«

»So ist es, *a bhean uasal.*« Bereitwillig berichtete Jeremy einige Episoden aus seinem Leben im Untergrund.

»Ihr wisst also, wie es ist, zu den Unterdrückten und Verfolgten zu gehören«, sagte die Greisin nachdenklich. »Doch in England sind die Katholiken eine kleine Minderheit. In Irland dagegen wird ein Großteil der Bevölkerung von einem mächtigen, aber zahlenmäßig unterlegenen Eindringling unter ein eisernes Joch gezwungen. Unzählige unserer Geistlichen sind gnadenlos ermordet worden.«

»Ihr habt hier aber einen Priester, oder nicht?«

»Pater Ó Néill. Ihr werdet ihn kennenlernen. Da er mehrere Pfarreien zu betreuen hat, kommt er erst heute Mittag her.« Mit gesenkter Stimme, damit ihre Schwiegertochter es nicht hörte, raunte die Alte Jeremy verschwörerisch zu: »Ich wäre viel lieber zu Eurer Messe gekommen, Pater. Aber leider wollen die alten Beine nicht mehr so.«

»Das nächste Mal werde ich gern einen Diener schicken, der Euch hilft«, versprach der Jesuit.

Als sich die Gelegenheit bot, das Thema zu wechseln, kam er auf den Mord an dem Barden zu sprechen.

»Ihr seid also die Letzte, die Ó Riordáin lebend gesehen hat.«

»Bis auf seinen Mörder«, berichtigte Nora ihn.

»Wie schade, dass Ihr ihn nicht gesehen habt.«

Da wich jegliche Fröhlichkeit aus den blauen Augen der Greisin, und ihr Gesicht wurde ernst.

»Haltet Euch da raus, Pater. Es ist zu gefährlich, Fragen über den Tod des Barden zu stellen.«

»Warum sagt Ihr das?«

Die knorrigen Finger der Alten spannten sich mit unerwarteter Kraft um Jeremys Handgelenk. »Kurz nachdem ich Ó Riordáin an unserer Tür vorbeigehen sah, hörte ich den Klageschrei der *bean sí*. Sie prophezeite seinen nahen Tod. Er hätte nichts dagegen tun können. Die *bean sí* irrt nicht.«

Ein schiefergrauer Mantel legte sich um die Sonne, als Jeremy aus dem Haus des Verwalters trat. Das Gespräch mit Nora Prendergast hatte ihn nicht befriedigt. Noch immer wurde er das Gefühl nicht los, dass sie ihm etwas verschwieg. Amoret hatte ihm anvertraut, dass sie während der Befragung durch den Friedensrichter denselben Eindruck gewonnen hatte. Falls die Greisin doch mehr wusste, als sie zugab, war sie womöglich in ernster Gefahr.

Nach kurzem Zögern entschied sich der Jesuit, noch einmal mit dem Wirt der kleinen Herberge zu sprechen. Das Misstrauen, das den Neuankömmlingen von den Pächtern entgegenschlug und unter dem Amoret so sehr litt, machte auch ihm zu schaffen. Er verstand die Gefühle der Iren gegenüber den Engländern, die ihnen das Land und oftmals auch das Leben genommen hatten, doch er wusste nicht, wie er dieser Abneigung begegnen sollte. Dass er Gälisch sprach, war sicherlich ein guter Anfang, denn wie er gehört hatte, beherrschten die protestantischen Prediger nur Englisch. So bestand zumindest keine Gefahr, dass sie die Iren jemals aus dem Schoß der allein selig machenden Kirche in die Ketzerei führen würden.

Bran sprang auf ihren viel zu langen Beinen abenteuerlustig hinter ihm her. Lächelnd sah er ihr zu, wie sie an jedem Grasbüschel schnüffelte, dann den Kopf hob, um sich zu vergewissern, dass er auf sie wartete, und schließlich ein paar übermütige Sprünge auf ihn zu machte.

Der steinige Pfad führte an den teilweise abgeernteten Feldern vorbei. Die Pächter waren bei der Arbeit. Die wenigen Rinder und Schafe, die nicht auf den entfernt liegenden Weiden waren, wurden von ihren Hirten daran gehindert, die noch mit Getreide bestandenen Felder zu betreten, denn es gab keine Zäune, die diese schützten.

In der Ferne erstreckte sich der braungrüne Samt des Moores in den verschiedensten Farbschattierungen. Ein Sonnenstrahl, der durch die graue Wolkendecke brach, bohrte sich wie ein goldener Speer in einen smaragdgrün aufleuchtenden Flecken inmitten der unendlichen Weite. Jeremy blieb stehen, um das Schauspiel zu betrachten. Die Landschaft erfüllte ihn mit Ehrfurcht und einem leichten Grausen. Man erzählte von ganzen Viehherden, die in einem tückischen Sumpfloch verschwunden waren. Für den Ortsunkundigen, der sich im Moor verirrte, konnte dieses sicherlich zur Todesfalle werden.

Auf einmal meinte Jeremy, in der Ferne eine Gestalt in einem dunklen Umhang zu erkennen, die sich mit gelassener Sicherheit durch das Sumpfgelände bewegte, als würde sie einem unsichtbaren Pfad folgen. Beunruhigt und zugleich fasziniert, starrte der Jesuit zu ihr hinüber. Da wurde er sich plötzlich der Stille bewusst, die auf das Land herabgesunken war. Kein Lufthauch war zu spüren. Es war, als halte die Natur den Atem an. Während Jeremy die Gestalt beobachtete, erschien es ihm, als mache sie keine erkennbaren Schritte, sondern schwebe mühelos über den mit Heide und Torfmoos bewachsenen Boden. Unwillkürlich musste er an die Warnung der alten Nora denken. So weit er wusste, war die Banshee im irischen Volksglauben eine Fee oder eine Seherin, die durch ihr Klagelied den Tod von Mitgliedern bestimmter irischer Familien voraussagte. Die Feen oder Elfen wurden von den Iren gefürchtet, da sie als launisch und rachsüchtig galten und den Menschen großen Schaden zufügen konnten. Man sah in ihnen die letzten Überlebenden eines uralten Volkes, das der Tuatha Dé Danann, welches einst in Irland gelebt und über Zauberkräfte verfügt haben sollte. Das Christentum hatte sie aus ihrer göttergleichen Stellung verdrängt, weshalb sie den Menschen feindlich gesinnt waren. Und obwohl Jeremy nicht an Elfen glaubte, überkam ihn beim Anblick des schwebenden Wesens im Kapuzenmantel eine Gänsehaut.

Wie aus dem Nichts rollte auf einmal eine Walze grauen Nebels über die Hügelkuppe und breitete sich wie ein irisierender Schleier über dem Moor aus. Die Dunstwolke erreichte die einsame Gestalt und verschluckte sie. Mit klopfendem Herzen stand Jeremy da und versuchte, die Nebelwand mit den Blicken zu durchdringen. So schnell, wie sich der Dunst ausgebreitet hatte, so plötzlich löste er sich wieder in zerfasernden Fetzen auf. Die dichten Wolken gaben die Sonne frei, und das Moor erstrahlte in einem samtenen grünen Leuchten. Geblendet schloss Jeremy für einen Moment die Augen. Das Summen eines Insekts durchbrach die geisterhafte Stille. Kurz darauf stimmte eine Lerche ein Lied an. Als der Priester die Augen wieder öffnete, war die Landschaft vor ihm menschenleer. Die einsame Gestalt war verschwunden.

Kapitel 5

Noch immer schaudernd, trat Jeremy über die Schwelle des Schankraums. Er war verlassen. Für einen Moment blieb der Jesuit verwundert stehen. Hatte der Nebel die Menschen mit sich davongetragen? Auch draußen auf dem Hof der Herberge hatte er niemanden gesehen. Da vernahm er irgendwo im hinteren Bereich des Gebäudes das Schlagen einer Tür, und kurz darauf tauchte Muiredach Ard Ó Donnabháin aus dem Halbdunkel auf. Sein Erscheinen ließ Jeremy erleichtert aufatmen. In Gedanken schalt er sich einen Trottel. Die ungewöhnliche Atmosphäre des Landes und seine seltsame Beobachtung hatten seinen sonst so nüchternen Geist völlig durcheinandergebracht.

»Gott sei mit Euch, Pater«, grüßte der Herbergswirt den Ankömmling. »Ihr seid ja weiß wie die Wand. Habt Ihr ein Gespenst gesehen?«

»Das ist durchaus möglich«, antwortete Jeremy sarkastisch. »Ich sah eine Gestalt im Moor, die plötzlich im Nebel verschwand. Ich hoffe, ihr ist nichts zugestoßen.«

»Wie sah sie denn aus?«, erkundigte sich Muiredach Ard interessiert.

»Sie trug einen grauen Kapuzenmantel. Mehr konnte ich nicht erkennen.«

Ein leichtes Lächeln spielte um die Mundwinkel des Hünen. »Macht Euch keine Sorgen. Ihr wird sicher nichts passieren.«

Er gab keine weitere Erklärung ab, und Jeremy verspürte einen starken Widerwillen, weiter nachzufragen.

»Kommt Ihr wegen Ó Riordáin?«, fragte der Wirt.

»Ich wollte Euch bitten, mir mehr über ihn zu erzählen«, bestätigte der Priester.

»Na gut. Setzt Euch. Kann ich Euch etwas anbieten? Ale? Met?«

Da der Jesuit einen süßen Gaumen hatte, entschied er sich für Met. Bran legte sich, erschöpft vom Toben, zu seinen Füßen nieder.

Mit routinierten Handgriffen füllte Muiredach Ard einen Lederkrug bis zum Rand mit Honigwein und stellte ihn vor Jeremy hin, ohne ein Tröpfchen zu verschütten. Der Priester nahm einen tiefen Schluck, um seine noch immer angespannten Nerven zu beruhigen.

»Ihr sagtet, Ihr kanntet Ó Riordáin seit langem«, erwähnte Jeremy, um das Gespräch in Gang zu bringen.

»Das stimmt. Seit der Jugendzeit, um genau zu sein«, bestätigte der Wirt. »Aber das heißt nicht, dass ich je Einblick in seine Gedanken und Gefühle erhielt. Und darum geht es Euch doch, oder, Pater?«

»Ich möchte wissen, was für ein Mensch er war. Vielleicht gibt mir das einen Hinweis, wer ihn ermordet haben könnte.«

»Nun, so viel kann ich Euch sagen«, erklärte der Hüne nach kurzem Zögern, als müsste er abwägen, ob er offen sprechen konnte. »Ó Riordáin war kein glücklicher Mensch.«

»Und doch bezeugte Nora Prendergast, die ihn kurz vor seinem Tod sah, dass er beschwingten Schrittes daherlief wie jemand, der sich des Lebens erfreut.«

Der Herbergswirt senkte den Blick und begann, den Tisch, an dem er stand, mit einem Tuch zu polieren, obwohl er bereits vor Sauberkeit glänzte. »Und hat sie noch etwas zu Euch gesagt?«

Jeremy trank von dem Met, um sich die Kehle zu befeuchten, die auf einmal trocken geworden war. »Ja. Sie hörte den Schrei der *bean sí,* kurz nachdem der Barde an ihrer Tür vorbeigegangen war.«

Selbst im Halbdunkel des Schankraums konnte der Jesuit erkennen, dass sein Gegenüber erbleichte.

»Ihr glaubt doch nicht wirklich an diese Schauergeschichten!«, brach es heftiger aus Jeremy hervor, als es die Höflichkeit gestattete. »Ich dachte, die Todesfee beweint nur die sterbenden Mitglieder der bedeutendsten irischen Adelsfamilien, nicht den Tod eines armen Barden.«

Wieder zuckte es um Muiredach Ards Mundwinkel. »Der Name Ó Riordáin leitet sich von dem Ausdruck *riogh bhard*, ›königlicher Barde‹ ab. Unser Freund stammte aus einem edlen keltischen Geschlecht, das über Jahrhunderte den Königen Irlands gedient hat. Er selbst war lange Zeit Poet der Uí Cheallacháin. Wenn es jemandem zustand, von einer *bean sí* besungen zu werden, dann ihm.«

»Interessant«, meinte Jeremy nachdenklich. »In dem Fall hat er einen ziemlichen Abstieg erfahren. War er deswegen verbittert? Weil er nicht mehr die Stellung innehatte, die ihm gebührte?«

»Ihr versteht nicht, wie es früher war, Pater«, sagte Muiredach Ard seufzend. »Ihr seid ein *sasanach*. Ihr wisst nicht, wie groß das Ansehen war, das die *filí* genossen. Sie waren Gelehrte, Chronisten, die Bewahrer der Geschichte des Clans, dem sie dienten.«

In der Stimme des Wirts lag ein schwermütiger Unterton, der Jeremy aufhorchen ließ. Ó Donnabháin wusste sehr viel über die alten Poeten. Und er bedauerte ihren Niedergang. Dies war an sich nichts Ungewöhnliches. Und doch hatte der Priester das Gefühl, als ob bei dem Hünen eine persönliche Betroffenheit mitschwang. Hatte der tote Barde ihm doch nähergestanden, als er zugeben wollte?

Jeremys Gedankengang wurde jäh unterbrochen, als dic Tür zum Schankraum polternd aufgeworfen wurde und mehrere Männer hereindrängten. Der Jesuit erkannte in ihnen Pächter aus dem Dorf, nur einen der Ankömmlinge hatte er zuvor noch nicht gesehen.

»Pater Ó Néill«, erklärte Muiredach Ard knapp. »Entschuldigt mich.«

Er warf sich das Poliertuch mit einer Geste über die Schulter, die eine gewisse Gereiztheit verriet, und trat zu den Männern.

»Was wünscht Ihr, Freunde?«

»Das Übliche, Ó Donnabháin«, forderte Ó Néill gut gelaunt.

Dabei streifte sein Blick Jeremy, der ihn erstaunt ansah. Einer seiner Begleiter beugte sich zu ihm vor und raunte ihm etwas zu. Daraufhin verfinsterte sich Pater Ó Néills Gesichtsausdruck für einen Moment, bevor er sich wieder in der Gewalt hatte und seine Züge sich entspannten.

Jeremy entschied, dass es an der Zeit war, seinen Bruder in Christus zu begrüßen. Er stand auf und ging auf die Ankömmlinge zu, die beim Eintreten Würfel aus den Taschen gezogen hatten, diese aber nun in der Faust verbargen. Sie hatten wohl nicht mit der Anwesenheit des Jesuiten gerechnet.

»Pater Ó Néill, ich grüße Euch«, sagte Jeremy freundlich. »Wie Ihr sicherlich bereits gehört habt, bin ich mit dem neuen Baron Shanrahan hierhergekommen. Mein Name ist Fauconer.«

Ó Néill neigte zur Begrüßung den Kopf. Er war ein korpulenter Mann um die fünfzig, dessen glattes blondes Haar an den Schläfen bereits stark ergraute. Es reichte ihm bis auf die Schultern und wirkte ungepflegt. Die Wangen des Priesters waren schlecht rasiert, und seine Nase, dessen Haut von unzähligen bläulichen Äderchen durchzogen war, verriet seine Vorliebe für den Alkohol. Jeremy begann zu verstehen, weshalb Ó Donnabháin keine hohe Meinung von dem Priester hatte.

»Ich freue mich darauf, mit Euch zusammen bald einmal die Messe zu lesen«, sagte der Jesuit unbeirrt. »Und ich würde mich gern einmal in Ruhe mit Euch unterhalten, damit wir uns besser kennenlernen.«

»Natürlich, Pater«, erwiderte sein Gegenüber, doch seine Stimme klang gepresst.

Jeremy warf noch einen letzten Blick auf den Mann neben Ó Néill, der die Würfel in seiner Hand versteckt hielt, und verabschiedete sich. Bran folgte ihm gehorsam. Auf dem Weg zurück zur Burg wurde der Jesuit das Gefühl nicht los, dass er sich an diesem Tag keine Freunde gemacht hatte.

Während Jeremy zwischen den Feldern entlangging, beobachtete er die Bauern bei der Ernte. Auf einmal bemerkte er, dass zwei der Männer in ihrer Arbeit innegehalten hatten und sich wüst beschimpften. Unwillkürlich blieb er stehen und sah ihnen zu. Es kam, wie es kommen musste. Als den beiden Streithähnen die Schmähwörter ausgingen, stürzten sie sich aufeinander und prügelten mit den Fäusten drauflos. Bestürzt eilte der Priester näher. Noch bevor er den Kampfplatz erreichte, hatten die anderen Dorfbewohner alles stehen und liegen lassen und sich um die Raufbolde geschart, um sie anzufeuern.

»Was ist hier los?«, rief Jeremy mit dröhnender Stimme, um sich über dem Lärm Gehör zu verschaffen.

Einer der Schaulustigen, ein Knabe von etwa fünfzehn Jahren, setzte ihn lachend ins Bild: »Brian Glún Dubh und Knochen-Áengus haben sich wieder in die Wolle gekriegt …« Dann erst warf der Junge einen Blick auf den Ankömmling und erkannte den Priester. Errötend wich er zurück. Die anderen Zuschauer bemerkten sein Unbehagen und stießen sich gegenseitig an, um einander auf den Jesuiten aufmerksam zu machen. Plötzlich verfiel alles in Schweigen. Nur die Streithähne bemerkten nichts, sondern hieben unbeirrt weiter aufeinander ein. Da niemand einen Finger rührte, um sie zu trennen, trat Jeremy kurz entschlossen auf sie zu und packte einen von ihnen an der Schulter, um ihn von seinem Kontrahenten fortzuziehen. Dieser ließ erbost seinen Ellbogen auf den Störenfried zurückschnellen, ohne sich umzuschauen, und traf den Priester mitten ins Gesicht. Der Schlag riss Jeremy von den Beinen. Benommen fand er sich auf dem Ackerboden wieder. Warmes Blut sickerte aus seiner schmerzenden Nase und lief ihm in den Rachen. Hustend bemühte sich der Jesuit, aufzustehen. Bran lief zu ihm und leckte ihm tröstend die Hand. Da griffen schließlich kräftige Arme unter seine Achseln und zogen ihn auf die Füße.

»Seid Ihr in Ordnung, Pater?«, fragte Eamonn Prendergast besorgt.

Jeremy fuhr sich mit der Hand über das Gesicht, um sich das Blut abzuwischen, und bewegte vorsichtig seine Nasenspitze hin und her. Zum Glück war sie nicht gebrochen.

»Es geht schon, danke. Ich war in meinem Leben schon schlimmer verletzt«, antwortete der Priester leichthin.

Sein Blick fiel auf die beiden Streithammel, die betreten dastanden und mit den Füßen in der Erde scharrten.

»Ich werde den Raufbolden ordentlich die Leviten lesen«, versprach der Verwalter mit einem strafenden Blick in ihre Richtung.

»Worum ging es bei dem Streit?«, fragte Jeremy.

»Eine alte Fehde zwischen den Uí Chathail und den Uí Sheanacháin. Die meiste Zeit leben sie friedlich nebeneinander, auch wenn sie es vermeiden, ein Wort miteinander zu wechseln. Manchmal gehen jedoch die Pferde mit ihnen durch. Das ist nichts, was Ihr Euch zu Herzen nehmen solltet. Sie sind gute Katholiken.«

»Nun, ich hoffe, dass es zu keinen Verletzungen gekommen ist«, sagte Jeremy.

Er klopfte sich die Erde von der Hose und kehrte zur Burg zurück.

Am Abend kochte Mary in der kleinen Küche des ehemaligen Burgherrn eine Suppe für Jeremy und William. Eamonn Prendergast hatte ihnen Haferkuchen und Milch sowie einen großen Krug Met bringen lassen. Als sie gegessen hatten, hörte der Priester durch das offene Fenster jemanden nach ihm rufen. Überrascht blickte er hinaus und sah einen der Streithähne vom Nachmittag am Fuße des Wohnturms stehen.

»Kann ich Euch sprechen, Pater?«, rief er zu ihm hinauf.

»Ich komme hinunter«, erwiderte Jeremy.

Der Pächter mochte um die dreißig Jahre alt sein. Er war klein und stämmig gebaut, seine Haut von der Sommersonne gebräunt, so dass seine blauen Augen wie Saphire in seinem dunklen Gesicht leuchteten. Sein braunes Haar schimmerte im Abendlicht leicht rötlich.

»Ihr seid Brian Glún Dubh?«, fragte Jeremy, der sich an die Worte des Knaben erinnerte, die dieser während der Prügelei an ihn gerichtet hatte.

Der Mann zuckte zusammen und sagte gekränkt: »Mein Name ist Brian Ó Cathail. Den Spitznamen Glún Dubh benutzen meine Nachbarn hinter meinem Rücken, weil mir ein Gaul mal das Knie grün und blau getreten hat.«

Jeremy erinnerte sich, von Breandán etwas Entsprechendes über die Sitten in Irland gehört zu haben. Fast jeder Ire hatte zwei Spitznamen. Einen davon benutzten Bekannte und Nachbarn jedoch nicht in Hörweite des Betreffenden.

»Verzeiht meine Unwissenheit, Brian Ó Cathail«, sagte der Jesuit freundlich. »Wie kann ich Euch helfen?«

»Ich wollte mich entschuldigen«, begann der Bauer zerknirscht. »Ihr wisst schon ... für den Hieb, den ich Euch heute Nachmittag versetzt habe. Es war keine Absicht. Ich habe noch nie einen Priester geschlagen. Das schwöre ich bei den sieben Allmächtigen der Dreifaltigkeit!«

Jeremy glaubte, sich verhört zu haben. »Was sagt Ihr?«

»Ich wäre Euch sehr dankbar, Pater, wenn Ihr mir für diese Sünde die Absolution erteilen könntet«, fuhr Brian Glún Dubh unbeirrt fort. »Ich habe heute Mittag an Pater Ó Néills Messe teilgenommen, aber das mit dem Schlag war ja danach, also ...«

»Einen Moment«, unterbrach Jeremy den Redefluss des Pächters. »Ihr habt heute bei Pater Ó Néill die Beichte abgelegt?«

»Nein, Hochwürden«, erklärte Brian Glún Dubh verwundert. »Ich war nur bei der Messe, die er in Prendergasts Haus gelesen hat. Das reicht doch, um absolviert zu werden, oder?«

Der entsetzte Blick des Priesters verriet dem Mann, dass etwas nicht stimmte. Als Jeremy sich von seiner Erschütterung über die Unwissenheit des Iren einigermaßen erholt hatte, legte er ihm beschwichtigend die Hand auf die Schulter und sagte in väterlichem Ton: »Am besten, Ihr kommt mit hinein, und wir reden in Ruhe darüber.«

Kapitel 6

Die Stute trat vorsichtig über die knorrigen Wurzeln der Eichen. Amoret lenkte sie mit einer Hand. Mit der anderen stützte sie ihren schlafenden Sohn, den sie sich mit einem Tuch vor die Brust gebunden hatte. Breandán, der der Reisegruppe voranritt, blickte sich regelmäßig nach ihr um, weil er sichergehen wollte, dass es ihr und Daimhín gutging.

Amoret und dem Kindermädchen folgten etwa ein Dutzend Diener und Mägde sowie einige Packpferde, die Möbel und Hausrat trugen. Die schwerfällige Karawane fand nur langsam ihren Weg durch den dichten Wald. Doch zum Glück waren sie diesmal vom Regen verschont geblieben.

Die Zügel in Amorets Hand waren feucht und glitschig vom Schweiß und drohten, ihr durch die Finger zu rutschen. Ceara glitt trotz aller Behutsamkeit immer wieder mit den Hufen auf den im Boden verwobenen Baumwurzeln aus und schnaubte nervös. Sie war ebenso erschöpft wie ihre Reiterin. Daimhín wog schwer wie Blei in Amorets Armen. Inzwischen schmerzte auch ihr Rücken von der Belastung. Sie würde der Heiligen Jungfrau eine Kerze anzünden, wenn sie endlich ihr Ziel erreicht hatten. Doch dann fiel ihr ein, dass die Kirche in Shanrahan entweiht war, und sie stieß einen tiefen Seufzer aus.

Auf einmal nahm Amoret aus dem Augenwinkel eine Bewegung wahr. Im nächsten Moment brachen Reiter aus dem Wald hervor und umzingelten sie. Die Männer hatten Tücher vor die Gesichter gebunden, so dass nur ihre Augen zu sehen waren. In den Händen trugen sie Pistolen und Degen, die sie nun drohend auf die Reisenden richteten. Ohne sich um die Waffen zu kümmern, warf Breandán seinen Rappen herum und trieb ihn an die Seite seiner Frau. Er machte keinen Versuch, seine eigenen Pistolen zu ziehen. Angesichts einer solchen Übermacht galt es, Verletzte oder gar Tote zu vermeiden.

Der Anführer der Tories identifizierte Breandán sogleich als Verantwortlichen des Trecks und lenkte sein Pferd auf ihn zu. Der Baron musterte ihn und lächelte dann. Die eigentümlichen braungrünen Augen des Mannes waren ihm vertraut. Auch nach zwölf Jahren erkannte er sie ohne Mühe wieder.

»Seid gegrüßt, Bruder«, sagte er freundlich. »Was kann ich für Euch tun?«

Der dunkelhaarige Mann, der Mitte dreißig sein mochte, hob erstaunt die Brauen.

»Wie ist Euer Name?«

»Breandán Mac Mathúna. Ihr seid Lonán Ó Ceallaigh, nicht wahr?«

Der Bandit nickte.

»Ihr seid gekleidet wie ein *sasanach*, und Euer Gefolge sieht mir auch sehr nach Engländern aus«, bemerkte der Tory misstrauisch.

»Zeigt mir einen Iren, der noch den Umhang trägt«, entgegnete Breandán ruhig. »Ich habe wie Ihr in den Heeren Spaniens und Frankreichs gedient und eine Zeitlang ein bescheidenes Dasein in London gefristet, da in der Heimat keine Arbeit für unsereins zu finden war.«

»Wie mir scheint, seid Ihr heute aber alles andere als arm«, meinte Ó Ceallaigh spöttisch.

»Ich hatte Glück. Vor fünf Jahren stand ich noch mit der Henkerschlinge um den Hals unter dem Dreibein von Tyburn«, erwiderte Breandán sarkastisch.

Mit einer Hand löste er den Geldbeutel von seinem Gürtel und warf ihn dem Banditen zu. Dieser fing die Börse geschickt auf, warf sie jedoch sogleich wieder zurück.

»Ich erinnere mich an Euch, Mac Mathúna«, sagte er mit ernster Miene. »Ihr habt im Jahre 1658 unter Marschall Turenne gedient – so wie ich. Wir sind Seite an Seite gegen die Engländer marschiert. Behaltet Euer Geld. Wir bestehlen keine Waffenbrüder!«

Von Ó Ceallaighs Begleitern kam kein Widerspruch. Wortlos folgten sie ihrem Anführer, als dieser seinem Pferd die Sporen gab und davonpreschte.

Am späten Abend konnte Amoret ihren Sohn endlich in das Bett in der Offizierskammer legen. Daimhín war nur kurz bei ihrer Ankunft auf der Burg Shanrahan aufgewacht, um zu sagen, dass er hungrig war. Das Kindermädchen Madge hatte ihm etwas Milch angewärmt und ihn mit Haferkuchen gefüttert, die er gern mochte. Dann waren ihm von der anstrengenden Reise schon wieder die Augen zugefallen. Da die Kamine in der Burg noch immer unbenutzbar waren, hatte Amoret entschieden, dass Daimhín zwischen seinen Eltern im Bett am besten aufgehoben war.

Die kleine Bran hatte ihren heimgekehrten Herrn überschwenglich begrüßt und sich zufrieden am Fußende des Bettes zusammengerollt. Dadurch behinderte sie Jeremy beim Aufstellen des Rollbettes, der die Hündin aber nicht von ihrem Platz verscheuchen wollte.

»Wir müssen die restlichen Räume dringend instand setzen!«, sagte Amoret, die solch beengte Verhältnisse nicht gewohnt war.

Am nächsten Morgen kletterte einer der Diener, der schwindelfrei war, mit einer rasch zusammengeschnürten Reisigbürste aufs Dach des Eckturms und fegte damit den Schornstein. Der Schwall an jahrhundertealtem Ruß, der von den Innenwänden fiel, machte sämtliche Räume unbewohnbar. Den ganzen Tag verbrachten die Diener damit, die Offizierskammer zu schrubben, um die ölige schwarze Schicht zu entfernen, die an allen Oberflächen klebte.

Zu allem Überfluss begann der kleine Daimhín über Halsschmerzen zu klagen und zu schnupfen. Nach einer kurzen Untersuchung des Jungen diagnostizierte Jeremy eine Erkältung.

»Die zugigen, feuchten Gelasse des Turms sind für ein krankes Kind nicht geeignet«, sagte der Jesuit besorgt. »Daimhín muss es warm und trocken haben.«

Das erste Mal seit ihrer Ankunft in Irland war Amoret einem Zusammenbruch nahe. Sie begann, unkontrolliert zu weinen, und drückte ihren Sohn an sich, der daraufhin ebenfalls zu heulen anfing. Verlegen blickten sich Breandán und Jeremy an. Schließlich wussten sie sich nicht anders zu helfen, als den Verwalter um Rat zu fragen.

Eamonn Prendergast lauschte dem Problem schweigend und erwiderte dann gelassen: »Ihr könnt den Winter nicht in der Burg verbringen. Am besten wäre eine kleine Kate, die man einfacher beheizen kann. Da die Ernte fast vollständig eingebracht ist, haben wir genug Arbeitskräfte zur Verfügung, um eine zu bauen.«

Breandán dankte dem Verwalter. In seiner Erleichterung vergaß er wieder einmal, dass er der neue Herr war und seine Pächter zu jeder Aufgabe abstellen konnte, die ihm beliebte, ohne Rücksicht auf die Arbeiten, die diese zu erledigen hatten.

»Lasst uns nach einem geeigneten Standort für die Kate sehen«, schlug Eamonn vor.

Gemeinsam begaben sie sich zum Wohnturm und begutachteten das Gelände.

»Das Wichtigste ist, dass das Haus windgeschützt steht«, sagte der Verwalter und blickte sich nachdenklich um.

Schließlich wählte er einen Platz im Windschatten der Festung.

Einige der Pächter, die das Treiben beobachtet hatten, näherten sich neugierig.

»Brógán, was haltet Ihr von diesem Standort für ein Wohnhaus?«, wandte sich Eamonn an einen alten Mann, der gebeugt ging und sich auf einen knorrigen Stock aus Moorkienholz stützte.

Der Alte humpelte näher und strich sich nachdenklich mit der Hand über das unrasierte Kinn. Dann nahm er seinen speckigen Hut ab und warf ihn, als der Wind auffrischte, hoch in die Luft. Die Kopfbedeckung fiel an der Stelle, die Eamonn bezeichnet hatte, zu Boden, ein Zeichen, dass es dort windgeschützt war.

»Gute Wahl«, urteilte Brógán. »Nun braucht Ihr nur noch mit Steinen eine Linie entlang des künftigen Fundaments zu ziehen und am nächsten Morgen nachzusehen, ob sie unversehrt ist.«

Jeremy runzelte verwundert die Stirn. »Warum das?«

»Um sicherzugehen, dass dort nicht ein Feenpfad verläuft«, erklärte Breandán mit einem Schmunzeln. »Wer auf den Wegen der ›guten Leute‹ baut, muss damit rechnen, dass er und seine Familie vom Pech verfolgt werden.«

Jeremy seufzte ernüchtert. Angesichts des Aberglaubens der Iren stand ihm noch viel seelsorgerische Arbeit bevor.

Kapitel 7

Sir Orlando Trelawney, Richter des Königlichen Gerichtshofs, warf seiner Gemahlin Jane einen prüfenden Blick zu, während sie die King Street entlangfuhren. Jane knetete aufgeregt ihre Spitzenhandschuhe zwischen den Fingern. Immer wieder sah sie durch das Kutschfenster hinaus und beobachtete die Passanten, die noch in den Straßen unterwegs waren. Die Karosse rollte gleichmäßig über das neue Pflaster aus Kieselsandstein dahin. Nach dem Brand, der vor vier Jahren den Londoner Stadtkern zerstört hatte, war die King Street neu angelegt worden, um eine gerade Zufahrt zur Guildhall zu schaffen. Sie ersetzte die gewundenen kleinen Gassen, die den Blick auf das Rathaus versperrt hatten. Statt der alten, vorkragenden Fachwerkhäuser säumten nun gleichförmige Ziegelhäuser die Straße.

»Aber, Madam, Ihr seid doch nicht etwa nervös«, neckte Sir Orlando seine Gemahlin. »Ihr begleitet mich doch nicht zum ersten Mal zu einem Empfang.«

Jane lächelte ihm unsicher zu. »Schon, aber Seine Majestät wird dort sein und die Königin.« Sie seufzte tief. »Es tut mir so leid, mein Gemahl. Ich werde mich in diesen hohen Kreisen nie sicher bewegen können.«

Beschwichtigend legte Trelawney seine warme Hand auf den Arm der jungen Frau.

»Für Eure Bescheidenheit liebe ich Euch umso mehr«, sagte er leise.

Sie sah entzückend aus in dem Kleid aus geblümtem Taft, ein Stoff, der erst kürzlich in Mode gekommen war. Die feinen Spitzen an den Manschetten des Hemdes, das sie darunter trug, quollen unter den kurzen Ärmeln des Mieders hervor und streiften Sir Orlandos Hand. Ihr mondblondes Haar war an den Seiten aufgesteckt und fiel in schweren Locken über ihren Rücken bis zu ihrer Taille hinab. Neben Jane wirkte der Richter in seinem braunen Rock und der bis zu den Knien reichenden Weste aus Goldbrokat geradezu farblos. Nur seine lange blonde Perücke und die Spitzenkrawatte verliehen seiner Erscheinung etwas Feierliches. Doch mit seinen achtundvierzig Jahren war er über das Alter des Geckentums hinaus. Jane betrachtete ihn liebevoll. Seine etwas schweren Züge waren wohlgeformt, seine Lippen sinnlich, und der Ausdruck seiner blauen Augen war sanft und zärtlich, wenn er sie ansah. Doch sie wusste, dass deren durchdringender strenger Blick Räuber und Mörder erzittern ließ, wenn er über sie zu Gericht saß.

»Ist es nicht seltsam, dass wir bisher noch keinen Brief von Dr. Fauconer erhalten haben?«, fragte Jane, die sich auf Sir Orlandos Zuspruch hin ein wenig entspannt hatte. »Ich dachte, die Postverbindung nach Irland sei gut.«

»Das ist sie, soweit ich weiß«, antwortete der Richter. »Vermutlich haben er wie auch Mylord und Mylady Shanrahan zu viel damit zu tun, sich auf der Burg einzurichten. Als sie aufbrachen, wussten sie nicht, in welchem Zustand sich der Besitz befindet und ob er im Krieg gelitten hat. Ich denke, wir werden bald von ihnen hören.«

»Ich hoffe, es geht ihnen gut.«

Die Kutsche fuhr auf den Hof der Guildhall und kam neben der Blackwell Hall, der Markthalle für Tuche, hinter einer prächtigen Karosse zum Stehen. Im Hof hatten die Wagen der ankommenden Gäste eine Reihe gebildet, so groß war der Andrang. Neugierig blickte Jane aus dem Fenster. Als die Kutsche vor ihnen am Eingang hielt, konnte sie das Wappen am Wagenschlag erkennen.

»Der Duke of Buckingham«, erklärte sie. »Er badet noch in dem Ruhm, den Vertrag mit dem König von Frankreich abgeschlossen zu haben.«

»Die Franzosen sollen ihn bei seinem Besuch geradezu fürstlich empfangen haben«, bemerkte Trelawney. »Louis XIV. hat zu seinen Ehren sogar eine Seeschlacht im Kanal von Versailles veranstaltet. Und er wurde zu unzähligen Bällen eingeladen.«

»Das hat seinen Kamm sicher ordentlich schwellen lassen«, sagte Jane ernst.

Als ihre Kutsche endlich vor dem Portal der Guildhall hielt und der Richter seiner Gemahlin beim Aussteigen half, warf Sir Orlando einen neugierigen Blick die Fassade hinauf. Beim Großen Brand war das Gebäude aus dem fünfzehnten Jahrhundert schwer beschädigt worden. Das Dach war ein einziges Flammenmeer gewesen. Der Architekt Peter Mills hatte es während der letzten Jahre restauriert und ihm seinen alten Glanz zurückgegeben. Das Portal, durch das der Richter Jane führte, wurde von reich verzierten Spitzbögen eingerahmt und entsprach noch dem Baustil von vor zweihundert Jahren.

Im Innern des Saals herrschte reges Treiben. Riesige Kandelaber, in denen Bienenwachskerzen brannten und ihren süßen Honigduft verströmten, tauchten alles in ein warmes, goldenes Licht. Da Sir Orlando und Jane kurz hinter dem Duke of Buckingham eingetreten waren, wurden sie Zeuge, wie dieser den König begrüßte. Charles II. war ein außerordentlich hochgewachsener Mann mit dunkler Hautfarbe, dessen lange schwarze Lockenperücke ihn noch düsterer erscheinen ließ. Doch sein charmantes Lächeln, das seine weißen Zähne aufblitzen ließ, verscheuchte rasch diesen ersten Eindruck.

»Ich bewundere Euren Degen, Euer Gnaden«, sagte der König großherzig. »Die Diamanten und Perlen, die das Gehänge schmücken, sind einfach prachtvoll.«

Jane streckte den Hals, um zwischen den Umstehenden hindurch einen Blick auf den berühmten Degen zu erhaschen, den Louis dem Duke bei seiner Abreise verehrt hatte. Es war ein fürstliches Geschenk, auf das sich Buckingham einiges einbildete, denn er schätzte den französischen König sehr.

»Ist es wahr, dass Seine Majestät Mylady Shrewsbury eine Rente von zehntausend Livres im Jahr versprochen hat, Euer Gnaden?«, fragte Charles. In seiner Stimme schwang leichter Spott.

Jane biss sich auf die Lippen, um einen erstaunten Ausruf zu unterdrücken. Lady Shrewsbury war Buckinghams Geliebte. Zwar war es bei Hofe nichts Ungewöhnliches, eine Mätresse zu unterhalten. Doch der Duke hatte die Countess pikanterweise in sein Haus geholt, nachdem er ihren Gatten im Duell getötet hatte. Seine Gemahlin war daraufhin empört ausgezogen. Dies war nicht der erste Skandal, den Buckingham in seinem Leben verursacht hatte, und es würde sicher nicht der letzte sein.

»Es ist wahr, Sire«, bestätigte Buckingham. »Seine Majestät war außerordentlich großzügig in seiner Anerkennung meiner Dienste.«

Trelawney verkniff sich ein höhnisches Prusten. Er gehörte zu dem kleinen Kreis der Eingeweihten, die wussten, dass andere in Charles' Namen den Vertrag von Dover mit dem französischen König ausgehandelt hatten – an erster Stelle Charles' Schwester Henriette, die vor wenigen Monaten auf tragische Weise aus dem Leben geschieden war. Doch der Richter verstand, weshalb Charles seinen Jugendfreund Buckingham in dem Glauben lassen wollte, der Ruhm für den

Abschluss des Vertrages gebühre allein ihm. Der Duke war ein Intrigant, der einen gewissen Einfluss auf das stets widerspenstige Unterhaus besaß. Ein zufriedener Buckingham war dem König daher sehr nützlich.

»Habt Ihr meinen Neffen schon begrüßt, Euer Gnaden?«, wechselte Charles schließlich das Thema und machte eine väterliche Handbewegung in Richtung eines jungen Mannes, den seine hochgewachsene Statur bisher verdeckt hatte.

Der zwanzigjährige Jüngling wirkte mit seinen fünf Fuß und sieben Zoll neben seinem Onkel wie ein Zwerg. Sein Gesichtsausdruck war ernst und verschlossen. Die gebogene Adlernase ließ ihn fast verbissen erscheinen. Das von glattem braunem Haar umrahmte Gesicht war blass und wirkte kränklich, ebenso wie sein knochiger, dünner Körper, der in die schmucklose schwarze Tracht der Calvinisten gekleidet war. Auf der hohen Stirn stand ungesunder Schweiß.

»Ist das Willem, Prinz von Oranien?«, flüsterte Jane ihrem Gatten zu. Ihre Stimme verriet unverhohlene Enttäuschung. »Er bietet keine sehr einnehmende Erscheinung.«

»Da gebe ich Euch recht«, wisperte Sir Orlando zurück. »Dabei war seine Mutter recht hübsch.«

Es war Jane, als fiele ein Schatten über die fröhliche Erwartung, mit der sie dem Fest entgegengefiebert hatte.

»Seine Hoheit wirkt wie ein Fremder hier … wie der wandelnde Tod …«, fügte sie mit einem Schaudern hinzu.

»Wir sind nicht verpflichtet, uns ihm vorstellen zu lassen«, sagte Trelawney, der ihr Unbehagen spürte. »Auch wenn der Empfang zu seinen Ehren stattfindet.«

Unauffällig tauchten sie in der Menge der Neugierigen unter und entfernten sich. Die Gäste wurden zum Bankett gerufen, das vorzüglich war. Doch Jane, die hin und wieder einen Blick zum Prinzen von Oranien hinüberwarf, hatte den

Eindruck, als wisse dieser die Köstlichkeiten nicht zu schätzen. Willem wirkte wie ein Mensch, der wenig Freude im Leben fand.

Nach dem Bankett ließ Charles im Hof des Rathauses die Bürgerwehr aufmarschieren, und sein Neffe inspizierte die Truppe. Schließlich kehrten die Gäste in den Saal zurück. Nachdem die Trelawneys sich kurz mit dem Lord Mayor von London unterhalten hatten, lief ihnen der Duke of Buckingham über den Weg. Zur Überraschung des Richters sprach der Höfling ihn an.

»Ah, Sir Orlando, welch eine Freude, Euch hier zu sehen.« Buckinghams ungewöhnlich gute Laune war zweifellos seinem Erfolg in Frankreich geschuldet. »Habt Ihr von meiner Cousine, Mylady Shanrahan, gehört? Seit ihrer Hochzeit ist sie wie vom Erdboden verschluckt.«

»Sie ist mit ihrem Gatten nach Irland gereist, um sich ihren neuen Besitz anzusehen, Euer Gnaden«, erklärte Trelawney bereitwillig.

»Warum nur?«, fragte Buckingham erstaunt. »Dieses Land ist eine Wildnis voller papistischer Barbaren.« Doch dann fiel ihm ein, dass auch seine Cousine katholisch war, und er verstummte. »Sie haben doch nicht etwa die Absicht, dort zu leben, oder?«, fügte er schließlich ungläubig hinzu.

»Soweit ich es verstanden habe, schon«, erwiderte Sir Orlando, der auf einmal Gefallen daran fand, den Duke zu verblüffen.

»Ich muss ihr unbedingt schreiben und sie von ihrem Irrtum überzeugen«, sagte der Höfling halb zu sich selbst. »Eine so kluge und schöne Frau darf nicht in der Provinz versauern!«

Seiner anderen Cousine Barbara Palmer, Countess of Castlemaine, die vor kurzem zur Duchess of Cleveland, Countess of Southampton und Baroness Nonsuch erhoben worden war, wäre es nie in den Sinn gekommen, eine ihrer zahlreichen Ländereien in Irland zu besuchen. Für sie gab es nichts Wichtigeres, als im Mittelpunkt aller Aufmerksamkeit zu stehen, besonders derjenigen des Königs.

»Wo wir gerade von Irland sprechen …«, murmelte Buckingham, als sein Blick auf James Butler, Duke of Ormonde, fiel. In seiner Stimme schwang Verachtung und unverhohlener Triumph. Seine Gier nach Macht und sein unverantwortlicher Umgang mit dem Einfluss, den er durch skrupellose Intrigen gewonnen hatte, machten Buckingham viele Feinde, besonders unter der älteren Generation von Höflingen, die sich während des Bürgerkriegs durch ihre Treue zum Königshaus ausgezeichnet hatten. Der Duke of Ormonde hatte über lange Zeit das Amt des Lord Lieutenant von Irland innegehabt und war Steward des königlichen Haushalts. Auf beide Titel hatte Buckingham ein Auge geworfen. Unermüdlich hatte er das Parlament gegen Ormonde aufgehetzt, indem er ihm Untreue bei der Verwaltung Irlands vorgeworfen hatte. Vor einem Jahr war es ihm schließlich gelungen, den König zu überzeugen, Ormonde das Amt des Lord Lieutenants zu entziehen. Allerdings hatte Charles nicht den Duke of Buckingham als Nachfolger eingesetzt, wie dieser gehofft hatte, sondern den Baron Berkeley of Stratton. Als er nun seinen Feind erblickte, wallten daher gegensätzliche Gefühle in dem Höfling auf. Buckingham hob sein spitzenbesetztes Schnupftuch an die Lippen, als müsse er ein Gefühl von Übelkeit verscheuchen – wie er es zweifellos am französischen Hof beobachtet hatte –, und wandte sich hochmütig ab.

Sir Orlando und Jane, die sein seltsames Verhalten beobachtet hatten, sahen zum Duke of Ormonde hinüber, der sich nicht dazu herabließ, von seinem Gegenspieler Notiz zu nehmen. Der sechzigjährige Veteran des Bürgerkriegs besaß ein angenehmes Gesicht mit freundlichen Augen und einer wenig von Falten gezeichneten Haut. Um seine Lippen spielte ein gelassenes Lächeln, das ihn sympathisch machte. Trelawney wusste, dass er sich während seiner langen Amtszeit in Irland nichts zuschulden hatte kommen lassen, und bedauerte es, dass Charles ihm trotzdem den Posten des Lord Lieutenants entzogen hatte.

Ormonde bemerkte, dass der Blick des Richters auf ihn gerichtet war, und grüßte ihn mit einer kurzen Verbeugung.

Im nächsten Moment wandte sich die Aufmerksamkeit aller Anwesenden einer beeindruckenden Erscheinung zu. Eine Frau mittleren Alters in einem feuerroten Taftkleid, dessen Mieder mit Diamanten und Perlen besetzt war, betrat den Saal. An ihrem Halsausschnitt, der sehr tief reichte, funkelten Juwelen, und selbst ihr hochgestecktes braunes Haar war mit Edelsteinen geschmückt. Der Glanz der Diamanten vermochte jedoch nicht über die Zeichen der Zeit hinwegzutäuschen, die deutliche Spuren auf ihrem Gesicht hinterlassen hatten. Barbara Palmer, Duchess of Cleveland, hatte den Zenith ihres Lebens überschritten. Sie weigerte sich jedoch, diese Tatsache zur Kenntnis zu nehmen. Mit einem Hochmut, der Selbstbewusstsein vorgaukeln sollte, durchmaß sie den Saal, als sei sie die Königin des Balls. Doch Charles nahm kaum Notiz von ihr. Erbost über seine Gleichgültigkeit, suchte Barbara nach einem Opfer, an dem sie ihre Wut auslassen konnte. Ihr Blick fiel auf den Duke of Ormonde, der ihr Auftreten mit einem spöttischen Lächeln beobachtet hatte. Mit rauschenden Röcken stürmte sie auf ihn zu.

»Ihr wagt es, Euer Gesicht hier zu zeigen, Sir«, rief Barbara schneidend. »Nachdem Ihr mich so grausam beleidigt habt.«

»Aber, Madam, wovon redet Ihr?«, erkundigte sich der Veteran höflich.

»Ihr wusstet, dass ich mein Herz darangesetzt hatte, den Phönix-Park in Dublin zu besitzen«, rief Barbara schrill. »Seine Majestät hatte in seiner unendlichen Wertschätzung meiner Freundschaft einen Befehl ausgestellt, der den Park und das Anwesen auf mich überschreibt. Und Ihr hattet die Dreistigkeit, eine unmittelbare Anweisung des Königs zu missachten!«

»Beruhigt Euch, Madam«, erwiderte der Duke of Ormonde. »Da die Burg von Dublin baufällig ist, dient das Anwesen nun dem Lord Lieutenant von Irland als Residenz. Ein anderer Ort steht als Sitz der Verwaltung nicht zur Verfügung.«

»Verschont mich mit Euren Ausreden, Sir«, zischte die Duchess of Cleveland. »Ihr habt nur deshalb Anspruch auf den Park und das Anwesen erhoben, um sie mir vorzuenthalten.«

»Ihr redet Unsinn, Madam«, widersprach Ormonde in einem deutlichen Ton des Überdrusses. »Wie Ihr sicherlich wisst, bekleidet inzwischen Mylord Berkeley das Amt des Lord Lieutenants. Ich hatte nicht die Absicht, mich mit der Übernahme des Phönix-Parks persönlich zu bereichern.«

Barbara begriff, dass ihre Argumente entkräftet waren. Hilflose Wut kochte in ihr hoch.

»Verdammter Bastard! Ich hoffe, ich sehe Euch am Galgen«, stieß sie boshaft hervor.

Doch ihr Zorn prallte wirkungslos an der Gelassenheit des alten Kriegsveteranen ab.

»Ich versichere Euch, Madam, dass ich es nicht so eilig habe, das Ende Eurer Tage zu erleben«, sagte er zynisch. »Im Gegenteil. Es genügt mir vollkommen, Euch altern zu sehen.«

Mit diesen treffsicheren Worten wandte sich der Duke of Ormonde ab und ließ Barbara mit offenem Mund stehen.

Jane, die an der Seite ihres Gatten Zeuge des Streits geworden war, raunte Sir Orlando zu: »Geht es bei Hofe immer so turbulent zu?«

»Ich glaube schon«, erwiderte der Richter. Der Auftritt der Duchess of Cleveland war ihm äußerst peinlich. »Zum Glück verkehre ich dort nicht regelmäßig.«

»Wie es scheint, fällt es Seiner Gnaden nicht schwer, sich Feinde zu machen.«

»Das lässt sich kaum vermeiden, wenn man von selbstsüchtigen, gierigen Menschen umgeben ist«, sagte Sir Orlando weise.

Kapitel 8

Gegen sechs Uhr beschlossen die Trelawneys, den Empfang zu verlassen. Obwohl die Dämmerung bereits einsetzte, schlug der Richter seiner Gemahlin vor, noch einen kurzen Abstecher nach Charing Cross zum Haus eines befreundeten Anwalts zu machen. Während sie im Hof der Guildhall auf ihre Kutsche warteten, betrachteten sie neugierig die Karosse, die gerade vor dem Haupteingang vorfuhr. Sie wurde von vier prächtigen kastanienbraunen Stuten gezogen. Der Kutschkasten war mit Eisenspitzen ausgestattet, die Diener und Straßenräuber daran hindern sollten, an den Seiten aufzuspringen. So mussten die Lakaien, die die Fackeln trugen, nebenherlaufen. Am Wagenschlag prangte das Wappen des Duke of Ormonde. Seine Gnaden hatte sich offenbar ebenfalls dazu entschlossen, das Fest früh zu verlassen. Immerhin war er kein Jüngling mehr.

Als sich die Karosse des Duke in Bewegung setzte, fuhr die Kutsche des Richters vor, und Sir Orlando half seiner Gemahlin beim Einsteigen.

»Nach Charing Cross«, rief er Digby zu.

Das Gespann wendete und fuhr aus dem Hof der Guildhall auf die New King Street hinaus. Es waren nicht mehr viele Fuhrwerke unterwegs. Die meisten Leute hatten ihr Tagewerk beendet und wollten vor Einbruch der Dunkelheit in den eigenen vier Wänden sein. So folgte die Kutsche des Richters unmittelbar Ormondes Karosse, als diese an der Ruine der St.-Pauls-Kathedrale vorbeifuhr und das Ludgate, eines der sieben Tore des Londoner Stadtkerns, durchquerte. Dann ging es die Fleet Street entlang und durch das Temple Bar. Obwohl das alte Holztor vom Feuer verschont geblieben war, hatte man begonnen, es abzureißen, um es in Stein wieder aufzubauen. Auf dem Strand, einer breiten Straße, die einst unmittelbar am Ufer der Themse entlanggeführt hatte, gewannen die Pferde des Duke of Ormonde an Geschwindigkeit, und der Abstand zwischen den beiden Gefährten vergrößerte sich.

»Wisst Ihr, wo Seine Gnaden wohnt?«, fragte Jane.

»Der Sohn des ehemaligen Lord Chancellors hat ihm das Clarendon House vermietet«, antwortete Sir Orlando. »Es steht auf dem Piccadilly gegenüber der St. James's Street. Am Haymarket trennen sich unsere Wege.«

Inzwischen war es dunkel geworden. Da Sir Orlando keine Lakaien mitgenommen hatte, um dem Gefährt den Weg zu leuchten, fuhr der Kutscher ein wenig langsamer. Als sie Charing Cross überquerten, bemerkte der Richter sechs Männer, die in großer Eile aus der »Bullenkopf-Schenke« stürmten, sich in die Sättel ihrer Pferde schwangen und in Richtung der Pall Mall Street davongaloppierten. Mit gerunzelter Stirn blickte Trelawney ihnen nach. Er hatte das Gefühl, dass diese zwielichtigen Gestalten nichts Gutes im Schilde führten.

Vor dem Haus des Anwalts kam die Kutsche des Richters zum Stehen. Sir Orlando stieg aus und ergriff die Hand seiner Gemahlin, als in der Ferne ein Knall ertönte.

»War das ein Schuss?«, fragte Jane erschrocken.

Ihr Gatte spähte angestrengt die Straße hinunter, konnte aber nichts erkennen. Kurz vor den Reitern war auch die Karosse des Duke of Ormonde in die Pall Mall Street eingebogen. Cooper, der Anwalt, trat aus dem Haus, um die Besucher zu begrüßen. Sein Blick folgte dem des Richters.

»Ist etwas geschehen?«, fragte er beunruhigt.

Wie zur Antwort war ein zweiter Knall zu hören. Trelawney zögerte nicht länger. Rasch half er Jane beim Aussteigen und sprang wieder in die Kutsche.

»Alarmiert die Nachtwache, Thomas!«, befahl er seinem Freund. Seinem Kutscher rief er zu: »Habt Ihr Eure Flinte dabei, Digby?«

»Ja, Mylord.«

»Dann los!«

Digby schwang die Peitsche und ließ sie über die Rücken der Pferde knallen. Sir Orlando legte prüfend die Hand um den Griff seines Degens und zog ihn ein Stück aus der Scheide, um zu sehen, ob er locker saß. Sein Herz schlug schnell in seiner Brust, und seine Finger krampften sich um die Waffe.

Die Kutsche donnerte die Pall Mall Street entlang. Obwohl die Straße gepflastert war, wurde der Richter auf seiner Sitzbank hin- und hergeschleudert. Seine Gedanken jagten ebenso holpernd dahin. Was war geschehen? Hatten sich die sechs Männer gestritten und aufeinander geschossen? Oder – was Sir Orlando unglaublich erschien – waren die Männer der Karosse des Duke of Ormonde gefolgt, um sie zu überfallen?

Vielleicht hatten sie das prächtige Gefährt bemerkt und erkannt, dass der Insasse eine ansehnliche Geldbörse mitführen musste. Doch als sich der Richter den Aufbruch der sechs aus der günstig gelegenen Schenke in Erinnerung rief, hatte er eher den Eindruck, als hätten sie Ormondes Karosse erwartet.

Inzwischen hatten sie den St.-James-Palast erreicht. Trelawney musste sich an einer der Lederschlaufen im Innern des Kutschkastens festhalten, als sein Fahrer die Pferde zügelte und nach rechts in die unbeleuchtete St James's Street einbog. Die leichte Steigung der Straße verlangsamte ihre Geschwindigkeit. Ungeduldig beugte sich Sir Orlando aus dem Fenster und versuchte, die Dunkelheit mit den Augen zu durchdringen. Nur wenige Häuser waren erleuchtet, und die Lichtquellen warfen lediglich einen schwachen goldenen Schein auf die breite Straße hinaus.

»Schneller, Digby!«, befahl der Richter. »Sie können nicht mehr weit sein.«

Mit knallender Peitsche trieb der Kutscher das Gespann zu größerer Eile an. Plötzlich tauchte aus dem Dunkel ein mächtiger schwarzer Schatten auf. Im Licht der Fackel, die einer von Ormondes Lakaien hielt, sah Sir Orlando seine schlimmsten Befürchtungen wahr werden. Vor ihm stand die Karosse des Höflings, umzingelt von mehreren Banditen. Einer der Angreifer richtete seine Pistole auf den Lakaien, zwei der anderen hielten den Kutscher in Schach. Die restlichen Diener schienen das Weite gesucht zu haben. Doch wo war der Duke of Ormonde? Angestrengt versuchte Trelawney, den alten Mann in der Finsternis zu entdecken. Während er in der hin- und herschwingenden Kutsche heranraste und sich dabei mehrmals den Kopf am Fenster stieß, erkannte er auf einmal, dass auf dem Rücken eines Pferdes zwei Männer saßen. Der Hintermann besaß die Statur des Duke of Ormonde und trug eine lange Lockenperücke, während das Haar der Banditen nur schulterlang war. Da wurde Sir Orlando klar, dass er es nicht mit einem Raubüberfall, sondern mit einer Entführung zu tun hatte.

Kalter Schweiß trat dem Richter auf die Stirn. Die Spitzbuben waren offenbar zu allem entschlossen und trugen Pistolen bei sich. Sein Kutscher war zwar mit einer Flinte bewaffnet, konnte sie während der Fahrt aber nicht benutzen. Er dagegen hatte nur seinen Degen.

Sir Orlando überlegte noch, ob er Digby anweisen sollte, anzuhalten, da dieser sonst womöglich Gefahr lief, vom Kutschbock geschossen zu werden. Doch im nächsten Moment nahmen die Wegelagerer ihm die Entscheidung ab. Als sie die Kutsche des Richters herandonnern sahen, gaben sie ihren Pferden die Sporen und galoppierten davon.

»Ihnen nach!«, befahl Trelawney entschlossen. Er konnte den Duke nicht im Stich lassen.

Da Digby sein Gespann an Ormondes Karosse vorbeimanövrieren musste, verlor die Kutsche des Richters an Fahrt. Um die Fliehenden nicht zu verlieren, trieb er die Pferde erneut mit der Peitsche an.

Als sie an einem hell erleuchteten Haus vorbeirasten, konnte Sir Orlando erkennen, dass es tatsächlich Ormonde war, der hinter einem der Straßenräuber saß. Offenbar hatte man ihn an seinen Entführer gefesselt. Was hatten die Banditen vor? Wollten sie Lösegeld für die Freiheit des Kriegsveteranen erpressen? Oder gar Schlimmeres? Ein Mann wie Ormonde machte sich zwangsläufig Feinde, ganz gleich, wie untadelig er seine Ämter versah. Hatten die Unbekannten die Absicht, ihn zu ermorden? Aber weshalb hatten sie ihn dann zu einem der ihren aufs Pferd gebunden und ihn nicht gleich getötet?

Verzweifelt zerbrach sich der Richter den Kopf, wie er Verstärkung herbeirufen könnte. Hoffentlich war es Cooper gelungen, die Wache zu benachrichtigen. Auch wenn diese nur mit Hellebarden bewaffnet war, mochte der Anblick der Wachmänner die Entschlossenheit der Wegelagerer vielleicht erschüttern. Allerdings wusste die Wache nicht, wo sie sich befanden.

Sir Orlando ließ die Reiter vor ihm nicht aus den Augen. Durch seine doppelte Last behindert, war das Pferd mit dem Duke und seinem Entführer ein Stück hinter den anderen zurückgefallen. Möglicherweise ergab sich hier eine Chance, Ormonde zu befreien. Die Reiter bogen nach links in den Piccadilly ab. Aufmerksam blickte sich der Richter um, ob Hilfe nahte, doch es war niemand in Sicht.

Als sie das Berkeley House passierten, gelang es Ormonde, den Fuß unter die Ferse seines Entführers zu schieben und ihn mit einem kraftvollen Tritt aus dem Sattel zu heben. Beide Männer stürzten von dem bockenden Pferd in den Straßenschmutz und überschlugen sich in einem wirren Knäuel.

»Anhalten!«, befahl Sir Orlando seinem Kutscher.

Die Zugpferde schnaubten, als Digby in die Zügel griff und sie unsanft zum Stehen brachte. Während der Richter mit gezogenem Degen aus der Kutsche sprang, griff Digby nach seiner Flinte und legte an, um seinem Herrn Deckung zu geben. Ormonde und sein Entführer kämpften in einem wilden Durcheinander auf dem Boden. Noch bevor Trelawney sie erreichte, fielen die Stricke, die sie aneinander fesselten. Der Richter konnte in der Dunkelheit nicht erkennen, ob es dem Duke gelungen war, sich zu befreien, oder ob der Strolch das Seil durchschnitten hatte, um angesichts der herannahenden Retter zu fliehen.

Während der Bandit zu seinem Pferd stürzte, schrie er seinen Komplizen zu: »Tötet den Schurken!«

Schüsse fielen. Sir Orlando, der sich über den am Boden liegenden Ormonde beugte, hörte ein Pfeifen nahe an seinem Kopf und spürte ein schmerzhaftes Brennen am Ohrläppchen. Er duckte sich über den alten Kriegsveteranen, als weitere Schüsse ertönten. Eine Kugel riss ihm den Hut vom Kopf. Instinktiv presste Sir Orlando sich und Ormonde tiefer zu Boden. Plötzlich durchfuhr ein scharfer Schmerz seinen linken Arm und ließ ihn aufstöhnen. Ein lauter Knall hallte von den Hauswänden wider. Digby hatte seine mörderische Flinte abgefeuert. Panik brach aus.

»Los, weg hier!«, schrie einer der Straßenräuber.

Der Hufschlag ihrer Pferde wurde leiser. Stimmen ertönten. Jemand näherte sich.

»Euer Gnaden, wo seid Ihr?«, rief ein Mann. »Ich bin es, Brooks.«

Offenbar waren einige von Ormondes Dienern mit Verstärkung zurückgekehrt.

»Holt Fackeln! Ich sehe ihn nicht.«

Langsam erlangte Sir Orlando die Gewalt über seine vor Angst bebenden Glieder zurück. Ihm wurde klar, wie knapp er dem Tod entronnen war, als ihm die Kugeln um den Kopf geflogen waren. Sein linker Arm brannte wie Feuer. Eines der Geschosse musste ihn getroffen haben. Schwindel erfasste ihn. Um sich abzulenken, schüttelte er vorsichtig den Mann unter ihm.

»Ormonde! Seid Ihr verletzt?«

Der alte Kriegsveteran stöhnte leise. »Wer seid Ihr?«, bemühte er sich zu fragen.

»Sir Orlando Trelawney. Ich war mit Euch auf dem Empfang. Könnt Ihr aufstehen?«

»Ich weiß nicht. Es fühlt sich an, als seien sämtliche Knochen in meinem Körper gebrochen. Verdammt!«

Die Diener hatten ihre Stimmen vernommen und umringten sie.

»Euer Gnaden?«, fragte einer von ihnen, während er über die Kleider der beiden Männer tastete. »Er ist hier. Ich fühle den Stern des Hosenbandordens auf seinem Mantel.«

»Und wer seid Ihr, Sir?«, erkundigte sich ein zweiter Lakai.

»Sir Orlando Trelawney«, wiederholte der Richter. »Ich sah, dass Seine Gnaden in Schwierigkeiten war, und kam ihm zu Hilfe.«

Endlich rannten einige Diener mit Fackeln heran und verscheuchten die Finsternis.

»Mein Name ist Thomas Brooks, Pförtner im Clarendon House«, erklärte der Diener. »Aber Ihr seid ja verwundet!«

Im Schein der Fackel wurde der Blutfleck auf Sir Orlandos linkem Ärmel sichtbar.

»Die Banditen haben auf Seine Gnaden geschossen«, sagte der Richter. »Sie wollten ihn ermorden.«

»Ja, ich hörte sie rufen: ›Tötet den Schurken.‹ Wer, zum Teufel, waren die Männer?«

Inzwischen war es den anderen Dienern gelungen, Ormonde auf die Beine zu ziehen. Der alte Soldat wirkte sichtlich angeschlagen, obgleich er außer einer Schnittwunde an der Hand keine weiteren Verletzungen erlitten zu haben schien. Doch die Erschütterung saß tief.

Digby trat zu seinem Herrn. Das Gesicht des Kutschers war bleich.

»Ihr seid verwundet, Sir«, sagte er mit deutlicher Betroffenheit. »Steigt ein. Ich bringe Euch zu Mr. Coopers Haus«, fügte er in einem Ton hinzu, der streng und vorwurfsvoll zugleich war. Erstaunt sah der Richter seinen Kutscher an. Selbst im flackernden Licht der Flammen waren Digbys Gefühle klar von seinem Gesicht abzulesen. Es war dem Kutscher gar nicht recht, dass sein Herr sich so leichtfertig in Lebensgefahr gebracht hatte. Den Grund dafür lieferten seine folgenden Worte: »Mylady macht sich bestimmt schon große Sorgen.«

Ergeben folgte Sir Orlando Digby zur Kutsche zurück und ließ sich von ihm beim Einsteigen helfen. Er hatte schon immer gewusst, dass seine Gemahlin bei den Dienstboten beliebt war, aber nun, da er Zeuge der Verehrung wurde, die sie Jane entgegenbrachten, war er doch überrascht und auch ein wenig eifersüchtig.

In der Stube seines Freundes Cooper half dieser dem Richter aus dem blutbefleckten Rock. Jane stand mit gefalteten Händen daneben, als bete sie für die Unversehrtheit ihres Gatten.

»Ich kann nicht genau sehen, ob es sich um einen Streifschuss handelt oder ob die Kugel noch im Muskel steckt«, murmelte Cooper, während er ungelenk die stark blutende Wunde untersuchte. Sein Gesicht war kreidebleich, und er bemühte sich sichtlich, sein Nachtmahl bei sich zu behalten.

»Ich schicke Digby zur Brücke und lasse Meister Ridgeway holen«, sagte Jane bestimmt.

Sir Orlando ahnte, dass sie keinen Widerspruch dulden würde.

»Woran denkst du?«, fragte Armande ihren Gatten, als sie seinen abwesenden Blick bemerkte.

Alan Ridgeways sonst so ausdrucksvolles Gesicht mit den blaugrauen Augen und dem breiten Mund, der sich stets bereitwillig zu einem schalkhaften Grinsen verzog, sah an diesem Abend ungewöhnlich ernst aus. Er ließ die zweizinkige Gabel auf den Rand des Zinntellers sinken. Die Eheleute waren gerade beim Nachtmahl, das sie in der Stube ihres Hauses auf der Brücke einnahmen.

»Ich frage mich, wie es unseren Freunden geht«, antwortete der Wundarzt. »Sie sind jetzt schon zwei Monate in Irland und haben bisher noch nichts von sich hören lassen.«

»Du machst dir Sorgen«, stellte Armande fest. Sie musste gestehen, dass es ihr ebenso erging.

»Es soll dort gefährliche Straßenräuber geben«, spann Alan seine düsteren Gedanken weiter.

»Breandán wird schon dafür sorgen, dass ihnen nichts passiert«, beschwichtigte Armande. »Er kennt sich in seiner Heimat aus. Und sie sprechen alle die Landessprache.«

»Das stimmt. Aber man hört immer wieder Geschichten, wie unsicher es auf den Straßen sein soll.«

»Weshalb schreibst du ihnen nicht? Dann werden sie bestimmt umgehend antworten.«

Alan nickte, wenn auch nicht sehr überzeugt. »Du hast recht.«

Er wollte noch etwas hinzufügen, als unter dem Fenster der Stube eine Kutsche hielt. Zu so später Stunde war dies ungewöhnlich, denn die Läden der Händler auf der Brücke hatten schon lange geschlossen. Neugierig öffnete Alan den bleigefassten Fensterflügel und sah hinunter auf die Straße.

»Wenn mich nicht alles täuscht, ist das Digby, Sir Orlando Trelawneys Kutscher«, sagte der Wundarzt alarmiert. »Da muss etwas passiert sein.«

Im selben Moment hob Digby den Kopf und erblickte Alan.

»Meister Ridgeway, könnt Ihr kommen? Mein Herr wurde verwundet.«

Alan schluckte. »Bin sofort da!«

Armande, die den Wortwechsel mit angehört hatte, legte ebenfalls ihr Besteck nieder und erhob sich.

»Soll ich dir assistieren?«

»Ja, bitte. Ich weiß nicht, wie schlimm es ist.«

Ausgerüstet mit seinem Bindfutter und Verbandszeug sowie dem einen oder anderen Salbentiegel, verließ der Chirurg kurz darauf in Begleitung seiner Gemahlin das Haus. Digby wendete die Kutsche, was angesichts der engen Brückenstraße ein gewisses Maß an Geschicklichkeit verlangte.

Als die Karosse die Chancery Lane passierte, in der das Haus des Richters lag, und stattdessen in den Strand einbog, sahen sich Alan und Armande verwundert an.

»In was ist Seine Lordschaft denn da nur hineingeraten?«, fragte der Wundarzt.

Die Tür zu Thomas Coopers Haus stand offen, und ein Diener führte die Ankömmlinge in die Stube. Sir Orlando saß mit blutdurchtränktem Hemdsärmel auf einem hochlehnigen Stuhl. Betroffen eilte Alan zu ihm.

»Was ist passiert?«, fragte er.

Nach kurzer Begutachtung der Wunde erkannte der erfahrene Chirurg, dass sie von einer Kugel verursacht worden war.

»Man hat auf Euch geschossen?«

»Nicht auf mich. Auf den Duke of Ormonde«, erwiderte Trelawney.

Sein Gesicht war bleich vom Blutverlust und von den Schmerzen. Dennoch ermunterte Alan ihn, von seinen Erlebnissen zu erzählen, während er sich an die Versorgung der Wunde machte. Lady Jane Trelawney hatte dafür gesorgt, dass heißes Wasser und Branntwein bereitstanden. Nachdem Alan sie begrüßt hatte, dankte er ihr für ihre Umsicht und bat sie, zu gehen.

»Ich bleibe«, entgegnete Jane starrköpfig.

Auch ihr Gemahl konnte sie nicht dazu überreden, sie allein zu lassen. Nur der Anwalt, der einen empfindlichen Magen hatte, schlich sich heimlich davon und wartete vor der Tür.

Als Alan die Wunde gesäubert und sorgfältig abgetastet hatte, sagte er erleichtert: »Die Kugel hat das Muskelfleisch durchschlagen und ist auf der anderen Seite wieder ausgetreten. Die Wunde ist tief und blutet stark, aber das werden wir gleich haben.«

Armande reichte ihm Nadel und Faden, noch bevor ihr Gemahl danach verlangte, und half ihm schließlich, Sir Orlandos Arm zu verbinden. Lady Jane atmete sichtlich auf, als die Behandlung vollendet war und der Diener die mit blutigem Wasser gefüllte Schüssel aus der Stube trug.

»Ich danke Euch, Meister Ridgeway«, sagte Sir Orlando, während der Wundarzt seinen Arm in eine Schlinge legte, damit die Wunde geschont wurde. »Und ich bitte vielmals um Verzeihung, dass ich Euch zu so später Stunde herbestellt habe.«

»Ihr wisst doch, dass ich immer zu Euren Diensten stehe«, antwortete der Chirurg leichthin. »Habt Ihr eine Ahnung, wer die Männer waren, die Seine Gnaden ermorden wollten?«

»Nein«, erwiderte Sir Orlando nachdenklich. »Ich weiß nur eines – sie sind gefährlich und skrupellos.«

Kapitel 9

König Charles II. musterte den Richter, der, den linken Arm in der Schlinge, vor ihm stand. Sir Orlando Trelawney wirkte noch ein wenig blass. Die Schusswunde bereitete ihm Schmerzen. Doch als Charles am frühen Morgen nach ihm geschickt hatte, war er ohne Zögern zum Whitehall-Palast gefahren.

Die dunklen Augen des Königs verrieten deutliche Anerkennung für Trelawneys selbstloses Eingreifen am vergangenen Abend. Sein markantes Gesicht mit den schweren, fleischigen Zügen war ernst.

»Ich kann Euch gar nicht genug danken, Mylord, dass Ihr gestern ein abscheuliches Verbrechen an einem meiner treuesten Diener verhindert habt, auch im Namen Seiner Gnaden, des Duke of Ormonde. Die Blessuren, die er sich beim Sturz vom Pferd zugezogen hat, werden ihn noch eine Weile ans Bett fesseln.«

»Jeder andere Ehrenmann hätte ebenso gehandelt, Euer Majestät«, erwiderte Sir Orlando bescheiden.

Angesichts der Naivität des Richters huschte ein zynisches Lächeln über Charles' Lippen. Doch er verkniff sich die Belehrung, die ihm auf der Zunge lag. Eine der unzähligen Uhren, die der König in seinem Kabinett gesammelt hatte, schlug die fünfte Stunde, obwohl es acht Uhr morgens war. Das Scheppern der Stundenschläge zwang die beiden Männer vorübergehend zum Schweigen.

Als nur noch das Ticken der Zeitmesser und das Gähnen eines der königlichen Spaniels zu hören waren, fuhr Charles fort: »Es steht außer Frage, dass diese schreckliche Untat aufgeklärt und die Verantwortlichen bestraft werden müssen. Ein Angriff auf einen Staatsdiener ist zugleich ein Angriff auf den König.«

Die Erregung, die Charles ergriffen hatte, machte es ihm unmöglich, still zu stehen. Bald hallte das Parkett des Kabinetts vom Klappern seiner Holzabsätze wider.

»Natürlich habe ich unverzüglich Mylord Arlington mit der Aufklärung der Verschwörung beauftragt«, erklärte der König. »Als Leiter des Geheimdienstes hat er Zugriff auf eine Reihe von Informanten, ohne die ein Aufspüren der Verantwortlichen wohl nicht möglich sein wird. Dennoch wünsche ich, dass auch Ihr entsprechende Nachforschungen anstellt. Ihr seht die Dinge aus einem anderen Blickwinkel als Arlington. Euch könnten Einzelheiten auffallen, die ihm unwichtig erscheinen. Ich habe ihn bereits angewiesen, Euch über seine Erkenntnisse auf dem Laufenden zu halten.«

Obwohl Sir Orlando nicht wohl dabei war, sich einem so ehrgeizigen Minister wie dem Baron Arlington aufdrängen zu müssen, sah er keine Möglichkeit, sich dem Wunsch des Königs zu entziehen.

»Die Wegelagerer haben einige Gegenstände am Ort des Verbrechens zurückgelassen«, sagte Charles abschließend.

Er war an einen Tisch getreten, und der Richter folgte ihm. Aufmerksam betrachtete er die auf dem Möbelstück ausgebreiteten Gegenstände. Es waren ein Degen samt Gehänge und eine kleine Taschenpistole mit silbernen Beschlägen. Mit gerunzelter Stirn hob Trelawney die Pistole hoch und drehte sie zwischen den Händen.

»Sire, ich kenne diese Waffen«, sagte er.

Charles sah ihn erstaunt an. »Tatsächlich?«

»Ja, ich habe die Pistole und den Degen vor einigen Monaten bei einem Gerichtsverfahren während der Assisen in Surrey gesehen.«

»Seid Ihr sicher?«

»Ganz sicher. Seht Ihr die Initialen T. H., die sowohl in die Pistole als auch in den Degen eingeritzt sind, Euer Majestät? Sie gehören einem Straßenräuber namens Thomas Hunt. Er hat versucht, einen gewissen John Constable in der Nähe von Croydon auszurauben, wurde aber gefasst. Chief Justice Kelyng und ich hielten im Juli in Guildford Gericht, als der Fall verhandelt wurde. Damals wurden die Waffen als Beweise vorgelegt.«

»Und was geschah mit diesem Thomas Hunt?«, fragte der König gespannt.

»Er wurde zu einer Strafe von hundert Mark verurteilt und im Marshalsea-Gefängnis eingekerkert«, antwortete Sir Orlando.

»Nun, offenbar befindet sich der Schurke inzwischen wieder auf freiem Fuß«, grollte Charles. »Findet heraus, wieso, Sir. Ich werde Mylord Arlington anweisen, diesen Banditen suchen zu lassen.«

Mit einer Verbeugung wollte sich der Richter verabschieden, als Charles ihn noch einmal zurückhielt.

»Habt Ihr eigentlich von Eurem Freund Dr. Fauconer gehört, Mylord?«

»Nein, Euer Majestät, bisher leider nicht.«

»Wie bedauerlich. Ich hätte gern gewusst, wie es Mylady Shanrahan geht.«

»Ich nehme an, dass sie viel zu tun hat.«

»Ja, vermutlich«, murmelte Charles.

Sir Orlando meinte, einen schuldbewussten Ton aus seiner Stimme herauszuhören, den er sich nicht erklären konnte.

»Schade, dass Dr. Fauconer Euch diesmal nicht bei Euren Nachforschungen behilflich sein kann«, fügte der König hinzu. »Ich wünsche Euch trotzdem viel Erfolg.«

Von Whitehall begab sich Trelawney zur Westminster Hall, in der die vier Gerichtshöfe des Landes untergebracht waren. Als einer der amtsältesten Richter des Court of King's Bench nahm er seinen Platz neben Lord Chief Justice Kelyng ein. Das Gericht tagte bis zur Mittagszeit. Danach nahmen die Richter das Dinner gemeinsam in der »Himmelsschenke« ein. Zwischen der im Fettnetz gebackenen Rinderzunge und dem

Hühnchen in Mandelsoße lenkte Sir Orlando das Gespräch auf Thomas Hunt.

»Erinnert Ihr Euch an ihn?«, fragte er Kelyng.

»Und ob!«, stieß der Lord Chief Justice entrüstet hervor. »Der Kerl hatte ein verdammt freches Mundwerk.«

»Wisst Ihr, was aus ihm geworden ist? Befindet er sich noch immer im Marshalsea-Gefängnis?«

»Ich bin erstaunt, dass Ihr es nicht gehört habt«, erwiderte Kelyng ernst. »Ein Brauer hat für Hunt gebürgt, und so wurde er nur einen Monat nach seiner Verurteilung freigelassen. Eigentlich hätte er gehängt werden müssen!«

»Da habt Ihr recht«, stimmte Sir Orlando zu. »Wie es aussieht, hat er nun ein noch viel schlimmeres Verbrechen verübt als versuchten Raub.«

Während Trelawney darüber nachdachte, wie er weiter vorgehen sollte, hörte er Sir Matthew Hale, der ihm schräg gegenübersaß, über einen Advokaten sprechen, den er sehr schätzte.

»Es ist nicht unwahrscheinlich, dass Mr. Jeffreys bald das Amt eines Magistraten übernehmen wird, obwohl er erst fünfundzwanzig Jahre alt ist. Der Bursche ist ehrgeizig und tüchtig und zugleich ein liebevoller Familienmensch. Er wird es weit bringen.«

Sir Orlando sah auf. Er kannte George Jeffreys. Der junge Anwalt hatte ihm schon einmal bei Nachforschungen zu einem Fall geholfen. Vielleicht sollte er erneut seine Dienste in Anspruch nehmen.

Die Kutsche des Richters hielt auf der Fleet Street, kurz hinter der Kirche St. Dunstan. Nachdem er Digby angewiesen hatte, in einer Stunde zurückzukommen, stieg Sir Orlando aus. Er befand sich am äußersten Rand des Stadtgebietes, das bei dem Großen Brand vor vier Jahren zerstört worden war.

Wie durch ein Wunder war die Feuersbrunst damals kurz vor der alten Tempelkirche zum Stehen gekommen. Die Flammen hatten bereits an den Außenmauern des einst von den Tempelrittern erbauten Gotteshauses geleckt, als es den Studenten aus den umliegenden Gebäuden gelungen war, es zurückzudrängen. Wenig später hatte eine Änderung der Windrichtung dazu beigetragen, dass das Feuer eingedämmt und schließlich gelöscht werden konnte.

Trelawney bog in eine schmale Gasse ein, die zur Tempelkirche führte, ging jedoch nicht hinein. Stattdessen durchquerte er den Cloister Court und trat auf den mit Bäumen bestandenen King's Bench Walk hinaus. Der Richter hielt kurz inne und sah sich um.

Zu seiner Rechten standen noch die alten Fachwerkhäuser. Zu seiner Linken, wo das Feuer gewütet hatte, erhoben sich neue, aus Ziegeln errichtete Gebäude, die, wenn auch recht schmucklos, einen Eindruck von Symmetrie und schlichter Eleganz vermittelten.

Bald fand Sir Orlando die Adresse, die er suchte, betrat das Haus und stieg in den ersten Stock hinauf. Mit seinem Gehstock, den er als modisches Beiwerk mit sich führte, klopfte der Richter an die Tür, an der ein Schild mit dem Namen »George Jeffreys, Barrister« angebracht war.

Der Advokat öffnete selbst. Er hatte sich nicht verändert. Sein fein geschnittenes Gesicht mit der markanten Nase und dem wohlgeformten Mund wirkte jünger als seine Jahre. Frauen mochten ihn als schön bezeichnen. Seine haselnussbraunen Augen verrieten Intelligenz und Entschlossenheit. Ihr Blick hatte etwas Fesselndes. Er schien den Menschen ins Herz sehen zu können.

»Richter Trelawney«, rief George Jeffreys erstaunt aus. »Welche Ehre, Mylord. Bitte, tretet doch ein.«

Interessiert sah sich Sir Orlando in den Räumen des Anwalts um, die mit eleganten Möbeln aus Walnuss eingerichtet waren. Die Miete sowie die Einrichtung konnten nicht billig gewesen sein. Eine hohe Ausgabe für einen frisch verheirateten Mann und jungen Advokaten. Offenbar war Jeffreys erfolgreicher, als Trelawney vermutet hatte.

»Ich habe einen wichtigen Auftrag von Seiner Majestät dem König erhalten«, begann der Richter.

»Ich nehme an, es hat mit diesem überaus gewagten Überfall auf Seine Gnaden, den Duke of Ormonde, zu tun«, kombinierte der Anwalt, als Sir Orlando auf der Suche nach der richtigen Formulierung zögerte.

Trelawney hob anerkennend eine Augenbraue. Er hätte wissen müssen, dass Jeffreys über die Vorkommnisse der vergangenen Nacht im Bilde war.

»So ist es. Zwar sucht auch Mylord Arlington nach den Verbrechern, aber Seine Majestät wünscht, dass ich ebenfalls Nachforschungen anstelle.«

»Verstehe. Und da habt Ihr Euch meiner Talente erinnert«, entgegnete George Jeffreys mit einem leicht spöttischen Unterton.

»Nun, wenn Ihr für solche Dinge keine Zeit mehr habt, Sir …«, sagte Sir Orlando mit einem bezeichnenden Blick auf das geschmackvolle Amtszimmer.

»Verzeiht, Mylord, ich wollte nicht ungebührlich erscheinen. Im Gegenteil, ich stelle den Dienst an Seiner Majestät über alles andere.« Jeffreys strich sich über das sorgfältig rasierte Kinn. »Hm, Mylord Arlington wird sich in erster Linie auf seine Spitzel verlassen, um die Missetäter aufzuspüren. Vielleicht haben wir sogar dieselben Gewährsmänner. Gebt mir alle Informationen, die Ihr über die Banditen habt, und ich werde sehen, was ich herausfinden kann.«

Sir Orlando berichtete ihm von den Waffen, die einem Straßenräuber namens Thomas Hunt gehörten, und seiner Beobachtung, kurz bevor die Männer die Verfolgung von Ormondes Kutsche aufgenommen hatten.

»Ich begebe mich jetzt zur ›Bullenkopfschenke‹ und werde den Wirt befragen«, sagte er abschließend.

»Gut. Lasst mir ein paar Stunden Zeit, mich mit meinen Spitzeln auszutauschen, Mylord. Wenn es Euch recht ist, suche ich Euch heute Abend auf und erstatte Euch Bericht.«

Als Digby die Kutschpferde vor der »Bullenkopfschenke« zügelte, sah Sir Orlando erneut die Szene vor sich, wie sie sich am vergangenen Abend abgespielt hatte. Sechs Männer in dunklen Umhängen, den Degen an der Seite, waren aus der Schenke geeilt, hatten sich auf ihre Pferde geschwungen und waren in die Pall Mall Street eingebogen. Ihre Gesichter hatte der Richter in der Dunkelheit nicht sehen können, aber unter ihren Schlapphüten schienen sie Perücken getragen zu haben.

Im Schankraum waren die meisten Tische mit Gästen besetzt, die ein spätes Mittagsmahl einnahmen. Die »Bullenkopfschenke« war ein beliebtes Wirtshaus. Als Trelawney eintrat, grüßte ihn der Schriftführer der Marine Samuel Pepys, der mit seinen Begleitern eine Wildpastete verspeiste. Der Richter erwiderte den Gruß, blieb aber nicht stehen.

Mit geschultem Blick schätzte der Schankbursche den Ankömmling als wichtigen Gast ein und kam ihm entgegen.

»Ich habe noch einen guten Platz am Fenster, Mylord«, sagte der Mann.

Er hatte eine Knollennase, und sein braunes Haar begann sich merklich zu lichten.

»Hattet Ihr gestern Abend Dienst?«, fragte der Richter.

»Ja, Sir.«

»Ich bin Sir Orlando Trelawney, Richter des Königlichen Gerichtshofs. Gestern zwischen sechs und sieben Uhr waren sechs Männer hier. Erzählt mir alles, was Ihr über sie wisst.«

Das joviale Lächeln, mit dem der Mann die Gäste begrüßt hatte, verschwand. »Wenn Ihr mir bitte folgen wollt, Mylord. Dort drüben können wir ungestört reden.«

»William«, rief er zu dem jungen Burschen hinüber, der in einem Bottich Zinnkrüge wusch. »Kümmere dich um die Gäste.«

Vor einer Wand übereinandergestapelter Fässer blieb er stehen und blickte den Richter nervös an. Schweiß trat ihm auf die Stirn.

»Ich versichere Euch, Mylord, wenn ich geahnt hätte, was diese Halunken vorhatten, hätte ich die Wache alarmiert«, beteuerte er.

»Schon gut«, beschwichtigte Sir Orlando. »Wie ist Euer Name?«

»Matthew Pretty, Sir.«

»Wart Ihr gestern Abend allein?«

»Nein, Mylord. Der Junge, William ... William Wilson ist sein voller Name, Sir, hatte ebenfalls Dienst«, erklärte Pretty stotternd.

»Dann muss ich auch ihn befragen. Erzählt mir nun, was sich gestern zugetragen hat«, bat der Richter geduldig. »Kamen die sechs Männer zur gleichen Zeit an?«

»Nein, Sir. Zuerst kamen nur fünf von ihnen herein.«

»Kanntet Ihr sie?«

»Nein, Mylord.«

»Könnt Ihr sie beschreiben?«

»Drei von ihnen waren in mittlerem Alter, die anderen zwei um die fünfundzwanzig. Einer von den Älteren ritt eine dunkle Fuchsstute mit einer breiten Blesse. Er war groß, schlank, sehr blass und hatte kurzes schwarzes Haar. Es sah aber so aus, als wenn er eine Perücke trug.«

Die Beschreibung der anderen Männer fiel ähnlich oberflächlich aus.

»Sie bestellten sechs Pinten Wein, jeweils zwei Pinten Kanarenwein, Sherry und Weißwein. Einer der Männer sagte, ich solle ihnen guten Wein zapfen, da sie Viehzüchter seien. Daraufhin fragte ich sie, ob sie die Viehhändler Mr. West und Mr. Poultney aus Blackwall kannten, und sie sagten ja.«

»Was war mit dem sechsten Mann?«, bohrte der Richter.

»Der kam einige Zeit später herein, so um kurz vor sieben«, berichtete Pretty. »Er war um die fünfzig, schmales Gesicht, pockennarbig. Und er hatte eine knochige Nase.«

»Erinnert Ihr Euch an seine Kleidung?«

»Er trug ein Wams aus grobem Wollstoff und einen Mantel aus Kamelott, ach ja, und eine kurze braune Perücke.«

»Diesen Mann könnt Ihr erstaunlich gut beschreiben«, bemerkte Sir Orlando. »Weshalb ist er Euch aufgefallen?«

»Nun, es war offensichtlich, dass er das Sagen hatte«, erklärte Matthew Pretty. »Zudem bezahlte er die Rechnung.«

»Was geschah dann?«

»Sie tranken noch zwei Pinten Wein und verlangten drei Pfeifen mit Tabak. Als draußen der Ruf zu hören war, man möge der Kutsche des Duke of Ormonde Platz machen, eilten sie hinaus.«

»Ich danke Euch, Sir«, sagte Trelawney schließlich. »Schickt mir nun Euren Jungen.«

William Wilson hatte Prettys Aussage nichts Hilfreiches hinzuzufügen. Sir Orlando gab beiden ein Trinkgeld und fuhr nach Hause.

Am Abend erschien wie versprochen George Jeffreys in der Chancery Lane. Seinem selbstbewussten Gesichtsausdruck entnahm Trelawney, dass seine Nachforschungen von Erfolg gekrönt waren.

Doch zuerst berichtete der Richter von seinem Gespräch mit Matthew Pretty und William Wilson in der »Bullenkopfschenke«.

»Im Grunde haben sie nur bestätigt, was ich bereits wusste: dass der Überfall auf Seine Gnaden geplant war. Die Wegelagerer haben in dem Wirtshaus auf die Kutsche des Duke of Ormonde gewartet. Aber was hatten sie vor? Wollten sie Lösegeld erpressen oder den alten Veteranen ermorden?«

Jeffreys hatte es sich auf einem Stuhl bequem gemacht und schlug die Beine übereinander.

»Auf der Straße erzählt man sich, dass die Strolche vorhatten, Seine Gnaden auf dem Tyburn-Hügel zu hängen.«

»Das ist ja ungeheuerlich!«, stieß der Richter entsetzt hervor.

»Ganz meine Meinung. Wenn das Gerücht wahr ist, bedeutet dies aber vor allem eines: dass es hier um etwas Persönliches geht. Die Männer hatten eine Rechnung mit dem Duke of Ormonde zu begleichen.«

»Ihr glaubt, sie dachten, Seine Gnaden habe ihnen ein Unrecht zugefügt?«, fasste Sir Orlando nachdenklich zusammen.

»Ihr Vorgehen spricht dafür. Und da Ormonde erst vor kurzem seine Stellung als Lord Lieutenant von Irland verloren hat, liegt die Vermutung nahe, dass die Unbekannten sich für etwas rächen wollten, das Seine Gnaden ihnen während seiner Amtszeit angetan hat.«

»Ihr denkt, die Männer waren Iren?«

»Das ist anzunehmen. Meine Spitzel haben mir ihre Namen zugetragen. Der Anführer ist ein gewisser Dr. Ayliff, ein

Quacksalber aus Romford in Essex. Den Straßenräuber Thomas Hunt habt Ihr selbst bereits an seiner ungewöhnlichen Taschenpistole erkannt. Einer der Schließer des Marshalsea-Gefängnisses, mit dem ich sprach, bestätigte mir, dass Hunt Ire sei. Sein Vater, ein gewisser Dr. Alec, der ihn dort besuchte, ist ebenfalls Ire. Es kann ein Zufall sein, aber die Namen Dr. Ayliff und Dr. Alec klingen so ähnlich, dass es sich um Decknamen handeln könnte. Damit wären der Anführer der Bande und Thomas Hunt Vater und Sohn.«

Sir Orlando nickte anerkennend. Doch George Jeffreys war noch nicht fertig.

»Der Dritte im Bunde ist Richard Halliwell, ein Tabakschneider. Er ist der Regierung bestens bekannt, denn er ist ein Anhänger der ›Fünften Monarchie‹, ein Sektierer der schlimmsten Sorte.«

»Diese Männer müssen schnellstens ausfindig gemacht werden«, sagte der Richter entschlossen. »Ich begebe mich sofort zu Mylord Arlington.« Sein Blick ruhte einen Moment beifällig auf dem jungen Advokaten. »Ich danke Euch sehr für Eure Hilfe. Ihr könnt versichert sein, dass ich Euren Beitrag Seiner Majestät gegenüber entsprechend hervorheben werde.«

Kapitel 10

Die Feen hatten kein Missfallen gezeigt. Auf einem Fundament aus Steinen wuchs unter den geschickten Händen der Pächter rasch ein kleines Haus aus Lehmziegeln empor, die mit gegorenen Binsen verstärkt waren. Die beiden Giebelseiten, von denen eine den Kamin beherbergte, waren aus Stein gebaut. Über den Außenwänden erhob sich ebenso schnell ein Dachstuhl aus Eichenholzbalken mit abgerundetem First, der dem Wind weniger Widerstand entgegensetzte.

Jeremy beobachtete fasziniert, wie die Iren lange Pfetten mit Holzdübeln auf den Sparren befestigten, die wiederum eine Schicht aus Holzlatten trugen. Auf diese band man Grassoden, die so sorgfältig nebeneinandergelegt wurden, dass sie das Haus im Winter vor Kälte und Feuchtigkeit und im Sommer vor Hitze schützen würden. Zugleich bildeten sie einen Untergrund für das Roggenstroh, das die Strohdecker mit den »Scollops« genannten, wie Klammern zusammengebogenen Stöcken nach und nach darauf feststeckten. Da sie selbst keinen Roggen und nur wenig Weizen anbauten, hatte Breandán das Stroh bei seinem Nachbarn Luscombe gekauft, der ihm aus Freundlichkeit sogar einen besonders guten Preis gemacht hatte. Die Wände wurden außen wie innen mit Kalktünche geweißt.

»Der Kalk macht die Kate nicht nur winterfest, er schützt auch vor Schimmel und Ungeziefer«, erklärte der Pächter, der den Kalk brannte.

Als alles fertig war, trat Amoret mit Daimhín als Erste über die Schwelle. Im Kamin brannte ein behagliches Torffeuer auf einer Steinplatte. Der Rest des Hauses besaß einen Fußboden aus festgestampftem Lehm, der als besonders widerstandsfähig galt. Zu beiden Seiten des Kamins befanden sich massive Holzblöcke, die als Hocker dienten. Die Stühle, die sie aus England mitgebracht hatten, standen an dem Tisch unter einem der kleinen Fenster neben der Tür. Ein kleiner Strauß gelben Ginsters, der Einweihungsgruß von Amorets Zofe Mary, bildete einen leuchtenden Farbfleck vor den schneeweißen Wänden. Die Kate bestand nur aus der großen Küche und einer kleinen, durch eine Innenwand aus Flechtwerk abgeteilten Schlafkammer, die mit einem einfachen, vom Schreiner zusammengezimmerten Bett, einem kleinen Bettchen für Daimhín und einer Kleidertruhe möbliert war. Jeremy würde auf dem darüber eingezogenen Hängeboden schlafen, der über eine Leiter erreichbar war, während Mary und das Kindermädchen des Nachts ihre Rollbetten in der Küche aufstellten. Die anderen Diener blieben im Gewölbesaal des Turmhauses.

Breandán trat neben Amoret, die vor dem Kamin stand und den eigentümlichen Geruch des Torffeuers einatmete.

»Níl aon tinteán mar do thinteán féin«, sagte er leise.

»Es gibt nichts Schöneres als die eigene Feuerstelle«, wiederholte Amoret auf Englisch. »Wie recht du hast.«

»Gefällt es dir?«, fragte Breandán nach leichtem Zögern.

»Ja«, erwiderte sie. Lächelnd sah sie ihn an. »Es ist klein, aber gemütlich. Ich weiß, dass ich mich hier wohl fühlen werde.«

Zärtlich streichelte er ihre Wange. Dann legte er die Arme um sie und drückte sie an sich.

Die innige Umarmung wurde jäh unterbrochen, als ihr kleiner Sohn, der sich vernachlässigt fühlte, an Amorets Rock zupfte und quengelte: »Mama, Daimhín Bett!«

Seine Eltern lächelten. Sie verstanden, dass er keineswegs schlafen gehen, sondern sein neues Bettchen sehen wollte, das man ihm versprochen hatte. Amoret löste sich aus der Umarmung ihres Gemahls, nahm die Hand des Knaben und führte ihn in die kleine Schlafkammer.

Als Muiredach Ard Ó Donnabháin die leichte Steigung zur Burg Shanrahan hinaufging, drang die Melodie eines alten irischen Liedes an sein Ohr. Unwillkürlich blieb er stehen und lauschte auf die gälischen Worte, die schon seine Mutter für ihn gesungen hatte, als er noch ein Kind gewesen war. Es war kein besonderes Lied, sondern eine Volksweise, die die Iren überall im Land sangen, wenn sie melancholischer Stimmung waren. Und doch krampfte sich dem Wirt das Herz zusammen. Nicht einmal Cormac Bán Ó Riordáin hätte mehr Gefühl in das Klagelied legen können als diese Männerstimme. Ergriffen stand Muiredach Ard da und hörte ihr zu, bis der Sänger auf seiner Gitarre einen abschließenden Akkord schlug und ein fröhlicheres Lied anstimmte. Das Geräusch tanzender Schritte, begleitet von Rufen und Lachen, brach den Bann, der den Hünen an seinen Platz gefesselt hatte. Er atmete tief ein und trat durch das offen stehende Portal in die kleine Vorhalle des Wehrturms. Von dort konnte er in den Gewölbesaal blicken. An der langen Tafel saßen Lady Shanrahan und der Jesuit und sahen mit amüsierten Mienen ihren Dienern und Mägden zu, die auf dem reparierten Bretterboden das Tanzbein schwangen. Auf einem Schemel neben dem Tisch saß der Baron und zupfte die Saiten seiner Gitarre mit einer natürlichen Anmut und Leichtigkeit, die der Wirt nur bewundern konnte. Fasziniert beobachtete Muiredach Ard, wie die englischen Bediensteten einen Tanz aus ihrer Heimat zu der Melodie eines irischen Liedes tanzten.

Als Lady Shanrahan ihn bemerkte, winkte sie ihn herein. Jeremy stand auf und bot dem Hünen einen Zinnbecher Met an.

»Heute seid Ihr unser Gast«, sagte der Priester lächelnd und wies einladend auf einen Platz neben Amoret.

»Wir feiern die Fertigstellung unseres Hauses und des Stalls«, erklärte sie. »Und, wie Ihr seht, ist auch der Saal nun winterfest.«

Muiredach Ard nickte anerkennend. Die Trümmer der eingestürzten Südmauer und das mit neuen Balken verstärkte

Gerüst, das die Decke stützte, waren hinter einer Wand aus Lehmziegeln verschwunden. Der Kamin war gesäubert worden und zog nun einwandfrei. Um ihn für künftige Reinigungsmaßnahmen zugänglicher zu machen, hatte Ruairí Ó Leannáin Eisenbolzen geschmiedet und in die Kaminrückwand geschlagen. So konnte man innen fast ganz bis zum Schornstein hinaufsteigen.

»Ich freue mich, dass Ihr Euch gut eingelebt habt«, sagte Muiredach Ard aufrichtig.

Amoret lächelte ihm dankbar zu. »Ich glaube, Ihr seid so ziemlich der Einzige hier, der so fühlt.«

»Die Menschen brauchen Zeit«, erklärte er. »Habt Geduld.«

»Ich werde es versuchen«, erwiderte sie. Seine Worte machten ihr Hoffnung.

Zufrieden ließ Jeremy den Blick über die aufmerksamen Gesichter seiner Schüler gleiten, die in einem Halbkreis vor ihm im Gras saßen. Die Jungen und Mädchen verschiedenen Alters waren gefesselt von der Geschichte »Daniel in der Löwengrube«, die der Jesuit ihnen gerade erzählt hatte. Als Illustration diente ihm dabei die in Stein gehauene Bibelszene auf dem keltischen Hochkreuz, das auf dem Friedhof der verfallenen Kirche stand. Wie durch ein Wunder hatte es die Belagerung von Shanrahan unbeschadet überstanden. Das Kreuz zeigte außerdem Darstellungen von Adam und Eva, David, der den Riesen Goliath erschlug, die Anbetung der Heiligen Drei Könige und im Schnittpunkt der Balken die Kreuzigung Christi.

Seit Jeremy Muiredach Ard Ó Donnabháin überzeugt hatte, ihm sonntags die Kinder, die der Wirt unterrichtete, zum Katechismusunterricht zu schicken, hatten sich auch vereinzelte Erwachsene unter die Knaben und Mädchen gemischt. Es war erschreckend, wie wenig die Iren über ihren Glauben wussten, für den sie so bereitwillig zu leiden bereit waren. Viele glaubten, dass es vier Götter gab: den Vater, den Sohn, den Heiligen Geist und die Heilige Jungfrau. Kaum einer kannte das Apostolische Glaubensbekenntnis oder konnte das Vaterunser aufsagen, geschweige denn die Sakramente benennen.

Jeremy war sich bewusst, dass sich nach den von Cromwell befohlenen Massakern an den katholischen Geistlichen nur noch wenige Priester im Land aufhielten und dass viele der Jüngeren auf die Schnelle und mit nur wenig Unterweisung ordiniert worden waren. Sie konnten nur die Messe lesen, aber ihnen fehlte die nötige Ausbildung, um zu predigen. Pater Ó Néill gehörte dazu. Er war in jungen Jahren einem Noviziat der Franziskaner in Irland beigetreten, hatte aber während des Krieges wenig Zeit mit Lernen verbracht. Da er, wie viele andere Priester, allein für ein recht großes Gebiet verantwortlich war und über wenig Charakterstärke verfügte, gab er rasch den Versuchungen der Trunksucht und des Glücksspiels nach. Jeremy hatte diese Einzelheiten über Pater Ó Néill von Ó Donnabháin erfahren, der den Franziskaner seit langem kannte.

Als sich der Unterricht dem Ende zuneigte, sah Jeremy den Herbergswirt über den Kirchhof auf ihn und seine Schülerschar zukommen. Mit amüsierter Miene blieb Muiredach Ard in einiger Entfernung stehen und verschränkte abwartend die Arme vor der Brust. Neugierig über den Grund des Besuchs verkürzte der Jesuit ausnahmsweise den Unterricht und schickte die Schüler mit dem Auftrag nach Hause, das Ave Maria auswendig zu lernen.

»Wie ich sehe, kommt Ihr gut voran, Pater«, bemerkte der Hüne.

Jeremy erwartete einen spöttischen Ton in der Stimme des Wirts, doch selbst sein feines Ohr konnte keinen heraushören.

Zuweilen hatte er den Eindruck, dass Muiredach Ard nicht so strenggläubig war wie die anderen Iren. Aber woran mochte er dann glauben?

»Die Kinder sind sehr wissbegierig«, erwiderte der Priester zufrieden. »Und einige der Erwachsenen ebenfalls. Dennoch werde ich das Gefühl nicht los, dass die meisten Bauern mir nach wie vor misstrauen.«

Muiredach Ard zuckte mit den Schultern. »Ihr seid ein *sasanach*«, sagte er, als wenn dies alles erklärte.

»Was führt Euch her?«, fragte Jeremy schließlich. »Kann ich etwas für Euch tun?«

Der Wirt griff in sein Wams und zog einen Brief hervor.

»Einer der Tinker, die regelmäßig hier durchkommen, bringt stets die Post aus Clonmel mit«, erklärte er. »Dieser Brief ist für Euch.«

Verwundert nahm Jeremy das Schreiben entgegen. Schuldbewusst erkannte er Alan Ridgeways Handschrift. Er hätte seinen Freunden schon längst schreiben müssen.

»Danke.«

»Hoffentlich keine schlechten Nachrichten«, sagte der Hüne.

Jeremy warf ihm einen kurzen Blick unter gerunzelten Augenbrauen zu, dann stieß er einen Seufzer aus und erbrach das Siegel.

Muiredach Ard schickte sich an, sich zu entfernen, während der Jesuit den Inhalt überflog.

»Ungeheuerlich!«, entfuhr es Jeremy.

Der Ausruf ließ den Wirt innehalten. Mit ernster Miene sah der Priester von Alans Brief auf.

»Es hat einen Anschlag auf Seine Gnaden, den Duke of Ormonde, gegeben«, berichtete Jeremy. »Eine Gruppe Wegelagerer hat ihn entführt.«

Gespannt trat Muiredach Ard näher. »Man hat ›Séamus Bán‹ entführt? Und? Was ist mit ihm geschehen?«

»Einem Freund von mir ist es gelungen, einzugreifen und Seine Gnaden zu retten«, fuhr der Priester fort. »Wie es scheint, waren die Strolche Iren …« Erschüttert sah Jeremy den Hünen an. »Ich hoffe nur, dass dies ein einmaliges Ereignis war und wir keinen Aufstand zu erwarten haben.«

Muiredach Ard schüttelte den Kopf. »In dem Fall wäre nicht Ormonde, sondern Lord Berkeley, der jetzige Lord Lieutenant, das Ziel gewesen.«

Jeremy nickte. »Ihr habt recht.«

Prüfend musterte er das kantige Gesicht des Wirts. Ó Donnabháin gab ihm nach wie vor Rätsel auf. Einerseits erweckte er den Eindruck eines Mannes, der ein Geheimnis verbarg, andererseits begegnete er dem englischen Priester mit Freundschaft und einer unerwarteten Offenheit. Jeremy hielt den Hünen für intelligenter und gebildeter, als es sein Gewerbe vermuten ließ.

Nachdenklich widmete sich der Jesuit wieder dem Brief seines Freundes.

»Seine Majestät der König ist sehr beunruhigt über den Angriff auf einen seiner treuesten Diener«, fasste Jeremy zusammen. »Er hat meinen Freund beauftragt, der Sache auf den Grund zu gehen.«

Muiredach Ard hob erstaunt die Brauen. »Ihr habt einflussreiche Freunde!«

Der Priester lächelte. »Allerdings. Sir Orlando Trelawney ist Richter des Königlichen Gerichtshofs. Er hat schon oft besondere Aufträge für Seine Majestät ausgeführt.«

Der Wirt musterte sein Gegenüber und erriet, dass der Jesuit ihm dabei tatkräftig zur Hand gegangen war.

»Seid Ihr immer noch entschlossen, den Mord an Cormac Bán Ó Riordáin aufzuklären?«, fragte Muiredach Ard unerwartet.

Jeremy zeigte sich nicht überrascht über den plötzlichen Themenwechsel. »Ja, aber es ist sehr schwierig für mich, Nachforschungen anzustellen. Die Leute reden nicht mit mir.«

»Wenn Ihr wollt, kann ich mich ein wenig umhören«, erbot sich der Hüne.

»Das wäre mir eine große Hilfe«, stimmte Jeremy zu. »Aber seid vorsichtig. Wir haben es hier mit einem skrupellosen Mörder zu tun.«

Am Abend, als Jeremy mit Breandán und Amoret vor dem Kaminfeuer in der kleinen Kate saß, wie es in Irland Sitte war, las der Jesuit Alans Brief vor.

»Wie kommt es, dass unser guter Freund, der Richter, immer in solch abenteuerliche Ereignisse verwickelt wird?«, spöttelte Breandán. »Es ist, als ob er das Unglück anziehen würde.«

»Das habe ich mich auch schon gefragt«, stimmte Amoret zu. »Aber schaut uns an. Geht es uns etwa anders? Kaum kommen wir hier an, schon stolpern wir über eine Leiche.«

Jeremy nickte ernst. »Nur dass es in diesem Fall unmöglich scheint, das Verbrechen aufzuklären. Vielleicht sollte ich noch einmal mit Nora Prendergast sprechen.«

»Ihr glaubt auch, dass sie mehr weiß, als sie sagt, nicht wahr?«

»Mehr noch«, bekräftigte der Jesuit. »Ich bin davon überzeugt, dass sie den Mörder gesehen hat. Sie behauptet zwar, sie sei ins Haus zurückgekehrt, als Ó Riordáin an ihrer Tür vorbeigegangen war, angeblich weil sie sich geärgert hat, dass er sie nicht grüßte.«

»Wenn sie ihm aber doch noch einen Moment nachgeschaut hat, dann hätte sie gesehen, wie jemand ihm folgte«, spann Amoret die Vermutung weiter.

»Genau. Und der Mörder hat sie womöglich auch bemerkt.«

»Hätte er sie dann nicht schon längst zum Schweigen gebracht?«, warf Breandán vorsichtig ein.

»Nicht, wenn er überzeugt ist, dass sie schweigen wird – was sie ja auch tut«, gab Jeremy zu bedenken.

»Dann wäre es zu gefährlich, mit Nora Prendergast zu sprechen«, warnte Amoret.

»Zumindest an einem Ort, an dem man uns beobachten könnte«, stimmte der Priester zu. »Leider kann jeder aus dem Dorf der Mörder sein. Bisher habe ich noch keine Ahnung, wie ich mit ihr reden soll, ohne dass es jemand bemerkt.«

Kapitel 11

Prüfend studierte Nora das Gesicht des Priesters, der an ihrem Lager saß. Seine Habichtsnase bog sich scharf über seine schmalen Lippen, die sich angespannt aufeinanderpressten. Im unruhigen Licht des Torffeuers lagen seine grauen Augen, überschattet von den dichten Brauen, tief und unsichtbar in dunklen Höhlen. Nur wenn ein Flämmchen aufsprang, huschte ein goldener Schein über die langen Wimpern, und in den Pupillen, die starr auf die Wand gerichtet waren, entzündete sich ein Funke.

Es war der alten Dame klar, dass ihr Gast sie nicht sah, dass seine Gedanken mit anderen, gewichtigeren Dingen beschäftigt waren. Sie bemerkte, wie sich die hohe Stirn des Jesuiten immer wieder in Falten legte, wenn ihm eine besonders erschütternde Einzelheit durch den Kopf ging. Auf seiner Stirn trat eine Ader hervor, ein dicker Strang unterdrückten Ärgers.

»Worüber regt Ihr Euch so auf, Pater?«, fragte Nora sanft.

Ihre Worte rissen Jeremy aus seinen bedrückenden Überlegungen. Es war Allerheiligen, der Morgen nach *Oíche Shamhna,* dem gälischen Fest, das das Ende der Erntezeit und den Beginn des Winters einläutete. Die vergangene Nacht hatte der Priester wie einen Alptraum erlebt.

Während der letzten Tage waren die Rinder- und Schafherden von den höher gelegenen Weiden zurückgekehrt und mit ihnen die Hirten, die den Sommer über in kleinen Hütten bei dem Vieh wohnten. Es gab ein freudiges Wiedersehen mit Söhnen, Brüdern und anderen Verwandten. Die neuen Herren sahen viele unbekannte Gesichter im Dorf. Breandán ließ sich die Heimkehrer von Eamonn Prendergast vorstellen. Unter ihnen waren auch die Söhne des Verwalters, Colm und Piaras, die den Baron höflich, aber zurückhaltend begrüßten. Zu ihrer Bekümmerung entdeckte Amoret auch im Blick der Jünglinge die unterschwellige Feindseligkeit, die ihr bei ihrer Ankunft von den Bauern entgegengeschlagen war und die sie noch immer spürte.

Am Abend vor Allerheiligen waren vor allem die jungen Leute auf die Hügel gestiegen und hatten Freudenfeuer angezündet, aber auch die älteren Dorfbewohner hatte eine seltsame Stimmung erfasst, die sich die Engländer nicht erklären konnten.

Als Jeremy bei Einbruch der Dämmerung dem Haus der Prendergasts noch einen Besuch abstattete, fiel ihm die Kerze auf, die im Küchenfenster brannte. Auf dem Weg durch das Dorf hatte er Binsenlichter hinter den gespannten Schafshäuten der kleinen Fensteröffnungen bemerkt. Sämtliche Türen standen offen, als erwarteten die Bewohner Gäste. Auf Jeremys Frage hin antwortete die Magd Sorcha, es sei üblich, den Toten, die in dieser Nacht vor ihrem Übergang ins Jenseits ein letztes Mal ihre Verwandten besuchten, den Weg zu leuchten. Für ihre Offenheit erntete sie einen tadelnden Blick von Moira. Die Gemahlin des Verwalters war gerade dabei gewesen, ein kleines Kreuz aus zwei mit Stroh zusammengebundenen Holzstäbchen über die Tür zu hängen. Das alte Kreuz, das sich zuvor an diesem Platz befunden hatte, hielt sie vorsichtig in der Hand, um es nicht zu beschädigen. Sorcha hatte ebenfalls eines dieser Kreuze bei sich, als sie vor dem Haus auf den Priester traf. Unter dem strengen Blick ihrer Herrin errötete sie und huschte zum Kuhstall davon. Jeremy erriet, dass das Kreuz für die dortige Tür bestimmt war.

Nora Prendergast, die an diesem Abend in einem Lehnstuhl am Feuer saß, lächelte dem Jesuiten zu.

»Sie beschützen das Haus, denn kein böser Geist kann über eine Schwelle treten, über der ein Parshall-Kreuz hängt«, erklärte sie.

Dagegen konnte Jeremy nichts einwenden. Er bemerkte, dass mehrere Schemel um das Kaminfeuer angeordnet waren. Doch er verspürte eine starke Hemmung, dort Platz zu nehmen, denn er ahnte, dass sie nicht für lebende Besucher bestimmt waren.

Er wechselte nur ein paar Worte mit der Greisin und verabschiedete sich dann wieder. Draußen traf er auf eine Gruppe junger Leute, die ihre Anwesenheit lauthals kundtaten, indem sie auf Kuhhörnern bliesen. Überrascht wich Jeremy gegen eine Hauswand zurück und presste sich dagegen, um die jungen Männer vorbeizulassen. Im ersten Moment erschienen sie ihm in ihren dunklen Masken und mit Stroh besetzten Lumpen wie Dämonen.

Entsetzen ergriff den Priester, als vor ihm der knochige Schädel eines Pferdes auftauchte und die leeren Augenhöhlen sich ihm zuwandten, als würde ihn das tote Tier ansehen. Gelächter dröhnte in seinen Ohren. Ein unheimliches Flattern begleitete das Geisterpferd, das keinen Körper hatte …

Erst als sich die gespenstische Erscheinung, umringt von tanzenden Ungeheuern, entfernte, kam Jeremy allmählich wieder zu Verstand. Mit wild klopfendem Herzen wandte er den Kopf und blickte dem schauerlichen Umzug nach. Ihm wurde klar, dass das Geisterpferd in Wirklichkeit ein Mann war, der sich in ein weißes Laken gehüllt hatte und einen Schädel an einer Stange vor sich hertrug.

Die jungen Leute hatten vor der Tür des Verwalters angehalten und rezitierten Verse, in denen es um Elfen und Kobolde ging. Diese überschritten in dieser Nacht die Grenze zwischen der Welt der Menschen und der Anderswelt und stifteten Unheil, falls man es versäumte, sie mit Gaben milde zu stimmen.

Angewidert wandte sich Jeremy ab. Er verzichtete darauf, den Iren eine Predigt über ihre heidnischen Sitten zu halten, denn er wusste, dass sie ihm an diesem Abend nicht zuhören würden. Der Morgen war ein besserer Zeitpunkt für Belehrungen.

Als sich der Jesuit mit zusammengebissenen Zähnen der Burg zuwandte, stieß er mit einem beleibten Mann zusammen, der mit einigen Begleitern den jungen Leuten gefolgt war. Da sein Gesicht von einer grell bemalten Maske verdeckt war, erkannte Jeremy ihn nicht sofort. Doch bei näherer Betrachtung seiner erheblichen Leibesfülle sprang ihn mit einem Mal die bestürzende Erkenntnis an, dass er den Franziskaner Ó Néill vor sich hatte.

Zu schockiert, um ein Wort herauszubringen, blickte Jeremy dem Mönch nach, der sich nichts anmerken ließ. Doch auch er musste den Jesuiten erkannt haben.

»Warum hat er sein Gesicht hinter einer Maske verborgen?«, murmelte Jeremy. »Hat er damit gerechnet, mir über den Weg zu laufen, und wollte er verhindern, dass ich ihn sah, wie er an dem abergläubischen Treiben der Menschen teilnahm?«

»Er wollte wohl eher vermeiden, dass eine arme Seele, der er im Leben Unrecht getan hat, ihn erkennt und an ihm Rache nimmt«, erklärte die alte Nora mit melodiöser Stimme.

Die Stirn gerunzelt, sah der Priester die Greisin an. Ihr Lächeln ließ ihn rätseln, ob sie im Ernst sprach oder sich über ihn lustig machte.

»Schon die alten Weisen ergriffen diese Vorsichtsmaßnahme, um nicht zu *Oíche Shamhna* von den bösen Geistern verschleppt zu werden«, fügte Nora hinzu.

Jeremy erriet, dass sie auf die geheimnisvollen Priester der vorchristlichen Kelten, die Druiden, anspielte.

»Ich werde ein ernstes Wort mit Pater Ó Néill sprechen müssen«, sagte der Jesuit verärgert. Dann musterte er die Alte streng. »Und Ihr glaubt auch an diese Schauergeschichten? Ich hatte Euch für eine gute Christin gehalten.«

»Ihr seid in Irland, Pater«, belehrte sie ihn, senkte jedoch reumütig den Blick. »Auch wer nicht an die Elfen glaubt, möchte sie sich nicht zum Feind machen.«

»Das ist doch Unsinn«, entgegnete Jeremy.

Eigentlich hatte er mit Nora über Cormac Bán Ó Riordáins Tod sprechen wollen. Doch wie gewöhnlich waren sie nicht unter sich. Die Hausherrin war vor der Feuerstelle damit beschäftigt, Haferkuchen zu backen. Auf einen Leckerbissen hoffend, scharrten einige Hühner in ihrer Nähe mit den Krallen über den Boden.

»Bitte entschuldigt mich jetzt, *a bhean uasal*«, sagte Jeremy. Er erhob sich von dem Hocker, den er an das Lager der Greisin gerückt hatte, und legte seinen Mantel um.

»Ich glaube, ich werde Pater Ó Néill aufsuchen. Er hat bei Ó Donnabháin übernachtet, soviel ich weiß.«

Noras Züge wurden ernst. »Nehmt Euch in Acht, Pater. Ó Néill lässt sich nicht gern belehren. Besonders nicht von einem *sasanach*.«

Während der Jesuit in Richtung Herberge ging, dachte er über die Worte der Greisin nach. Streitigkeiten zwischen den Angehörigen verschiedener Orden oder zwischen Mönchen und weltlichen Priestern gab es auch in England. So sehr er diese Tatsache bedauerte, so war sich Jeremy doch bewusst, dass die Schwächen der Menschen eine harmonische Zusammenarbeit nur selten ermöglichten. Dennoch war er davon überzeugt, dass auch Pater Ó Néill letztendlich ein Interesse daran haben musste, den wahren Glauben zu vertreten und heidnische Bräuche zu unterdrücken.

Im Schankraum war es ruhig. Nur ein durchreisender Tinker vertrieb sich die Stunden des Feiertags in der Herberge. Als der Priester eintrat, kam ihm Muiredach Ard entgegen, um ihm zu sagen, wie sehr er die morgendliche Messe in der Burgkapelle genossen hatte. Der Wirt und der Pächter Brian Ó Cathail waren bisher die Einzigen, die sich regelmäßig zum Gottesdienst des Jesuiten einfanden.

»Ist Pater Ó Néill da?«, fragte Jeremy.

»Er ist ausgegangen, um einen der Pächter zu besuchen«, erwiderte Muiredach Ard.

»Wisst Ihr, wann er zurück sein wird?«

»Am Nachmittag, schätze ich.«

»Dann komme ich nachher wieder«, entschied Jeremy.

Er war entschlossen, dem Franziskaner einmal ordentlich die Leviten zu lesen.

Als der Jesuit am Nachmittag in die Herberge zurückkehrte, saß Ó Néill mit zwei Männern im Schankraum. Vor jedem von ihnen stand ein gut gefüllter Lederkrug. Eine Wolke betäubender Aledünste wehte Jeremy entgegen, als er sich der Gruppe näherte und das Wort an den Franziskaner richtete.

»Seid gegrüßt, Bruder.«

Ó Néill starrte ihn feindselig an. Seine Augen waren glasig. Offenbar war der Krug, um den sich seine Hand krampfte, nicht der erste an diesem Tag.

»Was wollt Ihr?«, knurrte er.

»Mit Euch reden«, erwiderte Jeremy. »Ihr wisst, dass das lange überfällig ist!«

Unter den warnenden Blicken seiner Begleiter und des Wirts riss sich der beleibte Mönch zusammen und verzog das Gesicht zu einer Grimasse, die wohl ein Lächeln darstellen sollte.

»Ein andermal, wenn's Euch nichts ausmacht«, sagte er in höflicherem Ton.

»Es macht mir etwas aus«, entgegnete der Jesuit. Er hatte sich vorgenommen, hart zu bleiben. »Nach dem, was ich gestern gesehen habe, kann ich nicht länger die Augen vor Eurer stümperhaften Art verschließen, mit der Ihr den Dienst an unserem Herrn verseht. Eure Pfarrkinder sind unwissend wie die Heiden und praktizieren ihren Aberglauben, als hätte der heilige Patrick nie einen Fuß auf diese Insel gesetzt. Ich verstehe ja, dass Ihr während der Unruhen Eure Ausbildung nicht zu Ende bringen konntet, aber anstatt mir Gelegenheit zu geben, Eure Wissenslücken zu füllen, verschließt Ihr Euch jeglicher Belehrung. Wenn Ihr nicht bald zur Vernunft kommt, werde ich Euch dem Bischof von Waterford melden müssen.«

Ó Néill fuhr von der Bank hoch und fixierte sein Gegenüber mit einem drohenden Blick.

»Ihr wagt es, mich vor meinen Freunden zu beleidigen?«

»Wir können unter vier Augen weiterreden, wenn Euch das lieber ist«, schlug Jeremy vor. Dies war ohnehin von Anfang an seine Absicht gewesen.

»Also gut«, gab der Franziskaner nach.

Seine Hände ballten sich zu Fäusten, doch dann beruhigte er sich und ging mit entschlossenen Schritten zur Tür. Zufrieden folgte ihm Jeremy. Der Mann war eine harte Nuss. Doch ohne seine Begleiter würde er sicher zugänglicher sein.

»Gehen wir ein Stück«, sagte Ó Néill mit einer einladenden Handbewegung in Richtung des Pfades, der zwischen den abgeernteten Feldern hindurchführte. »Hier sind wir ungestört.«

Jeremy nickte zustimmend und hielt sich neben dem Iren. In versöhnlicherem Ton erklärte er: »Es liegt mir fern, Euch Schwierigkeiten zu machen, Bruder. Aber ich verstehe nicht, warum Ihr nicht mit mir zusammenarbeiten wollt. Ich habe das Englische Kolleg in Rom besucht, an dem die Lehren des Konzils von Trient unterrichtet werden, und ich bin bereit, Euch all dieses Wissen weiterzugeben, wenn Ihr mir nur zuhören wollt.«

Der Franziskaner schien seinen Worten zu lauschen, denn er machte keine Anstalten, den Jesuiten zu unterbrechen. Also fuhr Jeremy fort, mit Engelszungen auf ihn einzureden, während sie zügigen Schrittes die Felder und Wiesen durchquerten. Seine Gedanken waren so sehr darauf konzentriert, die richtigen Worte zu finden, um die Sturheit des Mönchs zu durchbrechen, ohne dabei dessen empfindlichen Stolz zu verletzen, dass er völlig die Zeit vergaß. Als ihm nichts mehr einfiel, musterte Jeremy die beleibte Gestalt mit den ungepflegten blonden Haaren, deren Gesicht von ihm abgewandt war. Die Haltung der Schultern war steif und ein wenig gebeugt wie bei einem bockigen Kind, das entschlossen ist, sich nichts sagen zu lassen. Die Augen waren in die Ferne gerichtet und weigerten sich, ihn anzusehen. Da wurde dem Jesuiten klar, dass keines seiner Worte den Franziskaner erreicht hatte. Aber weshalb hatte er ihm dann so geduldig zugehört?

Seufzend blieb Jeremy stehen und fuhr sich mit der Hand durch das schulterlange braune Haar. Ein Sonnenstrahl fiel ihm in die Augen und blendete ihn. Verwundert sah er sich um. Die Sonne trat hinter einer phantastisch aufgetürmten Wolkenmasse hervor und verwandelte sie in flammende Wolle. Goldrotes Feuer ließ die letzten rosafarbenen Blüten der Rosmarinheide aufglühen, die sich um ihn herum im leichten Wind wiegten.

»Wo sind wir?«, stieß Jeremy hervor, obwohl er die Antwort kannte.

»Fürchtet Ihr Euch im Moor, *sasanach?*«, fragte Ó Néill spöttisch.

»Ich hatte keine Ahnung, dass wir so weit gelaufen sind«, sagte der Jesuit, als er seine Fassung wiedergewonnen hatte.

»Kein Wunder. Ihr wart zu sehr damit beschäftigt, mir Vorhaltungen zu machen und mit Eurer Weisheit zu prahlen.«

»Ich bin nicht Euer Feind, Bruder.«

Die Spannung zwischen den beiden Männern wurde fast greifbar. Wie hatte es nur so weit kommen können? Um die explosive Stimmung aufzulockern, bückte sich Jeremy zu einem Heidestrauch hinab, durch den sich die Stengel einer Moosbeere wanden, und pflückte ein paar der roten Früchte. Als er sie mit einer freimütigen Geste dem Franziskaner anbot, wich dieser einen Schritt zurück, als fürchte er, der Jesuit wolle ihn vergiften.

»Ihr nehmt wohl nichts von einem *sasanach* an, nicht einmal ein paar Beeren«, sagte Jeremy bitter. »Oder fürchtet Ihr, der *púca* könnte sie mit Pisse besudelt haben?«, fügte er brutal hinzu.

Ó Néill stieg das Blut ins Gesicht, und seine Wangen begannen zu glühen.

»Arroganter Bastard!«, schrie er.

Die geballte Faust traf Jeremys Kiefer mit voller Wucht. Er spürte nicht einmal mehr, wie sein Körper auf dem Boden aufschlug.

Kapitel 12

Das durchdringende Totengeläut ließ Jeremy langsam aus der Bewusstlosigkeit erwachen. Vor seinen Augen schwang ein verschwommener rosafarbener Fleck hin und her. Allmählich klärte sich sein Blick, und die Konturen wurden schärfer. Der rosige Farbfleck verwandelte sich in eine Dolde winziger bauchiger Glöckchen. Verwirrt fragte sich Jeremy, wie so zarte Gebilde einen derartigen Höllenlärm verursachen konnten. Doch dann begannen seine Gedanken in vernünftigeren Bahnen zu arbeiten, und ihm wurde klar, dass das Dröhnen in seinem Kopf widerhallte.

Mit zitternden Händen tastete er nach einem Halt, um sich aufzurichten. Ein stechender Schmerz durchfuhr seinen Unterkiefer und fächerte blitzartig über seine linke Gesichtshälfte aus. Stöhnend fasste sich der Jesuit an den Kopf. Unter seinen Fingerspitzen fühlte er deutlich eine Schwellung.

Da kehrte auch seine Erinnerung zurück. Dieser gottverdammte Franziskaner hatte ihn niedergeschlagen!

Als Jeremy versuchte, auf die Beine zu kommen, verstärkte sich das Hämmern in seinem Kopf. Beim Aufprall auf die Erde musste er sich eine Gehirnerschütterung zugezogen haben. Eine kurze Untersuchung bestätigte seine Befürchtung. Am Hinterkopf hatte sich eine schmerzhafte Beule gebildet. Nachdem der erste Schwindel verflogen war, versuchte der Priester, sich zu orientieren. Die tiefstehende Sonne schnitt wie ein Messer in seine Augen und steigerte das Dröhnen in seinem Schädel ins Unerträgliche. Seine Gedanken arbeiteten nur schleppend. Wie lange hatte er bewusstlos dagelegen? Dem Stand der Sonne nach war es früher Abend. Bald würde sie den Horizont erreichen und dahinter versinken. Ein Gefühl von Panik ergriff ihn, ohne dass er im ersten Moment verstand, warum. Doch dann wurde ihm klar, dass er allein war. Ó Néill war verschwunden. Der Franziskaner hatte ihn im Moor zurückgelassen.

Jeremys Herz begann zu rasen. Mit einem Mal drehte sich alles um ihn … der Horizont, die glutroten Wolken, der blaue Himmel, die gelbbraunen Hügel, ein wilder, schwindelerregender Reigen schnellte vor seinen Augen vorbei. Sein Körper schwankte, seine Beine gaben unter ihm nach, und er stürzte wie ein Betrunkener zu Boden.

Er war verloren! Selbst im Vollbesitz seiner Kräfte hätte er keine Chance, aus dem Moor herauszufinden. Doch durch die Gehirnerschütterung hatte er völlig die Orientierung verloren. Er wusste nicht einmal, in welche Richtung er sich wenden sollte. Und bald würde die Dämmerung hereinbrechen.

In gespannter Haltung, den Kopf umweht von schwarzen Strähnen, die ihrem Haarknoten entschlüpft waren, stand Amoret auf dem Burghügel. Ihr Blick prüfte jede Einzelheit ihrer Umgebung, musterte genauestens die Gestalt, die Bewegungen, die Gesichter der Menschen, die im Dorf und auf den verstreuten Pfaden unterwegs waren. Immer wieder lenkte die unendliche Weite des Landes, der Wiesen und des Moores hinter den Feldern ihren Blick ab, verführte sie dazu, das unwirkliche Licht, die strahlenden Farben, die Grenzenlosigkeit in sich aufzunehmen. In der Ferne türmten sich bauschige Wolkenmassen auf, schwollen zu immer gigantischeren Gebirgen an wie der Rauch eines göttlichen Feuers, das den ganzen Horizont verzehrte. Die Sonne näherte sich rotglühend den Hügelkuppen. Und Pater Blackshaw war noch immer nicht zurückgekehrt.

Amoret hatte ihn um die Mittagszeit davongehen sehen, ihn aber nicht gefragt, wohin er wollte. Insgeheim hatte sie die Begegnung mit ihm vermieden. Noch nie zuvor hatte sie Jeremy so aufgebracht gesehen wie am vergangenen Abend. Sie verstand, dass er schockiert war über die Gebräuche der Iren zu *Oíche Shamhna*, die so sehr nach Heidentum schmeckten. Aber Amoret war der Meinung, dass es niemandem schadete, wenn die Menschen Nahrung für die Elfen vor die Tür stellten oder den Toten den Weg zu ihrer Familie leuchteten. Sie waren nun einmal in Irland, dachte Amoret philosophisch, und nicht in Rom. Doch der Jesuit in Jeremy betrachtete seine Hilflosigkeit gegenüber dem Aberglauben der Leute als persönliches Versagen. Wie sollte er sie vor der ewigen Verdammnis bewahren, wenn sie weiterhin den Lehren der Druiden folgten, statt denen der Heiligen Kirche?

Als Jeremy schließlich Zeuge wurde, wie Amoret zuließ, dass ihre Zofe und das Kindermädchen Wahrsagerei betrieben, explodierte er in heller Wut. Sie hatten die Schale eines Apfels in einem Stück abgeschält und diese dann über die Schulter geworfen, um zu sehen, ob sie den ersten Buchstaben ihres zukünftigen Gemahls formte. Die Mädchen flohen vor dem Zorn des Jesuiten in den Gewölbesaal des Turmhauses, und Amoret und Breandán mussten eine gesalzene Strafpredigt über sich ergehen lassen. Während die junge Frau ihrem alten Freund schuldbewusst lauschte, nahm der Ire die Belehrung weniger verständnisvoll hin. Es war das erste Mal, seit die beiden Männer sich kannten, dass sie in einen heftigen Streit gerieten. Breandán nannte Pater Blackshaw schließlich einen »engstirnigen *sasanach*« und stürzte aus der kleinen Kate, bevor er noch etwas sagte, was ihm später leidtun würde. Da hatte auch Amoret sich nicht verkneifen können, den Priester für seinen Übereifer zu schelten.

»Ihr könnt nicht erwarten, dass die Menschen von heute auf morgen jahrtausendealte Sitten aufgeben«, sagte sie. »Ein wenig Demut gegenüber ihren Bräuchen würde Euch guttun!«

Der entsetzte Blick, den ihr Jeremy daraufhin zuwarf, traf sie tief ins Herz. Vermutlich dachte er, dass seine Freunde mehr und mehr dem unheimlichen Zauber dieses Landes verfielen. Enttäuscht und ratlos hatte er sich abgewandt und war die Leiter zu seinem Lager hinaufgestiegen.

Die Morgenmesse hatte der Jesuit mit einem Feuer abgehalten, das Amoret so noch nie bei ihm erlebt hatte. In einer donnernden Predigt hatte er gegen den Aberglauben gewettert, der ausgerottet werden müsse. Breandán hatte die ganze

Zeit mit verschlossener Miene dagesessen, während Brian Ó Cathail ihm ebenso reumütig lauschte wie Amorets Dienerschaft. Nur Muiredach Ard Ó Donnabháin blieb wie immer gelassen. Um seine Mundwinkel zuckte es belustigt, während er die Ereignisse aus der Ferne beobachtete. Auch wenn der Wirt an den Feierlichkeiten des Vorabends nicht teilgenommen hatte, konnte Amoret nicht einschätzen, was er dachte. Sie wusste, dass er auch für Jeremy ein Rätsel darstellte, das der Jesuit unbedingt lösen wollte.

Als nun der Abend näherrückte und Pater Blackshaw noch immer nicht nach Hause gekommen war, begann Amoret, sich Sorgen zu machen. Nach der Messe war die Atmosphäre so geladen gewesen, dass Breandán den Verwalter gebeten hatte, ihm die entlegeneren Gebiete seiner Ländereien zu zeigen. Die beiden Männer waren am frühen Vormittag fortgeritten und bisher nicht zurückgekehrt. So musste sich Amoret selbst auf die Suche nach dem Priester machen. Sie trug dem Stallknecht Henry auf, Ceara für sie zu satteln. Doch dieser zögerte.

»Wollt Ihr nicht lieber ein anderes Pferd nehmen, Mylady? Die Stute ist heute sehr unruhig.«

»In letzter Zeit ist sie ständig unruhig«, sagte Amoret seufzend. »Aber heute brauche ich sie. Ich weiß nicht, wie lange ich unterwegs sein werde.«

Zwar hoffte Amoret, dass sich der Jesuit irgendwo im Dorf aufhielt und vielleicht nur die Zeit vergessen hatte, doch ebenso gut konnte er einen längeren Spaziergang gemacht haben.

Nachdem Henry ihr in den Damensattel geholfen hatte, wendete Amoret die Stute und trieb sie ungeduldig an. Ceara erschauerte unter ihr, gehorchte aber. Die junge Frau bemerkte das Unbehagen des Tieres und nahm sich vor, am nächsten

Morgen einen der Stallburschen nachsehen zu lassen, was das Problem sein könnte. In diesem Moment zählte für Amoret jedoch nur eines: ihren alten Freund zu finden und sich mit ihm auszusprechen.

Besorgt sah Jeremy sich um. Der Schwindel und die Kopfschmerzen hatten nachgelassen, und seine Beine fühlten sich kräftiger an. Die Vernunft riet ihm, an seinem Platz zu bleiben. Seine Abwesenheit war vermutlich bereits bemerkt worden. Amoret würde sicherlich nach ihm suchen lassen, wenn er vor Einbruch der Dunkelheit nicht zurückgekehrt war. Doch dann dachte der Jesuit an den Streit, den er am Abend zuvor mit ihr und Breandán vom Zaun gebrochen hatte, und das Herz wurde ihm schwer. Vielleicht zog Amoret es vor, ihm aus dem Weg zu gehen, und ihr war sein Ausbleiben noch gar nicht aufgefallen.

Jeremy konnte weder den See noch den Bach entdecken, der an Shanrahan vorbeifloss. Unentschlossen machte er ein paar Schritte in die Richtung, aus der er und Ó Néill gekommen sein mussten. Im Moor gab es keine Pfade. Kaum jemand war so töricht, es zu durchqueren. Auch die Viehherden ließ man gewöhnlich nur auf den Randwiesen weiden. Jeremys Blick wandte sich der Sonne zu. Ihm blieb vielleicht noch eine halbe Stunde, bis sie hinter den Bergen verschwinden würde. Anhand ihres Standes versuchte er zu berechnen, wo Shanrahan lag, und machte sich auf den Weg.

Seine Beine streiften die bis zu den Knien reichenden Zweige der Gagelsträucher, die zwischen der Heide wuchsen, und setzten einen starken aromatischen Duft frei. Die undurchdringlichen graugrünen Horste des Borstgrases zwangen Jeremy immer wieder zu Umwegen, doch er ging verbissen weiter. Seine Kehle war trocken, und in seinem Magen grollte der Hunger, denn er hatte seit der Mittagszeit nichts mehr gegessen. Als er einige reife Moosbeeren entdeckte, pflückte er sie und steckte sie in den Mund. Rasch spuckte er sie wieder aus, denn sie schmeckten stark nach Urin. Hatte tatsächlich ein *púca* sie besudelt, wie die Einheimischen sagten? Jeremy weigerte sich, daran zu glauben. Angewidert spülte er sich den Mund mit dem Wasser eines kleinen Rinnsals aus und löschte seinen Durst.

Als der Jesuit nach der Sonne sah, um sicherzugehen, dass er weiterhin die gleiche Richtung einhielt, stellte er fest, dass er sich zu weit südlich hielt. Niedergeschlagen verharrte der Priester einen Moment an seinem Platz, um sich zu fassen. Der Boden unter ihm hatte sich verändert, war feuchter und matschiger geworden. Beim Auftreten machten seine Schritte ein saugendes Geräusch, als versuche das Moor, seine Füße festzuhalten. Als Jeremy sich umsah, bemerkte er, dass auch die Vegetation anders aussah. Die Gagelsträucher waren dicken Mooskissen gewichen, die in dunklem Burgunderrot, leuchtendem Gold, gedämpftem Ocker und blendendem Smaragdgrün prangten. Die Torfmoose des Regenmoores hatten ihr buntes Herbstkleid angelegt. Wie Greisenhaar wehten die letzten vereinzelten Fruchtstände des Scheiden-Wollgrases im Wind. Von orangefarbenen Blättern umgeben, wuchsen die hohen Stengel der Ährenlilie mit ihren stacheligen gelben Früchten aus dem Moosteppich empor. Ein leises Platschen ertönte, als ein Frosch von seinem Aussichtsplatz ins Wasser sprang.

Jeremys Brust zog sich zusammen, und das Atmen fiel ihm schwer. Statt in Richtung Shanrahan war er tiefer ins Moor gegangen. Im Westen berührte die Sonne die Hügelkuppen und setzte sie in Brand. Die Wolken, die der Wind über den Himmel trieb, wurden dichter, schwollen zu schiefergrauen

Haufen an und flossen schließlich seitlich auseinander, bis sie mit ihren langen, dunklen Regenschleppen den Horizont und die erlöschende Sonne verdeckten. Kurz darauf erreichte der Wolkenbruch den einsamen Priester.

Beunruhigt warf Amoret einen Blick auf die Sonne, die knapp über den fernen Hügelkuppen stand. Bald würde es dunkel sein, und sie hatte den Jesuiten noch immer nicht gefunden.

Nachdem sie eine Weile durch das Dorf und die umliegenden Felder geritten war, kehrte sie nach Shanrahan zurück und hielt vor dem Haus des Verwalters. Als sie nach dem Priester fragte, erfuhr sie, dass er kurz nach Mittag dort gewesen sei.

»Er wollte mit Pater Ó Néill sprechen«, informierte Nora Prendergast sie.

»Wisst Ihr, wo sich der Hochwürdige Herr aufhält?«, erkundigte sich Amoret.

»Soviel ich weiß, hat er bei Ó Donnabháin übernachtet, *a bhean uasal.*«

»Ich danke Euch.«

Nachdenklich kehrte Amoret zu ihrer Stute Ceara zurück. Wenn Pater Blackshaw den Franziskaner tatsächlich in der Herberge angetroffen hatte, war das Gespräch zwischen den beiden sicher nicht friedlich verlaufen. Hatten die Geistlichen sich gestritten? Hatte sich Jeremy vielleicht so sehr über Ó Néill geärgert, dass er einen längeren Spaziergang unternommen und dabei die Zeit vergessen hatte?

Als Prendergasts Stallbursche Áed Amoret in den Sattel hob, begann Ceara zu buckeln. Ihre Reiterin sprach beruhigend auf sie ein.

»Sei brav«, sagte sie. »Wir finden schon heraus, was mit dir nicht stimmt.«

Mit einem ergebenen Seufzen, das ihren ganzen Körper erbeben ließ, fügte sich die Stute und setzte sich schnaubend in Bewegung. Amoret trieb sie zum Galopp und dirigierte sie in Richtung der Herberge. Ein paar Mal buckelte Ceara und machte einen Satz zur Seite, der ihre Herrin beinahe aus dem Sattel warf. Nur ihr reiterliches Können bewahrte Amoret vor einem Sturz. Doch sie war mit ihrer Geduld am Ende.

»Nimm dich zusammen!«, rief sie der Stute zu und zwang sie vorwärts.

Als Muiredach Ard Ó Donnabháin den Hufschlag hörte, trat er ihr aus der Schenke entgegen. Amoret kam es vor, als habe er sie erwartet. Seine Hand ergriff die Zügel und hielt die Stute fest.

»Ich suche Dr. Fauconer«, sagte sie.

Der Wirt nickte. »Er ist vor einigen Stunden mit Pater Ó Néill fortgegangen.«

»Wisst Ihr, wohin?«

»Nein, aber ich sah Ó Néill allein zurückkehren«, erklärte Muiredach Ard nachdenklich. »Ich habe ihn gefragt, wo der Jesuit sei, und er antwortete, er sei zur Burg gegangen.«

»Wann war das?«

»Vor zwei Stunden.«

»Aber Dr. Fauconer ist noch nicht zurück«, rief Amoret verwirrt. »Ich habe alle Wege und Pfade abgesucht.«

»Könntet Ihr ihn verpasst haben?«, fragte der Wirt ernst.

»Nein, unmöglich ... ich verstehe das nicht.«

Betroffen strich sich Muiredach Ard über das Kinn. »Kommt mit, *a bhean uasal.* Wir fragen Ó Néill, was er getan hat.«

Erschrocken starrte Amoret den Hünen an. Wollte er andeuten, der Franziskaner könnte Jeremy ein Leid zugefügt haben? Rasch ließ sie sich aus dem Sattel gleiten und folgte dem Wirt in den Schankraum, nachdem dieser die Zügel der Stute einem Stallknecht übergeben hatte.

Ó Néill saß allein an einem Tisch und starrte in den Becher Whiskey, der vor ihm stand. Er hatte die letzten Stunden damit verbracht, sich sinnlos zu betrinken. Als die Burgherrin mit zorniger Miene und vom Wind zerwühlten Haaren auf ihn zustürmte, glaubte er im ersten Moment, einen rächenden Engel vor sich zu haben. Mit unerwarteter Kraft vergrub sie die Hände in den Falten seines Wamses und schüttelte ihn wütend. Ihre schwarzen Augen sprühten Funken.

»Was habt Ihr mit Dr. Fauconer gemacht?«, schrie sie. »Wo ist er?«

Verständnislos sah Ó Néill sie an, bis sich seine Gedanken durch den dichten Nebel des Alkoholrausches kämpften und er begriff, wen sie meinte. Panik ergriff ihn. Seine Lippen begannen zu beben, und ein Schluchzen stieg in seiner Kehle auf.

»Ich wollte es nicht …«, jammerte er. »Ich schwöre bei allen Heiligen … ich wollte es nicht.«

Amoret wich das Blut aus dem Gesicht. »Was habt Ihr getan?« Ihre Stimme versagte. Ihre Finger, die sich in das Wams des Franziskaners verkrampft hatten, lösten sich kraftlos aus dem groben Stoff. Schwankend sank sie auf die Bank.

Muiredach Ard, der hinter ihr gestanden hatte, trat vor und packte Ó Néills Rechte. Auf seinen Knöcheln waren Blutergüsse zu sehen.

»Ihr habt ihn geschlagen, nicht wahr?«, fragte er. »Wo ist er?«

Schluchzend vergrub der Franziskaner das Gesicht in den Händen.

»Im Moor … ich habe ihn im Moor zurückgelassen …«

»Heilige Mutter Gottes«, entfuhr es Amoret. »Führt mich zu ihm! Sofort!«

Mit gesenktem Blick schüttelte der Mönch den Kopf. »Ich glaube nicht, dass ich die Stelle wiederfinde.«

»Kretin!«, zischte Amoret.

Sie sprang auf, versetzte dem Franziskaner eine schallende Ohrfeige und stürzte aus dem Schankraum. Ó Donnabháin eilte ihr nach.

Amoret riss dem Burschen, der Ceara in den Stall bringen wollte, die Zügel aus der Hand und wies ihn an, ihr in den Sattel zu helfen.

»Wartet, *a bhean uasal*«, rief der Wirt ihr nach.

Doch sie kümmerte sich nicht um ihn, sondern lenkte die Stute in Richtung Moor.

»Ihr könnt nicht allein nach ihm suchen«, schrie Muiredach Ard. »Es wird bald dunkel.«

Sie wusste, dass er recht hatte, doch die Angst um Pater Blackshaw trieb sie vorwärts. Sie musste ihn finden! Wenn er am Leben war, würde sie ihn durch das Moor nach Hause bringen, gleichgültig, was es sie kostete ... wenn er noch lebte ... Ihre Phantasie gaukelte ihr Visionen vor, in der Jeremy im Sumpf versank oder bewusstlos am Boden lag und in der Kälte der Nacht erfror. Angst und Schrecken erfüllten sie so vollkommen, dass sie nicht mehr auf ihr Pferd achtete. Die Stute bockte. Amoret stürzte aus dem Sattel und schlug schwer am Boden auf.

Für einen Moment wurde ihr schwarz vor Augen. Als es ihr gelang, den Kopf zu heben, sah sie einen der Pächter mit Ceara am Zügel auf sie zukommen.

Widerwillig – so schien es ihr – beugte sich der Ire zu ihr hinab und half ihr auf die Beine. Dann erreichte auch Muiredach Ard sie, der ihren Sturz mit angesehen hatte, und legte ihr die

Hände um die Taille, um sie zu stützen. Er kam gerade rechtzeitig, als ein starker Schwindel Amoret erfasste und sie wanken ließ. Ohne es zu wollen, sank sie gegen den massiven Körper des Wirts und lehnte schluchzend den Kopf an seine Schulter.

»Ich muss ihn suchen …«, flüsterte sie atemlos. Jegliche Kraft hatte sie verlassen. »Ich muss …« Flehend hob sie den Blick zu Muiredach Ard, als erwartete sie, dass er ein Wunder vollbringen und sie zu Jeremy führen würde.

»Ihr liebt ihn!«, entfuhr es dem Hünen erstaunt.

Bestürzung spiegelte sich in ihrem Blick und Verwunderung, dass er sie so leicht durchschaute.

»Ja«, gestand sie leise, ohne zu wissen, weshalb. Muiredach Ard hatte etwas von einem Beichtvater. Man hatte das Gefühl, ihm alles anvertrauen zu können. Sie machte Anstalten, sich von ihm zu lösen, doch er hielt sie fest.

»Ihr könnt nicht allein ins Moor reiten«, wiederholte er bestimmt wie ein Vater, der seiner kleinen Tochter eine törichte Idee ausreden will. »Es wird gleich dunkel, und da hinten nähert sich ein Sturm.«

Wie um Muiredach Ards Worte zu bekräftigen, fielen die ersten Tropfen auf sie herab und vermischten sich mit den Tränen, die über Amorets Wangen rannen.

»Aber ich kann ihn nicht allein dort zurücklassen«, begehrte sie auf.

»Es wäre sinnlos, im Dunkeln nach ihm zu suchen«, widersprach der Wirt geduldig. »Wir müssen bis zum Morgen warten.«

»Dann könnte es zu spät sein«, schrie sie.

Ihr Blick fiel auf den Bauern, der Ceara hielt. Sie erinnerte sich, dass sein Name Ó Seanacháin war. Mit düsterer Miene schüttelte er den Kopf und murmelte etwas, das Amoret nicht verstand.

»Was sagt er?«, fragte sie.

»Sheerie«, übersetzte Muiredach Ard. »Bösartige Elfen, die Wanderer im Moor vom Weg abbringen. In England nennt ihr sie Irrlichter. Es sollen die Seelen ungetaufter Kinder sein, die Menschen Tod und Verderben bringen. In den Nächten um Allerheiligen sind sie besonders rührig.«

»Leichenkerzen«, fügte Ó Seanacháin hinzu.

Entsetzt sah Amoret den Hünen an.

»Man nennt sie so, weil sie diejenigen, die ihnen folgen, in den Tod führen«, erklärte er.

Kapitel 13

In seinen Wollmantel gehüllt, der den Regen leidlich abhielt, wartete Jeremy, dass der Wolkenbruch über ihn hinwegzog. Ihm blieb nichts anderes übrig, als die Nacht im Moor zu verbringen und zu hoffen, dass man bei Tagesanbruch nach ihm suchen würde. Nur einschlafen durfte er nicht. Die Nächte waren bereits empfindlich kalt. Um die Durchblutung in seinen eisigen Füßen anzuregen, stampfte er ein wenig im Kreis herum. Wasser spritzte auf, wenn er den Boden berührte, und durchnässte seine Stiefel. Wahrscheinlich würde er sich eine ordentliche Erkältung holen.

Als der Regen abgezogen war, lichtete sich der Himmel. Überall blitzten unzählige Sterne am schwarzen Samt des Himmels auf. Es war eine klare Nacht. Ein schmaler Sichelmond ging auf, der kaum Licht auf die Erde warf. Jeremy fühlte sich wie in einem dunklen, leeren Raum, abgeschnitten von der zivilisierten Welt. Kein Laut war mehr zu hören. Die

Tiere des Moores schwiegen. Der Jesuit lauschte angestrengt, vernahm jedoch nur das pulsierende Rauschen in seinen Ohren. Er konzentrierte sich so sehr darauf, dass er meinte, leise Stimmen zu hören. Rief da nicht jemand seinen Namen? Sein Blick versuchte, die Finsternis zu durchdringen.

Plötzlich hielt er wie gebannt inne. Ein Licht! Ein winziges Flämmchen in der Ferne. Es konnte nur zu einer Laterne gehören. Man suchte also bereits nach ihm.

Jeremy stieß einen Schrei aus, um auf sich aufmerksam zu machen, doch nur ein Krächzen entwich seiner Kehle. Seine Stimme klang, als hätte er sie lange nicht benutzt, dabei war er erst seit einigen Stunden im Moor. Hastig räusperte er sich und rief erneut. Hatte man ihn gehört? Das Licht war noch immer weit weg. Der Suchtrupp ging in die falsche Richtung.

Ohne nachzudenken, setzte sich der Priester in Bewegung. Inzwischen waren es mehrere Lichter, die in der Ferne aufglühten. Jeremy beschleunigte seine Schritte, doch der Boden war feucht und schwer und schien seine Füße festzuhalten. Er hatte das Gefühl, nicht schnell genug voranzukommen, wie in einem Alptraum, in dem man vor einer Bedrohung davonlaufen will und nicht vom Fleck kommt.

»Hier bin ich!«, schrie Jeremy. »Helft mir!«

Da wurde ihm bewusst, dass er Englisch gesprochen hatte, und er wiederholte den Hilferuf auf Gälisch.

Hatten sie ihn gehört? Keuchend blieb der Jesuit stehen und spähte nach den Laternen. Täuschte er sich, oder waren sie näher gekommen?

»Wartet!«, rief Jeremy, so laut er konnte.

Hastig rannte er auf die Lichter zu, stolperte über einen Strauch, glitt auf dem schlammigen Untergrund aus. Um nicht zu fallen, stützte er sich mit den Händen ab, raffte sich hoch und stolperte weiter.

Er würde sie nie erreichen!, schoss es ihm durch den Kopf. Sie hörten ihn nicht.

Unkontrollierte Angst überkam ihn … die Furcht, allein im Moor zurückzubleiben … ohne Hoffnung auf Rettung. Jeremy nahm seine letzten Kräfte zusammen und zwang seine müden Beine vorwärts. Noch einmal rief er um Hilfe, doch er war so außer Atem, dass er kaum noch einen Ton herausbrachte.

Die Lichter erschienen ihm jetzt ganz nah. Blindlings rannte er auf sie zu. Es fiel ihm immer schwerer, einen Fuß vor den anderen zu setzen. Plötzlich trat er ins Leere. Der Boden gab so unvermittelt nach, dass er stürzte. Schlamm spritzte ihm ins Gesicht.

Ein Sumpfloch!, durchfuhr es ihn.

In der Dunkelheit war ein Geräusch zu hören, das wie ein Lachen klang … helles Kinderlachen … Die Sheerie, die ihn in die Irre geführt hatten, verspotteten ihn.

In wilder Panik schlug Jeremy um sich, versuchte, die Beine aus dem kalten Griff des Moores zu befreien. Doch je mehr er mit den Füßen strampelte, desto tiefer versank er. Bald reichte ihm die feuchte Umschlingung bis zur Hüfte, dann zur Taille. Seine Kräfte versagten. Es gelang ihm noch, den dicken Wollumhang von den Schultern zu ziehen, der bleischwer auf ihm lastete. Die Kälte, die seinen Körper umhüllte, war so eisig, dass seine Beine taub wurden und ihm nicht mehr gehorchten. Erschöpft ließ er sich zurücksinken. Er war verloren! Seine Gedanken wandten sich Gott zu, und er begann zu beten.

Als Amoret sich ein wenig gefasst hatte, schob sie die stützenden Arme des Wirts energisch von sich.

»Mein Gemahl ist inzwischen sicher zurück«, sagte sie. »Er wird wissen, was wir tun können, um Dr. Fauconer zu finden.«

»Er wird Euch ebenfalls raten, bis zum Morgen zu warten«, versicherte Muiredach Ard ihr.

»Aber dann könnte es zu spät sein«, wiederholte sie störrisch. »Wenn Dr. Fauconer im Dunkeln durch das Moor irrt, könnte er in ein Sumpfloch geraten und versinken.«

»*A bhean uasal,* selbst wenn das geschehen sollte, besteht keine Gefahr, dass das Moor ihn verschlingt. Es ist nicht möglich, in einem Sumpfloch zu ertrinken. Allerdings ist die Kälte gefährlich. Er darf auf keinen Fall einschlafen.«

Muiredach Ard schien überzeugt von dem, was er sagte. Amorets Sorge um Jeremy konnte er dennoch nicht zerstreuen. Ohne ein weiteres Wort ging sie zur Herberge zurück, um ihr Pferd zu holen, das Ó Seanacháin in den Hof geführt hatte. Zu ihrem Ärger musste sie feststellen, dass er Ceara abgesattelt hatte.

»Was macht Ihr da?«, rief sie empört.

Der Ire beachtete sie nicht. Konzentriert stand er neben der Stute und ließ die Hand ihre Wirbelsäule entlanggleiten, als versuche er, über die Berührung mit ihr zu sprechen. Ceara stand ganz still da. So hatte Amoret die temperamentvolle Fuchsstute noch nie gesehen. Gegen ihren Willen hielt sie inne und beobachtete Ó Seanacháin. Der Ire hatte die sorgfältige Begutachtung abgeschlossen und fuhr mit dem Fingernagel über die Muskeln der Kruppe, so dass Ceara unwillkürlich den Rücken hochwölbte.

»Sie ist völlig verspannt«, murmelte Ó Seanacháin. »Euer Sattel taugt nichts.«

Sprachlos sah Amoret zu, wie der Ire Cearas linkes Vorderbein anhob, es hin und her bog und dann nach vorn streckte. Mehrmals war dabei ein Knacken zu hören. Mit dem rechten Vorderbein und den Hinterbeinen verfuhr er ebenso.

»Noch ein paar Behandlungen, und sie wird wieder schmerzfrei sein«, verkündete der Ire zufrieden.

Ceara stieß ein erleichtertes Schnauben aus.

»Nehmt einen anderen Sattel«, brummte der Ire. »Sonst wird sie wieder Rückenprobleme bekommen.«

Entgeistert blickte Amoret Muiredach Ard an, der neben ihr stand.

»Ihr könnt ihm vertrauen«, erklärte der Wirt schmunzelnd. »Er weiß, wovon er redet. Niemand kennt sich so gut mit Pferden aus wie Knochen-Áengus.«

Amoret betrachtete die Fuchsstute und streichelte ihre samtweiche Nase. Sie schien tatsächlich entspannter als noch wenige Augenblicke zuvor.

»Es tut mir so leid, Kleines«, sagte sie sanft, »dass ich dir Schmerzen bereitet habe.«

Draußen auf der Straße war Hufschlag zu vernehmen. In dem Glauben, es sei Breandán, trat Amoret zur Einfahrt und blickte hinaus. Doch zu ihrer Enttäuschung erkannte sie ihren Nachbarn Ralph Luscombe. Als der Engländer sie sah, zügelte er sein Pferd und lüftete den Hut.

»Guten Abend, Mylady Shanrahan«, grüßte er sie.

Seine beiden bewaffneten Begleiter, die Fackeln trugen, taten es ihm gleich.

»Ihr seht verstört aus«, sagte Luscombe, als er ihre angespannte Miene bemerkte. »Ist etwas nicht in Ordnung?« Sein Blick streifte misstrauisch den Wirt und Ó Seanacháin. Offenbar glaubte er, dass sie ihr Schwierigkeiten machten. »Kann ich Euch zu Diensten sein, Mylady?«, erbot er sich, ohne die Männer aus den Augen zu lassen.

»Ich komme zurecht, danke, Sir«, versicherte Amoret, doch ihre Stimme zitterte von der Aufregung der letzten Stunden und der Sorge um Pater Blackshaw.

Captain Luscombe runzelte die Stirn und stieg vom Pferd. »Ich sehe doch, dass etwas nicht stimmt. Braucht Ihr Hilfe? Belästigen Euch diese Männer?«

»Nein … nein.« Amoret sah ein, dass ihr nichts anderes übrigblieb, als ihm die Wahrheit zu sagen. »Ich bin nur in großer Sorge um meinen Leibarzt.« Sie spürte, wie ihr Tränen in die Augen stiegen, und kämpfte vergeblich dagegen an. »Er ist im Moor …«

»Zu dieser Stunde? Aber wie ….«

»Er war auf der Suche nach Arzneikräutern«, improvisierte Amoret hastig. »Da muss er wohl vom Weg abgekommen sein. Jedenfalls ist er nicht zurückgekehrt.« Ihre Stimme wurde fester, während ihr Verstand daran arbeitete, ihre Lüge auszuschmücken.

Muiredach Ard warf ihr einen amüsierten Blick zu, der sie unendlich reizte. Denn er verriet ihr nur zu deutlich seine Genugtuung darüber, wie viel sie ihm über ihre geheimsten Gefühle preisgab.

»Ich wollte gerade zur Burg zurückreiten, um meinen Gemahl zu unterrichten«, sagte sie, während sie Ó Donnabháin den Rücken zukehrte.

»Ihr könnt unmöglich im Dunkeln nach Eurem Leibarzt suchen«, belehrte sie Luscombe.

»Das hat man mir bereits wiederholt zu verstehen gegeben«, erwiderte sie unwirsch.

Ohne dass sie sie dazu auffordern musste, verschwanden der Wirt und Knochen-Áengus im Stall und kehrten kurz darauf mit einem Sattel für Ceara zurück, den Ó Seanacháin ihr sorgfältig anpasste. Dann führte er die Fuchsstute zu einem Holzblock, der als Aufsteighilfe diente. Unter Captain Luscombes erstauntem Blick schwang sich Amoret im Herrensitz aufs Pferd.

»Lasst mich Euch zur Burg geleiten, Mylady«, schlug der Engländer vor. »Meine Begleiter werden uns den Weg leuchten.«

Da sie ihn nicht davon abhalten konnte, sich aufzudrängen, nickte sie nur und trieb Ceara an.

Während Jeremy erschöpft dalag und betete, fiel ihm auf, dass er nicht weiter im Sumpf versank. Neue Hoffnung durchflutete ihn. Hatte der Herr ihm ein Zeichen geschickt, dass er noch nicht verloren war? Nach kurzer Überlegung zog er seinen Wollmantel, den er zuvor abgelegt hatte, zu sich heran und rollte sich im Liegen darauf. Da sein Gewicht nicht mehr auf seinen Füßen lastete, gelang es ihm schließlich, sie aus seinen Stiefeln und an die Oberfläche des feuchten Torfschlamms zu ziehen. Das Manöver kostete ihn die letzten Kräfte. Nach Luft ringend und mit schwer hämmerndem Herzen, blieb er eine Weile wie betäubt liegen. Der Boden schwankte unheimlich unter ihm, doch da sein Gewicht nun auf einer größeren Fläche verteilt war, sank er nicht mehr ein.

Als Jeremy wieder zu Atem gekommen war, streckte er die Arme aus, als wollte er schwimmen, und tastete blind nach einem Halt. Seine Finger streiften die festen Stengel einer Flatterbinse und umfassten sie, seine andere Hand krallte sich um ein Büschel Wollgras. Mit wütender Entschlossenheit spannte Jeremy die protestierenden Muskeln seiner Arme an und zog sich Zoll für Zoll aus dem Schlammloch auf festeren Grund. Immer wieder rutschten seine Finger an den nassen Stengeln ab. Doch er gab nicht auf, kroch mit letzter Kraft über den schwankenden Boden aus Torfschlamm, bis er eine Stelle mit dichterem Bewuchs und trockenerem Untergrund erreichte. Bis auf die Haut durchnässt, zitternd vor Kälte und zu Tode erschöpft, blieb der Priester schließlich zwischen den

Gräsern liegen und dämmerte in einen unruhigen Halbschlaf hinüber.

Der rosige Schein der Morgenröte weckte Jeremy. Verwirrt öffnete er die Augen und versuchte, seinen vor Kälte steifen Körper zu bewegen. Er konnte kaum glauben, dass er noch lebte. Oder war dieses göttliche Licht nur der Traum eines Sterbenden, der ins Paradies hinübergeht?

Am ganzen Leib zitternd, setzte sich der Jesuit auf und sah sich um. Die Blüten einer Sumpforchidee verbreiteten einen süßen, gurkenartigen Geruch. Bis zum Fuße der bewaldeten Hügel erstreckte sich unabsehbar das Moor mit seiner grünen, braunen und goldenen Stickerei. In einiger Entfernung, die Jeremy nicht abschätzen konnte, erhob sich aus der unendlichen Weite ein seltsames Monument aus Stein. Es glich einem gewaltigen Tisch mit vier Felsenbeinen, an dem einst Riesen gespeist haben mussten. Ein Dolmen! Jeremy erzitterte, als ihn ein eisiger Schauer überlief. Er hatte dieses Grabmal noch nie zuvor gesehen. Das bedeutete, dass er sich in der vergangenen Nacht, als er den Irrlichtern gefolgt war, weiter von Shanrahan entfernt hatte als gedacht. Erschüttert fuhr er sich mit den Händen über das Gesicht, das mit Schlamm verklebt war.

Gnädiger Gott, mein Herr, weshalb hast Du mich aus dem Sumpfloch befreit, um mich nun in der leeren Einsamkeit elendig sterben zu lassen …?

Mühsam kam Jeremy auf die Beine. Seine Füße in den durchnässten Strümpfen fühlten sich taub an. Wo lag Shanrahan? Wohin sollte er sich wenden?

Schließlich ging er ein paar Schritte in eine beliebige Richtung, obwohl er wusste, dass es unsinnig war. Aber er konnte nicht länger auf dem kalten, feuchten Boden sitzen bleiben. Er musste sich bewegen.

Wie um seine Bemühungen zu verspotten, zog, langsam wie ein schleichendes Tier, ein milchig feiner Bodennebel auf, der stetig und unvermeidbar auf ihn zukroch. Bösartig wie ein Dämon breitete er sich über das Moor aus und hüllte innerhalb von wenigen Augenblicken alles ein. Der Ruf des Wiesenpiepers, das einzige Geräusch in der Stille, verstummte nun ebenfalls. Der Nebel legte sich über das Land wie ein Leichentuch. Die Sonne war wie ausgelöscht. Jeremy hätte nicht sagen können, wo Osten oder Westen war. Er hatte jegliche Orientierung verloren.

Schicksalsergeben verharrte der Jesuit in der weißen Leere. Es hatte keinen Sinn, weiterzugehen und zu riskieren, dass er erneut in einem Sumpfloch versank. Er musste warten, bis sich der Nebel lichtete.

Kapitel 14

Nach einer schlaflosen Nacht hielt Amoret bei Morgengrauen nichts mehr im Bett. Breandán zog sich ebenfalls ohne zu zögern an, weckte die Diener und ließ die Pferde satteln. Ein paar Haferkuchen für unterwegs mussten als Frühstück genügen.

»Ó Néill verdient eine Tracht Prügel«, knurrte Breandán.

Sein Groll, den er wegen der flammenden Predigt gegen den Jesuiten gehegt hatte, war verflogen. Nun gab es nichts Wichtigeres für ihn, als Pater Blackshaw, der ihm stets Freundschaft und Unterstützung geschenkt hatte, schnellstens zu finden.

Als sie die Pferde aus dem Stall führten, sahen sie drei Reiter die Landstraße entlang auf sich zukommen. Zu Breandáns und Amorets Unwillen erkannten sie Ralph Luscombe. Am vergangenen Abend hatte er sich erboten, bei der Suche nach dem verschollenen Leibarzt zu helfen. Breandán hatte zwar versucht, ihn davon abzubringen, doch Luscombe hielt es für seine Pflicht als Friedensrichter, seinen Nachbarn in einer Notlage beizustehen. Wenn sie sein gutgemeintes Angebot ausgeschlagen hätten, wäre er nur misstrauisch geworden.

Eamonn Prendergast hatte die Pächter zusammengerufen, die nun ebenfalls auf den Wiesen und Feldern ausschwärmten. Der Verwalter führte seine Wolfshündin mit, doch nach dem Wolkenbruch der letzten Nacht hatte er wenig Hoffnung, dass sie die Spur des Vermissten würde aufnehmen können. Auch Muiredach Ard beteiligte sich an der Suche.

Die schillernden Nebelschwaden umhüllten Jeremy. Er fühlte ihre feuchtkalte Umarmung und erstarrte. Ein Klumpen Eis formte sich in seinem Magen. Die Kälte breitete sich in seinen Gliedern aus, doch sein Kopf glühte.

Gedämpft durch den faserigen Dunst, wehte Gesang zu ihm herüber, so leise, dass er glaubte, einer Einbildung erlegen zu sein. Ein schwacher Wind kam auf, zerriss die Nebelschleier zu dünnen flaumigen Fetzen und trug sie davon. Die goldbraunen Festungen der fernen Hügel nahmen wieder ihre ursprüngliche Gestalt an, funkelten im Licht der vom Dunst befreiten Morgensonne. Der Gesang wurde lauter, kehlige gälische Worte schwebten über das Moor. Doch Jeremy hätte nicht sagen können, woher sie kamen.

Unwillkürlich musste er an etwas denken, das Nora Prendergast ihm erzählt hatte: Der Schrei der *bean sí* konnte durchdringend wie der einer Nebelkrähe sein, doch manchmal sang sie auch so schön und verführerisch wie eine Sirene. Auf einmal erschien dem Jesuiten die Stimme ganz nah. Er wirbelte herum und erstarrte. Aus den letzten zerfasernden Dunstschwaden trat eine Gestalt in einem langen grauen Mantel. Das Lied verstummte. Beschattet von der Kapuze, die den Kopf bedeckte, wandte sich ihm ein weißes Gesicht zu, und leuchtend grüne Augen sahen ihn an.

Jeremys Herz setzte einen Schlag aus. Die *bean sí!*, durchfuhr es ihn. In blinder Panik warf er sich herum und rannte davon.

»Seid Ihr sicher, dass das die Stelle ist?«, fragte Muiredach Ard.

»Ja doch, ich bin sicher«, beteuerte Ó Néill.

Die Suchtrupps hatten sich aufgeteilt, um ein größeres Gebiet abdecken zu können. Der Wirt hatte den Franziskaner gezwungen, ihn zu begleiten und ihm die Stelle zu zeigen, wo er den Jesuiten niedergeschlagen hatte. Muiredach Ard prüfte den Untergrund. Doch der Regen hatte sämtliche Spuren verwischt.

»Zumindest scheint Ihr den Jesuiten nicht ernstlich verletzt zu haben«, sagte er und sah sich um. »Wohin mag er gegangen sein? Vermutlich hat er versucht, nach Hause zu finden, und sich dabei hoffnungslos verlaufen. Verdammt!« Ó Donnabháin dachte kurz nach. »Er musste wissen, dass Shanrahan südöstlich liegt. Nach Westen wird er daher nicht gegangen sein. Die untergehende Sonne hat ihm deutlich gezeigt, in welcher Richtung Westen liegt. Trennen wir uns. Ihr geht nach Osten, ich nach Süden«, wies der Hüne den Franziskaner an. »Und kommt nicht auf die Idee, Euch klammheimlich davonzumachen, sonst könnt Ihr Euch hier nicht mehr sehen lassen!«

Murrend setzte sich Ó Néill in Bewegung. Muiredach Ard behielt ihn noch eine Weile im Auge, während er nach Süden ging. Allmählich wurde der Untergrund feuchter. Der Boden gab beim Auftreten ein saugendes Geräusch von sich. Er näherte sich einem gefährlichen Abschnitt des Hochmoores mit flachen Senken, nassen Vertiefungen, die sich mit trockeneren Bulten, kissengleichen Torfmooskuppen, abwechselten. Vorsichtig wich er den Mooraugen aus, in denen das Wasser stand. Seine Anwesenheit scheuchte einen Schwarm Goldregenpfeifer auf, der mit rauschenden Flügelschlägen abstrich.

Hin und wieder blieb Muiredach Ard stehen und ließ den Blick schweifen. Das Moor bedeckte ein großes Gebiet, doch er hoffte, dass der englische Priester nicht allzu weit gegangen war. Plötzlich kniff der Wirt die Augen zusammen, um im Gegenlicht besser sehen zu können. In der Ferne war eine Gestalt in einem grauen Kapuzenmantel aufgetaucht. Lächelnd ging er ihr entgegen.

»Gott segne dich, Rote Biene«, grüßte er sie.

»Mögen Gott und die Heilige Mutter Maria dich verfluchen, Muiredach Ó Donnabháin, wenn du mich noch einmal so nennst«, antwortete die junge Frau.

Der Wind hatte einige feuerrote Haarsträhnen unter der Kapuze hervorgezogen, die ihr zusammen mit ihrem hitzigen Temperament den Spitznamen eingebracht hatten.

»Verzeih, Flann, die Versuchung ist zu groß«, neckte der Wirt das Mädchen.

»Was führt dich ins Moor?«, erkundigte sich Flann in versöhnlicherem Ton. Ihre grünen Augen musterten ihn neugierig.

»Ich bin auf der Suche nach einem *sasanach*, der sich im Moor verlaufen hat«, erklärte Muiredach Ard. »Hast du zufällig jemanden gesehen, der nicht hierhergehört?«

Zu seiner Überraschung nickte sie. »Dort hinten«, sagte sie und zeigte ihm die Richtung. »Ich wollte ihn fragen, was er hier macht. Doch als er mich bemerkte, erschrak er und lief davon. Er sah aus, als habe er eine ungemütliche Nacht im Moor verbracht. Ich wollte ihm helfen, befürchtete aber, dass er sich noch mehr erschreckt, wenn ich ihm folge.«

»Ich danke dir, Rote Biene«, rief Muiredach Ard erleichtert und eilte in die angegebene Richtung, noch bevor Flann ihn schelten konnte.

Der Wirt musste nicht lange suchen. Der Priester saß auf dem Boden und hatte den Kopf auf die Arme gelegt, die um seine Knie geschlungen waren. Als Muiredach Ard neben ihm in die Hocke ging und seine Schulter berührte, fuhr Jeremy zusammen und starrte ihn mit schreckgeweiteten Augen an. Im ersten Moment schien er den Hünen nicht zu erkennen. Mit angstverzerrter Miene stieß er ihn von sich und versuchte aufzustehen, doch seine Beine trugen ihn nicht.

»Die *bean sí* …«, stammelte er.

Der Wirt packte ihn an den Schultern, um ihn festzuhalten.

»Erkennt Ihr mich nicht? Ich bin es, Ó Donnabháin!«

Allmählich wich die Panik aus den Augen des Priesters, und sein Blick klärte sich.

»Ó Donnabháin? Dem Herrn sei Dank«, hauchte er.

Es war offensichtlich, dass der Jesuit am Ende seiner Kräfte war. Er hatte seine Schuhe verloren, und er schien zu fiebern. Rasch holte der Wirt einen ledernen Schlauch aus seinem Gürtel und nötigte Jeremy, einige Schlucke zu trinken. Der Whiskey würde ihn von innen wärmen. Dann zog Muiredach Ard dem Priester die nassen Strümpfe aus, nahm seine eisigen Füße zwischen die Hände und begann, sie vorsichtig zu reiben, um die Durchblutung wieder in Gang zu bringen. Schließlich schlüpfte er aus seinen Stiefeln und zog sie Jeremy an. Nachdem der Hüne dem Jesuiten auf die Beine geholfen hatte, legte er ihm noch seinen Wollmantel über die Schultern. Jeremy konnte sich nicht allein aufrecht halten. Der Wirt musste den völlig erschöpften Priester stützen, während sie langsam in Richtung Shanrahan gingen.

Auf halbem Weg kamen ihnen mehrere Reiter entgegen. Muiredach Ard, der gehofft hatte, auf den Lord oder die Lady zu treffen, fluchte leise, als er Captain Luscombe und seine Diener erkannte. Die Engländer näherten sich ihnen und zügelten ihre Pferde.

»Ó Donnabháin, ist das der vermisste Leibarzt?«, fragte Luscombe auf Gälisch.

»Ja, *a dhuine uasail*«, erwiderte der Wirt.

»Wie geht es ihm?«

»Er ist schwach und unterkühlt, aber er lebt, wie Ihr seht.«

Ralph Luscombe musterte Jeremy prüfend. Er war von Kopf bis Fuß mit Schlamm beschmiert, der zu einer rissigen Schicht getrocknet war.

»Wie ist er eigentlich ins Moor geraten?«, fragte der Engländer verständnislos.

»Sagte Mylady Shanrahan nicht, er habe Arzneikräuter gesucht?«, entgegnete Muiredach Ard zurückhaltend.

»Wie die kleine rothaarige Hexe, die man ständig im Moor herumlaufen sieht?«, höhnte Luscombe.

»Flann und ihre Mutter können nach dem Tod ihres Vaters von der kleinen Parzelle, die sie haben, kaum leben«, verteidigte der Wirt das junge Mädchen. »Mit den Heilkräutern verdient sie sich etwas dazu.«

»Solange sie niemanden damit vergiftet«, gab der Captain sarkastisch zurück.

Noch immer ließ er Jeremy, der dem Gespräch kaum zu folgen schien, nicht aus den Augen. Seine Stirn legte sich misstrauisch in Falten.

»Ich frage mich, warum Mylady mir ihren Physikus bei meinem Besuch nicht vorgestellt hat«, murmelte er. »Außerdem scheint sie mir bei bester Gesundheit zu sein. Wozu braucht sie einen Leibarzt?«

Muiredach Ard fürchtete, dass es Luscombe nicht schwerfallen würde, zu erraten, dass der angebliche Arzt in Wirklichkeit ein katholischer Priester war. Der Mann war kein Narr. Und obwohl in Irland ein Priester nicht wie in England allein durch seine Anwesenheit die Todesstrafe riskierte, mochte Luscombe sich von seinen Nachbarn hintergangen fühlen und ihnen die Täuschung übelnehmen.

Zu Muiredach Ards Erleichterung tauchten zwei weitere Reiter in der Ferne auf. Es waren Lady Shanrahan und ihr Diener William. Als sie die kleine Gruppe bemerkten, trieben sie ihre Pferde an und galoppierten auf sie zu.

»Der Heiligen Mutter Gottes sei Dank«, stieß Amoret hervor.

Hastig ließ sie sich aus dem Sattel gleiten und stürzte an Jeremys Seite.

»Ich habe mir solche Sorgen gemacht«, flüsterte sie ihm zu.

Ihr leuchtender Blick richtete sich auf den Wirt. »Ich bin Euch zu großem Dank verpflichtet.«

Muiredach Ard las eine unausgesprochene Frage in ihren schwarzen Augen und presste die Lippen aufeinander. Sie verstand. Mit gefasster Miene wandte sich Amoret dem Friedensrichter zu.

»Auch Euch danke ich herzlich für Eure Hilfe, Sir«, sagte sie auf Englisch. »Es war dumm von meinem Leibarzt, sich ohne kundige Führung ins Moor zu begeben.«

Der spöttische Ausdruck, der um Luscombes Lippen spielte, verriet ihr, dass er ihr Ablenkungsmanöver durchschaute.

»Es war mir eine Ehre, Mylady«, erwiderte er höflich. »Das nächste Mal solltet Ihr die Kräutersuche einem Eurer Pächter überlassen.«

»Das werde ich«, entgegnete sie. Und in entschlossenem Ton fügte sie hinzu: »Ich würde nie zulassen, dass meinem langjährigen Freund etwas zustößt.«

Der Ausdruck auf dem Gesicht des Friedensrichters offenbarte, dass er die Warnung begriff. Ihre Hände zitterten, als sie Cearas Zügel nahm und wieder aufstieg.

Da es offensichtlich war, dass Jeremy sich nicht allein im Sattel halten konnte, wies Amoret William an, ihm aufs Pferd zu helfen. Muiredach Ard ging dem Diener zur Hand. Gemeinsam hoben sie den Priester hinter ihr auf Cearas Rücken. Erleichtert legte Jeremy die Arme um Amorets Taille. Die Fuchsstute war nicht erfreut über die zusätzliche Last, doch sie machte keinerlei Anstalten zu bocken. Amoret dachte, dass sie sich unbedingt noch bei Knochen-Áengus für die Behandlung des Pferdes bedanken musste.

Captain Luscombe bestand darauf, sie sicher nach Shanrahan zurückzugeleiten. Muiredach Ard folgte ihnen zu Fuß.

Als die seltsame Kavalkade das Dorf durchquerte, blickten die Bewohner ihnen neugierig entgegen. Zu ihrer Überraschung sah Amoret sogar die alte Nora an der Tür stehen, als sie am Haus des Verwalters vorbeikamen. Hatte auch sie sich um Pater Blackshaw gesorgt? Amoret bemerkte, dass die Greisin schwankte, als sie zu ihnen hinüberblickte. Sicher war es für sie sehr anstrengend gewesen, ihr Lager zu verlassen.

Vor der kleinen Kate verabschiedete sich Amoret von Ralph Luscombe und dankte ihm noch einmal für seine Hilfe. Mit Muiredach Ards Unterstützung brachte sie Jeremy ins Innere. Sein Zustand erforderte ein Bad, das Mary und einer der zurückgebliebenen Diener vorbereiteten. Ein Holzbottich wurde in der Küche vor der Feuerstelle plaziert und mit heißem Wasser gefüllt.

Als Breandán zurückkehrte, lag der Priester mit angewärmten Steinen an Füßen und Beinen und bis zum Kinn zugedeckt im ehelichen Bett. Er fieberte. Amoret flößte ihm behutsam einen heißen Aufguss aus Linden- und Holunderblüten ein.

»Wie geht es ihm?«, fragte der Baron.

»Er ist völlig unterkühlt«, erwiderte Amoret, ohne den Blick von ihrem alten Freund abzuwenden. »Wie es scheint, ist er im Sumpf eingesunken, hat es aber geschafft, sich selbst wieder zu befreien. Er hätte da draußen umkommen können!«

Breandán legte ihr beruhigend die Hand auf die Schulter.

»Er wird es überstehen.«

Amoret antwortete nicht. Die Sorge um den Priester schnürte ihr die Kehle zu. Da wandte sich Breandán schweigend ab und verließ die Kate.

Kapitel 15

Mit melancholischem Blick betrachtete Sir Orlando Trelawney die dem Fluss zugewandte Fassade des Winchester House mit ihren blinden Fenstern und bröckelnden Mauern. Während des Commonwealth hatte der ehemalige Palast der Bischöfe von Winchester als Gefängnis für Royalisten gedient. Charles II. hatte das Gebäude zwar an das Bistum zurückgegeben, doch der einst prächtige Herrschaftssitz war so verfallen, dass er in billige Unterkünfte unterteilt worden war.

Fröstelnd schlang Trelawney seinen Mantel enger um die Schultern, als ihm der feuchte Wind, der über die braunen Fluten der Themse strich, unter die Haut kroch. Das Boot erbebte, als der Fährschiffer an den St.-Mary-Overie-Stufen anlegte. Da Sir Orlando den linken Arm immer noch in der Schlinge trug, half sein Lakai ihm beim Aussteigen. Jane hatte darauf bestanden, dass ihr Gemahl einen bewaffneten Diener mit nach Southwark nahm. Das Südufer mit seinen Bordellen, Gefängnissen und Herbergen galt als gefährliches Pflaster.

Begleitet vom Klang der Glocken der nahe gelegenen Kathedrale gingen Trelawney und Peter auf den Palast zu. Die Mauer, die einst den Vorhof umschlossen hatte, war fast vollständig verfallen und diente den Anwohnern offenbar als Steinbruch zur Ausbesserung ihrer Häuser.

Durch eine massive Tür gelangte man in die Halle, in der eine mit aufwendigen Schnitzereien geschmückte, herrschaftliche Treppe aus Eichenholz in die oberen Stockwerke führte. Der Schneider, den Sir Orlando verhören wollte, wohnte auf der ersten Etage. Die ehemaligen Repräsentationsräume waren mit Zwischenwänden unterteilt worden. Die Tür zu der Wohnung des Schneiders stand offen. Im Innern saß die ganze Familie, Vater, Mutter und drei Kinder, mit gekrümmten Rücken und ineinander verschlungenen Beinen bei der Arbeit. Sir Orlando blieb auf der Schwelle stehen.

»Mr. Barnaby Bloxton?«, fragte er.

Der Schneider, der gerade einen Stoff zurechtschnitt, hob den Kopf und blinzelte kurzsichtig in Richtung Tür.

»Wer will das wissen?«

»Sir Orlando Trelawney, Richter des Königlichen Gerichtshofs«, erwiderte der Besucher. »Kann ich Euch einen Moment sprechen?«

Nur widerwillig legte der Schneider die Schere auf den Tisch und trat dem Ankömmling entgegen. Jede Unterbrechung kostete ihn Arbeitszeit.

»Es wird nicht lange dauern«, versicherte Sir Orlando, der den Grund für den Unwillen des Handwerkers erriet.

»Gehen wir ins Nebenzimmer, Mylord«, sagte Bloxton schließlich. »Mein Untermieter ist nicht da.«

Der Raum, in den der Schneider Trelawney führte, war düster, obwohl er über große Fenster verfügte. Doch das in Blei gefasste Glas war so schmutzig, dass kaum mehr Licht hindurchfiel. Nur an den Stellen, an denen eine Scheibe fehlte, stach vereinzelt ein Sonnenstrahl wie eine goldene Lanze herein und ließ unzählige Staubkörnchen in der Luft tanzen. Der einst prunkvolle Repräsentationsraum des Bischofs von Winchester mit seiner vergoldeten Kassettendecke bot nunmehr einen traurigen Anblick. Der Kamin aus Marmor an der Seitenwand wirkte wie ein Fremdkörper zwischen dem einfachen Holzbett, den groben Schemeln und dem mit Essensresten bedeckten Tisch. Sir Orlando konnte sich ein Seufzen des Bedauerns nicht verkneifen.

»Ihr nehmt regelmäßig Untermieter auf?«, fragte er den Schneider, der ihn mit einer Mischung aus Trotz und Sorge ansah.

»Ja. Wenn man drei Kinder zu ernähren hat, ist jeder zusätzliche Penny willkommen.«

»Im Juli dieses Jahres hattet Ihr einen Untermieter, der sich Dr. Alec nannte«, erklärte Trelawney. »Ich habe Euren Namen von dem Bierbrauer William Mumford, an den Ihr diesen Dr. Alec verwiesen habt.«

»Das stimmt«, gab Bloxton zu. »Dr. Alec war in Sorge um seinen Sohn, der im Marshalsea-Gefängnis saß. Er suchte einen Bürgen für ihn. Zuerst wollte er mich überreden, aber …«

»Ihr habt abgelehnt. Weshalb?«

Der Schneider blickte auf seine Hände und kratzte mit dem Fingernagel des Zeigefingers über die Schwielen an seinem Daumen.

»Der Sohn soll versucht haben, einen Mann auszurauben«, antwortete er, ohne den Richter anzusehen. »Damit wollte ich nichts zu tun haben.«

»Und doch habt Ihr Dr. Alec an Mr. Mumford verwiesen.«

»Mr. Mumford ist Presbyterianer wie Dr. Alec. Ich vermutete, dass er einem Glaubensgenossen helfen würde.«

»Und Ihr hattet Eure Ruhe«, ergänzte Sir Orlando.

Bloxton hob den Blick. »Dr. Alec war sehr beharrlich. Es war nicht leicht, ihm gegenüber hart zu bleiben.«

»Da kam es Euch zustatten, dass Ihr ihn an Mr. Mumford verweisen konntet«, sagte der Richter sarkastisch. »Woher wusstet Ihr, dass Dr. Alec Presbyterianer war?«

»Er hat es mir gesagt. Weshalb sollte er so etwas behaupten, wenn es nicht wahr ist?«

»Hat Dr. Alec den Namen seines Sohnes erwähnt?«

»Thomas. Er sagte, sein Sohn heißt Thomas.«

»Wisst Ihr sonst noch etwas über ihn?«

Bloxton schwieg nachdenklich. Trelawney hatte das Gefühl, als sei er unschlüssig, ob er sein Wissen preisgeben oder lieber schweigen sollte.

»Alles, was Ihr mir sagt, könnte dazu beitragen, einige gefährliche Verbrecher dingfest zu machen«, ermunterte der Richter ihn. »Thomas Hunt ist ein Straßenräuber, der anständige und hart arbeitende Bürger wie Euch überfallen hat.«

Der Schneider nickte. »Ich weiß nicht, ob es hilfreich ist, aber ich hörte Dr. Alec zu einem Besucher sagen, es sei schade, dass sein Sohn die Lehre bei dem Apotheker Holmes in Southwark abgebrochen habe.«

»Habt Ihr jemals gehört, dass Dr. Alec einen anderen Namen benutzte?«

»Ich weiß, dass er sich zuweilen Allen oder Ayliff nannte. Das war auch der Grund, weshalb ich mich von ihm nicht überreden ließ, für seinen Sohn zu bürgen. Ich dachte, dass ein Mann, der falsche Namen benutzt, Übles im Schilde führen muss. Ich war froh, als er auszog.«

»Ich danke Euch für Eure Offenheit, Sir«, sagte Sir Orlando.

Der Schneider sah ihm, ein ungutes Gefühl in der Magengegend, nach, als er die Wohnung verließ.

Ohne zum Mittagsmahl haltzumachen, begab sich Sir Orlando in den Whitehall-Palast, um Lord Arlington Bericht zu erstatten. Dessen Diener erklärte ihm jedoch, dass der Staatssekretär nicht anwesend sei, und verwies ihn an Arlingtons rechte Hand Joseph Williamson. Dem Richter blieb nichts anderes übrig, als den Untersekretär in dessen Amtsstube im Scotland Yard, einem Hinterhof des Palastes, aufzusuchen. Williamson empfing Trelawney mit zurückhaltender Höflichkeit, taute jedoch rasch auf, als er dessen Bericht hörte. Sir Orlando galt in Juristenkreisen als gediegener, rechtschaffener Richter. Daher zeigte sich der stellvertretende Geheimdienstleiter sichtlich überrascht von der Findigkeit, mit der Trelawney den Spitzbuben auf die Spur gekommen war.

»Dr. Allen, sagt Ihr?«, wiederholte Joseph Williamson nachdenklich. »Ich habe diesen Decknamen schon einmal gehört. Wo war das nur?«

Er überlegte kurz, dann trat er zur Tür seiner Studierstube, öffnete sie und bat den Amtsdiener, der dort mit Schreibarbeit beschäftigt war, eine bestimmte Akte nach dem Namen Dr. Allen durchzusehen.

»Ich habe den Lord Mayor bereits gebeten, für heute Nacht eine Durchsuchung des Hauses von Richard Halliwell auf der Frying Pan Alley, einer Seitenstraße der Petticoat Lane in Bishopsgate, anzuordnen«, sagte Williamson, während sie warteten. »Ich möchte Euch gern dabeihaben, Mylord, wenn es Euch keine Mühe macht …« Er warf einen bezeichnenden Blick auf Sir Orlandos linken Arm. »Und Ihr Euch dazu in der Lage fühlt.«

»Natürlich«, stimmte Trelawney zu. »Mir ist ebenso daran gelegen, die Strolche zur Strecke zu bringen wie Euch.«

Kurz darauf kratzte es an der Tür, und der Schreiber trat ein. Er reichte Williamson einige Dokumente.

»Das ist Levings Bericht über die Befreiung von Captain John Mason, Sir«, sagte er.

»Danke.« Mit gerunzelter Stirn überflog der Sekretär die Dokumente und nickte dann. »Es ist so, wie ich dachte. Dieser Dr. Allen ist kein anderer als der berüchtigte Thomas Blood.« Als er Sir Orlandos fragenden Gesichtsausdruck sah, erklärte er: »Thomas Blood oder Major Blood, wie er sich nennt, ist der meistgesuchte und gefährlichste Verschwörer unseres Landes. Seine Familie stammt ursprünglich aus Derbyshire. Sein Großvater ging Ende des letzten Jahrhunderts als Rittmeister im Heer Elizabeth I. nach Irland und ließ sich dort nieder. Während des Bürgerkriegs kämpfte Thomas Blood zuerst für den König, wechselte später aber die Seiten und stieg zum Lieutenant in der Parlamentsarmee auf. Dieser Verrat brachte ihm beträchtliche Ländereien ein, die das Commonwealth in Irland von den geschlagenen Royalisten konfiszierte. Das machte ihn zu einem reichen Landbesitzer. Nun, es muss ein Schock für ihn gewesen sein, als unser guter König den Thron bestieg und er all diesen unrechtmäßig erworbenen Besitz wieder hergeben musste. Ihm blieben nur die zweihundertzwanzig Morgen in Sarney in der Grafschaft Meath, die sein Vater ihm vererbt hatte. Das Einkommen, das sie Blood einbrachten, war so gering, dass er davon nicht leben konnte und nach Dublin zog. Ich habe hier eine Petition eines Schlachters namens Dolman vom 30. Juni 1663, die an Seine Gnaden, den Duke of Ormonde, gerichtet ist. Darin bezichtigt er Thomas Blood, ihm einen Bullen und eine Kuh gestohlen zu haben, und fordert die Rückgabe des Viehs. Seinem Gesuch wurde stattgegeben, und der Schlachter erhielt die Tiere zurück. Blood hatte also keinen Grund, Freundschaft für den Lord Lieutenant zu empfinden.« Joseph Williamson blätterte in der Akte und fuhr fort: »In Dublin wohnte er bei seinem schottischen Schwager William Leckie, einem presbyterianischen Prediger. Durch ihn wurde er in die Verschwörung von 1663 gezogen. Eine Gruppe von Aufständischen wollte Dublin Castle einnehmen und Forderungen an die Regierung stellen: Die anglikanische Kirche sollte abgeschafft und eine presbyterianische Kirchenverwaltung nach dem ›Solemn League and Covenant‹ wieder eingeführt werden. Außerdem sollten sämtliche Nonkonformisten ihr Land zurückerhalten, das ihnen nach der Thronbesteigung Seiner Majestät genommen worden war. Wie Ihr wisst, Mylord, konnte der Aufstand mit Hilfe eines Informanten bereits im Keim erstickt werden.«

»Ja, ich erinnere mich noch gut daran«, sagte Sir Orlando, der bisher schweigend zugehört hatte.

»Seine Gnaden, der Duke of Ormonde, ließ die Verschwörer verhaften, noch bevor sie ihren Plan in die Tat umsetzen konnten. Major oder Captain Blood, wie er sich damals noch nannte, stand ganz oben auf der Liste der Verräter. Leider konnte er entkommen. Sein verbliebener Besitz wurde konfisziert. Kein Wunder, dass er sich an Ormonde rächen wollte.« Williamson las weiter: »Wir waren ein paar Mal nah dran, Thomas Blood zu verhaften. Einer meiner Spitzel, William Leving, verfolgte seine Spur. Leider war er mit dem Lohn, den ich ihm zahlte, nicht zufrieden, und er versuchte, sich als Straßenräuber etwas dazuzuverdienen.«

Sir Orlando, der wusste, wie es um die Geldmittel der Regierung bestellt war, erriet, dass man den Gewährsmann mit einem Hungerlohn abgespeist hatte.

»Darin war Leving allerdings nicht sehr erfolgreich, und er landete bald im Kerker. Ich beschloss, ihm noch eine Chance zu geben, und ließ ihn und Captain John Mason, einen berüchtigten Aufwiegler, der an der Rebellion im Norden im März 1663 und an einer Reihe anderer Verschwörungen beteiligt gewesen war, mit einer Eskorte von London nach York bringen, wo Masons Prozess stattfinden sollte. Das war im Juli vor drei Jahren. In Darrington in West Yorkshire wurden sie von Banditen überfallen. Trotz erbitterter Gegenwehr wurden sieben der Kavalleristen der Horse Guards des Duke of York verwundet. Mason entkam. Leving erkannte die Bande. Der Anführer war Thomas Blood.«

»Ein gefährlicher Bursche«, bemerkte Trelawney sarkastisch. »Wie es aussieht, ist ihm ein solch dreister Überfall auf einen Höfling mitten in London durchaus zuzutrauen.«

»Der Meinung bin ich auch. Ich werde all meine Leute nach ihm suchen lassen. Aber zuerst kümmern wir uns um Richard Halliwell.«

»Was ist mit dem Apotheker Holmes, bei dem Thomas Hunt in die Lehre ging?«, fragte der Richter.

»Ich habe bereits jemanden losgeschickt, der ihn ausfindig machen und verhaften soll«, erwiderte Williamson. »Ihr seid natürlich eingeladen, an seinem Verhör teilzunehmen.«

Kapitel 16

Der Regen fiel in Strömen. Als Sir Orlando Trelawney um zwei Uhr morgens auf der Petticoat Lane aus seiner Kutsche stieg, trommelten die eisigen Tropfen wie Hagel auf seine Hutkrempe. Da sein Arm nicht mehr so stark schmerzte, hatte er die Schlinge abgelegt. In den Straßen war es stockdunkel. Die Lampen, die die Hausbesitzer in den Wintermonaten vor ihre Tür hängen mussten, waren längst erloschen. Von den Körpern der Kutschpferde stieg Dampf auf, und der Geruch von nassem Fell erfüllte die Luft.

Digby hatte sein Gespann hinter der Karosse des Lord Mayors, der die Durchsuchung von Halliwells Haus leitete, zum Stehen gebracht. Sir Richard Ford trat zu dem Richter und fragte: »Wo sind die Konstabler? Alles muss jetzt ganz schnell gehen. Wir können nicht riskieren, dass sich unsere Beute davonmacht.«

Kurz darauf tauchten drei Männer in Umhängen und Schlapphüten aus den Regenschleiern auf. Sie trugen Lampen und ihre Amtsstäbe bei sich.

»n'Abend, Sir«, sagte der Größte der drei. »Mein Name ist Howell. Das sind Adams und Greene. Wir sind die zuständigen Konstabler des Bezirks.«

»Gut. Kennt Ihr Richard Halliwell?«, fragte der Lord Mayor.

»Ich kenne ihn«, erwiderte Howell. »Wir sind zwar keine unmittelbaren Nachbarn – ich wohne auf der Half Moon Alley auf der anderen Seite der Bishopsgate Street –, aber wir treffen uns schon einmal auf ein Ale in der hiesigen Schenke.«

Sir Orlando musterte prüfend das Gesicht des Konstablers und fragte sich unwillkürlich, ob man ihm vertrauen konnte.

Würde er zögern, einen Freund zu verhaften, auch wenn dieser ein Verschwörer war?

»Gehen wir!«, drängte Sir Orlando und erntete dafür einen missbilligenden Blick von Sir Richard Ford.

Der Lord Mayor und die Konstabler eilten dem Richter nach, als dieser in die Frying Pan Alley einbog. Über den Ladentüren der Kupferschmiede und Eisenwarenhändler, für die die Gasse bekannt war, hingen Bratpfannen als Zeichen ihres Gewerbes. Vor dem Haus, in dem Halliwell wohnte, blieben die Konstabler stehen. Trelawney ließ dem Lord Mayor den Vortritt. Dieser holte tief Luft, schlug mit der Faust gegen die Tür und brüllte: »Im Namen des Königs, macht sofort auf!«

Sie warteten, dass sich im Haus etwas rührte. Das Weinen eines Kindes war zu vernehmen, dann eine leise Stimme. Erneut donnerte die Faust des Lord Mayors gegen die Tür, die in den Scharnieren krachte.

»Öffnet auf der Stelle, oder Ihr werdet es bereuen!«

Ein Riegel wurde zurückgezogen, und ein Frauengesicht mit harten Zügen unter einer gestärkten Leinenhaube erschien im Türspalt.

»Was wollt Ihr, Sir?«

»Zur Seite, Weib!«, befahl Sir Richard Ford.

Er stieß die Frau zurück und drängte sich an ihr vorbei ins Haus. Sir Orlando und die Konstabler folgten ihm.

»Wir sind auf der Suche nach Richard Halliwell«, klärte der Lord Mayor sie auf.

Sir Orlando musterte die Frau. Sie hatte sich in aller Eile einen Umhang übergeworfen. Darunter war das schmucklose weiße Leinen eines Nachthemdes zu erkennen. Offenbar hatte sie geschlafen. Ihr Besuch war also nicht erwartet worden.

»Das ist mein Gemahl. Ich bin Katherine Halliwell.«

»Nun, ist Euer Gatte daheim?«, fragte Ford ungeduldig.

»Nein«, antwortete Mistress Halliwell. »Er ist zurzeit nicht in London.«

Sir Orlando, der die Frau noch immer aufmerksam beobachtete, bemerkte den flüchtigen Blick, den sie in Richtung Stiege warf. Die ausgetretenen Stufen verloren sich im Dunkel des Hauses. Wie eine Geistererscheinung stand am Fuße der Treppe ein etwa zwölfjähriges Mädchen in einem schneeweißen Nachthemd. Es hielt einen zweijährigen Knaben an der Hand, der die Eindringlinge mit großen Augen anstarrte. Trelawney hatte den Eindruck, als bewache das Mädchen den Aufgang in die oberen Stockwerke.

Während Sir Richard Ford Mistress Halliwell den Verhaftungsbefehl für ihren Gatten unter die Nase hielt, bat Sir Orlando einen der Konstabler um seine Laterne und trat zur Treppe. Als sie ihn auf sich zukommen sah, blieb die Kleine zitternd stehen, doch der Richter schob sie ohne viel Federlesen zur Seite und stieg die knarrenden Stufen hinauf. Die Talgkerze in der Lampe warf ein gespenstisches Licht auf die weiß gekalkten Wände und die ausgeblichenen Deckenbalken. Im ersten Stock gab es zwei Türen. Beide standen offen. Sir Orlando betrat die Kammer, die zur Straße hinausging, und schwenkte die Laterne. Die Einrichtung war dürftig. Ein breites Baldachinbett mit zerschlissenen Vorhängen beherrschte den Raum. Die Decke war auf beiden Seiten zurückgeschlagen, die Laken waren zerwühlt. Am Fußende stand eine Truhe aus ungebeiztem Holz, daneben lag ein schwarzer Strumpf auf dem Boden. Jemand hatte sich in großer Eile angekleidet.

»Verdammt!«, zischte der Richter.

Er stürzte aus der Kammer und beugte sich über das Treppengeländer: »Hierher! Der Vogel fliegt aus.«

Als Antwort war ein Poltern unter dem Dach zu hören. Ohne auf den ziehenden Schmerz in seinem Arm zu achten, hastete Sir Orlando die Leiter zum Dachboden hinauf. Die Laterne schwankte wild in seiner Hand und ließ verzerrte Schatten über die Wände tanzen. Auf dem Dachboden angekommen, hielt der Richter inne und sah sich um. Eine niedrige Tür führte in einen mit Gerümpel angefüllten Abstellraum ohne Fenster. Hier war niemand. Rasch wandte sich Sir Orlando der zweiten Tür zu, die verschlossen war. Er versuchte, sie aufzudrücken, doch sie gab nicht nach. Ungeduldig lauschte er auf die Schritte der Konstabler, die die Treppe heraufkamen. Die braven Bürger bewegten sich langsamer als Schnecken. Kurzentschlossen trat der Richter kräftig gegen die Tür. Sie öffnete sich einen Spalt, und im Licht der Lampe konnte er sehen, dass man von innen eine Truhe davorgestellt hatte. Mit seiner unverletzten Schulter stemmte sich Trelawney gegen das grobe Holz und schob die Tür schließlich so weit auf, dass er durch den Spalt schlüpfen konnte. Er befand sich in einer Dienstbotenkammer. Aus dem Augenwinkel registrierte er ein benutztes Bett und einen Hocker mit einer Waschschüssel aus Zinn. Vor dem kleinen Fenster in der Giebelseite der Kammer stand ein junger Bursche, der seine Hände zu einer Räuberleiter zusammengelegt hatte und eine Gestalt durch die Öffnung hievte. Sir Orlando konnte gerade noch zwei Beine durch das Fenster verschwinden sehen, von denen das eine mit einem Strumpf bekleidet und das andere nackt war. Die Füße steckten in groben Schuhen.

»Halliwell!«, rief Trelawney.

Er stellte die Lampe ab und stürmte zum Fenster. Energisch schob er den Diener zur Seite und packte den nackten Knöchel des Fliehenden. Doch seine Finger glitten ab, und im nächsten Moment hielt er nur noch den Schuh in der Hand. Er ließ ihn fallen und schaute hinaus.

Die Giebelseite des Hauses übersah nicht die Straße, sondern einen Hinterhof, um den sich windschiefe Fachwerkbauten neigten. Das Dach eines niedrigeren Gebäudes verlief quer zu dem Fenster, durch das Halliwell gestiegen war, so dass er ohne Mühe hinüberklettern konnte.

»Halliwell!«, schrie Sir Orlando. »Bleibt stehen. Ihr seid verhaftet.«

Die Gestalt, die in geduckter Haltung über die Dachpfannen balancierte, wandte sich um. Im nächsten Moment flog dem Richter der zweite Schuh entgegen, und er musste den Kopf einziehen, um ihm auszuweichen.

Da die Konstabler sich noch immer nicht blicken ließen, legte Trelawney die Hände auf den Fensterrahmen und wollte sich gerade hinaufziehen, als von hinten jemand nach ihm griff und ihn in die Dachkammer zurückriss. Er taumelte und wäre beinahe gefallen, bekam aber mit der linken Hand einen Balken zu fassen. Die plötzliche Bewegung schickte einen scharfen Schmerz durch die Schusswunde. Er stöhnte auf und wandte sich wutentbrannt dem Diener zu.

»Du wagst es, einen Richter des Königs bei der Ausübung seiner Pflichten zu behindern?«, brüllte er. »Dein Herr ist ein Verräter und verdient keine Loyalität.«

Sir Orlando verabreichte dem Burschen eine Ohrfeige und trat wieder ans Fenster. Ein Scheppern war zu hören, als eine Pfanne aus Schiefer im Hof aufschlug und zersprang. Halliwell musste sie beim Überklettern des Daches losgetreten haben. Doch so sehr der Richter seine Augen anstrengte, er konnte den Flüchtenden in der Finsternis nicht mehr entdecken.

»Wo ist Euer Gatte?«, donnerte Sir Henry Bennet, Baron Arlington.

Katherine Halliwell zuckte zusammen, antwortete jedoch nicht. Die Konstabler hatten sie, ihren kleinen Sohn und Halliwells Nichte Margaret Boulter verhaftet und ins Haus des Lord Mayors gebracht. Als Arlington in den frühen Morgenstunden eintraf, hatte sich Sir Orlando verabschieden wollen, doch der Staatssekretär hatte ihn eingeladen, an dem Verhör teilzunehmen. Nach kurzem Zögern hatte Trelawney zugestimmt, obwohl er ahnte, dass die Aufforderung vom König und nicht von Arlington kam, dem die Anwesenheit des Richters lästig sein musste. Der Baron führte die Befragung selbst durch.

»Sprecht, Weib, oder Ihr verbringt den Rest Eurer Tage im Kerker«, brüllte er die Frau an.

Katherine Halliwell musterte den mit Seide und Juwelen ausstaffierten Höfling mit kaum verhohlener Verachtung. Für sie als Presbyterianerin, für die jegliche Art von Putz sündhaft war und die Seele dem Teufel auslieferte, war der Hof mit seinen rauschenden Festen und der lockeren Moral ein Inbegriff der Hölle. Hatte nicht Gott der Herr in den vergangenen Jahren zuerst die Pest und dann ein reinigendes Feuer über die Stadt geschickt, um die Sünden der Menschen anzuprangern und zu bestrafen?

Obwohl sie sich im Recht fühlte und Gott um Kraft anflehte, ging Katherine Halliwell der drohende Blick des Staatssekretärs unter die Haut. Mit seiner würdevollen, etwas steifen Haltung, seiner dunklen Lockenperücke, dem wie mit einem dünnen Pinsel gezogenen Oberlippenbart und dem schwarzen Pflaster über dem Nasenrücken wirkte er wie ein kastilianischer Hidalgo. Dieser Eindruck war kein Zufall. Arlington hegte große Bewunderung für die spanische Monarchie und benahm sich, als verkehre er am Hofe Carlos' II.

Schließlich gaben Mistress Halliwells Nerven nach. »Ich weiß nicht, wo mein Gemahl ist. Ihr habt ihn mitten in der Nacht aus dem Haus gejagt. Sicher irrt er nun durch die dunklen Gassen und weiß nicht, an wen er sich wenden soll.«

»Wie wäre es mit seinen Verschwörerfreunden, Madam?«, sagte Arlington zynisch. »Sicher hat er bei ihnen Unterschlupf gefunden. Bei Dr. Allen, dem Apotheker aus Romford, oder Thomas Hunt, dem Straßenräuber. Euer Gatte hat mit diesen Strolchen den Duke of Ormonde überfallen und entführt. Nur der göttlichen Vorsehung ist es zu verdanken, dass Seine Gnaden mit dem Leben davongekommen ist.«

Katherine Halliwells Augen weiteten sich. »Mein Gemahl hat damit sicher nichts zu tun und ich auch nicht! Ich weiß nicht, weshalb er geflohen ist. Ich bin nur eine Frau. Er vertraut mir nicht alles an.«

Arlington stieß einen tiefen Seufzer aus. Er begriff, dass er bei Mistress Halliwell nicht weiterkam.

»Bringt sie weg und holt die Nichte«, befahl er.

Margaret Boulter ging mit gesenktem Kopf an ihrer Tante vorbei und ignorierte den warnenden Blick, den diese ihr zuwarf. Baron Arlington bemerkte es und setzte eine freundliche Miene auf, um dem Mädchen zu zeigen, dass es keine Angst zu haben brauchte. Die Kleine wirkte gefasst und sah den Männern, die ihr gegenübersaßen, offen ins Gesicht. Sir Orlando lächelte ihr zu, und Margaret entspannte sich.

»Seit wann wohnst du bei den Halliwells, Jungfer?«, fragte Arlington.

»Seit zwei Jahren, Sir«, antwortete die Kleine.

»Du bist ein anständiges Mädchen, das sicherlich weiß, dass es den Versuchungen des Teufels nicht nachgeben darf und stets die Wahrheit sagen muss, nicht wahr?«, schmeichelte der Staatssekretär, als habe er nicht die geringsten Zweifel an Margarets Aufrichtigkeit.

»Ja, Sir«, bestätigte sie. »Ich würde niemals lügen, Sir. Das hieße doch, Gott zu belügen.«

Arlington nickte zufrieden. Das freundliche Lächeln auf seinen Zügen wich einem ernsten Ausdruck. »Ich habe ein paar Fragen an dich, Jungfer Margaret. Es ist sehr wichtig, dass du mir alles sagst, was du weißt. Ohne Ausnahme.«

Margaret blickte zu Sir Orlando hinüber, der immer noch freundlich lächelte und ihr aufmunternd zunickte. In ihren Augen las er weder Furcht noch Verschlagenheit.

»War dein Onkel gestern zu Hause?«, fragte Arlington.

»Ja, Sir. Er kam so gegen acht oder neun Uhr abends heim.«

»Wie war er? Wirkte er nervös?«

»Nein, Sir. Er benahm sich wie immer.«

»Wann hast du ihn zuletzt gesehen?«

»Als ich zu Bett ging, Sir ... Nein, ich sah ihn heute Morgen, als die Konstabler an die Tür klopften. Ich war aufgestanden, um Tante Katherine zu fragen, ob ich die Tür aufmachen soll.«

»Und was hat deine Tante geantwortet?«

»Sie hat mir den Kleinen in die Arme gelegt und gesagt, ich soll ihr nach unten folgen.«

»Und wo war dein Onkel?«, fragte der Baron.

»Er zog sich gerade an.« Sie unterdrückte ein Schmunzeln. »Er trug nur einen Strumpf, als er aus der Schlafkammer kam.«

»Hat er noch irgendetwas gesagt?«

»Ja, er ermahnte Tante Katherine, sie sollte den Konstablern nicht auf die Nase binden, dass er in London sei. Das war nicht anständig von ihm. Er hat sie dazu verführt, zu lügen.«

»Gutes Mädchen«, lobte Arlington sie. »Was geschah dann?«

»Onkel Richard rannte die Stiege hoch. Und Tante Katherine befahl mir, am Fuß der Treppe stehen zu bleiben.«

Der Staatssekretär nickte beifällig. »Ich danke dir für deine Ehrlichkeit. Nun zu etwas anderem. Waren in den letzten Tagen Besucher bei euch im Haus?«

»Nur Freunde meines Onkels«, erwiderte das Mädchen.

»Wann war das?«

»Gestern, so um sechs Uhr. Sie blieben aber nicht lange.«

»Kennst du ihre Namen?«

»Einer heißt Thomas Hunt.« Margaret sah auf ihre Hände hinab, und ein angespannter Ausdruck zog sich um ihre Lippen. »Ich mag ihn nicht sehr. Er macht sich immer über mich lustig und kneift mich ...« Die Röte, die in die Wangen des Mädchens stieg, verriet den Zuhörern, was es nicht aussprechen wollte. »Einer der anderen Männer heißt Allen. Mehr weiß ich nicht.«

Die unangenehme Erinnerung an Hunt hatte Margarets freimütige Offenheit in Verschlossenheit umschlagen lassen. Arlington stellte noch ein paar Fragen zu den Besuchern, doch sie schien sich nicht an weitere Einzelheiten erinnern zu können.

»Wir sollten ihr eine Pause gönnen«, schaltete sich Sir Orlando ein, der Mitleid mit dem Mädchen empfand.

Der Staatssekretär ließ sich gegen die Lehne seines Stuhls zurücksinken und nickte widerwillig. Dann wandte er sich an Sir Richard Ford.

»Wo ist der Mantel, Mylord?«

Der Lord Mayor verließ die Schreibstube und kehrte mit einem einfachen Wollumhang zurück. Arlington nahm das Kleidungsstück entgegen und zeigte es Margaret.

»Erkennst du diesen Mantel?«

Das Mädchen nickte. »Er gehört meinem Onkel.«

»Gut. Du kannst gehen.«

Ford übergab Margaret einem Diener, der sie zu ihrer Tante und deren Sohn zurückbrachte. Alle drei würden unter Hausarrest gestellt werden, bis der Staatssekretär entschied, was mit ihnen geschehen sollte.

Das arme Ding weiß nicht, dass sie mit ihrer Aussage das Schicksal ihres Onkels besiegelt hat, dachte Sir Orlando mitfühlend.

In der Tasche des Mantels waren drei Briefe gefunden worden. Der erste stammte von Richard Halliwell selbst. Darin forderte er seine Glaubensgenossen auf, aus ihrer Trägheit zu erwachen und den Kampf für ihre Sache wiederaufzunehmen. Es war eine weitschweifige Schmähschrift, die mit der Drohung endete, dass Halliwell die Anhänger des Fünften Reiches verlassen würde, falls sie ihre Sünden nicht bereuten. Damit meinte er offenbar ihren fehlenden Kampfgeist. Die beiden anderen Briefe waren mit den Initialen T. A. unterzeichnet. In dem einen drückte der Schreiber den Wunsch nach einem Treffen aus, in dem zweiten wollte er sich einen Mantel, Pistolen und einen Degen ausleihen. Für Baron Arlington bestand kein Zweifel daran, dass die Initialen T. A. für Thomas Allen und damit für den Verschwörer Thomas Blood standen.

»Wir müssen den Kerl finden«, sagte der Staatssekretär entschlossen, »bevor er ein noch grässlicheres Verbrechen verübt.«

»Glaubt Ihr, er könnte es auf den König abgesehen haben?«, entfuhr es Sir Richard Ford entsetzt.

»Wir müssen bei diesem Schurken mit allem rechnen!«, erwiderte Arlington düster.

Kapitel 17

Atemlos und mit klopfendem Herzen blieb Muiredach Ard Ó Donnabháin vor dem Haus des Barons Shanrahan stehen. Obwohl er in größter Eile von seiner Herberge herübergehastet war, zögerte er nun, den jungen Lord in die Angelegenheit hineinzuziehen. Muiredach Ard hatte den neuen Herrn und seine Gemahlin schätzen gelernt. Es widerstrebte ihm, sie in Gefahr zu bringen. Schließlich nahm ihm der Jesuit die Entscheidung ab. Während Jeremy das Feuer für das Morgenmahl schürte, sah er den Herbergswirt durch die offene obere Hälfte der Tür vor der Kate stehen.

»Mein lieber Freund, kommt doch herein«, sagte er einladend.

Die dunklen Schatten unter seinen Augen, die sich scharf von seiner blassen Haut abhoben, verrieten dem Hünen, dass der Priester die Nachwirkungen seines nächtlichen Aufenthalts im Moor noch nicht völlig überwunden hatte. Drei Tage lang hatte er gefiebert und niemanden erkannt. Unruhige Dämmerzustände, die von Alpträumen unterbrochen wurden, und tiefe Erschöpfung hatten sich abgewechselt, bevor das Fieber am vierten Tag endlich gebrochen war und Jeremy in einen erholsamen Schlaf fiel. Dank Amorets unermüdlicher Pflege ging es ihm danach rasch besser. Eine Woche verbrachte er im Ehebett. Zu seinem Unwillen hatte Breandán währenddessen auf dem Dachboden übernachten müssen, während sich Amoret neben den Priester schlafen legte. Er verstand zwar, dass es besser für den Kranken war, im ehelichen Bett zu bleiben, bis er wieder zu Kräften kam, doch insgeheim verspürte er zunehmende Eifersucht, wenn er sah, wie aufopfernd seine Frau Pater Blackshaw pflegte. Amoret blieb seine Unzufriedenheit nicht verborgen. Sie wusste jedoch nicht, was sie tun sollte, um ihn aufzuheitern. Jeremys Wohlergehen war ihr in diesem Moment wichtiger.

Als der Priester schließlich so weit genesen war, dass er in sein eigenes Bett zurückkehren konnte, atmete Breandán erleichtert auf. Doch er musste bald feststellen, dass seine Gemahlin ihm seine kleinliche Eifersucht nachtrug. Auch auf Jeremy lastete die deutliche Spannung, die sich zwischen den Eheleuten aufgebaut hatte, denn er wusste, dass er daran nicht ganz unschuldig war.

Der Besuch des Wirts, der so viel ruhige Weisheit ausstrahlte, war für Jeremy an diesem Morgen eine willkommene Ablenkung.

»Was kann ich für Euch tun?«, fragte der Jesuit neugierig.

Muiredach Ard blickte sich unschlüssig um. »Eigentlich wollte ich mit Mylord Shanrahan sprechen.«

»Er ist nebenan.«

»Wie ich sehe, geht es Euch besser, Pater. Ich habe übrigens dafür gesorgt, dass Pater Ó Néill bei einem seiner Brüder in Clonmel die Beichte abgelegt hat. Der Fußmarsch dorthin hat ihn zwei Tage gekostet. Er war nicht begeistert, hat sich aber gefügt. Ich habe ihm klargemacht, dass er sich sonst nicht mehr hier hätte blicken lassen können. Ich hoffe, das war in Eurem Sinne.«

Jeremy grinste über das ganze Gesicht. »Seine Lordschaft wollte ihm eine Tracht Prügel verabreichen, aber seine Gemahlin konnte ihn davon abhalten. Und ich hatte Hemmungen, Pater Ó Néill bei Bischof Brenan anzuschwärzen. Ich denke, die Buße, die Ihr ihm aufgenötigt habt, ist ausreichend.«

»Das ist sehr großherzig von Euch, Pater. Ihr hättet da draußen umkommen können.«

In diesem Augenblick trat Breandán aus der Schlafkammer, gefolgt von Amoret und der jungen Hündin, die schwanzwedelnd auf den Hünen zulief.

»Was gibt es, Ó Donnabháin?«, fragte der Baron. »Ihr seht besorgt aus.«

»Es geht um einen meiner Gäste«, begann der Wirt, während er Bran hinter den Ohren kraulte. Nach kurzem Abwägen fasste er sich ein Herz und kam zur Sache: »Er ist krank und bittet Euch um Hilfe. Er sagt, er kennt Euch.«

Breandán hob erstaunt die Brauen. »Wie ist sein Name?«

»Die Männer, mit denen er kam, gaben einen falschen Namen an. Aber ich weiß, wer er ist. Er heißt Lonán Ó Ceallaigh.«

Nachdenklich senkte Breandán die Lider. »Verstehe.« Dann blickte er dem Hünen prüfend in das kantige Gesicht. »Ich nehme an, Ihr wisst …« Er suchte nach dem richtigen Ausdruck.

»… dass Ó Ceallaigh ein Tory ist?«, vollendete Ó Donnabháin den angefangenen Satz. »Ja, unsere Bekanntschaft reicht einige Jahre zurück.«

»Sehen wir mal, wie es ihm geht«, entschied Breandán.

Jeremy begleitete die beiden Männer. In der Herberge war es still. Der Schankraum war zu so früher Stunde geschlossen. Schweigend folgten Breandán und der Priester dem Wirt die knarrende Treppe hinauf ins obere Stockwerk. Unter dem Dach gab es zwei Kammern für Gäste, die eine Unterkunft für die Nacht benötigten. In der vorderen Dachstube war der Straßenräuber in Hemd und Hose auf das Bett gesunken, als sei die Anstrengung des Ankleidens zu viel für ihn gewesen. Sein Wams lag über einem Hocker, seine Stiefel standen daneben.

Als die drei Männer die Kammer betraten, versuchte Ó Ceallaigh sich aufzurichten. Sein Gesicht war gerötet, und seine Augen hatten sichtlich Mühe, zu fokussieren. Dennoch erkannte er Breandán.

»Es tut mir leid, Waffenbruder, dass ich mich aufdrängen muss …«, sagte er, langsam die Worte formend, als gehorche ihm die Zunge nicht recht. »Aber ich wusste nicht, wohin …«

Jeremy war an das Lager getreten und beugte sich über den Kranken.

»Ich bin Arzt«, sagte er beruhigend.

Sorgfältig fühlte der Jesuit die Stirn des Mannes und seinen Puls, der schnell dahinjagte. Seine Miene wurde ernst.

»Wenn das Fieber am Morgen schon so hoch ist, bedeutet das nichts Gutes«, erklärte er. »Könnt Ihr aufstehen?«

Auf Jeremys Arm gestützt, kam der Ire mühsam auf die Füße. Doch als er einen Schritt machte, taumelte er, und seine Beine gaben unter ihm nach. Geistesgegenwärtig traten Breandán und Muiredach Ard hinzu, fingen ihn auf und setzten ihn auf die Bettkante. Jeremy betrachtete Ó Ceallaigh mit düsterem Blick.

»Er ist schwer krank. Am besten nehmen wir ihn mit und quartieren ihn in der Offizierskammer der Burg ein«, schlug er vor.

Der Wirt las Besorgnis im Gesicht des Priesters. »Woran leidet er?«

»Ich weiß es nicht. In diesem Stadium kann es alles sein«, antwortete Jeremy vage. »Aber wenn es das ist, was ich befürchte, sollten so wenige Menschen wie möglich in seine Nähe kommen.«

Breandán und der Hüne wechselten bestürzte Blicke. Sie ahnten, woran der Jesuit dachte. In den letzten Jahren war in Irland immer wieder eine gefürchtete Seuche ausgebrochen: die Pocken.

Nachdem Jeremy den kranken Banditen in einem frischen Nachthemd in der Offiziersstube ins Bett gesteckt hatte, versuchte er herauszubekommen, was aus seinen Begleitern geworden war. Es erwies sich als mühsam, zu dem mehr und mehr vom Fieber verwirrten Mann durchzudringen. Entweder wusste er nicht, wohin seine Komplizen geritten waren, nachdem sie ihn in der Herberge zurückgelassen hatten, oder er wollte es nicht sagen. Dabei konnten sie ebenso erkrankt sein wie er und die Seuche weiterverbreiten.

Zu Amorets Sorge hatte sich Jeremy bereit erklärt, Ó Ceallaigh zu pflegen. Er hatte die Pocken als Kind durchgemacht, und es war allgemein bekannt, dass man sie nicht ein zweites Mal bekommen konnte. Warum dies so war, wusste er allerdings nicht. Doch Amoret war der Meinung, dass er sich für eine so anstrengende Aufgabe noch nicht weit genug erholt hatte.

Der Jesuit bestand darauf, bei dem Kranken in der Kammer zu bleiben, und ließ niemand anderen herein. Bald stellte sich heraus, dass die Burgherrin recht behalten sollte. Er hatte seine Kräfte überschätzt. In der Nacht nickte er auf seinem Stuhl ein und fuhr erschrocken aus dem Schlaf hoch, als Lonán Ó Ceallaigh fast über ihn fiel. Während Jeremy sich darüber klarzuwerden versuchte, was geschehen war, taumelte der Kranke zur Tür.

»Die Engländer … sie stehen vor der Tür … Kanonen … sie haben Kanonen …«, stammelte Lonán.

In seiner Stimme schwang eine Panik und Verzweiflung mit, die den Priester erschauern ließen. Die Angst des Iren war so eindringlich, dass sich vor Jeremys innerem Auge Abbilder seiner eigenen Erinnerungen an den Bürgerkrieg formten: die heranstürmenden »Eisenseiten« Cromwells, das Grollen der Kanonen, das Peitschen der Schüsse, von Kugeln getroffene Soldaten, die wie Puppen umfielen und sich vor Schmerz am Boden wanden. Pulverdampf und der metallische Geruch des Blutes stiegen dem Priester in die Nase. Sein Herz krampfte sich schmerzhaft zusammen. Ein paar Mal holte er tief Luft, um sich zu fassen und die grausigen Visionen zu verscheuchen.

Lonán war inzwischen die wenigen Stufen in den Gewölbesaal hinabgestolpert und schrie: »Bringt Euch in Sicherheit … der Teufel steht vor unseren Toren …«

Erschrocken fuhren die Diener von ihren Rollbetten hoch. Jemand schlug umständlich mit einer Zunderbüchse Feuer und entzündete ein Binsenlicht. Als die Dunkelheit in die Ecken des Saales zurückwich, sahen sie sich einer schwankenden Gestalt im weißen Hemd gegenüber, deren Augen weit aufgerissen waren. Entsetzt starrten sie die Erscheinung an wie einen Propheten, der plötzlich unter sie getreten war, um sie vor einem Unheil zu warnen.

William fasste sich als Erster. Entschlossen trat er dem Verwirrten entgegen und packte ihn am Arm. Lonán schrie auf und wehrte sich wie ein Wahnsinniger gegen den vermeintlichen Feind.

»Lasst mich … das ist mein Land … verschwindet …«, stieß er abgehackt hervor. »Bastarde … dafür werdet ihr bezahlen …«

Die Arme des Iren wirbelten wie Dreschflegel herum, doch William gelang es, sie an seinen Körper zu pressen. Im nächsten Moment kam ihm Jeremy zu Hilfe. Gemeinsam überwältigten sie den Rasenden und drängten ihn zu Boden. Auf einmal schienen Lonáns Kräfte verbraucht. Sein Widerstand erlahmte, und dann erschlaffte sein Körper. Er hatte das Bewusstsein verloren.

»Bringen wir ihn zurück ins Bett«, sagte Jeremy keuchend.

Nachdem der Priester den Ohnmächtigen mit Williams Hilfe in die Offizierskammer zurückgetragen hatte, untersuchte er ihn sorgfältig.

»Das Fieber ist gefährlich hoch. Er verbrennt.«

»Wird er sterben?«, fragte der Diener bestürzt.

»Ich weiß es nicht«, erwiderte Jeremy. »Sein Leben liegt in Gottes Hand. Aber ich muss versuchen, das Fieber zu senken.«

»Kann ich Euch helfen?«

»Willst du dieses Risiko wirklich auf dich nehmen?«

»Wenn es eine Seuche ist, an der er leidet, sind wir dann nicht ohnehin alle dem Miasma ausgesetzt, das sie verursacht, Doktor?«, fragte William schicksalsergeben. »Die verdorbene Luft des Moores ist doch überall.«

»Ich glaube nicht an die Miasmentheorie der alten Griechen«, widersprach Jeremy. »Schon Paracelsus hatte Zweifel an der Lehre von der verseuchten Luft, die Krankheiten auslösen soll. Der Arzt Girolamo Fracastoro vermutete, dass Seuchen wie die Pest durch einen Ansteckungsstoff, ein Pestgift, von Mensch zu Mensch übertragen werden. Und mein Ordensbruder Athanasius Kircher entdeckte im Blut eines Pestkranken unter dem Mikroskop kleine Tierchen, die er für die Verursacher des Übels hält.«

»Ihr meint, man könnte sich das Fieber durch Berührung des Kranken zuziehen?«, fasste William zusammen. »Nun, in dem Fall habe ich mich bereits der Gefahr ausgesetzt. Also sagt mir, was Ihr benötigt.«

Jeremy nickte. Der Diener war ein kluger und selbstloser Bursche. Kein Wunder, dass Amoret ihn wertschätzte.

»Bring mir kaltes Wasser und ein Laken«, bat er.

Während William den Auftrag ausführte, begann Jeremy, den bewusstlosen Ó Ceallaigh zu entkleiden. Seine Stirn glühte, und sein Puls schlug schnell und flach. Die Lippen waren aufgesprungen und bluteten leicht. Betroffen sprach der Jesuit ein kurzes Gebet für den Iren, denn er erkannte, dass er an der Schwelle des Todes stand.

Als William mit dem Eimer Wasser und dem Laken zurückkehrte, machten die beiden Männer sich schweigend an die Arbeit. Immer wieder tauchten sie das Betttuch in das kalte Wasser und wickelten den Fiebernden darin ein. Zusätzlich legte Jeremy ihm ein feuchtes Tuch um den Kopf, um das Gehirn zu kühlen.

Der Priester machte sich Vorwürfe, weil er keine Weidenrinde aus England mitgebracht hatte. Er hatte nicht damit gerechnet, dass Weiden in Irland so selten waren. Nicht einmal die Apotheker in Cork führten das Fiebermittel. Wenn er ein paar Augenblicke von der Pflege des Kranken entbehren konnte, musste er unbedingt an Alan schreiben und ihn bitten, ihm Weiden- oder Chinarinde zu schicken. Letztere stammte aus Asien und wurde ebenfalls zur Fiebersenkung eingesetzt.

Zwischen den kalten Wickeln flößte Jeremy dem Iren wiederholt kühle Milch und ein wenig Met zur Stärkung ein. Als das Fieber am Morgen zurückging und der Kranke in unruhigen Schlaf fiel, ließen sich Jeremy und William erschöpft auf eine Bank sinken. Mit Sorge musterte der Diener das graue Gesicht des Priesters.

»Ihr müsst ein wenig schlafen«, sagte er. »Ich werde bei ihm wachen.«

Jeremy wollte erst widersprechen. Doch seine Lider waren schwer wie Blei, und er sah ein, dass er sich nicht würde wach halten können. Mit letzter Kraft erhob er sich, schlurfte zu dem Rollbett, das er sich in die Kammer gestellt hatte, und legte sich darauf nieder. Von einem Moment zum anderen war er eingeschlafen.

Bei Morgengrauen erschien Amoret mit einem Krug warmer Milch und frischen Haferkuchen in der Offiziersstube.

»Ihr solltet besser nicht hereinkommen, Mylady«, warnte William sie. »Dr. Fauconer hat mir erklärt, dass Krankheiten durch eine Art Ansteckungsstoff von einer Person zur anderen übertragen werden.«

»Wenn es die Blattern sind, wie er glaubt, kann ich sie nicht bekommen«, widersprach Amoret ärgerlich.

So sehr sie ihren Diener schätzte, wollte sie sich doch von ihm nicht belehren lassen. Jeremy, der auf dem Land aufgewachsen war, hatte beobachtet, dass Milchmägde, die durch ihren Umgang mit den Rindern häufig an Kuhpocken erkrankten, bei Blatternepidemien verschont blieben. Daraufhin hatte er während eines Ausbruchs der Pocken am englischen Hof vor drei Jahren Breandán und Amoret überredet, sich mit der Rinderkrankheit anstecken zu lassen, um sie vor der schwereren Seuche zu schützen.

»Ihr vielleicht nicht, aber Euer Sohn«, gab William eigensinnig zurück. »Ihr könntet das Gift mit Euch tragen.«

Amoret erstarrte. Er hatte recht. Seufzend gab sie sich geschlagen. Mit einem letzten besorgten Blick auf den schlafenden Jesuiten stellte sie den Krug und den Teller mit den Haferkuchen auf eine Truhe nahe der Tür und wandte sich zum Gehen.

»Achte darauf, dass Pater Blackshaw sich nicht zu viel zumutet«, bat sie.

»Das werde ich, Mylady. Macht Euch keine Sorgen«, versprach der Diener mit einem verständnisvollen Lächeln.

Kapitel 18

»Wie steht es um ihn?«, fragte Breandán.

Im Gesicht des jungen Mannes war tiefe Betroffenheit zu lesen. Von der Schwelle zur Offizierskammer aus betrachtete er den Kranken auf seinem Lager.

»Das kann ich noch nicht sagen«, erwiderte der Priester mit einer hilflosen Handbewegung. »Er ist eine Kämpfernatur. Ich denke, es wird sich in den nächsten Tagen entscheiden.«

Lonán Ó Ceallaigh lag erschöpft auf der Seite. Sein schulterlanges dunkles Haar war schweißverklebt. Ein schleimiger Husten schüttelte ihn. Jeremy trat zu ihm und half ihm, sich ein wenig aufzurichten, damit er besser Luft bekam.

»Kann ich etwas tun?«, fragte Breandán erschüttert.

»Versucht, seine Begleiter zu finden«, entgegnete Jeremy. »Auch sie könnten erkrankt sein und andere Menschen anstecken.«

»Gut. Ich werde Ó Donnabháin fragen. Vielleicht hat er eine Ahnung, wo sie sich aufhalten könnten.«

Gefolgt von Bran, begab sich Breandán in den Stall und sattelte Leipreachán. Der schwarze Hengst stampfte ungeduldig den Boden. Er wollte laufen, die Beine strecken, den Wind in den Nüstern spüren, seine Lungen mit der kalten klaren Luft füllen. Breandán musste lachen, als er in den Sattel stieg und der Rappe herumtänzelte wie eine rossige Stute.

»Immer langsam«, mahnte er. »Erst müssen die Muskeln warm werden.«

Da es unmöglich war, Leipreachán zum Schritt zu zwingen, gestattete sein Reiter ihm einen leichten Galopp. Bis zu Ó Donnabháin war es nicht weit. Um dem schwarzen Hengst ein wenig Bewegung zu gönnen, ritt der Ire daher einen Umweg zwischen den abgeernteten Feldern hindurch und ein Stück den Bach entlang. In der Ferne glitzerte die glatte Oberfläche des Sees. Als Breandán spürte, dass sich der gewaltige Körper des Pferdes lockerte und es entspannter lief, gab er ihm auf einer geraden Strecke entlang des Moores den Kopf frei. Leipreachán gewann rasch an Tempo. In seinem Übermut warf er ein paar Mal die Hinterhand hoch wie ein Fohlen, doch Breandán war darauf gefasst und hielt sich mühelos im Sattel. Schließlich verkürzte er Leipreacháns Galoppsprünge und brachte ihn zum Stehen, um Bran Zeit zu geben, sie einzuholen. So sehr es Pferd und Reiter genossen, frei dahinzustürmen, durfte er doch nicht den Ernst seiner Mission vergessen. Er musste herausfinden, wohin die Tories verschwunden waren, bevor sie die Krankheit weitertrugen.

Gerade als er den Rappen in Richtung Herberge lenken wollte, bemerkte er eine einsame Gestalt, die sich in einiger Entfernung durch das Moor bewegte. Gesang drang an Breandáns Ohr, so leise und beklemmend, dass ihn ein Schauer überlief. Unwillkürlich musste er an die unzusammenhängenden Worte denken, die Pater Blackshaw in seinen Fieberträumen ausgestoßen hatte, nachdem er aus dem Moor gerettet worden war. Immer wieder hatte er den Namen der *bean sí* gestammelt, als sei er der Fee tatsächlich begegnet. Hatte sie sich an ihm rächen wollen, weil er in seiner Predigt so unversöhnlich gegen den Glauben an sie und ihresgleichen gewettert hatte?

Mit gerunzelter Stirn beobachtete Breandán die Gestalt im Kapuzenmantel, die mit schnellen Schritten das in Braun- und Grüntönen prangende Moor durchmaß, als würde sie schweben. Auch Leipreachán und Bran standen still da und blickten mit gespitzten Ohren zu ihr hinüber, wie gefesselt von der unwirklichen Erscheinung. Es kostete Breandán Überwindung, sich von dem Anblick loszureißen und sein Pferd zu wenden.

Als er sich der Herberge näherte, stieg dem jungen Iren der Geruch von Rauch in die Nase. Unwillkürlich trieb er Leipreachán zum Galopp. Eine weiße Wolke schwebte vor ihm gen Himmel. Aus einem der oberen Fenster des abseits stehenden Gebäudes quoll dichter Qualm hervor. Alarmiert stürmte Breandán in den Innenhof, sprang vom Pferd und rannte in den Schankraum. Bran wich ihm nicht von der Seite.

»Ó Donnabháin! Wo seid Ihr? Feuer! Es brennt.«

Da keine Antwort kam, hastete Breandán die Treppe ins obere Stockwerk hinauf. Die Tür zu der Kammer, aus der sie zwei Tage zuvor den kranken Tory geholt hatten, stand offen. Der ganze Raum war von Rauch erfüllt. Bran blieb winselnd stehen.

»Ó Donnabháin? Seid Ihr da?«, rief der Baron.

Der Qualm reizte seine Schleimhäute, und er musste husten. Zu seiner Überraschung schmeckte er aromatische Kräuter auf der Zunge. Im nächsten Moment trat der Hüne aus der Kammer. Über Mund und Nase hatte er ein Tuch gebunden.

»*A dhuine uasail*«, grüßte Muiredach Ard den Ankömmling. »Es ist alles in Ordnung. Ich bin nur dabei, die Kammer auszuräuchern, um die üblen Miasmen zu vertreiben.«

Da der Besucher immer noch hustete, wies der Wirt auffordernd auf die Treppe.

»Lasst uns runtergehen. Der Rauch ist recht beißend. Ich gebe Euch einen Humpen Met aus.«

Breandán ließ sich überreden. Das Kratzen in seiner Kehle legte sich nur langsam.

»Wäre es nicht sinnvoller, Schwefel und Salpeter zu verbrennen anstatt Kräuter?«, gab er zu bedenken. Er erinnerte sich, dass man dies in England getan hatte, als die Pest dort wütete.

»Da habt Ihr sicher recht«, stimmte Muiredach Ard mit ernster Miene zu. »Doch als Ire ist es für mich so gut wie unmöglich, an welches zu kommen.«

Breandáns Gesichtsausdruck verfinsterte sich ebenfalls. Er hatte vergessen, dass die Engländer in Irland Schwefel und Salpeter streng unter Verschluss hielten. Da diese Stoffe zur Herstellung von Schießpulver dienten, sah man sie nicht gern in den Händen der Bevölkerung.

»Dennoch wäre es wichtig, um zu verhindern, dass die Krankheit sich hier im Ort ausbreitet«, bekräftigte Breandán. Schließlich war er nicht nur für die Sicherheit seiner Familie, sondern auch für die der Pächter auf seinem Land verantwortlich. »Captain Luscombe hat bestimmt einen Vorrat auf seinem Besitz. Ich werde ihn aufsuchen und ihn um ein paar Fässchen bitten.«

»Ich wünsche Euch viel Glück«, sagte der Wirt. Der sarkastische Ton in seiner Stimme war nicht zu überhören.

Breandán nahm einen Schluck von dem süßen Met und ließ ihn auf der Zunge zergehen.

»Eigentlich bin ich wegen einer anderen Sache zu Euch gekommen, Ó Donnabháin«, sagte er, als er sich seines Auftrags erinnerte. »Dr. Fauconer meint, es besteht die Möglichkeit, dass Ó Ceallaighs Begleiter ebenfalls an dem Fieber erkrankt sein könnten. Daher ist es unerlässlich, dass wir sie aufspüren.«

Der Hüne antwortete nicht sofort, sondern schenkte sich einen Schluck Whiskey ein und stürzte ihn hinunter.

»Ich habe die Männer bereits auf die Gefahr angesprochen, als sie Ó Ceallaigh in die Kammer brachten«, berichtete er. »Einer von ihnen kniff immer wieder die Augen zusammen, als hätte er Kopfweh, und sein Gang war schlurfend. Aber sie taten so, als sei alles in Ordnung.«

»Sie gaben Euch keinen Hinweis, wohin sie wollten?«, fragte Breandán.

»Die Tories verbringen ihr ganzes, meist recht kurzes Leben auf der Flucht. Sie trauen niemandem. Auch ihren Freunden und Familien nicht. Zu oft sind sie von Nachbarn, die sich mit der Unterdrückung der Engländer abgefunden haben und nur noch in Frieden leben wollten, verraten worden.«

»Euer Ton sagt mir, dass Ihr dennoch einen Verdacht habt, wohin die Männer geritten sein könnten.« Breandán blickte Muiredach Ard offen an. »Als Ó Ceallaigh Euch gegenüber behauptete, dass wir uns kennen, hat er nicht übertrieben. Wir marschierten vor zwölf Jahren Seite an Seite im Heer des Marschalls Turenne gegen die Engländer. Als wir im Fort Mardyck in der Nähe von Dünkirchen Quartier bezogen, ging ein schweres Fieber um, das die erschöpften Soldaten wie die Fliegen dahinraffte. Sogar Louis XIV., der den Oberbefehl über das Heer hatte, erkrankte an dem Fieber und wäre ihm beinahe erlegen. So erging es auch mir. Mein Kamerad Lonán Ó Ceallaigh pflegte mich und rettete mir damit das Leben. Dr. Fauconer glaubt, dass es sich bei der Seuche um Fleckfieber handelte. Ihr seht also, dass mein Waffenbruder einen guten Grund hatte, mir sein Leben anzuvertrauen, als er Euch bat, mich zu ihm zu holen.«

Muiredach Ard hatte fasziniert zugehört. Dann nickte er. »Als die Tories auf ihre Pferde stiegen, hörte ich, wie einer von ihnen den Namen Kilcash erwähnte.«

»Ich danke Euch, mein Freund. Das ist ein Anfang.«

»Habt Ihr tatsächlich vor, ihnen dorthin zu folgen?«, fragte der Hüne ungläubig.

»Ich kann nicht zulassen, dass sie die Seuche verbreiten«, erwiderte Breandán entschlossen. »Nach dem, was Ihr beobachtet habt, ist die Wahrscheinlichkeit hoch, dass noch einer von ihnen erkrankt ist.« Der Baron leerte den Humpen und erhob sich. »Aber zuerst werde ich meinem Nachbarn einen Besuch abstatten.«

Breandán dachte flüchtig daran, Amoret als Begleitung mitzunehmen. Doch im nächsten Moment ärgerte er sich über seine Unsicherheit. Es war an der Zeit, dass er endlich seinen neuen Rang einnahm und einem englischen Grundherrn gegenüber, der nicht einmal einen Titel besaß, entsprechend auftrat.

Den Ritt nach Kilcommon genoss Breandán ebenso wie sein Rappe. Es waren nur wenige Wolken zu sehen, und der Himmel wölbte sich in einem klaren, makellosen Blau über der Landschaft. Kurz bevor er die Abzweigung zu Luscombes Gut erreichte, fiel ihm ein fahrender Händler auf, der drei mit Waren bepackte *garrons*, kleine irische Pferde, mit sich führte. Als der Tinker Breandán erblickte, winkte er ihm zu.

»Gott sei mit Euch, *a dhuine uasail*«, rief er. »Seid Ihr auf dem Weg nach Kilcommon?«

Breandán trieb seinen Hengst auf den Händler zu. Leipreachán und das vordere Packpferd, eine Stute, begrüßten einander mit freundlichen Nasenstübern.

»Warum wollt Ihr das wissen?«, fragte der Baron.

»Ich habe einen Brief für Mistress Luscombe. Der Bursche liefert die Post in einer Herberge in Clonmel ab, und ich nehme sie dann gewöhnlich auf meiner Runde mit«, erklärte der Mann. »Würde mir den Umweg zum Haus ersparen, wenn Ihr das Schreiben überbringen könntet.«

Breandán stimmte zu und nahm den Brief entgegen. Er bestand aus einem gefalteten Blatt, das mit rotem Wachs gesiegelt war. Die Adresse war von einem Mann verfasst worden, dessen schwungvolle Schriftzeichen geradezu vor Überheblichkeit und Selbstherrlichkeit strotzten. Mehrere Poststempel bezeugten den Weg, den der Brief zurückgelegt hatte: von Romford in Essex nach London, dann über Chester und Holyhead nach Dublin.

Breandán steckte den Brief unter sein Wams und schlug den Weg nach Kilcommon ein. Als er sich vor dem Wohnhaus der Luscombes aus dem Sattel gleiten ließ, wurde er wie bei seinem ersten Besuch unverzüglich von einem Stallknecht empfangen, der sein Pferd in das Stallgebäude nebenan führen wollte. Doch Breandán brachte Leipreachán lieber selbst hinein. Ein Lakai trat aus der Haustür, erkundigte sich nach seinem Begehr und bat ihn dann, ihm zu folgen. Kurz darauf fand er sich in demselben Salon wieder, in dem der Friedensrichter damals ihn und Amoret empfangen hatte.

Man ließ ihn eine ganze Weile warten. Schließlich erschien Susanna Luscombe in strenger, schmuckloser Tracht, wie sie sie auch bei ihrer ersten Begegnung getragen hatte. Breandán grüßte sie mit einer Höflichkeit, als habe er die Königin vor sich. Zu seiner Überraschung stahl sich daraufhin ein kaum merkliches Lächeln auf Susannas Lippen, und ein rosiger Schimmer stieg in ihre blassen Wangen. Sollte die strenge Puritanerin etwa für seinen Charme empfänglich sein?

»Es tut mir leid, Mylord Shanrahan«, sagte sie. Ihre Stimme klang weniger hart, als Breandán sie in Erinnerung hatte. »Mein Gemahl ist nicht da. Er wird erst gegen Abend zurückkehren.«

»Das ist bedauerlich«, entgegnete der junge Ire. »Aber da ich Euch antreffe, Madam, kann ich zumindest einen Teil meiner Mission erfüllen«, fuhr er galant fort.

Erstaunt sah die Hausherrin, wie er in sein Wams griff, einen Brief hervorholte und ihr reichte.

»Ein Tinker brachte ihn aus Clonmel mit«, erklärte er.

Susanna überflog die Poststempel, runzelte die Stirn und schob den Brief dann ohne Kommentar in eine Tasche ihres Rockes.

»Und was ist der eigentliche Grund Eures Besuches, Mylord?«, fragte sie, um von dem Schreiben abzulenken.

»In Shanrahan gibt es einen Krankheitsfall mit hohem Fieber«, berichtete Breandán. »Um eine mögliche Ausbreitung zu verhindern, müssen die Räume, in denen sich der Kranke aufgehalten hat, ausgeräuchert werden.«

»Ich verstehe«, unterbrach ihn die Hausherrin. »Dazu braucht Ihr Schwefel und Salpeter.«

»Genau.«

Susanna gestattete sich ein Lächeln, als sie seine verblüffte Miene sah. »Ich habe bei einer Pockenepidemie in Waterford vor einigen Jahren Kranke gepflegt und weiß, wie man einer Ausbreitung vorbeugt. Glaubt Ihr, dass es sich in Shanrahan um einen Fall von Pocken handelt?«

»Das steht noch nicht fest. Die charakteristischen Blattern haben sich noch nicht gezeigt. Aber es ist möglich.«

»Ich hörte von einem Ausbruch in Cork. Vielleicht hat sich der Kranke dort angesteckt. Handelt es sich um einen Fahrenden?«

»Soviel ich weiß«, log Breandán.

Er konnte ihr natürlich nicht auf die Nase binden, dass Ó Ceallaigh ein Tory war. Ihr Gemahl würde ihn in seiner Eigenschaft als Friedensrichter sofort verhaften und ihm ungeachtet seines Zustands den Prozess machen. Oder er würde ihn nach Dublin schaffen lassen, wo man ihn zweifellos hinrichten würde.

»Leider kann ich ohne Rücksprache mit meinem Gemahl nicht darüber entscheiden, Euch Salpeter und Schwefel aus unserem Vorrat auszuhändigen, Mylord«, sagte die Hausherrin mit ehrlichem Bedauern, »aber ich werde ihn darauf ansprechen, sobald er zurückkehrt. Ich bin sicher, dass er Euch dann unverzüglich beides schicken lässt.«

»Vielen Dank, Madam«, erwiderte Breandán. »Ihr seht mich sichtlich erleichtert, dass ich mich mit meiner Sorge an jemanden wenden konnte, der sich mit diesen Dingen auskennt.«

Sofern er seine Schmeichelei ein wenig übertrieben hatte, ließ sich Mistress Luscombe dies nicht anmerken.

Kapitel 19

Als Breandán Amoret mitteilte, dass er die Absicht hatte, nach Kilcash zu reiten, reagierte sie zurückhaltend.

»Ist es nicht recht weit bis dorthin?«, fragte sie.

»Etwa zehn Meilen, denke ich.«

»Dann müssten wir dort übernachten«, gab sie zu bedenken.

»Heißt das, du willst nicht mitkommen?«

»Ich möchte Daimhín nicht so lange allein lassen«, erwiderte sie.

Und Pater Blackshaw, dachte Breandán grimmig. Sie las ihm den Gedanken vom Gesicht ab und senkte den Blick. Verärgert presste er die Zähne aufeinander. »Dann gehe ich eben allein.«

»Bitte nimm Gerald und Thomas mit«, sagte Amoret. »Falls es die Pocken sind, können die beiden sich nicht anstecken.«

»Wie du willst«, stimmte Breandán zu. Doch sein Ton verriet seinen Unmut.

Gerald hatte die Blattern als junger Mann überstanden, wie die Narben auf seinem Gesicht bezeugten, während Thomas sich als Kind auf dem Hof seiner Familie mit den weniger gefährlichen Kuhpocken angesteckt hatte.

Am nächsten Morgen brach der Baron mit den beiden Dienern in aller Frühe auf. Bran musste bei Amoret bleiben. Die lange Strecke wäre für die Hündin, die noch nicht ausgewachsen war, zu anstrengend. Zuvor hatte er seinem kranken Waffenbruder noch einen kurzen Besuch abgestattet. Sein Zustand war unverändert. Lonán hatte hohes Fieber und heftige Kreuzschmerzen. Oft schrie und jammerte er im Delirium, und er durchlebte die Schrecken der Kriege, die er in seinem Leben gesehen hatte, erneut mit erbarmungsloser Eindringlichkeit.

»Ein Wunder, dass er noch lebt«, sagte Jeremy erschüttert. »Ich hoffe, es gelingt Euch, die anderen aufzuspüren.«

Breandán legte mit Leipreachán ein scharfes Tempo vor, mit dem die Lakaien auf ihren Pferden kaum mithalten konnten. Am frühen Vormittag kamen die Slievenamons, die »Berge der Frauen«, in Sicht, und wenig später erreichten die drei Reiter das Dorf Kilcash mit seiner gut erhaltenen normannischen Kirche. Die Burg bestand wie die meisten Festungen in Irland aus einem rechteckigen Wehrturm und mehreren Nebengebäuden. Breandán zügelte seinen Rappen vor dem Hauptportal und ließ sich aus dem Sattel gleiten. Zwei mit Pistolen bewaffnete Lakaien kamen ihnen misstrauisch entgegen.

»Ich bin der Baron Shanrahan und wünsche den Burgherrn zu sprechen«, stellte Breandán sich vor.

Die Haltung der Diener entspannte sich. Einer von ihnen rief nach den Stallknechten. Aus einem Nebengebäude, in dem sich die Ställe befinden mussten, eilten daraufhin zwei Burschen herbei und nahmen sich der Pferde der Diener an, während Breandán sich um Leipreachán kümmerte.

»Eure Diener werden in der Küche verpflegt, Mylord«, sagte einer der Lakaien.

Am Eingang zur Burg erwartete sie ein älterer Mann in Livree.

»Ich bin Greaves, der Haushofmeister«, stellte er sich vor. »Wenn Ihr mir bitte folgen wollt, Mylord.«

Trotz seines fortgeschrittenen Alters war Greaves' Blick scharf wie der eines Falken. Es war nicht das erste Mal, dass Breandán auffiel, wie wachsam seine Landsleute Fremden gegenüber waren. Und obwohl er den Grund dafür kannte, fand er diese alles durchdringende Atmosphäre des Argwohns überraschend.

Die Hand instinktiv auf dem Griff seiner Pistole, folgte Breandán dem Haushofmeister die steinerne Wendeltreppe hinauf in ein wohnlich eingerichtetes Gemach, dessen Holztäfelung mit Faltwerk verziert war. Darüber verlief ein Fries aus behauenem Kalkstein. Gegenüber dem Fenster hing ein Wandteppich mit Darstellungen eines Kriegszuges. Neben dem Kamin, den eine schmucklose Ummantelung aus glattem Stein umgab, stand ein gewaltiger Kabinettschrank aus dunklem Eichenholz, dessen Türpaneele biblische Szenen zeigten. Die Schnitzereien waren sorgfältig bis in die winzigste Einzelheit ausgeführt worden, ein Meisterwerk des vergangenen Jahrhunderts.

Breandán blickte sich so beeindruckt in dem Gemach um, dass er nicht bemerkte, wie sich der Haushofmeister lautlos zurückzog.

»Gott zum Gruße, Mylord Shanrahan«, sagte plötzlich jemand hinter ihm.

Erschrocken fuhr Breandán herum. Vor ihm stand ein Mann von Mitte fünfzig. Ärgerlich schalt er sich selbst, weil er ihn nicht hatte hereinkommen hören. Früher als Soldat wäre ihm das nicht passiert. Wams und Kniehosen des Ankömmlings waren einfach geschnitten, jedoch aus gutem Tuch gefertigt. Er trug eine dunkle Lockenperücke und einen mit weißen Straußenfedern besetzten Hut. Seine Stiefel waren mit Schlamm bespritzt.

»Verzeiht meine Aufmachung, Sir. Ich war gerade von der Jagd zurückgekehrt, als Greaves mir mitteilte, dass ich Besuch habe«, sagte Lieutenant-General Richard Butler entschuldigend.

Breandán bemerkte eine unverkennbare Ähnlichkeit mit seinem älteren Bruder, dem Duke of Ormonde.

»Ihr seid also der neue Herr von Shanrahan«, fuhr Butler fort, während er den Besucher von Kopf bis Fuß musterte. »Wart Ihr bei Hofe?«

Er vermutete zu Recht, dass der Baron dem König einen Dienst erwiesen haben musste, um in den Besitz der Ländereien zu gelangen.

»So könnte man sagen«, entgegnete Breandán vage.

Er hatte nicht vor, Einzelheiten über seine Beteiligung am Abschluss des Vertrages von Dover preiszugeben. Noch würde er den Lieutenant-General darüber aufklären, dass er seinen Titel in erster Linie seiner Ehe mit der Mätresse des Königs verdankte.

»Eurem Akzent nach stammt Ihr aus Clare … oder ist es Wexford?«, erkundigte sich der Burgherr, als keine weitere Erklärung kam.

»Ich bin in der Grafschaft Wexford geboren und in Clare aufgewachsen«, bestätigte Breandán. Um das Verhör zu beenden, wechselte er das Thema: »Ich möchte Euch meine

Erschütterung über den heimtückischen Überfall auf Euren Bruder ausdrücken, Sir. Ich hoffe, Seine Gnaden erholt sich bald von seinen Verletzungen.«

»O Ihr wisst davon?«, bemerkte der jüngere Butler interessiert. »Wenn der Richter, der meinem Bruder zu Hilfe kam, nicht gewesen wäre, dann wäre James nicht mehr am Leben.«

»Es war ein Glück für ihn, dass Richter Trelawney zufällig Zeuge des Überfalls wurde«, bekräftigte Breandán.

»Kennt Ihr Seine Lordschaft?«, fragte der Lieutenant-General erstaunt.

»Sir Orlando Trelawney ist ... ein Freund.«

Das Wort kam Breandán nur zögernd über die Lippen, denn er hatte sich noch immer nicht so recht daran gewöhnt, seinen ehemaligen Erzfeind einen Freund zu nennen. Doch nach ihrem gemeinsamen Kampf gegen François Nérac damals in Paris auf dem Friedhof der Unschuldigen konnte man das Verhältnis zwischen ihnen durchaus als Freundschaft bezeichnen.

»Soviel ich weiß, hat Seine Majestät ihn mit der Suche nach den Übeltätern beauftragt«, fügte Breandán hinzu, als er die Neugierde auf Richard Butlers Zügen las.

»Ich hoffe sehr, dass Seine Lordschaft erfolgreich sein wird«, sagte der Hausherr.

In seiner Stimme lag auf einmal eine gewisse Achtung, die Breandán zuvor vermisst hatte.

»Ihr versteht nun sicher den Grund für die Vorsichtsmaßnahmen, die ich ergreifen musste. Wer weiß, wozu diese Schurken noch fähig sind. Entschuldigt also den unfreundlichen Empfang, den meine Diener Euch bereitet haben, Mylord.« Butler machte eine einladende Handbewegung in Richtung Tür. »Nach Eurem langen Ritt seid Ihr sicher hungrig. Bitte erweist mir die Ehre, mit mir zu speisen.«

Bei einem vorzüglichen Hirschragout kam der Lieutenant-General ins Plaudern. Er ließ sich darüber aus, wie schwierig es war, dem Land Erträge abzugewinnen, seit die Engländer vor vier Jahren das Einfuhrverbot für irisches Vieh beschlossen hatten.

»Zum Glück wurde die Proklamation gegen die Einfuhr unseres Korns, die man letztes Jahr verabschiedet hatte, inzwischen wieder zurückgenommen. Die Herren in Westminster wollten uns am langen Arm verhungern lassen.«

»Kann man das Vieh nicht in andere Länder verkaufen?«, schlug Breandán vor.

»Es gab den Vorschlag, es nach Rotterdam zu verschiffen«, räumte Richard Butler ein. »Aber die Kosten erwiesen sich als zu hoch und die Winde im Ärmelkanal als zu unbeständig. Die Holländer können das Vieh billiger aus Holstein einführen. Nein, das ist leider keine Lösung. Mein Bruder bemühte sich, die Herstellung von Wolle und Leinen zu stärken. Aber auch das kann die Verluste nicht auffangen. Zumindest hat der König dem Irischen Kronrat die Genehmigung erteilt, ein Einfuhrverbot für Woll- und Leinenerzeugnisse aus Schottland zu verhängen, um unseren Markt zu schützen.«

»Und dennoch führt Irland mehr Waren ein, als es ausführt, und verarmt dabei«, sagte Breandán seufzend.

»Das muss nicht so bleiben«, meinte Lieutenant-General Butler selbstzufrieden.

Mit den Fingern schob er sich ein Stück Hirschragout in den Mund und säuberte sie dann in einer mit Wasser gefüllten Schale. Breandán blickte ihn fragend an. Der Burgherr genoss es sichtlich, seinen Zuhörer auf die Folter zu spannen, denn er kaute gemächlich auf dem Stück Wildbret herum und genehmigte sich dann einen gehörigen Schluck Rheinwein.

»Meiner Meinung nach könnte es uns gelingen, die Einschränkung durch das Gesetz, das die Einfuhr lebenden Viehs nach England und Schottland verbietet, zu unserem Vorteil zu nutzen.«

»Und wie stellt Ihr Euch das vor?«, fragte Breandán interessiert.

»Nun, leider besteht wohl kein Zweifel daran, dass die Rinder, die bisher ausgeführt wurden, im Vergleich zum englischen Vieh minderwertig waren. Das liegt daran, dass man hauptsächlich junge Bullen züchtete, die man drei oder vier Jahre lang im Sommer auf den Berghängen weiden ließ und die im Winter nichts anderes als das welke Gras in den Niederungen zu fressen bekamen. Diese Rinder gaben ein leichtes und feuchtes Fleisch, da sie im Winter oft hungerten. Ihre Häute waren klein und dünn und damit völlig ungeeignet für den Handel.«

»Verstehe«, sagte Breandán, der dem Hausherrn aufmerksam lauschte. »Ihr meint, wir sollten anstelle von minderwertigen lebenden Rindern lieber hochwertiges Fleisch und Leder in andere Länder ausführen.«

»Nicht nur das«, belehrte Richard Butler seinen Gast. »Durch eine bessere Zucht ergeben sich ungeahnte Möglichkeiten. Die Franzosen haben einen großen Bedarf an Kalbsleder, Unschlitt, Butter, Käse, gepökeltem Schweinefleisch und Wolle. Aber nicht nur sie, auch Flandern, Spanien und Portugal. Da wir die Preise der englischen Händler unterbieten können, würde es uns sicher gelingen, ihnen einen Großteil des Geschäfts mit diesen Ländern abzujagen. Wer weiß, vielleicht können wir sie sogar aus den amerikanischen Kolonien verdrängen.«

»Eine befriedigende Vorstellung«, gestand Breandán.

Er dachte an den Duke of Buckingham, der vor dem Parlament für das Gesetz gegen die Einfuhr irischen Viehs geworben hatte. Es würde dem aufgeblasenen Höfling recht geschehen, wenn er erkennen müsste, dass sein Vorgehen dem englischen Handel, den er schützen wollte, letztendlich abträglich war.

Nach dem Mahl trug der Butler eine Karaffe auf, in der goldbrauner Whiskey funkelte, und goss dem Hausherrn und dem Gast jeweils ein großzügiges Glas davon ein.

»Arbeitet eigentlich der alte Prendergast noch als Verwalter auf Shanrahan?«, fragte Richard Butler, der sich in seinem Stuhl zurückgelehnt hatte.

Breandán hob erstaunt die Brauen. »Ihr kennt ihn?«

»Er diente im Jahr einundvierzig unter mir, als ich von den Irischen Konföderierten zum Gouverneur der Grafschaft Waterford ernannt wurde«, erzählte der Burgherr. »Leider wurde er verwundet und musste sich nach Shanrahan zurückziehen. Als Cromwell mit seinem Heer die Burg belagerte, verteidigte Prendergast sie standhaft, bis die Mauern unter dem Hagel der Kanonenkugeln zusammenbrachen. Er hatte Glück, dass man ihn nur enteignete und nicht mit seiner Familie zusammen hängte, so wie Ludlow es mit Seán an Fhíona tat.«

»Enteignete?«, wiederholte Breandán. »Ihr meint, Prendergast war Herr von Shanrahan?«

»Ja. Wusstet Ihr das nicht? Der Offizier, dem Cromwell den Besitz überschrieb, wollte allerdings nach England zurückkehren. Da er keinen Engländer als Verwalter fand, stellte er Prendergast ein, da dieser das Land kannte.«

Breandán leerte sein Glas Whiskey mit einem Schluck. Eigentlich hätte er es wissen müssen. Prendergast war ein normannischer Name. Die Familie musste im zwölften Jahrhundert mit dem Earl of Pembroke nach Irland gekommen sein.

»Weshalb hat er seinen Besitz nicht vom König zurückerhalten?«, fragte Breandán mit gepresster Stimme.

»Weil der englische Offizier das Land kurz vor der Rückkehr Seiner Majestät auf den Thron an einen Royalisten verkaufte, der bei Hof verkehrte. Dieser starb vor einem Jahr ohne Erben, und so fiel der Besitz an die Krone.«

Butler betrachtete seinen Gast, der in Schweigen verfallen war. »Nehmt es Euch nicht zu Herzen, Mylord. Prendergast hat Pech gehabt. Wenn nicht Shanrahan, dann hätte der König Euch einen anderen Besitz überschrieben, der einst einem Landsmann gehörte. Es hätte vielleicht sogar Kilcash sein können, wenn mein Bruder sich nicht dafür eingesetzt hätte, dass ich es zurückerhielt. Seine Majestät war offensichtlich der Meinung, dass Ihr Euch das Land verdient habt, also braucht Ihr Euch nicht schuldig zu fühlen.« Nach kurzem Zögern fügte er anerkennend hinzu: »Aber es ehrt Euch.«

Sie genossen eine Weile den Whiskey. Dann fiel Breandán auf einmal der tote Barde wieder ein. Er erzählte seinem Gastgeber von dem Fund der Leiche. Der Lieutenant-General runzelte betroffen die Stirn.

»Ist der Herbergswirt sicher, dass es sich bei dem Toten um Cormac Bán Ó Riordáin handelt?«, fragte er zweifelnd.

»Er sagt, er kannte den Barden seit vielen Jahren«, bestätigte Breandán.

»Wie heißt er?«

»Muiredach Ard Ó Donnabháin. Er scheint ein anständiger Mann zu sein.«

Butler sah nachdenklich zum Kamin hinüber. Schließlich erhob er sich und schürte das Feuer. Breandán beobachtete ihn verwundert.

»Sagt Euch der Name etwas?«

Der Hausherr zögerte, lehnte den Schürhaken wieder an die Wand und schüttelte unschlüssig den Kopf.

»Ich meine, ich habe ihn schon einmal in einem anderen Zusammenhang gehört. Aber es ist möglich, dass ich da etwas verwechsele.«

»Alles, an das Ihr Euch erinnert, könnte uns helfen, den Mörder zu finden«, drängte Breandán.

»Nun, ich werde Nachforschungen anstellen müssen. Sobald ich etwas weiß, schicke ich Euch Nachricht«, versprach Richard Butler.

»Captain Luscombe richtete im Juni ein Fest aus, bei dem Ó Riordáin eine Darbietung gab. Er soll dem Friedensrichter erzählt haben, dass er zuvor hier auf der Burg war.«

»Das stimmt. Es ist leider das Schicksal unserer altehrwürdigen *filí,* dass sie sich nun als fahrende Spielleute ihr Brot verdienen müssen. Unsere Familie unterhält noch einen Dichter, doch diejenigen, die einem der vertriebenen Clans dienten, haben es schwer. Viele nutzen ihre Bildung und verdingen sich als Lehrer. Doch für Ó Riordáin kam so etwas nicht in Frage. Er litt sehr unter dem Standesverlust. Es hatte ihn verbittert.«

Breandán erinnerte sich, dass Ó Donnabháin etwas Ähnliches über Ó Riordáin gesagt hatte.

»Der *file* war also nicht in guter Stimmung, als er sich in Kilcash aufhielt?«, fragte er.

»Nein, er war übelgelaunt wie stets, und die Lieder, die er sang, beklagten den Niedergang der alten Ordnung in unserem Land. Sie waren herzzerreißend.«

Zwei Lakaien betraten den Speisesaal, um den Tisch abzuräumen.

»Bitte entschuldigt mich jetzt, Mylord«, sagte der Hausherr bedauernd. »Ich habe eine wichtige Unterredung mit meinem Verwalter. Ihr bleibt doch über Nacht? Das Gemach, in dem ich Euch empfing, steht Euch zur Verfügung. Nebenan befindet sich eine Schlafkammer. Ich sehe Euch später, Mylord.«

Kapitel 20

Breandán begab sich zu den Ställen, um nach den Pferden zu sehen. Kurz darauf schlenderten wie zufällig Gerald und Thomas herein.

»Habt ihr etwas von der Dienerschaft erfahren?«, fragte Breandán.

»Nun, die Leute waren nicht wirklich unfreundlich«, berichtete Gerald, »aber sobald sie unseren englischen Akzent hörten, sagten sie keinen Piep mehr – auch die Engländer unter ihnen nicht.«

»Vermutlich halten sie euch für Spitzel. Ist euch sonst etwas aufgefallen?«

»Die Stimmung war irgendwie seltsam ...«, sagte Gerald.

»Gedrückt«, fügte Thomas hinzu.

»Ja, als machten sie sich Sorgen«, ergänzte sein Freund.

»So als wäre jemand krank«, schmückte Thomas die Beschreibung aus.

»Gut gemacht«, lobte Breandán die Lakaien. »Haltet weiter Augen und Ohren offen. Wir reiten erst morgen früh zurück.«

Die Sonne schien von einem fast wolkenlosen Himmel. Es war warm für November, so dass sich der Baron entschied, einen Spaziergang ins Dorf zu machen und sich dort ein wenig umzusehen. Was die Häuser der Pächter betraf, glich Kilcash Shanrahan aufs Haar. Die einzigen Gebäude aus Stein waren die alte Kirche und das Haus des Verwalters. Die anderen Bewohner hatten ihre strohgedeckten Lehmhütten selbst errichtet. Als Breandán die unbefestigte Straße entlangging, fühlte er die misstrauischen Blicke der Menschen mehr, als er sie sah. Einige Bauern waren unterwegs, um Ruten und Zweige zu schneiden oder das Vieh zu hüten, doch da die Ernte eingefahren war, gab es, abgesehen von Reparaturen an den Häusern, bis zum Frühling nicht allzu viel zu tun. Breandán besichtigte die normannische Kirche, die nicht mehr genutzt wurde, da sie nun der protestantischen Staatskirche gehörte. Offensichtlich ließ Richard Butler sie jedoch instand halten, damit sie nicht verfiel wie das Gotteshaus in Shanrahan.

Als der Baron das Dorf durchquert hatte, bemerkte er eine abseits stehende Hütte. Zuerst vermutete er, dass sie unbewohnt war, doch dann sah er Rauch durch das Strohdach aufsteigen. Die Fenster waren mit Häuten verhängt und die beiden Türhälften geschlossen. Normalerweise ließ man tagsüber die obere Hälfte offen stehen, so weit das Wetter es erlaubte, um Licht und frische Luft ins Innere zu lassen und das Treiben im Dorf besser beobachten zu können.

Neugierig trat Breandán näher und betrachtete prüfend die Tür. Jemand hatte von außen einen Riegel angebracht. Das Eisen glänzte, als sei es vor kurzem erst bearbeitet worden. Wie es schien, hatte man jemanden in der Hütte eingeschlossen. Es fiel Breandán nicht schwer, zu erraten, wen. Er klopfte an die Tür und lauschte. Aus dem Innern war ein schwaches Stöhnen zu hören.

»Seid Ihr ein Freund von Ó Ceallaigh?«, rief Breandán. »Braucht Ihr Hilfe?«

Angestrengtes Keuchen antwortete ihm. Der junge Ire zögerte. Sollte er zuerst mit dem Burgherrn sprechen und ihn nach den Tories fragen? Würde Richard Butler zugeben, dass er ihnen Unterschlupf gewährte?

Im nächsten Moment drang ein langgezogener angstvoller Schrei durch die Lehmwände. Ohne weiter nachzudenken, zog Breandán den Riegel zurück und riss die Tür auf. Das Tageslicht, das von außen in den kleinen Raum fiel, enthüllte die Glut eines Torffeuers auf dem Boden aus gestampfter Erde, ein Bett mit halb geöffneten Vorhängen und einen schiefen Hocker. Auf dem Rand des Lagers saß eine schwankende Gestalt in Hemd und Kniehosen. Das schweißnasse Haar fiel dem Mann in die Stirn und beschattete seine blutunterlaufenen Augen, die mit einem irren Blick in Richtung Tür starrten.

Es war unmöglich, in dem Kranken einen der Begleiter Ó Ceallaighs zu erkennen, zumal diese bei dem Überfall damals Tücher vor die Gesichter gebunden hatten, doch Breandán zweifelte nicht daran, dass er den Mann vor sich sah, den Ó Donnabháin ihm beschrieben hatte.

Er befand sich in einem ähnlichen Zustand wie sein Anführer. Sein Hemd war nass von Schweiß, seine Haut glühte, und das Fieber hatte seinen Geist getrübt. Als Breandán vorsichtig auf ihn zutrat, riss der Kranke die Hand hoch, in der er einen Holzschlegel zum Stampfen von Kartoffeln hielt, und stürzte ihm entgegen.

»Weiche von mir, Dämon«, stieß er hervor. »Du bekommst meine Seele nicht …«

Der Stößel fuhr auf Breandáns Kopf nieder. Es gelang ihm gerade noch, sich zur Seite zu werfen, so dass das dicke Ende ihn nur an der Schläfe streifte und wie ein Hammer auf seine Schulter krachte. Mit einem Aufschrei fiel er auf die Knie.

Rein instinktiv rollte er sich seitwärts ab und sprang auf die Füße … keinen Augenblick zu früh, denn schon hatte der Fieberkranke erneut zum Schlag ausgeholt. Der schwere Schlegel zielte auf den Kopf des Dämons, den er vor sich sah.

»Verschwinde, Satan«, keuchte er.

Der Holzstößel wirbelte durch die Luft. Breandán, der den Wahnsinnigen nicht aus den Augen gelassen hatte, duckte sich und wich rasch zur Seite. Der Schmerz in seiner Schulter schränkte jedoch seine Reaktionsfähigkeit ein. Der Schlegel traf seinen Arm. Nur der feste Stoff seines Wamses rettete ihn vor schwereren Verletzungen.

Der kranke Tory schrie triumphierend auf: »Tod, wo ist dein Stachel …«

Mit erstaunlicher Wendigkeit setzte er Breandán nach, der gegen die rußgeschwärzte Wand hinter der Feuerstelle zurückwich.

»Hölle, wo ist dein Sieg?«

Auf nackten Füßen stolperte er durch den glühenden Torf und verteilte ihn auf dem Boden. Doch er schien keinen Schmerz zu fühlen. Sein Geist war jenseits jeglicher Vernunft. Breandán sah ein, dass ihm keine andere Wahl blieb. Er holte aus und ließ seine Faust vorschnellen. Mit zielsicherer Genauigkeit traf sie das Kinn des Tobenden. Sein Kopf wurde zurückgerissen. Wie ein nasser Sack ging der Kranke zu Boden.

Der Eingang zur Hütte verdunkelte sich, als zwei Männer vorsichtig hereinblickten, aber nicht einzutreten wagten. Im nächsten Moment wurden sie von einer schmalen kleinen Gestalt energisch zur Seite geschoben.

»Geht mir aus dem Weg, ihr Nichtsnutze!«, befahl sie mit resoluter Stimme. Dann wandte sich die Gevatterin an Breandán: »Was habt Ihr Euch dabei gedacht, *a dhuine uasail?*« Die höfliche Anrede klang gezwungen, als habe sie den Fremden eigentlich mit »Schwachkopf« ansprechen wollen.

»Und wer seid Ihr?«, fragte der Baron, bevor er sich über den bewusstlosen Tory beugte.

»Clíodhna Uí Mhanacháin. Ich pflege die Kranken.«

Die kleine Frau mochte um die vierzig sein, wahrscheinlich eine Witwe, die sich als Pflegerin etwas dazuverdiente. Der wache Blick ihrer grünen Augen und die feinen Züge ihres Gesichts machten Eindruck auf Breandán. Sie schien intelligent und tüchtig zu sein.

»Weshalb habt Ihr den Mann allein gelassen? Er hat beinahe die Hütte in Brand gesteckt.«

Mit dem Fuß schob Breandán einige Glutreste vom Bett weg, bevor die Vorhänge Feuer fangen konnten.

»Ich war nur kurz weg«, rechtfertigte sich die Gevatterin, doch in ihrer Stimme schwang ein Anflug von Schuldbewusstsein. »Ich musste frisches Wasser holen. In diesem gottverdammten Dorf gibt es nur Taugenichtse, die sich lieber in ihren Löchern verkriechen, als einem Kranken zu nahe zu kommen.«

Von der Tür her erhob sich Protestgemurmel, das jedoch schnell wieder verstummte. Mit einem wütenden Blick auf die Pächter, die sich noch immer jenseits der Schwelle hielten, ergriff sie einen Reisigbesen und kehrte die Glut in der Feuerstelle zusammen. Dann trat sie neben den Bewusstlosen und legte die Hände unter seine Achseln.

»Ihr zumindest scheint keine Angst zu haben«, sagte sie anerkennend. »Würdet Ihr mir helfen, den armen Teufel wieder ins Bett zu legen.«

Mit einem Lächeln hob Breandán die Beine des Banditen an. Dabei fielen ihm die rot glänzenden Brandwunden an dessen Füßen auf.

»Habt Ihr eine Salbe für die Verbrennungen?«, fragte er.

»Überlasst das mir. Ich kümmere mich um ihn«, erwiderte die Gevatterin mit einer abwehrenden Handbewegung. »Ich glaube nicht, dass er den morgigen Tag erleben wird.«

»Seid Ihr sicher?«

Betroffen betrachtete Breandán den Kranken, der sich noch immer nicht rührte.

»Seht her«, forderte Clíodhna Uí Mhanacháin ihn auf.

Vorsichtig öffnete sie die mit Krusten bedeckten Lippen des Tory und zog die Zunge heraus. Sie war kohlschwarz. Aus den Mundwinkeln sickerte dunkles Blut.

»Sind es die Blattern?«, fragte Breandán erschüttert.

»Ich weiß es nicht. Es sind keine Pusteln zu sehen. Nur das hier.«

Die kräftige Hand der Gevatterin öffnete das Hemd des Mannes. Auf Brust und Bauch breiteten sich blauschwarze Flecken aus.

»Sein Körper blutet aus allen Poren.«

Angesichts der Hautverfärbungen musste Breandán schlucken. Es schien kaum möglich, dass ein Mensch eine derart schwere Krankheit überstehen konnte. Bedrückt dachte er an Lonán Ó Ceallaigh. Zeigte dessen Körper inzwischen dieselben schwarzen Flecken? Lebte er überhaupt noch?

»Ich muss wissen, wo die Begleiter des Kranken sind«, sagte er. »Sein Freund kämpft in Shanrahan mit demselben Fieber. Die anderen könnten ebenfalls daran leiden.«

Sein Blick richtete sich auf die Gevatterin, die den Eimer, den sie vor der Tür hatte stehen lassen, in die Hütte trug und neben das Bett stellte. Dann füllte sie eine Holzschale, die auf dem Boden stand, mit frischem Wasser.

»Ihr müsst wissen, wohin sie geritten sind«, drängte Breandán.

»Was kümmert's Euch?«, fragte die Frau.

Sie tauchte ein Tuch in das kalte Wasser und kühlte damit die Stirn des Kranken.

»Der Mann, der in Shanrahan zurückblieb, ist mein ehemaliger Waffenbruder«, erklärte der Baron. Er zögerte, weitere Einzelheiten preiszugeben, entschied sich dann aber, Clíodhna zu vertrauen. »Sein Name ist Lonán Ó Ceallaigh.«

Die Gevatterin wandte den Kopf und sah Breandán durchdringend an. Dann senkte sie den Blick wieder auf den Kranken, der sich zu regen begann und mit den Zähnen knirschte.

»Ihr werdet sie nicht verraten«, sagte Clíodhna. Es war eine Feststellung, keine Frage. »Einer von ihnen ist mein Sohn«, gestand sie schließlich. »Er und die anderen beiden hatten die Pocken schon, daher glaube ich, dass sie nicht in Gefahr sind. Sie verstecken sich in einer Hütte auf den abseits gelegenen Weiden.«

»Und wenn es nicht die Pocken sind?«, gab Breandán zu bedenken.

»Ich habe sie angewiesen, vierzig Tag in der Hütte zu verbringen. Meine Schwester bringt ihnen Essen und prüft, ob sie gesund sind. Bisher ist keiner von ihnen erkrankt.«

Breandán nickte anerkennend. »Das war sehr weitsichtig von Euch. Es kann nicht leicht gewesen sein, Euch gegen Eure Nachbarn durchzusetzen.«

»Sie hätten meinen Sohn und die anderen am liebsten fortgejagt«, bestätigte Clíodhna.

Mit einer unbewussten Geste strich sie sich eine Strähne ihres roten Haares aus der Stirn und schob sie wieder unter ihre Leinenhaube. Auch in Kilcash trugen die Iren inzwischen zumeist englische Kleidung. Die traditionellen Kopfbedeckungen oder gar den irischen Mantel und die »braccae« genannten Hosen sah man kaum noch.

»Aber ich erhielt Unterstützung von unserem Pfarrer, der seine Schäfchen für ihre Selbstsucht und fehlende Nächstenliebe geißelte«, fügte Clíodhna befriedigt hinzu.

»Wenn Ihr erlaubt, komme ich morgen wieder und erkundige mich, wie es ihm geht«, schlug Breandán vor.

Er wollte sich abwenden, doch die Pflegerin hielt ihn zurück.

»Soll ich mir Eure Schulter ansehen, *a dhuine uasail?* Sie könnte gebrochen sein.«

»Woher wisst Ihr ...?«, fragte der Baron erstaunt.

»Eure Haltung verrät mir, dass Ihr Schmerzen in der linken Schulter habt«, erklärte Clíodhna. »Und der Staub auf Eurem Wams weist darauf hin, dass es der Stößel war, der Euch dort traf. Ich weiß, dass er sich vorher auf dem Boden neben dem Bett befunden hat. Jetzt liegt er an der Wand hinter der Feuerstelle. Ist der Kranke auf Euch losgegangen?«

»Er hat in mir wohl einen Dämon gesehen«, erwiderte Breandán.

Seine rechte Hand fuhr unwillkürlich an seine verletzte Schulter. Im nächsten Moment bereute er die unüberlegte Bewegung. Selbst die leichte Berührung schickte einen stechenden Schmerz durch seinen Körper. Kalter Schweiß trat ihm auf die Stirn, und leichter Schwindel überkam ihn. Die Irin bemerkte seine plötzliche Blässe und zog rasch den Schemel heran.

»Setzt Euch, *a dhuine uasail.*« Fürsorglich ergriff sie Breandáns Arm und nötigte ihn, Platz zu nehmen. »Zieht Euch aus«, gebot sie ihm.

Er gehorchte ohne Widerspruch. Sie half ihm, das Wams abzustreifen, und schob das Hemd über die Schulter des jungen Mannes. Die Haut war gerötet und begann anzuschwellen. Behutsam tastete Clíodhna über die Knochen und forderte Breandán auf, den Arm anzuheben. Er tat wie geheißen.

»Ich kann keinen Bruch fühlen, und die Bewegung des Arms ist nicht eingeschränkt«, verkündete sie schließlich. »Trotzdem sollte die Verletzung gekühlt werden, um die Schwellung so gering wie möglich zu halten.«

Breandán zog sich das Hemd zurecht. »Ich danke Euch, Clíodhna Uí Mhanacháin.«

»Wollt Ihr morgen nach Shanrahan zurückkehren?«

»Das hatte ich vor.«

»Ich würde Euch raten, Euch zumindest noch einen Tag zu schonen. Der Ritt ist anstrengend und wird die Schmerzen in Eurer Schulter verschlimmern.«

Als Breandán mit Hilfe der Pflegerin das Wams anzog, brannte die Verletzung wie Feuer, und er unterdrückte nur mit Mühe ein Stöhnen.

»Ich denke, ich werde Eurem Rat folgen«, sagte er mit einem gezwungenen Lächeln.

Beim Nachtmahl berichtete Breandán seinem Gastgeber von seiner Entdeckung in der abgelegenen Hütte. Richard Butler reagierte zurückhaltend und schützte Überraschung vor. Auch ein Mitglied einer so einflussreichen Familie wie den Butlers konnte es sich nicht leisten, mit den bei den Engländern verhassten Tories in Beziehung gebracht zu werden. Der Burgherr drohte damit, diejenigen Pächter, die den Banditen Unterschlupf gewährten, zu bestrafen, doch Breandán ahnte, dass dies nur ein Lippenbekenntnis war. Daher schien der Lieutenant-General nicht sehr erbaut, als sein Gast ankündigte, dass er aufgrund seiner Verletzung noch einen Tag länger in Kilcash bleiben musste.

»Bedauerlich, dass ich Euch wegen Eurer Schulter nicht zur Jagd einladen kann«, sagte Butler. »Meine Diener werden Euch gern mit allem versorgen, was Ihr braucht.«

Nach einer ungemütlichen Nacht mit zunehmenden Schmerzen begab sich Breandán schon früh ins Dorf. Die Tür zu der Hütte stand offen. Schlimmes ahnend, eilte er näher. Auf der Schwelle blieb er stehen, um seinen Augen Zeit zu geben, sich an die Dunkelheit im Inneren zu gewöhnen. Das Torffeuer war erloschen. Breandán roch noch den kalten Rauch. Zögernd trat er ein. Clíodhna saß neben dem Bett und hatte die Hände ineinander verschränkt, als bete sie. Der Kranke rührte sich nicht. Breandán sah seinen friedlichen Zügen an, dass er aus dem Leben geschieden war.

»Es tut mir leid«, sagte er leise.

Die Pflegerin wandte den Kopf und sah ihn bekümmert an.

»Es war vorauszusehen. Das Fieber hat sein Herz verbrannt. Und doch ist es für mich immer wieder schwer zu ertragen, jemanden zu verlieren …«

Eine Weile sahen sie schweigend auf den Verstorbenen hinab. Schließlich durchbrach Breandán die bedrückende Stille.

»Kennt Ihr seinen Namen? Falls Lonán Ó Ceallaigh überlebt, muss ich ihm mitteilen, dass sein Freund tot ist.«

Clíodhnas Lippen pressten sich aufeinander, bis sie weiß und blutleer waren.

»Sein Name war Pádraig Ó Ceallaigh. Er war Lonáns kleiner Bruder.«

Mit einem Binsenlicht in der Hand beugte sich Jeremy über den kranken Tory. Lonán Ó Ceallaigh lag unbeweglich da. Über Nacht hatte sich seine wilde Tobsucht vom Abend zuvor zu tiefer Erschöpfung gewandelt. Der Jesuit legte die Hand auf seine Stirn und stellte fest, dass sie sich kühler anfühlte als gestern. Dann entdeckte er die winzigen Flecken, die sich im Gesicht des Kranken gebildet hatten. Behutsam drückte Jeremy seinen Unterkiefer nach unten. Mundhöhle und Rachen wiesen ebenfalls kleine kegelförmige Knötchen auf.

»Variola!«, hauchte der Priester.

William, der auf dem Rollbett geschlafen hatte, hörte den leisen Ausruf des Priesters und setzte sich auf.

»Was bedeutet das?«, fragte er, während er sich die Augen rieb.

»Es sind die Pocken«, erwiderte Jeremy. »Daran besteht nun kein Zweifel mehr.«

William warf die Decke zurück und erhob sich.

»Wie stehen seine Chancen?«

»Da er noch immer am Leben festhält, besser als gestern. Das Fieber ist gesunken. Ich hoffe nur, es ist Breandán gelungen, die anderen Tories aufzuspüren, bevor sie weitere Menschen anstecken konnten.«

Kapitel 21

Alan Ridgeway ließ den Blick über die Menschen gleiten, die sich die Long Southwark entlangschoben. Reiter drängten sich zwischen Fußgängern hindurch, Frauen und Männer machten an den Läden halt und begutachteten die ausgelegten Waren. Am Straßenrand standen Blumenmädchen und Orangenverkäuferinnen mit ihren Körben und versuchten, die Leute lauthals zum Kauf zu bewegen. Ein Bettler auf Krücken klimperte mit den Münzen in der hölzernen Schale, die er vor sich hertrug.

»Eine milde Gabe«, sang er weinerlich.

Da seine Füße zu schmerzen begannen, lehnte sich Alan unter einem vorkragenden Erker an die Wand eines Fachwerkhauses. Dies war ein echtes Geduldsspiel, doch der Wundarzt genoss die Spannung, die sich durch das Warten in ihm aufbaute. Schon jetzt schlug sein Herz schneller, und sein Magen krampfte sich vor Ungeduld zusammen. Doch er musste wachsam bleiben. Wenn er sie verpasste, hatte er keine Chance, sie wiederzufinden. Eine ganze Woche hatte er auf diese Gelegenheit gewartet. Sie durfte ihm jetzt nicht durch die Finger schlüpfen!

In der Einfahrt der Herberge »Zum Königshaupt« tauchte eine Postkutsche auf, die auf die Long Southwark einbog. Die Menschen machten dem Gefährt Platz und flossen hinter ihm wieder zusammen wie das Rote Meer, nachdem Moses die Israeliten hindurchgeführt hatte. Das Gewühl wurde noch dichter.

Aus Sorge, sie zu verpassen, verließ Alan seinen Aussichtsplatz und erklomm einen Trittstein, den Reiter beim Aufsteigen nutzen. Von dort konnte er die Menschenmenge besser übersehen. Zum wiederholten Mal griff der Chirurg in sein Wams und zog den Zettel heraus, den er zuvor an der verabredeten Stelle gefunden hatte. Der Pferdetrog am St.-Thomas-Hospital war ein gutes Versteck. An der Seite befand sich ein tiefer Riss, in den man Nachrichten stecken konnte. Immer wieder war Alan von seinem Haus auf der Brücke nach Southwark gegangen und hatte in dem Geheimversteck nach gesehen. Heute Morgen endlich war eine Nachricht da gewesen. Aufgeregt wie ein kleiner Junge hatte er sie gelesen. Darin waren ein Ort und ein Zeitpunkt angegeben: »Vor dem ›Königshaupt‹ um elf Uhr«. Doch er wusste, dass sie nicht auf ihn warten würde. Er musste sie abfangen, wenn sie vorbeiging. Die Gefahr, sie im Gewühl zu verpassen, brachte Alan noch mehr in Wallung. In seinen Lenden pochte es, wenn er sich vorstellte, sie in die Arme zu nehmen und an sich zu pressen. Er holte tief Luft, um sich zu beruhigen, und ein beglücktes Grinsen breitete sich über sein Gesicht.

Er wusste, dass sie absichtlich einen Ort gewählt hatte, an dem um diese Zeit viele Menschen unterwegs waren, um es ihm besonders schwer zu machen. Doch er nahm die Herausforderung mit Freuden an. Für ihn war die Suche nach ihr so aufregend wie für den Adel die Jagd.

Mit Adlerblick beobachtete er die Menschen, die vorbeigingen. Er wusste nicht, welche Kleidung sie tragen würde. Daher konzentrierte er sich auf die Bewegungen der Frauen, die er sah, bevor er einen Blick auf das Gesicht zu erhaschen versuchte. Und plötzlich entdeckte er sie. Ihren energischen und doch anmutigen Gang würde er überall wiedererkennen. Wie ein Jagdhund nahm er ihre Spur auf, schob sich durch das Gewühl, schlängelte sich an Passanten und Händlern vorbei, wich Pferden aus, bis er sie fast eingeholt hatte. Prüfend wandte sie sich um, ob er ihr folgte. Ihr Blick begegnete dem seinen, und ein Lächeln ließ ihre weißen Zähne aufleuchten. Sie trug ein hellgraues Kleid, eine weiße Schürze und einen breiten Leinenkragen, der den Halsausschnitt bedeckte. Eine schwarze Kapuze, die sie zum Schutz vor der Kälte übergezogen hatte, verbarg das Haar und einen Teil des Gesichts. Von hinten hätte Alan sie nicht erkannt, wenn ihm ihr Gang nicht vertraut wäre. Der Wundarzt spürte den kühlen Wind nicht. Das Blut stieg ihm heiß in die Wangen und brachte sie zum Glühen. Wohin führte sie ihn? Hoffentlich nicht zu weit. Er konnte seine Ungeduld kaum noch zügeln. Aber das gehörte alles mit zum Spiel.

Sie hatten zwei weitere der vielen Herbergen in Southwark hinter sich gelassen, als sie in die Toreinfahrt des »Talbot«

abbog. Endlich! Nun würde es nicht mehr lange dauern, bis er sein Ziel erreichte.

Die Herberge bestand aus einem mit Galerien umgebenen Innenhof, die zu den Zimmern führten, und einem größeren Hinterhof, in dem die Postkutschen hielten und Knechte die Pferde der Reisenden versorgten. In verschiedenen Fachwerkbauten waren weitere Kammern, Ställe und Remisen untergebracht. Im Hof wurden sogar Waren aus der Provinz von Planwagen auf kleinere Karren umgeladen.

Alan ließ die Frau vor ihm nicht aus den Augen, als sie sich geschmeidig zwischen Ballen und Fässern hindurchwand und einem der Stallgebäude zustrebte. Es war weiter vom Treiben der Herberge entfernt als die anderen Ställe und wie geschaffen für ein heimliches Stelldichein. Rasch folgte der Chirurg ihr ins Innere. Nur wenige Pferde standen in den Ständen und zupften Heu aus ihren Raufen. Es roch nach Leder, Stroh und Mist. Das Schnauben und Stampfen der Tiere übertönte die Geräusche im Hof. Sie waren allein.

Erneut wandte sie sich nach Alan um und warf ihm einen koketten Blick zu, bevor sie die Sprossen der Leiter zum Heuboden ergriff und mit schwingenden Hüften hinaufstieg. Der Wundarzt konnte den Blick nicht von ihr abwenden. Hastig eilte er ihr nach. Als er sie endlich in einer hinteren Ecke des Heubodens einholte, hielt er wie gebannt inne und betrachtete sie. Das lange Kleid, die Kapuze und der Leinenkragen verhüllten ihren Körper völlig. Er sah nur ihr Gesicht und die feingliedrigen Hände.

Andächtig trat er näher, legte die Arme um sie und küsste sie, zuerst sanft und genießerisch, dann immer ungeduldiger. Ihre Lippen, die einander verstanden, wurden eins, ihre Zungen umarmten sich und führten einen erregenden Tanz auf, der ein Feuerwerk in Alans Innerem entzündete. Nur kurz löste er sich von ihr, um seinen Umhang abzulegen und in einer Kuhle im aufgehäuften Stroh auszubreiten. Unaufgefordert ließ sie sich daraufsinken und zog ihre Röcke über ihre angewinkelten Knie hoch. Rote Strümpfe kamen zum Vorschein, gehalten von Strumpfbändern aus schwarzer Spitze. Alan grinste breit und kniete sich zwischen ihre Beine. Seine Hände strichen genussvoll über die glatte Seide der Strümpfe, über ihre schlanken Waden hinab zu ihren kleinen Füßen. Behutsam zog er ihr erst die Trippen und dann die Schuhe aus. Sein Mund liebkoste ihre Knöchel, wanderte ihr Bein hinauf bis zur Innenseite ihrer Schenkel. Er hörte sie tief einatmen, als ihre Lust erwachte. Um sie zu necken, hielt er inne und lächelte sie spöttisch an. Aus Rache knuffte sie ihn in die Seite.

»Gemeiner Schelm«, flüsterte sie.

Ihre Finger vergruben sich in seinem Hosenbund und zogen ihn näher zu sich heran. Er stemmte die Arme zu beiden Seiten ihres Körpers ins Stroh und sah herausfordernd auf sie hinab. Ein paarmal neigte er sich über sie, als wollte er sie küssen, hielt jedoch stets inne, bevor seine Lippen die ihren berührten. Stöhnend streckte sie schließlich die Arme nach ihm aus und zog ihn zu sich herab. Ihre Hände krampften sich um seine Schultern, und ihre Hüften drängten sich ihm entgegen. Noch war Alan jedoch nicht bereit, ihr nachzugeben. Er löste sich von ihr und begann mit aufreibender Bedachtsamkeit an dem Band zu ziehen, das den Leinenkragen um ihren Hals zusammenhielt. Seine Finger streiften ganz sacht die kleinen weißen Brüste, die darunter zum Vorschein kamen, so flüchtig, dass ein Schauer über ihre Haut huschte. Er nestelte an der Verschnürung ihres Mieders, bis es so weit gelockert war, dass er mit der Hand hineintauchen und die Rundung ihrer Brüste kneten konnte. Erst jetzt gab er seine

Zurückhaltung auf. Leidenschaftlich küsste er ihren Busen, ihren Hals, die Schläfen, die seidigen Locken ihres kastanienbraunen Haars, die unter der Kapuze zum Vorschein kamen. Er fühlte ihre Hände ungeduldig am Verschluss seines Hosenbunds zerren, bis sie ihn endlich geöffnet hatte. Ihre Nägel gruben sich in das Fleisch seiner Hüften, als sie ungestüm seine Beinkleider nach unten schob, doch er nahm den Schmerz kaum wahr. Sein Glied war steif, und er konnte das Spiel des Annäherns und Zurückweichens nicht länger aufrechterhalten.

»Ist es sicher?«, murmelte er in ihr Haar.

»Ja, mein Geliebter.«

Um zu zeigen, dass auch sie nicht länger warten wollte, schlang sie die Beine um seine Schenkel und presste sich fest an ihn. Stürmisch drang er in sie ein, fand schnell den harmonischen Rhythmus, der sich zwischen ihnen eingespielt hatte. Einige Male veränderte er ein wenig seine Stellung, um sicherzugehen, dass er die magische Stelle traf und ihr ebenso viel Lust bereitete, wie er selbst sie empfand. Gleichzeitig lauschte er auf ihre Atemzüge, beobachtete ihr Gesicht, das sich wie unter Schmerzen verzog, nahm über seine Haut die Schauer wahr, die ihren Körper durchflossen. So gelang es ihm, sie gemeinsam zum Höhepunkt der Wollust zu führen. Er ergoss sich in sie und sackte erschöpft und befriedigt auf sie nieder. Doch seine Hände hörten nicht auf, sie zu streicheln und sie zu weiteren Verzückungen zu bringen, bis auch sie sich endlich gesättigt und ermattet an ihn schmiegte. Er hörte ihren keuchenden Atem, der sich langsam beruhigte, sah die Röte der Erregung auf ihren Wangen und das Funkeln in ihren braunen Augen.

»Armande, du bist die beste Ehefrau, die sich ein Mann wünschen kann!«

Eine Weile blieben sie noch Arm in Arm im Stroh liegen. Armande hatte das Spiel erfunden, um ihre Ehe mit einem Mann, der in seinen jungen Jahren als unverbesserlicher Leichtfuß und Schürzenjäger bekannt gewesen war, anregend und abwechslungsreich zu erhalten. Nichts war so schädlich für eine harmonische Zweisamkeit wie Eintönigkeit und Überdruss. Sie waren übereingekommen, dass sie sich noch keine Kinder wünschten. Armande hatte von einer Hebamme gelernt, die Abstände zwischen ihren unreinen Tagen zu zählen und so die Zeiten zu errechnen, an denen sie nicht empfangen konnte. An diesen Tagen unternahmen die Eheleute nun stets etwas Besonderes. Im Sommer hatten sie sich wie ein Paar, das ein heimliches Verhältnis hatte, von einem Fährschiffer nach Mortlake bringen lassen und in einer Herberge übernachtet, nachdem sie sich in einem reifen Kornfeld geliebt hatten. Dabei wären sie beinahe von den Erntehelfern entdeckt worden, die ihre Sensen durch den goldenen Weizen zogen. Rasch hatten sie ihre Kleider zusammengerafft und waren lachend davongeschlichen.

Armande dachte sich Rätsel aus, die Alan lösen musste, um sie in einem geheimen Versteck aufzuspüren. Er liebte dieses Jagdspiel, denn es erinnerte ihn an seine Eroberungszüge von früher, als er Schankmädchen oder Wäscherinnen nachgestellt hatte. Doch die hatten stets Angst davor gehabt, mit einem Kind dazustehen, und ihm nur ein paar Küsse und Berührungen erlaubt. Seit er Armande kannte, hatten diese flüchtigen Begegnungen, die ihn meist unbefriedigt ließen, ihren Reiz verloren. Zudem nahm seine Gemahlin Anteil an seiner Arbeit als Wundarzt, die ihm so viel bedeutete. Er hatte immer befürchtet, dass eine Familie ihn daran hindern könnte, in seiner chirurgischen Tätigkeit aufzugehen, doch in Armande hatte er eine Frau gefunden, die nicht nur an der

Wundarzneikunst interessiert war, sondern ihm inzwischen auch bei der Behandlung seiner Kunden zur Hand ging. Mit ihr konnte er die Fortschritte, die ein Kranker bei der Genesung machte, ebenso diskutieren wie neue Vorgehensweisen in der Versorgung von Wunden.

Freilich brachte den Eheleuten ihre offensichtliche Freude aneinander, ohne das Ziel, Kinder zu zeugen, den Tadel ihres Beichtvaters ein. Doch der Priester, der Pater Blackshaws Gemeinde übernommen hatte, war ein praktisch denkender Jesuit. In seinen Augen war es immer noch besser, wenn ein Mann innerhalb der Ehe sündigte, als wenn er fremden Weiberröcken nachstellte.

Alan reichte seiner Gemahlin die Hand, um ihr beim Aufstehen zu helfen. Während sich Armande die Strohhalme aus den Kleidern klopfte, bemerkte sie: »Es ist Zeit für das Mittagsmahl. Wir gehen wohl besser heim.«

»Ich wollte vorher noch beim Postamt vorbeischauen«, wandte Alan ein.

Armande unterdrückte ein Seufzen. Sie wusste, wie sehnsüchtig ihr Gemahl auf Nachricht von seinem Freund wartete. Auch sie wollte endlich erfahren, wie es Amoret in Irland erging, und machte sich Sorgen, da sie nichts von ihr hörte. Mittlerweile begab sich Alan jeden zweiten Tag zum Postamt, um auch ja keinen Brief zu verpassen.

»Gut, während du zur Post gehst, kümmere ich mich um das Mittagsmahl«, stimmte sie zu.

Gemeinsam gingen sie zur Brücke zurück und trennten sich vor dem Haus »Zum Zuckerhut«, in dem sich die Chirurgenstube befand. Alan gab Armande einen Kuss zum Abschied und machte sich auf den Weg durch die Stadt. Nachdem er die Brücke hinter sich gelassen hatte, folgte er der New Fish Street und der Gracious Street, bis er den

»Schwarzen Schwan« auf der Bishopsgate Street erreichte. Seit dem Feuer diente das Gebäude, das um einen großen Hof angelegt war, als Briefamt. Alan stellte sich in die Schlange der Wartenden vor einem kleinen Fenster, hinter dem ein Postbeamter die Briefe verteilte. Als Alan an der Reihe war, fragte dieser nach seinem Namen und trat dann an die lange Theke, über der die Buchstaben des Alphabets an die Wand geschrieben waren. Schon glaubte der Wundarzt, dass er wieder einmal umsonst gekommen war, doch dann sah er den Postbeamten zu seiner freudigen Überraschung mit einem Brief zurückkehren. Ungeduldig nahm Alan das Schreiben entgegen, trat zur Seite und erbrach das Siegel. Rasch überflog er die Zeilen. Er spürte, wie ihm das Blut aus dem Gesicht wich. Hastig faltete er den Brief zusammen, steckte ihn ein und eilte nach Hause.

Sein Geselle Daniel und der Lehrknabe Lucien, die gerade in der Offizin Ordnung machten, blickten erstaunt auf, als ihr Meister hereinstürmte.

»Wo ist meine Frau?«, fragte er.

»In der Stube, Meister«, antwortete Daniel.

Schulterzuckend machte sich der Geselle wieder an die Arbeit, als der Wundarzt ohne weitere Erklärung die Treppe hinaufspurtete.

»Was ist los?«, rief Armande erschrocken, als er in die Stube stürzte.

Alan schwenkte den Brief.

»Er ist von Jeremy. In Shanrahan sind die Pocken ausgebrochen.«

Armande stand wie erstarrt da. Ihr schwante Böses, noch bevor ihr Gemahl fortfuhr: »Unsere Freunde brauchen Hilfe. Wir müssen nach Irland!«

Kapitel 22

Beim Mittagsmahl diskutierte Alan die Lage in Shanrahan und seinen Wunsch, ihren Freunden Beistand zu leisten, mit Armande. Zuerst äußerte die Französin Zweifel, doch allmählich ließ sie sich von Alans Eifer mitreißen. Es war offensichtlich, dass Jeremy allein mit einer dermaßen gefährlichen Heimsuchung wie den Pocken nicht fertig werden würde. Der Jesuit brauchte ihre Hilfe.

»Angenommen, wir fahren nach Irland«, sagte Armande vorsichtig, »wer kümmert sich dann um die Werkstatt?«

»Daniel hat als Geselle bereits sehr viel Erfahrung gesammelt«, erwiderte Alan mit einem um Zustimmung heischenden Blick auf den jungen Mann, der zu seiner Linken saß. »Nicht wahr, Dan, im Grunde fehlt dir nur noch die Meisterprüfung, und du könntest dich ohne weiteres selbständig machen?«

»Nun ja, Meister«, stimmte Daniel zögernd zu. »Ich denke, eine Weile könnte ich Euch schon vertreten, aber …«

»Es wäre nur für ein oder zwei Monate«, versuchte Alan, die Zweifel des Gesellen zu zerstreuen. »Lucien wird dich unterstützen. Er kennt seine Aufgaben mittlerweile im Schlaf.«

Der dunkelhaarige Lehrknabe nickte eifrig. »Ich würde aber viel lieber mitkommen, Meister.«

»Das geht nicht. Du hattest die Pocken noch nicht. Es ist sicherer für dich, wenn du hierbleibst.«

Erwartungsvoll wandte sich Alan wieder an seine Frau. »Also abgemacht? Wir fahren nach Shanrahan?«

Armande lächelte. »Ich muss zugeben, ich mache mir auch große Sorgen um unsere Freunde. Und da für uns keine Gefahr besteht, an den Blattern zu erkranken, sollten wir ihnen helfen.«

»Gut. Ich suche noch heute Richter Trelawney auf, um ihn von unseren Reiseplänen zu unterrichten.«

Der Himmel hatte sich zugezogen, und obwohl die Sonne noch nicht untergegangen war, herrschte in den Straßen ein graues Halbdunkel, das nur hier und da von einem goldenen Lichttupfen in einem Fenster erhellt wurde. Alan wurde sich bewusst, dass der Winter nicht die geeignetste Jahreszeit war, um die Irische See zu überqueren, und betete, dass das Wetter ihnen gnädig sein würde.

Der Wundarzt hatte das Haus des Richters auf der Chancery Lane fast erreicht, als er einen Mann auf die Straße treten sah. Seine große Statur und die blonde Perücke ließen keinen Zweifel daran, dass es sich um Sir Orlando handelte. Alan beschleunigte seine Schritte, um ihn einzuholen, als sich eine Kutsche, die gegenüber vor dem Nebenhaus gestanden hatte, in Bewegung setzte, die Straßenseite wechselte und dem Richter entgegenkam. Alan sah, wie Trelawney sich umwandte, als sie neben ihm anhielt. Der Schlag wurde geöffnet, und eine Hand, die eine Pistole hielt, streckte sich ihm entgegen. Entsetzt erstarrte Alan. Das war doch nicht möglich!

Er wollte rufen, doch kein Ton kam über seine Lippen. Eine zweite Hand packte den Richter am Arm und zerrte ihn in die Kutsche. Der Schlag fiel ins Schloss, und die Pferde zogen an.

Da erwachte Alan endlich aus seiner Erstarrung. Was sollte er tun? Trelawneys Dienern Bescheid geben? Bis er ihnen den Sachverhalt erklärt hatte, war die Kutsche mit dem Entführten über alle Berge. Nein, es war wichtiger, sie im Auge zu behalten und festzustellen, wohin die Banditen den Richter brachten. Der Chirurg wartete, bis die Karosse an ihm vorbeigefahren war, und nahm dann entschlossen die Verfolgung auf. Die Kutschpferde fielen in Trab. Alan begann zu rennen, um sie nicht zu verlieren.

Ein leichter Nieselregen setzte ein, der dem Wundarzt zuerst einen gereizten Fluch entlockte. Doch bald begriff er, dass ihm das schlechte Wetter zugutekam. Zwar waren die Straßen gepflastert, doch der Unrat, der sie bedeckte, wurde nur alle paar Tage von den Kehrichtfegern zusammengekehrt und verwandelte sich bei Nässe rasch in einen glitschigen, schmierigen Belag, auf dem Pferde und Fußgänger leicht ins Rutschen gerieten. Die Fuhrwerke, die auf der Chancery Lane unterwegs waren, verlangsamten beim Einsetzen des Regens ihre Geschwindigkeit. Der Karren eines Weinhändlers, der Fässer geladen hatte, behinderte das Fortkommen der Karosse, die Alan verfolgte. So gelang es ihm fast, zu ihr aufzuschließen, bevor der Kutscher die Peitsche knallen ließ und das Fuhrwerk überholte.

Mit zusammengebissenen Zähnen fiel Alan in einen gleichmäßigen Trott, um Kräfte zu sparen. Sein Blick ließ die Entführer nicht los. Ob es sich um dieselben Männer handelte, die den Duke of Ormonde hatten ermorden wollen? War Sir Orlando ihnen so dicht auf den Fersen, dass sie es mit der Angst zu tun bekamen und ihn aufhalten wollten? In dem Fall befand sich der Richter in tödlicher Gefahr!

Als die Kutsche rechts in den Strand einbog, biss sich Alan erbittert auf die Unterlippe. Auf der breiten Straße würde sie schneller vorankommen, da es ihr möglich war, andere Fahrzeuge zu überholen. Er konnte nicht ewig hinter dem Gefährt herrennen. Schon verspürte Alan Stiche in der linken Flanke und versuchte, tiefer ein- und auszuatmen. Die Muskeln seiner Beine schmerzten. Lange würde er nicht mehr durchhalten. Die zunehmende Erschöpfung brachte den Wundarzt aus dem Rhythmus. Sein rechter Fuß glitt in einer Pfütze aus. Er stolperte, fiel nach vorn. Im letzten Moment konnte er sich mit den Händen aufstützen und so einen Sturz verhindern. Hastig raffte er sich auf und rannte weiter. Der Vorsprung der Kutsche hatte sich vergrößert. Verbissen zwang Alan seine Beine vorwärts. Er durfte jetzt nicht schlappmachen!

Auf der Höhe des Somerset House stand ein Maibaum. Alan ballte die Fäuste. Dort befand sich einer der wenigen Hackney-Stände der Stadt. Ohne langsamer zu werden, steuerte der Chirurg die vorderste Mietkutsche an, zog den Schlag auf und rief dem Fahrer zu: »Folgt der Kutsche dort hinten. Aber haltet Abstand.«

Noch während er die Tür schloss, setzte sich der Hackney in Bewegung. Nun würden ihm die Entführer nicht mehr so leicht entkommen. Inzwischen hatte der Nieselregen einen milchigen Nebel aufsteigen lassen, der im Winter in London nichts Ungewöhnliches war. Alan hoffte jedoch, dass die grauen Schwaden nicht zu dicht wurden, sonst würde er Sir Orlando und die Banditen doch noch verlieren. Sein Kutscher hatte offenbar denselben Gedanken, denn er schloss näher zu den Verfolgten auf.

Der Wundarzt strich sich das feuchte Haar aus der Stirn und hob den Ledervorhang, der außen vor dem Fenster hing, ein wenig an, um einen Blick auf die Karosse vor ihm zu erhaschen. Die Unbekannten schienen nicht bemerkt zu haben, dass er ihnen folgte.

Die Fahrt führte weiter den Strand entlang. Als sie etwa auf der Höhe des Markts von Covent Garden waren, wurde die Kutsche langsamer. Alan hob zum wiederholten Mal den Ledervorhang an und blickte hinaus. Anscheinend näherten sie sich ihrem Ziel.

»Wenn sie anhalten, fahrt vorbei und lasst mich an der nächsten Ecke aussteigen«, rief er dem Mietkutscher leise zu.

Das Gefährt hielt vor einer schmalen Seitengasse. In unvermindertem Tempo überholte der Hackney es und kam einige Yards weiter zum Stehen. Eilig sprang Alan hinaus, bezahlte den Kutscher und huschte zurück. Als die Karosse an ihm vorbeifuhr, presste er sich in einen Hauseingang, doch es war unwahrscheinlich, dass man ihn zwischen den Nebelschwaden wahrgenommen hätte.

Als Alan die dunkle Gasse erreichte, fragte er sich unwillkürlich, ob es die richtige Stelle war. Vom Strand bogen unzählige Gässchen ab, die so schmal waren, dass nicht einmal ein Handkarren hindurchpasste. Alan hielt den Atem an und lauschte in den Nebel hinein. Zuerst hörte er nichts. Doch bald drang eine gedämpfte Stimme an sein Ohr.

»Vorwärts, Mylord, tretet ein.«

Für einen kurzen Moment färbte sich der Dunst golden, als eine Tür geöffnet wurde. Gespannt tauchte Alan in die düstere Gasse ein und schlich auf das unwirkliche Licht zu. Kurz bevor er es erreichte, wurde die Tür geschlossen und von innen ein Riegel vorgeschoben.

»Verdammt!«, zischte Alan.

Was sollte er jetzt tun? Er wusste zwar, wohin man Sir Orlando gebracht hatte, aber nicht, was man mit ihm zu tun beabsichtigte. Wollten die Entführer ihn ermorden? Dann hätten sie den Richter vor seinem Haus niederschießen können. Oder hatten sie das Risiko, auf frischer Tat ertappt zu werden, gescheut und wollten Trelawney nun heimlich verschwinden lassen? Nichts war unmöglich! Sollte er den Konstabler des Bezirks benachrichtigen, damit dieser einen Trupp Büttel zusammentrommelte und das Haus stürmen ließ? Aber Alan kannte die Gegend nicht und wusste auch nicht, wo der Konstabler wohnte. Unterwegs hatte er keinen Wachmann gesehen, den er fragen könnte, und wenn er sich jetzt auf die Suche nach der Wache machte, würde wertvolle Zeit verstreichen. Dasselbe galt für die Möglichkeit, zu Richter Trelawneys Haus zurückzukehren und seine Dienerschaft herzuholen. In der Zwischenzeit mochten die Entführer Sir Orlando foltern oder an einen anderen Ort bringen. Er musste allein versuchen, ihm zu helfen.

Mit den Augen verfolgte er den schwachen Lichtschein, der sich an den mit Schafshaut bespannten Fenstern im Erdgeschoss vorbeibewegte, dann verschwand und kurz darauf hinter einer Öffnung in der Giebelseite im Dachgeschoss auftauchte. Wollten die Entführer den Richter auf dem Boden gefangen halten? Oder würden sie ihn verhören und danach womöglich ermorden? Er musste wissen, was sich im Haus zutrug.

Aufmerksam blickte Alan sich um. In diesen schmalen Gassen wohnten gewöhnlich die Ärmsten der Armen. Die meisten der erbarmungswürdigen Hütten wirkten verwahrlost und schienen leer zu stehen. Vermutlich hatten die Wegelagerer deshalb diesen Ort gewählt. Das Gebäude neben dem Haus, in das man Trelawney gebracht hatte, war nicht beleuchtet. Alan drückte prüfend gegen die Tür. Sie war unverschlossen. Vorsichtig trat er ein. So weit er im Halbdunkel sehen konnte, gab es keine Möbel, und die Luft roch muffig. Niemand schien hier zu wohnen. Rasch schloss der Wundarzt die Tür und tastete sich langsam die ausgetretene Stiege hinauf. Er konnte nur hoffen, dass sie nicht unter ihm zusammenbrechen würde. Die Stufen knarrten zum Gotterbarmen, hielten jedoch stand. Unter dem Dach angekommen, blieb Alan stehen und zwang sich, flach zu atmen. Hatte man nebenan das Knirschen gehört? Eine Weile lauschte Alan auf die Geräusche, die durch die Trennwand drangen. Der Wundarzt erkannte die sonore Stimme des Richters.

»Was wollt Ihr von mir?«, fragte Trelawney. »Redet endlich!«

»Haltet den Mund, Mylord«, lautete die gereizte Antwort. »Euer Befehlston mag im Gerichtssaal Eindruck machen, bei uns aber nicht.«

Im Dach klafften ein großes und mehrere kleinere Löcher, durch die graues Tageslicht hereinfiel. Vermutlich hatte ein Sturm die Ziegel heruntergerissen. Alan trat an die Wand zum Nebenhaus und suchte nach einem Spalt, durch den er spähen konnte. Vorsichtig kratzte er am morschen Putz, hielt dann jedoch inne, aus Angst, dass die Männer nebenan ihn hören könnten. Auf einmal vernahm er eine warnende Stimme.

»Das Nebenhaus steht doch leer, oder?«

»Ja, warum?«

»Ich habe ein Geräusch gehört.«

»Das werden Ratten sein.«

»Was sollten Ratten in einem Haus suchen, in dem es nichts zu fressen gibt?«

»Dann geh doch nachsehen!«

»Mach ich auch.«

Jemand stieg nebenan die Treppe hinab. Dann wurde die Haustür geöffnet, und Schritte klatschten auf dem schlammigen Weg bis zur Tür des Gebäudes, in dem sich der Wundarzt befand.

»Verflucht«, stieß Alan zwischen zusammengebissenen Zähnen hervor.

Was sollte er jetzt tun? Schon traten schwere Stiefel auf die Stufen der Stiege. Er konnte nicht mehr zurück.

Rasch huschte der Wundarzt unter das Loch im Dach, legte die Hände um die horizontal verlaufende Pfette, spannte die Armmuskeln an und zog sich mit aller Kraft nach oben. Keuchend drückte er die Ellbogen durch, verlagerte das Gewicht seines Oberkörpers nach vorn und zog die Beine an. Für einen Moment hatte er das Gefühl, kopfüber vom Dach zu stürzen, doch er schaffte es gerade noch, mit der Rechten nach einer freiliegenden Latte zu greifen, sich umzudrehen und die Beine ins Freie zu ziehen, bevor das morsche Holz der Latte unter seinem Gewicht nachgab. Alan unterdrückte einen Schrei, als sein Körper über die Dachziegel nach unten rutschte.

Aus dem Loch war ein Ruf zu hören: »Halt, bleibt stehen!«

Verzweifelt versuchte der Wundarzt, mit den Füßen auf den Pfannen Halt zu finden und so seinen Absturz zu bremsen. Zum Glück waren sie so uneben, dass er nur langsam abglitt. Es gelang ihm, mit der Hand in eines der unzähligen kleineren Löcher zu greifen und eine Latte zu packen. Mit rasendem Herzen richtete Alan sich auf und blickte zu dem Verfolger zurück, der den Kopf durch das beschädigte Dach steckte. Als er den Wundarzt erspähte, zog er sich für einen Moment zurück, dann erschien er erneut und richtete eine Pistole auf den Fliehenden.

»Verdammter Spitzel!«

Alan duckte sich und schob sich Schritt für Schritt zum Nebenhaus hinüber. Panik überflutete ihn. Sein Atem ging stoßweise, und in seinen Ohren rauschte das Blut. Doch es fiel kein Schuss. Vielleicht fürchtete der Mann, durch den Knall die Aufmerksamkeit eines Wachmanns auf sich zu ziehen. Da er stattdessen Anstalten machte, ebenfalls durch das Loch zu steigen, begriff Alan, dass ihm nichts anderes übrigblieb, als über die Dächer zu fliehen. Er nahm allen Mut zusammen, beugte sich vor, um sich notfalls mit den Händen abstützen zu können, und machte einen großen Schritt zum Nebenhaus hinüber. Hastig kletterte er über die Pfannen die Schräge hinauf zum Dachfirst – zu hastig, wie sich herausstellte. Als er den First fast erreicht hatte, glitten seine Schuhe auf den regenfeuchten Ziegeln aus. Erschrocken warf er sich nach vorn, suchte mit den Händen nach einem Halt und zog die Beine an. Seine plötzlichen Bewegungen ließen die alten Tonpfannen knacken. Das morsche Holz der Latten knirschte unheilvoll. Es klang wie ein Seufzen der Erschöpfung. Dann spürte Alan, wie das Ganze unter ihm nachgab. Begleitet von einem ohrenbetäubenden Krachen brach der Wundarzt durch das Dach und stürzte auf den Boden. Um ihn herum ging ein Regen aus zerberstenden Tonziegeln nieder. Wie durch ein Wunder wurde er nicht getroffen. Fluchend riss er die Arme hoch, um seinen Kopf vor weiterem herabfallendem Schutt zu schützen. Als der Trümmerregen aus zerbrochenen Ziegeln, gesplittertem Holz und Staub endlich zur Ruhe kam, vernahm er die Stimme eines Mannes, der in zynischem Ton sagte: »Der Kerl ist uns ja förmlich in den Schoß gefallen.«

»Sicher ist er ein Spitzel von Lord Arlington«, fügte ein zweiter hinzu.

»Kein besonders begabter, wie es scheint«, kommentierte ein dritter.

Der Staub, der seinen Körper bedeckte, reizte Alan zum Husten. Als er wieder einigermaßen Luft bekam, hob er den Kopf und sah in die Runde. Mehrere Beinpaare umstanden ihn. Mühsam kam er auf die Füße und klopfte sich den Schmutz aus den Kleidern.

Da ertönte ein erstaunter Ruf: »Meister Ridgeway!« Sir Orlando starrte ihn verblüfft an. »Potztausend! Was macht Ihr denn hier?«

Die fünf Männer, die Alan nicht kannte, warfen einander überraschte Blicke zu.

»Ihr kennt den Kerl?«, fragte einer von ihnen.

Er war kleiner als die anderen, schien aber das Sagen zu haben. Er mochte in den Sechzigern sein. Mit seinem schmalen aristokratischen Gesicht und dem altmodischen Spitzbart erinnerte er den Richter an König Charles I., den Vater des jetzigen Monarchen.

»Ja, ich kenne ihn. Er ist kein Spitzel«, antwortete Trelawney ruhig. »Meister Ridgeway ist mein Leibchirurg. Er muss Zeuge meiner Entführung geworden und uns gefolgt sein.«

»So ist es«, krächzte der Wundarzt mit staubiger Kehle. »Ich wollte Euch zu Hilfe kommen.«

Einer der Banditen, der jünger war als die anderen drei, hielt seine Pistole auf den Eindringling gerichtet. Der Mann, der Alan über das Dach verfolgt hatte, kletterte durch das Loch herein.

»Was sollen wir mit ihm machen?«

»Wir sind keine Mörder«, erklärte Spitzbart streng. Dann wandte er sich an den Richter: »Mit einem Spitzel hätten wir kurzen Prozess gemacht, denn sie sind hinterhältige Verräter, übelster Abschaum. Ihr habt jedoch nichts von uns zu befürchten, Mylord. Auch Euer Leibchirurg nicht.«

»Und das soll ich Euch glauben?«, höhnte Sir Orlando. »Immerhin habt Ihr mich mit vorgehaltener Pistole gezwungen, in Eure Kutsche zu steigen.«

Alan bemerkte, dass man dem Richter den Degen abgenommen hatte. Sie waren den Strolchen also hilflos ausgeliefert. Prüfend musterte der Wundarzt die Männer. Wer waren sie? Wie Räuber sahen sie nicht aus. Ihrer düsteren, einfachen Kleidung nach zu urteilen, hatten sie es mit Puritanern zu tun.

»Anders hätten wir Euch nicht dazu bewegen können, uns anzuhören, ohne gleich die Büttel zu rufen«, erläuterte Spitzbart.

»Wer seid Ihr?«, fragte Trelawney mit gerunzelter Stirn.

Allmählich keimte in ihm die Hoffnung auf, dieser Situation doch noch lebend entgehen zu können. Auf der Fahrt zu dem baufälligen Haus hatte er sich schon fast damit abgefunden, dass sein letztes Stündlein geschlagen hatte und er seine Gemahlin und seine Kinder nie wiedersehen würde.

»Unsere Namen tun nichts zur Sache«, erwiderte der Wortführer gereizt. »Lord Arlington sind sie zweifellos bekannt, aber er muss nicht wissen, dass wir uns in London aufhalten.«

»Dann muss ich annehmen, dass Ihr Komplizen der Verbrecher Thomas Blood, seines Sohnes und Richard Halliwells seid«, sagte Sir Orlando sarkastisch.

Spitzbarts Gesicht lief unter seinem breitkrempigen schwarzen Hut augenblicklich rot an, und seine Lippen pressten sich wütend aufeinander.

»Zu meiner Schande muss ich gestehen, dass Blood einer der unseren ist«, antwortete er gezwungen. »An der Reinheit seines Glaubens und seiner Hingabe an unsere Sache besteht kein Zweifel, aber diesmal ist er zu weit gegangen. Wir sind Soldaten, die für ihren Glauben kämpfen, keine Mörder, die einen alten Mann entführen, um ihn am Galgen aufzuknüpfen!«

»Geht es bei ›Eurer Sache‹ nicht darum, den König und seine Regierung zu stürzen, die Bischöfe abzuschaffen und dem Land Eure Kirchenordnung aufzuzwingen?«, spottete Sir Orlando. »Solltet Ihr tatsächlich davor zurückschrecken, Rache an einem ehemaligen Lord Lieutenant von Irland zu nehmen, von dem Ihr Euch ungerecht behandelt fühlt?«

»Ihr sagt es selbst, Mylord«, gab der Wortführer zynisch zurück. »Ormonde war einmal Lord Lieutenant von Irland und hat in der derzeitigen Regierung keinerlei Macht mehr. Thomas Blood mag ein Hühnchen mit ihm zu rupfen haben, weil Ormonde während seiner Amtszeit seinen Besitz konfisziert hat. Aber die meisten von uns sind Engländer ohne Interessen in Irland. Wir haben mit Bloods Überfall auf Ormonde nichts zu tun. Und deshalb hätten wir versucht, ihm diese ehrlose Tat auszureden, wenn wir davon gewusst hätten.«

»Warum sollte ich Euch das glauben?«, fragte Sir Orlando. Doch er war nachdenklich geworden.

»Ich schwöre Euch, dass es wahr ist«, bekräftigte Spitzbart.

Seine Begleiter nickten beifällig.

»Thomas Blood ist ein Abenteurer und sein Sohn ein gemeiner Straßenräuber. Ihre Eskapaden schaden unserer Sache. Wenn wir wüssten, wo sie sich aufhalten, würden wir sie ohne Zögern ausliefern.«

»Ihr müsst eine Ahnung haben, wo sie sein könnten«, sagte der Richter herausfordernd.

»Nun, auf jeden Fall ist das Pflaster in London zu heiß für sie geworden«, räumte der Wortführer ein. Nach einem kurzen Blickwechsel mit seinen Begleitern fuhr er fort: »Wir wissen, dass Bloods Gemahlin Maria vor dem Überfall auf Ormonde mit ihren Kindern in einem Apothekerladen in Shoreditch unter dem Namen Weston gewohnt hat.«

»Kennt Ihr den Mädchennamen der Frau?«, erkundigte sich Trelawney.

»Holcroft. Ihr Vater war Lieutenant-Colonel John Holcroft von Holcroft Hall in Lancashire.«

»Hat er nicht dreiundvierzig im Namen des Parlaments Lancaster gegen die Royalisten verteidigt?«

»Das stimmt. Er war einer unserer Helden.«

Sir Orlando verkniff sich einen bissigen Kommentar. »Ich werde das nachprüfen. Was wisst Ihr über Richard Halliwell?«

»Er ist ein guter Freund von Blood und unserer Ansicht nach zu jeder Schandtat fähig«, erwiderte Spitzbart.

»Ich will wissen, wo sie sind.«

»Da kann ich nur Vermutungen anstellen. Wenn Arlingtons Leute sie bisher nicht aufspüren konnten, müssen sie England verlassen haben.«

»Das genügt mir nicht.«

»Thomas Blood hat immer noch Freunde und Verwandte in Irland. Ich glaube, dass er mit seiner Familie dorthin geflohen ist.« Der Wortführer sah Sir Orlando eindringlich an. »Ich habe Euch alles gesagt, was ich weiß, Mylord. Aber dafür erwarte ich eine Gegenleistung. Ihr geltet allgemein als rechtschaffener und aufrichtiger Mann. Ich denke, es ist mir gelungen, Euch zu überzeugen, dass Major Blood den Überfall auf Ormonde ohne unser Einverständnis durchführte. Wir wären Euch daher sehr verbunden, wenn Ihr Lord Arlington davon unterrichten könntet, damit er seine Jagdhunde zurückpfeift, die uns zurzeit das Leben schwermachen.« Mit einer übertriebenen Geste, die mehr Spott als Höflichkeit ausdrückte, zog Spitzbart seinen Hut und verbeugte sich. »Und nun müssen wir uns verabschieden, Mylord. Da dieses Haus nicht mehr sicher ist, überlassen wir es Euch und Euren Handlangern. Lebt wohl.«

Die Männer folgten ihrem Anführer aus der Kammer und die Stiege hinab aus dem Haus. Sir Orlando hob seinen Degen auf, den die Entführer in eine Ecke gelegt hatten, und schob ihn in die Scheide zurück.

»Können wir ihnen trauen?«, fragte Alan zweifelnd. »Oder erwartet uns ein Dolchstoß in den Rücken, wenn wir vor die Tür treten?«

»Sie hätten sich kaum die Mühe gemacht, uns ihren Standpunkt zu erläutern, wenn sie die Absicht hätten, uns zu töten«, gab Trelawney zurück. »Andererseits traue ich diesen Nonkonformisten jederzeit zu, einen Angriff auf Whitehall zu unternehmen, um den König zu ermorden und die Macht im Land an sich zu reißen. Aber ich glaube ihnen, dass sie den Überfall auf Seine Gnaden nicht gutheißen. Eine so heimtückische Tat bringt die Leute, auf deren Unterstützung sie angewiesen sind, gegen sie auf. Das können sie sich nicht leisten.« Sir Orlando schenkte dem Wundarzt ein gerührtes Lächeln. »Ich muss Euch danken, mein Freund, dass Ihr ohne Zögern Euer Leben aufs Spiel gesetzt habt, um mir zu helfen. Wart Ihr zufällig auf der Chancery Lane unterwegs, als Ihr Zeuge meiner Entführung wurdet?«

»Nein, ich war auf dem Weg zu Euch, Mylord«, erklärte Alan. »Ich wollte Euch mitteilen, dass in Shanrahan die Pocken ausgebrochen sind und dass meine Frau und ich nach Irland reisen werden, um unseren Freunden beizustehen.«

Kapitel 23

Das Lied der Banshee riss die alte Nora Prendergast aus dem Schlaf. Blinzelnd schaute die Greisin sich um. Es war tiefe Nacht. Für einen Moment meinte sie, ein bleiches Gesicht am Fenster zu sehen, das kurz darauf verschwand.

Verwirrt setzte Nora sich auf. Sie verspürte einen schmerzhaften Krampf im linken Bein, und ihre Füße kribbelten, als wenn tausend Nadeln auf sie einstechen würden. Ein Schauer durchlief ihren Körper.

Wieder drang der unheimliche Klagegesang an Noras Ohren, so laut und durchdringend, wie sie seit vielen Jahren kein Geräusch mehr wahrgenommen hatte. Wessen Tod kündigst du an, Seherin?, fragte sie halblaut. Sicher nicht den meinen. Ich trage kaum irisches Blut in meinen Adern, nur das grausame Wikingerblut der normannischen Eroberer. Wem also gilt dein Klagelied? Doch hoffentlich nicht dem Herrn von Shanrahan … dem jungen Iren, dem man sein keltisches Erbe ansieht, mit seinem schwarzen Haar, der hellen Haut und den funkelnden saphirblauen Augen?

Im Gegensatz zu ihrem Sohn grollte Nora Prendergast dem neuen Lord nicht, dem nun ihr Land gehörte. Hatten ihre Vorfahren es nicht vor fünfhundert Jahren einem keltischen Clan gestohlen, der es über Generationen als sein Eigentum betrachtet hatte? Vielleicht war der Verlust von Shanrahan die Strafe Gottes für den damaligen Raub. Wer konnte das wissen? Die Wege des Herrn sind unergründlich.

Ein weiterer heftiger Krampf erfasste Noras Wadenmuskel, und das Kribbeln in ihren Füßen wurde stärker. Gleichzeitig kroch eisiger Frost ihre Gliedmaßen hinauf, als habe sich ein feuchter Nebel ins Haus geschlichen und das Innere mit seiner durchdringenden Kälte erfüllt. Die Greisin schloss die Augen und betete. Allmählich ließ der Schmerz nach, und ihre Muskeln entspannten sich wieder.

Nora konnte nicht länger liegen bleiben. Ihr Lager erschien ihr auf einmal wie ein Grab. Mühsam richtete sie sich auf, zog die Vorhänge am Alkoven zurück und schob ihre Beine unter der Decke hervor, bis ihre Füße den Boden aus festgestampfter Erde berührten. Mit zusammengebissenen Zähnen verlagerte sie ihr Gewicht auf ihre geschwächten Knochen und erhob sich. Obwohl ihre Zehen sich taub anfühlten, gelang es ihr, langsam einen Fuß vor den anderen zu setzten. Mit schlurfenden Schritten schleppte sie sich zur Haustür, öffnete beide Hälften und trat in die Nacht hinaus.

Zuerst umgab sie nur ein schwarzes Nichts. Sie stolperte vorwärts, doch es schien ihr, als laufe sie auf der Stelle, als habe die Zeit jegliche Bedeutung verloren. War es Nacht? Oder helllichter Tag? Ein gleißendes Licht zerfloss über ihr am Himmel, als löse sich die Sonne in einem glühenden Lavastrom auf. Ein roter Nebel wehte vom Moor herüber, zerfiel in vielfarbigen Schlieren, die wiederum Kreise und immer schneller sich drehende Strudel bildeten. Fasziniert blieb Nora stehen und betrachtete entzückt das Farbenspiel. Schmetterlinge stiegen aus dem Dunst auf, umflatterten sie, blendeten sie mit ihren bunt schillernden Flügeln. Glitzernde Funken regneten auf sie nieder, unzählige leuchtende Smaragde, Rubine, Diamanten wichen blendend weißen Schneeflocken, die sich eisig auf Noras Schultern legten. Der Kälteschauer, der ihren nur mit einem Nachthemd bekleideten Körper durchlief, wurde zu einem heftigen Schüttelfrost. Sie spürte ihre Beine nicht mehr, wusste nicht, dass sie über den ausgetretenen Pfad auf die Felder zuschlurfte, aus deren nackter Erde nur noch die welken Stoppeln des abgeernteten Getreides wie die bleichen Finger von Toten hervorschauten. Aus den mit Gold und Silber bestickten Mooskissen, die sie vor sich sah, tauchten kleine Gestalten auf und umringten sie. Die Gesichter der Feen näherten sich ihr, verzogen sich zu seltsamen Grimassen mit übergroßen Augen, Nasen, Mündern, die sie zu verschlingen drohten. Die Züge der Elfen wandelten sich zu grellbunten Fratzen …

Noras Faszination schlug in Furcht um. Sie war auf die Größe der Feen geschrumpft, die sie an den Händen packten und mit sich ziehen wollten. Sie zerrten an ihren Armen, die immer länger wurden und irgendwann in der Ferne verschwanden.

»Nein … nein«, jammerte Nora.

Tränen rannen ihr übers Gesicht, das so heiß glühte, dass sie verdampften. Am ganzen Körper brennend, wandelte

Nora unter dem Moos am Grunde des Sumpfes. Vor ihr ging der Barde Cormac Bán Ó Riordáin … nein, er ging nicht dahin, er hüpfte wie ein kleiner Junge voller Freude von einem Fuß auf den anderen. Erst das Donnern von Pferdehufen ließ ihn innehalten. Langsam wandte er sich um. Der kopflose *dúlachan* raste auf seinem Rappen heran. Sein Haupt, das er an den Haaren in der Hand trug, rief Ó Riordáins Namen. Der *file* erstarrte. Aus den Nüstern des schwarzen Hengstes schossen lodernde Feuerfontänen hervor, umhüllten den Barden, der in Todesangst schrie.

In Wirklichkeit war es Nora, die schrie. Der kopflose Reiter hetzte davon, trug den Barden mit sich zur Burg. Um die Greisin wurde es wieder still. Die Feen, die sie umtanzt hatten, waren verschwunden. Stattdessen hob leise der Gesang der Banshee an. Und dann trat sie aus dem Moor auf Nora zu, in ihren grauen Kapuzenmantel gehüllt, der nur das bleiche Schemen ihres Gesichts sehen ließ. Nora Prendergast schrie noch immer, als sich ihr die Arme der Todesfee entgegenstreckten.

Jeremy atmete die frische, klare Morgenluft ein, die so ganz anders roch als in den Städten, in denen er einen Großteil seines Lebens verbracht hatte. Aber die unendlich erscheinende Weite, in der nichts den Blick ablenkte, kein Haus, keine Kirche, keine Menschen, Kutschen oder Fuhrwerke, hatte auch etwas Überwältigendes, das der Jesuit als einschüchternd empfand. Vor allem das Moor flößte ihm nach wie vor eine unbestimmte Angst ein. Allein würde er es nie wieder betreten. Er hatte mit niemandem über seine Begegnung mit den Sheerie, die ihn tiefer in den Sumpf gelockt hatten, oder der Banshee gesprochen. Bis heute wusste er nicht, ob sie seiner Einbildung entsprungen oder echt gewesen waren. Doch er hatte auf erschütternde Weise gelernt, ihnen Respekt zu zollen.

Nun, da das Fieber gesunken war, verfiel der Pockenkranke nicht mehr ins Delirium. Seit die Pusteln, die der Seuche ihren Namen gaben, aufgetreten waren, lag Lonán Ó Ceallaigh in einem tiefen Erschöpfungsschlaf, den Jeremy nur unterbrach, um ihm Met zur Stärkung des Herzens sowie kräftigende Brühe oder Milch einzuflößen. Das Fieber hatte seine Kräfte aufgezehrt und ihn so geschwächt, dass er sich nicht einmal mehr allein aufsetzen konnte. Während William bei ihm wachte, fand der Priester wieder Zeit für seine seelsorgerischen Pflichten. Nachdem er an diesem Morgen nach seinem Patienten gesehen und sich danach ausgiebig gewaschen und die Kleider gewechselt hatte, war er auf dem Weg zurück zur Kate, als ihm eine einzelne Gestalt auffiel, die das Dorf in Richtung der Felder verließ. Die Morgendämmerung hatte gerade eingesetzt, doch es war noch zu dunkel, um erkennen zu können, wer es war. Dennoch verspürte Jeremy den unwiderstehlichen Drang, nach dem Rechten zu sehen. Schnellen Schrittes folgte er der Gestalt. Bald konnte er ein flatterndes weißes Leinenhemd ausmachen. Feines graues Haar wehte schwerelos hinter ihr her, und ihre Füße waren nackt.

»Das kann doch nicht sein«, murmelte Jeremy verblüfft.

Als er die alte Nora Prendergast erkannte, begann er zu laufen. Doch dann kam er so plötzlich zum Stehen, dass er beinahe gefallen wäre. Beim Anblick des Wesens, das aus dem Nichts aufgetaucht war und der Greisin entgegentrat, setzte sein Herzschlag aus. Als Noras Beine unter ihr einknickten, stürzte die Todesfee auf sie zu und fing sie in ihren Armen auf. Das helle Gesicht im Schatten der Kapuze wandte sich dem Priester zu.

»Steht nicht da und haltet Maulaffen feil. Helft mir!«, ließ sich eine energische Stimme vernehmen.

Verdutzt trat der Jesuit näher. Eine Windböe schlug die Kapuze zurück und enthüllte eine Krone flammenden Haars, das nur notdürftig zu einem unordentlichen Knoten zusammengesteckt war. Da begriff er endlich, dass er eine junge Frau vor sich hatte. Neben ihr stand ein mit Kräutern gefüllter Weidenkorb. Erleichtert atmete er ein paar Mal tief ein, bevor er sich neben die alte Nora kniete, die in den Armen der Rothaarigen lag. Seine Hand berührte die Stirn der Greisin.

»Sie hat Fieber.« Prüfend ergriff er ihre Hand, die eiskalt war. »Aber wie ist das möglich? Es muss etwas anderes sein …«

»Was meint Ihr?«, fragte der Rotschopf.

Jeremy sah sie an und stellte fest, dass sie außergewöhnlich hübsch war. Ihre Augen waren smaragdgrün und erinnerten den Priester unwillkürlich an Jane Trelawney.

»Die Pocken. Es können unmöglich die Pocken sein. Nora Prendergast hatte doch sicher keine Berührung mit den Tories.«

Die Brauen der jungen Frau zogen sich missbilligend zusammen, als sie ihn so leichtfertig über eine Sache reden hörte, die nur unter Eingeweihten ausgesprochen wurde. Die Spitzel der Engländer waren schließlich überall.

»Wir müssen sie ins Warme bringen«, sagte sie vorwurfsvoll.

Jeremy nickte und nahm die Greisin auf die Arme. Ihr Körper wog nicht viel, und so trug er sie mühelos nach Shanrahan zurück. Noras blau verfärbte, trockene Lippen bewegten sich, doch der Priester konnte nicht verstehen, was sie sagte.

Als sie sich dem Haus der Prendergasts näherten, kamen ihnen der Verwalter und seine Gemahlin besorgt entgegen.

»Was ist passiert?«, fragte Eamonn entgeistert. »Ist sie krank?«

»Es sieht so aus«, entgegnete Jeremy. »Ich halte es für besser, Eure Mutter im Wohnturm unterzubringen, nur so lange, bis ich weiß, woran sie leidet.«

»Woran soll sie schon leiden? Sie ist alt«, widersprach Eamonn gereizt.

Da schaltete sich das rothaarige Mädchen ein. »Ich bin auch der Meinung, dass Eure Mutter getrennt untergebracht werden sollte. Das ist sicherer für Euch. Als ich ihr zwischen den Feldern begegnete, schrie sie wie im Fieberdelirium. Sie ist ernstlich krank.«

Der Blick des Verwalters wanderte von der Rothaarigen zu seiner Mutter und zurück.

»Wenn du es sagst, Flann«, lenkte er schließlich ein.

»Ich bringe sie im Schlafgemach unter«, erklärte Jeremy. »Nun, da es wieder hergerichtet ist, wird sie es dort warm und bequem haben.«

Er hatte das Bett beziehen lassen, um gerüstet zu sein, wenn noch weitere Pockenfälle auftreten würden. Doch davon sagte er dem Verwalter nichts.

Auf dem Weg zum Turmhaus trafen sie auf Breandán und Amoret. Der Jesuit erklärte ihnen in kurzen Worten, was vorgefallen war. Als der junge Mann das Mädchens ansah, rief er überrascht aus: »Aber Ihr seid ja der Heilerin Clíodhna Uí Mhanacháin wie aus dem Gesicht geschnitten. Ich bin ihr in Kilcash begegnet.«

»Sie ist eine Cousine meiner Mutter«, erwiderte Flann. »Die Kunst des Heilens liegt in der Familie.«

Die Irin half dem Jesuiten, Nora die schmale Wendeltreppe hinaufzutragen und sie in das frisch bezogene Bett in der Kammer über der Küche zu legen. Amoret hatte ebenfalls ihre Hilfe angeboten, doch der Priester hatte abgelehnt. Es war sicherer, wenn so wenige Menschen wie möglich Berührung mit den Kranken hatten.

»Ihr solltet jetzt auch besser gehen, Jungfer«, sagte er zu Flann. »Ihr seht nicht aus, als wenn Ihr die Pocken schon einmal durchgemacht hättet.«

Eigensinnig schüttelte die junge Frau den Kopf.

»Auch wenn ich keine Pockennarben als Beweis vorweisen kann, hatte ich als Kind die Kuhpocken. Damals wohnte ich eine Zeitlang bei Clíodhna in Kilcash. Als bei einigen Kühen die Krankheit auftrat, ritzte sie mir etwas Eiter aus den Pusteln in die Haut ein.«

Eigentlich hatte Flann diese Einzelheit nur erwähnt, um den Engländer zu schockieren. Doch zu ihrer Überraschung sah sie ihn über das ganze Gesicht strahlen.

»Tatsächlich? Das ist ja wunderbar. Und ich dachte schon, ich bin der Einzige, der auf diese Idee gekommen ist«, rief Jeremy erfreut aus. »Nun, ich gebe zu, dass eine ähnliche Methode schon seit Jahrtausenden bekannt ist. In Indien konnte ich beobachten, wie der Eiter aus Pockenpusteln bei Gesunden in kleine Schnittwunden eingerieben wurde. Daraufhin bekamen die so Behandelten eine mildere Form der Krankheit.«

»Ihr wart in Indien?«, fragte Flann. Ihre Stimme verriet Interesse und Neid.

Jeremy nickte. »Ich habe dort als Missionar gearbeitet.«

Verlegen trat das rothaarige Mädchen einen Schritt zurück.

»Ihr seid der Jesuit, der mit den neuen Herren gekommen ist.«

Sie dachte an die respektlosen Worte, die sie ihm eben zwischen den Feldern an den Kopf geworfen hatte, war jedoch zu stolz, um sich dafür zu entschuldigen.

»Und Ihr seid die *bean sí*, die mir vor einigen Wochen im Moor einen so großen Schrecken eingejagt hat«, sagte er ohne Vorwurf.

Flann errötete. »Es tut mir leid. Ich hätte Euch helfen sollen, aber ich befürchtete, Euch noch mehr Angst einzuflößen, wenn ich Euch folgte.«

»Ja, das hättet Ihr wohl. Ich war an jenem Morgen wie von Sinnen. Ich hatte die ganze Nacht im Moor verbracht. Überall sah ich Lichter und versuchte, sie zu erreichen, weil ich dachte, es wären die Laternen eines Suchtrupps. Dabei waren es Sheerie, die mich in die Irre führten.«

Sie lächelte über den Ausdruck der Beklommenheit, der über seine Züge huschte.

»Ich habe sie auch schon oft gesehen«, erklärte sie. »Es sind kleine blaue Flämmchen, die plötzlich im Moor aufglühen.«

»Ihr haltet mich für einen Narren«, sagte Jeremy beschämt.

»Ich zeige Euch gern eine Stelle, wo man sie bei Windstille gut beobachten kann«, bot Flann ihm an. »Dafür erzählt Ihr mir von Eurer Zeit in Indien.«

»Glaubt Ihr denn nicht an die ›guten Leute‹?«, fragte der Priester erstaunt.

»Doch. Alle Iren glauben an sie. Man sollte stets sorgfältig darauf achten, sie nicht zu verärgern. Aber manche Dinge lassen sich auch mit Hilfe der Vernunft erklären«, erwiderte das Mädchen weise.

Da er nicht wusste, was er antworten sollte, wandte sich Jeremy der alten Nora zu und begann, sie zu untersuchen. Die Greisin hatte sich nicht gerührt. Als der Jesuit ihre Stirn und dann ihre Hände berührte, begann sie leise zu wimmern. Aus ihren Mundwinkeln sickerte Speichel.

»Ihre Stirn glüht. Doch ihre Hände sind kalt und blutleer.«

Er schlug die Decke zurück und tastete prüfend die Füße und Beine der Alten ab.

»Ihre Waden sind hart wie Stein, als hätte sie starke Krämpfe in den Beinen.«

»Vielleicht liegt es an ihrem Alter?«, gab Flann zu bedenken. »Ihre Gliedmaßen sind vom ständigen Liegen schlecht durchblutet.«

»Möglich.«

Jeremy drückte Noras Unterkiefer nach unten und betrachtete die Schleimhaut der Mundhöhle und des Rachens.

»Kein Ausschlag. Aber dafür ist es wohl noch zu früh.«

»Ihr sagtet, dass Ihr einen Pockenkranken hierhabt«, erinnerte ihn die junge Frau. »Einen Tory. Wie ist sein Name?«

»Lonán Ó Ceallaigh. Kennt Ihr ihn?«

Sie nickte betroffen. »Kann ich ihn sehen?«

»Er bietet keinen angenehmen Anblick«, warnte Jeremy sie.

Im nächsten Moment bereute er die Bemerkung. Sie schien weder oberflächlich noch empfindlich zu sein.

»Kommt mit«, sagte er, bevor sie antworten konnte.

William war gerade dabei, dem Pockenkranken warme Fleischbrühe einzuflößen. Er musste Lonán mit einer Hand stützen, da dieser sich nicht aus eigener Kraft aufrecht halten konnte. Das Schlucken bereitete ihm sichtlich Schmerzen. Als der Diener den Holznapf absetzte, fiel der Tory erschöpft in die Kissen zurück.

Er hatte die Ankömmlinge nicht bemerkt. Seine Züge waren wie zu einer grauenhaften Maske erstarrt. Das ganze Gesicht war mit Pusteln bedeckt, die mit eitriger Flüssigkeit gefüllt und von einem rötlichen Hof umgeben waren. Sie befanden sich sogar auf den Lippen und Ohrmuscheln. Lonáns Augenlider waren zugeschwollen. Blind tastete er über die Decke, um sie über seinem abgemagerten Oberkörper zurechtzuziehen, doch seine Hände gehorchten ihm nicht. Selbst die Handflächen waren mit Eiterbläschen übersät.

Jeremy war nicht überrascht, als Flann wie vom Donner gerührt stehen blieb. Die Entstellungen, die die Krankheit hervorrief, entsetzten jeden, der sie zum ersten Mal sah. Der Jesuit betrat die Offizierskammer und setzte sich auf einen Schemel neben das Bett.

»Wie fühlt Ihr Euch, mein Sohn?«, fragte er, um Lonán wissen zu lassen, wer er war.

»Unendlich schwach«, hauchte der Tory. »Wie steht es um mich, Pater?«

»Ihr werdet wieder gesund«, versprach Jeremy, auch wenn er sich dessen nicht völlig sicher sein konnte. »Aber es wird lange dauern, bis Ihr Eure Kräfte zurückerlangt.«

Lonáns Finger glitten suchend über die Bettdecke. Der Priester ergriff seine Hand. Doch die Berührung war so schmerzhaft, dass der Ire zurückzuckte.

»Werde ich wieder sehen können?«, presste er zwischen seinen geschwollenen Lippen hervor.

Die Frage zu stellen, hatte ihn große Überwindung gekostet. Jeremys Züge verdüsterten sich. Er wollte ihm keine falschen Hoffnungen machen.

»Das weiß nur Gott, mein Sohn. Betet um Vergebung für Eure Sünden.«

Ohne Flann zu beachten, die noch immer unschlüssig in der Tür stand, öffnete der Jesuit einen Salbentiegel, tunkte ein frisches Leintuch in den Inhalt und tupfte damit Ó Ceallaighs Gesicht ab. Die fettige Salbe verminderte die Spannung der Haut.

Endlich überwand sich die junge Frau und betrat die Kammer. Jeremy erhob sich und überließ ihr den Platz am Bett.

»Lonán …«, flüsterte sie, da ihr die Stimme nicht gehorchen wollte.

Er hörte sie nicht. Sanft berührte sie seinen Arm. Da wandte er ihr das schreckliche Gesicht zu.

»Wer ist da?«

»Ich bin's, Flann.«

Sein Körper fiel noch mehr zusammen, und er drehte sich von ihr weg.

»Du hättest nicht kommen sollen.«

»Du wusstest, dass wir uns begegnen würden, als du herkamst.«

»Flann, damals in Kilcash hast du einer närrischen Schwärmerei nachgegeben, und ich war dumm genug, dich zu ermuntern. Du warst erst fünfzehn. Jetzt bist du eine erwachsene Frau.«

Das Sprechen hatte Lonán erschöpft. Seine Stimme wurde schwächer.

»Mag sein«, erwiderte sie gefasst. »Aber das heißt nicht, dass wir nicht nach wie vor Freunde sein können.«

»Was glaubst du wohl, wird dir die Freundschaft eines gesuchten Straßenräubers nutzen?«, höhnte er. »Wenn die Pocken mich nicht umbringen, werde ich früher oder später mit den Füßen in der Luft tanzen. Es ist besser für dich, wenn du dich von mir fernhältst!«

Die junge Irin erbleichte. Ohne ein weiteres Wort erhob sie sich und verließ die Kammer. Jeremy blickte ihr nach, widerstand aber dem Impuls, ihr zu folgen. Sicher brauchte sie Zeit für sich allein.

»Gibt es noch einen Krankheitsfall?«, fragte William besorgt.

»Ich bin mir nicht sicher«, antwortete der Jesuit. Er wandte sich an Ó Ceallaigh. »Seid Ihr in den letzten Tagen im Haus der Prendergasts gewesen, mein Sohn?«

»Nein. Meine Männer und ich waren nur in Ó Donnabháins Schenke«, erwiderte der Ire. Er zögerte beschämt, bevor er fortfuhr: »Glaubt Ihr, ich habe den Wirt angesteckt? Ich weiß, wir hätten nicht zu ihm gehen sollen, aber ich wusste nicht, was ich tun sollte …«

»Macht Euch keine Vorwürfe«, sagte Jeremy besänftigend. »Eure Krankheit war noch nicht weit fortgeschritten, als wir Euch herbrachten. Es ist daher unwahrscheinlich, dass Ó Donnabháin oder seine Knechte sich angesteckt haben.«

Der Blick des Jesuiten streifte William. Immer öfter ertappte er sich dabei, wie er bei dem Diener nach den Anzeichen der Seuche suchte. Da dieser den Tory pflegte, schien es so gut wie unmöglich, dass er von den Pocken verschont bleiben könnte. Doch wenn Ó Ceallaigh das Haus der Prendergasts nach eigener Aussage nicht betreten hatte, wie hatte sich die alte Nora dann anstecken können?

Als Jeremy ans Bett der Greisin zurückkehrte, stellte er fest, dass sie sich aufgedeckt hatte und sich unruhig auf der Strohmatratze hin- und herwarf. Der Priester kühlte ihr die Stirn, die noch immer glühte. Doch ihre Gliedmaßen blieben kalt und blutleer. Als er sie genauer betrachtete, bemerkte er, dass ihre Zehen eine bläuliche Färbung angenommen hatten. Behutsam massierte er ihre Füße, um das Blut in Bewegung zu bringen. Die Prozedur brachte die Greisin wieder zur Besinnung.

»Ó Riordáin«, murmelte sie.

Ihre Augen wanderten blicklos hin und her. Jeremy sprach sie mit Namen an, doch sie schien seine Anwesenheit nicht wahrzunehmen.

»Ó Riordáin«, wiederholte sie schwach. »Er ist hinter Euch … flieht …«

Jeremy begriff, dass sie von dem Tag sprach, an dem der Barde ermordet worden war.

»Er hat Böses im Sinn«, stammelte die Greisin. Ihr Gesicht verzerrte sich. »Was habt Ihr getan … Narr …«

Meinte sie den Barden? Oder seinen Mörder?

»Nora, hört Ihr mich?«, beschwor er sie. »Wer hat Ó Riordáin verfolgt? Wer war es?«

»Der wilde Reiter … wo immer der *dúlachan* anhält, stirbt ein Mensch …«

Ihre Stimme erlosch, und ihre Lider sanken herab. Zuerst glaubte Jeremy, sie sei eingeschlafen. Doch als er nach ihrem Herzen tastete, stellte er fest, dass es aufgehört hatte, zu schlagen.

Kapitel 24

Fasziniert betrachtete Alan die Landschaft. Ihre Weite überwältigte ihn. Als Stadtmensch kannte er nur enge Gassen und vorkragende Fachwerkhäuser, die das Sonnenlicht daran hinderten, das mit Unrat bedeckte Straßenpflaster zu erreichen. Zwar war er in einem Dorf aufgewachsen, bevor er in der nächstgelegenen Stadt das Handwerk des Barbierchirurgen erlernt und während des Bürgerkriegs im königlichen Heer als Feldscher gedient hatte, aber er konnte sich nicht erinnern, dass die Wiesen und Felder um den kleinen Ort so beeindruckend gewesen waren.

Die Reise nach Dublin war recht zügig vonstattengegangen. Mit reichlich Arzneimitteln im Gepäck waren er und Armande mit der Postkutsche nach Chester gefahren und hatten die Irische See mit dem Paketboot überquert. In der Hauptstadt waren sie zu ihrem Glück am Postamt auf eine

Gruppe englischer Reisender getroffen, die nach Kilkenny unterwegs waren, und hatten sich ihnen angeschlossen. In der kleinen Stadt hatten sie schließlich einen fahrenden Händler gefunden, der sich gegen ein Trinkgeld bereit erklärte, die Eheleute nach Shanrahan zu führen.

Während der Reise berichtete Alan seiner Gemahlin ausführlich von Sir Orlandos Nachforschungen.

»Wie viele Verschwörungen hat es seit der Thronbesteigung Seiner Majestät eigentlich schon gegeben?«, fragte Armande neugierig. Das Thema ließ ihr keine Ruhe.

»Eine gute Frage«, entgegnete der Wundarzt lachend. »Unzählige anscheinend. Der Geheimdienst muss alle Hände voll zu tun haben.«

»Ich hätte nicht gedacht, dass es so viele unzufriedene ehemalige Soldaten gibt, die sich nicht damit abfinden wollen, dass das Commonwealth gescheitert ist.«

»Ich hoffe, dass es Richter Trelawney und den Geheimdienstleuten gelingt, diesen Thomas Blood aufzuspüren«, sagte Alan inbrünstig. »Wer weiß, was er sonst noch alles ausheckt.«

»Sagtest du nicht, er sei Ire?«

»Er ist hier geboren, ja. Die Männer, die Sir Orlando entführten, waren der Meinung, dass Blood nach Dublin geflohen ist.«

Armande erschauderte. »Das heißt ja, wir hätten ihm dort begegnen können. Bei dem Gedanken bekomme ich eine Gänsehaut.«

Sie übernachteten in Kilcash. Trelawney hatte Alan ein Empfehlungsschreiben für Lieutenant-General Butler mitgegeben. Als dieser hörte, dass die Besucher Freunde des Richters waren, der seinem Bruder das Leben gerettet hatte, lud er sie in die Burg ein und stellte ihnen ein Gästezimmer zur Verfügung.

»Es trifft sich gut, dass Ihr vorbeigekommen seid«, sagte Richard Butler. »Ich habe ein wichtiges Schreiben für den Baron Shanrahan.«

Als Alan und Armande am nächsten Morgen mit ihrem Führer aufbrachen, überließ der Burgherr ihnen frische Pferde. Das Wetter war kalt, aber trocken. Am späten Nachmittag erreichten die Reisenden Shanrahan. Der Tinker lenkte seine Packpferde in den Hof der Herberge, während das Ehepaar weiter in Richtung Burg ritt. Ihr Begleiter hatte ihnen eine Laterne verkauft, ohne die sie an dem dunklen Novemberabend nicht einmal den Weg ins Dorf gefunden hätten.

Am Rande der Ansiedlung sahen die Ankömmlinge mehrere Lichter. Neugierig und beunruhigt zugleich wendeten sie ihre Pferde und trabten näher. Eine Gruppe von Menschen hatte sich mit Fackeln in den Händen vor einem verfallenen Gebäude versammelt, das wie eine Kirche aussah. Ein ungutes Gefühl breitete sich in Alans Magen aus, während er die gespenstische Szene beobachtete. Die Leute schauten zum Dach des Gotteshauses hinauf und schrien entsetzt. Angestrengt versuchte er zu erkennen, was sie so erschreckte. Die Kirche besaß kein Dach mehr, und die glaslosen Fenster wirkten wie dunkle Höhlen. Die dicken Außenwände aber standen noch. Auf der Längsmauer des Gebäudes, wo einst die Dachrinne verlaufen war, bewegte sich etwas. Das Licht der Fackeln hob eine Gestalt aus dem Dunkel, die auf dem bröckelnden Gemäuer entlangbalancierte und etwas in den Wind rief, der ihr Hemd flattern ließ. Es war ein junger Mann mit ekstatisch verzücktem Gesicht. Seine Stimme überschlug sich vor Freude und Begeisterung.

»Heilige Mutter Gottes!«, entfuhr es Armande. »Der Kerl muss wahnsinnig sein.«

Alan versuchte zu verstehen, was der Jüngling in die Nacht hinausschrie. Auch er hatte von Breandán ein wenig Gälisch gelernt, gerade genug, um auf Reisen zurechtzukommen und ein paar einfache Sätze zu bilden, aber nicht ausreichend, um eine anspruchsvolle Unterhaltung zu führen. Nun kramte der Wundarzt das Gelernte mühsam aus seinem Gedächtnis hervor.

»*Aingeal* … Was hieß das noch? Ach ja … Engel …«, murmelte er. »Heilige Jungfrau, er hält sich für einen Engel. Er wird sich vom Dach stürzen!«

Der junge Mann hatte die Giebelseite der Kirche erklommen und erhob sich auf den Mauersteinen zu seiner vollen Größe. Mit ausgebreiteten Armen stieß er sich ab und ließ sich ins Leere fallen. Ein Aufschrei ging durch die Menge. Das schreckliche Geräusch, als sein Körper auf dem Boden aufschlug, ging in entsetztem Stimmengewirr unter.

Alan sprang vom Pferd und rannte auf die Menschen zu, die den Gefallenen umringten. Rücksichtslos schob er sich zwischen ihnen hindurch. Zu erregt, um ganze Sätze zu formen, rief er immer wieder auf Gälisch: »Weg! Arzt!«

Die Zuschauer waren so fassungslos über das, was sie gesehen hatten, dass sie ihm widerstandslos Platz machten. Erschüttert fiel Alan neben dem Jüngling auf die Knie. Er lag bäuchlings auf einem umgekippten Grabstein. Ein leises Stöhnen kam über seine Lippen. Einer der Umstehenden wollte ihn umdrehen, doch der Wundarzt schlug grob seine Hand zur Seite.

»Nein! Nicht anfassen.«

Ein Mann hatte sich durch die Menge gedrängt und stürzte an die Seite des Verletzten.

»Colm!«, rief er mit versagender Stimme. »Mein Junge …«

Der Mann wollte seinen Sohn in die Arme nehmen, doch Alan hinderte ihn daran, ihn zu berühren.

»Wer seid Ihr?«, fragte der Vater erbost.

»Ich bin Wundarzt«, antwortete Alan bestimmt.

Als der Mann begriff, dass er einen *sasanach* vor sich hatte, wechselte er ins Englische. »Colm ist mein Sohn.«

»Ihr dürft ihn nicht bewegen«, erklärte der Chirurg. »Wenn er Knochenbrüche davongetragen hat, würde ihm das schaden.«

Während er sprach, tastete Alan mit äußerster Vorsicht die Gliedmaßen des Verletzten ab. Der Jüngling machte keinen Versuch, sich aufzurichten, obwohl er bei Bewusstsein war. Seine Hände verkrampften sich vor Schmerzen im Gras. Zu seiner Beunruhigung bemerkte der Wundarzt, dass die untere Hälfte seines Körpers völlig erschlafft war. Behutsam ließ er die Finger über das verdrehte Rückgrat des Jungen gleiten.

»Was ist hier geschehen?«, fragte eine vertraute Stimme.

Alan sah auf und begegnete Jeremys erschrockenem Blick.

»Was macht Ihr denn hier?«, entfuhr es dem Priester.

Doch er wartete die Antwort nicht ab, sondern kniete sich neben seinen Freund.

»Er ist vom Giebel der Kirche gesprungen«, erklärte der Wundarzt. »Vorher rief er, dass er ein Engel sei und fliegen könne.«

»Wie schlimm ist er verletzt?«

»Sein Rückgrat ist gebrochen.«

Der Jesuit nickte nur. Er wusste, was das bedeutete. Betroffen sah er zu Eamonn Prendergast hinüber, der, Tränen in den Augen, neben seinem Sohn im Gras saß. Auf seinem Gesicht stritten Verzweiflung und ein letzter Funken Hoffnung. Als er den Kopf hob und in den Augen des Priesters las, erlosch sein Blick.

»Haltet seine Hand«, sagte Jeremy sanft.

Inzwischen war auch Moira am Unglücksort eingetroffen. Ohne ein Wort hockte sie sich an die Seite ihres Sohnes, löste die verkrampften Finger seiner linken Hand aus der Erde und behielt sie in der ihren, während ihr Gatte die rechte umfasste.

Als Breandán und Amoret dazukamen, bat Jeremy die junge Frau, seine Utensilien zum Spenden der Sterbesakramente zu holen. Dann gab er dem Jungen die Letzte Ölung. Wenige Augenblicke später starb er.

»Was geht hier eigentlich vor, Jeremy?«, fragte Alan beunruhigt.

Der Jesuit strich sich ratlos über die Augen, als versuche er, die schreckliche Vision des sterbenden Colm Prendergast fortzuwischen.

»Ich weiß es nicht, mein Freund.«

Die beiden Männer knieten vor dem Altar in der Burgkapelle und beteten für die Seele des Jungen, dessen Leichnam auf einem Tisch lag. Amoret hatte ein feines Leinenlaken aus ihrer Truhe in der Kate geholt, auf das man den Toten gebettet hatte. Die vier Enden des Tuchs gepackt, hatten Jeremy, Alan und Colms Eltern ihn in die Kapelle getragen und ihn dort aufgebahrt. Der Priester und der Wundarzt erklärten sich bereit, die erste Totenwache zu übernehmen.

»Glaubt Ihr, dass der Arme im Fieberdelirium war, als er sich von der Kirche stürzte?«, fragte Alan zweifelnd.

»Das ist doch die einzige vernünftige Erklärung, oder nicht?«, erwiderte Jeremy. »Lonán Ó Ceallaigh, der als Erster an den Pocken erkrankte, litt an so hohem Fieber, dass er wie ein Rasender tobte. Er glaubte sich in den Krieg zurückversetzt und sah sich wieder Cromwells Soldaten gegenüber.«

»Der Junge wirkte allerdings nicht, als sei er in einem Alptraum gefangen«, widersprach der Chirurg nachdenklich. »Er schien eher in einem euphorischen Rausch zu sein. Ich habe noch nie einen so verzückten Fieberkranken gesehen.«

Jeremy blickte seinen Freund forschend an. »Seid Ihr sicher?«

»Ja. Es war zwar dunkel, aber das Licht der Fackeln erhellte sein Gesicht. Er schrie, er sei ein Engel und würde zu Gott in den Himmel fliegen.«

Der Jesuit ließ sich die Einzelheiten durch den Kopf gehen. »Ich werde morgen die Familie befragen, ob ihnen an dem Jungen etwas aufgefallen ist. Sie müssen doch bemerkt haben, dass er krank war. Vielleicht hat er sich bei der Großmutter angesteckt. Sie ist vor einigen Tagen gestorben.«

»An den Blattern?«

»Vermutlich. Allerdings starb sie, bevor sich die Pusteln gezeigt haben.«

»Wie es scheint, sind wir gerade zur rechten Zeit gekommen«, bemerkte Alan mitfühlend.

Jeremy streifte ihn mit düsterem Blick. »Ihr wisst, dass es mir lieber wäre, wenn Ihr nicht hergekommen wärt«, sagte er vorwurfsvoll. Doch dann atmete er tief ein, und ein erleichtertes Lächeln huschte über sein Gesicht. »Andererseits bin ich froh, dass Ihr hier seid. Wir können jede Hilfe gebrauchen.«

Alan griff in sein Wams und übergab seinem Freund einen Brief.

»Von Sir Orlando. Es hat ihn gekränkt, dass Ihr ihm bisher noch keine Zeile geschrieben habt. Schlimm genug, dass er sich mit dieser Verschwörung gegen den König herumschlagen muss, er ist dabei auch noch ganz auf sich allein gestellt. Er vermisst Euch sehr, müsst Ihr wissen.«

Jeremy nahm das Schreiben entgegen und steckte es ein. »Ich vermisse ihn auch. Den Brief werde ich lesen, wenn ich ein wenig Ruhe habe.«

Die Freunde vertieften sich wieder ins Gebet. In den frühen Morgenstunden erhob sich Jeremy aus der knienden Stellung und setzte sich auf eine Bank, die an einer Seitenwand stand. Alan tat es ihm gleich. Er dachte an Armande, die im Gemach des Burgherrn über der Küche in einem weichen Bett schlief, und seufzte sehnsuchtsvoll.

»Ihr müsst müde sein«, sagte Jeremy. »Geht schlafen. Mr. Prendergast wird mich gleich ablösen.«

Kapitel 25

Das erschütternde Ereignis des Abends ließ Breandán bereits früh aus unruhigem Schlaf erwachen. Um Amoret nicht zu stören, erhob er sich leise und zog sich an. Bran, die auf einer Decke neben dem Bett lag, war keine Frühaufsteherin und blinzelte ihren Herrn vorwurfsvoll an.

»Bleib liegen«, sagte er schmunzelnd. »Ich bin gleich zurück.«

In seinen Mantel gehüllt, trat Breandán vor die Tür der Kate und schlenderte ein paar Schritte in Richtung Burg. Von der kleinen Anhöhe, auf der sie erbaut war, hatte er einen freien Blick auf den Sonnenaufgang, der den Himmel rosig überhauchte. Der Morgen war klar. Nur ein paar vereinzelte Wolken zogen träge dahin. Der Wind des Vortags hatte nachgelassen. Über dem Land lag eine gespenstische Stille. Bisher war der November erstaunlich trocken gewesen. Nur der morgendliche Reif überzog die brachliegenden Felder und das Moor mit einer glitzernden weißen Kruste. Die Kälte des Bodens kroch durch Breandáns Stiefelsohlen in seine Füße.

Um sie zu wärmen, ging er in Richtung der Felder. In den Katen der Bauern begannen sich die Menschen zu regen. Kühe muhten in den Viehgehegen und warteten darauf, gemolken zu werden. Der eigentümliche Geruch der Torffeuer stieg durch die Strohdächer und breitete sich in der kalten Luft aus.

Die Geräusche und Gerüche weckten Erinnerungen an Breandáns Kindheit. Der Clan Mhic Mhathúna, dem seine Familie angehörte, hatte einst den Herrscher des alten Königreichs Oriel gestellt. Anfang des Jahrhunderts hatte der Clan einen Großteil seines Landes an die Engländer verloren. Breandáns Großmutter stammte aus dem Clan Chaomhánach und war mit ihren Kindern nach dem Tod ihres Gatten nach Wexford zurückgekehrt. Er war dort geboren und in dem fruchtbaren Tiefland der Grafschaft aufgewachsen. Sein Vater war nur ein einfacher Bauer gewesen wie die Leute hier. Und obwohl er mit ihnen die gleichen Erinnerungen und dieselbe Sprache teilte, kam er sich unter den Einwohnern Shanrahans vor wie ein Fremder. Seit seiner Rückkehr in sein Heimatland, nach dem er sich all die Jahre gesehnt hatte, fühlte er sich nun zu seiner Überraschung seinen englischen Freunden näher als seinen Landsleuten. Sie hatten ihm stets zur Seite gestanden und ihn nie im Stich gelassen. Es gab nur wenige Iren, darunter Lonán Ó Ceallaigh, über die er das Gleiche hätte sagen können. Es hatte ihn erstaunt, wie sehr er sich freute, Meister Ridgeway wiederzusehen. Obwohl Alan ihm seine uneigennützige Freundschaft entgegengebracht hatte, war es ihm anfangs schwergefallen, den Wundarzt zu mögen, weil er Engländer war und Breandán alle Engländer als Feinde seines Volkes angesehen hatte. Doch mit der Zeit hatte er seine Vorurteile überwunden und Meister Ridgeway ebenso schätzen gelernt wie Pater Blackshaw und Richter Trelawney.

Ihre Freundschaft hatte Breandán verändert. Er war einer der ihren geworden und bedauerte es nicht, auch wenn ihn dies von seinen Landsleuten entfremdete.

Tief in Gedanken war der junge Baron Shanrahan am Ufer des schmalen Bachs entlanggeschlendert, bis ihn das Klappern der kleinen Mühle vor ihm aus der Versunkenheit riss. Sie war über dem Wasserlauf erbaut worden, und der Mühlstein wurde durch ein horizontal in der Strömung angebrachtes Rad angetrieben. Aus dem Gebäude drang Stimmengewirr zu ihm herüber, doch Breandán achtete nicht darauf. Der Instinkt des ehemaligen Soldaten zwang ihn plötzlich, sich umzudrehen.

Eamonn Prendergast hastete mit unsicheren Schritten auf ihn zu. Trauer und Schmerz hatten sein Gesicht verwüstet. Seine Augen glänzten wie im Fieber. In der rechten Hand hielt er eine Pistole.

Unwillkürlich sah sich Breandán nach einer Deckung um. Auf dem baumlosen Feldweg konnte ihm nur die Mühle Schutz bieten. Er war noch etwa fünfzig Yards von dem Gebäude entfernt. Flüchtig dachte er daran, loszurennen. Ein bewegliches Ziel war schwerer zu treffen als ein still stehendes. Doch dann entschied er sich dagegen. Eamonn war ihm bereits zu nah und hätte ihn niedergeschossen, bevor er auch nur einen Schritt gemacht hätte.

Mit zitternder Hand hob der Verwalter die Pistole und richtete den Lauf auf Breandáns Brust. Sein Gesicht verzerrte sich vor Zorn und Abscheu.

»Ihr habt meinen Sohn getötet!«, schrie er. Seine Stimme klang schrill. »Ihr habt ihn vergiftet … oder verhext … Ihr wollt meine Familie auslöschen … damit Ihr unser Land behalten könnt …«

Mit der Linken zog er den Hahn zurück, in dem der Feuerstein eingelassen war. Die Waffe war nun gespannt und schussbereit. Eine Welle der Angst wallte durch Breandáns Körper. Er hatte in der Vergangenheit schon oft dem Tod ins Auge gesehen, ja, ihn sogar gesucht, weil ihm sein erbärmliches Leben wertlos erschienen war und er dem Schmerz und dem Elend hatte entfliehen wollen. Doch seit er Amoret kannte, war alles anders. In diesem Moment sah er sie und seinen Sohn vor sich … und sein Herz krampfte sich vor Qual zusammen. Er wollte nicht sterben … nicht jetzt, da er sein Glück gefunden hatte.

»Gebt es zu!«, schrie Eamonn. Seine Stimme überschlug sich vor Erregung. »Ihr habt Colm getötet … Ihr habt ihn verhext …«

Ein Schluchzen stieg ihm in die Kehle. Während er sprach, wurde ihm die Unsinnigkeit seiner Anschuldigung bewusst. Im Gesicht seines Gegenübers las Eamonn Entsetzen, aber auch Verständnis und Mitgefühl. Der Mann vor ihm war kein Dämon, der ihn und seine Familie heimsuchte …

Ein Zittern befiel den Verwalter, und die Hand, in der er die Pistole hielt, schwang hin und her. Breandán trat langsam auf ihn zu und ergriff den Lauf der Waffe. Ein unkontrolliertes Zucken in Eamonns Fingern löste den Abzug aus. Das Pulver in der Pfanne geriet zischend in Brand, und die Kugel flog um Haaresbreite an Breandáns Kopf vorbei. Beschämt ließ der Verwalter die Pistole los und fiel stöhnend auf die Knie.

»Es tut mir leid …«, schluchzte er.

Obwohl ihm der Schrecken tief in die Glieder gefahren war und seine Nerven kribbelten, trat Breandán neben ihn und legte ihm tröstend die Hand auf die Schulter. Der Verwalter war nicht Herr seiner Sinne. Die Trauer um seinen Sohn und seine Mutter hatte ihn um den Verstand gebracht. Aber er war kein Mörder.

Plötzlich ertönte ein Schrei. Beide Männer fuhren herum. Aus der Mühle war ein Poltern zu hören, dann schrie eine Frau in Todesangst.

Ohne nachzudenken, rannte Breandán los und legte die kurze Strecke, die ihm eben noch unendlich weit erschienen war, in wenigen Augenblicken zurück. Die Tür war nicht verschlossen. Breandán stieß sie auf und sah sich um. Das Klappern des Mühlrads erfüllte das Gebäude. Dennoch waren im oberen Stockwerk Geräusche zu hören. Ein Möbelstück fiel krachend um, und ein Kind weinte. Dann übertönte das Gebrüll eines Mannes alles andere.

»Nimm dein Wechselbalg und verschwinde aus meinem Haus ... Glaubst du, ich sehe seinen Buckel nicht, seine reißenden Zähne, seine Klauen ... Was hast du mit meinem Sohn gemacht, du Monster?«

Breandán rannte die schmale Stiege hinauf. Ein ersticktes Röcheln wies ihm den Weg. Als er die Tür zur Schlafkammer des Müllers aufriss, stockte ihm der Atem. Laoghaire Ó Seanacháin stand über seine Frau gebeugt, die gegen die Wand zurückgewichen war. Seine Hände lagen um ihren Hals und drückten ihn zusammen. Auf dem Bett kauerte ein Junge von etwa fünf Jahren. Sein Gesicht war nass von Tränen, während Schluchzer seinen kleinen Körper schüttelten.

Mit wenigen Schritten war Breandán hinter dem Müller, packte ihn an den Schultern und riss ihn von seiner Frau weg. Verwirrt fuhr Laoghaire Ó Seanacháin herum. In seinen Augen glänzte der Wahnsinn. Als er sich einem neuen Gegner gegenübersah, holte er mit der Faust aus, doch Breandán duckte sich geistesgegenwärtig und schlug zu. Der Hieb traf den Müller ins Gesicht und holte ihn von den Beinen. Allerdings war er ein kräftiger Mann und hart im Nehmen, so dass er im nächsten Moment schon wieder auf den Füßen stand und sich mit gesenktem Kopf auf den Angreifer stürzte. In der engen Kammer gelang es Breandán nicht, ihm auszuweichen, als Laoghaire wie ein Rammbock in ihn hineinlief. Der Ansturm katapultierte ihn rückwärts durch die Tür. Beide Männer stürzten zu Boden. Breandán versuchte, sich unter dem Müller hervorzuwinden, doch dessen Knie war auf seiner Leiste gelandet. Laoghaire war noch immer wie von Sinnen. Er richtete sich halb auf und hockte sich mit seinem ganzen Gewicht auf Breandáns Unterleib. Dieser hieb ihm mit der Faust ins Gesicht. Doch der Müller schien keinen Schmerz mehr zu spüren. Seine großen Hände schlossen sich um Breandáns Hals. Der Baron schlug mit den Händen gegen Laoghaires Arme, um seinen Griff zu lockern. Die Ellbogen des Müllers knickten ein, und seine Finger rutschten ab. Verzweifelt wand sich Breandán unter ihm hin und her, versuchte, sein rechtes Bein anzuziehen, um den Müller von sich zu stoßen. Doch im nächsten Moment legte Laoghaire erneut die Hände um den Hals des bösartigen Elfs, der ihn angegriffen hatte, und drückte mit aller Kraft zu. Er war größer und schwerer als Breandán, dem es trotz aller Anstrengung nicht gelang, ihn abzuschütteln. Vor seinen Augen flammten bunte Lichter auf und explodierten wie glühende Sonnen. Das verzerrte Gesicht des Müllers über ihm verschwand hinter schwarzen Schleiern. Zum zweiten Mal an diesem Morgen überfiel Breandán Todesangst. Seine Kräfte schwanden. Er spürte nicht mehr, wie seine Arme herabfielen und sein Körper erschlaffte.

Plötzlich löste sich der Druck auf seinen Hals, und ein schweres Gewicht fiel auf ihn nieder. Wie glühende Lava strömte das Blut durch Breandáns Halsschlagadern in seinen Kopf. Der Schmerz brachte ihn allmählich wieder zur Besinnung. Das Gewicht rollte von seinem Körper. Eine Hand schlug ihn wiederholt ins Gesicht.

»Wacht auf«, rief eine brüchige Stimme.

Langsam klärte sich Breandáns Blick. Er sah Eamonn über sich gebeugt.

»Der Jungfrau sei Dank«, entfuhr es dem Verwalter, als er sah, dass der Baron am Leben war.

Mühsam richtete sich Breandán auf. Ein stechender Schmerz fuhr seinen Nacken hinauf und bohrte sich wie ein Messer in sein Gehirn. Neben ihm lag der Müller.

»Ich musste ihn niederschlagen«, erklärte Eamonn.

Auch ihn hatten die Kräfte nun endgültig verlassen. Er blieb neben dem bewusstlosen Laoghaire Ó Seanacháin auf dem Boden sitzen und vergrub das Gesicht in den Händen.

Der Schuss hatte einige der Dorfbewohner angelockt. Als Breandán Knochen-Áengus die Treppe heraufkommen sah, sagte er zu ihm: »Euer Bruder ist krank. Wir müssen ihn in die Burg bringen.«

Der jüngere Ó Seanacháin nickte düster. Zwei seiner Freunde halfen ihm, den Müller hochzuheben und hinauszutragen.

Inzwischen waren auch Jeremy und Amoret in der Mühle eingetroffen. Als sie hörten, was geschehen war, fiel die junge Frau Breandán um den Hals und drückte ihn überglücklich an sich.

»Mir ist nichts passiert«, versicherte er ihr gerührt. »Prendergast kam mir zu Hilfe.«

Breandán bemerkte den erstaunten Blick des Verwalters, der nicht begriff, weshalb man ihm so großherzig vergab. Der Baron nickte ihm beschwichtigend zu. Zutiefst beschämt senkte Eamonn die Augen und trat zu seiner Frau Moira, die ihn fürsorglich in die Arme nahm.

Jeremy ging in die Schlafkammer der Familie und beugte sich über die Müllerfrau, die, zu einem Häufchen Elend zusammengesunken, auf dem Boden hockte. Als sie den Kopf hob und ihn ansah, bemerkte er, dass ihr Gesicht bleich und schweißnass war. Ihre Augen wirkten wie große schwarze Löcher, und aus ihren Mundwinkeln sickerte Speichel. Dem Kind ging es noch schlechter. Es hatte sich übergeben. Seine Hände waren eiskalt. Von Zeit zu Zeit durchlief ein Zucken seine Glieder. Plötzlich wurde der Junge bewusstlos. Jeremy bekreuzigte sich.

Kapitel 26

»Was nun?«, fragte Breandán hilflos.

Auf Amorets Arm gestützt, sah sich der Baron Shanrahan im Gewölbesaal um, in dem die Familie des Müllers auf Rollbetten untergebracht worden war. Die Dienerschaft hatte in die große Wohnstube neben dem Schlafgemach umziehen müssen. Rasch hatten sich die Bediensteten Strohschütten aus Laken und Decken zurechtgenäht.

»Wir müssen jeden hier untersuchen, bevor noch weiteres Unglück geschieht«, beschloss Jeremy. »Alan und ich werden von Haus zu Haus gehen und alle Kranken hierherbringen. Nur so können wir hoffen, die Seuche einzudämmen.«

Der Jesuit nahm sich als Erstes den Verwalter vor, dessen Gesicht noch immer von Trauer gezeichnet war. Doch da er weder über Schmerzen noch Unwohlsein klagte und einen einigermaßen gefassten Eindruck machte, stufte Jeremy ihn als körperlich gesund ein. Sein Leiden war allein seelischer Natur. Auch Moira schien nichts zu fehlen.

Als Nächstes war die restliche Familie an der Reihe. Amoret begleitete den Priester und die Prendergasts zum Haus des

Verwalters. Da sich die Krankheit nun auf erschreckende Weise ausgebreitet hatte, sah sie es in ihrer Pflicht als Burgherrin, sich nützlich zu machen. Mary und das Kindermädchen, das die Pocken bereits durchgemacht hatte, würden sich in der Kate um Daimhín kümmern, während seine Eltern den anderen bei der Krankenpflege halfen.

Im Haus erwarteten sie der jüngere Sohn Piaras, die Tochter Bridget und die Magd Sorcha mit besorgten Mienen.

»Ihr habt sicher gehört, dass die Familie des Müllers erkrankt ist«, begann der Jesuit mit ruhiger, gefasster Stimme, die seine wahren Gefühle nicht preisgab. »Wie es scheint, haben wir es hier mit einer gefährlichen Seuche zu tun, die sich weiter im Dorf ausbreitet. Ich muss daher jeden untersuchen. Bitte sagt mir, ob Ihr Euch in irgendeiner Weise krank fühlt oder Schmerzen habt.« Da alle Anwesenden schwiegen, wurde Jeremy deutlicher: »Wenn Ihr nicht offen zu mir seid, kann ich Euch nicht helfen. Und falls Ihr erkrankt, könntet Ihr andere anstecken.«

Nach einigem Zögern gestand Moira: »Mein Sohn klagt seit ein paar Tagen über Übelkeit und Schlaflosigkeit.«

Jeremy trat zu dem Jüngling und legte die Hand auf seine Stirn. Sie fühlte sich kühl an, doch die Haut war feucht von Schweiß.

»Hattest du gestern Abend Fieber?«, fragte der Priester.

»Seine Haut war kühl«, erklärte die Mutter an seiner Stelle. »Aber er sagte, dass ihn abwechselnd heiße und kalte Wellen durchfließen.«

»Hast du Schmerzen?«, bohrte Jeremy weiter.

Dieses Mal nickte der blonde Junge. »Einen steifen Nacken und ein Brennen im Unterleib.«

Der Jesuit tastete mit der Hand über Piaras' Bauch. Er war weich, doch der Junge zuckte bei der Berührung vor Unbehagen zusammen. Daraufhin fühlte der Priester seinen Puls. Der Herzschlag war verlangsamt.

»Er muss ins Bett und ständig beaufsichtigt werden«, entschied Jeremy. Er wandte sich an den Verwalter, der verstört dastand und nichts sagte. »Wenn Ihr erlaubt, *a dhuine uasail,* nehme ich ihn mit ins Turmhaus.«

Da ihr Gemahl nicht reagierte, stimmte Moira schicksalsergeben zu. Sie hatte bereits einen Sohn an die tückische Krankheit verloren. Nun musste sie auch noch um den zweiten fürchten. Sie wusste, dass sie allein unter der Sorge zerbrechen würde. Und so war sie dankbar für die tatkräftige Entschlossenheit des Jesuiten und der Lady, die sich nicht wie die englischen Grundherren vor ihnen der Verantwortung für ihre Pächter entzogen und sie ihrem Schicksal überließen.

»Hat Euer älterer Sohn Colm über dieselben Beschwerden geklagt?«, fragte Jeremy die Mutter.

»Ja«, bestätigte Piaras, bevor Moira antworten konnte. »Er lag nachts wach und litt sehr unter Bauchschmerzen und Krämpfen in den Waden. Am Abend seines Todes benahm er sich sehr seltsam. Er lief wie im Rausch über die Felder und sprach mit den Tieren, als könnten sie ihn verstehen. Ich dachte, er wäre betrunken, aber so hatte ich ihn noch nie gesehen. Dann kletterte er auf die Mauer der Kirche und rief, er sei ein Engel …«

Erschüttert durch die Erinnerung, brach der Junge in Tränen aus. Seine Mutter nahm ihn in die Arme und wiegte ihn wie ein Kleinkind. Jeremy wartete, bis sich beide ein wenig beruhigt hatten.

»Was ist mit Euch?«, wandte sich Jeremy an die Tochter. »Fühlt Ihr Euch krank?«

Bridget schüttelte den Kopf. Widerstandslos ließ sie sich von dem Priester untersuchen. Sie und die Magd waren gesund. Amoret, die Bridget beobachtete, hatte allerdings den Eindruck, dass sie ihnen etwas verschwieg. Doch für den Moment hielt sie es für besser, die Sache auf sich beruhen zu lassen.

»Woher habt Ihr die Schulterverletzung?«, fragte Alan. »Sie ist schon älter als eine Woche.«

Breandán lächelte spöttisch. Er saß mit nacktem Oberkörper auf einem Schemel, während der Wundarzt ihn untersuchte.

»In Kilcash hatte ich auch schon einen Zusammenstoß mit einem Pockenkranken«, erklärte er. »Wie es scheint, habe ich gerade eine Pechsträhne.«

Bei der Erwähnung des Namens Kilcash fiel Alan der Brief wieder ein, den er überbringen sollte.

»In der Aufregung habe ich ganz vergessen, dass Richard Butler mir eine Nachricht für Euch mitgegeben hat, Mylord.«

Breandán warf dem Chirurgen einen missbilligenden Blick zu. »Bitte, sprecht mich nicht so an. Wir sind Freunde. Und Ihr habt meinen Werdegang vom Landsknecht zum Lord miterlebt.«

»Wie Ihr wollt, Breandán«, erwiderte Alan lächelnd. »Aber Ihr verdankt Euren Aufstieg allein Euren Fähigkeiten, vergesst das nicht.«

Während der Wundarzt eine heilsame Salbe auf die Würgemale an Breandáns Hals und auf seine linke Schulter auftrug, erbrach der junge Mann das Siegel, entfaltete den Brief und las. Seine Stirn legte sich in Falten.

»Der Inhalt scheint Euch zu beunruhigen«, bemerkte Alan.

»Ja …«, murmelte Breandán. »Hier hat offenbar jeder ein Geheimnis.«

Alan las Bestürzung und Ärger in den blauen Augen seines Gegenübers. Der Baron hob gerade zu einer Erklärung an, als eine sonore Stimme erklang: »Ich habe gehört, was passiert ist. Kann ich helfen?«

Alan und Breandán wandten die Köpfe und starrten den hochgewachsenen, breitschultrigen Mann an, der eben den Gewölbesaal betreten hatte.

Neugierig und zugleich argwöhnisch musterte Muiredach Ard die Anwesenden und trat dann auf den Lord und den Wundarzt zu. Armande, die sich um den Müller und seine Familie gekümmert hatte, spürte die Spannung und näherte sich besorgt.

Breandán stellte sie einander vor. Dabei bemerkte Alan, wie er den Brief zwischen den Fingern hin und her drehte, als wüsste er nicht recht, was er damit anfangen sollte. In diesem Moment wurden sie ein weiteres Mal unterbrochen. Jeremy und Amoret erschienen mit Piaras in der Tür zum Saal. Die Prendergasts begleiteten sie.

»Ich fürchte, wir werden noch mehr Betten brauchen«, verkündete der Priester unheilvoll.

Muiredach Ard erbot sich, noch einige unbenutzte Rollbetten aus seiner Herberge vorbeizubringen. Jeremy dankte ihm herzlich. Erst als der Wirt gegangen war, fiel dem Priester die gespannte Atmosphäre auf, die im Saal herrschte.

»Was ist los?«, fragte er in Erwartung einer weiteren schlechten Nachricht.

Breandán reichte ihm den Brief, den er immer noch in der Hand hielt. Nachdem der Jesuit das Schreiben überflogen hatte, faltete er es nachdenklich zusammen.

»Also das hat er vor uns verborgen. Aber wer kann es ihm verdenken?«

»Er hätte es uns sagen müssen«, grollte Breandán.

Jeremy musterte ihn prüfend. »Ihr kennt die Verschwiegenheit Eurer Landsleute doch besser als jeder andere. Ihr seid verletzt, weil Ihr angefangen habt, ihm zu vertrauen, er Euch aber nicht in gleicher Weise entgegenkam.«

Breandáns dunkle Augenbrauen schoben sich zusammen. »Mag sein. Aber ist es Euch nicht in den Sinn gekommen, dass Ó Donnabháin einen anderen Grund gehabt haben könnte, uns zu verschweigen, woher er Ó Riordáin kannte?«

Amoret hob die Hände, um die kryptische Unterhaltung der beiden Männer zu unterbrechen.

»Worum geht es hier eigentlich?«

Jeremy gab ihr den Brief. Amoret übersprang die Höflichkeitsfloskeln und las dann laut vor: »... Ihr habt mich gebeten, Erkundigungen über den Herbergswirt Muiredach Ó Donnabháin einzuholen. Ich erinnerte mich, dass ein Mann aus dem Gefolge Donals III. O'Donovan nach dem Krieg diesen Namen annahm, um sich vor den Engländern zu verstecken. Sein richtiger Name ist Ó Dálaigh. Ich erkundigte mich bei Donal IV. nach ihm, der mir dies bestätigte. Ich denke, es besteht kein Zweifel, dass es sich bei Eurem Wirt um denselben Muiredach Ó Donnabháin handelt. Er diente dem Clanoberhaupt der O'Donovans von etwa 1640 bis 1651 als *file* und verlor den Posten erst, nachdem Cromwell Donals Besitz konfiszierte. Zu erwähnen ist noch, dass Muiredach Ard eine der wichtigsten Bardenschulen des Landes besuchte, wo er Cormac Ó Riordáin begegnet sein muss, der dort ebenfalls studierte ...«

»Verstehe ich das richtig?«, mischte sich Alan ein. »Dieser große Kerl, der eben hier war, ist ein Barde?«

»Mehr als das«, belehrte ihn Breandán. »Er stammt aus einer der bedeutendsten Dichterfamilien Irlands, den Uí Dhálaigh, und er war der *file* eines Königs – in Irland gab es früher unzählige Kleinkönige. Damit gehörte er einem geistigen Adel an, der sich auf Augenhöhe mit dem König und dem Bischof befand.«

»Und nun führt er die Herberge hier im Ort?«, fragte Armande ungläubig.

»Die *filí* waren die Chronisten der Clans. Seit die Engländer die alte Ordnung in Irland zerstörten, haben sie ihre Daseinsberechtigung verloren«, erläuterte Breandán. »Manche wurden Gastwirte oder Lehrer wie Ó Donnabháin. Andere verdingen sich als Barden wie Ó Riordáin.«

»Der Wirt kannte also den Ermordeten, dessen Leiche Ihr in der Burg fandet?«, erkundigte sich Alan.

»Er hat nie bestritten, dass er ihn kannte«, stellte Jeremy richtig. »Aber er sagte nie, woher. Dass beide dieselbe Bardenschule besuchten, gibt ihrer Bekanntschaft allerdings ein ganz anderes Gewicht. Ó Donnabháin könnte mehr über den Hintergrund des Verbrechens wissen, als er zugibt.«

Das Auftauchen des Verwalters im Saal beendete die Diskussion. Jeremy wartete geduldig, bis Eamonn mit seinem Sohn gesprochen hatte, und trat dann zu ihm.

»Ich wäre Euch dankbar, wenn Ihr Meister Ridgeway und seiner Frau bei ihren Besuchen in den Hütten der Pächter als Übersetzer dienen könntet. Alle Einwohner müssen untersucht werden.«

Eamonn nickte schweigend. Dann fasste er sich ein Herz und fragte: »Wird mein Sohn wieder gesund?«

»Ich weiß es nicht«, antwortete Jeremy wahrheitsgemäß. »Aber solange er sich hier unter Aufsicht befindet, kann er zumindest weder sich selbst noch andere verletzen. Eure Gemahlin und Eure Tochter können bei der Pflege helfen.«

»Was geht da draußen vor?«, fragte Lonán Ó Ceallaigh, nachdem er eine Weile dem Stimmengewirr im Saal gelauscht hatte.

William, der gerade Fleischbrühe aus einem Krug in eine Schale füllte, hielt für einen Moment inne.

»Glaubt Ihr, dass Ihr etwas Hühnerfleisch kauen könnt?«

Obwohl er nichts sehen konnte, fühlte Lonán, dass der Diener abzulenken versuchte.

»Sagt mir, was los ist. Bitte, mein Freund.«

Da William einen Großteil der Krankenpflege übernommen hatte, verbrachten die beiden Männer viel Zeit im Gespräch. Lonán hatte einige Jahre auf dem Kontinent verbracht und beherrschte wie Breandán sowohl Englisch als auch Französisch und Spanisch.

»Man bringt die Kranken im Gewölbesaal unter«, erklärte William zurückhaltend.

»Welche Kranken? Ihr meint, es haben sich noch mehr Menschen mit den Pocken angesteckt?« Aus Lonáns Stimme sprach Entsetzen. »Es ist alles meine Schuld … ich hätte nicht herkommen dürfen.«

Er machte Anstalten, aus dem Bett zu steigen, obgleich jede Bewegung qualvoll war. Die Pusteln, die seinen Körper bedeckten, hatten sich mit dickem gelbem Eiter gefüllt und flossen an manchen Stellen ineinander. Seine Haut war geschwollen und spannte sich schmerzhaft über Muskeln und Knochen.

Lonán hatte noch immer Fieber, aber es war nicht mehr so hoch wie zu Anfang. Die meiste Zeit über war sein Geist klar.

Energisch hastete William ans Bett und hielt den Iren zurück. Dabei versuchte er, ihn so wenig wie möglich zu berühren, um ihm nicht weh zu tun.

»Ihr bleibt hübsch liegen, mein Guter! Dr. Fauconer hat gesagt, dass Ihr jetzt vor allem Ruhe braucht. Jegliche Anstrengung könnte Euch töten.«

»Was kümmert's Euch?«, stieß der Kranke mühsam hervor. »Ich muss wissen, was da draußen geschieht ...«

»Glaubt Ihr, wir haben Euch dem Tod entrissen, um nun zuzusehen, wie Ihr Euch umbringt? Wenn es uns gleichgültig wäre, ob Ihr lebt oder sterbt, hätten wir uns dann die Mühe gemacht, Euch eine Woche lang zu pflegen?«

»Was ist hier los, William?«, fragte Alan, der auf dem Weg in die Küche an der Offizierskammer vorbeikam.

»Er will nicht im Bett bleiben, Meister Ridgeway«, erklärte der Diener.

Alan blieb in der Tür stehen. »Ruht Euch aus«, sagte er zu Lonán. »Ihr seid noch lange nicht wieder bei Kräften.«

»Bitte sagt mir, wie viele Menschen krank sind«, bat der Tory.

»Bisher zehn. Wir haben alle untersucht, und die anderen scheinen gesund zu sein.«

»Aber es könnten noch mehr erkranken?«, fragte der Ire gepresst.

»Wir wollen es nicht hoffen«, erwiderte Alan beschwichtigend.

»Braucht Ihr Hilfe bei der Pflege?«, erkundigte sich William.

»Nein, du kannst hierbleiben. Wir haben nicht genug Decken und Laken, aber Breandán hat Thomas zum Friedensrichter Luscombe geschickt, um nachzufragen, ob er uns welche überlässt. Sobald er zurück ist, können wir die Kranken bequemer unterbringen.«

»Verstehe«, sagte Lonán leise. Seine Stimme klang geborsten.

Alan warf ihm noch einen besorgten Blick zu, dann eilte er weiter. In den nächsten Tagen würde keiner von ihnen viel schlafen.

Kapitel 27

Mit Sorge beobachtete Amoret die kleine Gruppe Pächter, die sich vor dem Turmhaus versammelt hatte. Sie alle bangten um einen Angehörigen, der nun mit den anderen zusammen auf einem Krankenlager im Gewölbesaal lag. Seán Ó Duibhir, der nur eine kleine Parzelle besaß und mehr schlecht als recht über den Winter kam, musste fürchten, seinen ältesten Sohn Garbán zu verlieren. Der Bursche litt an starken Bauchschmerzen und Erbrechen. Als man ihn herbrachte, war er bewusstlos. Niall, der Neffe des alten Brógán, hatte am ganzen Körper gezittert und war in Schweiß gebadet. Er hatte seit drei Nächten kaum geschlafen und sah sich von Feuer umgeben, das ihn zu verzehren drohte. Die anderen klagten bisher nur über Übelkeit und Krämpfe. Aber keiner von ihnen zeigte Ausschlag oder Pusteln. Jeremy vermutete, dass sie sich in einem frühen Stadium der Pocken befanden.

Die Diskussion der Bauern vor dem Hauptportal wurde hitziger, gereizter … beunruhigender. Amoret fing ein paar Wortfetzen auf: »Wie konnte das passieren … woher kommt die Seuche … wer hat sie zu uns gebracht …«

Die Erschütterung der Menschen über das Leiden ihrer Liebsten ließ sie nach einem Verantwortlichen suchen, aber wer konnte es ihnen verdenken? Amoret seufzte tief, um ihre innere Anspannung zu lösen. Ein Blick zum Himmel verriet ihr, dass sich Regen ankündigte. Die schwache Novembersonne war hinter dunklen Wolken verschwunden. Amoret sah noch einmal zu den fünf Männern hinüber, die noch immer erregt miteinander sprachen. Dann wandte sie sich ab und ging zur Kate. Sie wollte Mary und Madge fragen, ob sie etwas brauchten. Sie war gerade erst ein paar Schritte gegangen, als sie bemerkte, dass die Pächter plötzlich verstummten. Alarmiert fuhr Amoret herum.

Ihr Herz machte einen schmerzhaften Sprung. Unter dem Steinbogen des Hauptportals war eine Gestalt aufgetaucht, die sich schwankend an der offen stehenden Tür abstützte. Sie trug nur ein langes Leinenhemd. Ihr Gesicht war auf grauenhafte Weise entstellt, und selbst die Arme und Beine waren mit eitrigen Pusteln übersät. Für einen Moment war Amoret so entsetzt über den Anblick, dass sie wie gelähmt dastand. Den Bauern ging es ebenso. Doch sie fingen sich schnell wieder. Mit wutverzerrten Gesichtern stürzten sie sich auf Lonán.

»Mörder!«, schrie Seán Ó Duibhir, der vorauslief. »Du hast die Plage über uns gebracht.«

Mit wild schlagendem Herzen raffte Amoret ihre Röcke und rannte zum Turm zurück. Zu ihrem Schrecken sah sie, wie Seán den Kranken am Hemd packte und von der Tür wegzerrte. Der Schwung riss Lonán von den Beinen. Stöhnend ging er zu Boden. Seán schlug auf ihn ein und versetzte ihm einen Fußtritt in den Unterleib.

Amoret erreichte die beiden zur gleichen Zeit wie die anderen Pächter, die nun ebenfalls mit Wutgeheul auf den am Boden Liegenden herfielen. Ohne nachzudenken, warf sich Amoret über Lonán, um ihn vor weiteren Schlägen zu schützen. Ein verirrter Hieb traf sie in den Rücken, dann packten Hände ihre Schultern, und Finger krallten sich in ihren Mantel, um sie von dem Pockenkranken wegzuziehen. Mit aller Kraft verkrampfte sie die Hände im Gras, um sich festzuhalten, doch die Männer waren stärker.

»Hört auf!«, schrie eine Frau. »Lasst ihn in Ruhe.«

Amoret klammerte sich noch immer verzweifelt an Ó Ceallaigh, als Flann wie eine Furie zwischen die Männer schoss, Fußtritte verteilte und sich dann ebenfalls über den Tory warf. Doch auch sie hatte der Entschlossenheit der Pächter nichts entgegenzusetzen. Seán Ó Duibhir packte ihren Arm und riss sie grob zur Seite, obwohl sie sich mit Händen und Füßen gegen ihn wehrte.

Plötzlich fiel ein Schuss. Der Knall ließ die Tobenden zusammenfahren. Erschrocken wandten sie sich um.

»Lasst sofort die Frauen los!«, brüllte eine herrische Stimme. »Oder ich lasse euch abknallen wie tolle Hunde.«

Amoret wagte es, den Kopf zu heben. Mehrere Reiter hatten ihre Pferde vor der Burg gezügelt. Noch nie zuvor hatte sie sich so gefreut, ihren Nachbarn Ralph Luscombe zu sehen. Seine Frau Susanna begleitete ihn. Zwei Diener hielten ihre Pistolen schussbereit auf die Bauern gerichtet, die mit bleichen Gesichtern zurückwichen.

Vorsichtig richtete Amoret sich auf. Lonán Ó Ceallaigh lag mit dem Gesicht nach unten auf dem Boden. Er rührte sich nicht. Auf einmal legte sich eine Hand auf die Schulter der jungen Frau. Als sie sich umwandte, sah sie sich Jeremy gegenüber, der mit William herbeigeeilt war. Behutsam drehten sie den Kranken um, hoben ihn hoch und trugen ihn schweigend in die Burg zurück.

Der Schuss hatte Breandán alarmiert, der mit Bran an seiner Seite von den Ställen herüberrannte. Rasch erfasste er die Gefährlichkeit der Situation.

»Ich danke Euch für Euer Eingreifen, Sir«, sagte er ruhig.

»Ihr könnt von Glück sagen, dass ich zur rechten Zeit hier war«, gab Ralph Luscombe zurück. »Die fünf Totschläger nehme ich in Gewahrsam.«

Breandán bedachte die Bauern mit einem vernichtenden Blick.

»Mit Verlaub, es sind meine Leute, und ich werde sie bestrafen.«

»Sie haben Eure Frau, eine englische Dame von Stand, angegriffen«, widersprach Luscombe. »Sie gehören vor Gericht.«

»Ich sagte, ich kümmere mich um sie«, beharrte Breandán.

An seine eigenen Diener gewandt, die aus dem Turmhaus gerannt kamen, befahl er: »Bringt sie in den Keller und sperrt sie ein!«

Da Luscombes Lakaien noch immer ihre Pistolen auf sie gerichtet hatten, ließen sich die fünf Männer widerstandslos abführen.

»Wie Ihr wollt, Mylord«, sagte der Friedensrichter einlenkend. »Aber wenn der Mann stirbt, sind sie wegen Mordes dran. Wer ist er eigentlich?«

Susanna, die ihr Pferd neben das Reittier ihres Gatten gelenkt hatte, erklärte, ohne Breandáns Antwort abzuwarten: »Ich habe Euch doch berichtet, Gemahl, dass der Kranke ein fahrender Händler ist.«

Luscombe nickte, als er sich erinnerte. »Ihr hättet ihn nicht bei Euch aufnehmen sollen«, sagte er tadelnd. »Damit habt Ihr Euch und Eure Familie sowie das ganze Dorf in Gefahr gebracht.«

»Er war krank und hilflos«, erwiderte Breandán sarkastisch. »Was hätte ich tun sollen? Ihn in den Straßengraben werfen?«

Luscombe lief rot an. Bevor er etwas erwidern konnte, warf Susanna ihm einen strafenden Blick zu und sagte streng:

»Gemahl! Wie könnt Ihr nur? Es ist unsere christliche Pflicht, Kranken zu helfen.«

Gespannt verfolgte Amoret den Wortwechsel. Es verlangte sie danach, zu sehen, wie es dem armen Ó Ceallaigh ging, doch sie konnte ihren Gatten in dieser Situation nicht verlassen. Flann trat neben sie. Sie musterte das staubige Gesicht der englischen Lady und ihre schmutzigen Hände, mit denen sie sich in den Boden verkrallt hatte, um Lonán vor den Angriffen der Pächter zu schützen.

»Warum habt Ihr das getan?«, fragte Flann.

Amoret wandte ihr das Gesicht zu. »Ich habe nicht darüber nachgedacht«, antwortete sie. »Es war töricht, ich weiß … aber ich konnte nicht zusehen, wie sie ihn umbringen.«

Der verwunderte und zugleich dankbare Blick des Mädchens machte die Burgherrin verlegen.

»Seht nach, wie es ihm geht.«

Flann gehorchte und huschte lautlos ins Innere des Turms.

»Ich habe Euch die Laken und Decken mitgebracht, um die Ihr batet, Mylord«, sagte Ralph Luscombe. »Sowie noch mehr Schwefel und Salpeter zum Ausräuchern der Räume. Gebt mir Bescheid, wenn Ihr noch etwas braucht.«

Unter seinem missbilligenden Blick hatte sich Susanna von einem Diener aus dem Sattel helfen lassen.

»Meine Gemahlin wird Euch bei der Pflege der Kranken zur Hand gehen. Ich lasse zwei meiner Diener hier, die sie heute Abend nach Hause geleiten werden.«

»Sofern meine Hilfe bis dahin nicht mehr vonnöten sein wird«, fügte Susanna eigensinnig hinzu.

Luscombes Kiefermuskeln zuckten, als er die Zähne zusammenbiss.

»Nun, bleibt nicht zu lange. Schließlich haben wir Besuch. Und es sind Eure Verwandten.«

Als der Friedensrichter mit seinen restlichen Dienern davongeritten war, trat Breandán an die Seite seiner Frau und zog sie besitzergreifend an sich.

»Bist du verletzt?«, hauchte er in ihr Haar.

»Nein«, antwortete sie gefasst. »Nur ein paar blaue Flecken, schätze ich.«

»Lass dich von Pater Blackshaw untersuchen«, bat er. »Ich werde mir inzwischen die Raufbolde vornehmen.«

Besorgt blickte sie ihm nach. Dann trug sie Thomas und Gerald auf, die Packpferde abzuladen und die Sachen in den Gewölbesaal zu tragen. Sie begrüßte ihre Nachbarin, deren Wangen die kühle Luft rosig gefärbt hatte. Oder war es die Freude darüber, sich nützlich machen zu können?

»Ich danke Euch für Eure schnelle Hilfe«, sagte sie zu Susanna, die die Burgherrin betroffen ansah.

»Geht es Euch gut, Madam? Euer Gesicht und Eure Hände sind schmutzig. Haben die Männer Euch geschlagen?«

»Mein Rücken hat etwas abbekommen, fürchte ich«, gestand Amoret und legte sich die Hände ins Kreuz. »Aber das Korsett hat mich vor schlimmeren Verletzungen bewahrt.«

»Die Iren sind Wilde«, stieß Susanna abfällig hervor. »Seine Lordschaft hätte die Burschen meinem Gatten übergeben sollen. Er hätte sie auspeitschen lassen.«

»Mylord Shanrahan wird sie angemessen bestrafen, da bin ich mir sicher«, widersprach Amoret.

Das Kellergewölbe diente mehr als Lagerraum denn als Gefangenenverlies. Es gab nur eine große Zelle mit einer massiven Holztür, die mit Eisenbeschlägen verstärkt war. John, einer von Amorets Lakaien, ein kräftiger Bursche aus Shropshire, hielt mit geladener Pistole Wache.

»Mach auf«, gebot Breandán dem Diener. »Dann schließ die Tür hinter mir.«

»Ihr wollt allein da reingehen, Mylord?«, fragte der Lakai ungläubig.

»Tu, was ich sage«, befahl der Baron Shanrahan.

Die fünf Bauern saßen auf der groben Holzbank, die auch als Lager diente. Als ihr Herr eintrat, erhoben sie sich und sahen ihm trotzig entgegen. Breandán kannte diesen Blick … stolz, herausfordernd, starrsinnig … bereit, sich bis zum Letzten gegen tatsächliche oder eingebildete Demütigungen zu verteidigen. Unwillkürlich erkannte er sich in ihnen wieder. Sie waren ein Spiegelbild des jungen Landsknechts, der vor sechs Jahren im tiefsten Kerker des Newgate auf seinen Prozess gewartet hatte. Wie sie hatte er alles Englische gehasst. Doch dann war er Jeremy Blackshaw begegnet, der ihn vor dem Galgen und sich selbst gerettet hatte. Seitdem hatte er gelernt, sich nicht immer gleich durch die Worte und Handlungen anderer in seinem Stolz verletzt zu fühlen und seine Wut zu beherrschen. Und er kannte sich selbst gut genug, um sicher zu sein, dass er niemals einen wehrlosen Mann getötet hätte, wie diese fünf es eben beinahe getan hatten. Darüber hinaus hatten sie seine Frau angegriffen. Bei allem Verständnis für ihren Schmerz und ihren Zorn konnte er eine solch feige Tat nicht ungesühnt lassen. Sie verdienten Strafe.

Während er sich von seinen Erinnerungen an die Vergangenheit davontragen ließ, betrachtete er die Raufbolde mit düsterem Blick. Sein Schweigen brachte sie aus der Fassung. Unruhig traten sie von einem Fuß auf den anderen, wagten es aber nicht, einander anzusehen oder ein Wort zu sagen.

Breandán wusste, dass es keinen Sinn hätte, die Männer daran zu erinnern, dass er Ire war wie sie. Worte würden sie in ihrer Verbitterung nicht erreichen.

»Wie konntet Ihr es wagen, Hand an meine Frau zu legen?«, donnerte er.

Die fünf Pächter zögerten, unschlüssig, was sie tun sollten. Dann kochte bei Seán Ó Duibhir, dem Rädelsführer, der Zorn über.

»Sie hat ihn geschützt … den Bastard, der die Seuche in unsere Häuser trug …« Seán ballte die Fäuste und hob sie drohend. »Ihr habt ihn hergebracht …« Das Gesicht des Mannes verzerrte sich vor mühsam zurückgehaltener Wut. »Ihr …«

Breandán trat herausfordernd einen Schritt auf ihn zu.

»Ihr wollt mich schlagen? Nur zu. Zeigt, was Ihr draufhabt!«

Die Worte wirkten auf Seán wie ein Peitschenhieb. Ohne Vorwarnung ließ er die Faust vorschnellen, traf jedoch ins Leere. Sein Gegner hatte sich geduckt und schlug nun seinerseits zu. Der Hieb fegte Seán von den Beinen. Breandán hatte all seine Kraft hineingelegt. Er wusste, dass er kurzen Prozess mit ihnen machen musste. Sie würden es ihm nicht danken, wenn er sie schonte.

Überrascht blickte Seán ihn an und rieb sich das schmerzende Kinn. Doch er hatte noch nicht genug. Entschlossen rappelte er sich auf und stürzte sich mit einem Wutschrei auf den Baron, der so grazil gebaut war wie ein englischer Geck. Breandáns langjähriger Kampferfahrung hatte er jedoch nichts entgegenzusetzen. Trotz seiner verletzten Schulter wich der junge Mann dem Rasenden mühelos aus und schlug ein weiteres Mal vernichtend zu. Wieder ging Seán zu Boden. Diesmal drehte sich alles um ihn, so dass er selbst mit Hilfe seiner Kameraden nicht mehr auf die Füße kam. Sein Neffe Tadg sah seinen Onkel besiegt und warf sich nun ebenfalls wutentbrannt auf Breandán. Dieser war auf den Angriff vorbereitet und ließ den Jungen in seine vorschnellende Faust rennen. Der Schlag brach Tadgs Nase. Blut floss in seinen Rachen. Hustend sank er neben seinem Onkel auf den Steinboden.

Breandán rieb sich die Knöchel. »Sonst noch jemand?«, fragte er in die Runde.

Doch die Mienen der drei anderen Bauern zeigten, dass ihre Streitbarkeit verraucht war und die Vernunft wieder die Oberhand gewonnen hatte. Mit gesenkten Blicken schüttelten sie die Köpfe.

»Nein, *a dhuine uasail*«, sagte Séamus Ó Leannáin.

Seán Ó Duibhir massierte sich noch immer das Kinn, das anzuschwellen begann, und sah anerkennend zu Breandán auf.

»Ihr habt einen Schlag wie ein Pferd. Das muss man Euch lassen.«

Zum ersten Mal las der Baron Respekt in den Augen seiner Pächter. Seán erhob sich schwerfällig und half seinem Neffen auf die Beine, der vorsichtig mit der Hand über seine gebrochene Nase tastete.

»Ich schicke meinen Wundarzt her, um sie zu richten«, erbot sich Breandán.

»Spart Euch die Mühe«, erwiderte Seán spöttisch. »Mit dem zerschlagenen Zinken sieht Tadg wenigstens nicht mehr wie ein Weichling aus.«

»Was geschieht nun mit uns?«, fragte Séamus zerknirscht.

»Das hängt davon ab, ob der Mann überlebt«, erwiderte Breandán hart. »Wenn Ihr ihn umgebracht habt, kann ich Euch nicht länger schützen. Dann wird der englische Friedensrichter Euch den Prozess machen.«

Ernüchtert sahen die fünf Bauern ihren Herrn an. Die Aussicht auf den Galgen hatte sie endgültig verstummen lassen.

Ohne ein weiteres Wort verließ Breandán die Zelle. Es würde ihnen guttun, ein wenig im eigenen Saft zu schmoren.

Als der Burgherr die Offizierskammer erreichte, blieb er beklommen auf der Schwelle stehen. Lonán Ó Ceallaigh lag wieder im Baldachinbett. Jeremy deckte ihn gerade zu. Flann, die an seiner Seite stand, blickte besorgt auf den Kranken hinab. Auf einem Schemel saß William und raufte sich die Haare.

»Wie steht es um ihn?«, überwand sich Breandán endlich zu fragen.

Jeremy wandte sich um. Seine Miene war hoffnungsvoll.

»Er ist von schwereren Verletzungen verschont geblieben. Ich konnte keine Anzeichen für eine innere Blutung entdecken. Durch die Schläge sind einige der Pusteln aufgeplatzt, aber ich habe die Wunden gereinigt und mit Salbe behandelt.«

»Er wird sich also erholen?«

»Ich denke, ja.«

Breandán atmete erleichtert auf. »Wie konnte es überhaupt zu dem Zusammenstoß kommen?«, fragte er.

»Es tut mir leid, Mylord«, sagte der Diener verzweifelt. »Ich ging nur kurz raus, um das Nachtgeschirr zu leeren. Da ist er aufgestanden. Ich hätte nie gedacht, dass er die Kraft dazu hat.«

»Aber warum hat er das getan?«

»Ich wollte die Menschen um Vergebung für das Unglück bitten, das ich über sie gebracht habe«, hauchte Lonán. »Ich habe nicht darüber nachgedacht, was ich anrichten würde, als ich herkam.«

Jeremy sah den kranken Tory mitfühlend an. »Quält Euch nicht, mein Sohn«, sagte er sanft. »Um ehrlich zu sein, glaube ich nicht, dass Ihr für die Krankheit der Dorfbewohner verantwortlich seid.«

»Aber … sie haben sich bei mir angesteckt …«, stammelte Lonán verwirrt.

»Ihr sagtet doch, dass Ihr nur in Ó Donnabháins Herberge wart. Ihr hattet gar keine Berührung mit ihnen.«

»Seid Ihr sicher?«, schaltete sich Breandán ein.

»Ziemlich sicher«, bestätigte der Priester. »Bei den fünf Männern, die Ó Ceallaigh angegriffen haben, liegt die Sache allerdings anders. Sie haben ihn berührt. Ihr müsst unbedingt dafür sorgen, dass sie sich gründlich waschen und die Kleider wechseln.«

»Ich kümmere mich darum«, versprach Breandán.

Am Hauptportal traf der Baron Shanrahan auf Susanna Luscombe. Galant verbeugte er sich vor ihr.

»Ich habe mich noch nicht für Euren Beistand bedankt, Madam.«

»Ich helfe gern, wenn Not am Mann ist. Wie geht es dem Prügelopfer? Wird es überleben?«

»Ja, der Mann wurde nicht schwer verletzt«, erwiderte Breandán. »Ich wäre Euch sehr verbunden, wenn Ihr die frohe Nachricht an Euren Gemahl weiterleiten würdet.«

Susanna gestattete sich ein Lächeln. »Ihr habt recht. Es wäre Verschwendung, die Männer zu hängen. Ihr wisst gar nicht, wie schwer es ist, in diesem Land tüchtige Arbeitskräfte zu finden.«

Breandáns Züge verhärteten sich, doch die Puritanerin schien dies nicht zu bemerken. Sie war vor dem Portal stehen geblieben und deutete mit dem Finger auf den steinernen Torbogen.

»Nun, da Ihr der Herr von Shanrahan seid, solltet Ihr diese keltische Schweinerei entfernen lassen.«

Breandán folgte ihrem Blick und verkniff sich ein spöttisches Lächeln. In den Schlussstein war eine bizarre Figur eingearbeitet: eine Frauengestalt mit einem seltsamen dreieckigen Kopf, gespreizten Beinen und sichtbaren Geschlechtsteilen, eine sogenannte Síle na gCíoch oder Caecilia von den Brüsten. Auch Pater Blackshaw hatte ihn bereits auf die obszöne Darstellung angesprochen und ihn gebeten, sie wenigstens zu verdecken.

»Vergebt mir, Madam, wenn ich Euch belehre, aber die Síle na gCíoch ist keine keltische Darstellung, sondern eine Wikingergöttin«, sagte Muiredach Ard, der zu ihnen getreten war. »Die normannische Familie, die den Wehrturm erbauen ließ, hat die Figur dort angebracht.«

Susanna presste die Lippen zusammen. »Dennoch, sie ist anstößig. Keine Frau sollte sie ansehen müssen«, erwiderte sie spitz, bevor sie in den Saal zurückkehrte.

Breandán ertappte sich bei einem amüsierten Schmunzeln und zwang seine Züge zu einem ernsten Ausdruck.

»Inzwischen überrascht es mich nicht mehr, dass Ihr so belesen seid, Ó Dálaigh.«

Muiredach Ard erblasste sichtlich. »Ihr habt es also herausgefunden.« Prüfend musterte er das Gesicht des Barons, in dem ein deutlicher Vorwurf zu lesen war. »Ihr wart offen zu mir, und ich hätte ebenso aufrichtig mit Euch sein müssen. Bitte vergebt mir. Ich habe geschwiegen, weil der Muiredach Ó Dálaigh, der ich einst war, schon lange tot und begraben ist. Als ich meinen Rang als *file* verlor, entschied ich mich, ein anderer Mann zu werden. Es hätte keinen Sinn gehabt, der Vergangenheit nachzutrauern. Ich musste vollständig mit ihr brechen, sonst wäre ich so verbittert geworden wie Ó Riordáin. Von meiner frühen Jugendzeit an hatte ich immer nur in Versen gedacht. Doch nun habe ich seit zwanzig Jahren keinen Reim mehr geschmiedet. Ich wollte mein altes Leben nicht wieder heraufbeschwören, indem ich Euch davon erzählte.«

Es hätte ihm das Herz gebrochen, doch nicht einmal das konnte er aussprechen. Auf einmal erschien Breandán seine Enttäuschung über das Schweigen des Dichters kleinlich und engherzig.

»Es tut mir leid«, sagte er. »Ich habe nicht nachgedacht.«

Wieder einmal hatte er sich mehr von seinen Gefühlen leiten lassen als von der Vernunft. Er musste noch hart an sich arbeiten, bevor er sich der verantwortungsvollen Stellung eines Grundherrn würdig erweisen konnte.

Kapitel 28

Jeremy zog Sir Orlandos Brief hervor und entfaltete ihn. Um die Schrift entziffern zu können, stellte er sich unter die Fackel, die in einer Halterung am Eingang des Turmhauses brannte. Den ganzen Tag hatten sich der Priester und die anderen um die Pflege der Kranken gekümmert. Einige von ihnen litten an Erbrechen und Durchfall und mussten sauber gehalten werden. Andere versuchten immer wieder, ihr Lager zu verlassen, oder warfen sich im Delirium hin und her.

Susanna befahl schließlich ihren beiden Dienern, mit Hand anzulegen, obwohl diese sich darauf beriefen, dass sie ihre Herrin nur nach Hause geleiten sollten. Doch die Frau des Friedensrichters ließ keinen Widerspruch zu und wies sie an, neben den Betten zu wachen und zu verhindern, dass einer der Kranken aufstand.

Muiredach Ard half bei der Verpflegung der Patienten, indem er in der kleinen Küche eine kräftige Brühe kochte. Fast alle Befallenen litten an Schlaflosigkeit, und so stellten sich diejenigen, die sie pflegten, auf eine anstrengende Nacht ein.

Jeremy hatte sich eine kurze Pause gegönnt, um frische Luft zu schnappen und sich durch die Lektüre von Sir Orlandos Schreiben ein wenig abzulenken. Während er den Bericht seines Freundes über die Ereignisse der letzten Wochen las, standen ihm förmlich die Haare zu Berge. Als Alan neben ihm auftauchte, sah er ihn bestürzt an.

»Warum habt Ihr mir nicht von dem gefährlichen Abenteuer erzählt, das Ihr mit Seiner Lordschaft durchlebt habt?«, fragte er fassungslos.

»Es war nicht der richtige Zeitpunkt, um über mich zu reden«, erwiderte Alan. »Hier, ich habe Euch Tee mitgebracht. Armande hat eine Kanne für Euch aufgebrüht.«

Amüsiert über die erstaunte Miene seines Freundes, reichte er ihm einen großen Zinnhumpen mit dem chinesischen Trank, den Jeremy so sehr schätzte.

»Vielen Dank«, rief der Priester. »Mein Vorrat ist mir schon vor Wochen ausgegangen.«

»Ich habe auch Medikamente mitgebracht, Opium, Chinarinde, Drachenblut und einige weitere nützliche Kleinigkeiten. Damit werdet Ihr eine Weile auskommen.«

»Was sollte ich nur ohne Euch machen?«, sagte Jeremy inbrünstig, nachdem er an dem heißen Tee genippt hatte.

»Ich schicke Euch gern regelmäßig Nachschub, wenn wir wieder in London sind«, versprach der Wundarzt.

»Ich hoffe, Sir Orlando geht es gut.«

»Keiner von uns wurde bei dem Zusammentreffen mit den Dissenters verletzt«, versicherte Alan. »Wir konnten unbehelligt heimfahren. Mylord Arlingtons Leute haben das verlassene Haus später gründlich durchsucht, aber nichts gefunden.«

»Und was wird man jetzt tun, um diesen Blood aufzuspüren?«, erkundigte sich Jeremy.

»Ich nehme an, Seine Majestät wird die Verantwortlichen in Dublin beauftragen, ihn zu suchen. Oder er schickt sogar jemanden hierher, der die Nachforschungen leiten soll.«

Ein leises Geräusch in ihrem Rücken ließ die beiden Männer verstummen. Gleichzeitig wandten sie sich um, konnten aber niemanden sehen.

»Wir sollten hier draußen nicht weiter darüber reden«, mahnte Jeremy und steckte Sir Orlandos Brief unter sein Wams.

Die Freunde gingen in den Krankensaal zurück. Aufgeregt eilte Amoret ihnen entgegen.

»Kommt schnell! Die Müllerin hat einen Anfall«, rief sie.

Flann stand neben dem Lager der Kranken und sah hilflos auf sie hinab. Die Frau lag auf dem Rücken. Ihr ganzer Körper wurde von starken krampfartigen Zuckungen geschüttelt, ihr Kopf mit den verdrehten Augen war ins Kissen gepresst, und ihre Hände waren zu Fäusten geballt. Als der Anfall aufgetreten war, hatte Flann der Armen noch rasch ein Stück Holz zwischen die Zähne zwingen können, damit sie sich nicht die Zunge abbiss.

»Was können wir tun?«, fragte die junge Irin verzweifelt.

»Nichts«, erwiderte Jeremy. »Wir können nur verhindern, dass sie sich verletzt, und warten, bis es vorbei ist.«

Es dauerte nicht lange, bis die Attacke vorüberging und die Müllerfrau erschöpft und besinnungslos zurückließ. Alan, der sich entfernt hatte, um in seinen Arzneivorräten zu wühlen, drückte Flann ein Fläschchen in die Hand. In seinem holperigen Gälisch sagte er: »Wenn sie aufwacht, gebt zehn Tropfen Laudanum. Dann hoffentlich keine Anfälle mehr.«

»Danke.« Flanns Blick suchte die grauen Augen des Priesters. »Ich habe so etwas schon einmal bei einem Fallsüchtigen gesehen«, bemerkte sie. »Aber ich bin sicher, das Deirdre nicht mit dieser Krankheit geschlagen ist.«

»Es gibt hier mehrere Dinge, die keinen Sinn ergeben«, stimmte Jeremy zu. »Aber zurzeit bin ich völlig ratlos, was dahinterstecken könnte.«

Amoret hatte sich auf einen Schemel sinken lassen und rieb sich das Kreuz. Sie fühlte sich wie zerschlagen. Jeremy trat an ihre Seite und legte ihr sanft die Hand auf den Rücken.

»Habt Ihr Schmerzen? Ich hätte Euch schon längst untersuchen sollen. Die Männer sind recht grob mit Euch umgegangen.«

»Es ist nichts«, erwiderte sie mit einem gezwungenen Lächeln. »Der Schmerz wird vergehen.«

»Ihr habt Euch doch gründlich gewaschen und umgezogen, nachdem Ihr Ó Ceallaigh berührt hattet«, vergewisserte sich der Jesuit.

»Ja, natürlich. Macht Euch keine Sorgen. Wisst Ihr, was Breandán mit den Übeltätern vorhat?«

»Ich glaube, er hat ihnen tüchtig das Fell gegerbt«, antwortete Jeremy. In seiner Stimme stritten Missbilligung und Schadenfreude. »Nun, er kennt seine Landsleute besser als ich. Er wird wissen, wie man ihnen Respekt beibringt. Morgen will er sie aus der Zelle lassen, unter der Bedingung, dass sie sich aufrichtig bei Euch entschuldigen.«

»Er hat recht. Im Kerker nutzen uns die Männer nichts. Wir brauchen hier jede Hilfe.«

Nachdenklich ließ Amoret den Blick über die Kranken gleiten, die über den Saal verteilt auf ihren Strohlagern ruhten.

»Es sind so viele, vor allem junge Männer darunter, kaum Frauen«, sagte sie. »Wie bei der zehnten Plage, die die Ägypter befiel, als der Gott der Israeliten die Erstgeborenen tötete.«

Jeremy erstarrte. »Ihr habt recht!« Unwillkürlich geriet er ins Grübeln. »Was haben junge Männer und eine Greisin gemeinsam?«, murmelte er. »Wenn sie keine Berührung mit Ó Ceallaigh hatten, wie haben sie sich dann angesteckt?«

Nachdem sich Flann versichert hatte, dass die Müllerfrau schlief, trat sie zu der Burgherrin und dem Priester. Sie wirkte müde und abgespannt. Plötzlich fiel Amoret Bridget wieder ein.

»Ich möchte Euch um einen Gefallen bitten«, sagte sie zu Flann. »Als wir die Familie Prendergast untersuchten, hatte ich das Gefühl, dass die Tochter irgendetwas verschweigt. Würdet Ihr mit ihr sprechen?«

»Ich kann es versuchen«, erklärte sich das Mädchen bereit und ging zu Bridget hinüber, die an Piaras' Lager wachte.

»Ihr solltet ein wenig schlafen«, sagte Susanna, die unbemerkt neben Amoret und Jeremy aufgetaucht war. »Meine Diener und ich übernehmen die erste Nachtwache, wenn es Euch recht ist.«

Der Jesuit stimmte zu. Mit schmerzenden Gliedern legte er sich auf einem der Rollbetten nieder und war eingeschlafen, noch bevor sich Amoret auf ihrem Lager zugedeckt hatte. Alan und Armande hatten sich in das Große Schlafgemach zurückgezogen, und Muiredach Ard verbrachte die Nacht in seiner Herberge. Moira und Bridget Prendergast wachten an Piaras' Lager, während Susanna von Bett zu Bett ging und nach dem Rechten sah. Das Feuer im Kamin und die Binsenlichter in ihren eisernen Ständern bildeten vereinzelte kleine Lichtinseln im Dunkel des Saales, die nicht bis in die finsteren Ecken drangen.

Jeremy träumte von der zehnten Plage, mit der die Ägypter gestraft worden waren. Als er erwachte, begannen seine Gedanken erneut um die Frage zu kreisen, was die Kranken gemeinsam hatten. Inzwischen war er fast sicher, dass die Bewohner Shanrahans nicht an den Blattern litten. Um seine Vermutung zu überprüfen, ging er noch einmal die Krankheitszeichen durch, die er an Lonán Ó Ceallaigh beobachtet hatte: heftiges Fieber bis zum Delirium, Schüttelfrost, schneller Puls, Erbrechen, Schmerzen im Kopf und im Kreuz, dann Ausschlag und vier Tage später die Entwicklung von Bläschen und Pusteln am ganzen Körper. Bei den Dorfbewohnern zeigte sich dagegen ein etwas anderes Bild. Zwar litten auch sie an Übelkeit, Erbrechen, starkem Schwitzen und Delirien. Aber bei den meisten konnte Jeremy kein Fieber feststellen. Sie wirkten eher unterkühlt, und ihr Puls war verlangsamt. Viele von ihnen klagten über Zuckungen und Krämpfe in den Gliedern und speichelten stark, so dass sich Jeremy an Hundswut erinnert fühlte. Konnte es das sein? Diese schreckliche Krankheit, an die er vor drei Jahren einmal einen Patienten verloren hatte?

Seine innere Unruhe machte es ihm unmöglich, länger liegen zu bleiben. Mit einer Kerze in der Hand ging er durch den Saal, betrachtete die Kranken, die sich auf ihrem Lager hin und her warfen und keinen Schlaf fanden. Als Garbán Ó Duibhir aufzustehen versuchte, eilte der Jesuit an seine Seite und hielt ihn nieder.

»Wölfe …«, stammelte der Jüngling ängstlich. »Lasst mich … geht weg …« Plötzlich schrie er auf und schlug um sich. »Nein! Verschwindet …«

Susanna Luscombe winkte einem ihrer Diener zu, der dem Priester zögernd zu Hilfe kam. Die Berührungen steigerten die Erregung des Burschen noch zusätzlich.

»Lasst mich in Ruhe … Bestien …«, schrie Garbán.

Sein Körper war in Schweiß gebadet. Allmählich schienen die schrecklichen Visionen zu verblassen. Garbán hörte auf, gegen die Hände, die ihn hielten, anzukämpfen. Stattdessen wurden seine Arme und Beine von starken Muskelkrämpfen befallen. Amoret, die sein Schreien geweckt hatte, trat an Jeremys Seite.

»Wie steht es um ihn?«, fragte sie besorgt.

»Wenn ich das wüsste«, entgegnete Jeremy ratlos. »Wir können nur darauf achten, dass er im Bett bleibt. Ich bin mit meiner Weisheit am Ende.«

Flann, die an eine Wand gelehnt geschlafen hatte, war von der Aufregung ebenfalls aufgewacht. Sie hockte sich neben Garbán und streichelte sanft sein Haar.

»Wir haben schon als Kinder miteinander gespielt«, sagte sie leise. »Er war ein so großer tollpatschiger Knabe, der ständig Hunger hatte. Im Grunde hat er sich kaum verändert. Er kann immer noch für drei essen. Aber seine Familie ist arm und hat ihn nie satt bekommen.«

Amoret setzte sich neben das Mädchen auf den Boden. Doch sie wusste nicht, wie sie es trösten sollte. Eine Weile betrachtete Flann den jungen Ó Duibhir, dessen Glieder noch immer von Zuckungen geschüttelt wurden. Dann wandte sie ihre grünen Augen der Burgherrin zu.

»Ich habe mit Bridget gesprochen. Sie fühlt sich nicht krank. Sie war nur beunruhigt, weil …« Flann streifte den Jesuiten mit einem verlegenen Blick.

»Nur zu«, ermunterte Amoret sie. »Ihr könnt frei sprechen.«

»Ihre unreinen Tage sind verfrüht aufgetreten«, fuhr die junge Irin zögernd fort. »Sonst kamen sie bei ihr immer sehr regelmäßig. Diesmal waren sie auch ungewöhnlich stark.«

»Vielleicht ausgelöst von der Trauer nach dem Tod ihrer Großmutter«, vermutete Amoret.

»Möglich«, meinte Flann.

Jeremy, der schweigend zugehört hatte, schaltete sich ein: »Geht morgen von Haus zu Haus und fragt die Frauen, ob sie zurzeit ähnliche Beschwerden haben«, bat er das Mädchen. »Vielleicht besteht da doch ein Zusammenhang.«

Kapitel 29

Was haben junge Männer und eine Greisin gemeinsam?« Jeremy hatte die Frage in die Runde gestellt, als er am Morgen Alan und Armande über die Geschehnisse der Nacht auf den neuesten Stand brachte.

»Eigentlich nichts«, antwortete Amoret, die sich zu ihren Freunden gesellt hatte. »Die Jünglinge sind gesund und kräftig und bekommen von ihrer Mutter sicher einen Nachschlag bei den Mahlzeiten, während Nora Prendergast aufgrund ihres Alters und ihrer Bettlägerigkeit eher mager und hinfällig war.«

Jeremys Augen leuchteten auf. »Das ist es, Mylady. Wenn ich Euch nicht hätte …«

Ohne ein Wort der Erklärung wandte er sich ab und eilte zum Krankenlager des jungen Piaras. Seine Mutter war auf dem Boden eingeschlafen und schreckte mit einem Seufzen auf, als der Jesuit sie ungeduldig schüttelte.

»Was ist in ihn gefahren?«, fragte Alan verdutzt. »Ich sehe immer noch keine Gemeinsamkeit.«

»Aber ich«, erklärte Armande. »Klar, dass einem Mann so etwas nicht in den Sinn kommt. Wenn ich eine gebrechliche alte Frau zu Hause hätte, würde ich ihr auch eine zusätzliche Portion kräftiger Nahrung auftischen. Dr. Fauconer glaubt, dass die Krankheit durch etwas ausgelöst wurde, das sie gegessen haben.«

»Ein Gift?«, fragte Amoret erschüttert. »Aber welches?«

In diesem Moment stürmte ein kleiner Junge in den Saal. Mit großen Augen sah er sich um und trat dann schüchtern auf den Priester zu, der sein Gespräch mit Moira Prendergast beendet hatte.

»Bitte, kommt schnell, Hochwürden«, flehte er. »Flann schickt mich. Meine Mutter ist krank.«

»Führ mich zu ihr«, forderte Jeremy den Knaben auf. »Wie heißt du?«

»Peadar.«

Alan, der den Wortwechsel beobachtet hatte, drückte dem Jesuiten seine mit Instrumenten und Arzneien gefüllte Tasche in die Hand. Jeremy wandte sich an Amoret: »Ich wäre Euch dankbar, wenn Ihr mich begleiten würdet, Mylady.«

Gemeinsam folgten sie dem Jungen zum Haus des Schreiners. Fintan Ó Meadhra erwartete sie an der Tür. Sein Gesicht war angespannt.

»Könnt Ihr meiner Frau helfen, Hochwürdiger Herr?«, fragte er betroffen. »Oder seid Ihr gekommen, um ihr die Sterbesakramente zu geben?«

»Ich bin nicht nur Priester, sondern auch Arzt«, erklärte Jeremy. »Lasst mich erst einmal sehen, was ihr fehlt.«

Als sich seine Augen an das Halbdunkel in der Hütte gewöhnt hatten, entdeckte er Flann, die am Bett der kranken Frau saß. Blutgeruch lag in der Luft.

»Ich fürchte, ich habe Euch umsonst hergebeten«, sagte das Mädchen entschuldigend. »Eilis scheint außer Gefahr zu sein.«

Als Jeremy und Amoret näher traten, sahen sie das Blut, das zwischen den Beinen der Schreinerfrau in das grobe Laken gesickert war. Eilis warf Flann einen skeptischen Blick zu, als der Priester sich über sie beugte, doch Amoret sagte beschwichtigend: »Seine Hochwürden hat schon einige Entbindungen durchgeführt, auch bei mir. Entspannt Euch.«

Nach einer sorgfältigen Untersuchung, die Eilis mit deutlichem Unbehagen über sich ergehen ließ, richtete sich Jeremy auf.

»Sieht aus wie eine Fehlgeburt. Aber die Blutung hat bereits nachgelassen. Wo ist die Frucht?«

Flann reichte ihm ein Tuch, in das ein etwa zwei Zoll großer Fötus gewickelt war. Er sah bereits wie ein kleiner Mensch aus. Amoret bekreuzigte sich. Nachdem der Jesuit den Fötus untersucht hatte, hielt Flann ihm eine Schüssel mit Wasser hin, in der er sich die Hände wusch.

»Soweit ich es beurteilen kann, sieht das Kind normal aus, keine Missbildungen oder anderen Auffälligkeiten«, verkündete er stirnrunzelnd.

In diesem Moment betrat eine Frau die Hütte, die Eilis stark ähnelte, aber um einige Jahre älter war. Schlagartig verzerrte sich das Gesicht der Schreinerfrau.

»Du wagst es, dich hier blicken zu lassen?«, schimpfte sie mit einem Elan, den keiner der Anwesenden Eilis in ihrem Zustand zugetraut hätte. »Du bist schuld, dass ich mein Kind verloren habe. Du hast mich vergiftet, Caitlín. Gib es zu!«

Caitlín sah die Schreinerfrau entrüstet und verletzt an. »Wie kannst du so etwas sagen, Schwester?«

»Du warst immer eifersüchtig auf mich, weil Fintan mich zur Frau genommen hat und nicht dich. Und nun willst du verhindern, dass ich ihm Kinder schenke.«

Eilis ergriff eine Holzschale, die neben ihrem Bett stand, und schleuderte sie nach ihrer Schwester. Diese duckte sich und wich dem Geschoss aus.

»Dir haben die Feen den Verstand geraubt«, schrie Caitlín erbost. »Wie kannst du nur glauben, ich würde dir schaden wollen, meiner eigenen Schwester?«

»Was hast du mir gegeben, damit ich das Kind verliere, du Mörderin?«, tobte Eilis. Gereizt wehrte sie sich gegen Flann, die sie zu beruhigen versuchte. »Ich wusste gleich, dass etwas nicht stimmt, als mir übel wurde und ich Bauchkrämpfe bekam.«

»Ich schwöre dir, ich habe damit nichts zu tun …«

»Genug jetzt!«, rief Jeremy.

Die Frauen verstummten, starrten einander aber weiterhin wütend an. Amoret trat zu Caitlín und schob sie energisch vor die Tür.

Mit strenger Miene wandte sich der Priester an Eilis.

»Wisst Ihr nicht, dass es eine Sünde ist, einen anderen fälschlich eines Verbrechens zu bezichtigen?«, tadelte er sie. »Habt Ihr Beweise für Eure Behauptung?«

Die Frau des Schreiners öffnete ein paar Mal den Mund und schloss ihn wieder, weil ihr nicht die richtigen Worte einfielen. Dann senkte sie den Kopf und gestand kleinlaut: »Nein.«

Jeremy wartete auf das »Aber«, das kurz darauf folgte.

»Aber es stimmt, was ich sagte. Caitlín war immer eifersüchtig auf mich, weil ich als die Jüngere eher einen Mann gefunden habe als sie. Meine Schwester hatte auch einen Blick auf Fintan geworfen, und sie missgönnt mir, dass er mich geheiratet hat.«

»Das mag der Fall sein«, räumte der Priester ein. »Doch wie sollte sie die Fehlgeburt verursacht haben?«

Eilis holte Luft, um ihre Anklage zu untermauern, zögerte dann aber und blickte unsicher von einem zum anderen.

»Nun redet schon!«, befahl Jeremy streng. Keifereien zwischen Frauen hatten seine Geduld schon immer strapaziert.

»Sie kennt sich aus«, stieß Eilis hervor. »Wahrscheinlich hat sie mir heimlich Mutterkorn verabreicht.«

»Mutterkorn?«, wiederholte Jeremy zweifelnd. »Ein wehenförderndes Mittel, ja, aber wenig geeignet, um in einem so frühen Stadium der Schwangerschaft einen Abort herbeizuführen …« Er legte nachdenklich die Stirn in Falten. »Nun, unmöglich ist es nicht … Aber warum glaubt Ihr, dass Eure Schwester sich mit solchen Mitteln auskennt?«

Eilis zog eine trotzige Grimasse, doch als der Jesuit sie scharf ansah, gestand sie zähneknirschend: »Sie hat sie selbst schon angewendet – vor ein paar Jahren.«

Da Flann ärgerlich die Augen rollte, wandte sich Jeremy an das Mädchen: »Ist das wahr?«

»Ja«, gab das Mädchen zu. »Aber sie konnte nichts dafür. Ihr wurde Gewalt angetan.«

»Hat sie Mutterkorn genommen?«

»Nein, es war etwas anderes. Wie Ihr schon sagtet, Mutterkorn wirkt in den ersten Monaten der Schwangerschaft nicht sicher, und die Gefahr einer Vergiftung ist zu groß.«

»Mutterkorn wächst in erster Linie auf Roggen«, sagte Jeremy. »Ihr baut hier aber nur Hafer, Gerste und etwas Weizen an. Wie sollte sich Caitlín da Mutterkorn beschafft haben?«

»Der Friedensrichter Luscombe lässt Roggen anbauen, damit seine Pächter mit dem Stroh die Dächer ihrer Katen ausbessern können«, erklärte Flann.

»Ja, ich erinnere mich, dass er uns einige Ballen davon verkaufte«, murmelte Jeremy.

»Der Verwalter kauft regelmäßig Roggen bei dem Engländer ein«, fügte das rothaarige Mädchen hinzu.

»Um daraus Brot zu backen?«, fragte Jeremy.

»Natürlich. Es ist gehaltvoller als der Haferkuchen und die Kartoffeln, die hier alle essen. Im Winter verteilt er das Brot an die Armen im Dorf, die nicht so viele Vorräte anlegen konnten.«

Der Jesuit sah Eilis an. »Habt Ihr auch Brot aus Roggenmehl gegessen?«

»Ja, Pater. Ich brauchte doch Kraft für das Kind.«

Verwundert beobachtete Flann, wie die grauen Augen des Priesters aufleuchteten, als habe jemand ein Feuer in ihnen entzündet. In seinem Gesicht arbeitete es. Schließlich legte er eindringlich die Hand auf Eilis' Schulter und sagte: »Vergebt Eurer Schwester. Ich bin sicher, dass sie an Eurem Verlust keine Schuld trägt.«

Ohne ein weiteres Wort wandte er sich ab. Amoret, die vor der Tür Caitlín zu trösten versuchte, sah den Jesuiten aus der Hütte eilen.

»Wohin geht Ihr?«, fragte sie erstaunt.

»Zur Mühle«, erwiderte er knapp.

Verdutzt hastete die junge Frau ihm nach. »Was wollt Ihr denn in der Mühle?«

»Eine Vermutung überprüfen, die mich hoffentlich der Lösung des Rätsels näherbringt«, entgegnete Jeremy, ohne sich nach ihr umzudrehen oder seine Schritte zu verlangsamen.

Amoret raffte ihre Röcke und bemühte sich, ihn einzuholen. Sie wusste, dass es keinen Sinn hatte, weiter in ihn zu dringen. Er wirkte wie ein Jagdhund, der eine Spur aufgenommen hat.

Die Morgensonne war hinter einer dichten Wolkendecke verschwunden, die den Himmel verdunkelte. Bald setzte ein leichter Nieselregen ein, der die Wiesen und Felder noch düsterer erscheinen ließ. Die fernen Hügel verschwanden hinter grauen Schleiern. Während Amoret mit Jeremy mitzuhalten versuchte, zog sie sich die Kapuze ihres Mantels über den Kopf. Den Jesuiten dagegen kümmerte der Regen nicht, vermutlich hatte er ihn nicht einmal wahrgenommen.

In der Mühle waren das Rauschen des Baches und das Klappern des Wasserrads zu hören. Inzwischen war es so dunkel geworden, dass Jeremy beim Eintreten kaum mehr die Hand vor Augen sehen konnte. Ungeduldig suchte er nach einer Lichtquelle und fand schließlich ein Binsenlicht, das noch nicht abgebrannt war. Hastig kramte er die Zunderlade aus seiner Gürteltasche hervor und schlug mit dem Stahlring auf den Feuerstein, um Funken zu erzeugen, doch die Leinwand, die als Zunder diente, wollte sich nicht entzünden.

»Gebt her«, sagte Amoret. »Ihr seid zu ungeduldig.«

Er warf hitzig die Arme hoch. »Belanglosigkeiten wie diese stören meinen Gedankenfluss.«

Lächelnd machte sie sich daran, das Binsenlicht zu entzünden. Zum Glück lag kein Mehlstaub mehr in der Luft, sonst wäre es zu gefährlich gewesen, Funken zu schlagen, denn dieser konnte völlig unerwartet explodieren. Ohne ein Wort des Danks nahm Jeremy ihr die Lichtquelle aus der Hand und sah sich in der Mühle um. Da sein Umhang ihn behinderte, ließ er ihn achtlos auf den Boden fallen. Seufzend hob Amoret ihn auf und legte ihn über dem Arm zusammen.

Als Jeremy die Kornsäcke entdeckte, stellte er das Binsenlicht daneben und schnürte einen von ihnen auf, dann einen zweiten, bis er fündig wurde.

»Roggen«, sagte er zufrieden.

Mit beiden Händen griff er hinein und ließ das Korn durch die Finger rinnen. Da er nichts fand, kippte er den Sack kurzerhand um und verteilte das Getreide auf dem Fußboden. Verständnislos beobachtete Amoret, wie der Jesuit auf die Knie sank und die Körner durchsuchte.

»Ah«, rief er schließlich. Triumphierend hielt er ein längliches Gebilde ins Licht, das etwa dreimal so groß war wie ein Roggenkorn. »Ein Hahnensporn.«

Amoret musste zugeben, dass die gebogene Form tatsächlich an einen solchen erinnerte.

»Was ist das?«, fragte sie.

»Mutterkorn, auch Roggenmutter genannt.« Jeremy fuhr mit den Fingern durch die Getreidekörner und sammelte eine ganze Handvoll der dunklen Zapfen. »Und zwar eine Menge.«

»Wie kommt es in das Getreide?«

»Es wächst als Missbildung an den Ähren wie ein Brand. Die Hebammen verabreichen es, wenn eine Frau während der Geburt zu schwache Wehen hat. In manchen Kräuterbüchern wird es zur Blutstillung empfohlen. Aber man muss es vorsichtig anwenden, denn es ist sehr giftig.«

»Glaubt Ihr, dass diese Zapfen die Menschen hier krank gemacht haben?«, fragte Amoret zweifelnd.

»Nun, es ist auffällig, dass die ganze Familie des Müllers betroffen ist, bei den anderen jedoch nur einzelne Mitglieder«, argumentierte Jeremy. »Aber es gibt wohl nur eine Möglichkeit, das zu überprüfen.«

»Nein!«, schrie Amoret, noch bevor sich der Priester drei der Zapfen in den Mund steckte, sie zerbiss und hinunterschluckte. Etwas in seiner Stimme hatte ihr seine Absicht verraten, doch es geschah so schnell, dass sie nur hilflos mit ansehen konnte, wie er das gefährliche Gift einnahm. Zorn wallte in ihr auf. Mit einem trockenen Schluchzen warf sie sich vor ihm auf die Knie und packte ihn bei den Schultern.

»Wie konntet Ihr das tun?«

Jeremy löste ihre Hände aus seinem Wams und behielt sie in den seinen.

»Ich hätte niemand anderen bitten können, das Experiment an meiner Stelle zu wagen, Amoret. Das verstehst du doch.«

Sie schüttelte trotzig den Kopf. »Nein – Ihr könntet sterben –«

Tränen stiegen ihr in die Augen. Ein starkes Schuldgefühl und die Liebe zu ihr ließen ihn für einen Moment seine Abneigung gegen körperliche Nähe vergessen. Er legte die Arme um sie und zog sie an sich. Ihr Kopf sank an seine Schulter, und ihre Hände verkrallten sich erneut in sein Wams.

»Es tut mir leid«, sagte er, wie stets überrascht über die Stärke der Gefühle, die er in ihr weckte. »Ich wollte Euch keinen Kummer bereiten. Aber hier im Dorf sterben Menschen. Deshalb muss ich herausfinden, was ihre Krankheit verursacht.«

Da seine Worte sie nicht erreichten, schob er sie sanft von sich und wischte ihr mit den Fingern die Tränen von den Wangen.

»Mir wird schon nichts passieren«, sagte er eindringlich. »Ihr seid doch da, um auf mich aufzupassen.«

Amoret hätte ihn am liebsten geohrfeigt. Der Zorn über sein unverantwortliches Verhalten verdrängte den Schmerz und die Angst. Bebend vor Wut stand sie auf, half ihm auf die Füße und führte ihn wie ein ungehorsames Kind am Arm zum Turmhaus zurück. Im Gewölbesaal kamen ihnen Breandán und Alan entgegen.

»Was ist geschehen?«, fragte der Baron, als er das grimmige Gesicht seiner Frau sah.

Sich mühsam zur Ruhe zwingend, berichtete Amoret ihm und dem Wundarzt, was vorgefallen war. Alan reagierte ebenso verständnislos wie sie.

»Seid Ihr verrückt geworden?«, fuhr er seinen Freund an. »Wie konntet Ihr Euch einer solchen Gefahr aussetzen? Haben wir hier nicht schon genug Kranke? Ich könnte Euch erwürgen!«

Erbost und zutiefst verletzt, wandte sich Alan ab und trat zu Susanna Luscombe, die heiße Brühe an die Patienten verteilte.

»Was ist los?«, fragte sie, während sie ihm eine gefüllte Schale reichte.

»Mein Freund glaubt, dass die Leute nicht an den Pocken leiden, sondern an einer Vergiftung«, erklärte der Wundarzt.

»Eine Vergiftung?«

»Ja, mit Mutterkorn. Und er hat etwas davon eingenommen, um es zu überprüfen.«

Susanna blickte den Chirurgen mit offenem Mund an. »Euer Freund ist ein hingebungsvoller Arzt.«

»Er könnte sich damit umbringen«, gab Alan gereizt zurück. »Niemand weiß, wie viel von dem Zeug tödlich ist.«

»Da habt Ihr natürlich recht«, stimmte Susanna zu. »Aber letztendlich bleibt es seine Entscheidung.«

Armande, die zu ihrer Freundin und dem Jesuiten getreten war, überschüttete Jeremy ebenfalls mit Vorwürfen.

Ergeben hob er die Hände.

»Ich verspreche Euch, dass ich das nächste Mal nach einem anderen Weg suchen werde, um einer meiner Vermutungen nachzugehen. Bitte vergebt mir, dass ich so wenig Rücksicht auf Eure Gefühle genommen habe.«

Ein wenig beschwichtigt, sah Amoret zu Moira Prendergast hinüber, die ihrem Sohn Suppe einflößte.

»Wonach habt Ihr sie vorhin gefragt?«

Jeremy war ihrem Blick gefolgt. »Ich wollte wissen, ob Sie ihren Söhnen und ihrer Schwiegermutter etwas zu essen gegeben hat, wovon sie selbst und ihr Gemahl nicht gegessen haben. Sie bestätigte mir, dass Colm und Piaras eine zusätzliche Portion Brot und Ale bekommen haben. Und Nora hatte eine Schwäche für helles Brot.«

Amoret erbleichte. »Dann ist es also möglich, dass sie an einer Mutterkornvergiftung starb?«

»So sieht es aus.«

Um ihrem schmerzlichen Blick zu entkommen, trug Jeremy einen Schmutzeimer aus dem Saal hinter das Turmhaus und schüttete ihn dort aus. Als er zum wolkenverhangenen Himmel hinaufblickte, sah er eine flammend rote Sonne durch das dichte Grau brechen. Glühende Pfeile trafen auf das nasse Gras, entzündeten es, ließen gleißende Funken aufstieben, die sich zu einem einzigen bunten Feuerwerk verdichteten. Die Lichter flossen ineinander, wechselten von Scharlach zu Kardinalrot, von Amethystfarben zu Gold, von Türkis zu Bernstein, von Kristallklar zu Silber. Fasziniert stand Jeremy da und betrachtete das leuchtende Farbenspiel. Er lauschte dem Wiehern der Pferde im Stall, dem Muhen der Kühe auf den Weiden, dem Gegacker der Hühner, die im Mist pickten. Sie alle schienen zu ihm zu sprechen, ihm von ihren Sorgen und Freuden zu erzählen. Der Wind rauschte durch das Stroh der Dächer, brachte die Halme zum Singen. In der Ferne leuchtete das kupferrote und bronzefarbene Moor in phantastischen Schattierungen. Wie von einer unwiderstehlichen Kraft angezogen, setzte sich Jeremy in Bewegung.

Er war ein paar Schritte gegangen, als sich eine Hand auf seinen Arm legte und ihn festhielt. Lächelnd wandte der Priester den Kopf und blickte in Amorets Gesicht, das seltsam verzerrt schien.

»Das müsst Ihr sehen«, sagte er verträumt. »Diese Farben … herrlich …«

Widerstandslos ließ er sich in die Burg führen, die schmale Wendeltreppe hinauf in ein Gemach, in dem ein Baldachinbett stand.

»Bringt mir meine Bücher«, verlangte Jeremy mit glänzenden Augen. »Ich weiß jetzt, wie ich die Seuchen der Menschheit heilen kann. Es ist ganz einfach ... warum bin ich nicht schon längst darauf gekommen?«

Er verspürte den Drang, sich in seine medizinischen Texte zu vertiefen. So lange hatte er nach Behandlungen für Krankheiten gesucht, für die es anscheinend kein Heilmittel gab. Jetzt fühlte er eine gewaltige schöpferische Kraft in sich aufsteigen, die ihn zu der ersehnten Lösung führen würde.

Ein Spinnennetz, das über eine Wandecke gespannt war, lenkte Jeremy von seinen Gedankenflügen ab. Überwältigt betrachtete er seine vollkommene Form, die feine Beschaffenheit der Fäden, die Ausgewogenheit der Webarbeit ...

Jemand zog ihn von dem Stuhl herunter, auf den er geklettert war, und schob ihn zum Bett. Im nächsten Moment kniete er vor dem Kamin und bewunderte das farbenprächtige Flackern, Flirren, Funkeln der Flammen, die einen sinnlichen Tanz aufführten. Seine Hand berührte das orangerote Gebilde, streichelte die glühende Seide. Die Hitze drang in seine kalten Finger ein und fauchte durch seine Arme in seinen Körper, setzte sein Herz in Brand.

Ein Schrei ertönte. Seine Hand wurde von den Flammen weggerissen, dann tauchte sie ein in kühlendes Nass, das ihn erschauern ließ. Ein Frösteln durchlief ihn bis in die Zehenspitzen.

Die Wände des Raumes, in dem er sich befand, zerflossen wie geschmolzenes Blei. Er hob die Hände, betrachtete sie, doch sie gehörten nicht mehr zu ihm. Riesenhaft steckten sie wie Fremdkörper an seinen Armen, begannen, sich aufzulösen, mit der Masse der Wände, des Fußbodens, der Decke zu verschmelzen. Erstickende Angst stieg in Jeremy auf, Angst, sich zu verlieren, in einem Strudel aus Lava und Eis zu versinken … im Nichts zu verschwinden.

Seine Augen weiteten sich in plötzlicher Panik. Er schrie. Der Teufel griff nach ihm, wuchs übermächtig und bedrohlich aus dem Boden hervor, verwandelte sich in einen roten Drachen, dessen geiferndes Maul ihn zu verschlingen drohte.

Eine feste Umarmung riss ihn in die Wirklichkeit zurück, ließ ihn die Grenzen seines Körpers wieder spüren, der sich vor seinen Augen aufgelöst hatte. Die Angst schwand. Eine Hand streichelte sanft sein Gesicht.

»Halt mich«, murmelte er.

Als Alan das Gemach betrat, saßen Amoret und Jeremy vor dem Kamin auf dem Boden. Sie hielt ihn in den Armen, und er hatte das Gesicht in ihrem Haar vergraben. Besorgt hockte sich Alan neben sie.

»Wie geht es ihm?«

Amorets Gesicht war bleich, und unter ihren Augen lagen dunkle Schatten.

»Er hat sich beruhigt. Der Angstanfall scheint vorüber. Ich möchte nicht sehen, was er gesehen hat.« Amorets starre Miene offenbarte noch immer Ärger über seinen Leichtsinn. »Er hat Verbrennungen an der Hand«, fügte sie hinzu. »Ich habe nur einen Moment nicht aufgepasst, da saß er plötzlich vor dem Kamin und fasste ins Feuer.«

Alan sah sie verständnisvoll an. Dann legte er prüfend die Hand auf Jeremys Stirn, auf der sich Schweiß gebildet hatte, und fühlte seinen Puls.

»Sein Herzschlag ist verlangsamt. Legen wir ihn ins Bett.«

»Glaubt Ihr, er hat recht? Könnten die Kranken an einer Mutterkornvergiftung leiden?«, fragte Amoret, nachdem sie den Jesuiten zugedeckt hatten.

»Er zeigt dieselben Anzeichen wie sie«, bestätigte der Wundarzt. »Wir können nur hoffen, dass er es unbeschadet übersteht. Ich hole eine Salbe für die Verbrennungen. Zum Glück sind sie nicht so schlimm.«

Alan brauchte sie nicht zu bitten, bei Jeremy zu wachen. Keine zehn Pferde hätten sie von seiner Seite weggebracht.

Kapitel 30

Schweigend stand Breandán auf der Schwelle und betrachtete seine Frau, die auf einem Stuhl neben dem Bett saß und Jeremys Hand umklammert hielt. Sie hatte ihn nicht bemerkt. Breandán kämpfte gegen die Eifersucht an, die er in sich aufsteigen spürte. Er verstand selbst nicht, woher diese heftigen Gefühle auf einmal kamen. Seit er Amoret kannte, wusste er, wie sehr sie den Priester liebte. Auch Breandán empfand tiefe Freundschaft für Jeremy, mehr als für jeden anderen Menschen, und er würde ihm jederzeit sein Leben anvertrauen. Weshalb also überkam ihn dieses seltsame Gemisch aus Ärger und Schmerz, wenn er Amoret mit dem Jesuiten zusammen sah?

Eine Hand legte sich auf seinen Arm. Breandán zuckte zusammen und wandte den Kopf. Erstaunt blickte er in Armandes braune Augen. Er hatte die Annäherung der Französin nicht bemerkt. Sie machte ihm ein Zeichen, ihr zu folgen. Ohne Widerspruch gehorchte er und stieg hinter ihr die Stufen zur Küche hinab.

Armande nahm zwei Zinnbecher von einem Bord an der Wand und füllte sie aus der Weinflasche, die auf einem Anrichtetisch stand.

»Trinkt Ihr einen Becher mit mir?«, fragte sie. »Der Met ist mir zu süß. Ich ziehe Bordeaux vor.«

Neugierig betrachtete er sie, während sie ihm das Gefäß reichte.

»Wie lange habt Ihr mich beobachtet?«, fragte er.

»Lange genug, um in Eurem Gesicht zu lesen«, erwiderte Armande und nahm einen tiefen Schluck.

»Ich weiß selbst nicht, was mit mir los ist«, vertraute er ihr an. »Früher hat es mich nie gestört, dass Amoret und Pater Blackshaw unzertrennlich sind. Aber jetzt ...«

»Jetzt seid Ihr eifersüchtig, wenn Ihr sie zusammen seht«, ergänzte Armande.

»Warum fühle ich so?«, fragte Breandán hilflos.

»Ihr seid jetzt der Baron Shanrahan. Ihr habt die Verantwortung für Euer Land und die Menschen, die darauf leben. Das ist eine schwere Last. Besonders für jemanden, der sich selbst noch als einfacher Bauer sieht. Auch wenn ich damals noch nicht in London war, kenne ich doch Eure Geschichte, Breandán«, sagte Armande. »Ich weiß, dass Ihr es nicht leicht hattet. Schon früh musstet Ihr für Euch selbst sorgen und habt die Verachtung der Engländer für Euer Volk zu spüren bekommen. Als Ihr Amoret kennenlerntet, konntet Ihr daher nicht glauben, dass sie Euch wirklich liebt. Ihr dachtet, dass Ihr diese Liebe nicht verdient habt. Und diese Zweifel habt Ihr heute noch.«

Breandán wollte protestieren, doch Armande brachte ihn mit einer Handbewegung zum Schweigen.

»Es ist sehr schwer, die Missachtung, die man durch andere Menschen erfahren hat, zu vergessen. Wahrscheinlich werdet Ihr es nie. Aber Ihr dürft Euch von dieser Bitterkeit nicht beherrschen lassen. Ihr müsst Euch bewusst machen, dass Ihr Amoret vertrauen, dass Ihr auf ihre Liebe zählen könnt. Sie liebt Pater Blackshaw, seit sie ein Kind war, aber die tiefe Leidenschaft und Hingabe zwischen Mann und Frau empfindet sie nur für Euch.« Armande sah den jungen Iren eindringlich an. »Wie lange ist es her, dass Ihr Euch nahe wart?«, fragte sie.

»Die Umstände waren dafür nicht gerade günstig«, antwortete Breandán ausweichend.

Die Französin machte eine abwehrende Geste. »Die Umstände werden sich auch wieder ändern. Ihr wisst, ich habe einen Schürzenjäger geheiratet. Vor dem Altar hat er mir versprochen, mir treu zu sein, und ich glaube ihm, dass er es ehrlich meinte. Aber ich weiß auch, dass ich an unserer Liebe arbeiten muss und sie nicht als selbstverständlich ansehen darf.«

Armande goss Wasser aus dem Kessel über der Feuerstelle in eine Schüssel, spülte die Zinnbecher und stellte sie auf das Bord zurück. Als sie die Küche verließ, blieb Breandán nachdenklich zurück.

Nach einer Weile straffte er sich, stieg die wenigen Stufen zum Schlafgemach hinauf und trat über die Schwelle. Amoret hob den Kopf und sah ihn an. Ihre Hand hielt noch immer die des Priesters, der sich im Halbschlaf im Bett hin und herwarf.

»Er ist so unruhig. Ich habe Angst, ihn loszulassen.«

»Ich weiß«, sagte Breandán.

Er zog einen Stuhl neben den ihren und setzte sich. Erleichtert lehnte sie sich an ihn und ließ den Kopf an seine Schulter sinken. Er hatte geglaubt, dass sie ihm grollte, und war überrascht von der Selbstverständlichkeit, mit der sie sich an ihn schmiegte, als habe es die Spannungen zwischen ihnen nie gegeben. Armande hatte recht. Die Zweifel entstammten seiner eigenen Unsicherheit, weil er an sein Glück nicht glauben wollte.

Jeremy schlug die Decke zurück und suchte nach seinen Kleidern. Schließlich entdeckte er sie sorgfältig zusammengefaltet auf einer Truhe. Er fühlte sich noch ein wenig schwach. Ein kolikartiger Schmerz nagte in seinen Eingeweiden, und seine Hände zitterten, doch ansonsten schien die Vergiftung überstanden.

Als Amoret in der Tür auftauchte und ihn im Hemd neben der Truhe mit seinen Kleidern stehen sah, schnalzte sie missbilligend mit der Zunge.

»Ihr wollt doch wohl nicht aufstehen, Pater. Setzt Euch und esst etwas Suppe, damit Ihr wieder zu Kräften kommt.«

»Mir geht es gut, Madam«, widersprach er und wühlte weiter in den Kleidungsstücken. »Merkwürdig. Ich finde Sir Orlandos Brief nicht.«

Amoret stellte den Napf Suppe, den sie aus der Küche geholt hatte, auf einen Tisch und trat an seine Seite.

»Seid vernünftig. Esst etwas«, bat sie. In strengerem Ton fügte sie hinzu: »Sonst sperre ich Euch ein und lasse die Tür bewachen, das schwöre ich Euch.«

Schuldbewusst wandte er sich zu ihr um und sah sie an. Ihr Blick blieb an den Verbrennungen an seiner rechten Hand hängen.

»Es tut mir leid, Amoret. Ich habe die Wirkung dieses Teufelszeugs unterschätzt.«

Gehorsam setzte sich Jeremy auf die Bettkante und nahm die Suppe entgegen, die sie ihm reichte.

»Bitte lasst dafür sorgen, dass der Roggen und sämtliches Brot, das daraus gebacken wurde, vernichtet werden«, drängte Jeremy, während er die heiße Brühe löffelte. »Verbrennt alles!«

»Schon geschehen, Pater«, erwiderte Amoret lächelnd. »Breandán und Alan sind bereits von Haus zu Haus gegangen und haben alles eingesammelt.«

»Wie geht es den Kranken?«, fragte Jeremy besorgt.

»Es ist niemand mehr gestorben. Auch dem Sohn des Müllers geht es besser. Alan hat angeordnet, einen Kräuterabsud zur Beruhigung der Verdauung zu verabreichen. Diejenigen, die unter Unruhe leiden, bekommen Laudanum und werden weiterhin beaufsichtigt.«

»Ist Mistress Luscombe noch hier?«

»Ja.«

»Ich möchte mit ihr sprechen.«

»Nun gut, ich werde sie holen.«

Während er wartete, schlüpfte Jeremy in seine Kleidung. Er konnte nicht länger im Bett bleiben. Erneut durchsuchte er sein Wams und die Kniehosen nach Sir Orlandos Brief. Er hatte ihn vorgestern Abend nach seinem Gespräch mit Alan eingesteckt und dann vergessen. Hatte er ihn in der Mühle oder während seines Vergiftungsrausches verloren? Er musste das Schreiben finden, bevor es in falsche Hände geriet.

Susannas Erscheinen unterbrach Jeremys Überlegungen.

»Wie ich sehe, habt Ihr Euer Experiment gut überstanden, Doktor«, sagte sie. In ihrer Stimme schwang Missbilligung, aber auch Bewunderung für seinen selbstlosen Einsatz und seinen Wissensdurst.

»Es war nötig, um herauszufinden, was die Menschen hier krank macht«, rechtfertigte sich Jeremy. »Leider stellte sich heraus, dass es der Roggen war, den Euer Gemahl uns verkaufte.«

Schockiert starrte Susanna ihn an. »Seid Ihr sicher?«

»Ja. Ich untersuchte die Säcke, die in der Mühle standen. Sie waren mit Mutterkorn verunreinigt. Hattet Ihr unter Euren Pächtern nicht auch Krankheitsfälle?«

»Nein, ich glaube nicht. Aber Ihr habt recht. Wir hatten einen sehr nassen Sommer. Ich hörte, das begünstigt ein Gedeihen dieser Zapfen.«

»Wusste Euer Gatte denn nicht, dass Mutterkorn das Getreide ungenießbar macht?«, fragte der Priester vorwurfsvoll.

Der anklagende Ton in Jeremys Stimme reizte Susanna. Abwehrend schüttelte sie den Kopf. »Woher sollte er das wissen? Außerdem hat nicht er das Getreide eingefahren, sondern seine Pächter. Ich bin sicher, dass er ihnen tüchtig die Leviten lesen wird, damit eine derartige Nachlässigkeit nicht noch einmal vorkommt.« Ihre Züge verhärteten sich. »Da Ihr nun die Ursache für die Erkrankung der Leute gefunden habt, bedürft Ihr meiner Hilfe wohl nicht länger«, sagte sie spitz. »Mein Sohn kommt nächste Woche zu Besuch, und ich habe zu Hause noch genug mit den Vorbereitungen zu tun.«

»Es lag nicht in meiner Absicht, Euch oder Euren Gatten zu beleidigen«, versicherte der Jesuit.

»Ich wünsche Euch gute Besserung, Doktor.«

An der Tür stieß Susanna beinahe mit Muiredach Ard zusammen, der gerade über die Schwelle trat. Höflich wich er einen Schritt zurück, um sie vorbeizulassen, und grüßte sie. Susanna antwortete ihm mit einem Nicken, bevor sie die Treppe hinunterhastete.

»Wie geht es Euch, Pater?«, fragte Muiredach Ard.

Jeremy lächelte gezwungen. »Auf jeden Fall besser als gestern.«

»Ihr solltet noch nicht aufstehen«, belehrte ihn der Wirt.

»Nun fangt Ihr nicht auch noch an«, stöhnte der Priester verdrießlich.

»Ihr habt Euren Freunden gehörig Angst gemacht. Nehmt ein wenig Rücksicht auf ihre Gefühle. Sie lieben Euch.«

Zu seinem Erstaunen meinte Jeremy, einen neidischen Unterton aus der Stimme des Hünen herauszuhören. Ergeben ließ er sich wieder auf die Bettkante sinken.

»Ich habe das Gefühl, dass an dieser Sache etwas faul ist«, bemerkte er nachdenklich.

»Was meint Ihr?«, erkundigte sich Muiredach Ard.

Auf Jeremys Einladung hin nahm er auf dem Stuhl neben dem Bett Platz.

»Vor dem Ausbruch der Krankheit hatte ich mir vorgenommen, mit Nora Prendergast über den Tod von Cormac Bán Ó Riordáin zu sprechen«, erläuterte der Jesuit. »Ich bin überzeugt, dass sie den Mörder gesehen hat, auch wenn sie es abstritt. Sie hatte Angst, sich mir anzuvertrauen. Und nun hat sie ihr Wissen mit ins Grab genommen.«

»Ihr glaubt, Nora Prendergasts Tod war kein Zufall?«, fragte Muiredach Ard erstaunt.

»Ich weiß es nicht«, erwiderte Jeremy. »Es scheint unglaublich, dass jemand das Leben von so vielen Menschen aufs Spiel setzen könnte, nur um eine Zeugin zum Schweigen zu bringen.« Auf einmal kam dem Priester ein Gedanke, der ihn erschaudern ließ. »Oder dachte der Mörder gar, dass noch mehr Dorfbewohner ihn gesehen haben, als er Ó Riordáin verfolgte? Sie könnten den Schuss gehört haben, auch wenn sie sich auf den Feldern aufhielten.« Jeremys Blick bohrte sich in den des Wirts. »Was ist mit Euch? Habt Ihr den Reiter gesehen, der kurz nach dem Barden das Dorf durchquerte? Wenn ja, dann sagt es mir.«

Muiredach Ard schüttelte den Kopf, ohne die Augen abzuwenden. »Ich schwöre Euch, Pater. Ich habe keinen Reiter gesehen. Zwar kann ich mich erinnern, einen Schuss gehört zu haben, aber damals dachte ich, er stamme von einer Jagdgesellschaft. Als Ihr Ó Riordáins Leiche fandet, habe ich die anderen Pächter gefragt, ob sie etwas beobachtet hatten. Doch sie taten so, als wüssten sie nichts. Nicht einmal mir gegenüber wollten sie offen sprechen.«

Der Priester seufzte enttäuscht.

»Kann ich irgendetwas für Euch tun?«, erbot sich der Wirt.

»Ich möchte noch einmal mit Moira Prendergast sprechen«, bat Jeremy. »Aber da ich nicht aufstehen darf …«, fügte er ironisch hinzu.

»Ich bringe sie her«, sagte Muiredach Ard lächelnd.

Kurz darauf kehrte er mit der Frau des Verwalters zurück. Mit bewegter Miene trat Moira an das Bett, auf dem der Jesuit, gegen einen Berg Kissen gestützt, saß, und nahm seine Hand.

»Wir haben gehört, was Ihr für uns getan habt, Pater«, erklärte sie. »Ihr habt ohne Rücksicht auf Euer Wohlergehen den Auslöser der Krankheit gefunden. Wir wissen gar nicht, wie wir Euch danken sollen.«

Verlegen entzog Jeremy ihr seine Hand. »Wie geht es Eurem Sohn?«

»Schon viel besser. Er hat keine Schmerzen mehr und kann wieder ruhiger schlafen.«

»Das freut mich«, sagte der Priester.

Das glückliche Gesicht der Irin überzeugte ihn davon, dass er das Richtige getan hatte.

»Ich habe Euch hergebeten, weil ich Euch noch etwas fragen wollte«, fuhr er fort. »Ihr sagtet, dass Eure Schwiegermutter eine Schwäche für helles Brot hatte. Könnte Captain Luscombe von dieser Vorliebe gewusst haben?«

Überrascht sah Moira den Jesuiten an und runzelte die Stirn.

»Warum fragt Ihr? Ja, ich denke schon. Wir waren ein paar Mal bei den Luscombes zu Gast, als er gerade zum Friedensrichter ernannt worden war. Aber das ist schon Jahre her.«

»Verstehe. Danke, *a bhean uasal.* Ihr habt mir sehr geholfen.«

Als die Frau des Verwalters gegangen war, musterte Muiredach Ard prüfend das Gesicht des Priesters, der tief in Gedanken versunken schien.

»Glaubt Ihr …«

Jeremy unterbrach ihn mit einer warnenden Geste. »Bitte sprecht mit niemandem über das, was Ihr eben gehört habt«, bat er eindringlich. »Vielleicht ist doch alles nur ein Zufall. Auch wenn ich nicht daran glaube.«

Kapitel 31

Sir Orlando Trelawney warf einen missmutigen Blick zum Himmel, als das Schiff vor Ringsend Anker warf. Da er in Cornwall geboren und aufgewachsen war, hatte er sich an Regen nie sonderlich gestört. Doch Irland war für sein nasskaltes Wetter berüchtigt, und beim Anblick der dunklen Wolken überlief ihn ein Schauer.

Als der Richter dem König von seinem unfreiwilligen Gespräch mit den Dissenters und deren Vermutung, dass Thomas Blood in seine Heimat geflohen war, berichtete, hatte er bereits geahnt, dass Charles ihn nach Dublin schicken würde, um die dortigen Vertreter der Krone auf seine Spur zu hetzen. Als ergebener Diener Seiner Majestät hatte sich Sir Orlando ohne Murren bereit erklärt, den königlichen Auftrag zu erfüllen, doch im Geheimen verfluchte er Charles von ganzem Herzen. Wie die meisten Engländer hielt er Irland für ein rückständiges Land voller papistischer Wilder, dessen Straßen von Räubern und Dieben wimmelten, die nicht zögerten, einem ahnungslosen Reisenden eine Kugel durch den Kopf zu jagen. Im Grunde bedauerte er Lady Shanrahan und seinen Freund Dr. Fauconer, die sich entschieden hatten, sich in diesem barbarischen Land niederzulassen. Und obwohl er den Baron als anständigen Menschen schätzen gelernt hatte, bewies dessen Entschluss, in seine Heimat zurückzukehren, dass er sich nach wie vor mehr von seinen Gefühlen als von der Vernunft leiten ließ.

Sir Orlando wandte sich zu seinem Kammerdiener Malory um, der ihr Gepäck beaufsichtigte. In diesem Moment trafen die ersten Regentropfen auf die Reling. Seufzend zog der Richter seinen Hut tiefer in die Stirn. Malory schmiegte sich enger in seinen Umhang.

Ein Ruderboot brachte die Passagiere ans Ufer. Man setzte sie auf einer trockenen Landzunge ab, auf der ein Kastell und eine Reihe armseliger Katen standen, und erklärte ihnen, dass die Wagen, die sie in die Stadt bringen würden, erst bei Ebbe fahren konnten. Ein paar geschäftstüchtige Hausfrauen verkauften den Wartenden zu überhöhten Preisen Ale durch die Halbtüren ihrer Hütten. Als die von einem Pferd gezogenen, zweirädrigen Karren endlich eintrafen, waren die Reisenden völlig durchnässt. Mit halsbrecherischer Geschwindigkeit ging es über den weitläufigen Strand und dann eine Landstraße entlang, die am Trinity College vorbeiführte.

»Kann ich Euch eine Herberge empfehlen, Sir?«, fragte der Kutscher hilfsbereit.

»Nein, danke. Wisst Ihr vielleicht, wo ich den Erzbischof von Dublin finde?«, erwiderte Sir Orlando.

Da der Baron Berkeley of Stratton, der zurzeit das Amt des Lord Lieutenants versah, nicht gerade für seine Tüchtigkeit bekannt war, hatte der König Trelawney empfohlen, für die Suche nach Thomas Blood die Dienste des Lord Chancellors Michael Boyle in Anspruch zu nehmen, der zugleich Erzbischof von Dublin war.

»Seine Eminenz hält sich zu dieser Stunde vermutlich in seiner Residenz, dem Palast von St. Sepulchre, auf, Sir«, antwortete der Kutscher nach kurzer Überlegung.

»Dann fahrt mich dorthin.«

Der Himmel hatte aufgeklart. Während der Karren nach links in die St. George's Lane einbog, machte der Kutscher seine Fahrgäste auf die Stadtmauer und die Burg von Dublin zu ihrer Rechten aufmerksam. Kurz darauf passierten sie das Whitefriars-Tor, das sich über die Straße spannte.

»Jetzt müssen wir nur noch bis zum Ende der St. Bride's Street, dann sind wir da«, erklärte der Kutscher.

Der Karren fuhr in einen geräumigen Innenhof, der auf drei Seiten von unregelmäßigen Gebäudeteilen umgeben war. Der Palast von St. Sepulchre war über die Jahrhunderte ausgebaut und erneuert worden. Sir Orlando sah eine Halle, deren Dach mit Zinnen geschmückt war, kleinere Gebäude mit Spitzbogenfenstern und Nebentrakte mit hohen Schornsteinen, in denen vermutlich Küche und Vorratsräume untergebracht waren.

Trelawney gebot Malory, bei ihrem Gepäck zu warten, und betrat den Bischofspalast. Ein Diener führte ihn in ein Schreibzimmer, in dem sich Michael Boyle gerade seiner Korrespondenz widmete. Als der Richter gemeldet wurde, erhob sich der Lord Chancellor erstaunt von seinem Stuhl und kam dem Besucher entgegen.

»Welche Ehre, Mylord«, sagte Boyle. »Was bringt Euch nach Dublin?«

»Der Wunsch des Königs«, erwiderte Sir Orlando unwilliger als beabsichtigt.

Der Erzbischof lächelte amüsiert. »Verstehe. Nun ja, wir sind alle treue Diener Seiner Majestät und müssen dabei so manche Unannehmlichkeit in Kauf nehmen.«

Er wusste, wovon er sprach. Obwohl er kaum Erfahrung in der Jurisprudenz besaß, hatte er das Amt des Lord Chancellors akzeptiert, weil kein Jurist bereit gewesen war, es zu übernehmen. Boyle bot seinem Gast einen Platz an und schenkte ihm Wein ein.

»Seid Ihr gerade erst angekommen? Dann habt Ihr wohl noch keine Unterkunft gefunden? Natürlich seid Ihr für die Dauer Eures Aufenthalts in Dublin mein Gast. Ich werde veranlassen, dass Euer Gepäck in eines der Gästezimmer gebracht wird.«

Er trat zur Tür und gab dem Diener, der davorstand, entsprechende Anweisungen. Trelawney dankte dem Erzbischof.

»Was kann ich für Euch tun, Mylord?«, fragte Michael Boyle schließlich, nachdem er wieder auf seinem Stuhl Platz genommen hatte.

»Ihr habt doch sicher von dem Überfall auf Seine Gnaden, den Duke of Ormonde, gehört?«, begann der Richter.

»Ja, eine schreckliche Sache.«

»Wie sich herausstellte, war der Anführer der Banditen ein gewisser Thomas Blood aus Sarney in der Grafschaft Meath, der auch an dem geplanten Überfall auf die Burg von Dublin vor sieben Jahren beteiligt war.«

»Blood? Ja, ein solches Schurkenstück wäre ihm durchaus zuzutrauen«, erwiderte Boyle abfällig.

»Ihr kennt ihn also?«

»Ich habe von ihm gehört. Eure Anwesenheit bedeutet wohl, dass man annimmt, Blood sei nach Irland geflohen.«

»Seine ehemaligen Verschwörerfreunde sind jedenfalls dieser Meinung. Und Mylord Arlington vermutet das auch.«

»Hat Seine Majestät Euch hergeschickt, um uns bei der Suche nach Blood Beine zu machen?«, fragte der Lord Chancellor verstimmt. »Es hätte doch genügt, mir einen Brief zu schreiben.«

»Mir ist diese Sache ebenso unangenehm wie Euch«, versicherte Sir Orlando.

Boyle musterte den Richter prüfend und erkannte, dass dessen Worte aufrichtig gemeint waren.

»Nun gut. Ich werde meinen Sekretär abstellen, der Nachforschungen über Bloods Aufenthaltsort durchführen soll. Er wird Euch über seine Arbeit auf dem Laufenden halten.«

»Ich danke Euch, Euer Eminenz.«

»Braucht Ihr sonst noch etwas?«

»Ich würde gern einen Brief an einen Freund in Tipperary schicken«, erklärte Trelawney.

»Nun, sofern er nicht in einer Stadt wohnt und das Schreiben selbst abholen kann, ist es besser, Ihr schickt einen Boten. Ich werde Euch einen vertrauenswürdigen Mann zur Verfügung stellen.«

Kapitel 32

Das Schnauben eines Pferdes lockte Muiredach Ard vor die Tür der Herberge. Im Hof ließ sich Baron Shanrahan aus dem Sattel seines prächtigen schwarzen Hengstes gleiten, der temperamentvoll den eleganten Kopf hochwarf und mit dem Vorderhuf in der festgestampften Erde scharrte. Offenbar wollte der Rappe seinen Protest gegen die Unterbrechung des Ritts kundtun. Als Breandán die Zügel nahm, um ihn ruhigzuhalten, gab Leipreachán ihm einen kräftigen Nasenstüber, der ihn beinahe von den Beinen riss. Muiredach Ard lächelte über die Ungeduld des Hengstes. Auch Bran, wie stets an der Seite ihres Herrn, beobachtete verwundert Leipreacháns Possen.

»Er ist nicht ausgelastet«, sagte der Baron entschuldigend. »Ich muss ihn gleich noch mindestens eine Stunde bewegen.«

»Ich bin sicher, er wird es Euch danken«, erwiderte der Wirt. »Bleibt Ihr auf einen Becher Met oder Whiskey?«

»Tut mir leid. Ein anderes Mal gern. Ich bin gekommen, um Euch einzuladen. Wir werden heute Abend den Umstand feiern, dass das Übel überstanden ist und dass sich alle Kranken auf dem Weg der Genesung befinden. Eben ist auch die Familie des Müllers nach Hause zurückgekehrt.«

»Das freut mich zu hören«, sagte Muiredach Ard erleichtert. »Ich komme gern, auch wenn ich morgen früh nach Dublin aufbreche. Es gibt da einige Dinge, die ich einkaufen muss.«

»Verstehe. Dann bis später.«

Als Breandán wieder in den Sattel stieg, tänzelte Leipreachán vor Übermut auf der Stelle. Nur widerwillig gehorchte er seinem Reiter, der ihn beim Verlassen des Innenhofs zum Schritt zwang. Erst auf der Landstraße erlaubte Breandán ihm einen leichten Galopp, bevor er ihm auf einer geeigneten Strecke den Kopf freigab.

Am Abend machte sich Muiredach Ard mit seinem Knecht Raghnall auf den Weg zur Burg. Der Stallbursche Oisín und die Magd Ness blieben zurück, um die Herberge zu hüten. Im Dorf trafen sie auf Pater Ó Néill, der wie üblich am Nachmittag im Haus des Verwalters die Messe gelesen hatte. Da Shanrahan die letzte Station in der Reihe seiner Pfarreien war, übernachtete der Franziskaner gewöhnlich in Muiredach Ards Herberge.

»Kommt Ihr mit zur Dankesfeier, Hochwürden?«, fragte der Hüne.

Der Mönch blinzelte ihn zweifelnd an. »Ich glaube nicht, dass ich dort willkommen bin.«

»Es soll einen besonders guten Whiskey geben, den der Baron aus Cork mitgebracht hat«, neckte Muiredach Ard den Franziskaner.

»Lieber nicht«, sagte Ó Néill abwehrend.

»Habt Euch nicht so«, meinte der Wirt gut gelaunt. »Oder fürchtet Ihr, Eure Wange könnte noch einmal Bekanntschaft mit Lady Shanrahans zarter Hand machen?«

Unwillkürlich strich sich der Priester über die besagte Wange. Nach der Maulschelle, die ihm die Burgherrin verabreicht hatte, war sie noch tagelang geschwollen gewesen.

»Nun ja, das hatte ich wohl verdient«, gab Ó Néill kleinlaut zu. »Aber das selbstherrliche Gerede dieses Jesuiten hat mich einfach zur Weißglut gebracht.«

»Man kann ganz gut mit ihm auskommen«, erwiderte Muiredach Ard. »Obwohl er ein *sasanach* ist. Er erwartet von anderen Menschen nicht mehr als von sich selbst.«

»Das ist es ja eben«, entgegnete der Franziskaner verstimmt. »Selbstlosigkeit und Enthaltsamkeit sind nun einmal nicht jedermanns Sache.«

»Ich glaube, er würde Eure Schwächen viel weniger streng beurteilen, wenn Ihr Eure Pflichten als Priester ernster nehmen würdet.«

»Lege ich nicht jeden Sonn- und Feiertag unzählige Meilen zurück, um in fünf Pfarreien die Messe zu lesen?«, wandte Ó Néill ein.

»Doch. Und ich bewundere Euer Durchhaltevermögen. Aber das genügt nicht«, widersprach Muiredach Ard. »Der Jesuit hat recht, wenn er sagt, dass der Katechismus ebenso wichtig ist wie die Messe. Die Leute leben in beklagenswerter Unwissenheit über ihren Glauben. Deshalb unterrichtet er sie. Und wenn Ihr nicht bereit seid, Euch von ihm unterweisen zu lassen, werden Eure Pfarrkinder bald mehr wissen als Ihr.«

»Ich bin nicht erpicht darauf, zu erleben, wie sich der Jesuit über meine Wissenslücken lustig macht«, grummelte der Franziskaner.

»Das wird er nicht, glaubt mir«, versicherte Muiredach Ard.

Ó Néill seufzte unwillig. »Ich werde es mir überlegen.«

»Gut so.« Der Wirt klopfte dem dicken Mönch aufmunternd auf die Schulter. »Und nun kommt mit und probiert von dem gepriesenen Whiskey.«

Zögernd schloss sich Ó Néill dem Hünen und seinem Knecht an. Vor dem Hauptportal verließ ihn jedoch erneut der Mut, und Muiredach Ard musste ihn mit sanfter Gewalt über die Schwelle schieben. Als sie den Gewölbesaal betraten, erhob sich Breandán von seinem Platz an einer der Tafeln und begrüßte die Ankömmlinge. Er lud den Wirt ein, sich zu ihm und seiner Frau zu setzen, was dieser mit Freuden annahm. Auch Jeremy war beim Eintreten der drei Männer aufgestanden. Es hatte ihn Überwindung gekostet, dem Franziskaner zu vergeben. Er hatte lange mit Amoret über die Mischung aus Groll und Erbitterung gesprochen, die er bei jedem Gedanken an Ó Néill empfand, obwohl er wusste, dass dieser ihm nicht ernstlich hatte schaden wollen und seine Tat bereute. Doch der Gedanke an die demütigende Angst, die Jeremy während seines Aufenthalts im Moor durchlebt hatte, nagte noch immer an ihm und bestimmte seine kühle Haltung gegenüber dem Franziskaner. Es war an der Zeit, dass er mit sich selbst ins Reine kam. Mit einem gut gefüllten Becher Whiskey als Friedensangebot trat der Jesuit auf Ó Néill zu.

»Seid willkommen, Bruder«, sagte er freundlich. »Probiert diesen Whiskey, und dann sagt mir, was Ihr von ihm haltet.«

Zögernd nahm der Franziskaner den zinnernen Becher entgegen und setzte sich auf einen Platz an der Tafel, den Jeremy ihm zuwies. Die Bänke, die zu beiden Seiten der großen Tische standen, waren fast voll besetzt, aber für die beiden Priester rückte man großmütig zusammen.

»Hat die Nationalsynode uns nicht verboten, in der Öffentlichkeit Whiskey zu trinken?«, fragte Ó Néill herausfordernd.

Jeremy zuckte unbefangen die Schultern. »Wir sind doch hier unter uns«, erwiderte er leichthin.

Da konnte sich auch der Franziskaner ein Lächeln nicht verkneifen.

Bis auf diejenigen, die noch Angehörige zu pflegen hatten, waren alle Dorfbewohner gekommen. Als sich herausgestellt hatte, dass die Kranken nicht an den Pocken litten, hatte man sie zu ihren Familien zurückkehren lassen. Alan und Jeremy machten regelmäßig ihre Runden, um diejenigen, die noch nicht wieder auf den Beinen waren, zu untersuchen, und überließen ansonsten den Angehörigen die Aufsicht. Der Müller war entsetzt gewesen, als man ihm erzählte, dass er im Delirium beinahe seine Frau und den Baron Shanrahan getötet hatte. Obwohl er sich an nichts erinnern konnte, bestand er darauf, seinen Herrn um Verzeihung zu bitten. Nachdem sich die fünf Raufbolde bei Amoret entschuldigt hatten, ließ Breandán sie gehen. Da Lonán den Angriff ohne ernsthafte Verletzung überstanden hatte, sah er keinen Sinn darin, sie länger einzusperren.

Der Baron hatte drei Hammel schlachten lassen, um seinen Pächtern eine Abwechslung von der kargen Nahrung der Wintermonate zu bieten. Darüber hinaus gab es den ersten Advent zu feiern. In vier Wochen war Weihnachten.

Als Burgherrin achtete Amoret darauf, dass die Krüge mit Met, Ale und Whiskey stets gut gefüllt waren. Neben ihr schaukelte Madge Daimhín auf ihren Knien. Nachdem er so lange von seiner Mutter getrennt gewesen war, wollte er nun immer in ihrer Nähe sein. Aufgeregt und verzückt beobachtete er die vielen Menschen, die fröhlich feierten. Auch das Kind spürte, dass sich die Atmosphäre gewandelt hatte. Die misstrauische, abweisende Haltung der Leute war einer offenen Herzlichkeit gewichen, in der sich Dankbarkeit und Anerkennung ausdrückten. Die Fürsorglichkeit der neuen Herrschaft, ihre unermüdliche Bereitschaft, die Kranken zu pflegen und die Seuche einzudämmen, hatte bei den Bauern die Erinnerung an frühere Zeiten geweckt, als der Herr noch über seine Leute gewacht, ihnen Schutz und Zuflucht in Notzeiten gewährt und sie nicht wie Vieh behandelt hatte, das einen möglichst hohen Gewinn einbringen sollte.

Alan und Armande, die zur Linken des Kindermädchens und ihres Schützlings saßen, genossen ebenfalls die veränderte Stimmung. Sie hatten sich entschieden, noch gemeinsam mit ihren Freunden Weihnachten zu feiern, bevor sie nach London zurückkehren wollten. Angesichts der fröhlichen Versammlung war Alan sicher, dass sie in ihrem neuen Heim glücklich sein würden. Doch er würde sie schrecklich vermissen.

Inzwischen machte sich das genossene Ale bemerkbar, so dass sich der Wundarzt bei seiner Frau entschuldigte und vor das Hauptportal trat. Nachdem er ein paar Mal die kalte Abendluft eingeatmet hatte, begab er sich in den Pferdestall, um sich zu erleichtern. Die Frauen gingen zu diesem Zweck in den Kuhstall.

Als Alan das Stallgebäude wieder verließ, traf er vor der Tür auf Tadg Ó Duibhir, der offensichtlich auf ihn gewartet hatte. Verwundert blieb der Wundarzt stehen. Die Nase, die Breandán dem Burschen gebrochen hatte, war eine nun verschorfte, unförmige Masse, durch die er nicht atmen konnte.

»Kann ich Euch sprechen, *a dhuine uasail?*«, bat Tadg mit näselnder Stimme.

»Natürlich. Nur zu«, ermunterte Alan ihn.

»Wegen meiner Nase …«

Der Wundarzt lächelte verständnisvoll. »Ich sehe schon. Sie muss dringend gerichtet werden. Kommt morgen früh zu mir. Dann kümmere ich mich darum.«

Doch der Bursche zögerte und trat unbehaglich von einem Fuß auf den anderen.

»Geht es noch heute? Ich will nicht, dass mein Onkel etwas davon mitkriegt.«

Alan erinnerte sich, dass Seán Ó Duibhir im Namen seines Neffen eine Behandlung abgelehnt hatte, ohne ihn allerdings vorher um seine Meinung zu fragen. Offenbar fürchtete Tadg, bei seinem Onkel als eitel zu gelten, wenn er sich die Nase einrichten ließ.

»Kommt mit«, sagte Alan.

Er führte den Burschen zurück in die Burg und dann die Wendeltreppe hinauf in das Schlafgemach, das er mit Armande bewohnte. Die Beleuchtung war allerdings nicht günstig für eine Operation. Alan entzündete alle Kerzen in den vorhandenen Leuchtern und ließ Tadg auf einem Stuhl Platz nehmen. Er hatte sich gerade die Hände mit Whiskey gewaschen, als Armande in der Tür erschien. Sie hatte ihn mit Tadg zurückkehren sehen und sich gewundert, weshalb ihr Gatte mit dem Burschen im Eckturm verschwunden war. Mit einem Blick erfasste sie die Situation.

»Brauchst du Hilfe?«, fragte sie.

»Ja«, antwortete Alan. »Bitte schließ die Tür, damit wir ungestört sind.«

Während ihr Gatte die Nase des Burschen vom Schorf säuberte, hielt Armande den Leuchter. Mit geschickten Fingern richtete der Wundarzt dann die Nase ein und legte mit einem Holzstäbchen eine Heilsalbe auf.

»Es wird sich neuer Schorf bilden«, erklärte Alan dem Jüngling. »Aber nach ein paar Tagen wird er abfallen, und Ihr könnt wieder frei atmen.«

»Ich danke Euch, *a dhuine uasail*«, sagte Tadg sichtlich erleichtert.

Amoret sah Alan und Armande aus dem Eckturm zurückkehren und den jungen Ó Duibhir durch die Tür zur Vorhalle verschwinden. Sie erriet, was sich da eben abgespielt hatte, und lächelte ihren Freunden verständnisinnig zu.

Eamonn Prendergast und seine Familie waren ebenfalls gekommen, doch Amoret las noch immer Trauer um seinen älteren Sohn Colm in den Augen des Verwalters. Es musste schwer für ihn sein, in der Burg, deren Herr er einst gewesen war, als einfacher Pächter zum Fest geladen zu sein. Seine Frau und ihre beiden verbliebenen Kinder schienen sich dagegen mit ihrem Schicksal abgefunden zu haben. Moira lächelte der neuen Burgherrin sogar einige Male zu, erleichtert und glücklich, dass Piaras sich gut erholt hatte und sie nicht mehr fürchten musste, ihn auch noch zu verlieren.

Zu Amorets Überraschung saßen auch Eilis und Caitlín einträchtig zusammen. Offenbar hatten sie für den Moment ihren Streit begraben und neckten abwechselnd Fintan neben ihnen, der den Schabernack gutmütig über sich ergehen ließ. Auf Eamonns Rat hin hatte Breandán darauf geachtet, dass die Uí Chathail und die Uí Sheanacháin so weit auseinander saßen wie möglich. Offenbar ging die Fehde zwischen den beiden Familien noch auf eine Zeit zurück, bevor die Großväter nach Shanrahan gekommen waren. Mehr, als dass es dabei um eine Kuh gegangen sei, war aber nicht herauszubekommen.

Daimhín war auf den Schoß seiner Mutter gekrabbelt und hatte den Kopf an ihre Schulter geschmiegt. Bald nickte er ein, denn gewöhnlich war er zu so später Stunde schon längst im Bett. Madge nahm ihn schließlich aus Amorets Armen und brachte ihn in die Kate.

Die Burgherrin lauschte auf die Stimme ihres Mannes, der sich mit Muiredach Ard unterhielt. Der Wirt hatte ihn nach seiner Familie gefragt. Nach einigem Zögern begann Breandán von seiner Kindheit auf dem kleinen Hof seiner Eltern zu erzählen. Fasziniert hörte Amoret ihm zu. Es erstaunte sie, wie leicht es Muiredach Ard fiel, die Menschen zur Preisgabe ihrer bestgehüteten Geheimnisse zu bewegen. Breandán ließ Bilder vor ihrem inneren Auge entstehen, die sie nicht kannte, weil er zu ihr nie von seiner Vergangenheit gesprochen hatte.

Die Bereitschaft, mit der er sich dem älteren Mann anvertraute, weckte Eifersucht in ihr, aber sie verspürte auch Dankbarkeit, dass er eine Tür geöffnet hatte, die wie ein finsteres Verlies verbarrikadiert gewesen war. Es würde Breandán guttun, jemandem sein Herz auszuschütten. Und je länger Amoret ihm lauschte, desto mehr verstand sie, weshalb er für sie nie die Erlebnisse hatte heraufbeschwören wollen, die ihn in seiner Jugend geprägt hatten. Sie hörte, wie seine Familie vor den anrückenden Truppen Oliver Cromwells nach Wexford geflohen war, wie nach der Stürmung der Stadt die Soldaten der Parlamentsarmee die Garnison und die unbewaffneten Einwohner massakriert hatten. Breandán, damals elf Jahre alt, hatte seinen Vater sterben sehen. Seiner Mutter war es gelungen, mit ihren Kindern aus der Stadt zu fliehen. Danach war Breandán nicht mehr derselbe gewesen. Aus dem zurückhaltenden, aber fröhlichen Jungen war ein verschlossener, streitbarer Bursche geworden, der die Engländer abgrundtief hasste. Während sie seinen Worten lauschte, spürte Amoret, wie ihr Tränen in die Augen stiegen. Auch ihr Vater war in einer Schlacht gefallen, aber sie war nicht dabei gewesen und kannte nur einige wenige Einzelheiten, die sie von Jeremy erfahren hatte. Und als sie Muiredach Ards einfühlsame Antwort auf Breandáns Bericht hörte, warf sie ihm einen dankbaren, zärtlichen Blick zu, den er mit einem Lächeln beantwortete.

Breandán erwachte wie aus einem Traum, der ihn in die Tiefen seiner Erinnerung davongetragen hatte. Er nahm einen Schluck Whiskey, wie um einen unangenehmen Geschmack wegzuspülen. Auf einmal wurde er sich der Anwesenheit seiner Frau bewusst und sah sie mit einem schmerzlichen Ausdruck in den Augen an, als wollte er sich dafür entschuldigen, dass sie all das Schreckliche mit anhören musste.

Jeremy bemerkte die Blicke, die Breandán und Amoret wechselten. Zudem drehte der Schmied am Nebentisch schon eine Weile zwei Würfel in den Händen, so dass der Jesuit es an der Zeit fand, sich zurückzuziehen.

»Bitte entschuldigt mich jetzt, Bruder«, sagte er zu Ó Néill, der bereits einige Male sehnsüchtig zu Ruairí Ó Leannáin und seinen Kumpanen hinübergeschielt hatte. »Ich werde schlafen gehen.«

Der Franziskaner sah verwundert zu, wie Jeremy einen halbvollen Krug Met und zwei Becher vom Tisch nahm und auf die spitzbogige Tür zum nordwestlichen Eckturm zusteuerte.

Lonán und William waren noch wach und lauschten auf die Unterhaltung und das ausgelassene Gelächter, das aus dem Saal zu ihnen herüberschallte. Als der Priester auf der Schwelle erschien und der Diener die Kanne in seiner Hand bemerkte, rief er erfreut: »Wie schön, dass Ihr mit uns feiern wollt, Pater. Ich hoffe, in dem Krug ist Whiskey!«

Jeremy setzte eine vorwurfsvolle Miene auf. »Da unser Patient bis auf weiteres nichts Stärkeres als Met trinken darf, musst auch du dich damit begnügen.«

Er stellte Krug und Becher auf den Tisch und zog das Rollbett in eine Ecke.

»Was habt Ihr vor, Pater?«, fragte William erstaunt. »Wollt Ihr aufpassen, dass wir es nicht zu wild treiben?«

»Nicht doch. Ihr werdet mich kaum bemerken«, widersprach der Priester mit einem hintergründigen Lächeln.

Da ging dem Diener ein Licht auf. »Dann schlaft gut, Pater. Wir werden auch ganz leise sein.«

Auch Muiredach Ard wusste die Blicke, mit denen die Eheleute einander ansahen, zu deuten.

»Wenn Ihr Euch zurückziehen wollt, Mylord, ich bleibe noch eine Weile hier und werde darauf achten, dass es keinen Ärger gibt«, versprach er.

Erschrocken über seine Hellsichtigkeit wandten Breandán und Amoret sich zu ihm um und lächelten schließlich dankbar. Ohne ein Wort zu sprechen, zogen sie sich aus dem Gewölbesaal zurück und verließen das Turmhaus. Draußen empfing eine frische, kalte Nacht die beiden. Ein blendend weißer Mond leuchtete immer wieder hinter blauschwarzen Wolkenmassen auf, die sich, vom Wind getrieben, über den Himmel schoben. Das ganze Tal, die Hügelkuppen, das Moor wirkten wie mit Silber übergossen. Breandán ergriff die Hand seiner Frau, während sie zur Kate hinübergingen. Bran trottete hinter ihnen her. Auf dem Tisch unter dem kleinen Fenster brannte eine Kerze, die ihnen heimleuchten sollte. Amoret beugte sich kurz über Daimhín, der fest schlief. Madge hatte sein Bettchen neben ihr Rollbett gestellt. Sie und Mary schienen sich ebenfalls bereits im Reich der Träume zu befinden. Breandán befahl Bran, sich vor den Kamin zu legen, und die Hündin kam der Aufforderung mit einem zufriedenen Seufzen nach. Dann warf er einen prüfenden Blick zum Lager des Priesters hinauf.

»Er ist nicht hier«, sagte Amoret leise. »Ich habe ihn vorhin in die Offizierskammer gehen sehen. Und ich glaube, dass er heute Nacht nicht mehr herüberkommen wird.«

Ein breites Lächeln ließ Breandáns Zähne im Halbdunkel aufleuchten.

»Wie kommt es eigentlich, dass uns jeder hier die Gefühle vom Gesicht ablesen kann?«, scherzte er.

»Sie wünschen sich, dass wir glücklich sind – wie wir es uns für sie wünschen«, erwiderte Amoret.

Seine Hand, die noch immer die ihre festhielt, zog sie in die kleine Schlafkammer hinter der mit Lehm verputzten Trennwand aus Flechtwerk. Der schwache Lichtschein der Kerze drang kaum hinein, ließ nur ein paar dunkle Schatten über die geweißten Wände tanzen.

Mit begehrlichem Blick sah Breandán seine Frau an. Unwillkürlich fühlte sich Amoret an ihre erste gemeinsame Nacht erinnert, in der er ungestüm über sie hergefallen war. Er hatte sie damals mit der Wildheit eines Landsknechts genommen. Seine schrecklichen Erfahrungen im Krieg, die erlittenen Demütigungen und sein Hass auf die Engländer hatten ihn verroht. Seitdem hatte er sich geändert, hatte gelernt, rücksichtsvoll und einfühlsam zu sein, und vor allem, ihr zu vertrauen. Nach seinem Gespräch mit Muiredach Ard wirkte er nun wie befreit. Amoret entdeckte ein neues Selbstbewusstsein an ihm, das die Prüfungen der letzten Wochen und die Anerkennung durch seine Pächter in ihm geweckt hatten. Da war keine Unsicherheit mehr in seiner Haltung, in der Art, wie er sie ansah, sie mit den Augen verschlang, keine Furcht mehr, dass sie sich ihm entziehen, sich vor ihm verschließen könnte. Besitzergreifend zog er sie in seine Arme und presste sie an sich. Gierig suchte sein Mund den ihren. Leidenschaftlich trafen sich ihre Zungen, berührten einander, sandten köstliche Zuckungen durch ihre Glieder. Amoret spürte, dass er sie sofort noch im Stehen nehmen wollte, doch er beherrschte sich und fuhr fort, ihre Wangen, ihren Hals zu küssen, bis der gestärkte Leinenkragen ihm Einhalt gebot. Mit ungeduldigen Bewegungen zupfte er die Schleife auf und warf ihn aufs Bett. Dann liebkoste er ihr Schlüsselbein, den Rand des Ausschnitts, der sich seinen Versuchen widersetzte, ihn über ihre Schultern zu schieben. Wieder mussten seine fiebrigen Hände mit Bändern, Haken und Ösen kämpfen, bis das Mieder ihre Brüste freigab. Mit einem zufriedenen Seufzen vergrub er das Gesicht in ihrem warmen Fleisch, ließ sanft die Zunge darübergleiten. Da verließ auch Amoret die Geduld.

Ihre Hände nestelten an den Knöpfen seines Wamses, die zu öffnen eine Ewigkeit zu dauern schien. Sie stieß ein verdrossenes Stöhnen aus, das ihm ein amüsiertes Lächeln entlockte. Als das Wams zu Boden fiel, zog sich Breandán das Hemd über den Kopf und entledigte sich seiner Beinkleider und Strümpfe, während Amoret aus Röcken und Mieder schlüpfte. Zuletzt warf sie ihr Leinenhemd von sich. Als sie nackt und erschauernd vor ihm stand, betrachtete er sie mit glänzenden Augen wie einen Schatz. Sie war ein wenig magerer geworden von den Strapazen der letzten Monate, aber ihre Formen waren noch immer vollkommen. Schließlich nahm Breandán sie in die Arme, hob sie hoch und legte sie aufs Bett. Mit einem Seufzen versank sie in den Fellen, die gegen die winterliche Kälte über die Laken und Wolldecken gebreitet waren. Ihre Hände streckten sich nach ihm aus, schlossen sich um seine muskulösen Schultern, zogen ihn zu sich, bis seine Haut die ihre berührte. Genießerisch durchwühlte sie sein langes dunkles Haar, streichelte seine Arme, seinen Nacken. Als ihre Fingerspitzen über die alten Narben auf seinem Rücken strichen, die von den Peitschenhieben des Henkers zurückgeblieben waren, füllten sich ihre Augen mit Tränen. Die Erinnerung daran tat ihr jedes Mal von neuem weh. Mit einem liebevollen Lächeln beugte er sich zu ihr hinab und küsste die feuchte Spur von ihren Wangen.

»Vergiss es«, flüsterte er.

Nun war sie es, die ihn besitzergreifend an sich zog. Ihre Hände streichelten seine Brust, glitten zu seinen Flanken hinab, bis sie ihn erschauern spürte. Sanft löste er sich aus der Umklammerung und liebkoste zärtlich ihre Brüste, strich über ihren Bauch und tauchte zwischen ihre Schenkel. Seine

Handflächen waren rauh vom Reiten, und ihre Berührung auf der zarten Haut ihrer Beine wirkte dadurch noch aufreizender. Eine Weile spielte er mit ihrer Erregung, schürte ihre Ungeduld, bis er sich schließlich zwischen ihre Schenkel kniete und behutsam in sie eindrang. Er nahm sich Zeit, hielt sich zurück, bis er fühlte, dass sie dem Höhepunkt nahe war. Mit einem kraftvollen Stoß kam er zum Ziel und ergoss sich in sie. Amoret hielt ihn noch eine Weile fest. Ein Blick in seine Augen verriet ihr, dass er dasselbe dachte wie sie.

Kapitel 33

Hufschlag drang an Jeremys Ohren. Unwillkürlich kamen ihm Nora Prendergasts letzte Worte wieder in den Sinn: »Wo immer der *dúlachan* anhält, stirbt ein Mensch …«

Als das Pferd hinter ihm zum Stehen kam, wandte sich der Jesuit schaudernd um. Zu seiner Erleichterung sah er sich Muiredach Ard gegenüber, der mit einem Begrüßungslächeln aus dem Sattel stieg.

»Plant Ihr eine längere Reise?«, fragte Jeremy und deutete auf die Satteltaschen, die das Pferd trug.

»Ich muss einige Dinge in Dublin einkaufen«, erklärte Muiredach Ard. »Kann ich Euch etwas mitbringen?«

»Ihr habt doch hoffentlich nicht vor, allein zu reisen?«

»Nein, Raghnall begleitet mich und hilft mir mit den Packpferden. Er ist mit einem dicken Knüppel bewaffnet.«

»Ich werde Seine Lordschaft bitten, Euch eine Pistole mitzugeben«, sagte Jeremy bestimmt. »Könnt Ihr damit umgehen?«

Der Wirt zögerte, dann nickte er.

»Gut. Wartet hier. Ich mache Euch eine Liste mit Arzneien, die Ihr mir mitbringen könnt.«

Einige Tage später, als Breandán gerade mit Bran zu den Ställen unterwegs war, hielt ein bewaffneter Reiter vor der Burg. Der regenfeuchte Mantel des Mannes und die schlammbespritzten Beine seines Pferdes zeugten von einer längeren Reise.

»Ist das hier Shanrahan?«, fragte er. Und als Breandán bejahte, fügte er hinzu: »Ich habe einen Brief für Dr. Fauconer.«

»Ich bin der Baron Shanrahan. Ihr könnt das Schreiben mir geben. Ich leite es an Dr. Fauconer weiter. Kommt Ihr aus Clonmel?«

»Nein, aus Dublin.«

»Euer Pferd braucht Ruhe und Futter. Und Ihr müsst auch hungrig sein. Nehmt für die Nacht unsere Gastfreundschaft an.«

Der Bote dankte Breandán und übergab ihm den Brief. Da er Jeremy nirgends finden konnte, fragte er einen der Diener nach dem Priester.

»Ich glaube, er wollte nach seinem Patienten sehen«, antwortete dieser.

Verwundert runzelte Breandán die Stirn. Lonán Ó Ceallaigh erholte sich gut von seiner Erkrankung. Das Fieber war verschwunden, und der eingetrocknete Schorf, der sich über den Pusteln gebildet hatte, begann abzufallen. Lonáns linkes Auge war erblindet, doch auf dem rechten gewann er von Tag zu Tag ein wenig mehr Sehkraft zurück. Trotz der Pockennarben, die seinen Körper entstellten, und der anhaltenden Schwäche verlieh ihm diese kleine Gnade neuen Lebensmut.

Sobald seine Kräfte es erlaubten, hatte er Jeremy um Krücken gebeten und übte nun so oft wie möglich das Gehen. Breandán hoffte, dass sein Waffenbruder keinen Rückfall erlitten hatte.

Mit großen Schritten eilte er die Wendeltreppe zur Offizierskammer hinauf. Als er über die Schwelle trat, hob der Jesuit warnend die Hand.

»Bleibt draußen!«, befahl er.

Widerwillig gehorchte Breandán. »Was ist los?«

Da fiel sein Blick auf William, der mit gerötetem Gesicht auf einem Schemel saß und die Augen zusammenkniff, als habe er Kopfweh.

»Er hat Fieber. Wahrscheinlich hat er die Pocken«, erklärte Jeremy niedergeschlagen.

Entsetzt sah Breandán den Diener an, der den Kopf in den Händen vergraben hatte.

»Weiß Amoret es schon?«

»Nein. Ich habe es gerade erst festgestellt.«

»Legt ihn zu mir ins Bett«, ließ sich Lonáns Stimme vernehmen, die noch immer heiser klang. »Ich werde mich um ihn kümmern.«

In seinem gesunden Auge war ein Ausdruck tiefer Betroffenheit und Schuld zu lesen. Jeremy nickte und half William aus seinen Kleidern. Breandán brachte ihm ein frisches Nachthemd. Nachdem der Priester den Diener neben Lonán ins Bett geschoben und ihn zugedeckt hatte, begegnete er Breandáns schmerzlichem Blick.

»Nimmt das denn nie ein Ende?«, stieß der Baron hervor.

»Es war abzusehen, dass William sich anstecken würde«, sagte Jeremy ergeben. »Aber solange außer mir niemand mit ihm in Berührung kommt, wird er hoffentlich der Letzte sein.«

»Ich werde darum beten«, erwiderte Breandán.

Er wollte sich entfernen, als ihm der Bote wieder einfiel.

»Da ist ein Brief für Euch gekommen. Aus Dublin.«

»So? Doch nicht von Ó Donnabháin?« Neugierig nahm der Priester das Schreiben entgegen und betrachtete das Siegel. »Er ist von Sir Orlando Trelawney.« Jeremy begann zu lesen. »Er befindet sich in Irland.«

»Sucht er immer noch nach Thomas Blood?«, fragte Breandán erstaunt.

»Ja, er versucht herauszufinden, ob Blood bei seinen Verwandten untergetaucht ist. Die Familie seiner Frau in Lancashire hat Sir Orlando schon überprüfen lassen. Da fand sich keine Spur.«

»Habt Ihr eigentlich Trelawneys anderen Brief wiedergefunden?«, erkundigte sich Breandán.

Jeremy schüttelte den Kopf. »Nein, bisher nicht. Inzwischen bin ich überzeugt, dass er gestohlen wurde. Wahrscheinlich hat ihn jemand aus meinem Wams gezogen, während ich schlief.«

»Aber wer sollte denn so etwas tun?«

»Ich habe da einen Verdacht, dem ich nachgehen muss.« Der Jesuit drehte den Brief des Richters zwischen den Fingern. »Ist der Bote, der das Schreiben brachte, noch hier?«

»Ja, er wird sich erst morgen auf den Rückweg machen.«

»Gut. Sagt ihm, dass ich ihm einen Antwortbrief an Richter Trelawney mitgeben werde.«

»Mylord, die Soldaten, die Ihr nach Kilfenora geschickt habt, sind zurück«, sagte der Sekretär des Erzbischofs von Dublin zu Sir Orlando. »Und Euer Bote hat einen Antwortbrief aus Tipperary gebracht.«

»Gebt mir zuerst den Brief«, bat Trelawney. »Der Offizier soll einen Moment warten.«

Henry Piggott händigte dem Richter Jeremys Schreiben aus und verließ die Studierstube, die der Erzbischof seinem Gast zur Verfügung gestellt hatte. Als Sir Orlando den Bericht des Priesters über die Mutterkornvergiftung und dessen gefährliches Experiment gelesen hatte, überkam ihn das Verlangen, sich zu setzen.

»Dieser verrückte Jesuit«, murmelte er kopfschüttelnd.

Für einen Moment rieb er sich angespannt die Schläfen, bevor er weiterlas. Im letzten Abschnitt des Briefes bat sein Freund ihn um einen Gefallen, der Sir Orlando überraschte. Ohne Zögern öffnete der Richter die Tür zur Schreibstube und rief: »Mr. Piggott!« Und als der Sekretär erschien, sagte er: »Ich habe einen wichtigen Auftrag für Euch. Seht zu, was Ihr über einen gewissen Captain Ralph Luscombe herausfinden könnt. Er hat ein Gut in Kilcommon und ist Friedensrichter. Während des Krieges diente er in der Parlamentsarmee. Geht so weit in die Vergangenheit zurück wie möglich.«

»Ja, Mylord«, antwortete Piggott. »Soll ich jetzt Captain Hide hereinschicken?«

Sir Orlando nickte und setzte sich wieder an den Tisch, der ihm als Schreibpult diente. Der Offizier war unmittelbar von den Ställen in den Palast gekommen, da er wusste, wie ungeduldig Trelawney auf seinen Bericht wartete. Er roch nach Pferdeschweiß, Leder und nassem Stoff, denn er war vom Regen durchnässt. Von seinem Hut, den er unter den Arm geklemmt hatte, tropfte Wasser auf den Boden.

»Was habt Ihr herausgefunden, Captain?«, fragte Sir Orlando, ohne sich am Zustand des Soldaten zu stören.

»Ich habe den Domkaplan von Kilfenora, Dr. Neptune Blood, strengstens befragt, sowie den Friedensrichter des Bezirks und einige Notabeln. Sie alle schwören, dass sie nicht wissen, wo sich Thomas Blood oder seine Familie aufhalten.«

»Hm, hattet Ihr den Eindruck, dass sie die Wahrheit sagen?«, fragte Sir Orlando forschend.

»Ich denke schon. Dr. Blood schien ebenso schockiert von den Eskapaden seines Neffen wie die anderen Bürger des Ortes, mit denen ich gesprochen habe. Keiner hat sich für meine Begriffe auffällig verhalten.«

»Wie kommt ein Geistlicher eigentlich an einen so ungewöhnlichen Taufnamen?«, fragte Trelawney.

»Es heißt, er sei während eines Sturms bei der Überfahrt nach Irland geboren worden«, erläuterte Hide.

»Eine merkwürdige Wahl für eine presbyterianische Familie. Die Bloods scheinen alle etwas verschroben zu sein.«

Der Offizier verlagerte sein Gewicht von einem durchweichten Stiefel auf den anderen und verursachte ein schmatzendes Geräusch, das die Stille der Studierstube durchbrach.

Sir Orlando hob den Kopf.

»Ihr könnt gehen, Captain.«

Dankbar verbeugte sich der Soldat und zog sich zurück. Der Richter lehnte den Kopf an die Rückenlehne seines Stuhls. Die Suche nach Thomas Blood erwies sich als langwieriger als gedacht.

Breandán blieb in der Tür zur Offizierskammer stehen und beobachtete Lonán, der William gerade eine heiße Hühnerbrühe einflößte. Der Diener hatte Glück gehabt. Während der vergangenen Woche hatte sich herausgestellt, dass bei ihm die Blattern milder verliefen als bei Ó Ceallaigh. Er würde weniger Pockennarben zurückbehalten, da die Pusteln nicht so dicht standen, und keine schweren gesundheitlichen Schäden davontragen.

Da er sich für Williams Erkrankung verantwortlich fühlte, pflegte der Ire den englischen Diener hingebungsvoll und hatte nach mehreren Wochen erzwungener Zweisamkeit aufrichtig Freundschaft mit ihm geschlossen. Während Breandán die beiden beobachtete, musste er lächeln. Der Anblick festigte seinen Entschluss, den er bereits vor Tagen gefasst hatte.

Als Lonán den Baron bemerkte, stellte er den Napf ab, ließ Williams Kopf in die Kissen zurücksinken und kam zur Tür.

»Wie geht es ihm?«, fragte Breandán.

»Er ist noch schwach. Aber es hat ihn nicht so schlimm erwischt wie mich«, erwiderte Lonán zuversichtlich.

Breandán musterte seinen Waffenbruder eindringlich. Inzwischen waren seine Kräfte so weit wiederhergestellt, dass er auf die Krücken verzichten konnte. Auf seinem rechten Auge hatte er die Sehkraft fast völlig zurückgewonnen, das erblindete linke bedeckte eine Lederbinde, die er am Hinterkopf zusammengeknotet hatte.

»Du hast dich gut erholt«, bemerkte Breandán zufrieden. »Hast du darüber nachgedacht, was du tun wirst?«

Ein bitteres Lächeln huschte über Lonáns vernarbte Lippen.

»Mein altes Gewerbe werde ich wohl an den Nagel hängen müssen«, antwortete er zynisch. »Der Hirsch ist nicht mehr wendig genug, um den Jagdhunden zu entkommen. Für mich wird es keinen ruhmreichen Tod geben wie für Colonel Mac Coisdealbhaigh, dessen abgeschlagener Kopf nun das St.-James-Tor in Dublin ziert. Sobald ich ein Pferd besteigen kann, mache ich mich auf die Suche nach meinen Gefährten, um mich zu vergewissern, dass es ihnen gutgeht, und um ihnen viel Glück zu wünschen. Einer von ihnen ist mein Bruder.«

Breandáns Züge nahmen einen ernsten Ausdruck an. Der Moment, vor dem er sich gefürchtet hatte, war gekommen.

»Es tut mir leid, mein Freund«, sagte er mitfühlend. »Dein Bruder Pádraig ist tot. Er ist an den Pocken gestorben.«

Lonán starrte den Baron an wie ein verwundetes Tier. Er schluckte schwer. Dann ballte er die Faust und rammte sie mit aller Gewalt gegen den Mauerstein. Mit einem unterdrückten Schluchzen presste er die Stirn an die Wand.

»Er war der Letzte«, murmelte er. »Alle meine Brüder sind tot.«

Breandán wartete, bis das Beben, das Lonáns Schultern durchlief, nachgelassen hatte.

»Ich würde mich freuen, wenn du hierbleiben würdest, Bruder«, sagte er schließlich.

Lonán blickte ihn erstaunt an. »Du weißt, dass ich das nicht annehmen kann. Meine Anwesenheit würde dir schaden. Ich bin ein gesuchter Straßenräuber. Zwischen Clonmel und Cork findest du überall meinen Steckbrief angeschlagen.«

»Und wenn schon«, widersprach der Baron. »Mit Verlaub, aber nicht einmal deine Mutter würde dich heute wiedererkennen. Ich biete dir die Chance, ein neues Leben zu beginnen.«

»Aber … dann müsste ich meinen Namen verleugnen …«

»Ich biete dir einen anderen Namen – meinen, wenn du ihn tragen willst.«

Über Lonáns entstellte Züge flackerten die widersprüchlichsten Gefühle. Breandán war sich nicht sicher, welches die Oberhand gewinnen würde.

»Du brauchst mir jetzt nicht zu antworten«, sagte er verständnisvoll. »Mein Angebot bleibt bestehen.«

Breandán wollte sich abwenden, doch Lonán hielt ihn zurück.

»Es wäre mir eine Ehre, den Namen Mac Mathúna zu tragen, Bruder.«

Breandáns Lippen teilten sich zu einem Lächeln, das sein Gesicht erstrahlen ließ. Mit kraftvollem Druck ergriff er

Lonáns Hand. Im nächsten Moment fand er sich in einer rauhen und zugleich warmherzigen Umarmung wieder.

»Anscheinend hat es sich doch gelohnt, dieses erbarmungswürdige Gespenst zu pflegen, das du damals warst ... in Mardyck, als dich das Fieber verzehrte«, scherzte Lonán, »obwohl alle Kameraden sagten, dass es vergebliche Liebesmüh sei und du sowieso krepieren würdest. Ich bin so froh, dass sie unrecht hatten!«

Kapitel 34

Sir Orlando beugte sich zum Feuer im Kamin hinab und entzündete einen Kienspan. Mit vorgehaltener Hand, um das Flämmchen vor Zugluft zu schützen, trat er an den breiten Tisch und hielt den brennenden Holzspan an den Docht einer Kerze. Zischend und funkensprühend fing das geflochtene Leinen Feuer. Der Geruch von warmem Bienenwachs begann, sich in der Schreibstube auszubreiten. Der Morgenhimmel war tief verhangen. Selbst das große Fenster mit seinen bleigefassten Scheiben konnte den Raum nicht genug erhellen, dass er die eng beschriebenen Zeilen der Armeeakten hätte entziffern können.

Der Sekretär des Erzbischofs hatte ihm einen Becher heiße Schokolade als Morgentrunk gebracht, der Sir Orlandos kalte Finger wärmte. Trotz des Kaminfeuers war die klamme Feuchtigkeit in dem alten Palast deutlich zu spüren. Der Richter nippte gerade an dem bittersüßen Getränk, als Henry Piggott an der Tür zum Studierzimmer kratzte und kurz darauf eintrat.

»Der alte Veteran, den Ihr erwartet, ist da, Mylord«, verkündete der Sekretär.

»Führt ihn herein«, bat Sir Orlando. »Und bringt uns Wein.«

Über Piggotts Züge huschte ein missbilligender Ausdruck, den der Richter jedoch ignorierte. Als der alte Soldat über die Schwelle trat, erkannte er den Grund für den Unwillen des Geistlichen. Die Kleidung des Ankömmlings war schmutzig und zerschlissen, sein Haar struppig und ungepflegt, und er verbreitete aufdringliche Ale- und Tabakdünste.

Ein Säufer!, dachte Trelawney ernüchtert.

Es war fraglich, ob er von diesem Wrack eine nützliche Auskunft erhalten würde. Sir Orlando wartete, bis Piggott den Wein gebracht hatte, und forderte ihn dann auf, das Protokoll zu führen. Seinem Besucher bot er einen Becher Bordeaux an. In den stumpfen Blick des alten Soldaten kam Leben, als ihm der Weingeruch in die Nase stieg. Mit einem eifrigen Nicken nahm er das Angebot an und trank den Inhalt des Bechers in wenigen gierigen Schlucken. Obwohl der Mann ihm das Gefäß auffordernd entgegenstreckte, machte der Richter keine Anstalten, es aufzufüllen. Aus einem Betrunkenen würde er nichts Zusammenhängendes mehr herausbekommen.

»Ihr seid der ehemalige Gefreite Fight-the-good-fight-of-faith Mawditt, der während des Krieges in der Parlamentsarmee in Irland diente?«, fragte Sir Orlando.

»Derselbe, Mylord«, bestätigte der Soldat, während er den leeren Zinnbecher zwischen den Handflächen hin- und herrollte. »Ist lange her.«

»Ihr gehörtet zu der Besatzung von Enniscorthy in Leinster, die die Stadt im Winter neunundvierzig, fünfzig gegen die Royalisten halten sollte?«

Mawditts Züge wurden abweisend. »Warum wollt Ihr das wissen? Ich bin nicht stolz darauf, was damals passiert ist.«

»Euer Verrat hat den Kommandeur der Garnison und fünf Eurer Kameraden das Leben gekostet«, erinnerte der Richter ihn ernst.

»Das war nicht ich. Sergeant Luscombe sagte, es wäre nichts dabei, ein paar Huren und Weinfässer in die Stadt zu lassen. Wie sollten wir wissen, dass es eine List der Royalisten war, um uns hinterrücks zu überfallen?«

Mit einer Geste des Abscheus, als graute ihm auf einmal vor dem Alkohol, stellte Mawditt den Becher auf den Tisch. Sir Orlando nahm den Weinkrug und füllte das Gefäß bis zum Rand auf.

»Aber Sergeant Luscombe wusste es, nicht wahr?«, fragte Trelawney eindringlich. »Er wusste, dass die Royalisten in der Überzahl waren und Euch alle abgeschlachtet hätten, wenn sie die Stadt hätten stürmen müssen. Da nahm er lieber das Bestechungsgeld und öffnete eines der Tore, als die Wachen zu betrunken waren, um ihn aufzuhalten.«

Mawditt konnte den Blick nicht von dem Wein abwenden. Schließlich ergriff er den Becher und stürzte den Inhalt hinunter.

»Und wenn es so war?«, meinte er mit einem Schulterzucken. »Luscombe war ein Mistkerl. Immer nur auf seinen Vorteil aus. Für ihn war der Krieg ein Spiel. Eine günstige Gelegenheit, um sich jedes Weib zu nehmen, das er haben wollte, und um sich mit seinen miesen kleinen Geschäften zu bereichern. Der Anblick von Blut und zerfetzten Körpern machte ihm nichts aus. Viele von uns gingen fürs Leben gezeichnet aus diesem furchtbaren Krieg nach Hause. Er hatte schon vorher eine Neigung zur Grausamkeit. Hat Iren wie Royalisten abgeknallt, wo sie standen, als ob es ihm Spaß gemacht hätte. Seine Ruchlosigkeit hätte selbst Cromwell erschauern lassen.«

Der Wein hatte die Zunge des Veteranen gelöst. Was immer er während des Schlachtengetümmels selbst an Gewalttaten begangen haben mochte, die Brutalität seines Sergeant hatte ihn offenbar schockiert.

»Was geschah nach der Einnahme von Enniscorthy?«, fragte Sir Orlando.

»Wir gingen in Gefangenschaft«, erwiderte Mawditt, der sich wieder gefasst hatte.

»Könnt Ihr mir sonst noch etwas über die Geschehnisse von damals sagen?«

Der alte Soldat senkte den Blick und drehte erneut den Zinnbecher zwischen den Fingern.

»Nichts, was ich mit eigenen Augen gesehen hätte.«

»Aber Ihr habt Gerüchte gehört?«

»Einer meiner Kameraden erzählte mir etwas, das ich zuerst nicht glauben wollte, doch dann …«

Geduldig füllte Trelawney den Becher in den Händen des ehemaligen Soldaten auf.

»Dann kam er bei einer Schlägerei mit den anderen zu Tode, obwohl …«

»Obwohl?«

»Er war keiner, der sich leichtfertig prügelte. Er hatte Familie zu Hause und hielt sich stets aus Streitigkeiten heraus. Und doch gingen zwei der anderen Soldaten auf ihn los, weil er sie angeblich hinter ihrem Rücken Feiglinge genannt hatte.«

»Ihr glaubt, jemand hatte die Männer auf Euren Kameraden gehetzt?«

Mawditt verbarg sein Gesicht hinter dem Boden des Zinnbechers, während er ihn leerte.

»Was hat Euer Kamerad Euch erzählt?«, fragte Sir Orlando.

»Ich habe es vergessen«, meinte der Veteran abwehrend.

»Nein, das habt Ihr nicht«, widersprach Trelawney.

Er trat an den Kabinettschrank neben dem Fenster, öffnete eine der Schubladen und holte einen Lederbeutel heraus.

»Mit diesem Geld könnt Ihr fortan ein unbeschwertes Leben führen. Ihr könnt damit sogar eine Schiffspassage nach England bezahlen, wenn Ihr das wünscht. Und nun redet.«

Mawditt wand sich unbehaglich unter Sir Orlandos zwingendem Blick.

»Ich habe noch nie zu jemandem davon gesprochen.«

»Dann wird es Zeit, dass Ihr Euer Schweigen brecht. Es ist strafbar, das Wissen über ein Verbrechen zurückzuhalten. Ich könnte Euch hier und jetzt verhaften und in den Kerker werfen lassen.«

Die wohl abgewogene Mischung aus Drohung und Belohnung tat endlich ihre Wirkung. Der Kriegsveteran hob das Kinn und atmete tief ein.

»Mein Kamerad – sein Name war Moody – erzählte mir, dass unser Befehlshaber Captain Todd nicht beim Sturm der Royalisten umgekommen war. Er hatte herausgefunden, dass Sergeant Luscombe die Garnison verraten hatte. Als die Königlichen in die Stadt eindrangen, stellte Captain Todd den Sergeant zur Rede. Daraufhin erschoss Luscombe ihn kaltblütig.«

»Gab es außer diesem Moody noch andere Zeugen für die Tat?«

»Mein Kamerad erwähnte, dass ein paar irische Soldaten den Mord mit angesehen hatten, aber nichts sagten, da Luscombe ja ihr Geld genommen und sie in die Stadt gelassen hatte.«

»Verstehe.« Zufrieden warf Sir Orlando dem alten Soldaten die Geldbörse zu. »Wenn Ihr jetzt noch so freundlich wärt, Eure Aussage mit Eurer Unterschrift zu bekräftigen, Sir.«

Man sah Mawditt deutlich an, dass ihm nicht wohl dabei war, aber die Münzen in dem Beutel wogen verführerisch in seiner Hand. Endlich konnte er sich nach langer Zeit wieder ein weiches Bett in einer ordentlichen Kammer leisten – und so viele Flaschen dieses irischen Teufelsgebräus, wie er wollte.

Piggott fasste das Protokoll zu einem kurzen Text zusammen und schob das Blatt dem Veteranen über den Tisch entgegen. Zögernd nahm Mawditt die Feder, die der Sekretär ihm reichte, und überflog seine Aussage. Alles, was er berichtet hatte, entsprach der Wahrheit. Er sah die Ereignisse klar und deutlich vor sich, als sei es gestern gewesen. Es war nur recht und billig, dass die Untaten dieses Schweinehunds endlich ans Licht kamen. Doch als Mawditt seinen Schriftzug unter die Zeilen setzte, verspürte er eine unbestimmte Angst, als könnte Sergeant Luscombe seine Gedanken lesen und nach ihm suchen, um sich an ihm zu rächen.

Als Sir Orlando den Kriegsveteranen verabschiedet hatte, löschte Piggott die Tinte mit Sand und blies die Reste vom Tisch.

»Ihr wisst, dass die Aussage nicht ausreichen wird, um diesen Luscombe vor Gericht zu bringen, Mylord«, sagte der Sekretär vorsichtig.

»Bedauerlicherweise«, stimmte Trelawney zu. »Es bräuchte schon einen glaubwürdigen Zeugen, der den Mord an Captain Todd mit eigenen Augen gesehen hat. Wie es scheint, gab es einen solchen.«

»Einer der irischen Soldaten, die Mawditt erwähnte?«, fragte Piggott interessiert.

»Vermutlich. Vor einem halben Jahr wurde ein Mann auf brutale Weise ermordet. Er war Barde, aber es ist durchaus möglich, dass er im Krieg als Soldat für die Royalisten gekämpft hat.«

»Und Ihr glaubt, dass Luscombe für den Mord verantwortlich ist?«

Seufzend ließ sich Sir Orlando auf einen Stuhl sinken. »Das werden wir wohl nie erfahren. Aber es würde zu dem Schurken passen, den Mawditt uns beschrieben hat.«

Jemand kratzte an der Tür. Piggott öffnete, und einer seiner Schreiber übergab ihm einen Brief.

»Potter ist gerade vom Postamt zurückgekommen«, erklärte der Sekretär und reichte das Schreiben an Sir Orlando weiter.

»Das muss die Antwort des Lord Lieutenants von Lancashire sein, die ich dringend erwarte«, sagte Trelawney. Als er das Siegel erkannte, kerbte sich eine Falte zwischen seine Augenbrauen. »Der Brief ist von Mylord Arlington.« Ungeduldig öffnete er das Schreiben und überflog den Inhalt. »Der Lord Lieutenant hat die Ergebnisse seiner Nachforschungen an Seine Lordschaft geschickt. Er sollte herausfinden, ob Maria Blood noch Angehörige hat. Vielleicht sind sie und ihr Mann bei ihren Verwandten untergekommen.« Der Richter las weiter. »Offenbar hat Mistress Blood nur noch eine Base, mit der sie regelmäßig korrespondiert. Sie heißt Susanna Inglewhite und ist die Tochter eines Colonels, der sich hier in Irland unter Cromwell und vor allem bei Iretons Feldzügen hervorgetan hat.«

»Weiß man, wo sie sich aufhält?«, fragte Piggott.

»Sie hat kurz nach dem Krieg geheiratet … einen Captain Ralph Lus…« Ungläubig las Sir Orlando den Namen noch einmal. »Bei Christi Blut! Ich brauche sofort einen Trupp Kavallerie. Wir müssen noch heute aufbrechen.«

Kapitel 35

Als Shanrahan in der Ferne auftauchte, zügelte Muiredach Ard sein Pferd und nahm den Anblick versonnen in sich auf. Das Tal war mit einer puderigen Schneeschicht bedeckt, und die Hügelkuppen trugen weiße Mützen, die hin und wieder zwischen den vorbeitreibenden grauen Wolkenfetzen aufblitzten. Die winterliche Stille wurde nur vom Rauschen des kleinen Bachs unterbrochen, der unbeirrt über sein steiniges Bett sprudelte. Die Dächer der Hütten dampften in der Kälte. Auch aus den Schornsteinen der Burg stieg Rauch auf, das einzige Anzeichen von Leben in der schweigenden Landschaft.

Der Knecht hatte sein Pferd verwundert neben dem Wirt gezügelt, doch Muiredach Ard beachtete ihn nicht. Er war beim Anblick des Turmhauses in tiefes Nachdenken versunken. Sein Besuch in Dublin hatte fast drei Wochen in Anspruch genommen, da er einige Kleinigkeiten von den dortigen Handwerkern anfertigen lassen musste, aber auch, weil ihn seine Nachforschungen länger als beabsichtigt in der Hauptstadt festgehalten hatten. Dabei hatte er festgestellt, dass ein englischer Richter dieselben Erkundigungen einzog wie er. Vielleicht war es gar nicht nötig, dass er die gewonnenen Erkenntnisse weitergab. Einen Mann hatten sie bereits das Leben gekostet. Um nichts in der Welt wollte er den neuen Herrn von Shanrahan und seine Familie in Gefahr bringen.

Es hatte Muiredach Ard überrascht, wie sehr er sich während seines Aufenthalts in Dublin nach Shanrahan zurückgesehnt hatte. Ihm war klargeworden, dass er den Baron und dessen Gemahlin und nicht zuletzt den klugen Jesuiten vermisste. Sie alle faszinierten ihn, vor allem der junge Lord.

Dieser hatte sich ihm mit erstaunlicher Bereitwilligkeit geöffnet. Muiredach Ard vermutete, dass Breandán Mac Mathúna seit dem frühen Tod seines Vaters unbewusst auf der Suche nach einem Ersatz war. Und der Hüne ertappte sich dabei, wie er sich wünschte, dem Baron der väterliche Freund zu sein, nach dem dieser sich sehnte.

Shanrahan war für den ehemaligen Dichter nie mehr als ein Zufluchtsort gewesen, in dem er den Rest seines Daseins in bescheidenen Verhältnissen fristen wollte. Doch in diesem Moment, da er ins Tal auf die Burg hinabblickte und an ihre Bewohner dachte, empfand er den kleinen Ort zum ersten Mal als seine Heimat.

Tief atmete Muiredach Ard die kalte Luft ein. Es war Zeit, nach Hause zurückzukehren. Er nahm die Zügel auf und schickte sich eben an, sein Pferd anzutreiben, als ein dunkler Schatten über das Land strich. Ein heiseres Krächzen ertönte, dann stieg die einsame Nebelkrähe mit lautlosen Flügelschlägen höher und verschwand über den Hügeln. Muiredach Ard starrte ihr nach. Sein Magen krampfte sich schmerzhaft zusammen, ohne dass er wusste, warum. Nebelkrähen waren selten in Irland, doch hin und wieder erhaschte man einen flüchtigen Blick auf einen der großen grauschwarzen Vögel. Das Tier musste auf der Suche nach Nahrung durch das Tal gekommen sein. Und doch wurde Muiredach Ard das Gefühl nicht los, dass sein Auftauchen ein bevorstehendes Unheil ankündigte.

Energisch grub der Wirt die Fersen in die Flanken seines Pferdes, so dass es zusammenzuckte und einen Sprung nach vorn machte. Raghnall hatte Mühe, mit den Packpferden zu folgen. Im Hof der Herberge half Muiredach Ard den Stallburschen beim Abladen. Er brachte die Bündel selbst an ihren Bestimmungsort und begann mechanisch, sie auszupacken.

Aber er war nicht bei der Sache. Ein paar Mal suchte er etwas, weil er sich nicht mehr daran erinnern konnte, dass er es gerade erst weggeräumt hatte.

Er dachte an Ó Riordáin, der mit dem Feuer gespielt und dadurch den Tod gefunden hatte. Schließlich hielt ihn nichts mehr im Haus. Er warf sich seinen Mantel über und trat vor die Tür, schlug den Weg zwischen den Feldern ein und ging am Rande des Moores entlang, das unter der dünnen Schneedecke seine verwunschene und geheimnisvolle Ausstrahlung verloren hatte. Seine Verlassenheit wirkte noch abweisender als sonst.

Es war nun siebenunddreißig Jahre her, da er dem älteren Cormac zum ersten Mal begegnet war. Muiredach Ard war ein in sich gekehrter Jüngling gewesen, als er seine Familie verlassen hatte, um das Seminar der Poeten zu besuchen, die Universität Irlands, die man landläufig als Bardenschule bezeichnete, eine Einrichtung, die auf die vorchristlichen Druiden zurückging. Nur den Nachkommen von Dichtern, die großes Ansehen in ihren Clans genossen, wurde die Gnade zuteil, eine solche Schule zu besuchen. Voller Stolz war er als junger Bursche zu Sankt Michael allein übers Land zu der kleinen Hütte gereist, in der der geachtetste *ollamh* der Provinz unterrichtete. Muiredach Ard erinnerte sich noch gut an die kleine Kammer, in der es nur ein Bett und einen Haken zum Aufhängen seines Mantels, aber kein Fenster gegeben hatte. Er entsann sich der Stunden, die er und die anderen Studenten im Dunkeln damit verbrachten, die gestellten Aufgaben im Geiste in Verse zu fassen, unbehelligt vom Licht des Tages, umgeben vom Schweigen der Einsamkeit, bis der Ruf des ersten Kuckucks im Frühsommer das Ende des Kurses verkündete. Der Lehrplan hatte irische Geschichte, die Rechte, Literatur und die Feinheiten der gälischen Sprache umfasst, aber auch die klassischen Sprachen Latein und Griechisch. An Feiertagen waren die Studenten an die Tafeln der umliegenden Höfe und Burgen geladen und verköstigt worden. Doch damit nicht genug, von überall schickte man ihnen und ihrem Lehrer Verpflegung in die Akademie, so hochgeschätzt waren sie in der gälischen Gesellschaft gewesen. Die Poeten hatten die Geschichte ihres Clans in Versen festgehalten, hatten Hochzeiten, Geburten, Todesfälle und jeden Kriegszug besungen.

Bei Muiredach Ards Ankunft in der Bardenschule hatte Ó Riordáin bereits sein sechstes Studienjahr abgeschlossen. Noch ein weiteres Jahr lang hatte er seine Kunst verfeinert, bevor er sich Poet nennen durfte. Doch zu jener Zeit war die jahrtausendealte Tradition bereits dem Untergang geweiht. Im Zuge der Besiedlung Munsters durch die Engländer und der Verheerungen des Krieges waren die meisten irischen Stammesführer und Grundherren, denen die Chronisten dienten, von ihren Besitzungen vertrieben worden.

Muiredach Ard hatte Ó Riordáin erst wiedergesehen, als die *filí* mit dem Fall der alten Familien bereits ihre Stellung verloren hatten. Während er das Leben als Herbergswirt und Schulmeister gewählt hatte, hielt Ó Riordáin an seiner Kunst fest, auch wenn er sie nur noch als niederer Barde ausüben konnte. Hatte die Bitterkeit über sein Schicksal ihn zu der Wahnsinnstat bewogen, die zu seinem Tod führte? Was hatte er mit dem Geld vorgehabt, das ihm die Erpressung einbrachte? Hatte er ein neues Leben anfangen wollen? War ihm nicht klar gewesen, dass auch Geld ihn nicht über den Standesverlust hätte hinwegtrösten können? Oder hatte er mit seiner Tat womöglich den Tod hofiert? Sicherlich hatte er nicht damit gerechnet, auf so grausame Weise zu enden, abgeschlachtet von einem Mann, dessen Seele die Greuel des Krieges verhärtet hatten und den das Leiden anderer Menschen kaltließ.

In der winterlichen Erstarrung schien das Moor einsam und verlassen. Kein Tier regte sich. Die Pflanzen hatten ihre Lebenssäfte aus den welken Blättern in die Knollen tief im Torf zurückgezogen. Die Natur ruhte friedlich in ihrem Kälteschlaf.

Muiredach Ard war überrascht, als er in der Ferne die vertraute Gestalt im grauen Kapuzenmantel durch das Moor wandern sah. Zu dieser Jahreszeit gab es doch sicherlich keine Kräuter zu pflücken. Als sie ihn bemerkte, hob sie die Hand zum Gruß und kam auf ihn zu.

»Was führt dich zu dieser Zeit ins Moor, Rote Biene?«, fragte der Hüne.

Er war froh, dass ihr Auftauchen ihn aus seinen schwermütigen Gedanken riss. Gutgelaunt blickte er Flann entgegen, deren grüne Augen gefährlich blitzten.

»Du bist unverbesserlich, Muiredach Ard«, sagte sie tadelnd. »Irgendwann lasse ich dich für deinen Schabernack büßen.«

Das rothaarige Mädchen trug ein dickes Bündel Besenheide auf dem Rücken, und sein Korb war mit Moos gefüllt.

»Wie ich sehe, war deine Ernte erfolgreich«, bemerkte der Wirt.

Flann legte ihre Last ab und streckte den Rücken. »Aus der Heide binde ich Bürsten und Besen. Und das Moos lasse ich trocknen. Die fahrenden Händler kaufen es mir als Zündmaterial für ihre Zunderladen ab. So kann ich mir auch im Winter ein kleines Zubrot verdienen.«

»Du solltest heiraten, Flann«, sagte Muiredach Ard ernst. »Auf die Dauer wirst du vom Kräutersammeln nicht leben können.«

»Ist das ein Antrag?«, neckte sie ihn.

»Ich werde nicht heiraten«, erwiderte der Wirt überzeugt. »Außerdem bin ich zu alt für dich.«

»Und du bist heimlich verliebt in Lady Shanrahan«, behauptete Flann mit einem vorwitzigen Lächeln.

»Das ist nicht wahr. Wie kommst du nur auf so etwas?«

»Ich sehe doch, wie du sie anschaust.«

»Unsinn!«

Doch sein Widerspruch klang weniger bestimmt als zuvor. Im Grunde hatte sie recht. Lady Shanrahan war eine bezaubernde und liebenswerte Frau. Und wenn Muiredach Ard auch keine leidenschaftlichen Gefühle für sie hegte, spürte er doch, dass zwischen ihm und ihr ein geheimes Einverständnis herrschte, wie man es bei guten Freunden fand.

»Viele der jungen Burschen hier würden dich sicher gern zur Frau nehmen, Flann«, lenkte der Wirt vom Thema ab.

»Die sind mir zu kindisch«, erklärte das rothaarige Mädchen und lachte.

Plötzlich verstummte Flann, als sie den Hünen jäh erbleichen sah. Sein Blick war auf etwas in ihrem Rücken gerichtet, und sie las Angst darin. Mit klopfendem Herzen wandte sie sich um. Ein Reiter näherte sich ihnen. Die tiefstehende Sonne, die durch die Wolken brach, blendete sie. Um besser sehen zu können, legte sie die Hand über die Augen. Zu ihrer Überraschung erkannte sie den Friedensrichter Ralph Luscombe. Er war allein.

Seltsam, dachte sie. Sonst hat er zum Schutz immer seine Diener dabei.

Der Engländer hatte sein Pferd in Galopp fallen lassen und kam rasch näher. Als er den Wirt und das Mädchen erreichte, zügelte er den Braunen und sah abfällig auf sie herab.

»Ihr seid also wieder zurück«, sagte er. Es klang wie eine Drohung.

Verständnislos blickte Flann von Luscombe zu Muiredach Ard. Die Züge des Wirts wirkten grau und wie erschlafft, und ein Ausdruck völliger Hoffnungslosigkeit lag in seinen Augen.

Er hätte niemals nach Shanrahan zurückkehren dürfen, aber seine Sehnsucht war stärker gewesen als die Vernunft. Warum war er allein ins Moor gegangen? Er hätte wissen müssen, dass die Nebelkrähe eine Banshee gewesen war, die seinen Tod ankündigte.

Die Stimme des Friedensrichters durchbrach die Stille: »Als Susanna mir erzählte, dass Ihr ein Barde seid, dachte ich mir, dass sich Ó Riordáin Euch anvertraut hat und dass ich auch Euch zum Schweigen bringen muss. Irgendwann hättet Ihr ebenfalls Geld von mir verlangt. Aber da Ihr dumm genug wart, zurückzukommen, werde ich Euch ein für alle Mal das Maul stopfen!«

Ohne Vorwarnung richtete Luscombe die Pistole, die er in der Hand hielt, auf Muiredach Ard, spannte den Hahn und drückte ab. Der Hüne versuchte noch, sich zur Seite zu drehen, doch er war zu langsam. Die Kugel traf seine Brust. Wie ein gefällter Baum brach er zusammen.

»Nein!«

Mit einem Entsetzensschrei rannte Flann zu ihm. Auf seinem Wams breitete sich ein dunkler Fleck aus. Als das Mädchen ihn berührte, färbten sich ihre Hände rot.

»Mörder! Feiger Mörder!«, schrie sie in maßloser Wut. »Was hat er Euch getan?«

Luscombe lenkte sein Pferd neben sie und sprang aus dem Sattel. Eine eiserne Faust packte Flanns Haar. Brutal zerrte er sie von Muiredach Ard fort und schleifte sie zu einer lichten Kuhle hinter einem welken Gagelstrauch.

»Eigentlich war ich auf der Suche nach dir, rote Hexe«, spottete der Friedensrichter. In seiner Stimme schwangen Erregung und Triumph, die Flann Angst machten. »Aber das Jagdglück war mir heute doppelt hold.«

Da wurde dem Mädchen klar, was er vorhatte. Eilis' Schwester Caitlín hatte ihr damals nach ihrer Abtreibung gestanden, dass es Luscombe gewesen war, der ihr Gewalt angetan hatte, und dass er sich, wenn ihn die Lust überkam, auch an den Töchtern seiner Pächter verging. Erbittert kämpfte Flann gegen die Hände an, die sie festhielten, und trat mit den Füßen um sich. Doch ihre Gegenwehr brachte den Engländer nur noch mehr in Fahrt. Mit einem zynischen Lächeln holte er aus und schlug ihr so kräftig ins Gesicht, dass sie einen Moment lang nur noch Sterne sah. Als sich ihr Blick klärte, bemerkte sie, dass Luscombe seine Pistole abgelegt hatte, um die Hände frei zu haben. Ungeduldig nestelte er an seinem Hosenbund und schob seine Beinkleider bis zu seinen Schenkeln hinab. Er wollte, dass sie sein steifes Glied sah, wollte sich an ihrer Angst weiden. Als sie den Kopf abwandte, knurrte er wütend und warf sich auf sie. Seine Hände rafften ihre Wollröcke hoch und zwangen ihre Beine auseinander. Verbissen stemmte Flann ihre geballten Fäuste gegen seine Brust, doch er war zu stark für sie. Tränen brannten in ihren Augen. Er wusste, dass sie noch unberührt war. Sicher heizte diese Tatsache seine Lust noch zusätzlich an. Als er in sie eindrang und sie mit heftigen Stößen entjungferte, gab sie auf. Um nicht vor Schmerz zu schreien, biss sie sich die Lippen blutig. Da fiel ihr Blick auf den Dolch in Luscombes Gürtel. Ihre Verzweiflung verwandelte sich schlagartig in wilden Hass. Einer Eingebung folgend, schlang sie die Beine um seine Schenkel und hielt ihn mit aller Kraft, die sie aufbieten konnte, fest. Erstaunt hielt Luscombe inne und sah sie an. Er war nur einen Moment lang unaufmerksam, doch dieser Augenblick genügte Flann. Rasch packte sie den Griff des

Dolchs, zerrte ihn aus der Scheide und stach blind auf den Mann über ihr ein. Erschrocken zuckte er zurück, griff nach der Klinge und wollte sie ihr aus der Hand reißen. Geistesgegenwärtig zog Flann den Dolch an sich und zerschnitt ihm dabei die Finger. Der Schmerz in seiner Flanke, wo sie ihn getroffen hatte, drang in sein Bewusstsein. Todesangst überflutete ihn. Entsetzt rollte er sich von ihr herunter, rappelte sich auf und wich vor ihr zurück. Zitternd tastete er über die blutende Wunde. Seine Erfahrung als Soldat, der im Krieg viele Verletzungen gesehen hatte, sagte ihm, dass sie nicht tödlich war. Die Panik verflog und machte einer noch größeren Wut Platz.

»Dafür wirst du hängen, Metze«, knurrte er.

Die Spitze des Dolchs auf ihn gerichtet, kam Flann auf die Beine. Trotz der Qual, die ihren Körper zerriss, stellte sie mit einem schnellen Blick fest, wo die Pistole lag, hob sie auf und trat rückwärts auf Luscombes Pferd zu.

»Du kannst nicht entkommen«, schrie er, als er begriff, was sie vorhatte.

Flann steckte die Pistole in das Halfter am Sattel, behielt den Dolch jedoch in der Hand. Ohne den Friedensrichter aus den Augen zu lassen, stieg sie aufs Pferd und wandte es in Richtung Shanrahan. Schmerzlich sah sie noch einmal zu Muiredach Ards leblosem Körper hinüber und flüsterte: »Es tut mir leid …«

Dann trieb sie den Braunen zum Galopp.

Kapitel 36

Muiredach Ard!«, schrie Flann. »Er hat ihn erschossen.«

Vor der Burg zügelte sie das Pferd. In ihr war so viel Schmerz und Zorn, dass sie kaum atmen konnte. Durch die Tränen, die ihren Blick verschleierten, konnte sie die Menschen, die auf sie zueilten, kaum erkennen.

»Was ist mit Muiredach Ard?«, fragte der Baron Shanrahan energisch.

»Er ist tot«, schluchzte Flann. »Luscombe hat ihn kaltblütig erschossen.«

Ungläubig starrte Breandán sie an. Da Flann auf dem Pferd hin und her schwankte, half er ihr beim Absteigen. Da sah er das Blut auf dem Sattel.

»Hat er Euch Gewalt angetan?«, fragte er.

Flann nickte nur. Jegliche Kraft hatte sie verlassen.

»Dieser Bastard!«, knurrte Breandán.

»Er wollte auch mich töten. Da bin ich mir sicher. Aber ich habe ihm seinen Dolch entrissen und auf ihn eingestochen.«

»Habt Ihr ihn getötet?«, rief Amoret bestürzt.

»Nein«, erwiderte Flann, »ich habe ihn nur verwundet. Er sagte, dafür würde er mich hängen sehen.«

»Das werde ich verhindern«, grollte Breandán. »Wo ist Muiredach Ard?«

»Ich musste ihn zurücklassen«, sagte das Mädchen schluchzend.

»Wir werden ihn holen. Ich lasse ihn nicht da draußen liegen.«

»Wir waren nicht weit entfernt von dem Pfad, der von der Herberge am Moor entlangführt.«

Armande, die an Breandáns Seite getreten war, nahm die junge Irin in die Arme. Mit zornverzerrtem Gesicht wandte der Baron sich ab und rannte zum Stall. Bran folgte ihm. Die Erregung ihres Herrn weckte ihren Jagdtrieb.

»Das wird üble Folgen haben«, prophezeite Jeremy.

Amoret wechselte einen verzweifelten Blick mit ihm. Dann wandte sie sich an Alan: »Holt Eure Tasche. Ich lasse Euch ein Pferd satteln. Die Diener sollen uns mit einer Trage folgen.«

Rasch eilte sie ihrem Gatten in den Stall nach und befahl dem Burschen, Ceara und ein weiteres Pferd zu satteln. Breandán, der gerade Leipreachán aufzäumte, erhob keinen Einspruch.

Vor dem Stallgebäude schwang sich der Baron auf den Rappen, nahm die Zügel von Luscombes Pferd und preschte los, noch bevor Amoret und Alan ihre Reittiere bestiegen hatten. Bran lief hinter ihm her. Die junge Frau ließ Ceara weit ausgreifen, um Breandán nicht aus den Augen zu verlieren. Was hatte er vor? Wollte er Luscombe für den gemeinen Mord an dem Wirt und der Vergewaltigung seiner Pächterin zum Duell fordern? Oder würde er sich an das Gesetz der Engländer halten, das er so hasste, und den Friedensrichter vor einem ordentlichen Gericht anklagen? Dass er dessen Pferd mitgenommen hatte, sprach eher für das Letztere. Er wollte verhindern, dass Flann wegen Pferdediebstahls verhaftet werden konnte.

Dennoch schlug Amoret das Herz vor Angst bis zum Hals. Alan fiel hinter ihr zurück, doch Ceara konnte Leipreachán nicht einholen. Sie hatten die Herberge hinter sich gelassen und folgten dem Pfad entlang des Moores. Im Schnee waren Fußabdrücke zu sehen. Hier war Muiredach Ard entlanggegangen. Was hatte er im Moor gewollt? Er musste gerade erst aus Dublin zurückgekehrt sein. Weshalb war er so lange fort gewesen? Und warum hatte Luscombe ihn erschossen?

Unvermittelt verließ Breandán den Weg und ritt querfeldein. Wenig später zügelte er seinen Hengst und sprang aus dem Sattel. Als Amoret ihn erreichte, sah sie ihn neben Muiredach Ard hocken. Bran stand mit gesträubtem Fell an seiner Seite. Der Wirt lag auf dem Rücken, die Arme von sich gestreckt. Auf seiner Brust hatte sich ein großer Blutfleck ausgebreitet. Mit grimmiger Miene berührte Breandán flüchtig die Stirn des Toten. Es war eine fast zärtliche Geste, wie man sie manchmal zwischen Vater und Sohn sah. Dann bekreuzigte er sich und wandte sich abrupt ab.

Amoret fiel neben Muiredach Ard auf die Knie. Trotz der Kälte schlug ihr ein schwerer Blutgeruch in die Nase. Sanft strich sie mit den Fingern über seine Wange. Sie war eiskalt. Schmerz und Wut wallten in ihr auf. Wehmütig drückte sie seine Schulter, die ihr einst Halt gegeben hatte, als sie Trost brauchte.

»Adieu, mein Freund«, hauchte sie.

Amoret hörte, wie sich Breandán in Leipreacháns Sattel schwang. Der Hass, den sie in seinen Augen las, erschreckte sie.

»Nein, Breandán! Nicht!«, schrie sie.

Doch er hatte seinen Rappen bereits herumgeworfen und spornte ihn an. Bran folgte ihm, ebenso wie Luscombes Pferd, obwohl er es nicht mehr am Zügel hielt.

Amoret wollte ihm nachreiten, um ihn aufzuhalten, als sie unter der Hand, die auf Muiredach Ards Schulter ruhte, ein leichtes Zittern spürte. Erschrocken starrte sie ihn an. Ihre Finger strichen über seinen Hals, suchten nach einem Puls. Zuerst fand sie keinen, doch dann fühlte sie das rhythmische Pochen unter der kalten Haut. Er war nicht tot!

Fassungslos hob sie den Kopf. Ihr Blick suchte den Wundarzt, der sie endlich eingeholt hatte.

»Alan!«, rief sie euphorisch. »Er lebt.«

Erstaunt sprang der Chirurg aus dem Sattel und hastete, seine Tasche über der Schulter, heran.

»Sein Herz schlägt noch«, stieß sie hervor.

Mit fahrigen Händen zog sie ihren Mantel aus und breitete ihn über die Beine des Verletzten, um ihn ein wenig gegen die Kälte zu schützen. Alan kniete sich neben ihn. Vorsichtig öffnete er Muiredach Ards Wams und zerriss das blutdurchtränkte Hemd, um die Brustwunde freizulegen. In diesem Moment ließ der Wirt ein leises Stöhnen vernehmen.

Behutsam hob Amoret Muiredach Ards Kopf an und bettete ihn auf den Saum ihres Rockes. Seine Lider flatterten, und er öffnete die Augen. Sie streichelte seine Wange und sagte beruhigend: »Bleibt still liegen. Ihr wurdet verwundet, aber wir werden Euch helfen.«

Alan sah sie anerkennend an und lächelte.

»Das macht Ihr wundervoll. Passt auf, dass er sich nicht bewegt.«

Aus seiner schweren Tasche holte er eine Flasche und mehrere zusammengerollte Leinenstreifen. Nachdem er einen davon mit Whiskey getränkt hatte, säuberte er damit die Wunde. Dann nahm er eine Pinzette aus seinem Bindfutter und entfernte einige Knochensplitter. Amoret konnte zwischen den blutigen Hautfetzen eine geborstene Rippe erkennen. Rasch wandte sie den Blick ab, weil sie Schwindel und Übelkeit überkamen.

»Werdet Ihr durchhalten, Mylady?«, fragte Alan nach einem flüchtigen Blick in ihr blasses Gesicht. »Ich brauche Eure Hilfe.«

»Ja«, antwortete sie. »Tut alles, um ihn zu retten.«

Alan nahm einige Instrumente aus seinem Bindfutter und säuberte die Wunde erneut mit Whiskey. Der Alkohol brannte wie Feuer, und Muiredach Ard stöhnte vor Schmerz.

»Ein Jammer, dass ich kein Laudanum dabeihabe«, murmelte Alan.

Amoret hing mit flehendem Blick an dem Wundarzt, während dieser die Verletzung genauestens untersuchte. Plötzlich entfuhr Alan ein Pfiff.

»Unglaublich! Die Kugel hat die fünfte Rippe zerschmettert und ist abgeprallt. Vielleicht hat er sich im letzten Moment abgewandt, oder der Schütze hatte zu wenig Pulver geladen. Auf jeden Fall hat er großes Glück gehabt. Das Rippenfell ist ein wenig angekratzt, aber die Lunge scheint unverletzt. Dennoch halte ich es für sicherer, den Knochen einzurichten, bevor wir ihn bewegen.«

Zweifelnd sah Amoret ihn an. »Ihr wollt das hier machen? Jetzt?«

»Nur eine Vorsichtsmaßnahme. Aber es muss sofort sein. Bevor er wieder völlig zur Besinnung kommt.« Alan fixierte sie mit einem zwingenden Blick. »Seid Ihr bereit?«

Amoret nickte ergeben. »Was soll ich tun?«

»Stützt Euch mit den Händen auf seine Schultern. Er muss nur für einen Moment stillhalten.«

Alan setzte sich auf die Hüfte des Verletzten und wartete, bis Amoret seiner Anweisung gefolgt war.

»Bleibt ganz ruhig«, sagte sie eindringlich zu Muiredach Ard, denn sie ahnte, dass er sie hören konnte. »Es ist gleich vorbei.«

Ihr Magen krampfte sich zusammen, während sie den Wundarzt beobachtete, der einen Haken aus seinem Bindfutter zog. Sie wollte die Augen schließen, konnte es aber nicht. Mit ihrem ganzen Gewicht stützte sie sich auf Muiredach Ards Schultern und holte tief Luft.

Nachdem Alan die Wunde ein weiteres Mal vom Blut gesäubert hatte, ließ er den Wundhaken unter die eingedrückte Rippe gleiten und hob sie an. Die geborstenen Enden schoben sich übereinander. Das Geräusch verursachte Amoret eine Gänsehaut. Sie spürte, wie sich Muiredach Ards Muskeln verkrampften und seine Zähne aufeinanderknirschten. Sorgfältig entfernte Alan alle noch so winzigen Knochensplitter und Stofffasern, die die Kugel in die Wunde gedrückt hatte, bevor er sie noch einmal mit Whiskey ausspülte.

»Wird er überleben?«, fragte Amoret hoffnungsvoll.

»Ich denke, er hat eine gute Chance. Aber wir müssen ihn so schnell wie möglich ins Warme bringen.«

Alan half ihr, den Kopf des Wirts auf ihre Knie zu heben, und deckte ihn zusätzlich mit seinem Mantel zu. Amoret wurde nicht müde, Muiredach Ards Stirn und Wangen zu streicheln, um ihm zu zeigen, dass er in Sicherheit war.

Seine Lippen bewegten sich. Mühsam hauchte er: »Flann.«

»Es geht ihr gut«, sagte Amoret und legte so viel Überzeugungskraft wie möglich in ihre Stimme. In seinem Zustand war es besser, wenn er nicht erfuhr, was sie hatte durchmachen müssen. »Sie ist in Shanrahan. Und nun sprecht nicht mehr. Ihr müsst Euch schonen.«

Als die Diener und einige der Dorfbewohner, die ihnen zu Fuß gefolgt waren, endlich eintrafen, hoben sie den Hünen mit vereinten Kräften auf die Trage, die aus zwei Stangen und starker Leinwand bestand. Alan hatte beim Ausbruch der Seuche einige davon anfertigen lassen, um Kranke leichter transportieren zu können.

»Bringt ihn nach Hause«, bat Amoret den Wundarzt. »Ich weiß, bei Euch ist er in guten Händen. Ich folge Euch, sobald ich kann.«

Alan blickte ihr besorgt nach, als sie in Cearas Sattel stieg und die Fuchsstute zum Galopp trieb. Er wusste, dass sie versuchen wollte, Breandán daran zu hindern, an Luscombe Rache zu nehmen.

Hoffentlich ist es noch nicht zu spät, dachte er.

Amoret wandte sich nach Norden, denn es war zu vermuten, dass Luscombe nach Flanns Flucht in Richtung Kilcommon gegangen war. Sie konnte nur darum beten, dass Breandán ihn nicht mehr eingeholt hatte. Eine Weile ritt Amoret durch das Moor und wollte gerade auf den Feldweg zurückkehren, als sie in der Ferne zwei Pferde stehen sah. Ohne Zögern hielt sie geradewegs auf sie zu. Kurz darauf konnte sie auch einen Mann und einen Hund ausmachen. Breandán!

Ceara galoppierte schneller, als ihr Leipreacháns Geruch in die Nüstern stieg. Breandán hörte den Hufschlag und wandte sich zu ihr um. Da erkannte Amoret die menschliche Gestalt, die neben ihm auf dem Boden lag. Ihr Herz setzte einen Schlag aus. Sie kam zu spät!

Keuchend zügelte sie Ceara, sprang aus dem Sattel und stürzte an die Seite ihres Gatten. Ihr Blick heftete sich auf den Mann zu seinen Füßen, doch ihr Verstand weigerte sich, zur Kenntnis zu nehmen, was sie sah. Ralph Luscombe war tot. In seiner Brust klaffte ein großes Loch, und sein Wams war blutüberströmt. Wie behext starrte sie die Leiche des Friedensrichters an, bis Breandán sie bei den Schultern packte und sie zwang, ihn anzusehen.

»Ich habe ihn nicht getötet!« Der Ausdruck auf seinem Gesicht verriet ihr, dass er ebenso entsetzt war wie sie. »Du musst mir glauben«, flehte er.

»Ich glaube dir«, sagte sie leise. »Aber ich hätte dir keinen Vorwurf gemacht. Auch ich hätte ihn töten können für das, was er getan hat.« Ihre Züge, die sich beim Anblick des Friedensrichters verhärtet hatten, entspannten sich. »Muiredach Ard lebt. Meister Ridgeway hat die Brustwunde versorgt und bringt ihn zur Burg.«

Ungläubig starrte Breandán sie an. Dann nahm er sie überglücklich in die Arme.

»Ich hätte nicht gedacht, dass mir unser Freund so sehr ans Herz wachsen könnte«, murmelte er.

»Geht mir auch so«, stimmte sie inbrünstig zu.

»Ich hätte bei ihm bleiben müssen, anstatt mich von meinen Rachegefühlen mitreißen zu lassen«, sagte Breandán bitter.

Brans Winseln brachte sie in die Wirklichkeit zurück.

»Was machen wir jetzt?«, fragte Amoret. »Glaubst du, er ist an der Wunde gestorben, die Flann ihm beibrachte?«

Breandán schüttelte den Kopf und beugte sich über den toten Friedensrichter.

»Sie sagte, sie habe mit seinem Dolch auf ihn eingestochen. Er hat eine Stichwunde in der Flanke. Hier, siehst du? Aber es war die Wunde in der Brust, die ihn tötete. Jemand hat auf ihn geschossen.«

»Wir sollten nicht länger hierbleiben«, mahnte Amoret.

Breandán nickte zustimmend. Er gab Luscombes Pferd einen Klaps auf die Kruppe, damit es nach Hause lief. Wenn seine Pächter es allein zurückkehren sahen, würden sie einen Suchtrupp zusammenstellen.

»Ich brauche einen Operationstisch«, rief Alan, der den Dienern zum Turmhaus vorausgeeilt war.

Jeremy, der sie vor dem Hauptportal erwartet hatte, rannte in den Gewölbesaal und wies eine Magd an, eine der großen Tafeln freizuräumen. Rasch warf der Jesuit ein sauberes Laken über die Tischplatte. Die Lakaien, die Muiredach Ard trugen, legten die Trage auf den Boden und hoben den Verletzten auf den Tisch.

»Laudanum«, verlangte Alan.

Jeremy zählte eine großzügige Menge Tropfen in etwas Met ab. Während der Wundarzt Muiredach Ards Kopf stützte, flößte der Priester ihm das Opium ein.

Flann und Armande waren die Wendeltreppe im Nordwestturm herabgehastet und näherten sich betroffen.

»Er lebt?«, fragte das rothaarige Mädchen überrascht. Ihre Wange, wo Luscombe sie geschlagen hatte, begann, sich dunkel zu färben.

Mit Tränen in den Augen blickte sie auf Muiredach Ard hinab, der stöhnend auf dem Tisch lag. Alan hatte die Brustwunde während des Transports mit einem Leintuch bedeckt, um sie vor Verunreinigungen zu schützen. Nun zog er das Tuch zurück. Jeremy sog scharf die Luft ein.

»Die Lunge und das Herz sind unverletzt«, sagte Alan beschwichtigend. »Die Kugel hat die fünfte Rippe zerschmettert, ist aber nicht in den Brustraum eingedrungen.«

Jeremy nickte nur. Er kannte die chirurgischen Fähigkeiten seines Freundes und war sicher, dass Alan den Grad der Verletzung richtig einschätzte.

»Ich brauche heißes Wasser«, sagte der Wundarzt zu den Frauen.

Armande und Flann füllten einen Krug mit Wasser aus dem Kessel, der stets über dem Feuer im Kamin hing, während Alan und Jeremy den Verletzten entkleideten. Dann wusch der Chirurg das Blut von Muiredach Ards Brust. Als das Laudanum zu wirken begann und der Wirt in einen unruhigen Halbschlaf glitt, schüttete der Jesuit das blutige Wasser aus und füllte die Schüssel stattdessen mit Whiskey. Nachdem sich Alan die Hände gewaschen hatte, reichte Jeremy ihm eine Lanzette. Sorgfältig schnitt der Chirurg die von der Kugel zerquetschten Hautfetzen an den Rändern der Wunde heraus und prüfte noch einmal, ob sich noch Knochensplitter oder Schmutz darin befanden. Dann säuberte er die Verletzung mit Whiskey und nähte die glatten Hautränder zusammen. Dabei ließ er eine Lücke, durch die Wundflüssigkeit abfließen konnte. Diese würde er später schließen. Ein Kräuterwickel sollte die Heilung fördern. Mit Jeremys und Armandes Hilfe, die den Oberkörper des Hünen stützten, legte Alan schließlich einen festen Verband an.

»Er muss einen Schutzengel gehabt haben«, bemerkte Jeremy, während er den Wirt nachdenklich betrachtete.

»Mehr als einen«, berichtigte Alan. »Als er von der Kugel getroffen wurde, hat er sich wahrscheinlich beim Sturz auf den Boden den Kopf angeschlagen und das Bewusstsein verloren. Deshalb glaubte Luscombe, er sei tot. Hätte er sich gerührt, dann hätte der Mistkerl ihm sicherlich den Rest gegeben.«

»Bringen wir ihn ins Große Schlafgemach«, sagte Jeremy.

Die Lakaien legten den Verwundeten wieder auf die Trage und schleppten ihn mit vereinten Kräften die Wendeltreppe hinauf. Während sie ihnen folgten, wandte sich Alan an Armande: »Ist das Mädchen verletzt?«

»Ihr wurde brutal Gewalt angetan, und sie hat stark geblutet«, antwortete die Französin mit gesenkter Stimme. »Ich glaube, sie war noch Jungfrau. Aber sie muss nicht genäht werden. Ich habe Salbe auf die Wunden aufgetragen.«

Im Schlafgemach schlug Jeremy die Bettdecke zurück, und die Diener legten Muiredach Ard auf die frischen Laken. Bevor er ihn zudeckte, tastete der Jesuit noch prüfend die Arme und Beine des Wirts ab.

»Er ist unterkühlt.«

Sein Blick suchte Flann, die den Hünen noch immer erschüttert anstarrte.

»Ich habe ihn zurückgelassen …«, murmelte sie. »Ich hätte ihm helfen müssen.«

Ihre Selbstvorwürfe gaben Jeremy einen Stich ins Herz. »Ihr hättet nichts für ihn tun können«, widersprach er. »Es war richtig, dass Ihr hergekommen seid, um Hilfe zu holen. Seht Ihr die Steine neben dem Kamin? Legt sie ins Feuer, bis sie warm sind, dann schlagt sie in Leintücher ein und verteilt sie um Ó Donnabháins Körper. Ich werde etwas Met anwärmen.«

Es würde Flann helfen, über ihre Schuldgefühle hinwegzukommen, wenn sie sich nützlich machen konnte. Und es würde sie vielleicht ein wenig von ihrem eigenen Leid ablenken.

Als Breandán und Amoret nach ihrer Rückkehr im Schlafgemach erschienen, um nach Muiredach Ard zu sehen, fanden sie Jeremy und Flann an seinem Bett vor.

»Wie geht es ihm?«, fragten sie wie aus einem Mund.

Der Priester blickte erstaunt auf und lächelte dann. Er war also nicht der Einzige, den der ehemalige Dichter mit seinem Charme für sich eingenommen hatte.

»So weit gut. Wenn sich die Wunde nicht entzündet, wird er bald wieder auf den Beinen sein. Er schläft jetzt. Leider konnte ich ihn nicht mehr fragen, weshalb Luscombe ihn umbringen wollte.«

»Ich glaube, das spielt jetzt keine Rolle mehr«, erwiderte Amoret bedrückt. »Der Friedensrichter ist tot.«

»Was?« Jeremys Blick heftete sich unwillkürlich auf Breandán.

»Ich fand ihn tot im Moor«, erklärte der Baron. »Jemand hatte ihn erschossen.«

»Aber wer?«

»Ich weiß es nicht. Ich habe niemanden gesehen.«

»Das macht die Sache nicht besser«, gab der Jesuit zu bedenken. »Sicherlich wird es eine Untersuchung geben. Wir müssen damit rechnen, bald Besuch von den Behörden zu bekommen.«

Breandán wandte sich an Flann: »Ich habe bereits einen der Bauern zu Eurer Mutter geschickt, um sie herzuholen. Nur zur Sicherheit. Ihr bleibt beide bis auf weiteres hier in der Burg.«

Kapitel 37

Mörderin! Verfluchte Hexe! Zeig dich.«

Die hasserfüllte Stimme eines jungen Mannes drang durch die schmalen Fensteröffnungen des Turmhauses. Amoret, die an Muiredach Ards Bett wachte, schreckte aus ihren Gedanken.

»Komm raus! Oder ich zerre dich an deinen roten Haaren heraus«, brüllte der Unbekannte.

Auf der Wendeltreppe kam Amoret Alan entgegen.

»Es gibt Ärger, nicht wahr?«, fragte er.

»Sieht so aus«, erwiderte sie gepresst. »Bleibt bei Ó Donnabháin. Ich muss unten nach dem Rechten sehen.«

Breandán stand scheinbar gelassen vor dem Hauptportal des Wohnturms. Doch Amoret erkannte die feinen Zeichen, die verrieten, dass sein Körper kampfbereit war. Er hatte die Beine ein wenig gespreizt, seine Hand ruhte auf dem Griff der Pistole, die er im Gürtel trug, und sein Blick war aufmerksam und abschätzend auf den jungen Mann gerichtet, der sein Pferd vor ihm gezügelt hatte. Zwei bewaffnete Diener begleiteten den Ankömmling. Amoret bemerkte außerdem, dass Breandán sein Degengehänge angelegt hatte. Im Gegensatz zu ihr hatte er sich also auf ungebetenen Besuch eingerichtet. Bran, die an der Seite ihres Herrn stand, spürte die Spannung, die von ihm ausging, und fletschte die Zähne. Als Amoret neben ihren Mann trat, sagte er streng, ohne sie anzusehen: »Geh wieder hinein!«

Sein Ton ließ keinen Widerspruch zu. Gehorsam zog sie sich zum Portal zurück, blieb jedoch auf der Schwelle stehen.

»Wer seid Ihr, und was wollt Ihr?«, fragte Breandán.

»Ich bin Philip Luscombe und fordere die Herausgabe der Hure, die meinen Vater ermordet hat«, rief der junge Mann auf Gälisch.

In diesem Moment stürmte ein roter Wirbelwind an Amoret vorbei durch die Tür nach draußen. Die Burgherrin streckte noch die Hand nach dem Mädchen aus, um es zurückzuhalten, doch es entglitt ihr. Mit wutverzerrtem Gesicht und funkelnden Augen blieb Flann neben Breandán stehen und schrie dem Sohn ihres Peinigers ihre Verachtung entgegen.

»Euer Vater hat mir Gewalt angetan! Wie ein Tier ist er über mich hergefallen, das Schwein.«

Blind vor Zorn trat sie auf das Pferd des jungen Engländers zu. Dieser musste in die Zügel greifen, um sein Reittier, das vor dem aufgeregten Mädchen scheute, an seinem Platz zu halten.

Energisch packte Breandán Flanns Arm und zog sie zurück. Am liebsten hätte er sie geohrfeigt. Ihr ungezügeltes Temperament spielte dem Sohn des Friedensrichters geradewegs in die Hände.

»Wieso glaubt Ihr, dass das Mädchen die Mörderin ist?«, fragte Breandán.

»Mein Vater erwähnte einem seiner Diener gegenüber, dass die rote Hexe reif zum Pflücken sei und dass er sie sich vornehmen wollte«, sagte Philip Luscombe, während er die junge Irin mit kaltem Blick ansah. »Als wir seine Leiche im Moor fanden, in dem sie sich stets herumtreibt, war mir klar, dass sie ihn ermordet hat. Und da sie bestätigt, dass sie ihm begegnet ist, besteht wohl kein Zweifel daran, dass es so war.«

Wütend kämpfte Flann gegen Breandáns Hand an, die ihren Arm umklammert hielt.

»Euer Vater hat mich vergewaltigt«, schrie sie. »Ich war noch Jungfrau … er hatte kein Recht …«

»Er hatte jedes Recht, Metze!«, erwiderte Philip arrogant. »Die Parzelle, auf der die armselige Hütte deiner Mutter steht, ist auf unserem Land. Damit gehörtest du ihm.«

Breandán fühlte das Mädchen erzittern. Im nächsten Moment hatte sich Flann aus seinem Griff gewunden und spuckte verächtlich vor dem jungen Mann aus.

»Seine Seele soll in der Hölle schmoren«, fauchte sie.

Breandán packte sie erneut an beiden Armen und zog sie mit sich.

»Amoret!«, rief er. »Schaff sie hier weg!«

Die Burgherrin nahm ihm das tobende Mädchen ab und zerrte es mit Armandes Hilfe in die Vorhalle.

»Seid vernünftig«, tadelte Amoret den Rotschopf. »Ihr macht alles nur noch schlimmer. Ist das wahr, was er sagt? Liegt Euer Land auf Luscombes Besitz?«

»Ja, aber was macht das schon? Ich gehöre ihm nicht«, zischte das Mädchen.

»Sein Sohn wird es aber so sehen. Und er könnte damit durchkommen.«

Flanns Mutter Eibhlín war hinter ihnen aufgetaucht und nahm ihre Tochter in die Arme. Amoret bemerkte Lonán, der mit einer schussbereiten Pistole in der Hand auf der Schwelle des Hauptportals Posten bezogen hatte. Sein von frischen Pockennarben gezeichnetes Gesicht war angespannt, und sein rechtes Auge beobachtete besorgt die Geschehnisse vor dem Turmhaus. Er hatte die Krankheit endgültig überstanden. Sein Körper war schrecklich abgemagert, und die Wangenknochen in seinem von Natur aus schmalen Gesicht zeichneten sich ebenso wie das spitze Kinn deutlicher unter der Haut ab als früher. Sein dunkelbraunes Haar war an den Schläfen ergraut, und seine Stimme hatte einen heiseren, gebrochenen Klang zurückbehalten. Es würde noch einige Zeit dauern, bis Lonán seine Kräfte völlig zurückgewonnen hatte. Noch ermüdete er schnell und musste sich selbst nach leichter körperlicher Anstrengung lange ausruhen. Jeremy hatte ihn ermuntert, kurze Spaziergänge zu unternehmen, damit seine Glieder wieder Muskelmasse aufbauten. Er sollte sich aber keinesfalls zu viel zumuten. In diesem Moment, da er wachsam Breandáns Wortwechsel mit Philip Luscombe verfolgte, wirkte er jedoch ebenso kampfentschlossen wie sein Waffenbruder.

Zwei von Amorets Dienern eilten mit Musketen in den Händen zu den Schießscharten in den höher gelegenen Räumen der Ecktürme. Ihr wurde klar, dass Breandán damit gerechnet hatte, dass es Ärger geben würde, und Lonán und den Bediensteten entsprechende Anweisungen gegeben hatte.

Philip Luscombe wurde sichtlich ungeduldig. »Gebt die Mörderin heraus, Mylord«, forderte er. Obwohl er so viel Autorität wie möglich in seine Stimme legte, klang sie doch wie diejenige eines Jünglings. Breandán schätzte ihn auf neunzehn oder zwanzig Jahre.

»Das Mädchen hat geschworen, dass es Euren Vater nicht getötet hat«, entgegnete er bestimmt. »Flann hat ihn mit seinem Dolch verwundet, um ihm zu entkommen, mehr nicht. Dann ist sie geflohen.«

»Die Hure lügt!«, widersprach Philip. »Die Pistole meines Vaters wurde abgefeuert, und er starb durch eine Kugel in die Brust. Sie mag ihn zuerst mit dem Dolch verwundet haben, aber dann nahm sie seine Pistole und tötete ihn. Dafür wird sie hängen!«

»Euer Vater hat auf einen meiner Pächter geschossen, bevor er ihr Gewalt antat«, erwiderte Breandán. »Jemand anderes muss ihn ermordet haben.«

»Wer?«

»Das weiß ich nicht.«

»Ihr versucht nur abzulenken. Ich verlange, dass Ihr mir die Mörderin übergebt, Sir. Sie muss für ihr Verbrechen büßen.«

»Wenn ich sie Euch ausliefere, werdet Ihr sie töten«, sagte Breandán.

»Ihr habt mein Wort, dass ich sie nach Dublin schicken werde, wo sie vor ein ordentliches Gericht kommt«, versprach Philip widerwillig.

Breandán stieß abfällig die Luft durch die Nase. Er kannte die Rechtsprechung der Engländer, und er empfand nur Verachtung für sie. Zweimal war er in London vor Gericht für Verbrechen verurteilt worden, die er nicht begangen hatte. Ohne Jeremys Hilfe, dem es letztendlich gelungen war, seine Unschuld zu beweisen, hätte man ihn gehängt. Es gab keinen Grund, zu glauben, dass es Flann besser ergehen sollte als ihm. Von einem englischen Gericht hatte sie keine Gerechtigkeit zu erwarten.

»Nun, wie ist es?«, fragte Philip. »Werdet Ihr mir die Frau übergeben?«

Breandáns Züge waren hart geworden. »Ich denke nicht.«

»Ihr zweifelt an meinem Wort?«, rief der junge Mann erbost. »Wie könnt Ihr es wagen, Sir?« Mit hochrotem Gesicht stieg er vom Pferd und zog seinen Degen. »Ich verlange Genugtuung, Mylord.«

Ohne eine Antwort abzuwarten, begab sich Philip in Fechtstellung. Breandán blieb keine andere Wahl, als ebenfalls den Degen zu ziehen. An Bran gewandt, die zu knurren anfing, befahl er scharf: »Zurück!«

Amoret stürzte entsetzt zum Portal, wurde aber von Lonán zurückgehalten.

»Bleibt hier, *a bhean uasal*. Mit dem Milchbart wird Euer Gatte ohne Mühe fertig«, sagte der Ire spöttisch.

Amoret biss sich auf die Lippen. Sie fürchtete weniger um Breandán als um den Jüngling. Ein toter Engländer in der Nachbarschaft war schlimm genug.

Für einen Moment standen sich die beiden Männer in Fechtstellung gegenüber. Amoret las Philip vom Gesicht ab, dass er die Kampferfahrung seines Gegners abzuschätzen versuchte. Als er die vollkommen ausbalancierte Haltung des Barons sah, die ruhige, auf sein Handgelenk gerichtete Degenspitze und den vom Korb der Waffe gut geschützten Unterarm, erkannte der junge Engländer zu seiner Beunruhigung, dass der Ire sich aufs Fechten verstand. Doch seine Diener beobachteten ihn und würden ihn als Feigling verachten, wenn er jetzt einen Rückzieher machte.

Inzwischen waren auch die Dorfbewohner auf das Schauspiel aufmerksam geworden und näherten sich neugierig der Burg. Die Feindseligkeit, die Philip in den Blicken der irischen Bauern las, brachte ihn zur Weißglut. Er schlug jeglichen Gedanken an die Regeln eines ehrenhaften Zweikampfes in den Wind und ging ohne Vorwarnung auf den Baron los.

Mit einem Wutschrei sprang er vorwärts und ließ seine Klinge vorschnellen. Der kopflose Angriff überraschte Breandán, der den Degen seines Gegners im letzten Moment mit einer Parade von sich ablenken konnte. Doch er stellte sich rasch auf die Kampfweise des Engländers ein. Der Bursche war ein Prahlhans, der seine Gefühle nicht unter Kontrolle hatte und schnell die Nerven verlor. Da er begriffen hatte, dass er es an Können und Geschicklichkeit mit seinem Gegner nicht aufnehmen konnte, versuchte er es nun mit roher Gewalt. Hitzig schlug er mit dem Degen zu, als habe er einen Knüppel in der Hand. Breandán gab sich jedoch keine Blöße und parierte die heftigen Angriffe mit einer Leichtigkeit, die Philip noch mehr in Rage brachte. Schließlich sah sich der Ire genötigt, den Jüngling mit einer gezielten Schlagparade zu entwaffnen. Als Philip den Degen aufheben wollte, richtete Breandán die Spitze seiner Klinge auf die Brust des Engländers und sagte warnend: »Lasst ihn liegen!« Dabei roch er den Wein in Philips Atem.

Einer der Diener, die im Sattel geblieben waren, zog seine Pistole und spannte den Hahn. Die Antwort kam prompt. Ein Schuss knallte, und eine Kugel flog tief über seinen Kopf hinweg. Erschrocken ließ der Bedienstete die Pistole fallen.

»Es sind noch weitere schussbereite Waffen auf Euch und Eure Diener gerichtet«, sagte Breandán drohend. »Geht jetzt.«

Philip straffte sich wütend. Seine Augen sprühten vor Hass. Ohne einen weiteren Versuch zu unternehmen, seinen Degen aufzuheben, ging er zu seinem Pferd zurück und schwang sich in den Sattel.

»Dafür werdet Ihr büßen, Sir«, brüllte er. »Ich komme wieder. Und dann werdet Ihr vor mir im Dreck kriechen, irischer Bastard!«

Während Philip mit seinen Dienern davonritt, hallte der Jubel der Bauern für ihren Herrn demütigend in seinen Ohren wider.

Überrascht sah Breandán in die strahlenden Gesichter seiner Pächter, die ihn umringten.

»Dem habt Ihr es gezeigt, *a dhuine uasail*«, rief Seán Ó Duibhir erfreut. »Der Laffe wird es nicht wagen, Hand an die Rote Biene zu legen.«

Die Achtung und Zustimmung, die Breandán auf den Zügen der Dorfbewohner las, erfüllten ihn mit Stolz. So lange hatte er sich danach gesehnt, von ihnen akzeptiert zu werden. Gleichwohl hütete er sich davor, sich von ihrer Begeisterung mitreißen zu lassen. Seine Erfahrung als Soldat mahnte ihn zur Vorsicht. Es wäre töricht, Philip Luscombes Drohung auf die leichte Schulter zu nehmen.

Amoret und Jeremy drängten sich zwischen den Umstehenden hindurch. Unter den anfeuernden Rufen der Bauern fiel die Burgherrin ihrem Gemahl um den Hals. Der Priester klopfte Breandán anerkennend auf die Schulter.

»Ihr habt die gefährliche Situation bewundernswert gemeistert, mein Sohn. Aber ich fürchte, die Sache ist noch nicht ausgestanden.«

Breandán löste sich aus Amorets Umarmung, behielt jedoch ihre Hand in der seinen.

»Der Junge war betrunken«, sagte er. »Ich habe es in seinem Atem gerochen. Das macht ihn unberechenbar.«

»Was wird er als Nächstes tun?«, fragte Amoret beklommen.

»Wahrscheinlich wird er einen Boten an den nächsten Friedensrichter oder sogar nach Dublin schicken«, vermutete Jeremy. »Er hat es sich in den Kopf gesetzt, Flann für den Mord an seinem Vater vor Gericht zu bringen. Ich vermute daher, dass er alles daransetzen wird, sie zu verhaften.«

»Wir müssen wissen, was der Hitzkopf vorhat«, sagte Breandán. »Ich würde ihm zutrauen, dass er mit mehr bewaffneten Dienern zurückkommt.«

»Überlasst das uns, *a dhuine uasail*«, meldete sich Seán zu Wort.

Dann wandte er sich an seinen Neffen, der mit vor Eifer glühendem Gesicht neben ihm stand. Tadgs gebrochene Nase war ordentlich verheilt.

»Tadg, nimm den *garron* und leg dich vor der Einfahrt nach Kilcommon auf die Lauer«, wies Seán ihn an. »Garbán soll dich begleiten und uns Nachricht bringen, wenn sich etwas tut.«

Brian Ó Cathail war ebenfalls vorgetreten. »Meine Schwester ist mit einem Pächter in Kilcommon verheiratet, und ihre Tochter arbeitet als Magd im Herrenhaus. Ich werde ihr sagen, dass sie Augen und Ohren offen halten soll.«

»Das wäre sehr hilfreich«, sagte Jeremy und nickte dem Pächter zu.

Dieser machte sich sogleich auf den Weg.

»Wie konnte es nur so weit kommen?«, murmelte der Jesuit bedrückt. »Wenn wir nur wüssten, wer Ralph Luscombe ermordet hat.«

»Er war ein Schurke«, sagte Amoret voller Verachtung. »Es gibt sicher viele Menschen, die ihn tot sehen wollten. Einer von ihnen hat die Gelegenheit genutzt, als Luscombe sich verwundet durchs Moor nach Hause schleppte.«

»Ihr habt recht«, gab Jeremy zu. »Flann war sicher nicht die erste Frau, der er Gewalt angetan hat. Auch unter seinen Pächtern muss es einige gegeben haben, die ihm den Tod wünschten. Ob seine Gemahlin davon wusste?«

»Anscheinend hat er sorgfältig darauf geachtet, seine Gewalttaten zu verbergen«, gab Amoret zu bedenken. »Nur so lässt sich erklären, weshalb er ohne Diener unterwegs war, als er auf Flann und Ó Donnabháin traf.«

»Wir müssen mit dem Wirt sprechen, sobald er aufwacht«, betonte der Priester. »Ich denke, er weiß mehr über den Friedensrichter als dessen Familie.«

»Ich werde bei ihm wachen«, erbot sich Amoret.

Die Stimmung unter den Bewohnern der Burg war gedrückt. Die Ereignisse der letzten Stunden hatten sie regelrecht überwältigt, weil sie so unerwartet über sie hereingebrochen waren. Alan hatte vorgeschlagen, einen Boten zu Sir Orlando nach Dublin zu schicken, um seinen rechtlichen Rat einzuholen, und Jeremy hatte sich Vorwürfe gemacht, weil er nicht selbst darauf gekommen war. Da William nach seiner Genesung noch zu schwach für einen derartigen Gewaltritt war, fiel die Wahl auf Gerald. Ó Donnabháins Knecht Raghnall, der die Strecke gut kannte und leidlich Englisch sprach, würde ihn begleiten. Jeremy gab dem Lakaien einen Brief mit, der die Lage, in der sie sich befanden, in kurzen Worten umriss.

»Ich hoffe, es ist noch nicht zu spät«, meinte der Jesuit besorgt. »Es dauert mindestens eine Woche, bis wir eine Antwort bekommen.«

Amoret hatte sich mit einer Stickarbeit im Schlafgemach an die Seite des Bettes gesetzt, in dem Muiredach Ard, betäubt vom Laudanum, noch immer tief und fest schlief. Obwohl sie bemüht war, sich auf den gälischen Spruch zu konzentrieren, mit dem sie den Kissenbezug schmücken wollte, ertappte sie sich wiederholt bei einem Fehler und musste die mühsam durch das Leinen gezogenen Fäden wieder lösen. Schließlich gab sie es auf, ließ den Stoff sinken und steckte die Nadel hinein. Da das Feuer im Kamin zu erlöschen drohte, legte sie Holz nach und schürte die Flammen.

Vom Bett her war ein leises Stöhnen zu hören. Rasch steckte Amoret den Schürhaken in die Halterung zurück und trat an Muiredach Ards Seite. Er kam langsam wieder zu sich und begann, die Schmerzen wahrzunehmen. Seine Lider flatterten, und sein Blick irrte ziellos umher. Es war offensichtlich, dass er nicht begriff, was mit ihm geschehen war. Dann kehrte die Erinnerung mit all ihrem Schrecken zurück. Todesangst flackerte in seinen Augen auf, und sein Gesicht verzerrte sich.

»Nein …«, stieß er hervor. »Nein …«

Sein mächtiger Körper begann zu zittern. Rasch nahm Amoret seine Hand und drückte sie, um ihn zu beruhigen. Es tat ihr weh, ihn so zu sehen. Luscombe hatte ihm durch seine brutale Tat den Seelenfrieden genommen. Der Hüne würde nie wieder so heiter und unbeschwert sein wie früher. Das Bild des Mannes, der die Waffe auf ihn richtete, um ihn kaltblütig zu töten, würde ihn ein Leben lang verfolgen.

»Schsch, es ist alles gut«, sagte Amoret sanft. »Ihr seid in Shanrahan.«

Muiredach Ards Blick richtete sich auf sie, schien sie aber nicht wahrzunehmen.

»Er kommt … ich kann nicht hierbleiben …«, stammelte er verwirrt.

Amoret setzte sich auf die Bettkante und hielt weiterhin seine Hand, die sich in der ihren verkrampfte.

»Er wird nicht kommen«, sagte sie bestimmt. »Luscombe ist tot. Er kann Euch nichts mehr tun.«

Allmählich klärte sich sein Blick, und er erkannte sie.

»*A bhean uasal*«, hauchte er. Die Angst wich aus seinen Zügen. »Wo bin ich?«

»In der Burg.«

»Aber … wie ist das möglich?«

»Gott der Herr hat die Kugel abgelenkt, die Euch töten sollte«, erwiderte Amoret. »Sie verletzte nur eine Rippe. Ihr werdet bald wieder gesund sein.«

Ungläubig hob Muiredach Ard den Kopf und tastete über den Verband, der um seinen Brustkorb lag.

»Wie schön, Euch wieder unter den Lebenden zu sehen«, sagte Jeremy, der auf der Türschwelle stehen geblieben war. Ein Lächeln erhellte sein Gesicht. Als der Jesuit näher trat, erhob sich Amoret von der Bettkante und zog sich zu dem Tisch unter dem Fenster zurück. Aus dem Fläschchen Laudanum, das darauf stand, ließ sie einige Tropfen in einen mit Met gefüllten Zinnbecher fallen und reichte ihn Jeremy.

»Trinkt das«, sagte der Priester.

Mit einer Hand stützte er Muiredach Ards Kopf und hielt ihm den Becher an die Lippen.

»Das Opium wird Euch von den Schmerzen befreien.«

Nachdem der Verletzte getrunken hatte, setzte sich Jeremy auf den Stuhl neben dem Bett.

»Es widerstrebt mir, die Erinnerung an Euer schreckliches Erlebnis wieder zu erwecken, mein Freund«, sagte er entschuldigend. »Aber ich muss wissen, weshalb Luscombe Euch töten wollte.«

Amoret warf ihrem alten Freund einen vorwurfsvollen Blick zu, als sie sah, wie sich Muiredach Ards Gesicht anspannte. An seiner Schläfe trat eine Ader hervor, und die Muskeln an seinem Hals verkrampften sich, als der Wirt erneut Luscombe mit gezogener Waffe vor sich sah.

»Cormac Bán Ó Riordáin kannte sein Geheimnis und hat ihn erpresst«, sagte er mühsam.

Seine Brust hob und senkte sich unter der Decke, als er nach Luft rang. Eine erstickende Fessel hatte sich um seine Kehle gelegt und schnürte sie zusammen.

»Als Luscombe erfuhr, dass ich früher ein *file* war, glaubte er, dass Ó Riordáin sich mir anvertraut hatte.«

»Woher wusste er das?«, fragte Jeremy erstaunt.

»Seine Frau muss gehört haben, wie ich Euch darauf ansprach«, sagte Breandán von der Tür her. Er hatte die Worte des Jesuiten mit angehört. Mit schuldbewusster Miene trat er neben das Bett und sah den Wirt an. »Es tut mir leid. Wenn ich Euer Geheimnis respektiert hätte, wäre das nicht passiert.«

»Es war nicht Eure Schuld«, erwiderte Muiredach Ard abwehrend. »Luscombe hatte so große Angst, dass seine Verbrechen ans Licht kommen würden, dass er unberechenbar geworden war.«

»Welches Verbrechen hat er begangen?«, schaltete sich Jeremy wieder ein.

»Er hat aus Habgier seine Kameraden verraten«, erklärte Muiredach Ard.

In kurzen Worten berichtete er, was er über Ralph Luscombes Rolle bei der Einnahme von Enniscorthy herausgefunden hatte. Im Geiste wog Jeremy die Einzelheiten ab.

»Luscombe hat also vor zwanzig Jahren seinen befehlshabenden Offizier ermordet. Das ist ein schweres Verbrechen, aber wer würde ihn dessen anklagen können? Es gibt weder Beweise noch Zeugen.« Der Priester blickte den Hünen eindringlich an. »Ist es möglich, dass Ó Riordáin damals im Heer der Königstreuen diente und den Mord mit ansah?«

»Ich bin mir nicht sicher«, erwiderte Muiredach Ard. »Er kämpfte eine Weile in der Armee in Munster. Es ist möglich, dass er in Enniscorthy war.«

»Ihr sagtet, dass Ó Riordáin öfter hier in die Gegend kam, um in den herrschaftlichen Häusern zu singen. War er auch häufiger bei den Luscombes zu Gast?«

»Nein, ich glaube nicht. Jedenfalls hat er nie etwas dergleichen erwähnt.«

»Es könnte also sein, dass Ó Riordáin Luscombe bei dem Fest im Juni das erste Mal begegnete«, überlegte Jeremy. »Er erkannte den Mörder des Captains wieder und erpresste ihn mit seinem Wissen.«

»Die Aussage eines irischen Soldaten wäre vor Gericht aber sicher nicht ausreichend gewesen, um einen Friedensrichter zu verurteilen«, gab Amoret zu bedenken. »Was hatte Luscombe also zu befürchten?«

»Vielleicht war er einfach nur besorgt um seinen Ruf?«, meinte Jeremy nachdenklich. »Allein der Verdacht, dass er ein Verräter sein könnte, wäre bei seinen presbyterianischen Freunden sicher nicht gut angekommen.«

»Leider helfen uns diese Erkenntnisse bei der Suche nach seinem Mörder nicht weiter«, bedauerte Amoret.

Ihr Blick richtete sich auf Muiredach Ard, der das Gespräch beunruhigt verfolgte.

»Schlaft jetzt«, sagte sie fürsorglich. »Ihr braucht Ruhe.«

Doch als Amoret und der Jesuit sich abwenden wollten, ergriff der Wirt die Hand der jungen Frau und hielt sie zurück.

»Was ist mit Flann?«, fragte er.

In seinen Augen war deutlich die Angst vor einer vernichtenden Antwort zu lesen. Amoret wechselte einen betroffenen Blick mit Jeremy, überwand sich dann aber doch, dem Hünen die Wahrheit zu sagen.

»Flann ist am Leben. Luscombe hat ihr Gewalt angetan und hatte zweifellos die Absicht, auch sie zu töten, aber sie konnte entkommen.«

Das Laudanum begann zu wirken. Noch bevor sich Muiredach Ard das Leid des Mädchens ausmalen konnte, trug ihn das Schmerzmittel in die dunklen Tiefen des Vergessens hinab.

Kapitel 38

Kurz nach Sonnenuntergang kehrten Tadg und Garbán nach Shanrahan zurück. Breandán empfing die Burschen im Gewölbesaal. Auch Amoret, Jeremy, Alan und die Dienerschaft hatten sich versammelt, um ihren Bericht zu hören.

»Wir haben die ganze Zeit aufgepasst«, versicherte Tadg. »Aber die Engländer haben keinen Boten ausgeschickt.«

»Er kann auch keinen anderen Weg genommen haben?«, fragte Jeremy nach.

»Unmöglich. Wir kennen die Gegend, Pater. Durchs Moor würde sich keiner von ihnen wagen. Bleibt nur die Straße.«

»Die Familie ist doch verpflichtet, Luscombes Tod jemandem zu melden«, warf Amoret verwirrt ein. »Sie hätten zumindest den nächsten Friedensrichter benachrichtigen müssen.«

»Sie müssen einen guten Grund haben, dies nicht zu tun«, bestätigte Jeremy. »Irgendetwas stimmt da nicht.«

Eine halbe Stunde später traf auch Brian Glún Dubh ein. Er hatte seine Schwester über die Vorgänge in Kilcommon ausgefragt.

»Meine Nichte war am Sonntag bei ihren Eltern und hat ihnen erzählt, dass im Herrenhaus seltsame Dinge vorgehen«, berichtete er.

»Was für Dinge?«

»Vor drei Wochen kamen Verwandte der Hausherrin zu Besuch. An sich nichts Ungewöhnliches. Luscombe hatte schon öfter Gäste. Normalerweise unterhält er sie mit Jagdausflügen und Festlichkeiten. Diese Familie benimmt sich jedoch so unauffällig, als wollte sie jegliches Aufsehen vermeiden. Máirín meinte, dass sie sich die meiste Zeit im Haus aufhalten. Selbst die Pächter haben sie noch nicht zu Gesicht bekommen.«

»Konnte Eure Nichte Euch etwas über die Besucher sagen?«, fragte Jeremy.

»Der Vater ist ein Mann um die fünfzig mit pockennarbigem Gesicht und einer auffällig knochigen Nase. Er nennt sich Dr. Adams. Seine Frau heißt Maria. Sie haben sieben Kinder bei sich. Der Älteste ist um die zwanzig und heißt Thomas. Máirín beklagte sich darüber, dass er die Mägde immerzu in den Hintern kneift und sie zu küssen versucht – Verzeihung, Euer Hochwürden«, sagte Brian Glún Dubh rasch, als er sich der Anwesenheit des Jesuiten erinnerte. »Die anderen Kinder – vier Jungs, zwei Mädchen – sind etwa zwischen sechzehn und acht Jahre alt. Ach ja, einer der Knaben wurde von seiner Mutter Holcroft gerufen.«

Alan, der am Tisch saß und an einem Becher Met genippt hatte, verschluckte sich und rang prustend nach Luft. Jeremy trat zu ihm und klopfte ihm hilfsbereit auf den Rücken.

»Holcroft?«, rief der Wundarzt, als sich der Hustenreiz gelegt hatte. »Der Geburtsname von Maria Blood ist Holcroft. Und es ist der gleiche Vorname. Das kann kein Zufall sein.«

Jeremy blickte seinen Freund bestürzt an. »Seid Ihr sicher?«

»Ja doch. Die Dissenters, die Sir Orlando entführten, sagten, dass Thomas Bloods Gemahlin vor der Heirat Holcroft hieß. Und der Name des ältesten Sohnes ist Thomas.«

»Wenn die Verwandten von Mistress Luscombe tatsächlich Blood und seine Familie sind, dann würde das erklären, weshalb sie den Tod ihres Gatten nicht den Behörden meldet. In ganz Irland wird nach Major Blood gesucht. Auch ein befreundeter Friedensrichter würde es nicht wagen, ihn unbehelligt zu lassen. Jetzt wird mir auch klar, weshalb sie mir Sir Orlandos Brief gestohlen hat. Ich hatte sie schon eine Weile in Verdacht, konnte mir aber nicht vorstellen, weshalb sie ein Interesse an dem Inhalt des Briefes haben könnte. Sie wollte wissen, wie nah die Obrigkeit ihren Verwandten auf den Fersen ist. Und es würde auch erklären, warum Luscombe so große Angst davor hatte, dass sein feiger Verrat ans Licht kommt. Was hätte der streng gläubige Presbyterianer Blood wohl mit ihm gemacht, wenn er davon erfahren hätte?« An Brian Glún Dubh gewandt, fragte Jeremy: »Sind außer der Familie noch andere Fremde im Haus?«

»Ein Mann um die vierzig begleitet sie«, erwiderte der Pächter. »Máirín hörte, wie der Vater ihn mit Richard ansprach.«

»Das muss Richard Halliwell sein«, sagte Alan. »Es passt alles zusammen.«

»Ich muss sagen, dass es mir Angst macht, diese Männer in unserer Nachbarschaft zu wissen«, meinte Jeremy bedrückt.

»Glaubt Ihr nicht, dass sie schleunigst verschwinden werden, bevor der Tod des Friedensrichters bekannt wird und sie eine Untersuchung fürchten müssen?«, ließ Amoret einfließen.

»Oh, sie können nicht abreisen«, meldete sich Brian Glún Dubh wieder zu Wort. »Eines der Mädchen ist krank.«

Jeremys Miene verdüsterte sich noch mehr.

»Ich möchte den Teufel nicht an die Wand malen, aber angesichts dieser Nachrichten erscheint mir die Drohung des jungen Luscombe in einem ganz anderen Licht.«

»Ihr fürchtet, Blood könnte ihm helfen, Flann mit Gewalt zu holen?«, fasste Breandán zusammen.

»Warum sollte er das tun?«, widersprach Amoret, die nicht so recht an eine Gefahr glauben wollte.

»Weil der junge Luscombe ein Verwandter ist, weil Blood als Abenteurer die Herausforderung liebt – weil die Aussicht, die papistische Mörderin eines presbyterianischen Friedensrichters der Gerechtigkeit zuzuführen, sein angeschlagenes Ansehen bei seinen Glaubensgenossen wieder heben würde …«, zählte Jeremy auf.

»Ihr habt recht«, stimmte Breandán zu. »Wir müssen uns auf einen weiteren ungebetenen Besuch einrichten.« Er wandte sich an Brian Glún Dubh: »Gebt allen Dorfbewohnern Bescheid, dass ich zu ihnen sprechen muss. Es geht um ihre Sicherheit.«

In Begleitung von Amoret, Jeremy, Lonán und zwei Dienern, die ihnen mit Fackeln den Weg leuchteten, begab sich Breandán ins Dorf. Brian Glún Dubh hatte mit Eamonn Prendergasts Hilfe die Pächter zusammengerufen, die nun mit angespannten Mienen darauf warteten, dass ihr Herr das Wort an sie richten würde.

Breandán fasste die Geschehnisse des Tages kurz zusammen: den versuchten Mord an Muiredach Ard, Flanns Misshandlung, den Tod des Friedensrichters. Er betonte, dass Flann Luscombe nicht umgebracht hatte, sondern dass es ein Fremder gewesen sein musste, vielleicht jemand aus Kilcommon.

Und er bekräftigte seinen Entschluss, das Mädchen nicht an Philip Luscombe auszuliefern, da er nicht ausschließen könne, dass dieser Flann aus Rache töten würde.

In den Gesichtern der Umstehenden, die vom Fackelschein erhellt wurden, las der Baron Zustimmung, aber auch Verwunderung darüber, dass ihr neuer Herr, der das Land vom König von England erhalten hatte, sich nun gegen seine englischen Nachbarn wandte.

»Es wird Zeit, dass wir uns wehren«, rief Fintan Ó Meadhra beifällig. »Zu lange haben wir zugesehen, wie Ralph Luscombe sich an unseren Frauen vergangen hat.«

Doch es erhoben sich auch Gegenstimmen: »Wir können uns nicht gegen das Recht der Engländer stellen. Wenn Flann den Friedensrichter ermordet hat, werden sie nicht eher Ruhe geben, bis sie ihr den Prozess gemacht haben.«

»Sie hat ihn nicht getötet!«, widersprach Seán Ó Duibhir. »Auch wenn sie einen guten Grund dazu hatte.«

»Warum sollen wir für sie den Kopf hinhalten?«, begehrte ein Bauer namens Cian Ó Spealáin auf. »Die Hütte ihrer Mutter ist auf Luscombes Land.«

»Was macht es für einen Unterschied, welcher Dieb gerade Anspruch auf das Land erhebt, auf dem sie wohnt?«, brüllte Seán erbost. »Wenn wir Flann diesem arroganten Milchbart ausliefern, wird er sich vielleicht als Nächstes wie sein Vater vor ihm unsere Frauen und Töchter nehmen. Da unser Herr bereit ist, den Jungen in die Schranken zu weisen, sollten wir ihn unterstützen. Schließlich tut er es für uns!«

Als Cian Ó Spealáin erneut zum Protest anhob, tauchte auf einmal Tadg an seiner Seite auf und schlug ihm mit Nachdruck die Faust in den Magen. Stöhnend krümmte sich der Mann zusammen. Breandán sah es und hob beschwichtigend die Hände, um den Streit zu beenden, bevor er in eine Prügelei ausartete.

»Ich verlange nicht, dass Ihr Euch dem jungen Luscombe entgegenstellt, falls er zurückkommt«, rief er mit donnernder Stimme, um den zunehmenden Aufruhr zu übertönen. »Ich habe einen Boten nach Dublin geschickt, um bei einem befreundeten Richter des Königs rechtlichen Rat einzuholen. Aber mit einer Antwort wird wohl erst in einer Woche zu rechnen sein. In der Zwischenzeit besteht die Möglichkeit, dass Philip Luscombe erneut hier auftaucht, um Flanns Herausgabe zu erzwingen. Und es steht zu erwarten, dass er nicht nur seine Diener mitbringen wird. Wie wir soeben erfahren haben, versteckt er einige gefährliche Männer in seinem Haus: Verschwörer gegen den König, Mörder, Abenteurer, die einst in der Parlamentsarmee gedient haben und über Kampferfahrung verfügen. Wenn Luscombe die Unterstützung dieser Männer erlangt, werden wir einen schweren Stand haben. Ich muss Euch daher raten, Euch mit Euren Familien in Sicherheit zu bringen. Die Burg befindet sich in einem zu schlechten Zustand, als dass sie Euch Schutz bieten könnte.«

Entsetzte Stille fiel wie eine schwere Last auf die Umstehenden herab. Die Älteren unter ihnen erinnerten sich an die Belagerung vor zwanzig Jahren, während derer man ihnen das Dach über dem Kopf angezündet und ihr Vieh abgeschlachtet hatte. Die Soldaten, die die Burg verteidigt hatten, waren ohne Pardon getötet worden. Frauen und Kinder und einige der jüngeren Burschen hatten die Engländer am Leben gelassen, doch viele von ihnen waren in den folgenden Monaten verhungert oder erfroren. Seán Ó Duibhir, der damals zu jung gewesen war, um ein Schwert zu halten, hatte sich sein Leben lang Vorwürfe gemacht, weil er nicht gegen den Feind hatte kämpfen können. Nun spürte er die Wut und die Bitterkeit von damals erneut wie kochendes Pech in sich aufsteigen.

»Wohin sollten wir gehen, *a dhuine uasail?*«, fragte er zynisch. »Sollen wir unser Hab und Gut, unsere Tiere, unsere Vorräte zurücklassen und dann in den Wäldern oder im Moor verhungern? Wir würden den Winter nicht überleben. Nein, wir bleiben hier und werden unsere Häuser verteidigen!« Mit glühenden Wangen und funkelnden Augen wandte sich Seán an seine Nachbarn. »Wir lassen uns nicht länger unterdrücken. Wir werden kämpfen.«

Ein Großteil der Männer und erstaunlich viele Frauen fielen in seinen Schlachtruf mit ein.

»Wie es aussieht, habt Ihr eine Revolte entfacht«, raunte Jeremy dem Baron Shanrahan zu.

»Es könnte schlimmer sein«, gab dieser sarkastisch zurück. »Sie könnten sich auch unter der Rute des Eroberers ducken und Flanns Auslieferung verlangen. So ist es mir lieber.«

Dennoch sah es Breandán in seiner Pflicht, seine Leute wieder auf den Boden der Tatsachen zurückzuholen.

»Ich weiß Euren Mut zu schätzen«, rief er. »Aber ich fürchte, uns fehlen die Mittel, um das Dorf zu verteidigen. Wir haben nur ein paar Musketen und Pistolen und kaum Pulver.«

»Wir haben noch genug Schwefel und Salpeter«, warf Amoret ein. »Daraus macht man doch Pulver.«

»Schon, aber man braucht außerdem Holzkohle«, belehrte Breandán sie. »Wir haben keine. Die Herstellung dauert Tage. Und es dauert noch einmal so lange, das Schießpulver zu mischen. Ich fürchte, so viel Zeit haben wir nicht.«

Amoret senkte den Blick.

Auch die Pächter waren verstummt. Da durchbrach plötzlich die Stimme des Verwalters das bedrückte Schweigen: »Wir haben Waffen und Pulver, genug, um das ganze Dorf auszurüsten.«

Die Anwesenden sahen ihn an, als hätten sie einen Verrückten vor sich.

»Ich habe damals Waffen und Munition versteckt«, erklärte Eamonn unbeirrt. »Unglücklicherweise standen die Engländer so plötzlich mit ihren Kanonen vor unseren Toren, dass ich die Waffen nicht mehr aus dem Versteck holen konnte. Sie sind immer noch da.«

»Wo?«, fragte Breandán.

»In der Burg. Ich zeige sie Euch.« Eamonn wandte sich an Ruairí Ó Leannáin: »Würdet Ihr mir Euren Schmiedehammer ausleihen?«

Der Schmied blickte den Verwalter zweifelnd an, gehorchte aber. Als er den Hammer geholt und Eamonn übergeben hatte, gingen sie alle zur Burg. Eamonn bat einen der Diener um seine Fackel und stieg die Wendeltreppe im nordwestlichen Eckturm ins Kellergewölbe hinab. Im Untergeschoss war die Südwand weitgehend unbeschädigt, da es tief in die Erde eingelassen war. Vor einem hohen Stapel Fässer blieb Eamonn stehen. Breandán erinnerte sich, den Inhalt überprüft zu haben. Sie enthielten saures Ale. Bei der Plünderung der Burg hatten die Soldaten sie ignoriert. Breandán war noch nicht dazu gekommen, das verdorbene Bier wegschütten zu lassen.

Eamonn legte den Schmiedehammer ab und begann, eines der Fässer zur Seite zu rollen. Unaufgefordert packten Breandán und Jeremy mit an. Diejenigen Pächter, die ihnen in den Keller gefolgt waren, beteiligten sich ebenfalls an der Arbeit.

Als die aus Stein gefügte Innenwand freigelegt war, gebot der Verwalter seinen Helfern Einhalt und wies sie an, zurückzutreten. Dann holte er mit dem Schmiedehammer aus und schlug auf die Steinwand ein. Zuerst tat sich nichts. Doch allmählich begannen einzelne Steine aufzuplatzen und zu zerbröckeln. Ein Loch entstand, das Eamonn mit verbissener Anstrengung verbreiterte. Als seine Erschöpfung offensichtlich wurde, nahm ihm Ruairí den Hammer aus der Hand und setzte die Bearbeitung der Mauer fort. Jeremy, der neugierig näher getreten war, erkannte, dass es sich um eine nachträglich eingezogene Wand handelte, die eine beim Bau des Turmhauses angelegte Nische verschloss. Mit den Händen lösten Eamonn und Ruairí schließlich die zerschlagenen Mauerstücke, die mit dumpfem Poltern zu Boden rollten. Breandán sah den Verwalter zögern, bevor er in die Nische griff. Eamonns Gefühle zeichneten sich deutlich auf seinem Gesicht ab. Als er die Waffen eingemauert hatte, war er noch Herr von Shanrahan gewesen und hatte die Burg seiner Vorfahren verzweifelt gegen den Feind verteidigt. Die Verantwortung für seine Pächter hatte schwer auf seinen Schultern gelastet. Nach dem Fall des Wehrturms hatte er mit der Schuld leben müssen, dass er sie und seine Bediensteten vor den Folgen der Niederlage nicht hatte schützen können.

Nacheinander beförderte der Verwalter zwei Dutzend Musketen und Pistolen aus dem Versteck. Breandán und Lonán inspizierten sie. Die Waffen waren zum Großteil mit englischen Klauenschlössern ausgestattet, es waren aber auch einige hochwertigere spanische Schlösser dabei. Dazu befanden sich noch ein Pulverfass und Bleikugeln sowie mehrere Bleibarren in der Nische. Das Fass war sorgfältig mit Wachs versiegelt, so dass das Schießpulver noch nutzbar sein mochte. Bei den Schusswaffen sah es anders aus. Einige der Klauenschlösser waren eingerostet und damit unbrauchbar. Die Hälfte der Pistolen und die fünf spanischen Musketen schienen aber noch funktionstüchtig.

»Mit ein wenig Öl und einer sorgfältigen Reinigung müsste es gehen«, sagte Lonán zuversichtlich.

Breandán dankte Eamonn für seine Unterstützung. Es war das erste Mal seit Colms Tod, dass wieder Leben in die erloschenen Augen des Verwalters gekommen war. Er wirkte wie ein altes Schlachtross, das nach langer Zeit erneut die Fanfaren hörte, die es einst zum Kampf gerufen hatten.

Mit vereinten Kräften trugen die Männer Waffen, Schießpulver und Blei in den Gewölbesaal. Diener entzündeten die Kandelaber, so dass sie genug Licht hatten. Lonán zeigte den

Pächtern, wie man die Musketen und Pistolen reinigte und schmierte. Dann machte er sich mit Eamonn daran, die Bleibarren in einem Kessel zum Schmelzen zu bringen und daraus in einer Form zusätzliche Kugeln zu gießen.

»Gleich morgen früh bringen wir den Dorfbewohnern bei, wie man die Waffen lädt und abfeuert«, ordnete Breandán an.

Mit besorgtem Blick musterte er Lonán, der sich erschöpft auf eine Bank hatte sinken lassen. Sein Gesicht war bleich, und seine Hände zitterten. Die Anstrengung der letzten Stunden hatte seine Kräfte aufgebraucht.

»Ruh dich aus, Bruder«, sagte Breandán. »Wir kommen hier schon zurecht.«

Lonán sah mit einem gerührten Lächeln zu ihm auf. »Nur keine Sorge. So schnell wirst du mich nicht wieder los. Aber du hast recht. Ich habe mir wohl etwas zu viel zugemutet. Gute Nacht, Breandán.«

Mühsam kam Lonán auf die Beine und schleppte sich in die Offizierskammer, die er noch immer mit William bewohnte.

Jeremy hatte die Kampfvorbereitungen schweigend verfolgt. Nun sah er es in seiner Pflicht, der Stimme der Vernunft wieder Gehör zu verschaffen. Mit ernster Miene trat er zu Breandán.

»Wollt Ihr wirklich ein Blutbad riskieren, um Flann vor Philip Luscombes Rache zu schützen?«, fragte er.

Der Baron warf dem Priester einen verständnislosen Blick zu. »Was schlagt Ihr vor, Pater? Soll ich das Mädchen ausliefern, obwohl es sicher sein dürfte, dass es nie vor Gericht gestellt wird?«

»Nein, natürlich nicht«, entgegnete Jeremy entsetzt. »Aber ein Krieg mit Eurem Nachbarn könnte alles zerstören, was Ihr Euch hier aufgebaut habt. Wäre es nicht sinnvoller, Flann und ihre Mutter von hier fortzubringen? Sie haben doch Verwandte in Kilcash.«

Breandán senkte nachdenklich die Lider. »Das stimmt. Obwohl ich nicht glaube, dass Lieutenant General Butler geneigt sein wird, eine flüchtige Mörderin aufzunehmen.«

»Er muss es ja nicht wissen. Nach dem, was Ihr mir über Clíodhna Uí Mhanacháin erzählt habt, besitzt sie die Umsicht, eine Verfolgte so zu verstecken, dass niemand von ihrer Anwesenheit erfährt.«

»Ihr habt recht, Pater. Um Flanns Sicherheit willen sollten wir sie wegschicken«, gab Breandán zu. »Aber ich glaube nicht, dass dieser junge Hitzkopf unverrichteter Dinge wieder abziehen wird, wenn wir behaupten, dass Flann nicht mehr hier ist. Falls er mit seinen Kampfgefährten anrückt, werden wir uns verteidigen müssen.«

Kapitel 39

Ein rosiges Licht fiel durch das Glasfenster und umgab die Gestalt auf dem Stuhl mit einer mystischen Aura. Muiredach Ard blinzelte, um klarer zu sehen, doch der Anblick erschien ihm noch immer unwirklich – bis die Gestalt sich erhob und aus dem Morgenlicht an das Bett trat.

»Flann«, hauchte er, »es tut mir so leid.«

Lächelnd nahm sie seine Hand und drückte sie. »Ich weiß, du hättest nie zugelassen, dass er Hand an mich legt. Auch deshalb wollte er dich töten.«

Erschüttert betrachtete Muiredach Ard ihr blasses Gesicht mit den umschatteten Augen, die ihren Glanz verloren hatten.

»Du darfst dir davon nicht den Lebensmut nehmen lassen. Du musst es vergessen!«

Noch während er sprach, wurde ihm klar, dass es unmöglich war. Sie würde nie vergessen können, was Luscombe ihr angetan hatte, ebenso wenig wie er.

»Ich wollte mich verabschieden«, sagte Flann. Ein bitterer Ausdruck zog sich um ihren Mund.

»Wohin gehst du?«

»Zur Base meiner Mutter nach Kilcash. Bevor der Sohn des Engländers kommt, um mich zu holen.«

»Warum?«, fragte Muiredach Ard verwirrt.

In kurzen Worten erklärte sie ihm, dass Philip Luscombe sie des Mordes an dem Friedensrichter beschuldigte.

»O nein – das kann er nicht tun«, stammelte er.

»Ich muss gehen«, sagte sie hart. »Vielleicht kommt er wieder. Leb wohl.«

Sie gab ihm zum Abschied einen Kuss auf die rauh gewordene Wange und verließ das Gemach. Mühsam richtete sich Muiredach Ard auf und sah ihr nach. Die Wirkung des Laudanums hatte nachgelassen, und seine Wunde schmerzte. Er biss die Zähne zusammen und ließ den Blick durch das prächtig eingerichtete Gemach gleiten. Auf einer Truhe lagen seine Kleider, frisch gewaschen und ordentlich zusammengefaltet. Als er die Decke zurückschlug und aufstand, erfasste ihn leichter Schwindel, und er musste sich am Bettpfosten festhalten. Doch nach einer Weile hörte die Umgebung auf, sich zu drehen, und er wagte es, ein paar Schritte zu gehen. Als er die Truhe erreicht hatte, nahm er Wams, Kniehosen und Strümpfe an sich und kehrte zum Bett zurück. Das Hemd war vermutlich nicht mehr zu retten gewesen, also musste er ohne auskommen. Trotz der Schmerzen, die nun schärfer in sein Bewusstsein drangen, begann Muiredach Ard, sich anzukleiden.

Als Alan das Schlafgemach betrat, um nach ihm zu sehen, saß er mit schweißnassem Gesicht auf dem Rand des Baldachinbetts. Der Wirt hatte es geschafft, seine Hose anzuziehen. Doch seine zitternden Hände versuchten vergeblich, in die Ärmel des Wamses zu schlüpfen.

»Was tut Ihr da?«, fragte der Wundarzt kopfschüttelnd. »Ihr könnt noch nicht aufstehen. Seid vernünftig.«

Alan legte die Utensilien, die er zum Verbandswechsel bei sich trug, auf die Kleidertruhe. Widerstandslos ließ sich Muiredach Ard das Wams aus der Hand nehmen.

»Wie kann ich im Bett liegen, während sich alle hier auf einen Angriff vorbereiten?«, flüsterte der Wirt mit schwacher Stimme.

»Ihr seid niemandem eine Hilfe, wenn Ihr vor Schwäche umkippt.«

»Ich war in meinem Leben noch nie krank«, widersprach Muiredach Ard dickköpfig.

»Ihr seid nicht krank, sondern verwundet. Gebt Eurem Körper Zeit, sich zu erholen.« Prüfend legte Alan die Hand auf die Stirn des Hünen. »Ihr fiebert ein wenig. Das ist erst einmal nicht besorgniserregend. Aber es verrät mir, dass Ihr Euch ausruhen müsst.«

Behutsam löste er den Verband um Muiredach Ards Brust und begutachtete die Wunde. Sie hatte sich nicht verändert. Es zeigte sich weder eine übermäßige Rötung noch Eiter. Bevor Alan sie mit Whiskey auswusch, verabreichte er dem Wirt eine weitere Dosis Laudanum. Dann bedeckte er die Wunde mit einem frischen Kräuterwickel, der mit einer Salbe aus Hammelfett, Ringelblumen und Beinwellwurzel getränkt war, und legte einen neuen Verband an.

»Versucht, ein wenig zu schlafen«, bat Alan schließlich seinen Patienten.

Muiredach Ards Züge verrieten deutlich, dass ihm die Schmerzen und das leichte Fieber zusetzten.

»Alle hier sorgen sich um Euch. Macht es ihnen nicht noch schwerer, indem Ihr Eure Genesung durch Unvernunft verzögert«, mahnte der Wundarzt.

Muiredach Ard, der seine Erschöpfung spürte, nickte ergeben.

In seiner Schlafkammer in der Herberge bemühte sich Pater Ó Néill schnaufend und stöhnend, in seine Stiefel zu schlüpfen. Sein Wanst war ihm dabei erheblich im Weg. Als die Fußbekleidung endlich an ihrem Platz war, wischte sich der Franziskaner über die gerötete Stirn und zog den Bauch ein, um die Knöpfe seines Wamses zu schließen. Sein Kopf schmerzte von dem Ale und dem Whiskey, die er am vergangenen Abend durcheinandergetrunken hatte, und in seinem Magen rumorte es. Zu allem Überfluss hatten ihn in aller Frühe Schüsse aus dem Schlaf gerissen. Ging der neue Herr von Shanrahan etwa zu so unchristlicher Zeit auf die Jagd?

Als die Tür zu seiner Kammer aufgerissen wurde, verschluckte sich Ó Néill und musste husten. Doch Oisín, der aufgeregt hereingestürmt kam, nahm keine Rücksicht auf das Unwohlsein des Priesters.

»Beeilt Euch, Pater! Wir müssen fort«, schrie der Stallknecht. »Ness hat sich schon ins Dorf geflüchtet.«

»Die Magd? Was ist denn los?«, fragte der Franziskaner verwirrt.

»Kommt, Pater. Wir dürfen keine Zeit verlieren. Ich habe die Pferde bereits gesattelt«, drängte Oisín.

»Aber wieso …«

Weiter kam er nicht. Schon hatte der Bursche ihn am Ärmel gepackt und zog ihn aus der Kammer. Es gelang ihm gerade noch, im Vorbeigehen seinen Mantel an sich zu reißen und seine Tasche aufzuheben.

»Was ist los? Bei allen Heiligen! Wo ist Ó Donnabháin?«, rief er, während der Knecht ihn die Treppe hinunterzerrte.

»Ich habe gestern Abend schon versucht, es Euch zu erklären, Pater. Aber Ihr wart wieder einmal voll wie ein Eimer. Muiredach Ard wurde angeschossen.«

»Was? Von wem?«

»Dem Friedensrichter. Nun ist er tot, und sein Sohn will ihn rächen.«

»Wer ist tot?«

Angestrengt versuchte Ó Néill Sinn in die erstaunlichen Ereignisse zu bringen, die Oisín ihm da auftischte.

»Luscombe«, erwiderte dieser. »Sein Sohn glaubt, dass Flann ihn umgebracht hat, und will sie nun holen. Der Herr Baron hatte einen Posten auf halbem Weg nach Kilcommon aufgestellt, der uns warnen soll, wenn die Engländer kommen. Er war eben hier. Also los, tummelt Euch, wenn Ihr ihnen nicht in die Hände fallen wollt.«

Im Innenhof half der Stallbursche dem dicken Mönch in den Sattel und schwang sich dann hastig auf das zweite Pferd. Über Nacht war Schnee gefallen, der alles in eine weiße, vom Morgenlicht rosig überhauchte Wüste verwandelt hatte. Zum Aufwärmen der Tiere blieb keine Zeit. Als sie durch das Tor auf die Landstraße hinausritten, sahen sie in der Ferne schon einen Trupp Berittener auftauchen. Hastig trieben die beiden Männer ihre Pferde an und galoppierten in Richtung Shanrahan. Kurz bevor sie das Dorf erreichten, zügelte der Knecht sein Reittier und schaute zurück. Die Reiter waren nicht mehr zu sehen. Offenbar hatten sie in der Herberge haltgemacht. Oisín schwante Böses. Zum Glück war niemand mehr im Haus. Auch die Ställe waren leer.

Besorgt warf er sein Pferd herum und trieb es zwischen die Häuser.

Zu seinem Erstaunen sah Ó Néill Pistolen und Musketen in den Händen der Pächter, mit denen sie eben noch das Schießen geübt hatten. Ein einäugiger, pockennarbiger Mann, den man ihm bei seinem letzten Besuch als Bruder des Barons vorgestellt hatte, brüllte im Militärton Befehle. Er war mager wie eine Messerklinge und wirkte ebenso hart und unnachgiebig.

»Bezieht Eure Posten!«, donnerte er. »Und denkt daran. Wenn sie ins Dorf eindringen wollen, schießt über ihre Köpfe. Versucht nur dann, sie zu treffen, wenn sie Euch keine andere Wahl lassen. Wir wollen ein Blutbad vermeiden.«

Während sich der Franziskaner verstört umsah, nahm ihm jemand die Zügel seines Pferdes aus der Hand und führte es weg.

»Geht lieber in Deckung, Pater«, rief ihm Seán Ó Duibhir zu, der eine Muskete in der Hand hielt. »Hier wird's gleich heiß hergehen!«

»Folgt mir, Pater«, sagte Moira Prendergast und führte den Mönch in ihr Haus. »Rührt Euch nicht vom Fleck.«

»Wo ist Euer Gatte?«, fragte Ó Néill.

»In der Burg. Er zeigt Seiner Lordschaft die Schwachstellen. Nicht, dass das irgendeinen Sinn hätte. Die Südseite ist ein einziger Trümmerhaufen und nicht zu verteidigen. Aber es ist nun mal der Wehrturm seiner Vorfahren. Er hat ihn schon einmal bis zum Letzten gehalten und wird es wieder tun.«

Tadg Ó Duibhir, der auf der Landstraße nach Kilcommon auf einer Anhöhe Wache gehalten und den Aufbruch des Reitertrupps mit angesehen hatte, war in rasendem Galopp nach Shanrahan zurückgeritten. Vor dem Wohnturm traf er auf

Flann und Garbán, der sich bereit erklärt hatte, das Mädchen nach Kilcash zu begleiten. Beide sahen Tadg entsetzt entgegen, als dieser laut schreiend heranstürmte.

»Sie kommen! Es sind etwa ein Dutzend Reiter. Und sie sind bewaffnet.«

Breandán, der den Burschen vom Fenster aus gesehen hatte, hastete aus dem Turmhaus.

»Flann, geht wieder rein!«, befahl er.

Garbán wies er an, die Pferde zu den anderen in das Viehgehege am Rande des Dorfes zu bringen, das der Schmied mit einigen bewaffneten Burschen verteidigen sollte. Mit einem letzten Blick vergewisserte sich Breandán, dass seine Befehle ausgeführt worden waren. Lonán hatte die Männer, die schießen konnten, an strategischen Punkten aufgestellt und ihnen diejenigen Frauen zugeteilt, die sich beim Laden der Waffen besonders geschickt anstellten. Die anderen, vor allem die Kinder, sollten in Deckung bleiben. Das Dorf war gut verteidigt. Um die Burg machte sich Breandán viel mehr Sorgen.

Als Sir Orlando mit dem Trupp Kavallerie in Kilcash einritt und vor der Burg anhielt, wurde er von mehreren bewaffneten Dienern empfangen, die die Ankömmlinge abschätzend musterten.

Mit einem gequälten Stöhnen ließ sich der Richter aus dem Sattel gleiten. Er fühlte sich wie gerädert. Zu Hause in England reiste er gewöhnlich nur in der Kutsche. Und obwohl er ein guter Reiter war, wurde der Gewaltritt über die schlechten irischen Straßen für ihn mehr und mehr zur Tortur. Nur der Gedanke, dass sich ein gefährlicher Verbrecher in unmittelbarer Nachbarschaft seiner Freunde versteckte, hielt ihn noch aufrecht.

Unterwegs waren ihnen Lady Shanrahans Diener und der Reitknecht entgegengekommen und hatten ihnen vom Tod des Friedensrichters Ralph Luscombe berichtet. Diese unerwartete Entwicklung veranlasste Sir Orlando dazu, den Offizier und die sechs Soldaten zu noch größerer Eile anzuhalten. Die flüchtigen Verschwörer würden nicht warten, bis sich die Ermordung des Friedensrichters herumgesprochen hatte, sondern in aller Eile das Weite suchen.

Aus dem Turmhaus trat ein Mann von Mitte fünfzig, der einen Degen und zusätzlich eine Pistole im Gürtel trug. Erneut wurde dem Richter bewusst, dass er sich in einem Land befand, dessen Bewohner die Wachsamkeit und Kampfbereitschaft der Kriegsjahre noch nicht abgelegt hatten.

»Ich bin Lieutenant General Richard Butler«, stellte sich der Mann vor. »Der Herr von Kilcash. Wie kann ich Euch dienen, Sir?«

Das Misstrauen schwand aus seinem Blick, während er die Soldaten und den Offizier musterte, die zweifellos der Regierung unterstanden.

Der Richter zog den Hut und verbeugte sich.

»Mein Name ist Sir Orlando Trelawney«, sagte er. »Ich bin auf dem Weg nach Kilcommon, um dort drei gesuchte Verschwörer festzunehmen.«

»Sir Orlando Trelawney?«, fragte Richard Butler verdutzt. »Ihr seid der Richter, der meinem Bruder James das Leben gerettet hat. Welch ein Glück, dass ich die Gelegenheit erhalte, Euch persönlich zu danken.« Herzlich ergriff der Lieutenant General Trelawneys Hand und drückte sie. »Kommt herein, Mylord. Ich werde Euch und Euren Leuten ein Festmahl auftischen.«

»Das ist sehr großzügig von Euch, Sir«, sagte Sir Orlando gerührt. »Aber leider muss ich ablehnen. Wir müssen so schnell wie möglich weiter. Die Verbrecher könnten Lunte riechen und sich davonmachen.«

»Um wen handelt es sich denn bei den Gesuchten, Mylord?«

»Um Thomas Blood, seinen Sohn und Richard Halliwell, die Schurken, die Euren Bruder ermorden wollten. Es gibt Hinweise darauf, dass sie im Haus des Friedensrichters Ralph Luscombe in Kilcommon Unterschlupf gefunden haben.«

Richard Butler stieg Zornesröte ins Gesicht. »In dem Fall werde ich Euch nicht weiter aufhalten, Mylord, und kann Euch nur viel Erfolg für Eure Mission wünschen.«

»Ich wäre Euch dankbar, wenn Ihr mir und den Männern frische Pferde zur Verfügung stellen würdet«, bat der Richter. »Falls ich richtig verstehe, können wir Kilcommon um die Mittagszeit erreichen.«

»Durchaus.« Der Burgherr gab seinen Stallknechten Anweisung, die schnellsten Pferde im Stall zu satteln. »Ich nehme an, Ihr werdet auch einen kurzen Abstecher nach Shanrahan machen, um Euren Freund, den Baron, zu begrüßen. Bei seinem Besuch sprach er in den höchsten Tönen von Euch.«

Ein amüsiertes Lächeln huschte über Sir Orlandos Lippen. »Ja, ich hatte vor, den Baron und seine Gemahlin zu besuchen, die ich sehr schätze. Ich verdanke Seiner Lordschaft sehr viel. Er hat mich mehr als ein Mal vor dem Tod gerettet.«

Erstaunt über diese Eröffnung, konnte der Lieutenant General seine Neugier nicht verbergen, sagte aber nichts, da ihnen die Zeit für ein ausführliches Gespräch fehlte.

»Findet das Gesindel, das meinen Bruder überfallen hat, und schafft es in den Kerker, Mylord«, forderte Butler. »Meine Gebete begleiten Euch.«

Kapitel 40

Durch den Schnee, der die malvenfarbene Tönung des Himmels angenommen hatte, näherten sich die Reiter. Die Hufe ihrer Pferde wirbelten eine pulverige Wolke glitzernder Flocken auf. Breandán, der ihr Herannahen vom Fenster der Offizierskammer aus beobachtete, zählte zehn Männer. In schnellem Galopp ritten sie auf das Dorf zu. Offenbar hatten sie die Absicht, ihre Pferde mitten hindurchzutreiben, um die Einwohner in Angst und Schrecken zu versetzen. Als sie noch etwa fünfzig Yards entfernt waren, gab Lonán Befehl, eine Salve über ihre Köpfe abzuschießen. Fast gleichzeitig feuerten die Bauern ihre Musketen ab. Der heranstürmende Trupp geriet schlagartig in völlige Unordnung. Die vorderen Reiter schwenkten zur Seite, die hinteren, die über weniger Disziplin verfügten, rissen ihre Pferde zurück und kamen sich gegenseitig in die Quere. Zwei der Männer wurden abgeworfen. Als sie sich aufgerappelt hatten, hetzten sie ihren durchgehenden Reittieren hinterher. Einer der Anführer schrie Befehle, und allmählich kehrte wieder Ordnung ein. Der Trupp fand sich erneut zusammen und schlug einen großen Bogen um das Dorf.

An der Spitze erkannte Breandán Philip Luscombe. Neben ihm ritt ein etwa fünfzigjähriger Mann mit ausgeprägten Gesichtszügen und einer knochigen großen Nase. Das konnte nur Thomas Blood sein.

Die beiden Reiter hinter ihnen, ein etwa zwanzigjähriger Bursche mit verwegener Miene und ein eher harmlos aussehender Mann um die vierzig, waren vermutlich Bloods Sohn und Richard Halliwell. Ihre Begleiter mochten Diener sein.

Amoret stand an Breandáns Seite und verfolgte die Ankunft des Trupps mit bangem Blick. Unwillkürlich fragte sie sich, was Susanna von dem Benehmen ihres Sohnes hielt. Billigte sie seinen Angriff auf ihre Nachbarn? Oder war sie so tief in Trauer um ihren Gemahl, dass sie sich nicht in Philips Entscheidungen einmischen wollte?

»Zieh dich mit unserem Sohn und den Frauen in den Wohnbereich zurück«, bat Breandán. »William und Thomas sollen sich an den Türen aufstellen. Wenn es zum Schlimmsten kommt, werden sie euch verteidigen.«

»Glaubst du denn, es könnte ihnen gelingen, sich Zugang zu verschaffen?«, fragte Amoret bestürzt.

»Ich hoffe nicht«, erwiderte Breandán und streifte sie mit einem besorgten Blick. »Aber du weißt so gut wie ich, dass die ganze Südseite ungeschützt ist. Man braucht nur die Trümmer wegzuräumen und kann so einen Durchgang in den Gewölbesaal freilegen. Die Wand aus Lehmziegeln wird sie nicht aufhalten. Ich habe Wachen aufgestellt, aber in dem Moment, in dem Luscombe mit seinen Dienern in den Saal eindringt, muss ich auf sie schießen lassen. Es könnte viele Tote geben.«

»Heilige Jungfrau«, hauchte Amoret.

»Lass uns hoffen, dass es den Angreifern an der nötigen Geduld fehlt und sie keine Lust haben, den Trümmerhaufen abzutragen. Und nun geh. Ich kann besser nachdenken, wenn ich dich und die anderen Frauen in Sicherheit weiß. Und behalte Bran bei dir. Sie wird dich beschützen.«

Amoret nickte nur. Am liebsten hätte sie ihn umarmt und leidenschaftlich an sich gedrückt, um ihm zu zeigen, wie sehr sie ihn liebte. Doch er hatte sich bereits wieder dem Fenster zugewandt. Die ungebetenen Besucher hatten ihre Pferde vor der Burg gezügelt.

Die dünne Stimme des jungen Luscombe drang gedämpft durch die Glasscheiben ins Innere.

»Ich ersuche Euch zum letzten Mal, Mylord, mir die Mörderin meines Vaters auszuhändigen«, rief er. »Liefert sie aus, und ich verspreche Euch, dass sie einem Friedensrichter übergeben wird. Sie bekommt einen ordentlichen Prozess.« Da aus der Burg keine Antwort kam, fuhr Philip gereizt fort: »Andernfalls werde ich die Hure mit Gewalt holen!«

Sein Pferd spürte seine Wut und begann, nervös im Schnee zu scharren und den Kopf hochzuwerfen.

»Ich verspreche Euch, dass niemand aus Eurem Gefolge zu Schaden kommt.«

In diesem Moment sah Breandán, wie sich in der Ferne vor den nun violett und goldgelb durchglühten Wolken eine orangerote Blume öffnete. Grauschwarzer Rauch kräuselte sich gen Himmel. Er verstand sogleich, was geschehen war. Die Angreifer hatten Ó Donnabháins Herberge in Brand gesteckt. Zorn stieg in Breandán auf. Seine Pächter hatten zu Recht befürchtet, dass man ihnen die Dächer über den Köpfen anzünden könnte, und er war froh, das Dorf so gut verteidigt zu wissen. Mit zusammengebissenen Zähnen öffnete Breandán das schmale Fenster.

»Niemand aus meinem Gefolge soll zu Schaden kommen?«, rief er den Männern unter ihm sarkastisch zu. »Immerhin habt Ihr gerade die Herberge niedergebrannt. Euer Wort ist nichts wert.«

Der junge Luscombe setzte zu einer Antwort an, doch der ältere Mann an seiner Seite legte ihm gebieterisch die Hand auf den Arm.

»Ich entschuldige mich in aller Form für die Zerstörung der Herberge auf Eurem Land, Mylord«, sagte er. »Mein Vetter ist ein junger Heißsporn. Die Trauer um seinen Vater hat ihn die Selbstbeherrschung verlieren lassen. Etwas Ähnliches wird nicht mehr vorkommen. Für die Häuser Eurer Pächter oder ihr Vieh besteht keine Gefahr. Darauf gebe ich Euch mein Wort.«

»Ihr seid Thomas Blood, nehme ich an«, entgegnete Breandán unbeeindruckt.

Der Reiter zog seinen Hut und verbeugte sich.

»Derselbe. Da Ihr wisst, wer ich bin, wird Euch auch bekannt sein, dass ich mich auf der Durchreise befinde und nicht viel Zeit habe. Ihr würdet es Euch selbst und mir daher erheblich leichter machen, wenn Ihr dem Wunsch meines geschätzten Verwandten entsprechen und die Mörderin seines Vaters herausgeben würdet.«

»Wie ich Mr. Luscombe gestern schon versichert habe, hat das Mädchen den Friedensrichter nicht getötet«, erwiderte Breandán geduldig. »Ihr müsst seinen Mörder woanders suchen.«

»Die Frau wird Gelegenheit haben, ihre Unschuld vor Gericht zu beweisen«, versicherte der Abenteurer.

»Es erstaunt mich, dass ein Mann wie Ihr sich auf die Gerechtigkeit der englischen Justiz beruft«, sagte Breandán zynisch.

Offenbar trafen seine Worte einen Nerv, denn Blood wechselte einen betretenen Blick mit seinem Sohn. Schließlich hob der Verschwörer erneut den Kopf und rief: »Überlegt es Euch. Liefert die Frau aus, oder wir holen sie uns. Wir haben nicht die Absicht, Euch oder Eurer Familie zu schaden. Aber wenn Ihr weiterhin so verstockt seid, tragt Ihr die alleinige Verantwortung für das, was geschieht.«

Im herrschaftlichen Logis barg Flann verzweifelt das Gesicht in den Händen.

»Ich kann das nicht zulassen«, rief sie. Am ganzen Körper zitternd, sprang sie von der Truhe auf und sah in die angsterfüllten Mienen der Frauen um sie herum. »Ich muss mich ihren Anklagen stellen.«

Amoret, die ihren Sohn tröstend an sich gedrückt hatte, legte Daimhín wieder in die Arme des Kindermädchens und wandte sich zu Flann um.

»Nein, das werdet Ihr nicht«, widersprach sie bestimmt.

»Aber sie werden die Burg stürmen ... ich habe gar keine Wahl«, schrie Flann. »Ich will nicht, dass meinetwegen jemand verletzt wird. Denkt an Euren Sohn!«

Bevor sie sich beherrschen konnte, streifte Amoret Daimhín mit betroffenem Blick. Sie fürchtete auch um Breandán, um Pater Blackshaw, Alan, ihre Freundin Armande und all die anderen, die sich auf ihren Schutz verließen. Dennoch schüttelte sie entschlossen den Kopf.

»Es geht hier nicht mehr um Euch, Flann«, sagte sie. »Diese Männer haben kein Recht, Eure Herausgabe zu fordern. Sie vertreten nicht den König oder die Obrigkeit. Und sie machen sich eines Verbrechens schuldig, wenn sie mit Gewalt in unser Haus eindringen.«

»Aber Luscombe war Friedensrichter«, widersprach Flann schluchzend. »Und wir leben auf seinem Land.«

Zu ihrer Bekümmerung erkannte Amoret, dass es Philip mit seinen Drohungen gelungen war, den Kampfgeist des Mädchens zu brechen.

Flann musste zu der Einsicht gekommen sein, dass der englische Eindringling letztendlich doch immer der Stärkere sein würde und dass es für sie als Irin keinen Sinn hatte, auf ihre Rechte zu pochen.

»Luscombe mag Friedensrichter gewesen sein, aber sein Sohn ist es nicht«, entgegnete Amoret. »Er hat unser Land in Begleitung von gesuchten Verschwörern widerrechtlich betreten und unseren Besitz zerstört. Mein Gemahl kann ihm nicht mehr nachgeben, ohne sein Gesicht zu verlieren. Versteht Ihr das, Flann?«

Verwirrt blickte das Mädchen die Burgherrin an. Dann schloss es die Augen und nickte. Armande, die neben Flann getreten war, legte die Hände auf ihre Arme, zog sie zur Truhe zurück und zwang sie, sich neben sie zu setzen. Amoret warf der Französin einen kurzen Blick zu, mit dem sie sie bat, auf Flann aufzupassen.

Ihre Freundin antwortete ihr mit einem bestätigenden Nicken.

William, der am Fenster stand und den Wortwechsel zwischen den Ankömmlingen und Breandán verfolgte, bemerkte entrüstet: »Wie es aussieht, haben die Schurken die Herberge angezündet.«

»Wir werden sie wieder aufbauen«, versicherte Amoret ohne Zögern. »Nun lasst uns beten und Gott um Beistand gegen das Böse anflehen.«

Breandán behielt die Männer vor der Burg genauestens im Auge. Die Zeit der Verhandlungen war vorüber. Nachdem sie sich kurz beraten hatten, saßen sie ab und führten ihre Pferde in den leer stehenden Stall nahe der Südseite des Turmhauses. Breandán hatte ihre eigenen Pferde zur Sicherheit in ein Viehgehege im Dorf bringen lassen, das die Dorfbewohner bewachten. Nur Thomas Blood blieb im Sattel. Langsam trieb er sein Reittier an den Mauern der Festung entlang und begutachtete mit geschultem Blick ihre Widerstandsfähigkeit. Breandán beobachtete ihn mit angespannter Miene. Der Diener am benachbarten Fenster öffnete den schmalen Flügel und legte seine Muskete an.

»Soll ich ihm eine Warnung vor die Füße knallen, Mylord?«, fragte er.

»Nein, John«, antwortete Breandán. »Er soll Gelegenheit haben, von selbst zur Vernunft zu kommen.«

»Eine weise Entscheidung«, kommentierte Jeremy, der mit Alan an Breandáns Seite getreten war. »Lasst uns versuchen, böses Blut zu vermeiden.«

»Die Schwachstellen des Turms sind auch von weitem sichtbar«, erwiderte der Baron mit einem bitteren Lächeln. »Aber wenn ich Blood näher heranlasse, wird ihm hoffentlich klar, dass ein Eindringen mit harter Arbeit verbunden wäre. Und da er nach eigener Aussage wenig Zeit hat, wird er vielleicht erkennen, dass es klüger wäre, die Sache aufzugeben. Er wird sich denken können, dass sich früher oder später Vertreter der Obrigkeit hier einfinden werden. Er muss sich also bald aus dem Staub machen, wenn er ihnen nicht in die Hände fallen will.«

»Wir können frühestens in einer Woche mit Hilfe rechnen«, erinnerte Jeremy den Burgherrn.

»Mag sein. Aber darauf wird sich Blood nicht verlassen. Ich denke, er wird noch heute irgendeine List versuchen, um sich Zugang zu verschaffen. Wenn es uns gelingt, uns bis zum Abend zu verteidigen, wird er hoffentlich abziehen.«

»Euer Wort in Gottes Ohr«, sagte Jeremy mit einem Blick zum Himmel.

»Falls sie doch eindringen sollten, wird es Verletzte geben. Habt Ihr genug Verbandsmaterial?«

»Es ist alles vorbereitet«, bestätigte Alan. »Macht Euch keine Sorgen.«

Breandán nickte den beiden Männern zu und wandte sich wieder zum Fenster. Thomas Blood hatte das Turmhaus inzwischen einmal umrundet. Der Baron versuchte, ihm die Gedanken vom Gesicht abzulesen. Was würde der alte Rebell tun? Welchen Plan heckte er aus? Während des Krieges musste er an so mancher Belagerung teilgenommen und entsprechende Erfahrungen gesammelt haben. Allerdings waren die Umstände damals anders gewesen. Die englischen Truppen hatten Kanonen und anderes Belagerungsgerät mitgeführt. Blood verfügte über nichts dergleichen. In den zugänglichen Gebäuden würde er nicht einmal eine Leiter finden, dafür hatte Breandán gesorgt. Dennoch machte er sich Sorgen um die ungeschützte Südseite des Turms, die er nicht übersehen konnte. Als Eamonn von seinem Kontrollgang zurückkehrte, wies Breandán ihn daher an, sich mit John in den eingestürzten Festsaal zu begeben, um dort nach dem Rechten zu sehen.

Die beiden Männer stiegen die Wendeltreppe hinauf und betraten die Große Halle durch eine schmale Tür. Unter dem unversehrten Teil des hohen Daches standen einige beschädigte Möbel aus den Wohnräumen, die vielleicht noch zu reparieren waren, und Fässer mit Met und Whiskey, für die in der Küche kein Platz war. Durch den eingebrochenen südlichen Teil der einst beeindruckenden Decke fiel Tageslicht. Zerborstene Balken und Dachschindeln lagen überall verteilt. Die dicken Holzbohlen des Fußbodens waren an dieser Stelle mit Wasser vollgesogen, aber noch erstaunlich tragfähig. Vorsichtig schoben sich der Verwalter und der Diener durch den Wald aus ineinander verkeilten Balken und Sparren zur Südseite hinüber. Ein großes Loch gab den Blick auf den Trümmerberg zu ihren Füßen frei. Zu ihrem Schrecken mussten sie feststellen, dass zwei von Luscombes Dienern dabei waren, Steine und Schutt am Fuße des südöstlichen Eckturms wegzuräumen. Die Gemächer, die sich darin befunden hatten, waren beim Einsturz des Turms zerstört worden, doch ein Teil der Wendeltreppe stand noch. Eamonn war sofort klar, was die Angreifer vorhatten. Sie wollten an den verbliebenen Stufen zum Festsaal hinaufklettern und so in die Burg eindringen.

»Wenn sie versuchen, raufzukommen, schieß!«, befahl der Verwalter.

Rasch wandte er sich ab und rannte in den Gewölbesaal hinunter. John blieb hinter einem Balken in Deckung und beobachtete die Bemühungen der beiden Diener, die inzwischen den Zugang zur Wendeltreppe freigelegt hatten. Aus dem nicht weit entfernten Stallgebäude, in dem sich die Belagerer verschanzt hatten, feuerte die Stimme des jungen Luscombe sie zur Eile an. Einer der Lakaien wollte offenbar seine Kühnheit unter Beweis stellen und sprang mit einem Satz auf die untersten Stufen. John verlor ihn für einen Moment aus den Augen, als er der Treppenspirale nach oben folgte. Der Durchgang zur Großen Halle war verschüttet. Der Lakai musste also von der Treppe über die Trümmer hinwegklettern, um die geborstenen Enden des Fußbodens zu erreichen.

Mit unruhig schlagendem Herzen ließ John ihn auf allen vieren ein Stück die Trümmer hinaufkriechen, bevor er aus der Deckung trat, seine Muskete anlegte und feuerte. Die Kugel schlug knapp vor dem Gesicht des Dieners in die Steine ein. Geröll spritzte auf und blendete ihn. Erschrocken ließ er los und rutschte in heller Panik über den Trümmerberg nach unten. Der andere Lakai hob seine Pistole und zielte auf John, der sich hastig hinter den Balken zurückzog. Die Kugel traf das dicke Holz mit einem dumpfen Knall. John spürte, wie ihm trotz der Kälte der Schweiß ausbrach. Wenn er nicht so schnell reagiert hätte, dann hätte ihn die Kugel getroffen. Die Belagerer scherten sich nicht um Menschenleben.

Als es John endlich gelang, den Schrecken abzuschütteln, wurde er sich bewusst, dass er waffenlos war. Rasch hockte er sich hin und lud die Muskete. Zu seiner Erleichterung war inzwischen der Verwalter mit Breandán zurückgekehrt. Beide trugen schmiedeeiserne Kessel mit heißem Wasser, die griffbereit im Kamin des unteren Saals über dem Feuer gehangen hatten.

»Schade, dass wir kein Öl dahaben«, bedauerte Eamonn.

In seinem Gesicht glühte ein Kampfgeist, als durchlebe er noch einmal die Belagerung von vor zwanzig Jahren, bei der er die Burg gegen den Schlächter Cromwell verteidigt hatte.

Breandán schob sich durch die Dachbalken hindurch zur Öffnung und sah hinaus. Zwei von Luscombes Dienern näherten sich der Wendeltreppe und wagten, ihre Pistolen im Anschlag, den Aufstieg. Als sie seitlich auf die Trümmer hinaustraten, zog sich Breandán aus ihrem Blickfeld zurück und ließ sie näher herankommen. Erst als er ihre Köpfe und die Hände mit den schussbereiten Pistolen auf der Höhe des Fußbodens auftauchen sah, hob er den Kessel und kippte ihnen das siedende Wasser ins Gesicht. Mit schmerzvollem Gebrüll ließen sich die Angreifer zurückfallen und rutschten schreiend und schluchzend das Geröll hinab.

Rasch duckte sich Breandán unter das Dach. Im nächsten Moment schlugen mehrere Pistolenkugeln in die Balken ein. Ein Tonziegel explodierte in tausend Stücke. Die Scherben flogen bis zu den Verteidigern, die eilig zurückwichen. Ein Splitter streifte Breandáns Stirn. Warmes Blut rann ihm über die Schläfe. Bisher hatte er versucht, Tote zu vermeiden. Doch die Belagerer hatten anscheinend weniger Hemmungen. Der junge Luscombe musste völlig den Verstand verloren haben.

Mit düsterer Miene hob John den leeren Kessel hoch und trug ihn zum Brunnen im Keller hinab, um ihn wieder aufzufüllen. Breandán und Eamonn wechselten beklommene Blicke.

»Das wird ein erbitterter Kampf«, prophezeite der ehemalige Burgherr. »Sie werden jeden hier rücksichtslos umbringen, wenn wir sie nicht aufhalten.«

»Ich weiß«, erwiderte Breandán. »Es hat keinen Sinn, sie zu schonen. Ich werde die Diener anweisen, beim nächsten Mal auf die Angreifer zu schießen.«

Er wollte sich abwenden, als der Verwalter ihm die Hand auf die Schulter legte und sie väterlich drückte.

»Ich habe Euch gehasst, weil der König Euch meine Burg und mein Land überschrieben hat, obwohl ich ihm stets treu gedient hatte«, sagte Eamonn. »Ich wollte, dass der Besitz in meiner Familie bleibt. Aber weder Piaras noch Colm hatten das Herz oder den Ehrgeiz, Herr von Shanrahan zu sein. Ihr dagegen handelt wie ein wahrer Lord. Ich wünschte, Ihr wäret mein Sohn.«

Gerührt nahm Breandán die Hand des einstigen Burgherrn und drückte sie herzlich.

»Ich danke Euch, *a dhuine uasail*. Eure Worte bedeuten mir sehr viel.«

Kapitel 41

Besorgt blickte Amoret durch das Guckloch neben dem Kamin in der Wohnstube in den Festsaal hinab. In früheren Zeiten hatte es den Damen der Burg dazu gedient, das Treiben bei Empfängen und Banketten zu beobachten, ohne selbst gesehen zu werden. Die Schüsse, die von der Großen Halle zu ihnen herüberhallten, hatten alle Anwesenden erschrocken zusammenfahren lassen. Mit schweren Wasserkesseln beladen, tauchten Breandán und Eamonn in ihrem Blickfeld auf.

»Was ist da los?«, fragte William, der neben sie getreten war.

»Vermutlich versuchen sie, die Trümmerwand zum Festsaal hinaufzuklettern«, erwiderte Amoret.

»Macht Euch keine Sorgen, Mylady. Euer Gemahl wird sie nicht hereinlassen«, sagte der Diener überzeugt.

Kurz darauf waren wütendes Gebrüll und Schmerzensschreie zu hören. William stieß ein zufriedenes Brummen aus. Sie hörten Schritte auf den Stufen der Wendeltreppe und wenig später Breandáns Stimme, der einige der Diener aus dem Gewölbesaal nach oben schickte, um die Südseite zu verteidigen. Als wieder Ruhe eingekehrt war, stieg der Baron zum Wohnbereich hinauf.

»Geht es Euch gut?«, fragte er.

Die Gesichter der Anwesenden verrieten Angst und Sorge.

»Ja«, versicherte Amoret. »Du blutest«, fügte sie erschrocken hinzu, als sie die Wunde an seiner Schläfe sah.

»Das ist nur ein Kratzer von einer herumfliegenden Scherbe. Nichts von Bedeutung«, beruhigte er sie.

William hatte sich auf einen Stuhl sinken lassen. Auf seiner Stirn stand kalter Schweiß. Bei Breandáns Erscheinen war der Diener aufgestanden, doch der Baron legte ihm die Hand auf die Schulter, um ihm zu zeigen, dass er sitzen bleiben sollte.

»Du gehörst ins Bett. Von einer so schweren Krankheit wie den Pocken erholt man sich nicht so schnell.«

»Wenn das hier vorbei ist, werde ich genug Zeit zum Ausruhen haben, Mylord«, widersprach der Diener tapfer. »Bis dahin kann ich immerhin noch eine Pistole abfeuern.«

»Wie lange können wir uns noch halten?«, fragte Amoret.

»Das hängt davon ab, was sie als Nächstes tun. Inzwischen wird ihnen klargeworden sein, dass sie auf diese Weise nicht hereinkommen. Es war eine dumme Idee, es über die Trümmer zu versuchen. Und ich glaube nicht, dass der Plan von Thomas Blood stammt. Ich halte ihn für zu klug, um sich ein so unsinniges Unterfangen auszudenken. Nein, ich gehe davon aus, dass der junge Luscombe mal wieder mit dem Kopf durch die Wand wollte.«

»Aber was könnte Blood tun? Er hat keine Belagerungsmaschinen.«

»Wir werden es bald wissen.«

Breandán warf einen Blick in die Runde der Anwesenden. Dann ging er von einem zum anderen, sprach kurz mit den Frauen, streichelte über das Haar seines Sohnes und lobte Madge dafür, dass sie ihn so geduldig tröstete. Im Schlafgemach blieb er einen Moment lang am Bett stehen und blickte besorgt auf Muiredach Ard hinab. Der Wirt war in unruhigen Schlaf gefallen. Sein Gesicht war gerötet.

»Er fiebert«, erklärte Amoret, die ihrem Gemahl gefolgt war. »Aber Meister Ridgeway sagt, das ist in seinem Zustand zu erwarten. Er braucht vor allem Ruhe.«

»Ich fürchte, davon wird er heute nicht viel bekommen«, meinte Breandán bitter.

Flann hatte sich in die Arme ihrer Mutter geschmiegt und weinte leise. Der Baron berührte leicht ihren Arm. Sie wandte den Kopf und sah ihn an. Ihre grünen Augen wirkten übergroß in ihrem tränennassen Gesicht. Keiner von beiden sprach ein Wort, denn sie wussten nicht, was sie sagen sollten.

Draußen fiel ein Schuss. Amoret eilte zum Fenster und blickte hinaus. Zuerst konnte sie nichts Ungewöhnliches sehen. Dann wurde ihr klar, dass jemand aus dem Dorf den Schuss abgefeuert hatte, um sie zu warnen.

»Breandán!«, rief sie eindringlich.

Doch ihr Gatte war bereits an ihrer Seite. Auf der Landstraße nach Kilcommon war ein vierrädriger Karren aufgetaucht, der von einem Pferd gezogen wurde. Ein Diener führte es am Zügel. Daher kam das Gefährt nur langsam voran. Kurz bevor er das Dorf erreichte, zögerte der Lakai und dirigierte das Zugtier dann vorsichtig im großen Bogen um die Häuser herum über die Felder. Amoret versuchte zu erkennen, was der Wagen geladen hatte.

»Was haben sie vor?«, fragte sie erstaunt.

Breandán beobachtete den Karren mit gerunzelter Stirn. »Sieht aus wie eine Tür aus dem Turmhaus von Kilcommon. Verdammt!«

Er stürzte zur Wendeltreppe des nordöstlichen Eckturms und gab den Dienern an den Schießscharten der dortigen Räume Befehl zum Schießen. Zur selben Zeit hatte auch Lonán den Zweck der Ladung erkannt und ebenfalls Feuerbefehl gegeben.

Das Zugpferd bäumte sich erschrocken auf. Geistesgegenwärtig zog der Diener, der es führte, ein Messer hervor und machte sich eilig daran, das Geschirr durchzuschneiden. Als das Pferd in wilder Panik einen Bocksprung machte und davongaloppierte, ließ es den Karren unversehrt an seinem Platz zurück. Inzwischen hatten Thomas Blood und seine Begleiter den Pferdestall verlassen und waren dem Wagen entgegengerannt. Sie erreichten ihn fast unbehelligt. Die Entfernung war zu groß, als dass es den im Schießen ungeübten Bauern gelungen wäre, einen Treffer zu landen. Nur einer der Diener wurde von einem Querschläger, der an der Tür abgeprallt war, ins Bein getroffen.

Lonán ließ seine Schützen weiter auf die Angreifer feuern, doch diese hatten sich hinter den Wagen geduckt und hoben mit vereinten Kräften das mächtige Portal herunter. Das metallische Klingen der Querschläger verriet, dass das dicke Eichenholz mit Eisenbeschlägen verstärkt war. Obwohl Lonán mehrere Salven abfeuern ließ, konnte er die Männer nicht daran hindern, im Schutz der Tür zum Stall zurückzukehren.

»Ein schlauer Fuchs, dieser Blood, das muss man ihm lassen«, murmelte Breandán widerwillig.

»Was könnte ihm das Schutzschild schon nutzen?«, fragte Amoret verwundert. »Er kann damit nicht die Trümmerwand hinaufklettern.«

»Nein. Ich bin nicht sicher, was sein Plan ist, aber ich fürchte, uns steht eine böse Überraschung bevor«, prophezeite Breandán mit düsterer Miene. »Entschuldige mich jetzt. Ich muss nach dem Rechten sehen.«

Eine ganze Weile blieb es ruhig. Die Wintersonne näherte sich ihrem Höchststand. Ihre Strahlen durchbrachen aber nur vereinzelt die dichter werdende Wolkendecke, die neuen Schnee ankündigte. In der Burg hofften alle, dass Thomas Blood angesichts des ungünstigen Wetters beschließen würde, seine Abreise nicht länger aufzuschieben. Doch im Stall rührte sich nichts.

Amoret nutzte die Zeit, um Haferkuchen und Milch zu verteilen. Die Belagerten aßen schweigend, stets auf verdächtige Geräusche lauschend, die einen weiteren Angriff ankündigten. Muiredach Ard war ein wenig erholter aus dem kurzen Schlaf erwacht und aß mit gutem Appetit. So musste sich Amoret nicht mehr allzu sehr um sein Wohlergehen sorgen. Breandán hatte sich zu ihnen gesetzt. Doch ihm war anzusehen, dass seine Aufmerksamkeit ganz der Verteidigung der Burg galt. Eamonn kam vorbei, um zu berichten, dass alles ruhig war.

»Was mag Blood aushecken?«, fragte Breandán beunruhigt. »Und wofür brauchen sie die alte Tür?«

»Als sie sie vom Wagen hoben, hatte ich den Eindruck, als seien auf einer Seite Halterungen angebracht«, sagte Eamonn stirnrunzelnd. »Die Tür scheint ziemlich schwer zu sein. Es braucht mindestens zwei Männer, um sie über eine längere Strecke zu tragen, aber mit den Haltegriffen ist das kein Problem.«

»Dahinter ist gut Platz für drei«, meinte Breandán.

Bevor er den Gedanken weiterspinnen konnte, fielen Schüsse. Der Baron und der Verwalter stürzten aus der Wohnstube und rannten die Treppe in den Festsaal hinab, von wo das Knallen kam. Die beiden Diener, die am eingestürzten Dach Wache hielten, schossen ihre Musketen ab und zogen sich dann schnell unter die Balken zurück, um nachzuladen.

»Was ist los?«, fragte Breandán.

»Sie greifen wieder an«, antwortete John. »Ich glaube, ich habe einen von ihnen erwischt.«

»Ich hole Verstärkung«, rief Eamonn und eilte in den Gewölbesaal hinunter, um die dort postierten Lakaien hinaufzuschicken.

Vorsichtig schob sich Breandán zwischen den Dachbalken hindurch auf die Öffnung zu und sah hinaus. Augenblicklich flogen ihm die Kugeln um die Ohren, und er musste sich zu Boden werfen, um ihnen zu entgehen. Viel hatte er nicht erkennen können, nur drei Männer mit Musketen, die sofort anlegten und schossen, als sie ihn bemerkten. Mit gesenktem Kopf robbte Breandán zurück. John und Thomas hatten inzwischen nachgeladen und schoben sich an ihm vorbei zur Öffnung.

»Bleibt in Deckung. Schießt nur, wenn ihr freies Schussfeld habt«, befahl Breandán.

Das Ganze war ihm nicht geheuer. Weshalb verschwendeten die Männer Munition, ohne anzugreifen? Wo waren Thomas Blood, sein Sohn und Richard Halliwell? Auch die Tür, die sie mit so viel Mühe herbeigeschafft hatten, war nicht zu sehen gewesen.

Wieder fielen Schüsse. John schrie auf und ließ seine Waffe fallen. Breandán eilte zu ihm. Auf der linken Schulter des Lakaien breitete sich ein Blutfleck aus.

»Ein verdammter Querschläger«, stieß er hervor.

Der Baron stützte John, während sie sich zwischen den Balken hindurch in den unbeschädigten Teil des Saals zurückzogen.

»Alan!«, rief Breandán.

Der Wundarzt erschien prompt und legte sich den Arm des Verletzten um die Schultern.

»Bringt ihn nach oben in die Wohnstube«, wies der Baron ihn an.

Die Diener, die Eamonn heraufgeschickt hatte, übernahmen die Verteidigung der Großen Halle, während Thomas eine kurze Verschnaufpause einlegte.

Jeremy war Eamonn in den unteren Saal gefolgt.

»Jetzt wird es ernst, oder?«, fragte der Priester mit deutlicher Besorgnis.

Eamonn blickte ihn mit einem abwesenden Ausdruck in den Augen an.

»Es ergibt keinen Sinn«, sagte er wie zu sich selbst. »Sie wissen doch, dass sie über die Trümmer nicht hereinkommen.«

Auf einmal kam ihm ein Gedanke. Er schob sich an Jeremy vorbei und rannte mit erstaunlicher Behendigkeit die Wendeltreppe im nordöstlichen Eckturm hinauf. Der Jesuit folgte ihm beunruhigt. Eamonn war in der untersten Kammer zum Fenster gestürzt und sah hinaus.

»Hölle und Teufel!«, fluchte er.

Jeremy hastete an seine Seite und folgte seinem Blick. Geschützt von der massiven Tür, bewegten sich mehrere Männer auf das Hauptportal der Burg zu. Nun waren auch

Warnschüsse aus dem Dorf zu hören. Als die Angreifer hinter ihrem Schutzschild aus Eamonns und Jeremys Blickfeld verschwanden, hetzte der Verwalter wie von einer Wespe gestochen die Wendeltreppe wieder hinunter.

»Holt Wasser!«, rief er dem Priester noch zu.

Jeremy verstand nicht, weshalb Eamonn nach Wasser verlangte, beeilte sich aber, seinem Wunsch zu entsprechen. Er folgte ihm in den Gewölbesaal und eilte zum Kamin. Über dem Feuer hing ein eiserner Kessel, der bis zum Rand mit brodelndem Wasser gefüllt war. Rasch hob er das dafür vorgesehene Tuch vom Boden auf, legte es um den Bügel des Kessels und wuchtete ihn vom Haken. Doch der Topf war schwerer als erwartet. In dem Bemühen, ihn zu heben, verschüttete Jeremy einen Teil des Wassers über dem Kaminfeuer und löschte es. Mit zusammengebissenen Zähnen wandte er sich zu Eamonn um, der eben den Riegel des Hauptportals herunterhob und die Tür öffnete. Jeremy erstarrte. War der Mann verrückt geworden? Wollte er die Angreifer hereinlassen? Dann bemerkte er das Pulverfass, das vor dem Portal stand, und hörte das Zischen der brennenden Lunte, von der glühende Funken aufstieben.

Heilige Mutter Gottes!, durchfuhr es ihn.

Mit rasendem Herzen packte der Jesuit den Kesselgriff fester und stürzte auf die Tür zu. Da sah er, wie Eamonn nach der Zündschnur griff, um sie abzureißen. Doch als seine Hand vorschnellte, erloschen die Funken. Die Lunte war abgebrannt. Mit einem ohrenbetäubenden Knall explodierte das Pulverfass.

Kapitel 42

Im Salon des Herrenhauses von Kilcommon schritt Mistress Luscombe erregt vor dem Kamin auf und ab. Ihre Base Maria Blood verfolgte Susannas hektische Bewegungen mit den Augen.

»Nun setzt Euch doch, meine Liebe«, sagte sie seufzend. »Ihr könnt nichts tun. Wenn die Männer sich etwas in den Kopf gesetzt haben, kann nichts und niemand sie davon abbringen. Ich habe da so meine Erfahrungen. Euer Sohn unterscheidet sich nicht allzu sehr von meinem Mann.«

»Da irrt Ihr Euch«, widersprach Susanna energisch. »Philip ist ein Kind, das seine Gefühle nicht beherrschen kann. Das ist wohl der schlechte Einfluss, dem er in Cambridge ausgesetzt ist. Ich hätte nie zulassen dürfen, dass er an der Universität studiert.«

»Ihm wird schon nichts passieren«, versicherte Maria. Doch ihre Stimme klang alles andere als überzeugt.

»Der Baron Shanrahan ist kein Mann, der sich der Gewalt beugt. Er wird sich zu verteidigen wissen«, entgegnete Susanna unheilvoll.

Das Gespräch der beiden Frauen wurde von einem Diener unterbrochen, der in der Tür erschienen war und sich leise räusperte, um sich bemerkbar zu machen.

»Verzeiht, Madam. An der Tür ist ein fahrender Händler, der einen Brief für Euch hat. Er verlangt eine Vergütung für seine Mühe. Soll ich ihn auszahlen?«

»Ich gehe schon«, erbot sich Maria.

Es verlangte sie danach, der bedrückenden Atmosphäre des Salons zu entkommen. Der Tinker erwartete sie mit aufmerksamem Blick.

»Kann ich Euch vielleicht mit ein paar Kleinigkeiten dienen, Madam?«, begann er sogleich damit, seine Waren anzupreisen. »Ich habe alles, was Ihr für den Haushalt braucht: Salz, Tabak, Zunderladen …«

»Heute nicht, danke«, unterbrach Maria ihn unwirsch. »Gebt mir nur den Brief.«

Mit saurer Miene griff der Ire in sein Wams und zog ein ganzes Bündel Briefe hervor. Während er sie auf der Suche nach dem Schreiben für Susanna Luscombe durchblätterte, fiel Maria ein Brief aus besonders feinem Papier auf, der mit einem großen Siegel verschlossen war. Das Wappen kam ihr bekannt vor.

»Darf ich mal sehen?«, fragte sie und schnappte sich das Schreiben, noch bevor der Händler sie daran hindern konnte.

Mit gerunzelter Stirn begutachtete Maria das rote Wachssiegel. Sie hatte sich nicht getäuscht. Es trug das Wappen des Duke of Buckingham! Der Brief war an Lady Shanrahan gerichtet. Der Tinker streckte auffordernd die Hand nach dem Schreiben aus, doch Maria wich abwehrend einen Schritt vor ihm zurück.

»Mylady Shanrahan ist unsere Nachbarin«, erklärte sie. »Ich werde dafür sorgen, dass ihr der Brief umgehend überbracht wird.«

»Mit Verlaub, Madam, aber ich habe dem Wirt in Clonmel versichert, dass ich die Post persönlich an den Empfänger ausliefere«, widersprach der Ire. Sein scharfer Blick verriet, dass er misstrauisch geworden war.

Unaufgefordert trat der Diener vor, der bisher schweigend hinter Maria Blood gewartet hatte, und nahm eine drohende Haltung an.

»Es soll Euer Schaden nicht sein«, sagte sie beschwichtigend. »Edmund, gib dem Mann einen Shilling für seine Mühe.«

Der Diener verschwand und kehrte kurz darauf mit einer entsprechenden Münze zurück, die er dem Händler in die Hand legte. Dieser bedachte die Frau und den Lakaien mit einem abschätzenden Blick. Er kam zu dem Schluss, dass es klüger war, sich zurückzuziehen. Doch er nahm sich vor, das Geschehene dem Baron Shanrahan zu berichten.

Da ihre Base so lange wegblieb, folgte Susanna ihr schließlich zur Haustür. Dort fand sie sie mit angespanntem Gesicht in einen Brief vertieft. Als Maria Blood den Kopf hob und sie ansah, flackerte Angst in ihren Augen.

»Was ist denn?«, fragte die Hausherrin.

»Sie ist seine Cousine«, stammelte Maria. »Lady Shanrahan ist Buckinghams Cousine. Mein Gott, wir müssen sie aufhalten!«

Ohne Susanna weiter zu beachten, streckte sie dem Lakaien den Brief entgegen.

»Reite, so schnell du kannst, nach Shanrahan und gib meinem Mann diesen Brief«, befahl sie. »Sorg dafür, dass er ihn unverzüglich liest. Wenn nötig, zwing ihn dazu. Und nun geh!«

Die Druckwelle riss Jeremy von den Beinen. Der Kessel fiel ihm aus der Hand, und das heiße Wasser ergoss sich über den Boden, traf ihn zum Glück aber nicht. Benommen rappelte sich der Priester auf. In seinen Ohren ertönte ein anhaltendes Klingeln, das nur allmählich leiser wurde. Dichter Rauch erfüllte den Gewölbesaal. Schreie und Befehle hallten gedämpft aus den oberen Stockwerken zu ihm herab. Angestrengt versuchte er, den Pulverdunst mit den Augen zu durchdringen. Was war mit Eamonn geschehen? Hatte er sich noch in Sicherheit bringen können, bevor das Fass explodiert war? Der Verwalter hatte genau davorgestanden, als es in die

Luft geflogen war. Er musste zu ihm! Da verdunkelte ein Schatten die lichte Öffnung der Tür.

Instinktiv ging der Jesuit hinter der aufgebockten Tafel und der daneben stehenden Bank in Deckung. Mehrere Männer drängten von draußen herein, durchquerten die Tür zum nordöstlichen Eckturm und schlichen die Wendeltreppe hinauf. Verzweifelt überlegte Jeremy, was er tun konnte. Doch er sah ein, dass es klüger war, sich zu verstecken. Auf den Treppen waren bewaffnete Diener postiert, an denen die Eindringlinge nicht vorbeikommen würden. Außerdem war die Explosion vom Dorf aus zu beobachten gewesen. Lonán würde ihnen sicher umgehend Verstärkung schicken.

Der Pulverdunst hatte sich verzogen. Zwischen den Querstreben der Bank hindurch sah Jeremy einen großen Mann auf der Schwelle des Hauptportals stehen. Plötzlich waren draußen Schüsse zu hören. Schneller Hufschlag donnerte heran. Ein Pferd schnaubte. Dann stürzte ein Mann wie ein Blasebalg keuchend herein.

»Sir! Major Blood«, rief er.

»Was ist?«, fragte der Abenteurer gereizt.

»Eure Gemahlin schickt mich. Ihr sollt diesen Brief lesen!«

»Ist sie verrückt geworden? Dafür habe ich jetzt keine Zeit«, widersprach Thomas Blood und wollte sich abwenden.

Der Diener packte ihn am Arm. »Sie besteht darauf. Ich soll Euch zwingen, ihn zu lesen, sagte sie.«

»Von wem ist der Brief?«

»Vom Duke of Buckingham.«

Erstaunen breitete sich über Bloods pockennarbiges Gesicht. Rasch nahm er das Schreiben entgegen und überflog es.

»Mein Gott!«, stieß er hervor. Ohne Zögern wandte er sich dem Durchgang zum Eckturm zu und brüllte: »Thomas! Richard! Hierher!« Da keine Antwort kam, schrie er seinen

Begleitern in noch energischerem Ton zu: »Wir müssen fort. Auf der Stelle!«

Bloods Sohn und Richard Halliwell rannten die Stufen herab und blickten ihren Anführer mit verständnislosen Mienen an.

»Was soll das? Die Familie ist oben in der Stube. Noch so ein kleines Feuerwerk, und wir haben sie.«

»Nein!«, widersprach Thomas Blood und schwenkte das Schreiben vor ihren Gesichtern. »Seht ihr diesen Brief? Er ist vom Duke of Buckingham an Lady Shanrahan. Darin spricht er sie mit ›Verehrte Cousine‹ an. Versteht Ihr? Die Burgherrin ist Buckinghams Cousine! Wenn er erfährt, dass wir sie oder ihren Gatten auf dem Gewissen haben, wird er jemanden bezahlen, der uns umbringt, so wie er mich bezahlt hat, den Duke of Ormonde zu töten. Und dieser andere hat vielleicht mehr Glück als wir!«

Obwohl die Worte nur gedämpft seine noch immer klingelnden Ohren erreichten, hatte Jeremy alles gehört. Buckingham hatte also die Schurken beauftragt, Ormonde zu ermorden. Das war ungeheuerlich. Wie erstarrt verharrte der Priester hinter der Bank und wagte kaum, zu atmen. Er sah die sorgenvollen Gesichter der drei Männer, als sie sich über ihre gefährliche Lage klarwurden.

»Holt die Pferde«, befahl Thomas Blood. »Wir können nur hoffen, dass die Dorfbewohner uns nicht wie die Kaninchen abknallen.«

Während sein Sohn und Halliwell die Burg mit schussbereit erhobenen Waffen verließen, trat Blood noch einmal in die Tür zum Eckturm und rief: »Philip! Wir rücken ab!«

Dann schlüpfte er hinaus. Dabei fiel ihm der Brief des Duke of Buckingham aus der Hand und segelte auf den pulvergeschwärzten Boden hinab.

Das Krachen der Explosion hatte die in der Wohnstube Versammelten erschrocken zusammenzucken lassen. Bran, die nervös auf und ab gelaufen war, begann zu bellen. Amoret eilte zur Tür und wollte sich an William vorbeidrängen, doch der Diener nahm all seine Kräfte zusammen und verstellte ihr den Weg.

»Lass mich durch!«, befahl die Burgherrin. »Ich muss nach Breandán sehen.«

»Nein, Mylady. Euer Gemahl sagte, dass Ihr hierbleiben sollt«, widersprach William.

»Was fällt dir ein? Du hast mir zu gehorchen«, rief sie empört.

»Mit Verlaub, Mylady, ich diene auch Eurem Gatten. Und er weiß, was er tut. Eure Verantwortung liegt hier … bei Eurem Sohn und denen, die Eurem Schutz unterstehen.«

Beschämt wandte Amoret sich um und sah in die ängstlichen Gesichter Armandes, Marys, des Kindermädchens und der Mägde. Sie dachte an Flann, ihre Mutter und Muiredach Ard im Schlafgemach nebenan und fügte sich schließlich. Doch sie weigerte sich, von der Tür zurückzuweichen, die William bewachte. Sie wollte hören, was unten vor sich ging.

»Was glaubst du, ist passiert?«, fragte sie den Diener.

»Sie haben das Portal aufgesprengt«, erwiderte dieser angespannt. »Wir müssen uns auf einen harten Kampf einstellen.«

In diesem Moment vernahmen sie Breandáns Stimme, der die Lakaien aus dem Festsaal in den Wohnbereich hinaufschickte. Sie sollten die Treppen und die Eingänge verteidigen.

Flann hatte sich den schützenden Armen ihrer Mutter entzogen und trat zur Tür des Schlafgemachs. Als die Diener die Wendeltreppe heraufhasteten und sich an den Zugängen zu den Wohnräumen aufstellten, nutzte Flann die Verwirrung, um auf die Stufen hinauszuhuschen. Nun, da Philip Luscombe und seine Begleiter in das Turmhaus eingedrungen waren, würden sie sicher auch versuchen, die oberen Gemächer zu stürmen. Es würde unzählige Tote geben – ihretwegen! Sie konnte nicht zulassen, dass diejenigen, die sie beschützt hatten, nun für sie starben. Vielleicht konnte sie den Engländer aus dem Wohnturm locken, indem sie sich ihm als Köder präsentierte.

Hastig lief das Mädchen die Treppe hinab, traf aber nur auf einen der englischen Diener des Barons, der auf dem Weg nach oben war. Als Flann sich an ihm vorbeidrängte, war er zu verdutzt, um sie festzuhalten. Durch die schmale Tür gelangte sie in den beschädigten Festsaal. Dort stieß sie beinahe mit Breandán zusammen, der sich ebenfalls nach oben begeben wollte. Verwundert blieb er stehen.

»Wohin willst du?«, fragte er streng.

Noch ehe sie antworten konnte, erhob sich ein Triumphschrei, der sie herumfahren ließ: »Da ist die Mörderin!«

Gefolgt von einem Lakaien, war Philip Luscombe über die Wendeltreppe im nordöstlichen Eckturm in den Saal gestürmt. Mit wildem Blick hob er die Pistole, die er in der Hand hielt, und drückte ab. Geistesgegenwärtig warf sich Breandán zu Boden und riss Flann mit sich. Die Kugel schlug in eines der gestapelten Fässer neben ihnen ein. Ein Schwall Whiskey ergoss sich über den Boden.

Knurrend ließ Philip seine Pistole fallen und nahm seinem Diener die Waffe aus der Hand. Doch bevor er feuern konnte, hatte Breandán das Mädchen hinter die aufeinandergeschichteten Möbel gezerrt und es zu Boden gedrückt. Die Kugel grub sich in eine kleine Truhe. Die Reste eines von Degenhieben zerhackten Wandteppichs, die darauflagen, rutschten herunter und landeten in der Whiskeylache.

»Hol mir die Fackel!«, befahl Philip seinem Diener.

Es war alles so schnell gegangen, dass Breandán nicht dazu gekommen war, seine eigene Waffe zu ziehen. Vorsichtig warf er einen Blick über die Möbelstücke hinweg und sah den Lakaien mit der Pechfackel, die in einer Wandhalterung auf halber Höhe der Wendeltreppe gesteckt hatte, in den Saal zurückkehren. Ohne Zögern nahm er seine Pistole aus dem Gürtel, zielte auf die Brust des Dieners und schoss. Mit einem Aufschrei ging dieser zu Boden. Ein gereiztes Wutgebrüll war die Antwort. Breandán konnte nicht verhindern, dass Philip zu seinem Lakaien stürzte, die Fackel aufhob und in Richtung der aufgetürmten Möbel schleuderte. Sie fiel auf den zerschlissenen Wandteppich und entzündete den darin eingezogenen Whiskey. Rasend schnell verzehrten die Flammen den Stoff und ergriffen die Holzmöbel.

Breandán fluchte. Prüfend blickte er zur Tür hinüber, die in den nordwestlichen Eckturm führte. Sie würden durch das Feuer rennen müssen, konnten es aber schaffen. Auffordernd ergriff der Baron Flanns Hand.

Da hörte er die Stimme eines weiteren Dieners, der mit der Pistole in der Hand die Treppe im gegenüberliegenden Turm heraufgeeilt war.

»Major Blood hat sich davongemacht, Sir«, rief er.

»Der elende Feigling«, zischte Philip. Dann fügte er beherrschter hinzu: »Aber das macht nichts. Wir sind hier fertig. Das Feuer wird ihnen den Rest geben. Ist deine Pistole geladen?«

»Ja, Sir.«

»Gib her.«

»Verdammt!«, entfuhr es Breandán, als er sah, wie der junge Luscombe sich mit schussbereiter Waffe vor dem Feuer aufstellte. Sie saßen in der Falle.

Kapitel 43

Als Sir Orlando Trelawney und der Kavallerietrupp die Abzweigung nach Kilcommon erreichten, trafen sie auf eine Reiterin, die gerade aus der Einfahrt kam. Sie zügelte ihr Pferd und blickte ihnen entgegen. Sir Orlando ließ die Soldaten anhalten.

»Geht es hier nach Kilcommon, Madam?«, fragte er höflich.

»Ja, Sir«, erwiderte sie mit schicksalsergebener Miene. »Ich nehme an, Ihr seid gekommen, um Thomas Blood und seine Familie festzunehmen.«

»So ist es, Madam. Und wer seid Ihr?«

»Mein Name ist Susanna Luscombe, Witwe des Friedensrichters Luscombe. Leider muss ich Euch mitteilen, dass Ihr Major Blood hier nicht finden werdet«, erklärte sie. »Zurzeit ist er dabei, auf Bitten meines Sohnes Shanrahan anzugreifen.«

»Was?«, stieß Sir Orlando schockiert hervor. »Weshalb?«

»Um die Herausgabe eines Mädchens zu erzwingen, das Philip für die Mörderin seines Vaters hält«, antwortete Susanna. »Aber er begeht ein Unrecht. Die Kleine hat meinen Mann nicht umgebracht. Ich war es.«

Ihre Stimme klang ruhig und gefasst. Ihr Ton schien der Ungeheuerlichkeit ihres Geständnisses völlig unangemessen, als sei sie mit sich und ihrer Tat im Reinen. Die Männer starrten sie verblüfft an. Als sie ihre erstaunten Blicke sah, fügte sie hinzu: »Ralph war ein Verräter und Mörder. Er hat ein ganzes Dorf vergiftet und einen wehrlosen Mann abgeschossen wie ein Tier, um sein schmutziges Geheimnis zu wahren. Und er besaß zudem noch die Dreistigkeit, sich damit vor mir zu brüsten, als ich ihn zur Rede stellte. Da erschoss ich ihn.«

»Madam, wisst Ihr, was Ihr da sagt?«, fragte Sir Orlando.

»Nur zu gut. Aber nun solltet Ihr keine Zeit verlieren, Sir. Zu meiner Schande muss ich gestehen, dass ich meinem Sohn die Tat verschwieg und zuließ, dass er sich mit einem halben Dutzend Dienern aufmachte, unsere Nachbarn zu überfallen. Ich war gerade auf dem Weg nach Shanrahan, um ihm klarzumachen, dass das Mädchen unschuldig ist.«

»In welcher Richtung liegt Shanrahan?«

»Ich zeige Euch den Weg«, erklärte Susanna und ritt ihnen voran.

Lonán sah, wie Thomas Blood, dessen Sohn und Richard Halliwell ihre Pferde bestiegen und davonritten.

»Spart Eure Munition«, rief er den Dorfbewohnern zu. »Lasst sie gehen.«

Die Anstrengungen der letzten Stunden hatten ihn erschöpft. Seine Beine zitterten und wollten ihn kaum mehr tragen. Schwer atmend klammerte er sich an eine Hauswand, um sich aufrecht zu halten.

»Stützt Euch auf mich, *a dhuine uasail*«, erbot sich Caitlín. Sie hatte seine Schwäche bemerkt und war an seine Seite geeilt.

Lonán legte die Hand auf ihre Schulter und straffte sich.

»Die Angreifer sind in die Burg eingedrungen«, schrie er. »Ich brauche Freiwillige, die unserem Herrn zu Hilfe kommen.«

Ohne Zögern meldeten sich Seán und Tadg Ó Duibhir sowie noch einige andere Pächter. Lonán wählte vier von ihnen aus und wollte sie gerade zum Turmhaus schicken, als sich auf der anderen Seite des Dorfes ein Warnruf erhob.

»Da kommen Reiter. Ein ganzer Trupp!«

Lonán wandte sich um und rief: »Könnt Ihr sehen, wer es ist?«

»Soldaten. Sie tragen Uniform.«

»Nicht schießen!«, brüllte Lonán mit aller Kraft. »Lasst sie passieren. Nicht schießen!«

Für einen Moment überließ er sich der schrecklichen Vision, dass ein übereifriger Bauer seine Waffe auf die herangaloppierenden Soldaten abfeuern könnte und dass diese sie dann alle niedermachen würden. Doch alles blieb ruhig. Die Leute gehorchten seinem Befehl, zogen sich aber vorsichtshalber in den Schutz ihrer Häuser zurück. Der Reitertrupp bewegte sich durch das Dorf und hielt vor Lonán, der auf der Straße stehen geblieben war. Seán und Tadg warteten nicht weit entfernt hinter ihm.

Sir Orlando zügelte sein Pferd vor dem verwegen aussehenden Iren mit der Augenbinde. Er schien dem Zusammenbruch nahe und hielt sich nur mit Hilfe der jungen Frau an seiner Seite aufrecht. Man sah ihm an, dass er gerade erst eine schwere Krankheit überstanden hatte, doch sein braungrünes Auge musterte die Ankömmlinge scharf und aufmerksam. Der Richter fühlte sich unwillkürlich an sein erstes Zusammentreffen mit Breandán Mac Mathúna erinnert, der damals ebenso mager und ausgemergelt gewesen war, ihn aber mit demselben stolzen, herausfordernden Blick angesehen hatte wie der Mann vor ihm.

»Wer seid Ihr?«, fragte Sir Orlando.

»Lonán Mac Mathúna, Bruder des Barons Shanrahan, der Herr dieser Burg ist«, antwortete der Ire.

»Ich bin auf der Suche nach Thomas Blood«, sagte Trelawney, während er sich umsah.

Aus den Häusern trafen ihn wachsame Blicke, die ihm einen Schauer über den Rücken schickten.

»Ich weiß nichts über einen Thomas Blood«, erwiderte Lonán. »Aber soeben hat eine Bande Bewaffneter das Turmhaus gestürmt. Ich schätze, der Baron Shanrahan wäre Euch dankbar, wenn Ihr ihm zu Hilfe kommen und ein Blutbad verhindern würdet.«

Der zynische Ton des Iren vermochte nicht über seine zunehmende Sorge hinwegzutäuschen.

Sir Orlando sah ihn entsetzt an, dann hob er die Hand und rief: »Folgt mir!«

Breandáns Gedanken rasten. Verzweifelt sah er sich nach einem Fluchtweg um. Philip Luscombe lauerte noch immer mit schussbereiter Waffe hinter der Feuerwand, die sich knisternd und fauchend über die alten Möbel ausbreitete. Wenn er mit dem Mädchen versuchte, den Flammen zu entkommen, konnte der Engländer ihn oder Flann ohne Mühe niederschießen.

Als Breandán sich umwandte, fiel sein Blick auf den breiten Kamin hinter ihnen. Hastig packte er Flanns Handgelenk und zog sie unter die Haube aus weißem Kalkstein.

»Seht Ihr die Eisenstäbe, die in die Rückwand eingeschlagen sind?«, fragte er leise. »Nutzt sie als Fußstützen und klettert nach oben.«

Flann nickte. Sie warf einen unsicheren Blick in den Kamin hinauf, sah aber nur Finsternis. Breandán legte die Hand auf ihre Taille, um ihr Halt zu geben. Mit klopfendem Herzen begann sie den Aufstieg.

Breandán warf einen prüfenden Blick zurück auf die Feuerwand, um festzustellen, ob der junge Luscombe ihr Manöver beobachten konnte. Doch der Rauch war inzwischen so dicht, dass er nicht erkennen konnte, was dahinter vor sich ging. Als Flann im Dunkel des Kamins verschwunden war, setzte Breandán den Fuß auf die unterste Eisenstange, stützte sich mit den Händen an den Innenwänden ab und folgte ihr nach oben.

Bald umgab tiefe Dunkelheit sie. Der Baron fühlte einen Lufthauch, als er an der Abzweigung vorbeikletterte, die zum Gewölbesaal hinunterführte. Zum Glück war das Feuer im dortigen Kamin erloschen, denn er roch nur noch wenig Rauch. Andernfalls hätten sie ersticken können. Einen Moment lang überlegte er, ob es besser wäre, nach unten zu klettern. Doch da er fürchtete, im Gewölbesaal weiteren Dienern des Engländers in die Arme zu laufen, entschied er sich dagegen. Auf dem Dach waren sie sicherer.

Flann hatte innegehalten und fragte: »Wie kommen wir wieder hinaus?«

»Oben befindet sich eine Tür«, erklärte Breandán. »Ich habe sie einbauen lassen, damit man den Kamin leichter ausfegen kann.«

Der Schacht wurde enger. Ein Lichtschimmer fiel von oben herein. Sie näherten sich der Spitze, auf der ein Schornstein aus Ton saß.

»Ich glaube, ich habe die Luke erreicht«, sagte Flann erleichtert.

»Öffnet den Riegel«, wies er sie an.

Eine Weile nestelte sie an dem Schieber herum, dann verriet ein metallisches Klingen, dass es ihr gelungen war, ihn zu öffnen. Mit einem kräftigen Stoß drückte sie die Eisentür auf. Helles Licht strömte in den Kaminschacht, und dicke Schneeflocken wirbelten herein. Es hatte angefangen zu schneien.

Flann fasste sich ein Herz und stieg hinaus. Vor ihr erhob sich die Dachschräge des Festsaals. Unter der dicken Schneedecke neigte sich die eingebrochene Südseite sanft ins Leere.

Flann wandte sich um und reichte Breandán die Hand, um ihm durch die Luke zu helfen. Im Tageslicht bemerkten sie, dass sie schwarz wie Kohlenschiffer waren.

»Wir müssen über das Dach klettern«, sagte der Baron. »Auf der anderen Seite befindet sich ein Wehrgang, von dem eine Tür in den nordöstlichen Eckturm führt. Ich wollte schon längst Stufen anlegen lassen, damit man leichter hinübersteigen kann, bin aber leider noch nicht dazu gekommen.« Als er Flanns unsicheren Blick sah, lächelte er ihr aufmunternd zu. »Geht vor. Dann kann ich Euch auffangen, wenn Ihr den Halt verlieren solltet.«

Sie nickte und wandte sich der Dachschräge zu. Der Schnee bedeckte die Tonziegel, so dass sie blind den Fuß auf die Schindeln setzte, sich vorbeugte und auf allen vieren nach oben kletterte. Wie sich herausstellte, war das Dach unter dem Schnee recht glatt, so dass die junge Frau jede ihrer Bewegungen genau abwägen musste. Als sie den First erreicht hatte, schwang sie ein Bein auf die andere Seite und setzte sich rittlings auf die Schindeln. Die eisige Kälte drang durch ihre Kleidung und ließ sie erzittern.

Sobald sie eine sichere Position eingenommen hatte, wagte auch Breandán den Aufstieg. Auf halber Höhe vernahm er ein Knirschen. Die Dachziegel unter seinem rechten Fuß gaben ein wenig nach. Behutsam verlagerte er sein Gewicht auf das linke Bein und tastete mit dem anderen über die Schindeln nach einem festeren Untergrund. Zu seinem Schrecken begann sein linker Fuß langsam wegzurutschen. Seine Hände suchten nach einem Halt, glitten jedoch auf den glatten Dachpfannen ab. Als er mit dem rechten Fuß auftrat, gaben die Tonziegel unter ihm nach, und er brach bis zum Knie ein.

Flann stieß einen Schrei aus. Geistesgegenwärtig beugte sie sich vor und packte Breandáns Wams, um ihn festzuhalten. Der Baron spürte die Hitze des Feuers im Festsaal unter ihm durch sein Hosenbein dringen. Rauch entwich durch das Loch ins Freie. Breandáns Muskeln spannten sich bis zum

Zerreißen, während er sich mit den Händen festzuhalten versuchte. Flann krallte verbissen die Finger in den Stoff seines Wamses. Ihre Beine, mit denen sie sich auf dem Dachfirst hielt, schmerzten unter der Anstrengung.

Schließlich gelang es Breandán, sein Gewicht so weit zu verlagern, dass er seinen Fuß ins Freie ziehen konnte. Er rutschte ein wenig zur Seite, in der Hoffnung, dass dort die Dachpfannen stabiler sein würden. Dann wagte er es, die Beine anzuziehen und sich so weit die Schräge hinaufzuschieben, dass seine Hände den First erreichen konnten. Mit einem Seufzer der Erleichterung zog er sich hinauf.

»Das war knapp«, sagte Breandán. »Ich danke Euch. Ohne Eure Hilfe wäre ich dem verfluchten Engländer wie reifes Obst vor die Füße gefallen und hätte mir dabei wahrscheinlich den Hals gebrochen.«

Als Thomas Blood durch das Portal verschwunden war, verließ Jeremy seine Deckung und eilte zu Eamonn, der neben der Tür auf dem Boden lag. Nach nur einem Blick auf das verbrannte, rußgeschwärzte Gesicht des Verwalters erkannte der Priester, dass ihm nicht mehr zu helfen war. Die Explosion hatte ihm die rechte Hand abgerissen, mit der er nach der Zündschnur gegriffen hatte, und seine Beine waren nur noch eine blutige Masse. Jeremy hockte sich neben ihn und versuchte, ihm die Augen zu schließen, doch seine Lider waren verkohlt und ließen sich nicht bewegen. Mit dem Daumen zeichnete der Jesuit ein Kreuz auf Eamonns blutige Stirn und sprach ein Gebet für seine Seele.

Von oben war Gepolter und dann ein Schuss zu hören. Jeremy wurde sich bewusst, dass sich Philip Luscombe und seine Diener noch immer in der Burg befanden. Vermutlich versuchten sie, die Wohnräume zu stürmen. Gerade als der

Priester sich wieder hinter die Tafel zurückziehen wollte, erklangen schnelle Schritte auf der Wendeltreppe, und ein Mann stolperte in den Saal. Sein Gesicht war schmerzverzerrt. Über der linken Achselhöhle färbte sich sein Wams rot. In der rechten Hand hielt er eine Pistole. Er war einer von Luscombes Dienern, der sich offenbar bei dem Versuch, in die Wohnstube einzudringen, eine Kugel eingefangen hatte. Als der Mann Jeremy bemerkte, der noch immer neben Eamonns Leiche kniete, erschrak er und richtete seine Pistole auf ihn. Der Jesuit hob die Hände, um ihm zu zeigen, dass er unbewaffnet war.

Ein verächtliches Lächeln verzog die Mundwinkel des Lakaien. Ein Ausdruck der Befriedigung, dass sich ihm so unverhofft die Gelegenheit zur Rache für seine Verwundung bot, flackerte über sein grobes Gesicht. Ohne den Priester aus den Augen zu lassen, trat er auf ihn zu, spannte den Hahn der Pistole und hielt sie Jeremy vors Gesicht. Der Jesuit kniete wie erstarrt auf dem Boden. Sein Blick war auf den dunklen Kreis des Laufs geheftet, und sein Herz hämmerte schmerzhaft gegen seine Rippen.

Aus dem Augenwinkel nahm er einen Schatten wahr, der den Eingang zum Saal verdunkelte. Dann knallte ein Schuss. Plötzlich war der Pistolenlauf verschwunden, und er sah den Mann vor sich schwer zu Boden fallen.

»Dr. Fauconer!«

Die vertraute Stimme riss Jeremy aus seiner Erstarrung. Mühsam wandte er den Kopf und sah Sir Orlando Trelawney mit rauchender Pistole in der Hand auf ihn zueilen.

»Mein lieber Freund«, rief der Richter. »Seid Ihr verletzt?« Sein Blick fiel auf den toten Eamonn Prendergast. »Bei Christi Blut, das ist ja hier das reinste Schlachtfeld.«

Er beugte sich flüchtig über den Diener, dem er in die Brust geschossen hatte, um sich zu vergewissern, dass er tot war.

Vorsichtshalber trat er ihm noch die Waffe aus der Hand. Da der Jesuit sich noch immer nicht rührte, steckte Sir Orlando seine eigene Pistole in den Gürtel zurück und half Jeremy auf die Beine.

Schwere Tritte von Stiefeln waren zu hören, als die Soldaten in die Burg eindrangen. Der Offizier brüllte: »Nach oben! Aber gebt Euch zu erkennen, damit die Verteidiger Euch nicht für Angreifer halten. Nehmt jeden fest, der nicht augenblicklich seine Waffe niederlegt.«

Die Soldaten rannten mit gezückten Waffen die Wendeltreppen hinauf und riefen: »Im Namen des Königs!«

Sir Orlando und Jeremy folgten ihnen.

»Es brennt«, schrie einer der Männer.

Im Festsaal standen die vor dem Kamin aufgestellten Möbel in Flammen. An der Tür hatten die Soldaten Philip Luscombe in Gewahrsam genommen, als dieser gerade hinausschlüpfen wollte.

»Ihr seid verhaftet wegen Mordes und Landfriedensbruchs«, sagte der Richter und warf dem Burschen einen Blick voller Zorn und Verachtung zu.

Während die Soldaten den Gefangenen hinausschoben, vergewisserte sich Jeremy, dass sich niemand mehr in dem brennenden Saal befand.

»Wir müssen alle aus der Burg bringen«, drängte er. »Der Rauch ist gefährlich.«

Sir Orlando schloss sich dem Priester an, als dieser den nordöstlichen Eckturm betrat und die Wendeltreppe erklomm. Am Durchgang zur Wohnstube rief er William zu: »Die Große Halle brennt. Ihr müsst alle raus.« Als Jeremy den Diener zögern sah, fügte er hinzu: »Sir Orlando ist mit einem Trupp Soldaten eingetroffen. Luscombe und seine Diener sind verhaftet. Ihr könnt unbesorgt herauskommen.«

Einer nach dem anderen verließen zuerst die Lakaien, dann die Mägde die Wohnstube. Jeremy und Sir Orlando durchquerten den Raum und betraten das Schlafgemach. Alan hatte sich den Arm des verletzten John über die Schultern gelegt und führte ihn, gefolgt von Armande, zur Tür. Amoret schickte Mary und Madge, die Daimhín auf dem Arm trug, hinter ihnen her. Dann half sie Muiredach Ard, in sein Wams zu schlüpfen.

»Wo ist Breandán?«, fragte sie besorgt.

»Ich habe ihn nicht gesehen«, antwortete Jeremy. »Ich dachte, er wäre hier bei Euch.«

»Und Flann?«

Ratlos schüttelte der Priester den Kopf. Mit vereinten Kräften halfen sie Muiredach Ard auf die Beine. Es gelang ihm, sich aufrecht zu halten, doch er schwankte, als ihn starker Schwindel überfiel. Amoret und der Jesuit hatten Mühe, ihn zu stützen. Ohne Zögern legte Sir Orlando den Arm um die Taille des Hünen, der sogar ihn überragte. Inzwischen war der Rauch aus dem Festsaal in die oberen Gemächer vorgedrungen. Als sie die schmale Wendeltreppe erreichten, stellte sich der Richter hinter Muiredach Ard und schlang die Arme um seinen Bauch, um ihn auf dem Weg nach unten zu stützen. Im Gewölbesaal angekommen, nahmen Sir Orlando und Jeremy den Verletzten in die Mitte und brachten ihn in die Kate.

Bran trottete hinter ihnen her.

»Legt ihn in unser Bett«, sagte Amoret.

Nachdem sie Muiredach Ard auf dem bescheidenen Lager abgesetzt hatten, sah der Richter sich verwundert um.

»Euer Bett?«, fragte er ungläubig. »Ihr lebt hier …«

»… in dieser einfachen Hütte, wolltet Ihr sagen, Mylord?«, erwiderte Amoret lächelnd. »So ist es. Die zugige Burg war zu ungemütlich für unseren Sohn. Hier haben wir es viel bequemer.«

Madge bemühte sich, den aufgeregten Daimhín zu beruhigen, während Mary das Feuer im Kamin schürte.

»Habt ihr Seine Lordschaft gesehen?«, fragte Amoret die Frauen.

»Nein, Mylady.«

Besorgt folgte die Burgherrin Jeremy und Sir Orlando nach draußen. Bran blieb an ihrer Seite. Auch sie hielt nach ihrem Herrn Ausschau und reckte immer wieder die Nase in die Luft. Lonán war mit den Pächtern aus dem Dorf herübergeeilt und organisierte gemeinsam mit dem Offizier eine Menschenkette vom Bach zum Festsaal. Bald flogen mit Wasser gefüllte Eimer, Kessel und Töpfe von einer Hand zur anderen. Alle packten mit an, während der Schnee immer dichter fiel. Da das Feuer das hohe Dach der Halle noch nicht ergriffen hatte, war es schnell gelöscht.

Erstickender Rauch erfüllte das Innere der Burg. Die Diener rissen sämtliche Fenster auf, um den auffrischenden Wind hereinzulassen. Wie eine Blinde tastete sich Amoret durch den Gewölbesaal und rief verzweifelt Breandáns Namen. Da hörte sie auf einmal draußen vor der Burg Jubel aus unzähligen Kehlen aufsteigen. Als sie hinaustrat, deuteten die Menschen nach oben. Sie folgte ihrem Fingerzeig und entdeckte ihren Gemahl, der sich zwischen den Zinnen vorbeugte und ihnen zuwinkte. Einige Zeit später tauchte er mit Flann unter dem Steinbogen des Hauptportals auf. Sie waren durch eine kleine Tür in den nordöstlichen Eckturm gelangt. Der Rauch hatte sich bereits so weit verzogen, dass sie unbehelligt die Wendeltreppe hinuntersteigen konnten.

Erleichtert fiel Amoret Breandán um den Hals und drückte ihn an sich, während Bran fröhlich bellend um sie herumsprang. Eibhlín riss ihre Tochter an die Brust und brach in Tränen aus. Als seine Frau ihn endlich aus den Armen ließ, trat der Baron Shanrahan zu Sir Orlando und dankte ihm herzlich für die Rettung seiner Familie.

Jeremy betrachtete Amoret, die über das ganze Gesicht strahlte. Wie gut, dass sie nicht wusste, wie nah er dem Tod noch vor wenigen Augenblicken gewesen war. Als sie sich ihm zuwandte, reichte er ihr den Brief, den er im Gewölbesaal auf dem Boden gefunden hatte. Verwundert nahm sie ihn entgegen und entfaltete ihn.

»Wie kommt er hierher?«, fragte sie.

»Ein Diener aus Kilcommon übergab ihn Blood«, erklärte Jeremy. Er erzählte ihr, was der Abenteurer zu seinen Begleitern gesagt hatte.

»Buckingham hat sie beauftragt, den Duke of Ormonde zu töten?«, wiederholte Amoret fassungslos.

Sir Orlando, der zu ihnen getreten war, hörte ihre Worte. Unwillkürlich dachte er an den Empfang vor zwei Monaten zurück. Tatsächlich hatte der Duke of Buckingham damals seinen Erzfeind Ormonde mit einem Blick bedacht, der hätte töten können. Es hatte Buckingham also nicht genügt, den alten Veteranen um seinen Posten als Lord Lieutenant von Irland zu bringen, er hatte ihn zudem noch wie einen gemeinen Verbrecher am Galgen von Tyburn sehen wollen. Sir Orlando spürte, wie sich ihm vor Abscheu der Magen umdrehte.

»Es tut mir leid, dass Blood Euch entkommen ist, Mylord«, sagte Amoret.

»Weit kann er nicht sein«, erwiderte Sir Orlando zuversichtlich. »Wenn wir uns sputen, erwischen wir ihn vielleicht noch in Kilcommon.«

»Viel Glück!«

Der Richter lächelte ihr zu, dann wies er den Offizier an, seine Männer zusammenzurufen.

Jeremy ließ den Blick über die Menschen gleiten, deren Gesichter deutliche Erleichterung ausdrückten. Einige der praktisch denkenden Frauen gingen mit Krügen voller Met und Milch herum und verteilten Haferkuchen, die sie vor der Belagerung gebacken hatten. Susanna Luscombe sprach mit ihrem Sohn, der von einem der Soldaten bewacht wurde. Auf Philips Zügen war deutliches Entsetzen zu lesen. Als der Jesuit Moira Prendergast entdeckte, bat er Amoret, ihn zu entschuldigen.

»Ich habe noch eine traurige Pflicht zu erfüllen«, sagte er.

Kapitel 44

Als Sir Orlando Trelawney am nächsten Morgen mit einem Soldaten als Eskorte von Kilcommon nach Shanrahan ritt, zügelte er auf einer Anhöhe sein Pferd. Wie Muiredach Ard zwei Tage zuvor, ließ er den Anblick des weiten Tals mit den hoch aufragenden, zinnengekrönten Mauern der Burg, den in der Kälte dampfenden kleinen Hütten und der unendlichen Weite des Moores auf sich wirken.

Die atemberaubende Landschaft erinnerte den Richter an seine Heimat Cornwall, und für einen Moment schwelgte er in heiteren Kindheitserinnerungen. Schließlich trieb er sein Pferd an und ritt an der schwarzen Ruine der Herberge vorbei.

Im Turmhaus war man noch mit Aufräumarbeiten beschäftigt. Diener trugen die Reste der verbrannten Möbel hinaus, Mägde schütteten schmutziges Putzwasser weg und holten frisches. Ein Schreiner reparierte das von der Pulverexplosion beschädigte Hauptportal, während der Schmied neue Scharniere anpasste. Ein Stallknecht nahm den Ankömmlingen die Pferde ab und führte sie in den Stall.

Breandán kam dem Richter entgegen und begrüßte ihn mit einem herzlichen Lächeln.

»Kommt herein, Mylord. Wir sind zwar mit dem Aufräumen noch nicht fertig, aber in der Wohnstube werden wir ungestört sein.«

Sir Orlando folgte dem Baron ins Turmhaus. Der Boden des Gewölbesaals war blank geschrubbt. Nur ein paar eingebrannte Rußspuren zeugten noch von der Explosion.

»Der Tote, der hier lag, war der ehemalige Burgherr, wenn ich richtig verstehe?«, erkundigte sich Trelawney, während sie die Wendeltreppe hinaufstiegen.

Breandán wandte sich zu ihm um. »Ja. Eamonn Prendergasts Gattin sagte, er habe sich stets Vorwürfe gemacht, dass er damals im Krieg die Burg seiner Vorfahren nicht bis zum Letzten verteidigt hatte. Nun hat er es getan. Wir haben ihn in der Kapelle aufgebahrt.«

»Wie geht es Eurem Bruder?«, fragte Sir Orlando. »Er sah gestern recht mitgenommen aus.«

»Er war völlig erschöpft und hat bis heute Morgen durchgeschlafen. Aber jetzt geht es ihm wieder gut«, erwiderte Breandán sichtlich erleichtert.

»Und wie steht es um den Koloss, dem ich die Treppe hinunterhalf?«

»Auch er ist – dem Herrn sei Dank – auf dem Weg der Besserung.«

Inzwischen hatten sie die Wohnstube erreicht. Während Breandán dem Richter einen Platz anbot, stießen Amoret und Jeremy zu ihnen.

»Habt Ihr Thomas Blood und seine Begleiter noch festnehmen können?«, fragte die Burgherrin.

Ein Schatten fiel über Sir Orlandos Züge.

»Leider nicht. Sie waren bereits ausgeflogen, als wir nach Kilcommon zurückkehrten«, entgegnete er verstimmt. »Ich glaube, Mistress Luscombe hat uns auch deshalb gedrängt, nach Shanrahan zu reiten, damit Maria Blood und ihre Kinder in Ruhe entkommen konnten.«

»Ich kann noch immer nicht glauben, dass sie ihren Mann getötet hat«, meinte Jeremy.

»Durch seinen Verrat damals hatte Luscombe auch seine Frau entehrt«, erwiderte Sir Orlando.

»Wie hat sie es herausgefunden?«, erkundigte sich der Jesuit.

»Sie hatte schon länger den Verdacht, dass er anderen Frauen nachstieg. An dem Tag, als er allein losritt, zwang sie einen seiner Diener, der in seine Eskapaden eingeweiht war, ihr zu sagen, was er vorhatte. Dann folgte sie ihrem Gemahl ins Moor und stellte ihn zur Rede. Er verlor die Beherrschung und gab alles zu. Da nahm sie ihre Waffe aus dem Sattelholster und erschoss ihn. Ich sollte wohl noch hinzufügen, dass sie keinerlei Reue verspürt und sich ergeben der Strafe Gottes ausliefert.«

»Werdet Ihr sie und ihren Sohn mit nach Dublin nehmen?«, fragte Jeremy.

»So ist es vorgesehen«, bestätigte Trelawney. »Die Diener habe ich unter Bewachung ins Gefängnis von Clonmel geschickt, wo ihnen vor dem Quartalsgericht der Prozess gemacht wird. Wenn die Eskorte zurück ist, werden wir nach Dublin aufbrechen.«

»Aber Ihr werdet doch noch Weihnachten mit uns feiern, Mylord?«, fragte Alan von der Türschwelle her.

Armande und er waren aus der Offizierskammer herbeigeeilt, als sie von der Ankunft des Richters erfuhren. Sir Orlando lächelte dem Wundarzt zu und nickte.

»Das Angebot nehme ich gern an. Die Soldaten und vor allem ich brauchen noch etwas Ruhe nach unserem viertägigen Gewaltritt. Auch wenn ich es bedauere, Weihnachten nicht mit meiner Familie verbringen zu können.«

»Wunderbar!«, rief Alan erfreut.

Mit einem breiten Grinsen verteilte er sechs Zinnbecher vor den Anwesenden. Dann nahm er den Krug, der auf dem Tisch stand, und füllte sie mit dem goldgelben Inhalt.

»Nun probiert einmal das traditionelle Getränk Irlands, Mylord. Und wenn Ihr Euch danach nicht mehr auf Eurem Pferd halten könnt, finden wir auch ein bequemes Lager für Euch.«

Epilog

April 1671

Ein makellos blauer Himmel spannte sich über den Tower von London. Die Strahlen der Frühlingssonne übergossen den Bergfried, den sogenannten »Weißen Turm«, mit einem hellen Licht. Lady Jane Trelawney betrachtete den mächtigen Festungsturm mit Bewunderung, in die sich ein leichtes Grausen mischte, wenn sie an seine blutige Geschichte dachte. Sie hakte sich bei ihrem Gemahl ein und lächelte ihm zu.

»Welch ein wunderschöner Tag«, bemerkte sie zufrieden.

Liebevoll streichelte Sir Orlando ihre Hand, die auf seinem Unterarm lag. Er beglückwünschte sich zu dem spontanen Entschluss, seine Frau zu einem Ausflug in den Tower auszuführen. Seit seiner Rückkehr aus Irland hatte er nicht viel Zeit für seine Familie gehabt.

Er hatte einen ausführlichen Bericht über seine Suche nach Thomas Blood schreiben und sich dem König gegenüber für sein Scheitern rechtfertigen müssen. In Dublin hatte er noch feststellen können, dass der Abenteurer mit seiner Familie Irland verlassen hatte. Doch im Hafen von Chester hatte der Richter erneut seine Spur verloren. Vielleicht war Blood auf den Kontinent geflohen. Doch insgeheim glaubte Sir Orlando nicht so recht daran. Er vermutete, dass der Verschwörer sich irgendwo in England aufhielt, möglicherweise sogar in London.

Als Trelawney Charles von der Bemerkung berichtete, die Thomas Blood über den Duke of Buckingham gemacht hatte, war ein Schatten über das Gesicht des Königs gefallen.

»Vor ein paar Tagen sagte Ormondes Sohn, der Earl of Ossory, Bucks ins Gesicht, dass er ihn für den Mordanschlag auf seinen Vater verantwortlich mache. Ossory drohte ihm in meinem Beisein, dass er Buckingham ohne Warnung niederschießen würde, falls der Duke of Ormonde jemals einen gewaltsamen Tod finden sollte.«

»Und was hat Seine Gnaden auf die Drohung geantwortet?«, fragte Sir Orlando.

»Nichts«, antwortete Charles. »Eigentlich hätte ich erwartet, dass er den Earl of Ossory zum Duell fordert. Ich muss gestehen, dass seine Zurückhaltung sehr nach einem Geständnis aussieht.«

»Darf ich fragen, was Ihr nun mit dem Duke of Buckingham zu tun gedenkt?«, erkundigte sich der Richter.

»Ohne Beweise, dass Bucks diesen Blood tatsächlich beauftragt hat, kann ich nichts tun«, erwiderte der König mit einem ergebenen Schulterzucken.

Trelawney hatte allerdings den Eindruck, als bedaure Charles diesen Umstand nicht wirklich.

Ein Rabe strich mit mühelosen Flügelschlägen über den Hof des Towers und stieß ein heiseres Krächzen aus. Sir Orlando schreckte aus seinen Gedanken.

»Lasst uns die Kronjuwelen besichtigen, meine Liebe«, sagte er und führte Jane zum Martinsturm, der die nordöstliche Ecke der inneren Umfassungsmauer einnahm.

Der Bewahrer der Insignien Talbot Edwards, der auf die achtzig zugehen mochte, empfing die Besucher an der Tür zum Kellergewölbe.

Sir Orlando gab dem alten Mann ein Trinkgeld. Während er und Jane ihm die steinernen Stufen hinab folgten, wunderte er sich, dass die Tür zum Turm nicht bewacht wurde, und sprach ihren Führer darauf an.

»Wer würde es schon wagen, die Kronjuwelen unseres guten Königs Charles zu stehlen?«, spottete der Alte.

Die königlichen Insignien waren in einer in der Wand eingelassenen Nische untergebracht und durch eine Gittertür gesichert. Edwards nahm eine Fackel aus ihrer Wandhalterung und hielt sie vor die Tür, um die Edelsteine der beiden Kronen funkeln zu lassen. Der Rubin des Schwarzen Prinzen, der die Reichskrone schmückte, glühte in einem blutroten Licht. Entzückt betrachtete Jane die Juwelen. Neben den Kronen waren noch ein Reichsapfel, drei Zepter, ein Rubinring und ein Paar goldener Sporen zu sehen.

Sir Orlando betrachtete skeptisch die mit einem einfachen Schloss gesicherten Gittertüren.

»Insgesamt erscheint mir die Unterbringung der Kronjuwelen nicht besonders sicher«, bemerkte er. »Ich werde bei Gelegenheit mit Mylord Arlington darüber reden müssen.«

Jane lächelte über die besorgte Miene ihres Gemahls. Nicht einmal bei einem Vergnügungsausflug konnte er seine Pflichten als Richter des Königs vergessen.

Als sie wieder auf den Innenhof hinaustraten, umfing sie die warme, nach Blüten duftende Frühlingsluft. Jane hakte sich erneut bei Sir Orlando ein, und gemütlich schlenderten sie an dem Weißen Turm vorbei.

»Sollen wir uns noch die Menagerie ansehen, mein Herz?«, schlug der Richter vor.

»Eine gute Idee«, erwiderte Jane.

Ein hochgewachsener Mann kam ihnen entgegen. Er war wie ein Geistlicher in Soutane, mit Ohrenkappe und in einen weiten Mantel gekleidet. Ein langer dunkler Bart fiel auf seine Brust hinab. Als er an ihnen vorbeiging, betrachtete Sir Orlando flüchtig das pockennarbige Gesicht mit der knochigen Nase. Unwillkürlich blieb er stehen und sah dem Pastor nach.

»Was habt Ihr?«, fragte Jane.

»Die Beschreibung, die der Schankbursche der ›Bullenkopfschenke‹ von Thomas Blood gab, würde auf diesen Mann passen«, murmelte Trelawney nachdenklich.

»Und auf tausend andere«, erwiderte seine Frau. »Seit Ihr aus Irland zurück seid, seht Ihr diesen Blood an jeder Straßenecke. Weshalb sollte ein gesuchter Verbrecher am helllichten Tag im Tower herumspazieren?«

»Ihr habt recht, meine Liebe. Gehen wir zur Menagerie.«

Arm in Arm schlenderten sie weiter. Sir Orlando hörte nicht mehr, wie Talbot Edwards den Geistlichen vor dem Martinsturm begrüßte: »Wie schön, Euch wiederzusehen, Dr. Ayliff.«

Nachwort der Autorin

Die Eroberung Irlands durch die Engländer begann Ende des zwölften Jahrhunderts unter dem anglo-normannischen König Henry II. Familien wie die Butlers (Earls of Ormond) verdrängten die keltisch-irischen Clans von ihrem Land und bauten Burgen und Klöster. Bis Mitte des dreizehnten Jahrhunderts hatten sie bereits etwa drei Viertel des Landes unter ihre Kontrolle gebracht. Mit der Zeit übernahmen sie aber auch irische Sitten und die gälische Sprache und hielten nach der Reformation an der römisch-katholischen Religion fest. Um sie von den protestantischen Siedlern, die unter Elizabeth I. nach Irland kamen, zu unterscheiden, bezeichnet man sie als die »Old English«. Die Altengländer wurden zunehmend von den »New English«, den protestantischen Kolonisten, die sich fortan als herrschende Klasse verstanden, verdrängt und verloren ihren Einfluss. Unter den Tudors und dem Stuart-König James I. wurde die systematische, gewaltsame Umsiedlung der katholischen Iren vorangetrieben.

Im Jahr 1641 erhoben diese sich gegen die Kolonisten. Sie schlossen sich mit den Altengländern zur Konföderation von Kilkenny zusammen, um mit dem König über ihre Forderung nach religiöser Toleranz und einer eigenen Regierung zu verhandeln. In dem folgenden Krieg (1641–1653) kämpften zuerst die Konföderierten gegen königliche Truppen unter dem Befehl von James Butler, Earl of Ormond. Nach Ausbruch des englischen Bürgerkriegs verbündeten sich die Altiren und Altengländer mit den Royalisten gegen die Parlamentsarmee unter Oliver Cromwell. Dieser gilt wegen seiner brutalen Feldzüge in Irland noch heute als Verkörperung des Bösen, besonders wegen der unter seinem Kommando verübten Massaker in Drogheda und Wexford. Nach anfänglichen militärischen Erfolgen scheiterten die Konföderierten an der eigenen Zerstrittenheit. Das Misstrauen zwischen den keltischen Altiren und den altenglischen Royalisten saß zu tief.

Nach zwölf Kriegsjahren war Irland völlig verwüstet. Eine halbe Million Iren waren nach Schätzungen durch Kampfhandlungen, Seuchen und Hunger ums Leben gekommen. Diese Zahl entsprach etwa 40 Prozent der Bevölkerung. Der Historiker James Scott Wheeler stellt in seinem Buch *Cromwell in Ireland* die »demographische Katastrophe« in Irland mit derjenigen Deutschlands nach dem Dreißigjährigen Krieg gleich (Dublin 1999, S. 227).

Nach dem Sieg der Parlamentstruppen war es Cromwells Ziel, durch die systematische Ermordung der katholischen Priester und später ihrer Verschiffung in die amerikanischen Kolonien die Bevölkerung Irlands ihrer Religion zu entfremden und zum Protestantismus zu bekehren. Als dies nicht gelang, beschloss man, alle katholischen Iren und Altengländer aus den drei fruchtbaren Provinzen Ulster, Leinster und Munster zu vertreiben und in das karge Connaught zwangsumzusiedeln. Das konfiszierte Land wurde an Offiziere und Soldaten der Parlamentsarmee verteilt. Auch dieser Plan scheiterte, da sich nicht genügend englische Siedler bereitfanden, nach Irland zu ziehen. So blieben vor allem Feldarbeiter und Kleinpächter auf dem Land ihrer Vorfahren. Viele der alten Grundherren arbeiteten fortan als Pächter auf dem Grund und Boden, der ihnen einst gehört hatte.

Seit dem Mittelalter hatten die Engländer versucht, die Kultur der Iren zu zerstören. Doch zum Missfallen der Regierung in London hatten sowohl die Altengländer als auch viele der Cromwellschen Soldaten mit der Zeit die Sitten und Gebräuche der Iren sowie ihre Sprache und Religion angenommen. Nur die Kaufleute in den Städten und die reichen Grundbesitzer blieben dem englischen Mutterland zugewandt, was ihre Machtstellung festigte. Die gälische Sprache verschwand erst mit dem Massensterben und der Auswanderungswelle während der Hungersnot in den Jahren 1845 bis 1849. Das Verlangen der Iren nach Unabhängigkeit blieb jedoch über die Jahrhunderte ungebrochen. Die britische Herrschaft endete erst 1922, als Irland (mit Ausnahme von Nordirland) zum Freistaat mit Dominion-Status im Commonwealth wurde, bzw. 1949, als sich die Irische Republik endgültig von Großbritannien lossagte.

In Tipperary gibt es zwar einen Ort namens Shanrahan, aber das im Buch beschriebene Dorf und seine Geschichte sind fiktiv.

Der erwähnte Bischof von Waterford und Lismore John Brenan ist eine historische Person. Er wurde jedoch erst im August 1671 zum Bischof ernannt. Bis dahin war der Bischofssitz fast zwanzig Jahre lang unbesetzt gewesen.

Auch Thomas Blood (1618–1680) ist eine historische Person. Der Überfall auf James Butler, Duke of Ormonde, hat sich so wie im Buch beschrieben zugetragen, fand aber nicht im Oktober, sondern am 6. Dezember 1670 statt. Einige Historiker, darunter David C. Hanrahan, Biograph von George Villiers, Duke of Buckingham, halten es durchaus für denkbar, dass Buckingham Blood beauftragte, seinen Rivalen Ormonde zu töten. Beweisen lässt sich dies aber nicht.

Am 9. Mai 1671 wagte Colonel Blood, wie er sich zu diesem Zeitpunkt nannte, sein kühnstes Verbrechen. Mit vier

Komplizen stahl er die Kronjuwelen aus dem Tower von London, nachdem er sich zuvor in der Verkleidung eines Geistlichen das Vertrauen des Bewahrers der Insignien erschlichen hatte. Diesmal wurde er gefasst, aber nicht bestraft. Auf Drängen des Geheimdienstleiters Lord Arlington, der Blood als Agenten im Kampf gegen protestantische Extremisten gewinnen wollte, begnadigte König Charles II. den Abenteurer. Blood musste sich allerdings in einem Brief beim Duke of Ormonde für den Mordversuch entschuldigen. Eine Zeitlang verkehrte Blood sogar bei Hof. Sein Glück verließ ihn erst, als er durch eine Intrige die Unterstützung des Duke of Buckingham verlor. Wenig später starb er hoch verschuldet.

Glossar

Assisen (engl. assizes): Reisegerichte, die von Henry II. im 12. Jahrhundert eingerichtet wurden, um die zuvor unabhängige Jurisdiktion der königlichen Vasallen einzuschränken. England und Wales waren in sechs Bezirke unterteilt, die zweimal im Jahr jeweils von zwei Richtern bereist wurden. Die Assisen waren hauptsächlich für die Verhandlung von Kapitalverbrechen (felonies) zuständig. London und Middlesex waren von diesem System ausgenommen. Dort wurden Kapitalverbrechen im Sitzungshaus am Old Bailey verhandelt.

Banshee (ir. bean sí: Feenweib, Frau vom Feenhügel): Die Volkskundler sind sich nicht einig, ob die Banshee eine Fee, ein Geist oder eine Sterbliche ist. Sie kann auch als Nebelkrähe, Hase oder Hermelin auftreten. Traditionell warnt sie irische Familien von rein keltischem Geblüt vor einem bevorstehenden Todesfall. Im Jahre 1437 sagte eine Banshee in Gestalt einer irischen Seherin dem schottischen König James I. seine Ermordung voraus.

Barrister: In England und Wales sind nur Barrister befugt, einen Mandanten vor Gericht zu vertreten.

Dissenters: Protestanten, die sich weigerten, die Glaubenssätze der anglikanischen Kirche anzuerkennen, z. B. Baptisten, Presbyterianer und Quäker.

Fallsucht: Epilepsie.

Friedensrichter (engl. Justice of the Peace): Ehrenamtlich arbeitende, vom Lord Chancellor nominierte Laienrichter ohne juristische Ausbildung, die polizeiliche Befugnisse besaßen und in Quartalsgerichten (quarter sessions) kleinere Vergehen verhandelten. Kapitalverbrechen blieben den Assisen vorbehalten. In London hatten die Ratsherren dieses Amt inne.

Fünftes Reich: Die Fifth Monarchy Men waren eine puritanische Gruppierung, die das Fünfte Reich (unter der Herrschaft des wiedergekehrten Christus) vorbereiten wollten. Dieses sollte nach der Prophezeiung im Buch Daniel auf die vier antiken Reiche Assyrien, Persien, Mazedonien und Rom folgen. Die Anhänger der Fünften Monarchie rebellierten sowohl gegen Oliver Cromwell als auch gegen König Charles II. Nach einem Putschversuch im Januar 1661 wurden die Anführer hingerichtet.

Klauenschloss (engl. doglock): Weiterentwicklung des holländischen Schnappschlosses, eines Vorläufers des Steinschlosses an Musketen und Pistolen. Eine kleine Klaue hielt dabei den Hahn in halb gespannter Stellung fest. Dies verhinderte, dass sich ein Schuss vorzeitig löste.

Königlicher Gerichtshof (engl. Court of King's Bench bzw. Queen's Bench, wenn eine Königin auf dem Thron saß): Höchster englischer Gerichtshof des gemeinen Rechts, der ursprünglich für Kronfälle und hohe Kriminaljustiz zuständig war, später aber auch Fälle von niederen Gerichten übernahm. Er tagte zusammen mit dem Hauptzivilgerichtshof und dem Finanzgericht bis 1882 in der Westminster Hall, dem einzigen erhaltenen Teil des mittelalterlichen Westminster-Palastes, in dem das Parlament zusammentrat.

Konstabler (engl. constable): Unbezahlter Ordnungshüter. Jeder Bürger hatte die Pflicht, in dem Bezirk, in dem er wohnte, ein Jahr lang als Konstabler die öffentliche Ordnung aufrechtzuerhalten. Als Zeichen seines Amtes trug er einen langen Stab bei sich.

Laudanum: Opiumtinktur. Der Begriff geht auf Theophrastus Bombastus von Hohenheim (1493–1541), bekannt unter dem Namen Paracelsus, zurück.

Lord Mayor: Oberbürgermeister der Stadt London seit 1189. Er besaß formal das Recht, im Old Bailey den Vorsitz zu führen.

Auch wenn der Lord Mayor dieses Privileg nicht mehr wahrnimmt, bleibt doch bis heute sein Sitz unter dem Schwert der Stadt im Gerichtssaal 1 des Old Bailey frei. Der Vorsitzende Richter nimmt den Platz zu seiner Rechten ein.

Nonkonformisten: Protestanten, die sich nicht in den Rahmen der anglikanischen Staatskirche einfügten, wie Presbyterianer, Baptisten und Quäker.

Offizin (lat. officina): Die Werkstatt eines Chirurgen oder eines Apothekers.

Oíche Shamhna: Halloween.

Presbyterianer: Anhänger einer Form der Kirchenverfassung, bei der die Kirche nicht durch Bischöfe geleitet wird, sondern durch Gremien von Ältesten und Pastoren. In Schottland ist die Staatskirche presbyterianisch.

Púca: Launischer Elf oder Kobold, der in verschiedenen Gestalten auftritt: als schwarzes Pferd, Adler oder Ziegenbock. Im irischen Volksglauben kann er großen Schaden anrichten, indem er Ernten vernichtet oder Viehkrankheiten verursacht. Man glaubte, dass der Púca zu Halloween Beeren und Früchte verdarb, indem er darauf spuckte oder urinierte.

Puritaner: Ab 1564 bezeichnete dieser Begriff diejenigen Mitglieder der anglikanischen Kirche, die calvinistisch gesinnt waren und die Kirche von jeglichen römisch-katholischen Ritualen befreien wollten. Viele von ihnen zogen sich aus der anglikanischen Kirche zurück, da ihnen die Reform nicht weit genug ging, und bildeten separate Glaubensgemeinschaften. In der zweiten Hälfte des 17. Jahrhunderts bezeichnete man sie als Dissenters.

Sasanach: Engländer.

Scotland Yard: Beim Ausbau des Whitehall-Palasts im 16. Jahrhundert wurden die angrenzenden Gebäude, die den Königen von Schottland bei ihrem Aufenthalt in London als Unterkunft dienten, aufgekauft. Im 17. und 18. Jahrhundert befanden sich dort verschiedene Amtsgebäude, die sich um drei Innenhöfe gruppierten: Great, Middle und Little Scotland Yard. Die im Jahre 1829 gegründete Metropolitan Police Force richtete ihr Hauptquartier in dem Haus Nr. 4, Whitehall Place, ein. Diese Straße wurde an der Stelle der ehemaligen Gassen Middle und Little Scotland Yard angelegt. Entlang der Rückseite der Gebäude verlief die Great Scotland Yard. Da die Polizeibeamten das Büro durch den Hintereingang betraten, bürgerte sich bald die Bezeichnung »Scotland Yard« für das Polizeihauptquartier ein und wurde beibehalten, als es 1890 in ein neues Gebäude nahe der Westminster Bridge umzog.

Solemn League and Covenant (feierliches Bündnis und Abkommen): Eine Vereinbarung zwischen den Schotten und den Anhängern des Parlaments während des englischen Bürgerkriegs, in der man übereinkam, in England die Bischöfe abzuschaffen und stattdessen eine presbyterianische Kirchenverwaltung einzuführen.

Tinker: Fahrender Händler, der auch Gebrauchsgegenstände aus Metall reparierte.

Tory (ir. tóraí: Verfolger): Irischer Guerilla, der im 17. Jahrhundert gegen die Engländer kämpfte. Als sich unter Charles II. im englischen Parlament erstmals oppositionelle Parteien herausbildeten, beschimpften sich deren Anhänger gegenseitig als »Tories« und »Whigs« (von whiggamore: schottischer Viehtreiber). Mit der Zeit bürgerten sich diese Bezeichnungen für die Parteimitglieder der Konservativen bzw. der Liberalen ein.

Trippen: Überschuhe aus Holz, die die Schuhe vor dem Straßenschmutz schützen sollten.

Wechselbalg: Nach dem Volksglauben ein missgestaltetes Kind, das durch Zwerge oder Elfen einer Wöchnerin anstelle ihres eigenen untergeschoben wird.

Yard: Ein Yard besteht aus 3 Fuß und entspricht 0,9144 Metern.

Dank

Herzlich danken möchte ich all denen, die mir bei der Entstehung des Romans zur Seite gestanden haben. Besonders erwähnen möchte ich Professor Dr. Dieter Häussinger, der mich an seinem Expertenwissen über die Pocken teilhaben ließ, und Dr. Mila Beyer, die mir unschätzbare Anregungen zu weiteren medizinischen Aspekten gab. Etwaige Fehler gehen zu meinen Lasten. Dank schulde ich auch der Historikerin und Germanistin Gesine Klinkworth, die trotz ihrer familiären und beruflichen Eingebundenheit nicht müde wurde, nach grammatikalischen und inhaltlichen Fehlern zu suchen. Mein besonderer Dank gilt meiner Arbeitskollegin Kristin Bohnen, die ihren teuren Whiskey anzünden musste, um zu prüfen, wie gut er brennt. Herzlichen Dank auch meinem Agenten Thomas Montasser sowie der Knaur Programmleiterin Christine Steffen-Reimann und der Lektorin Ilse Wagner, nicht zu vergessen meinen Eltern, Freunden und Kollegen.

Literaturauswahl

Berresford Ellis, P., *Hell or Connaught! The Cromwellian Colonisation of Ireland 1652–1660*, Belfast 1988

Brooke, I., *English Costume of the Seventeenth Century*, London 1950

Corish, P. J., *The Catholic Community in the Seventeenth and Eighteenth Centuries*, Dublin 1981

Corkery, D., *The Hidden Ireland. A Study of Gaelic Munster in the Eighteenth Century*, Dublin 1967

Elvert, J., *Geschichte Irlands*, München 1996

Hanrahan, D. C., *Colonel Blood. The man who stole the crown jewels*, Stroud 2004

Hutchinson, R., *The Audacious Crimes of Colonel Blood. The spy who stole the crown jewels & became the king's secret agent*, London 2015

MacKillop, J., *A Dictionary of Celtic Mythology*, New York 1998

MacLysaght, E., *Irish Life in the Seventeenth Century*, London 1939